云南省红楼梦学会
成立十周年学术成果书系

红楼密钥

李玉 著

云南大学出版社
YUNNAN UNIVERSITY PRESS

昆 明

图书在版编目（CIP）数据

红楼密钥 / 李玉著 .-- 昆明 : 云南大学出版社 , 2025. ISBN 978-7-5482-5406-5

1.1207.411

中国国家版本馆 CIP 数据核字第 2025TC6036 号

策划编辑： 朱　军　孙吟峰
责任编辑： 张正平
装帧设计： 王婳一

出版发行：云南大学出版社
印装：昆明德鲁帕数码图文有限公司
开本：787mm × 1092mm　1/16
印张：20
字数：399 千字
版次：2025 年 5 月第 1 版
印次：2025 年 5 月第 1 次印刷
书号：ISBN 978-7-5482-5406-5
定价：166.00 元

社　　址：云南省昆明市翠湖北路 2 号云南大学英华园内（650091）
电　　话：（0871）65033307　65033244
网　　址：http：//www.ynup.com
E - mail：market@ynup.com

序

经过一年多的编辑校勘，云南省红楼梦学会会员、云南新锐红学研究者李玉先生的红学著作《红楼密钥》，由云南大学出版社正式出版了。作为云南省红楼梦学会成立十周年学术成果主推著作之一，这本书的出版问世，也是李玉先生长期致力于红学研究和《红楼梦》解读的一个重要总结和集中呈现。在此，向李玉先生致以由衷的祝贺和诚挚谢意——感谢他为根基较浅、实力稍弱但充满潜力的云南《红楼梦》研学领域，奉献了一部全新力作，注入了一股新鲜血液。

《红楼梦》是中国传统文化的集大成者，是中国古典小说的巅峰之作，其超凡越世的思想深度与浩如烟海的艺术成就，早已超越时空，成为中华文化宝库中的璀璨明珠和中国古典文学的精神图腾。然而，因为作者身世之谜、人物影射之猜、结局演绎之悬、版本真伪之争，这部文学巨著亦如一座迷雾重重的文化迷宫，引得无数研究者皓首穷经，都试图破译其背后的层层密码。二百多年来，围绕《红楼梦》研究解析的红学之潮奔涌不息、流派纷呈，各家之言或考据严谨，或探轶精深，或着眼于文学美学，或寄情于人物悲欢，或钩沉于历史烟云……先后形成了评点派、题咏派、索隐派、考证派等红学诸说。但李玉先生的研究，却突破传统红学之框架而独树一帜：他以一名民间学者和人民警察的双重身份，手持理性之灯与感性之镜，在红学密林中开辟出一条别开生面的蹊径。

李玉先生在《红楼密钥》一书中，几乎颠覆了传统红学的所有认知，推翻了《红楼梦》人物正反形象的原有设定，改写了《红楼梦》故事情节的走向。读《红楼密钥》一书，你会体会到什么是离经叛道、层层反转、石破天惊：原著中万千读者心中的完美形象，可能是一个城府深深、心机重重的“双面间谍”；原著中深沐皇恩、钟鸣鼎食的宁荣二府，可能是心怀二志、伺机而动的“反贼佞臣”；原著中作为某种信物而存在的通灵宝玉、金锁、金麒麟，可能也会是被重新定义、性质全非的“破案之钥”……

作为一名警察，李玉先生常年与逻辑推理、社会百态为伴；作为红学研究者，他又以一颗痴迷红学多年的赤子之心沉浸于《红楼梦》的文学世界。这种跨界身份赋予了他独特的研学视角——既有抽丝剥茧的冷静洞察，又不失对人性幽微的细腻揣摩。在《红楼密钥》一书中，他不再囿于传统红学的考据和索隐框架，而是以“解谜者”的姿态，将刑侦思维融入文本分析，从情节索隐、言行探究、史实对照等多个层面，用大胆假设、逻辑推理、层层剖析等多种方式来逐一破解“红楼悬案”，从而进一步推演《红楼梦》作者的创作意图与时代隐喻。书中对一个个“红楼谜案”的层层推敲，对一个个人物命运因果循环的缜密剖析，既似一场跨越时空的“文学侦缉”，又如一部叩问人心的“社会档案”。这种解读视角和解读思维的大跳跃、大转换，让我们最为熟悉的《红楼梦》文本焕发出前所未有的锐利与新奇，实在令人大开眼界、深为震撼！

但震惊与震撼之余，我始终相信，这种“颠覆”并非对传统的全盘否定，而是一种充满敬意的对话——在旧径旁另辟新路，只是为了让更多的人看见《红楼梦》文化的诸多层次、万千面相。

通过《红楼密钥》一书，李玉先生把自己多年对《红楼梦》的一些疑问、思考、理解，展示在了广大读者面前。纵观全书，可见他始终以一个民间红学研究者的朴素情怀，将学术思考的严谨性与大众阅读的趣味性相互结合，使得这本书在阅读上呈现出悬念迭起、别开生面的效果，应能引起大众读者特别是年轻读者的兴趣与青睐。他的文字不故作高深，却每每饱含智性火花；不标新立异，却处处可见破壁之勇。无论是从制度枷锁的层面解读红楼大观园的必然倾覆，还是以人性博弈的思维重探金玉良缘的脆弱虚妄，其行文论述皆如庖丁解牛，通过剖开《红楼梦》这部传世经典的表层肌理，探索人性最底层的奥秘。

李玉先生的这部著作，不仅是云南省红楼梦学会“百花齐放、百家争鸣”发展模式的例证之一，更预示着红学研究在当前多元文化时代的多种发展可能：当经典遇见跨界，当学术拥抱民间，那些曾被定论的文本，或将迸发出更绚丽的光芒。愿《红楼密钥》成为一扇全新的开放式窗口，引读者窥见《红楼梦》的又一番异样天地；亦愿它化作一座文化桥梁，连接起学术的严谨与大众的热忱，让红学之河永远奔流不息。

华　茂

乙巳阳春于滇池之畔

目　录

引 言

几百年来，解读《红楼梦》的人非常多，大家从各个角度去理解，已经形成了很多体系。在这么多的体系里面，不能说哪一个就正确、哪一个就不正确，因为每个人看问题的角度不一样、认识不一样、能理解的程度不一样，这正是《红楼梦》的魅力所在。而我本人喜欢探究《红楼梦》里面作者所说的“真事隐”。

我解读《红楼梦》的过程非常巧合。2022 年 3 月 9 日，我当时读《红楼梦（脂砚斋全评本）》到深夜，对其中的“假作真时真亦假”和“故将真事隐去”这两句话非常着迷。作者把什么真事隐藏了？在睡觉的时候，我脑海里反复想着这些话的含义。什么是真？什么是假？哪个是真？哪个又是假？当时我突然做了一个大胆的假设，也就是这个大胆的假设，让我大吃一惊，之前所有不能解开的秘密，突然之间居然全部被解开了。那一夜，是我有生以来第一次失眠。

《红楼梦》这部著作让社会各个阶层的人都可以在里面找到自己，映射到自己身边的人和事，也让每一位读者从中领悟到生活的真谛。不过，其中有一个让我们大家绕不开的话题，那就是作者为什么要写这么一部小说？他的出发点是什么？他当初为什么决定要写这部《红楼梦》？我因为职业缘故，对这类解密话题特别感兴趣。所以我就结合我的专业知识，把自己对《红楼梦》的一些心得记录下来，希望能够为解读《红楼梦》提供一种思路。

要解开《红楼梦》的秘密，我们首先要知道作者写作的“密码”是什么。只有掌握了作者的写作“密码”，我们才可以快速且正确地解出《红楼梦》背后隐藏的“真事隐”。

《红楼梦》就像书中描写的“九连环”一样，环环相扣，错综复杂，曾经难倒无数英雄汉。“九连环”看似无解，但其实只要我们掌握了其中的“密码”，并解开其中一环，就可以顺其自然地解开整个“九连环”。

找出作者写作的“密码”，对我们解读全书有什么作用？作用一，书中有很多难以理解的情节，可以找出与之相关的另外一个情节，把二者联系起来就非常容易理解了。作用二，作者为了自己的书不被朝廷封禁，所以不能直接写出有些人或事的内涵，他只得把自己想要表达的思想，写到其他的人或者事上，以此来规避风险。作用三，通过以上两项基本训练，使读者能够推理出八十回后的结局。

《红楼梦》全书所涉及的知识面非常广泛，如果仅凭一个人的能力是很难解开的。时代在变，读书和研学的方式也在不断发展，现在已经是网络信息化时代，社会实现了信息共享。如果我们现在还不能解开《红楼梦》背后真相，真可谓是这个时代的悲哀。我本人也是在网络上查询并获取了大量的信息，这为我解开《红楼梦》提供了巨大的帮助。书中引文内容主要参考了岳麓书社 2019 年 12 月出版的《红楼梦（脂砚斋全评本）》一书。在此感谢每一位给我提供帮助的朋友！

李　玉

乙巳暮春于晋宁

第一章　三生石畔

三生石畔是《红楼梦》中一个非常重要的地名，也是绛珠仙草的出生地，并且故事的主要情节也是从这里开始的。由此可见，三生石畔对整部《红楼梦》有多么重要。所以我的解读也从这里拉开序幕。

三生石畔是《红楼梦》情节的开端，也是起源，就如《红楼梦》的“孵化器”一样。因此，我们在解读《红楼梦》的时候，首先必须把这三生石畔解读清楚，谓之：溯本还原。

关于三生石，是有一个典故的。我们一定要高度重视这个典故，因为三生石是解读整部《红楼梦》的关键所在。

唐，李源与圆泽非常要好，圆泽将亡，约十二年后杭州相见。李源后诣杭州赴约。一次，他们相约一同去游青城山、峨眉山。李源想走水路，圆泽却想走陆路。李源坚持己见，圆泽只好听从他的意见。两人乘船走到半路，看见一个妇人在河边打水。圆泽忽然就落下泪来，说：“我不愿意走水路，就是怕遇到她啊！”

李源很吃惊，忙问他为什么。圆泽解释说：“她姓王，我应该是她的儿子。可因为我一直不愿意投胎转世，她已经怀孕三年了。今天既然遇到她，我就不能再逃避了。三天后，这位妇人应该生下个孩子，到那时候请你到他家去看看，如果那婴儿对你笑一笑，那便是我。我们就拿这一笑来做我们之间的凭证吧。十三年后的中秋夜，我们再在杭州天竺寺外相会。”李源听了十分后悔，但还是帮助圆泽沐浴更衣。黄昏时分，圆泽果然去世，妇人也生了一个男孩儿。三天后李源去看婴儿，婴儿一见到他就笑了起来。李源把圆泽的事说给王家听，王家便出钱将圆泽葬在山下。李源也没心思再去游山玩水了，就回到寺里。这时小和尚才告诉他，圆泽大师早就交代了后事。

十三年后，李源来到天竺寺赴约。才来到寺外，就看见一个牧童在牛背上唱歌：“三生石上旧精魂，赏月吟风莫要论；惭愧情人远相访，此身虽异性长存。”李源忙问：“圆泽大师，你还好吗？”牧童说：“你真是个信守承诺的人。可惜我的尘缘未了，不能和你再亲近。我们只要努力修行不堕落，将来终会有重新见面的一天。”说完，牧童又唱了一首歌，就掉头离开，不知所终。

过了几年，皇上封李源做官，可他早已看破了世事，不肯就职，就在寺庙里度过了自己的余生。

通过对比我们会发现，这个三生石的故事情节和《红楼梦》有太多的共同点：李源与圆泽情谊非常深，神瑛侍者和绛珠仙草的情更深；李源与圆泽一同去游玩，神瑛侍者和绛珠仙草一同去下凡；圆泽的母亲姓王，贾宝玉的母亲也姓王；一个笑，一个哭；尘缘未了属于两者之间的共性；“三生石上旧精魂”这句话在脂砚斋的批语中也被明确地写了出来；李源与圆泽十三年后相遇，通灵宝玉下凡十三年后贾宝玉“生病”；李源与圆泽乘船走水路，林黛玉去荣国府时走的也是水路；李源在寺庙里度过余生，贾宝玉也是出家安度余生；圆泽含笑投胎，贾宝玉“衔玉而生”。

但三生石故事里面有三个情节，在《红楼梦》中却找不到，这三个情节是：李源在圆泽死后知道了实情，感到非常后悔；李源与圆泽再次相逢，却没有再亲近；圆泽说：“将来终会有重新见面的一天。”

现在的《红楼梦》原著只有前八十回，缺少结局部分。上面那三个在《红楼梦》里面没有出现的情节，会不会出现在《红楼梦》的结局部分里面呢？如果真存在，那《红楼梦》的情节主线就是：

神瑛侍者和绛珠仙草感情深厚，前后下凡去了断他们之间的情缘。王夫人生下贾宝玉，贾宝玉出生的时候嘴里衔着一块玉。林黛玉投胎十三年后，虽然和贾宝玉再次相遇，但他们彼此之间却不能亲近。贾宝玉生活在欢声笑语中；林黛玉却天天以泪洗面。后来，林黛玉因贾宝玉而死，贾宝玉很难过，但他却不知道林黛玉真正的死因。到最后，贾宝玉终于知道了林黛玉真正的死因，知道了自己的所作所为给林黛玉带来的伤害。他伤心欲绝，悲痛万分，心如死灰，遁入空门。《红楼梦》的情节主线是不是这样呢？

第二章　风月宝鉴

《红楼梦》里面，贾瑞的存在是非常特殊的，这段情节可谓是前不着村后不着店，对整部书的情节似乎没有太大的联系，对故事情节发展也没有什么推动作用。道理是揭露了一大堆，但就是来得突然，去得也突然。好像有点为了凑字数的感觉。从书中看，这段情节主要是描写贾瑞的“色”与“蠢”；凤姐的“美”与“狠”；蓉、蔷的“狡”与“坏”；代儒的“严”与“腐”；道士的“戒”与“助”。道理很直观，不难理解，让人读了以后也会有很多启发，对自己也有很好的警示作用。整个情节里面，作者对贾瑞是“哀其不幸，怒其不争”。故事情节非常简单、直白，很容易看懂。

不过有一个问题，如果只是为了单纯的揭露一些道理，而对整个《红楼梦》的故事情节没有联系，估计作者不会费那么多的笔墨去写这么一段故事。经过仔细阅读，我似乎发现了作者写贾瑞的真正用意。

《红楼梦》看似简单，但理解起来非常难。在第五回，贾宝玉准备听曲子的时候，警幻仙姑怕贾宝玉听不懂，要贾宝玉一面看书，一面听曲。在这里，警幻仙姑其实就是在教贾宝玉如何去解读和理解《红楼梦》。那里的贾宝玉，其实就是我们自己。作者怕我们不知道怎么去读《红楼梦》，所以教我们方法。

贾瑞这段剧情，作者就是在教我们怎么去理解书中的“假语存”和“真事隐”。前面的贾瑞被王熙凤捉弄，差点就死了，这些都是为后面贾瑞之死做铺垫。真正的重头戏是道士给贾瑞风月宝鉴之后的情节。道士告诉贾瑞只能看背面，不可以看正面。但贾瑞却偏偏不听话，非要看正面，结果一命呜呼。

风月宝鉴的两个面，即“正面”和“背面”。作者写《红楼梦》的时候，给出了两个提示，即“真事和假语”。这二者之间，明显存在着非常密切的联系。风月宝鉴这面镜子非常奇怪，镜子的“正面”对应着“假语”；镜子的“背面”对应着“真事”。所以，作者写贾瑞这个情节，就是在告诉我们：如果要想知道《红楼梦》里面真正隐藏的内容，就要看书中内容的“背面”，也就是隐藏起来的部分，不能只看表面内容。但是，如果想要从表面文字看到里面隐藏的真相，是必须进行推敲的。虽然推敲的过程很枯燥也很难，但却能够解读出作者想要表达的真实想法。如果只是看《红楼梦》的表面内容，理解表面的意思，虽然内容非常华丽、美妙，却看不到书中的本质，只会被这些内容迷得神魂颠倒，如同贾瑞一般。

我们读了贾瑞，发现他非常愚蠢，既被王熙凤骗，又不按照道士的吩咐去做，结果把自己害死了。其实作者是在告诉我们，不能被书中那些表面内容给蒙蔽了。要想知道真相，就必须去研究《红楼梦》书中背后隐藏的玄机。贾瑞本来是看过风月宝鉴背面的，但他对背面的画面不感兴趣，还是觉得正面好看。背面是个骷髅，太难看，还恐怖。风月宝鉴在背面明明白白地显露出了事物的本质，但贾瑞却不相信，也不去看。在这里，作者其实已经想到了我们会和贾瑞一样，看到真相却不相信，宁愿去相信正面那些花花世界，被那些情情爱爱所蒙蔽。作者能够揣测到后人读《红楼梦》的景象，真乃神人也。

再来看贾瑞这段情节。惜字如金的《红楼梦》作者不可能写一段与整个故事情节没有连贯的内容出来。所以，作者写贾瑞这段情节，真实用意是在教我们怎么去正确地解读和研究《红楼梦》，属于教学大纲。要研究《红楼梦》，就必须先研究贾瑞，明白真相无论多残酷，那都是事实，必须接受，不能再去相信那些看起来非常华丽的表象。

公式和定律是教学过程中的重点。《红楼梦》同样也给我们定下了很多“公式”和“定律”。所以我们在解读《红楼梦》的时候，必须遵守作者给我们定下的这些“公式”和“定律”。熟读《红楼梦》的读者都知道，《红楼梦》里面如果出现“火”字，那就是“祸”；出现“隔壁”关系，就必然要发生非常危险的事情；哪个人开口就念“阿弥陀佛”，那这个人就是表面善良，内心邪恶。这些都是作者通过脂砚斋批语非常明确地告诉我们的。如果我们要准确地解读《红楼梦》，就必须严格遵守作者给我们定下的这些规定。作者明明白白写在纸上要我们遵守的，我们不能自欺欺人，不能用双标看待。要不然，就不要谈什么解读《红楼梦》了。（甲戌侧批：“‘隔壁’二字极细极险，记清。”甲戌批：“开口称佛，毕肖，可叹可笑。”）

我还发现，《红楼梦》里面有一个非常特别的现象：哪个人要办一件事，如果说了立马就去办，那这件事必然成功。如果确定要做一件事了，但要特意安排时间才去实施，那这件事必然会有重大的危险性。贾雨村得到甄士隐的帮助，不遵守约定的出发时间，连夜就离开葫芦庙，随后考取功名。冯渊非要约定三日后才去迎娶英莲，结果一命呜呼。这只是两个非常典型的例子，书中这样的情节还有很多，我们以后讲到了再细细评说。

如果大家细心读书的话，会发现《红楼梦》里面还包含了《金瓶梅》《西游记》《三国演义》《水浒传》这四部小说的诸多元素。例如，开篇讲的大石头幻化为通灵宝玉，这难道不是《西游记》中孙悟空由石头幻化而来的情节吗？那个僧人把大石头变成扇坠大小的美玉，由大变小，并在上面刻字，这不是孙悟空的如意金箍棒吗？大石头被弃在青埂峰下，经过锻炼，灵性已通，这不是孙悟空被压在五行山下的经历吗？《三国演义》里面最典型的三个人物：诸葛亮、周瑜、曹操。诸葛亮是未卜先知、周瑜是见事就知、曹操是事后方知。在《红楼梦》里面，他们分别对应：贾元春、贾母、贾宝玉。贾元春的一言一行，都印证了将来必然要发生的事，特别是她所点的四部戏，所以贾元春代表“未卜先知”的诸葛亮。贾母每次处理问题，都是见到就知道怎么处理和利用。特别是刘姥姥二进荣国府的这段剧情，就表现得非常明显。贾母利用刘姥姥来荣国府，带领刘姥姥游览大观园，实现自己想要达到的目的。这完全就是《三国演义》中“蒋干中计”的剧情，所以贾母代表“见事就知”的周瑜。对于贾宝玉，他是书中的男主角，很多情节的发展离不开他，很多谜团都与他有关，需要从他身上才可以得到答案。但一直到八十回完，《红楼梦》里面太多的谜团都没有答案，贾宝玉绝对是在大结局中才醒悟过来的，所以贾宝玉代表“事后方知”的曹操。

总之，我们在解读《红楼梦》的时候，如果作者都已经明明白白写在书上的内容，请大家不要当作看不见，不要学贾瑞一样逃避现实，欺瞒自己。只有不回避这些内容，然后再在这些内容的基础上进行深入解读，才能够把“真事隐”找出来。那《红楼梦》中真正的“真事隐”是什么呢？

但我要告诉大家的是，从下回开始，内容非常“荒诞离谱”，“满纸都是荒唐言”，会完全颠覆几百年来大家对《红楼梦》的认知，读者要有足够的心理准备去迎接真正的《红楼密钥》。

第三章　绛珠仙草

绛珠仙草的出生地是“西方灵河岸上三生石畔”。这里是故事的发源地，非常重要，切记。那“西方灵河岸上三生石畔”具体在哪里呢？

西方极乐世界，俗称“西天”，是唐僧师徒取经的目的地。在耳熟能详的《西游记》中，虽没有灵河，但却有灵山。唐僧师徒取经的目的地，如来佛祖及众菩萨罗汉所在的地方，即灵山大雷音寺。在灵山附近虽没有提到有灵河，但在去往灵山的必经之地，却有一条河，名字叫凌云渡。在《西游记》第九十八回中，说这凌云渡虽是一条宽阔无边的河，但却并非凡间的河流可比，它是观音菩萨专门安排金顶大仙为唐僧取经团队指引的通往西天灵山的必经之路。这凌云渡上，只有一根又细又滑的独木桥，凡人根本没法踩踏而过。除此之外，就是一个老汉驾驶着一个无底之船渡人，而这驾船之人就是接引佛祖。唐僧坐上这无底之船，发现从上游飘下来自己的尸身。自此，唐僧脱去凡胎，到西天灵山接受正果册封。由此看来，《红楼梦》里面的“西方灵河”就是引用了《西游记》里面灵山脚下的那条“凌云渡”之意，也说明《红楼梦》与《西游记》之间有着密切联系。

唐僧也是够悲催的，注定此生不能走水路。他一生中多次走水路的时候都是危及生命：他父母坐船时被小人暗算，那时他母亲已经怀上了他；小时候被母亲用木板把他从水上送走，成为“江流儿”；过流沙河被沙僧拦住去路；来到灵山过河，自己的肉身死了；取经回去过河，被大乌龟抖落河中差点淹死，最后经书也遭遇损失。看来走水路凶险呀。

不好！绛珠仙草林黛玉抛父上京往荣国府去的时候，走的就是水路，船的隔壁还有个贾雨村。难道绛珠仙草林黛玉危矣？

绛珠仙草林黛玉掉落河中，被水冲到岸边，来到“西方灵河岸上”。此一遇，仿佛经历了人世间的“三生三世”。在一个大石头旁边，绛珠仙草被人发现，并救了下来，那个人用“甘露灌溉”她，才得以活命。当年救起小唐僧的是一个和尚，那救起绛珠仙草林黛玉的又是谁呢？绛珠仙草林黛玉为什么会掉落河中？

不对，不对，林黛玉好好地去到了荣国府，怎么会掉落河中？书中也没有写呀。那我来问大家：去到荣国府的那个“林黛玉”是真的林黛玉吗？有什么证据来证明那个人就是真正的绛珠仙草林黛玉？

故事回到甄士隐。霍启抱英莲去看社火花灯，致使英莲被拐走，下落不明。在写作上，甄英莲映射林黛玉。所以林黛玉在贾雨村的“护送”下去往荣国府的时候，也是被“拐子拐走了”。贾雨村送林黛玉，本身就存在巨大风险。难道我们还去相信贾雨村的为人吗？“霍启”中的“霍”通“祸”，有祸事要发生。“雨村另有一只船，带两个小童，依附黛玉而行。”这个时候贾雨村的船和林黛玉的船互为“隔壁”关系。脂砚斋批：“‘隔壁’二字极细极险，记清。”说明整部书里面，如果出现“隔壁”关系，必定是要发生大事，并且还是大坏事，大家一定记清。

书中第三回开头第一句话，作者就直接写出：“却说雨村忙回头看时，不是别人，乃是当日同僚一案参革的号张如圭者。”脂砚斋批：“盖言；如鬼如蜮也，亦非正人正言。”说明作者表面上写的虽然是张如圭，但实际上并不是真写张如圭，而是写贾雨村。贾雨村就是一个魔鬼、一个蜮怪。

“蜮”，在神话传说中，它是一种躲藏在水里暗中害人的怪物。每当它口含沙粒射人或射人的影子，被射中的就要生疮，被射中影子的人也要生病。

去“护送”林黛玉的就是这么个玩意儿，大家还认为林黛玉能够安全到达荣国府吗？林黛玉当时走的是水路，而蜮怪就是喜欢躲藏在水里暗中害人。林黛玉还会安全吗？

魔鬼蜮怪贾雨村“护送”林黛玉去荣国府，中途在一个荒岛上对林黛玉实施迫害，用一个替身将真林黛玉调包。林黛玉在大海中死里逃生，被海水冲到岸上的一个大石头旁边，然后被一个出家人相救，并抚养长大。所以，她喝了很多海水，这些海水就是“灌愁海水”。

既然林黛玉出行途中“遇难”，并且刽子手就是贾雨村，那进入荣国府的“林黛玉”又是谁？是林黛玉的“替身”。真正的林黛玉是谁？是妙玉。荣国府里面的“林黛玉”是妙玉的“替身”。“因生了这位姑娘自小多病，买了许多替身儿皆不中用。”这个假林黛玉是林黛玉家买来的替身。林黛玉的“替身”代替林黛玉去出家，这个替身才是真正的出家人，所以她才会在宝、凤中毒后多次一开口就念“阿弥陀佛”。在第十五回中，净虚老尼说了一句“阿弥陀佛”。脂砚斋批：“开口称佛，毕肖，可叹可笑。”

现在我们再回过头去看绛珠仙草，“终日游于离恨天外，饥则食蜜青果为膳，渴则饮灌愁海水为汤”。为什么她会每天在思念和仇恨中度过？这就是答案。代玉（即荣国府里面的那个假林黛玉，后文为了行文方便，凡叙假林黛玉事，即用‘代玉’）和贾雨村谋害了她，林黛玉差点死在途中。后被师傅救了，养大成人。等林黛玉回到金陵，发现有人冒充自己在荣国府霸占了自己的一切，但她却无能为力，只得隐姓埋名，继续使用自己的法名“妙玉”。这就是她师傅为什么不让她回家乡的原因：自己被谋害，不是一般的江湖事件，背后的主谋是朝廷，是当今皇帝。林黛玉这个时候无缘无故成了朝廷钦犯，成为各路杀手追杀的目标。朝廷谋害她的最终目的是对付贾家。如果回到老家，就会被人识破身份，那样一来，不但自己性命不保，贾家、林家等家族也会瞬间血雨腥风、灰飞烟灭。所以她没有选择回家乡，而是找准机会进入了荣国府，把自己的身份告诉贾母，也就有了“栊翠庵喝茶事件”。“真假林黛玉”在栊翠庵第一次见面，心有灵犀一点通，也就有了“点犀盉”，也就有了“隔空接吻”，也就有了“冷若冰霜”的妙玉。为什么妙玉那么像林黛玉，因为她就是林黛玉！因为真正的林黛玉已经被调包，荣国府里面的那个“林黛玉”不是真林黛玉。

妙玉天天看着自己心爱之人和心如毒蝎的代玉谈情说爱，她泪如雨下，心在滴血，这就是绛珠仙草“以泪还情”的由来。妙玉的眼泪是血，是灌愁海的水，是离恨天的仇，是对现实社会的控诉。代玉的“眼泪”是毒药，是做作，是矫情，是欺骗，是蜮怪流出来的馋涎，是杜鹃雏鸟贪婪的鸣叫，是东施效颦的丑陋。

这就是《红楼梦》“真事隐，假语存”真正的含义：鸠占鹊巢。

第四回中，小沙弥说英莲：“虽隔了七八年，如今十二三岁的光景，其模样虽然出脱得齐整好些，然大概相貌，自是不改，熟人易认。”和妙玉一样，只要回到自己的老家，以前的熟人见了都能够认出她来。这个就是妙玉不敢回家乡的原因。

生活在荣国府里面的那个“林黛玉”是假林黛玉，真正的林黛玉是妙玉。《红楼梦》全书的主题是“鸠占鹊巢”，主旨是“论真假”。

写到这里，估计没有人能够接受这个现实。但有什么办法呢？事实就是这样，作者就是这么写的。就如“风月宝鉴”背面显现的那具骷髅，虽然残酷，但却是事实。

是否有证据？当然有，并且还非常多。

第四章　真假林黛玉

很多人认为，我说《红楼梦》中的那个代玉不是真林黛玉，纯属无稽之谈。这个也不能怪大家，毕竟几百年来，从没有人去怀疑过代玉的身份，代玉在大家的心目中已经占据了至高无上的地位，一下子要大家去接受这个事实，确实非常困难。其实我当初发现这个真相的时候，也很难相信。我尽量去找证据来证明我错了，但越是想证明我错，却越证明我对了。

我当初怀疑代玉不是真林黛玉，是通过书中的“真事隐，假语存”和“假作真时真亦假”这两句话受到启发的。当时我反反复复念着这两句话，突发奇想做了一个大胆的假设，假设《红楼梦》里面出现在我们面前的人都是假的，那林黛玉就有可能也是假的。在脂砚斋第十二回这样批：“观者记之，不要看这书正面，方是会看。”作者都已经这么说了，我们难道还不遵照去做吗?

通过认真梳理，我发现在荣国府里面的那个代玉有以下几个可疑的地方：

一、书中没有详细描述过离开林家前林黛玉的容貌，写到的时候也是一笔带过。《红楼梦》里面的众多人物，作者都进行过或多或少的外貌描写。但作为女一号，作者对她的描写非常有限，让人对林黛玉的外貌摸不着头脑。我猜想这是作者故意的，这样一来，所有人都对林黛玉没有一个具体的认知，也就为“真假林黛玉”埋下伏笔。

二、林黛玉出发去荣国府的时候，书中写道：“黛玉听了，方洒泪拜别，随了奶娘及荣府几个老妇人登舟而去。”这里明明白白写出林黛玉当时只带了一个奶娘去荣国府。但到了荣国府后，林黛玉的随从却多出来一个：“黛玉只带了两个人来。一个是自幼奶娘王嬷嬷；一个是十岁的小丫头，亦是自幼随身的，名唤雪雁。贾母见雪雁甚小，一团孩气，王嬷嬷又极老，料黛玉皆不遂心省力的，便将自己身边一个二等丫头名唤鹦哥者，与了黛玉。”这里的疑点非常大。林黛玉去之前只带了一个奶娘，现在又多了一个“雪雁”，这个“雪雁”哪里来的?如果说作者为了省几个字，那为什么有名有姓的“雪雁”不写，没名没姓的奶娘倒要写一笔?林如海安排奶娘跟随林黛玉到荣国府，作用有两个：一个是让林黛玉身边有个自己人，好照顾林黛玉；另一个是做林黛玉的证人，证明这个就是林黛玉，相当于身份证。自从贾敏嫁过去以后，荣国府这边肯定有人去过林家，知道这个奶娘。但现在这个奶娘如此“极老”，变化这么大，这谁还能认得出来？到荣国府的时候，林黛玉六岁左右，她的奶娘怎么就“极老”了？看清楚，不是一般的老，是“极老”。六年前，林如海给林黛玉找奶娘，怎么就找了一个老人？不合理。另外一个是“一团孩气”的雪雁。意思就是，雪雁其实还是一个小孩子，非常小，小到不能照顾人，还可能需要人去照顾她。派去照顾林黛玉的这两个人，一老一小，都不能照顾人，还要荣国府找人去照顾这两个人，林如海就真这么糊涂吗？林如海可是探花，全国科举考试第三名。这个只能说明，来到荣国府的这两个人，不是林家派过来的。随从出了问题，主人难道没有问题吗？“雪雁”这个名字，有鸿雁传书的意思，预示这个人有传递信息的作用。贾母也不甘示弱，直接从自己身边派了一个叫“鹦哥”的丫头过去，鹦鹉会学人说话，意思就是叫“鹦哥”把听到的话传过来，也是起到通信的作用。后来“鹦哥”确实传递了一个信息给贾宝玉，说林家的人要接林黛玉回去了。贾宝玉听到这个消息后情绪激动，大哭大闹，要死要活，这个我们后面再说。这个“鹦哥”后来也被代玉策反了，改名叫“紫鹃”，嗜血的杜鹃鸟。“鸠占鹊巢”的主角就这样产生了。有人把紫鹃的名字解读为代玉“杜鹃啼血”，这个解读是否正确呢？后面再讲。

三、代玉第一次到荣国府的时候，给大家的印象是：“众人见黛玉年貌虽小，其举止言谈不俗，身体面庞虽怯弱不胜，却有一段自然的风流态度，便知他有不足之症。”这“风流”二字，大家多参考书中对秦可卿的描述。书中第五回里面，警幻仙姑送给贾宝玉的美女秦可卿就是“风流袅娜，则又如黛玉”。秦可卿在书中就是淫荡的代名词。所以这里的“风流”是偏向淫荡的意思。林黛玉是典型的大家闺秀，怎么会有“风流态度”呢？有人对秦可卿是淫荡的代名词有疑问，这个后面再讲。

四、贾宝玉第一次见到林黛玉，知道林黛玉没有玉，就把自己的通灵宝玉摔了。贾母为了安慰他，说道：“你这妹妹原有这个来的，因你姑妈去世时，舍不得你妹妹，无法可处，遂将他的玉带了去。一则全殉葬之礼，尽你妹妹的孝心；二则你姑妈之灵，亦可权作见女儿之意。因此他只说没有，这个不便自己夸张之意。”这里表面上是安慰贾宝玉，但另一方面也可以理解为林黛玉的母亲去世时，把林黛玉的秘密也带走了，不能来指认现在这个人是不是真的林黛玉。那么，林黛玉的母亲把林黛玉的什么秘密带走了呢？贾雨村曾经说：“怪道这女学生读至凡书中有‘敏’字，他皆念作‘密’字，每每如是；写的字遇着‘敏’字，又减一二笔。”林黛玉遇到自己母亲的名字“敏”时，把“敏”字读作“密”，是秘密的意思。遇到要写“敏”字的时候，减一二笔为“母、父”，是父母的意思。连起来就是“父母的秘密”，也就是隐藏父母的秘密。（注：“遇着‘敏’字，又减去一二笔”的意思是，把“敏”字的第一笔和第二笔减去，所以就是“母、父”二字。）作者在这里已经表明了，林黛玉在隐藏自己父母的真实身份，也就为后来去到荣国府的“林黛玉”是不是真林黛玉埋下伏笔。贾宝玉的通灵宝玉是证明贾宝玉身份的信物。贾母说贾敏把林黛玉的“玉”带进坟墓，也就是在说贾敏把代表林黛玉真实身份的信物带进了坟墓，这个信物是什么呢？

五、如果这个代玉是假的，那她来荣国府做什么？有什么目的？这个问题其实从代玉到荣国府后问的第一个问题就知道了。一个女孩子去到陌生的地方，她的第一个问题就代表了她最关心的事。贾宝玉摔玉过后，代玉回到卧室，开始哭泣，袭人过来安慰她，只稍稍的安慰了一下，代玉就不哭了。接着她问了第一个问题：“究竟不知那玉是怎么个来历，上头还有字迹？”这里说明代玉非常关心贾宝玉的那块玉，特别想知道那块玉的来历。这就是她最关心的问题，也可以看出这就是她出现在荣国府的目的所在。那代玉知不知道那块玉的来历呢？代玉刚进荣国府的时候，王夫人告诉她不要接近贾宝玉，她就问王夫人：“舅母说的，可是衔玉所生的这位哥哥？在家时亦曾听见母亲常说，这位哥哥比我大一岁，小名就唤宝玉。”看见了吗？代玉是知道那块玉的来历的，但她还要问，所以她根本就不相信贾家编的这个神话故事，她想要知道关于这块玉来历的另外一个结果。当然，袭人没有遂她的愿，还是告诉她是“衔玉而生”来的。随后袭人说要拿来给她看，她说：“罢了，此刻深夜，明日再看也不迟。”说明代玉是非常急切地想了解关于这块玉更多的信息，只是怕太心急而引起别人的注意，所以说第二天看。虽然她当时拒绝了，但却点明她第二天看，表明她要看的决心。

六、代玉来到荣国府第一天就哭了。她为什么哭？她是这样说的：“今儿才来了，就惹出你家哥儿的狂病来。倘或摔坏了那玉，岂不是因我之过。”大家回忆一下，代玉第一天进入荣国府，大家都在为贾敏的去世伤心流泪。“林黛玉”远走他乡，中午大家又提到了她去世的母亲。真林黛玉非常孝顺，连母亲的名字都不直接念出来。这个时候，她应该是最想念自己的父亲和母亲，特别是母亲。但她第一天流泪，却不是为自己的母亲，而是为了一个和自己还没有感情的贾宝玉。这个情节非常不合情理，只能说明这个代玉和林如海夫妇没有感情。她哭的主要目的，可能只是引袭人过来，方便引出通灵宝玉，然后顺便打听通灵宝玉的秘密。

七、代玉第一次来到荣国府，暗暗告诫自己：“因此步步留心，时时在意，不肯轻易多说一句话，多行一步路，生恐被人耻笑了去。”这句话被很多人理解为林黛玉寄人篱下，怕自己的言行不合荣国府的规矩而被嘲笑。但大家都明白，在接下来的日子里，代玉的言行可没有践行这句话。她在贾府里面，想说什么就说什么，想做什么就做什么。说话尖酸刻薄，得不得就发火使性子，嘴下没饶过一个人。所以代玉的这个告诫，并不是大家想的这样，而是另有所指，是怕说错话、做错事而泄露了自己的真实身份。书中第十二回，贾代儒对贾瑞的管教是："那代儒素日教训最严，不许贾瑞多走一步，生怕他在外吃酒赌钱，有误学业。"这里贾代儒对贾瑞的教育也是"不许多走一步"。贾瑞不能多走一步，是因为被"上级"限制了，怕他误事。《红楼梦》前后事情皆有映射，这里就映射代玉的"不多行一步路"，也是被她的上级所要求的，怕她"误事"。

八、贾元春身处皇宫，她的信息会比较灵通，也是《红楼梦》里面的先知。所以她知道了假林黛玉的身份，但她不能明说，只能借省亲的时候暗地里向贾府传递信号。其中最明显的是贾元春点的四出戏，其中第一出就点了《豪宴》，可见贾元春对这出戏的重视程度。《豪宴》是来自清初李玉的戏曲《一捧雪》，剧中内容是写明代莫怀古因为"一捧雪"玉杯，被奸邪害得家破人亡的故事。关于《豪宴》，脂砚斋的评语是："《一捧雪》中，暗伏贾家之败。"为何会暗伏贾家之败呢？《一捧雪》的情节是莫怀古家里有一个玉杯叫"一捧雪"。严世蕃向莫怀古要这个玉杯，莫怀古找了一个复制品代替真品给他送了过去。而莫怀古的门客汤勤，向严世蕃告密说这个玉杯是假的。严世蕃就把莫怀古一家害得家破人亡。在这里，贾元春直接点出贾府中出现了告密者，而这个告密者将是贾家败落的直接原因。那她所说的告密者是谁呢？在贾元春修改匾额的时候，她把"红香绿玉"改为"怡红快绿"，去掉的是"香玉"两个字。而"香玉"本来是林黛玉，但最后被代玉冒充了。所以，贾元春在这里点出代玉就是那个假冒林黛玉混进来的告密者，一定要把她踢出去。

九、贾母带刘姥姥等人去妙玉那里喝茶。从喝茶的故事中我们发现，贾母对喝茶非常讲究，也非常懂茶艺。贾敏是贾母最疼爱的女儿，所以贾敏绝对懂茶艺，贾敏也自然会把茶艺传授给林黛玉。但当时的代玉却是一个茶艺小白，还被妙玉羞得体无完肤。相反，妙玉却非常懂茶艺，也更懂贾母。真林黛玉是个大家闺秀，应该是非常懂得礼貌礼节的。但在妙玉的中堂上，薛宝钗坐在榻上，代玉却坐在妙玉的蒲团上，代玉明显坐错了。她顺其自然地坐在蒲团上，那是她平时的养成习惯，说明她是出家人。那代玉是不是不懂自己应该坐在哪个位置呢？大家可以去看看代玉刚进荣国府的时候，她在贾赦和贾政家里观察得仔仔细细，非常清楚自己应该坐在哪个位置。但到了妙玉这里，她却不会坐了，为什么？因为她认为妙玉对她没有威胁，她可以非常放松，不用去注意这些礼节，所以她才会坐错位置。

十、代玉在第一次见到贾母的时候说过："那一年，我才三岁时，听得说来了一个癞头和尚，说要化我去出家，我父固是不从。他又说：'既舍不得他，只怕他的病一生也不能好的。若要好时，除非从此以后，总不许见哭声；除父母之外，凡有外姓亲友之人，一概不见，方可平安了此一世。'"说明真林黛玉不可以经常见除贾姓和林姓以外的生人，也不可以经常听见哭声，自己也不能哭。只有这样，真林黛玉才能够一辈子平平安安。但代玉到了荣国府后，不见生人和不听哭声这两件事，她没有一件做到，这是要自寻死路的节奏呀。另外有人说代玉吃"人参养荣丸"是在用自己的精气养着贾府。这里我要说一下，"人参养荣丸"是养着荣国府，没错。但代玉是来吃"人参养荣丸"，不是来送"人参养荣丸"的。她把养着荣国府的"人参养荣丸"吃了，荣国府拿什么来养？

十一、贾府能够做到如今这么强大，跟平时的小心谨慎是分不开的。贾雨村是凭借林如海的介绍信才见到贾政的。贾政当时认为林如海已经对贾雨村进行过政审，所以他才会放松警惕，没有再对贾雨村进行严格的审查。还有，林如海给贾雨村写了一封介绍信，那他为什么没有为自己的女儿也写一封信呢？林如海不会这么没有头脑吧？因为贾府的所有人都没有见过林黛玉，林如海怎么说也得随封信，把林黛玉的情况和贾府的人说一说，比如林黛玉平时有什么病、吃什么药等等。但贾府居然没有看到林如海的这封信，所以林黛玉一进入贾府，就开始被怀疑了。如果林如海确实为林黛玉写了一封信，那这封信在哪里呢？为什么代玉不拿出来？代玉第一次见到贾母，贾母问代玉"不过说些黛玉之母如何得病，如何请医服药，如何送死发丧"这些问题，看似平常，其实非常高深。贾敏得病、看病、吃药、病重、死亡、发丧等等这些过程，如果不是死者身边最亲近的人，是不可能知道的。贾母这个时候向林家的人询问贾家人的死因，是非常不合情理的，有向林家人质问自己女儿去世的原因和过程。人已经死了，盖棺定论，你现在问这些问题，是不是怀疑你女儿的死因？贾母这么高的智商和情商，不可能不知道这些问题的严重性。但她还确实问了，而她问的目的是在调查眼前这个人到底是不是自己的外孙女？顺便再说一下，整部《红楼梦》里面，贾家只收到过林如海写来的一封信，并且林如海是在自己快要死的时候才写的。为什么呢？只有一种情况，林如海的信送不到贾府，代玉没有给林如海写过信。

十二、代玉得知林如海快死了，在贾琏的陪同下回家，顺便给林如海办了丧事。林黛玉先失去母亲，现在又失去父亲，彻彻底底成为孤儿，人生的打击不可谓不大。再加上林黛玉平时身体就弱，遭受如此打击，可想而知她的精神状态一定会非常差。但是，等代玉办完林如海的丧事回到荣国府时，贾宝玉见到代玉的感觉是："宝玉心中品度黛玉，越发出落的超逸了。"苍天呀，这还是大家心目中的林黛玉吗？先死了母亲，现在又死了父亲，她不但不伤心，还更加“超逸了”。感觉她现在好开心呀，这合乎常理吗？所以只能说明一件事，去世的林如海不是她的亲生父亲，贾敏也不是她的亲生母亲。林如海一死，再没有人知道她的真实身份，所以她才更加“越发出落的超逸了”。不是林如海和贾敏的女儿，这个人还是林黛玉吗？

十三、代玉的亲生父母是谁？书中第六十四回，贾宝玉撞破雪雁给代玉送瓜果。雪雁告诉贾宝玉，说代玉摆出祭祀用品，叫她取一些瓜果，她要做祭祀用，并且不可以告诉任何人，是私底下偷偷摸摸进行的。但林如海夫妇的祭日已经过了，那她要祭奠谁？当时贾宝玉想着应该是代玉触景生情，突然想再祭奠一下自己的父母。但这不合乎常理，你代玉居住在别人家里面，随便就祭祀去世的人，这个多少有点忌讳。如果她真的是祭奠林如海夫妇，也没有必要偷偷摸摸、神神秘秘，毕竟贾敏夫妇是贾母的女儿、女婿，被人知道了又会怎么样？所以，她这里并不是祭祀林如海夫妇，是在祭祀她自己的亲生父母，她不是林黛玉。

第五章　耗子精

《红楼梦》第十九回，贾宝玉给代玉讲“耗子精偷香玉”的故事：

扬州有一座岱山，山上有个林子洞。黛玉笑道：“就是扯谎，自来也没听见这山。”宝玉道：“天下山水多着呢，你哪里知道这些。等我说完了，你再批评。”黛玉道：“你且说。”宝玉又诌：“林子洞里原来有群耗子精。那一年腊月初七日，老耗子升座议事，因说：‘明日乃是腊八，世上人都熬腊八粥。如今我们洞中果品短少，须得趁此打劫些来方妙。’乃拔令箭一支，遣一能干的小耗前去打听。一时，小耗回报：‘各处察访打听已毕，惟有山下庙里，果米最多。’老耗问：‘米有几样？果有几品？’小耗道：‘米豆成仓，不可胜记。果品有五种：一红枣、二栗子、三落花生、四菱角、五香芋。’老耗听了大喜，即时点耗前去。乃拔令箭问：‘谁去偷米？’一耗便接令箭去偷米。又拔令箭问：‘谁去偷豆？’又一耗接令去偷豆。然后一一的都各领令去了，只剩下香芋一种，因又拔令箭问：‘谁去偷香芋？’只见一个极小极弱的小耗应道：‘我愿去偷香玉。’老耗并众耗见他这样，恐不谙练，且怯懦无力，都不准他去。小耗道：‘我虽年小身弱，却是法术无边，口齿伶俐，机谋深远。此去包管比他们偷的还巧呢。’众耗忙问：‘如何比他们巧呢？’小耗道：‘我不学他们直偷。我只摇身一变，也变成个香芋，滚在香芋堆里，使人看不出听不见，却暗暗的用分身法搬运，渐渐的就搬运尽了。岂不比直偷硬取的巧些！’众耗听了，都道：‘妙却妙，只是不知怎么个变法，你先变个我们瞧瞧。’小耗听了，笑道：‘这个不难，等我变来。’说毕，摇身说变，竟变了一个最标致美貌的一位小姐。众耗忙笑道：‘变错了，变错了。原说变果子的，如何变出小姐来？’小耗现形笑道：‘我说你们没见世面，只认得这果子是香芋，却不知盐课林老爷的小姐才是真正香玉呢。”黛玉听了，翻身爬起来，按着宝玉，笑道：“我把你烂了嘴的。我就知道你是编我呢。”说着，便拧的宝玉连连央告，说：“好妹妹，饶我罢！

再不敢了！我因为闻你香，忽然想起这个故典来。”黛玉笑道：“饶骂了人，还说是故典呢。”

书中整个第十九回都非常重要，其中贾宝玉讲的“耗子精偷香玉”的故事更是重中之重，所以我就全文抄录了下来，其他内容我穿插着摘录。

现在很多人把贾宝玉讲“耗子精偷香玉”的故事解读成贾宝玉是个撩妹高手，我也真是服了，有这么撩妹的吗？两个正在谈恋爱的青年男女，男方指名道姓地说女方全家都是贼，说完后女方还不生气，这正常吗？这肚量也太大了吧！荒唐，太荒唐，荒唐至极。贾宝玉要讲故事，讲点《哪吒闹海》《孙悟空大闹天宫》这些故事多好，他非得指名道姓地说人家全家都是耗子，都是贼。还有，这个时候，林如海夫妇已经双双去世，贾宝玉居然说自己的姑姑、姑父是贼？死者为大，贾宝玉再无知也不可能无知到如此地步。关键是贾宝玉讲完“耗子精”的故事后，代玉居然不生气，还和贾宝玉继续打情骂俏，这完全颠覆了我的认知，这种生活理念我实在理解不了。夫妻、情侣之间，无论再怎么亲密，那也是有底线的，你打我、骂我，一定限度内我可以忍受，但你不能侮辱我的家人。

所以，我认为贾宝玉绝对不会拿自己的姑姑和姑父来开涮。但他又实实际际地向代玉讲了一个“耗子精”的故事，指名道姓地说代玉全家都是贼。只能说明贾宝玉是说代玉的全家是贼，不是说林如海全家是贼，代玉和林如海不是一家人，是完全不同的两家人，现在的这个代玉不是林如海和贾敏的女儿林黛玉。现在这个代玉的“家人”谋划着来贾府进行盗窃，代玉只是那个最小、最弱的小耗子。

“盐课林老爷的小姐才是真正香玉”，这句话中说明了两个关键信息：第一，林如海的女儿林黛玉才是真正的“香玉”，这里注意“真正”两字；第二，除了林黛玉这个真正的“香玉”，还有一个混进来的“假香玉”。贾元春为什么要把“香玉”去掉？现在应该清晰一点了吧？因为贾元春要去除的这个“香玉”是“假香玉”，而非真正的林黛玉。

“扬州有一座岱山，山上有个林子洞”，这句话中很直白地指出了林黛玉的名和姓，但这个“林黛玉”却听不出来，对自己的名字一点敏感度都没有。真林黛玉可是个高材生，怎么可能会在第一时间听不出自己的名字？由此可见，她不是真正的“林黛玉”，所以她对这个名字不敏感。

“小耗道：‘米豆成仓，不可胜记。’”米是白色的，豆是黄色的，指的是黄金和白银、白玉。“成仓”和“不可胜记”形容非常多。整句话对应“白玉为床金作马”。这说明“耗子精”的目的地就是贾府。

“乃拔令箭一支，遣一能干的小耗前去打听。一时，小耗回报：‘各处察访打听已毕，惟有山下庙里，果米最多。’”说明耗子精提前已经派了一只能干的小耗子前去打探，这只能干的小耗子把所有的地方都探查清楚了。这个提前打入贾家内部打探的人是谁呢？我的推测是秦可卿。秦可卿本身的来历就非常神秘，死得更是蹊跷。她死后，她的小丫鬟瑞珠也跟随她自行了断。秦可卿在临死前交代王熙凤要把贾家的资产进行转移。秦可卿道：“莫若依我定见，趁今日富贵，将祖茔附近多置田庄房舍地亩，以备祭祀供给之费皆出自此处，将家塾亦设於此。合同族中长幼，大家定了则例，日后按房掌管这一年的地亩、钱粮、祭祀、供给之事。如此周流，又无竞争，亦不有典卖诸弊。便是有了罪，凡物可入官，这祭祀产业连官也不入的。”“祖茔”即祖辈的坟地。贾家祖辈的坟地就在铁槛寺附近，平时清明祭祀等活动都在铁槛寺举办。这个从《金瓶梅》中可以找到线索，西门庆在自家祖坟附近置办了一所大宅院，平时上坟祭祀等活动就是在这所大宅院里面举办。秦可卿让王熙凤在铁槛寺附近多置办田庄地亩，也就是在暗示贾家把资产转移到铁槛寺。所以，这里所说的“惟有山下庙里，果米最多”，指的就是贾家把资产转移到了铁槛寺。秦可卿为什么知道转移资产的漏洞？她所关心的两件事中，头一件就是转移资产，第二件是办家塾。可以说，秦可卿对整个贾家了如指掌。连贾家管理高层不知道的，她都知道。从“耗子精的故事”里面可以得知，这个提前去打探的小耗子，在完成打探任务后，就没有再被重用，相当于是被抛弃了。秦可卿也是一样，在完成前期的打探任务后，也被她的上级抛弃，最终造成她不明不白地死去。

“乃拔令箭问：‘谁去偷米？’一耗便接令箭去偷米。又拔令箭问：‘谁去偷豆？’又一耗接令去偷豆。”这里重点描写又派出去两个得力干将去偷“米”和“豆”。我一直猜不透这两个人是谁，但从书中只是对其进行轻描淡写来看，有可能就是秦可卿的那两个随身丫鬟，瑞珠和宝珠。

故事中的重点人物“假香玉”，是一个“极小极弱的小耗”主动请缨去假扮的。“老耗并众耗见他这样，恐不谙练，且怯懦无力，都不准他去。小耗道：‘我虽年小身弱，却是法术无边，口齿伶俐，机谋深远。’”大家都认为这个“小耗子”没有社会经验，不能完成任务，但人家“小耗子”却是社会经验满满。这里的“怯懦无力”和“我虽年小身弱，却是法术无边，口齿伶俐，机谋深远”影射代玉的“虽怯弱不胜，却有一段自然的风流态度”。

书中，脂砚斋在“只见一个极小极弱的小耗”这句话旁边有庚辰侧批：“玉兄，玉兄，唐突颦儿了！”在“我虽年小身弱，却是法术无边，口齿伶俐，机谋深远”这句话旁边庚辰双行夹批："凡三句暗为黛玉作评，讽得妙！"在"我不学他们直偷。我只摇身一变，也变成个香芋，滚在香芋堆里，使人看不出，听不见，却暗暗的用分身法搬运，渐渐的就搬运尽了。岂不比直偷硬取的巧些？"这句话旁边，脂砚斋有三句批语："不直偷，可畏可怕。""可怕可畏。""果然巧，而且最毒。直偷者可防，此法不能防矣。可惜这样才情这样学术却只一耗耳。"这里脂砚斋直接道出这个"小耗子"虽然有非常高的才情和学术，但只是一个非常恶毒的"小耗子"。书中拥有高才情和学识，又多次在比试中出类拔萃的，非代玉莫属。并且在"唐突颦儿了"和"凡三句暗为黛玉作评"这两句中，作者已经明确指出，这个"小耗子"就是代玉。

这个"小耗子"偷香玉的办法是什么呢？"我不学他们直偷。我只摇身一变，也变成个香芋，滚在香芋堆里，使人看不出听不见，却暗暗的用分身法搬运，渐渐的就搬运尽了。岂不比直偷硬取的巧些。"现在我重点把这句话提出来给大家看，大家应该能够看明白了吧？这个"小耗子"的办法是变成一个"香玉"，改变它本身的形态，变成另外一个形态，它的外形已经不再是"小耗子"了。那最后这个"小耗子"变成什么了呢？"摇身说变，竟变了一个最标致美貌的一位小姐。众耗忙笑道：'变错了，变错了。原说变果子的，如何变出小姐来？'小耗现形笑道：'我说你们没见世面，只认得这果子是香芋，却不知盐课林老爷的小姐才是真正香玉呢。'"看到了吗？明白了吧？书中我们在荣国府中看到的"林黛玉"，不是真的林黛玉，而是"小耗子"变的。

作者通过"耗子精"的故事，非常明确地告诉读者，林黛玉被人冒名顶替了，这个冒充她的人就是代玉。

那问题来了，这个"小耗子"如果变成"香玉"混进去，势必就会出现两个"香玉"。但"香玉"只能有一个，如果出现两个，那"小耗子"的计划不就露馅了吗？所以，如果要实施"小耗子"的这个假冒计划，首要条件就是把真"香玉"处理掉。杜鹃幼鸟的恶毒计划就此展开，她把原生的小鸟或鸟蛋排挤出去，自己假冒成原生鸟的幼鸟，让原生母鸟喂养它。这就是林黛玉在上京途中遇害的真实原因。

那这个假冒林黛玉的代玉来到荣国府有什么目的呢？林黛玉是"香玉"，小耗子变成林黛玉去偷"香玉"，意思就是偷香窃玉。"窃玉"二字已经把她此行的目的表露无遗。结合贾元春所点《豪宴》中的《一捧雪》伏贾家之败，可见这个代玉假冒林黛玉来到贾家的主要目的是偷通灵宝玉。所以她到贾家的第一件头等大事就是打听通灵宝玉的来历。

贾宝玉这样明里暗里地说代玉一家是贼，代玉听了以后的反应是："黛玉笑道：饶骂了人，还说是故典呢。"这完全刷新了我的三观，被别人这样比喻，她居然还笑得出来，然后继续和对方打情骂俏，她父母泉下有知，该作何想？贾宝玉直接说破了代玉的身份，但这个时候，代玉却装糊涂：你用故事来说，我就顺着你的意往下滑，就是不把这层纸捅破，看你怎么办？

在贾宝玉给代玉讲“耗子精”的故事前，贾宝玉是先去看了袭人，然后才去找代玉。这个时候代玉其实并没有睡着，她在那里装睡。贾宝玉把代玉“唤醒”，让她不要睡。接着贾宝玉闻到代玉身上有“香”，要去“闻香”。在“闻香”的过程中，贾宝玉在床上几乎把代玉的身体摸了个遍，并且二人还同床共枕。

接下来就是第二十回，贾宝玉奶娘骂袭人的情节。很多人认为，这里李嬷嬷骂的是袭人。但如果仔细揣摩李嬷嬷骂人的话，其实是在那里指桑骂槐。在这里，能够听到李嬷嬷责骂的人，都有可能是李嬷嬷骂的对象。还有，李嬷嬷说：“你大模大样的躺在炕上。”当时袭人是生病盖着被子睡在床上捂汗，不是躺，而代玉才是躺着。接着李嬷嬷又说：“这屋里你就作耗。”为什么要说“耗”？说其他的不可以吗？贾宝玉才讲完“耗子精”的故事，刚刚还说代玉是“小耗子”，这里就来说“耗”了，不会这么巧吧？李嬷嬷说：“看你还妖精似的哄宝玉不哄。”谁妖精似的哄宝玉，大家看不出来吗？李嬷嬷当时在说这话的时候，谁正在哄宝玉？综合这些因素，李嬷嬷的话是说给代玉听的，并不是真骂袭人。李嬷嬷为什么要骂代玉？代玉招惹她了吗？接下来就出现了薛宝钗赶来救场的情节。薛宝钗再不来救场，估计代玉就顶不住了。宝玉听了李嬷嬷骂人后是什么反应？“宝玉虽听了这些话，也不好怎样。”为什么？之前李嬷嬷吃了一点宝玉的点心和茶，宝玉就暴跳如雷，现在她这样骂自己的女人，他倒没有反应了，说明宝玉知道李嬷嬷骂的都是事实。

贾宝玉有没有怀疑代玉的真实身份呢？在贾宝玉给代玉讲“耗子精”的故事前，贾宝玉这样问代玉：“宝玉问他几岁上京，路上见何景致古迹，扬州有何遗迹故事、土俗民风。黛玉只不答。”贾宝玉为什么要这样问？代玉为什么不答？如果面前这个“林黛玉”就是从扬州林如海家里面来到荣国府的，那她自然知道扬州的遗迹故事、土俗民风，并且一路上肯定看到了景致古迹，更知道自己从家里面出发的时候有几岁。贾宝玉问的这些问题，非常简单，就像一个人的简历一样。如果代玉就是林黛玉，这些问题自然难不倒她。但如果这个人不是林黛玉，那这些问题就太难回答了。多的我不说，就“路上见何景致古迹”这个问题，作者在代玉进京的时候是有交代的：“自上轿进入城中，从纱窗外瞧了一瞧，其街市之繁华，人烟之阜盛，自与别处不同。又行了半日，忽见街北蹲着两个大石狮子，三间兽头大门前列坐着十来个华冠丽服之人。正门却不开，只有东西两角门有人出入。正门上有匾，匾上大书‘勅造宁国府’五个大字。黛玉想道：‘这是外祖的长房了’。想着，又往西行不多远，照样也是三间大门，方是荣国府了。”从这里我们看出，代玉其实是随时都在观察周围的景象，她不可能不知道“路上见何景致古迹”。但这个时候，代玉却选择了沉默，对所有的问题，统统选择回避，在那里装睡。贾宝玉看代玉不接招，所以才主动出击，讲出了“耗子精”的故事。有人可能会说，代玉也是沿着林黛玉的路线来到荣国府的，林黛玉能够看到的，代玉也看得到，她不想回答就不回答，仅此而已。但其实代玉当时是“临危受命”，之前他们的计划不是这样安排的。“耗子精”的故事里面说得很明白，是突然改变计划。当时“耗子精”们想的是直接偷，后来改成假冒“盐课林老爷的小姐”混进去偷。当林黛玉的船行驶到中途的时候，贾雨村才有机会下手，用代玉替换了林黛玉。但因为时间仓促，所以她只能利用到荣国府前的这段时间去学习林黛玉，她根本没有时间去欣赏沿途的景色。所以她上岸后的第一个想法就是：“因此步步留心，时时在意，不肯轻易多说一句话，多行一步路，生恐被人耻笑了去。”这句话大家多读读，其中的味道就出来了。林黛玉是去她外婆家，外婆当她是心肝宝贝一样，她何必这样？但这里的代玉进荣国府，感觉不是去外婆家，更像是做贼心虚。正是因为代玉不是真正的林黛玉，所以她才回答不出贾宝玉的提问，从而选择沉默，以此来掩饰她的真实身份。

说了这么多，我主要想表达的意思是：作者通过“耗子精偷香玉”的故事，点明去到荣国府里面的“林黛玉”不是真林黛玉，真林黛玉已经在去往荣国府的途中被人调包了。

整个“耗子精偷香玉”的故事，就是贾雨村用代玉冒充林黛玉打入贾家内部，准备实施摧毁贾家的全盘计划。

第六章　密钥

《红楼梦》第三回，代玉初入荣国府，在大厅拜见完贾母等人后，就去拜见贾赦和贾政。但无一例外，哥两个都没有出来见代玉。贾赦和贾政都是贾敏的哥哥，林黛玉的母舅。他们的妹妹已经死了，现在从未谋面的侄女来到府上拜见自己，但他们两个都没有在第一时间与其相见，这个情节非常蹊跷，非常不合常理，非常不通人情。有人分析说，这两兄弟不见代玉是出于什么什么礼节，完全就是自欺欺人，为“主角”找托词。如果是礼节问题，那贾母就不会特意安排邢夫人领代玉去拜见舅舅了，难道贾母连礼节都不知道吗？所以这个解释说不通。那贾赦、贾政两兄弟为什么没有见代玉呢？下面我就把这个疑问进行解密。

我们先来看看贾赦、贾政两兄弟没有见代玉给出的理由。贾赦：“连日身子不好，见了姑娘，彼此倒伤心，暂且不忍相见。劝姑娘不要伤心想家，跟着老太太和舅母，是同家里一样。姊妹们虽拙，大家一处伴着，亦可以解些烦闷。或有委屈之处，只管说得，不要外道才是。”贾政：“王夫人因说：‘你舅舅今日斋戒去了，再见罢。’”如果说贾赦的理由勉强还过得去，那贾政的理由就太荒唐了，骗小孩也不带这样的。

代玉去拜见两个舅舅是贾母安排的，不是代玉提出来的。当时邢夫人、王夫人都在现场，如果贾政“斋戒去了”，她们两个会不知道吗？贾赦生病，她们也不知道吗？这太荒唐了。由于有如此多的荒唐，所以，这件事本身就不荒唐，必有隐情。

我们再看，当时领代玉去找贾赦、贾政两兄弟的是邢夫人。按理说也对，大儿子的老婆出面，很得体，没毛病。但就是因为太没毛病，才有毛病。邢夫人在荣国府，那是基本没有存在感的，如果要商量或决定什么大事，基本没有她什么事。所以，在代玉出去找贾赦、贾政两兄弟的时候，如果贾母他们要商量个什么事，邢夫人是一个可有可无的人，由她领代玉去，那是再合适不过的了。王夫人是正房，并且是荣国府的核心人物，分量极其重。所以，没有安排王夫人去，非常合理。

刚才说到，代玉去找贾赦、贾政两兄弟后，贾母她们在商量事情，是什么事？王熙凤的话，给出了重要提示：“竟不象老祖宗的外孙女”。虽然还有后半句话，但就这前半句就够人受的了。这句话虽然表面上是在奉承贾母，但话中有话，重点就在这前半句“竟不象老祖宗的外孙女”。自己的父母就算再不好，再不如人，再丑陋，那永远也是自己的父母，怎么能说不像呢？就算别人的父母再好、再优秀，那也是别人的父母，与我何干？为什么要说我不像自己的亲生父母，而是像其他人？夸人从来没有这样夸的，不信大家设身处地地想想，你敢这样夸哪家的孩子吗？就算把整句“竟不象老祖宗的外孙女儿，竟是个嫡亲的孙女”说完，你敢吗？王熙凤这句话，也许是她不经意之间的话。但就是这句话，或许就提醒了贾母等人，眼前这个人，到底是不是自己的亲外孙女林黛玉？荣国府里面的人，在此之前没有一个人见过林黛玉，作者写书的时候，就是这样写的。现在只凭贾雨村一句话，就说这个人是林黛玉，未免太草率了。所以，在代玉去拜见贾赦、贾政两兄弟的时候，贾家高层开了一个紧急会议，会议的议题就是：眼前这个人到底是不是林黛玉。

没有证据的推测都是废话，下面我来列出证据。刘姥姥第一次去到荣国府，王熙凤当时在第一时间也是拿不准刘姥姥的身份和来历，一头雾水，待她是轻不得、重不得的，非常棘手。这个时候，王熙凤叫人带刘姥姥及板儿去吃饭。在刘姥姥和板儿去吃饭的间隙，王熙凤摸清了刘姥姥的身份和来历，为后面处理刘姥姥一事有了把握。也就是说，在刘姥姥和板儿去吃饭的时候，王熙凤等人召开了一个短时的紧急会议。《红楼梦》中，每一个情节都不会是孤立的，绝对还有其他情节与之对应，谓之“阴阳影射”写作手法：不方便明写一个情节的时候，在另外的情节里面把它写清楚。这是《红楼梦》的一个重要写作方法，切记！作者应用这种写作手法的证据，就在书中第六十二回，在各金钗行酒令的时候，应用的规则就是“射覆”。“射覆”和“影射”有异曲同工之妙。

现在代玉和刘姥姥一样，都是荣国府非常“远”（一个是路远，一个是关系远）的亲戚。对于她们的到来，荣国府上下一时也摸不清她们的身份和底细。为了摸清刘姥姥的底细，王熙凤主持召开会议，向周瑞家打听刘姥姥的身份。同样，为了摸清代玉的底细，贾母也会主持召开会议，目的就是为了摸清代玉的真实身份。两个情节如出一辙。

有了这个推测，我们现在回过头去看前面发生的许多不合理的事情，现在就突然变得合理了。

邢夫人领代玉去，王夫人及其他核心人员全部留下来开会。所有人都知道贾赦、贾政两兄弟没有病，也没有去斋戒，要不然也就不会安排代玉去拜见。但贾母还是安排代玉去拜见，目的就是为了支开代玉好开会。那问题来了，当时贾赦、贾政两兄弟在哪里呢？答案已经非常明确了，贾赦、贾政两兄弟当时就在贾母会见代玉的房间里面，他们两兄弟在后面暗暗观察，没有出面，等代玉走后，两兄弟才出来参加开会。

到这里，可能还是有人不服，说我胡说八道。那我就再举例来证明。代玉没有见到贾赦，转而去见贾政。到了贾政家，老嬷嬷第一时间就把代玉领进“东房门”屋子。代玉在“东房门”屋子坐下，丫鬟已经给代玉上了茶，但这个时候贾政夫妇二人都没有出现。过了一会儿，有丫鬟来说：“太太说：请林姑娘到那边坐罢。”老嬷嬷又把代玉引进“东廊三间小正房内”。代玉去到“东廊三间小正房内”的时候，王夫人已经在那里了。这个小细节很难被人发现，但这里却有大问题。那几个老嬷嬷第一次怎么会把代玉领错房间呢？明明王夫人在“东廊三间小正房内”，老嬷嬷怎么会把代玉带到“东房门”的屋子里面呢？并且在代玉到了“东房门”屋子的时候，丫鬟就为代玉上了茶，似乎她们是有准备的。照这样说，王夫人原先应该是要在“东房门”这屋子见代玉的。但为什么王夫人又跑到“东廊三间小正房内”了呢？说明当时代玉先到了“东房门”屋子，王夫人后到。为了隐瞒自己是后到的，所以就只得临时安排去“东廊三间小正房内”相见。王夫人为什么会迟到呢？我们再往前看。邢夫人带代玉离开的时候，王夫人没有走。如果那个时候王夫人也紧接着回家，那她应该会在代玉前面先到家，按之前安排在“东房门”屋子见代玉。王夫人迟到，说明当时她有事耽误了。什么事呢？开会。在代玉离开后，王夫人和贾母、王熙凤、贾赦、贾政等人召开了一个紧急会议，所以王夫人才会迟到。王熙凤召开会议这事和刘姥姥去吃饭这事如出一辙。王熙凤当时召开会议的时候，王夫人委托周瑞家出席，这次她是亲自参加，两次都有她。

事情到了这里，还是有人质疑，说证据还是不充分。那好吧，我再列证据。

紧急会议开完了，我们来看看大家的态度。会后第一个会见代玉的是王夫人。她见到代玉，没有嘘寒问暖、没有关心、没有亲情，极度冷漠，非常不正常。王夫人好歹是林黛玉的舅母，林黛玉好歹是“董事长”贾母的亲外孙女，王夫人怎么就会在林黛玉刚踏入荣国府就开始给林黛玉脸色呢？王夫人是如何给代玉脸色的？王夫人见到代玉，第一句话：“你舅舅今日斋戒去了，再见罢。”很冷漠，什么时候见都没有个安排，多一个字都不想解释，王夫人才是“惜字如金”之人。紧接着就是给代玉立规矩。一句话：冷漠，非常冷漠。前面还说要王熙凤找布料给代玉做衣服，等开完会后态度就一百八十度大转弯，说明会上有对代玉不好的消息。

会后第二个见代玉的是贾母。代玉刚进荣国府，贾母见代玉的场景那是非常感人，大家有必要去重新再感受一下。当时贾母那是心肝宝贝的叫个不停，爱不过来，亲不过来，就如同见了自己的女儿贾敏一样。贾母对代玉的情绪分界线，是从王熙凤那句“竟不像老祖宗的外孙女”开始的。王熙凤说了这句话后，贾母对代玉的情绪就开始降温了，这个需要大家去仔细感受感受。但那个时候贾母也只是降温，还没有像王夫人那样冷漠。等代玉见不到贾赦、贾政两兄弟，折回来和贾母一起吃饭的时候，贾母的情绪已经非常低了，再没有了刚才那般温存，更多的是停留在表面客套而已。前后不过几个小时的事，贾母对自己外孙女的态度怎么就变化那么大呢？这中间到底发生了什么事？接着开始吃饭，贾母这个时候明确地说代玉“你是客”。这变化，太雷人了，刚才还是心肝宝贝，现在一下子就成“客”了。吃完饭，大家开始漱口，其实这只是生活中的一个小习惯而已，却被很多人描述得上了天，说什么荣国府的人吃完饭还漱口，是奢侈的表现，无语。如果我们大家吃了饭想漱漱口，也不是不可以，只要你高兴就好，怎么就把饭后漱口当回事了呢？作者写这里的真正目的其实是在描写代玉平时的生活习惯。林黛玉是贾敏的女儿，贾敏是荣国府的千金，在荣国府生活了十几年，她对这些生活习惯早就刻骨铭心了。嫁给林如海后，自然也会保留之前的生活习惯。一脉相传，贾敏绝对会教育林黛玉的习惯养成，就跟现在的很多女性一样，林黛玉自然也会有这些习惯。但恰恰这个时候，代玉迟疑了，虽然只是轻微的停顿，但她的一举一动全被严密地监视着。别人我就不说了，大家不要忘记了，当时王熙凤可是明确在现场的。天底下有什么事能够逃过王熙凤的眼睛？代玉饭后没有漱口的习惯，代玉的身份存疑。漱口后，贾母问代玉读什么书，代玉回答：“只刚念了《四书》。”接着代玉问其他姊妹读什么书，贾母道：“读的是什么书，不过是认得两个字，不是睁眼的瞎子罢了。”贾母的这个回答，大家要细品。代玉读那么高雅的书，贾母却说自家姑娘“不是睁眼的瞎子罢了”，不满之意非常强烈。这就好比我们现在找朋友聊天：“你今天吃什么？”“我们家今天吃葱姜炒肉。那你们家今天吃什么？”“吃什么吃，不过吃点开水泡饭，不被饿死就算好了。”这样说话的口气完全是话不投机，简直就是热脸贴了冷屁股。贾母在这里表现出了对代玉的不满。刚刚两个人还心肝宝贝地叫，转眼间就开始翻脸了，为什么？一切的问题就出在代玉出去后，荣国府高层召开的紧急会议。会议取得一致意见：此人是不是贾敏的女儿林黛玉，还需再观察。

到现在，还是有人说我胡说。我也不怪大家，代玉在大家心目中的美好形象被打破了，一时半会儿不能接受，我理解。但事实就是这样，作者就是这样写的，容不得我们不信。如果你还是觉得不服，那我再举证。

接下来该那个“混世魔王”出场了。贾宝玉见到代玉后，没说几句话就又问代玉读的什么书？这荣国府还真是书香门第。但作者在这里不是在夸赞荣国府的人喜欢读书，是另有目的。代玉这次是这样回答的：“不曾读，只上了一年学，些须认得几个字。”刚才还说读的《四书》，现在却把贾母的话搬过来说了。这说明什么？说明代玉感受到了贾母对刚才她的回答不满意，生气了。所以现在赶紧附和贾母，跟上贾母的步伐。从这里我们可以清晰地看出，贾母刚才确实对代玉读《四书》的回答不满意。《四书》是正书，不读《四书》读什么书？那贾母为什么对代玉的回答不满意呢？作者为了帮助读者解惑答疑，特意安排贾宝玉来回答："除《四书》外，杜撰的太多。"代玉刚说读过《四书》，贾宝玉在这里就说除了《四书》，杜撰的太多。这难道只是巧合？为了破解这个谜团，我们返回去看看真正的林黛玉之前到底读了什么书？

林黛玉的启蒙老师是贾雨村，贾雨村只教了林黛玉一年多，其间由于林黛玉身体弱，再加上贾敏去世，林黛玉其实没有上过几天学。一个刚刚被启蒙的学生，哪里就可能"只刚念了《四书》"？但"只刚念了《四书》"这句话的意思很明确：代玉已经把《四书》读完了。所以代玉所读的书和真林黛玉的真实学历有冲突。林黛玉来荣国府前，荣国府和林如海之间必定有书信往来，里面绝对谈论到林黛玉读书的事。所以贾母绝对知道林黛玉读了多少书，读了什么书。现在代玉的这个回答，和贾母了解的信息对不上，所以在代玉回答后贾母就不高兴了。从贾母的回答上看，真实的林黛玉应该还处于启蒙阶段，不过是认得两个字罢了，怎么就把《四书》读完了呢？从贾宝玉说"除《四书》外，杜撰的太多"这句话来直观地理解，说明现在这个代玉，除了说自己确实读过《四书》外，其他的都是杜撰出来的。

"假作真时真亦假"，作者在书中提出的这个观点，指的就是真假"林黛玉"。但假的永远是假的，要列证据，多得数不过来。

很多人认为我推理代玉是假林黛玉，只是我自己个人的主观推理，作者并没有这样写。其实作者已经写明了，只是大家没有看见而已，或者是做了"贾瑞"。

还是王熙凤那句话："竟不象老祖宗的外孙女儿，竟是个嫡亲的孙女。"记住，这句话是打开整部《红楼梦》神秘大门的"钥匙"。王熙凤是荣国府的"总经理"，她手里掌管着荣国府各大大小小库房的所有钥匙。作者已经提示得够明白了，就看你能不能领悟？贾母如此信任王熙凤，作者也同样信任王熙凤，所以就将开启《红楼梦》神秘大门的那把"钥匙"交给了凤姐。毕竟，脂粉队里的英雄可不是浪得虚名。

王熙凤已经明确指出，代玉不是贾母的亲外孙女，而是贾母的嫡亲孙女，也就是贾母儿子的女儿。这还不够明了吗？贾母只有一个亲外孙女，就是林黛玉。王熙凤说这个人不是贾母亲外孙女，就说明代玉不是林黛玉。已经说得够明白了，只是我们和"贾瑞"一样，即使看见了，也装作没看见。代玉不是贾母的亲外孙女，那她的父母是谁呢？答：她父亲是贾母的儿子。贾母有贾赦和贾政两个儿子，哪个会是代玉的父亲呢？答：两个都不是。代玉父亲的名字叫贾雨村，母亲是贾雨村已去世的原配。贾雨村后来的妻子叫姣杏，为他生了一个儿子。为什么？因为贾雨村与贾家连了宗，他是贾母的干儿子。到这里，还需要说再明吗？我们还要继续做“贾瑞”吗？

第七章　林如海

林如海的妻子去世刚一个多月，为什么林如海就这么着急地送林黛玉去荣国府？这个情节完全违背了常理。贾敏刚死，也就差不多刚满“五七”吧，林如海就要把林黛玉送去荣国府，哪有这么狠心的父亲？林家也是大户人家，社会地位不比贾家低，林如海还是皇帝身边的红人。荣国府再好，但毕竟不是自己家，何必去那里受气？何必要战战兢兢地“步步留心，时时在意，不肯轻易多说一句话，多行一步路，惟恐被人耻笑了他去”？以上种种不合理，却出自探花出身的林如海，真是让人匪夷所思。

其实关于林家匪夷所思的问题还不少。贾敏是怎么死的？林黛玉去荣国府后，为什么中间没有写他父女俩有书信来往？林如海最后又是怎么死的？诸如此类的问题，看似很简单，但随便把哪个问题拿出来，都非常棘手。

要解释这些问题，其实也不难。贾家有走向皇帝对立面的倾向，已经成为皇帝的眼中钉，任何和贾家来往的人都会被朝廷注意，甚至会被怀疑是“同犯”。来接林黛玉的，也就只是几个老嬷嬷而已。可能有人这个时候会开骂了，说我有什么证据证明贾家有走向皇帝对立面的倾向？认为贾家虽然和朝廷不合，但很多都是通过揣测得来的，捕风捉影，无实际证据。那书中到底有没有证据呢？

贾家和皇帝之间的关系紧张，我们从贾元春封妃时让整个贾家战战兢兢、惶恐不安就可以非常直观地感受到。林如海曾任兰台寺大夫，是专门负责监察各地官员的朝廷重臣，他的立场必须站在皇帝一方。但这样一来，他势必就要拿贾敏的娘家开刀。他这个时候选择了回避，所以被调走，担任了地方巡盐御史。林如海选择回避，说明他要和贾家站在同一条战线上，朝廷怎么可能还容得下他？但这种情况，林如海夫妇却不能对任何人诉说，只能夫妻两个默默地承受。贾敏眼睁睁看着自己的娘家一步步衰败下去，危险就在眼前，但自己却无能为力，心力交瘁，郁郁而死（真的吗？）。这个就是为什么贾敏多年不带林黛玉回娘家，贾家也多年不去林家的原因所在，因为皇帝不允许他们来往。甚至到了贾敏去世的时候，贾家也没有派人去送丧，以至于贾家的人都没有见过林黛玉。最后要送黛玉去荣国府的时候，本来应该由林如海亲自送过去，或者由贾家派类似贾琏这样的当家人来接。但林如海被限制了，不能和贾家的人碰面，迫不得已才让贾雨村送林黛玉过去。贾家也不敢派主子级别的人来接林黛玉，所以就只能派几个老嬷嬷来接。因为林家和贾家的人如果有来往，朝廷就认为林家与贾家有勾结，到时候势必两家都要遭殃。

那为什么林如海在贾敏去世才一个多月就要送林黛玉去荣国府呢？这只能说明，林如海现在面临着更大的危险，他可能随时性命不保，所以只能把林黛玉送走。林如海有危险，很多人都认同这个观点，并且后来林如海也确实死了。但更多的人认为是林如海担任巡盐御史得罪的人太多，所以遭人报复。这个推理是没有根据的，不能作数。林如海好歹也是一个朝廷命官，能够担任兰台寺大夫及巡盐御史，他的关系网那是毋庸置疑的，除了皇帝，没有哪个人敢动他。所以，林如海的危险不是来自外部，而是来自朝廷最高层，原因是他不愿意配合朝廷调查贾家的事。林如海不配合朝廷对付贾家，自然而然就站在了朝廷的对立面，所以朝廷在对付贾家之前，首先就要解决掉林如海。这就是为什么林如海要急着把林黛玉送走，又为什么林如海在毫无征兆的情况下去世的原因。林如海的危险是看得见的，这个可以从他作为兰台寺大夫被降职为扬州巡盐御史看出来，他的危险近在眼前。有人把林如海的官职从兰台寺大夫调任扬州巡盐御史认为是升职，我不认可。兰台寺大夫是京官，扬州巡盐御史是地方官职，谁大谁小难道看不出来吗？贾家那边由于体量巨大，一时半会儿还不至于倒下，先帮林黛玉找个安身之所，毕竟林家这边确实没有人可以照顾林黛玉了。贾家一时半会儿还不至于倒下这件事，贾探春说得非常清楚：“可知这样大族人家，若从外头杀来，一时是杀不死的，这是古人曾说的‘百足之虫，死而不僵’，必须先从家里自杀自灭起来，才能一败涂地。”

百密一疏，林如海和贾母都太大意了。两家已经被朝廷盯上，朝廷怎么可能会让林黛玉安全地去到贾家，所以林黛玉在半路上出事就成了必然。

这里需要插个话题。甄士隐当时告诉贾雨村三日后出发，贾雨村没有遵从，拿到钱立马就跑了。冯渊付了钱，却要在三日后才去接英莲，结果蛋打鸡飞，送了性命。林如海要贾雨村送林黛玉去荣国府，也是约定出月初二日出发。原文如此记述：“已择了出月初二日小女入都。”与贾雨村相关的三次时间约定，其中有结果的有两件，就是贾雨村拿了甄士隐的钱，没有按照约定就跑了，最后贾雨村获得成功；冯渊付了钱，约定三日后领人，履行了约定，但中间却发生变故，最后落得个人财两空，这个案件由贾雨村负责审理，也与贾雨村有关。按照这个推理，与贾雨村有关的时间约定，如果遵守了就要发生变故，不遵守的才会成功。林如海与贾雨村约定“出月初二日”出发，所以贾雨村送林黛玉的途中必然发生变故，绝对不会顺利。

为了验证真假，我们把上面三个约定反过来推理，看看这三件事会是什么结果？贾雨村如果履行甄士隐的约定，三日后出发，就有可能会面临在这三日内甄士隐反悔的风险，也可能就遭遇了那场大火，那都是不确定的。但如果他就这样及时走了，那些风险自然被全部避开，免得夜长梦多生祸患。所以，如果贾雨村按照约定时间出发，他的事情存在不成功的风险；而他违约后，事情却相反成功了。再来说冯渊，那就更明显了，如果他当时不要约定什么时间，付了钱及时把人接回去，那怎么还会出现后面的结局，他早就抱得美人归了。但他却坚定地执行约定，最终落得个悲惨的下场。那林如海送林黛玉这件事呢？如果当时林如海让贾雨村及时出发，不要遵守什么约定的日期，不给贾雨村准备的机会，贾雨村就不能把林黛玉的行程泄露出去。等船只出发后，贾雨村就没有办法传递信息，也没有时间准备，林黛玉就不会被调包，安全到达荣国府的机会就会增加。就因为林如海选的“出月初二日”出发，让贾雨村能够有时间把情报传递出去，并且准备好替换林黛玉的人选，最终落得林黛玉被害的下场。择日不如撞日的道理，在这里体现得淋漓尽致。现在看来，作者在书中故意写出他们三人的择日之期，不是那么简单，而是互相影射，用前后两件有结果的事来推断林黛玉的遭遇。

林黛玉被贾雨村送走后，面临着首尾不能相顾的局面，如同风筝脱了线，她的命运从此开始颠沛流离，生死一线之间。书中从头到尾都在写贾雨村为人虚伪，脂砚斋更是多次咒骂贾雨村为“奸雄”，让此等小人去送林黛玉，我们难道还会放心吗？林黛玉上了贼船，危险至极。

林黛玉走后，林如海可能也发现其中有问题，所以中间多次写信到荣国府，但这些信无疑都是石沉大海，杳无音信。此时的林如海悔不当初，但为时已晚。在内忧外患中，林如海还是倒下了，他的最后一封“字字看来皆是血”的书信，也终于能够安全送到荣国府。荣国府收到林如海的信时，立刻派贾琏同代玉前往扬州。

林如海的这封信，为什么“字字看来皆是血”？

办林如海丧事期间有事请示贾母，但书中第十二回却始终没有透露贾琏要请示贾母的具体是什么事。把代玉带回荣国府是去之前就安排好的：“于是贾母定要贾琏送他去，仍叫带回来。”那贾琏还有什么事要请示贾母呢？

先说说林如海是什么时候死的？书中第十二回这样写：“谁知这年冬底，林如海的书信寄来，却为身染重疾，写书特来接林黛玉回去。”这里的“冬底”是几月几号呢？书中第十一回写道：“这年正是十一月三十日冬至。”按照“冬至”节令结束的日期来推算，每个节令有十五天，所以书中的“冬底”是第二年的一月底。这就非常明确了，林如海的书信到荣国府的时间，是第二年的一月三十日前后。书中第十四回昭儿说道："二爷打发回来的。林姑老爷是九月初三日巳时没的。"这就非常清晰了：人是九月三日去世的，信是第二年的一月三十日前后收到的，两者中间有四个半月时间。林如海的信是在人去世后四个半月才收到，但死人怎么会写信？说明这封信是更早的时间就寄出来了。从寄出至收到，说有半年也不为过。这就说明，平时林如海想要写封信到荣国府是多么的困难。可以这样说，林如海写给荣国府的信，在中途被严格审核，估计根本就来不到荣国府。这封信是因为林如海死了，不得不送到荣国府，要不然估计也是来不到荣国府的。林黛玉去荣国府后，林如海和荣国府之间就彻底失去了联系。

有人会说：那林如海会不会是在贾琏他们出发去扬州后第二年的九月三日去世的呢？研究《红楼梦》，最怕研究时间，《红楼梦》里面的时间就是一笔糊涂账，根本算不明白。但非常奇怪，书中对这段情节的时间描写却异常清晰，都具体到了几月几号："这年正是十一月三十日冬至、这年冬底、腊尽春回、春分、停灵七七四十九、五七正五日。"作者到底在告诉我们什么问题？秦可卿得病、死亡、发丧这三个环节，然后在王熙凤协理宁国府的时候昭儿回来了。秦可卿是在春分前去世的，林如海的信是在冬底收到的。这两个时间相差四十五天左右。也就是说，贾琏和代玉出发去扬州后不到四十五天，秦可卿去世。秦可卿死后"择准停灵七七四十九天"，秦可卿还在停灵期间，王熙凤也正在协理宁国府，昭儿回来了。昭儿是"五七正五日"回来的，也就是秦可卿死后的三十五天左右回来的。昭儿随贾琏一起去扬州，去到不可能立马就回来，至少也要耽误一段时间，然后返回荣国府，前后总共用了不到三个月的时间。但这不到三个月可是一来一回，中间还要在扬州耽搁一段时间，单程最多一个半月。那为什么林如海的书信，只算林如海去世到荣国府收到信就用了四个半月？加上信是去世之前就写的，那时间就更长了。这里给一个准确的时间，昭儿从扬州返回到荣国府，一共用了三十五天的时间，这个推理后面专门会写到。

再有，贾琏要昭儿带过冬的衣服过去，然后又告诉王熙凤："大约赶年底就回来。"说明贾琏没有准备过冬的衣服，更直接一点就是贾琏自从过去后，没有在外面过过冬。如果过过冬，那他早就有过冬的衣服了。说明贾琏他们是春去冬回，来去一年的时间。如果林如海是贾琏去到后的那年九月三日去世的，那昭儿回来说："林姑老爷是九月初三日巳时没的"就和秦可卿去世的时间相矛盾。作者就是怕我们算不准林如海去世的时间，所以才故意由昭儿口中说出："林姑老爷是九月初三日巳时没的、大约赶年底就回来、把大毛衣服带几件去。"这是作者费了很多心思才安排出来的，不是随随便便写的，目的就是让我们算出林如海真正的死亡时间：收到书信前四个半月的九月三日。

值得注意的一点，作者为什么要写林如海是“九月三日”去世的？这个日期有什么特别之处吗？关于“九月三日”这个日期，最有代表性的作品就是白居易的《暮江吟》：

一道残阳铺水中，半江瑟瑟半江红。
可怜九月初三夜，露似真珠月似弓。

此诗大约是唐穆宗长庆二年（822年）白居易作于赴杭州任刺史途中。当时朝廷政治昏暗，牛李党争激烈，诗人品尽了朝官的滋味，自求外任，离开朝廷后心情轻松畅快，途中沿长江作此诗。

由此可见，当时白居易是因为夹杂在牛、李两个党派之间的争斗之中，致使白居易没有生存空间，为了规避风险，所以就自求外任。《红楼梦》作者在写林如海去世的时间，引用了白居易诗词的内容，其目的显而易见，就是在暗示林如海也是和白居易一样被夹在朝廷内部的党争之中，所以也是和白居易一样到外任职。白居易是主动自求外任，而林如海是不是主动，书中就再没有明显的线索了。不过，从作者在书中对某些细节上的描写来看，我们隐约可以看出，林如海面对的党争，应该是皇帝和以贾家为代表的势力之争。林如海面对这两方面的斗争，鉴于他的特殊身份，其立场也是非常难以把控。估计皇帝看出了林如海的摇摆不定，所以就把他安排到扬州做巡盐御史。林如海被贬官是皇帝要对付贾家的一个信号，贾敏眼看着自己的娘家即将大难临头，但她却无能为力，可能也就是因此才忧郁成疾而终（是真的吗？）。既然皇帝贬林如海的官职是为了打击贾家，那他肯定会阻碍两家之间的信息来往，所以林如海的书信就不能顺利到达荣国府，就连最后一封告急的书信也是四个多月后才到达荣国府。林如海送林黛玉去荣国府后就没有了回音，还断了联系，生死不明，他立刻就明白自己的女儿可能已经遭遇了毒手。在多重打击之下，林如海最终还是走上了贾敏的道路（真的吗？）。

说到信息沟通障碍，很多人觉得不可思议，认为是过度解读《红楼梦》了，但我并不这样认为。我们来看书中第十三回的开头，脂砚斋有批语：“此回可卿梦阿凤，作者大有深意，惜已为末世，奈何奈何！贾珍虽奢淫，岂能逆父哉？特因敬老不管，然后恣意，足为世家之戒。‘秦可卿淫丧天香楼’，作者用史笔也。老朽因有魂托凤姐贾家后事二件，岂是安富尊荣坐享人能想得到者？其事虽未行，其言其意，令人悲切感服，姑赦之，因命芹溪删去‘遗簪’‘更衣’诸文，是以此回只十页，删去天香楼一节，少去四五页也。”从这段批语中可以清晰地看出，批书人看到了贾家将要面临巨大的危难，但他却没有办法亲自去告诉贾家人，只能通过秦可卿去传话。由此可见，《红楼梦》中是确确实实存在信息沟通障碍的。有人可能会说，这是小说的写作手法，其中那个通过秦可卿传话的“老杇”是贾家的祖先，这段情节属于神话故事，不可以当真。但我要说，如果这段情节是真实的，而不是神话故事呢？作者在第一回开篇写道：“因曾历过一番梦幻之后，故将真事隐去，而借‘通灵’之说，撰此《石头记》一书也。”说的非常清楚，作者自己有一番生活经历，想把这段生活经历写出来，但不能直接写，只能把真实事情隐去，然后假借“通灵”之说把这段经历写出来。书中虽然出现很多关于灵异方面的情节描写，但那些都不是真的出现灵异事件，而是作者借用的一种写作手法，书中不存在“通灵”之说。最明显的就是作者写女娲补天，剩下了一块石头没有用的这段情节。其实是在写作者曾经本来是可以做皇帝，但可惜最后没有能够实现。其写作手法就是运用了“借通灵”之说的写作手法。所以，脂砚斋在这段批语中说“托凤姐贾家后事二件”是真有其事。至于这个批语中的“老杇”是谁，我会在其他地方来揭露。这里我只想说明一点，这位“老杇”虽然看到贾家即将面临灾难，但却不能出面向贾家的人说明，只能曲线救贾家。由此可见，《红楼梦》中确实存在信息沟通障碍问题。这里存在，那么林如海那里自然也存在这个问题。

再回过去说贾琏送代玉之事。贾琏和代玉去到扬州的时候，林如海已经去世了。要不然代玉去到扬州就会露馅，她敢去扬州就是因为她知道林如海已经去世。

林如海一死，再没有人知道谁是真正的“林黛玉”，此时代玉悬着的心终于可以落地了。所以在代玉回到荣国府后，贾宝玉见到的代玉就是“越发出落的超逸了”，正所谓：“人逢喜事精神爽”。她的“喜”却是建立在林如海的死之上。到这里，我们就可以很好地理解贾宝玉给代玉开的药方里面，作为首位的君药，为什么竟然是古墓里面死人身上戴着的珍珠宝石了。因为代玉的健康、快乐和幸福，都是建立在别人的死难和痛苦之上。这种罪恶的行径，很好地诠释了小杜鹃实施鸠占鹊巢的罪行。

那问题来了：贾琏到底要请示贾母什么事？我估计应该就是林如海的遗产问题。从妙玉身上可以看出，林家确实也是富户，是名副其实的钟鸣鼎食之家。但眼前代玉这个人，明显不是真的林黛玉，贾家是不可能把林家的财产给她，但这层关系大家又不能说破。贾琏对这个事没有做主的权利，所以就要请示贾母。贾母他们收到林家的遗产后，并没有让代玉染指，以至于后来代玉生病都没有钱买燕窝吃，因为她确实没有资格享受林家的财产。虽然种种迹象表明妙玉就是真林黛玉，但却没有足够的硬性证据，所以妙玉也没能继承这份遗产。这个时期，荣国府刚好要建大观园，所以这笔财产就被荣国府暂时挪用了，贾琏也才会发出“再发个三二百万财就好了”的感慨。

林如海和荣国府都是朝廷重臣，能够干预他们书信往来的人，在那个年代，绝对不是一般人，没有朝廷最高统治者的授意，没有谁敢如此做的。林如海身为朝廷重臣，“山雨欲来风满楼”的意识还是有的，他不愿意配合朝廷对付贾家，从而得罪朝廷，他的生死也是旦夕之间的事了。这个时候，他只有把林黛玉送走。在荣国府至少比在林家要安全一点，毕竟贾家的势力也不是一般的大。但林如海和贾母居然让贾雨村去送林黛玉，真是百密一疏。

第八章　栊翠庵

荣国府里面生活的“林黛玉”是假的，那真的林黛玉呢？答案是：真正的林黛玉是妙玉。

作者在写《红楼梦》的时候，老“四大名著”已经在社会上声名大噪了。所以作者绝对熟读过老“四大名著”，对里面的情节非常熟悉，甚至有非常深的研究。一直以来，“红学”研究者们都认为：要读懂《红楼梦》，首先要读懂《金瓶梅》，因为作者写《红楼梦》的灵感就来源于《金瓶梅》，甚至认为没有《金瓶梅》就没有《红楼梦》。但其实我认为，《红楼梦》里面不但有《金瓶梅》，还有《西游记》《水浒》《三国演义》。

在读《红楼梦》的过程中，我发现作者就借鉴了老“四大名著”里面部分非常精彩的情节，然后将其融入《红楼梦》里面。比如“真假美猴王”“江流儿”“蒋干中计”等。“江流儿”指的是《西游记》中唐玄奘还小的时候，她的母亲怕他被恶人迫害，不得已用一块木板载着他，把他从江中送走，后来被一高僧相救。

贾雨村坐船送林黛玉去荣国府，途中将林黛玉和她的奶娘抛弃在一座孤岛上，然后用代玉冒充林黛玉，并给代玉安排了一老一小两个仆人。没有想到，林黛玉居然死里逃生，被一位得道高人所救。这位高人得知林黛玉的身世后，收留了林黛玉，并把林黛玉带在身边教育，为她取法名“妙玉”。为了不暴露身份，这位高人不准妙玉联系家人，也不准她返回家乡。因为对方就是要她死，如果她没有死，那为她而死的人就会更多。这位高人在临终的时候告诉妙玉找机会进入荣国府，把真相告诉贾母，这样可保妙玉和贾家的安全。妙玉利用贾府备办省亲的机会进入贾府，并见到了贾母。贾母本来就怀疑之前到荣国府的那个人不是林黛玉，现在看到又来了一个“林黛玉”，她不能完全相信，就单独给妙玉安排了一个住处——栊翠庵，限制妙玉只能住在庵里，不得私自见任何人。

《红楼梦》书中对林黛玉的外貌描写非常少，只有偶尔只言片语。特别是在林黛玉离开扬州之前，几乎没有对她的外貌进行过描写。相比较其他人物在外貌上的描写，明显存在非常大的不公平。我认为作者之所以这样安排，主要就是为了不让读者对前后两个“林黛玉”进行比较，要不然假的就没有办法装下去了。

妙玉的身份一直让大家非常疑惑。熟读过《红楼梦》原著的人会发现，妙玉和林黛玉明明是不同的两个人，但却好像又是一个人，搞得大家云里雾里的，这为妙玉蒙上了一层神秘的面纱。当代玉问妙玉泡茶所使用的是什么水的时候，妙玉为什么说代玉是“大俗人”？这说话的气势，完全没有给代玉一点面子。代玉自问有高学历、高修养、高情商，但却被骂为“大俗人”，这可是对一个人非常大的侮辱。从这里，我感觉虽然两个人从未见面，但两人却好似有深仇大恨一样。

《三国演义》中，当周瑜得知蒋干过江的时候，立刻就想到如何充分利用蒋干以达到自己的目的，然后经过部署后就带着蒋干视察军营。《红楼梦》中也一样。当贾母得知刘姥姥来到荣国府的时候，贾母立刻就想到了如何充分利用刘姥姥。她先做好布置和安排，然后带着刘姥姥等一众人去游览大观园，最后来到妙玉的栊翠庵喝茶。贾母的目的就是要辨别两个“林黛玉”的真假。

为什么说贾母去妙玉那里喝茶是提前安排好的？下面我们看：“当下贾母等吃过茶，又带了刘姥姥至栊翠庵来。妙玉忙接了进去。至院中，只见花木繁盛。贾母笑道：‘到底是他们修行的人没事常常修理，比别处的越发好看。我们才都吃了酒肉，你这里头有菩萨，冲了罪过。我们这里坐坐，把你的好茶拿来我们吃一杯就去了。’”贾母他们刚刚已经吃过茶了，现在又来到妙玉的栊翠庵喝茶。所以说，贾母他们不是来喝茶，是另有目的。“贾母便吃了半盏，便笑着递与刘姥姥。”看见了吗？贾母并不特别想喝茶，妙玉精心准备的茶，贾母只喝了半盏。还有就是，妙玉给贾母泡茶的水是“旧年蠲的雨水”，也就是去年的雨水。给薛宝钗、贾宝玉、代玉泡茶的水是：“五年前在玄墓蟠香寺住着，收的梅花上的雪，共得了那鬼脸青的花磁瓮一瓮，总舍不得吃，埋在地下。”这两种水都大有来头，都需要小心保管。但妙玉在贾母等人一到栊翠庵的时候，就很从容随意地分别拿出来泡茶招待，说明妙玉对贾母等人要来栊翠庵是有准备的，也由此可知她是知道贾母一行人这个时间要来栊翠庵。那也就是说，贾母一行人来栊翠庵是提前计划好的，不是临时安排，并且还特意通知过妙玉。那贾母他们来栊翠庵是什么目的呢？不可能就为了一盏不想喝的茶吧？

栊翠庵喝茶情节里面，妙玉展示了她的茶艺。但从短短的文字中可以看出，贾母也是个茶艺高手。“六安茶”是清火的，“老君眉”是消食的。贾母他们刚“都吃了酒肉”，这个时候需要消食，所以她不喝“六安茶”，要喝“老君眉”。并且她对泡茶的水非常讲究，询问了妙玉是“旧年蠲的雨水”后才喝，并且只喝了半盏。妙玉就说过：“岂不闻一杯为品，二杯即是解渴的蠢物，三杯便是饮牛饮骡了。”贾母来这里是品茶，然后从妙玉和贾母对喝茶的理念来看，他们两个都是茶艺高手，并且对茶艺的理解是相同的。每个人的茶艺都有一定的传承，自己的茶艺和传授自己茶艺的人，理念是一脉相传的。这里，妙玉和贾母对茶艺的理念相同，是一脉相传的。

妙玉给贾母上茶的时候，贾母简单地说："我不吃六安茶。"妙玉笑说："知道。这是老君眉。"贾母接了，又问是什么水。妙玉笑回："旧年蠲的雨水。"从这几句简单的对白中，我们发现妙玉此前没有给贾母泡过茶。如果之前妙玉给贾母泡过茶，妙玉就知道贾母的习惯，贾母也就不用特别提醒妙玉。可见这是妙玉第一次给贾母泡茶。妙玉以前没有给贾母泡过茶，但她对贾母的生活习惯却掌握得非常准确。这种生活中的小细节，可不是随便哪个人都能够掌握的，只有贾母身边最亲近的人才能够知道。妙玉之前就没有给贾母泡过茶，她怎么会懂贾母呢？她的茶艺又是谁教的呢？答案不言而喻，那就是贾母的女儿贾敏。贾敏是贾母最喜欢的女儿，姑娘的时候肯定经常在贾母身边，贾母把自己的茶艺传授给了贾敏，贾敏再传授给林黛玉，也就是妙玉。妙玉口中说的"知道"二字，其中蕴含了多少故事。妙玉为什么会知道贾母的生活习惯？贾敏经常给林黛玉讲荣国府的事，肯定也讲过贾母的生活习惯，所以妙玉才会这么了解贾母。说到这里，大家仔细想想，整部《红楼梦》里面，代玉从来没有像妙玉这样做出过一件贴合贾母心意的事情，这正常吗？之前就提过，贾敏经常给林黛玉讲荣国府的事，而代玉在荣国府却非常的蹩手蹩脚，没有一丝一毫的融入感。在贾母等人去栊翠庵之前，她们还先去了代玉的潇湘馆。当时代玉忙着要泡茶，王夫人说不用泡了，她们不喝。可见，代玉对贾母和王夫人等贾家重要人物的生活习惯是不了解的。反观妙玉，在贾母等人面前，收放自如，仿佛她们就是一家人。

"贾母便吃了半盏，便笑着递与刘姥姥。"妙玉给刘姥姥喝茶的器皿是"成窑五彩泥金小盖盅"，这个茶杯可是瓷器里面的天花板。这个茶杯放到现在，那就是天价，但即使在那个年代也是极其名贵。这里贾母把喝剩下的半盏茶递给刘姥姥，其实是故意的。贾母的这半盏茶，为什么不给其他人，只递给了刘姥姥？因为刘姥姥太俗了。贾母如果还要继续喝茶，那她是不会再用刘姥姥用过的这个杯子。所以贾母在这里只喝了半杯茶，是意思一下，也顺便品一口妙玉的茶，不是真想喝茶。贾母的主要目的是把那个茶杯递给刘姥姥，让刘姥姥在妙玉面前喝茶，以此来试探妙玉。如果面前这个妙玉是自己的外孙女，那她就一定清高，还古怪。刘姥姥喝了那半盏茶后，妙玉怎么处理那个"成窑五彩泥金小盖盅"，以及对刘姥姥的态度，贾母都是在暗暗观察的。知女莫如母！结果是妙玉说不要就不要，还要丢了那个茶杯。从妙玉处理这个刘姥姥喝过茶的杯子的行为来看：第一，妙玉家庭显贵，她本人见多识广，这些在平常人看来贵重的物件，她不看重；第二，不喜欢庸俗的人，不会接受庸俗的人使用过的餐具；第三，小性子十足，爱怎么就怎么，不会顾及别人太多的感受；第四，有洁癖。刘姥姥好歹是贾母请来的客，妙玉说不喜欢就不喜欢，毫不掩饰。贾母虽然没有见过妙玉，但她和贾敏之间的书信往来肯定聊过林黛玉，并且林黛玉是贾敏的女儿，多多少少有着贾敏的一些特点，所以她肯定知道林黛玉的脾气性格。在贾母等人来栊翠庵之前，她们还去了贾探春的秋爽斋，贾母曾经说道："咱们走罢。他们姊妹们都不大喜欢人来坐着，怕脏了屋子。咱们别没眼色，正经坐一回子船喝酒去。"从贾母的这句话中可以看出，贾家的女孩子们都有一个特点，那就是爱干净，甚至都有洁癖。贾敏也是贾家的姑娘，也同样有这些特点。相应地，贾敏的女儿也会有这样的特点。这个爱干净到有洁癖的特点到底好不好，不是我们讨论的重点，也不是作者真正的意图，作者其实是想以此来证明贾家女子们的共同点。很多人以妙玉嫌弃刘姥姥喝过茶的杯子来诟病妙玉，认为妙玉看不起劳动人民，属于假清高，有违出家人的初衷。持有这种观点的人，没有看懂《红楼梦》作者的真正意图，并且还停留在"贾瑞"的层面，只会看表面。相反，妙玉嫌弃刘姥姥喝过茶的这个杯子，恰恰证明她和贾家其他女孩子一样，都有洁癖，说明她们之间有血缘关系。换作贾探春等人，估计也会嫌弃。还有，如果说妙玉看不起穷苦人，那妙玉为什么会和比刘姥姥更穷的邢岫烟亦师亦友？插一句，在刘姥姥喝过茶后，贾母还会用那个杯子喝茶吗？当今社会，去别人家喝茶，主人为什么有自己的专属茶杯？

下面是栊翠庵喝茶剧情的重点：妙玉特别邀请薛宝钗、代玉、贾宝玉进去单独喝茶。鸿门宴就此拉开帷幕。

刚进入栊翠庵的时候，贾宝玉就开始警惕起来："宝玉留神看他怎么行事。"这里他是在暗地里观察妙玉。但这个时候，代玉是没有防备之心的，所以她们进入妙玉的耳房后，薛宝钗坐在榻上，代玉坐在妙玉的蒲团上。原著是这样写的："只见妙玉让他二人在耳房内，宝钗坐在榻上，黛玉便坐在妙玉的蒲团上。"这种情况，谁对谁错，一目了然。作者为什么对他们两个坐在哪里要特别说明？其实作者在这里是要特别指出：代玉所坐的位置非常不恰当。为什么代玉会"坐在妙玉的蒲团上"？代玉在见到妙玉的时候，没有对妙玉产生防备之心，所以她来到妙玉住处时，认为这里没有争斗，非常的放松。人一旦放松了自己，就会不由自主地暴露出自己的本性来。对于妙玉的身世，大家都知道了，之前因为妙玉身体弱，她的家人就找了一些替身去代替妙玉出家。但那些替身后来就一直没有再出现过，这些替身在哪里？又去了哪里？书中始终没有写。不过我们要注意，既然妙玉的家人给妙玉找替身，那这些替身在各方面一定会和妙玉非常相似，越像就越能代替妙玉去出家。这些替身的身份是出家人，常年在庙里面生活，所以对寺庙里面的生活非常熟悉，寺庙里面的各种生活方式已经潜移默化地进入了她们的脑海中。如果平时多注意自己的言行，一般就不容易暴露自己的身份。但像这次代玉来到妙玉这里，就是因为她太放松了，所以她才不由自主地“坐在妙玉的蒲团上”。薛宝钗坐在榻上也是一种本能反应。所以，代玉就是当年代替妙玉去出家的一个替身。这里还需要特别说明一下，贾宝玉看到妙玉拉代玉和薛宝钗进入里间，他也跟着进去。看似很平常，但作者接着就写道：“宝玉悄悄地随后跟了来。只见妙玉让他二人在耳房内，宝钗坐在榻上，黛玉便坐在妙玉的蒲团上。妙玉自向风炉上扇滚了水，另泡一壶茶。宝玉便走了进来。”贾宝玉是“悄悄的随后跟了来”，这里作者特别注明了贾宝玉的这个动作，说明贾宝玉不想让别人看到他跟进去了。那他是不想让谁知道他跟进去呢？其实他当时是不想让妙玉、代玉和薛宝钗看到，他在暗中观察这三个人的一举一动。等观察完了，“宝玉便走了进来”。这个时候，贾宝玉已经得到了他想知道的，所以他就大大方方地进去了。

贾母找借口不进去，贾宝玉悄悄地跟进去，这些都是贾母在给妙玉、代玉和薛宝钗营造一个独立的空间，让她们各方都处于一种放松的状态，同时也让她们放下戒备之心。要不然，妙玉泡茶又何必单独另找地方？其实当时妙玉是在暗中和代玉斗茶，只是代玉没有意识到，等她意识到的时候，已经晚了。贾宝玉进去收集信息，并把这些信息汇集给贾母，贾母自然会有自己的判断。

妙玉给他们三人的茶杯也是各有不同，给薛宝钗的是“一个傍边有一耳，杯上镌着‘瓟爮斝’三个隶字，后有一行小真字是‘晋王恺珍顽’，又有‘宋元丰五年四月眉山苏轼见于秘府’一行小字。”给代玉的是：“一只形似钵而小，也有三个垂珠篆字，镌着‘点犀盉’。”给贾宝玉的是：“将前番自己常日吃茶的那只绿玉斗来斟与宝玉。”给薛宝钗的茶杯显得即高贵又高雅，读音是“bān páo jiǎ”，通“帮包假”。薛宝钗的作用就是在暗中帮助代玉以虚假的身份隐藏在贾家内部，所以脂批才会在第四十二回总批中指出她二人：“钗、玉名虽两个，人却一身，此幻笔也。今书至三十八回时，已过三分之一有余，故写是回，使二人合二为一。请看黛玉逝后宝钗之文字，便知余言不谬矣”。给代玉的茶杯争议就大了，有说是“杏犀盉”的，也有说是“点犀盉”的，现在我认为没有必要争了，就是“点犀盉”，心有灵犀一点通的意思。一个真林黛玉，一个假林黛玉，大家心照不宣，一点即通（谁来点？）。还有，给代玉的茶杯“形似钵”，钵是出家人的用具，这里作者暗指代玉真实的身份是出家人。给贾宝玉的茶杯就太悲情了，妙玉是真喜欢贾宝玉、爱慕贾宝玉，把自己的茶杯给贾宝玉喝茶，是在向贾宝玉隔空亲吻。自己的爱人就在眼前，但却不能相认，通过茶杯作为媒介亲吻自己的爱人。作者真的伟大，把爱情写到了极致。

妙玉喜欢代玉吗？答案是否定的。当代玉也想展露一下自己茶艺的时候，妙玉给了她当头一棒："黛玉因问道：'这水也是旧年的雨水？'妙玉冷笑道：'这么个人，竟是大俗人，连水也尝不出来。这是五年前我在玄墓蟠香寺住着，收的梅花上的雪，共得了那鬼脸青的花磁瓮一瓮，总舍不得吃，埋在地下。今年夏天才开了，我只吃过一回，这是第二回了。你怎么尝不出来？隔年蠲的雨水，那有这样轻淳，如何吃得。'"妙玉故意把前面泡给贾母的茶水和现在泡给代玉的茶水分开，不使用同一种水，就是不想被代玉钻空子。（哦，原来如此，怪不得贾母要问代玉有关贾敏的事。）本来应该用梅花上的雪水给贾母泡茶，拿隔年蠲的雨水给代玉他们泡茶。但妙玉却反过来使用，其目的就是在考验代玉。估计就算代玉不问，妙玉也会主动出击。妙玉没有拿更好的梅花上的雪水给贾母泡茶，而贾母却丝毫不在意，这就更说明贾母到此的目的不是为了喝茶，是在考验这两个"林黛玉"谁真谁假。

代玉不懂茶艺的秘密被揭露了，所以她"亦不好多坐，吃过茶，便约着宝钗走了出来。"代玉这个时候用落荒而逃来形容一点都不为过。后面贾宝玉说叫人来帮妙玉洗地，更多的人更讨厌妙玉了。不明白她为什么这么不近人情，为什么这么难亲近，为什么这么讨厌别人。那妙玉在这里是要洗哪块地呢?

妙玉在贾母面前的表现，是那么的无拘无束，随心所欲，自然洒脱。那种外孙女见到外婆的感觉，立马就浮现在我们面前：又乖巧又任性。反观代玉："因此步步留心，时时在意，不肯轻易多说一句话，多行一步路，生恐被人耻笑了去。"通过对比，这两者之间的差异自然而然就显现出来了。

当时所有人都是贾母带去喝茶的，但妙玉对代玉和刘姥姥却表现出嫌弃，完全没有给贾母面子。不过贾母对此表现得非常平静，没有一丝不快的感觉。贾母的这种态度，估计让在场的人非常吃惊。到这里应该可以得出结论：栊翠庵喝茶事件就是贾母布的一个局，她利用喝茶来得到自己想要的真相。

在这里我还要补充一点，那就是"爱"。妙玉爱贾宝玉，这是不争的事实，但爱的最高境界却最难写。特别是绛珠仙草要去还神瑛侍者眼泪，该怎么写才最有深度？妙玉真实的身份被代玉顶替，代玉天天就在妙玉眼前和贾宝玉谈情说爱、打情骂俏，而妙玉却不能出去相认。可想而知，妙玉付出了多少眼泪。妙玉的眼泪是看不见的眼泪，也就是应了那"还他一世的眼泪"。代玉每次的眼泪都是明着流，也就是能够数清楚有多少眼泪，并且有时候也不是为了贾宝玉而流泪。妙玉的眼泪是真，代玉的眼泪是假。真的藏起来了，假的出现在人们面前。妙玉天天想着自己的爱人，但只能用茶杯隔空亲吻，这种爱的升华，简直就是神来之笔。

妙玉和代玉两个人性格极其相似，但妙玉的性格特点却非常自然，不管你喜欢不喜欢，她的那种性格就是一种浑然天成的感觉，与生俱来。反观代玉，她的性格略显不自然，有故意模仿的痕迹。很多人在研究《红楼梦》的时候发现，林黛玉的性格前后变化非常明显，但就是找不出原因。现在大家来看，应该不难理解了吧？代玉其实就是一直在模仿林黛玉，所以她的性格才会出现前后那么大的反差。有一种性格叫“林黛玉性格”，她的性格非常有特点。在没有见到妙玉的时候，代玉的性格确实像“林黛玉性格”，但见了妙玉以后，发现代玉的性格成了山寨版，妙玉的才是正版。这也不得不让我想到了“东施效颦”的典故。作者本来就是把林黛玉当作西施来写，所以有“东施效颦”也就不奇怪了。这个需要大家仔细地去品。另外，妙玉的生活方式，就是癞头和尚为林黛玉下的判词：“既舍不得他，只怕他的病一生也不能好的。若要好时，除非从此以后，总不许见哭声；除父母之外，凡有外姓亲友之人，一概不见，方可平安了此一世。”妙玉在栊翠庵里面就是从来不见外人，而代玉在荣国府却是天天见外人。

经过栊翠庵喝茶事件，我们已经可以看出，真正的林黛玉是妙玉，妙玉就是林黛玉。在贾府里面活动的代玉不是真的林黛玉，是林黛玉的替身。

有人可能会说，林黛玉在途中被换，难道荣国府去接的人没有发现吗？这个问题，作者也考虑到了，大家请注意看：“黛玉听了，方洒泪拜别，随了奶娘及荣府几个老妇人登舟而去。”这里作者特别写明：荣国府当时派过去接林黛玉的是几个老妇人，属于地位比较低的女仆人，年龄还比较大。林黛玉大家闺秀，公开露面的时候也不会直接就把自己完全暴露出来，所以那几个老妇人根本不可能看清楚林黛玉的面容，这就为贾雨村调包林黛玉创造了机会。作者十年磨一剑，他对《红楼梦》的写作非常严谨，我们要特别注意里面的每一句话、每一个字。

比较“林黛玉”在林家及去到荣国府的变化，我们发现，林黛玉在林家的时候，作者没有对林黛玉的外貌进行描述，这非常奇怪。难道作者就是为了不让我们对前后林黛玉进行比对？在林家的时候，贾雨村曾经描述过林黛玉的性格：“怪道这女学生读至凡书中有‘敏’字，他皆念作‘密’字，每每如是；写的字遇着‘敏’字，又减一二笔，我心中就有些疑惑。今听你说的，是为此无疑矣。怪道我这女学生言语举止另是一样，不与近日女子相同。度其母必不凡，方得其女。今知为荣府之外孙，又不足罕矣。可伤其母上月竟亡故了。”这就是林黛玉的性格。从贾雨村对林黛玉性格的描述上看，真林黛玉的性格主要有以下几个方面：

第一，我行我素。只要我自己想要做的事，不会去在乎其他人的看法。贾雨村是林黛玉的老师，尊师重道这个道理人人都知道。林黛玉“每每”遇到“敏”字就错，这是对老师的不尊重，但她才不管你高兴不高兴，只要她认为她是对的就可以。

第二，性格古怪。贾雨村的话里面，用了两个“怪道”，可见林黛玉的性格在旁人看来非常古怪，在外人看来，林黛玉的性格不可理喻。

第三，“言语举止另是一样，不与近日女子相同。”林黛玉的性格和平常人不一样，如果出现了和平常人一样的人，那这个人就不是林黛玉。这里让人感觉林黛玉就是个另类，不近人情。

第四，对父母非常孝顺。林黛玉为了孝顺自己的母亲，不惜冒犯老师，并且是时时刻刻、随时随地都在想着自己的父母。平常说话、读书都会避讳自己母亲的名字。

第五，有其母，必有其女。林黛玉的性格可以说就是贾敏的复制，林黛玉就是年轻时的贾敏，基本没有区别：“度其母必不凡，方得其女。”

此外，开篇的时候，那一僧一道也说了，林黛玉的前世绛珠仙草要随神瑛侍者下凡，用一世的眼泪偿还。这事本身就非常奇，能够做出这样奇特事情的人，思维方式也是和常人不一样。这也印证了林黛玉性格“怪”的特点。

总结了以上林黛玉的各种性格特点，我们再来看全书里面能够符合以上特点的人是谁?

作者为了更明白的提示读者，在第一回空空道人和大石头的对话中，大石头这样说：“故假拟出男女二人名姓，又必傍出一小人其间拨乱，亦如剧中之小丑然。”“男女二人”那自然就是贾宝玉和林黛玉。“一小人”这里争议就大了，更多的人说是薛宝钗。但仔细品读作者给的提示：这个“小人”在“其间拨乱”，“亦如剧中之小丑然”。戏剧中“小丑”角色的表现形式是他自己觉得自己的行为是正常的，但观众却觉得他的行为非常滑稽可笑，他看不透自己，但观众却把他看得明明白白。“小丑”这个角色没有固定是正面角色还是反面角色，只能根据剧情来定。其中，剧中反面角色的“小丑”在做坏事的时候，往往认为自己很聪明，以为别人发现不了自己的行为。其实他的一举一动非常愚蠢，都尽在别人的掌握之中，但他还在那里尽情地表演，惹得观众开怀大笑。《红楼梦》中，这个“小丑”在“其间拨乱”做坏事，属于剧中反面角色的“小丑”。所以，作者所指的这个“小人”是个猖狂捣乱而成不了大器的坏人，她品格低下，为了达到个人私利或不可告人的目的而极尽破坏，她的一举一动早被别人看得一清二楚，但她自己还浑然不知。

我们结合“耗子精”的故事来解读。“小耗子”变化成盐课林老爷小姐的模样混进去，扰乱对方的判断力，目的是偷香芋。其所作所为和上面提到的那个“小人”如出一辙，都是混在人家中间干坏事。对于这个“小耗子”，作者通过脂砚斋明确的指出就是“颦儿”代玉，并且这个“小耗子”品德还非常低下。其可作为证据的重点批语是：“庚辰侧批：玉兄，玉兄，唐突颦儿了！”“庚辰双行夹批：凡三句暗为黛玉作评，讽得妙！”“庚辰双行夹批：果然巧，而且最毒。直偷者可防，此法不能防矣。可惜这样才情这样学术却只一耗耳。”所以，书中“故假拟出男女二人名姓，又必傍出一小人其间拨乱，亦如剧中之小丑然。”这句话中所说的这个“小人”就是代玉。

贾元春点的第一出《豪宴》，庚辰双行夹批：“《一捧雪》中伏贾家之败。”说明贾家衰败的原因和《一捧雪》里面的剧情差不多。首先是自己被别人盯上了；然后是家里出了内鬼；最后才导致衰败。要想不衰败，其中一个方法就是找出内鬼，并铲除他。当初贾元春省亲的时候修改“蓼汀花溆”为“花溆”时，“蓼汀”是指供大雁等水鸟休息繁衍的“沙洲”，跟随林黛玉来到荣国府的小丫头就叫“雪雁”。贾元春去掉“蓼汀”，就是在暗示要让林黛玉和雪雁离开贾家，不给她们在贾家有立足之地。把“香玉”二字去掉，就是要贾家把现在这个“林黛玉”除掉。贾元春在皇宫里面，已经知道了代玉的真实身份，但她的一言一行都被皇宫里面的人死死盯着，根本没有机会当面向贾家人说明，所以只能暗示。

贾元春叫贾政把贾宝玉和一众女孩安排去大观园居住，其实原因不简单。其中最主要目的就是把代玉关进大观园里面，让她和贾府分开，不能轻易打探到贾家的信息，也断绝她和外界的接触。但代玉选的住处是有竹子遮挡着的“潇湘馆”，很隐蔽，其中“潇”通“消”，即消息；“湘”通“相”，即相通、相互。所以代玉选择的地方是可以和外界取得联系，并且可以互通消息的地方。关于“潇湘馆”的解读，我会单独设一回讲。贾元春把代玉隔离起来，书中是否有线索呢？有，在书中第二十三回，贾政通知贾宝玉入住大观园的时候说道：“娘娘吩咐说，你日日外头嬉游，渐次疏懒，如今叫禁管。”脂砚斋庚辰眉批：“写宝玉可入园，用‘禁管’二字，得体理之至。壬午九月。”贾宝玉入住大观园被“禁管”，那其他人还不是一样会被“禁管”，其中也包括代玉。所以，“禁管”代玉才是贾元春让贾宝玉和一众女孩子入住大观园的主要目的。

最后说明一点，很多人不喜欢妙玉，原因是她嫌弃刘姥姥喝过茶的杯子，认为妙玉看不起劳动人民，属于假清高。妙玉和贾家其他女孩子一样，都有洁癖，属于她内在性格的体现，有时候连她自己也无法控制。但大家不要忘记一点，在刘姥姥回去后，代玉当众侮辱刘姥姥为“母蝗虫”，把贾母等人领刘姥姥逛大观园的画面比喻为“携蝗大嚼图”，惹得众人哄堂大笑。妙玉嫌弃刘姥姥是其有洁癖所致，而代玉当众侮辱刘姥姥，属于故意行为。谁的过错大？应该一目了然了。大家不去抨击代玉，而去厌恶妙玉，这明显就是双标。我希望所有人在读《红楼梦》的时候，不要戴着有色眼镜去看，要公平公正地去对待。

有时候，我会想象自己当时就在“栊翠庵”里面，仿佛看到了里面发生的一切，每个人都在我面前活过来。她们的音容笑貌，一举一动，一言一行，是那么的真实，我似乎能够触摸到他们。但却又有一种无名的感受，总感觉仿佛有一双眼睛也在背后看着我。这到底是为什么？我现在也没有悟透，希望以后能够有机缘参透其中的那双“眼睛”。

第九章　贾雨村

在《红楼梦》里面，贾雨村这个人物是不能不谈的角色。书中甄士隐和贾雨村的名字分别对应着“真事隐”和“假语存”，并且一直贯穿全书。所以，他们两个的个人经历与整部书的主线剧情是密不可分的。

贾雨村是书中第一批出场的人物，他和甄士隐两个人，一真一假推动着情节的发展。甄士隐所有的表现可圈可点，可谓正人君子的典范，并且人生已经达到了巅峰。而这个时候的贾雨村却是处在人生最低谷阶段。但从那年的中秋佳节之后，他们二人的人生就开始逆转，甄士隐的人生开始向着低谷滑落，贾雨村的人生开始向着巅峰冲击。最终他们二人在贾雨村迎娶姣杏的时候达到了彼此状态的相反面——甄士隐跌落谷底，贾雨村春风得意。当初是甄士隐帮衬贾雨村，现在是贾雨村帮衬甄士隐。这个情节非常讽刺和滑稽，不知让多少人感慨万千，正所谓“世事难料”。

今天我抛开甄士隐，重点聊一聊贾雨村，试着把贾雨村讲明白。贾雨村的出场是在葫芦庙里面，人生正处于穷困潦倒之时。后来得到甄士隐的帮助，贾雨村就开始飞黄腾达，考试中了进士。巧的是他又回来担任甄士隐岳丈老家的地方官，娶了自己心心念念的梦中情人姣杏。但是呢，他太自负，官还没有当够就被免职了。免职后，他游历四方，担任过甄宝玉和林黛玉的老师。后来在林如海的介绍下，通过贾政的举荐又重新当了官。从此，贾雨村的仕途一帆风顺，官做得一级比一级大。

自从贾雨村通过贾政举荐当了官以后，贾雨村在书中就很少直接出现，更多的时候是闻其声不见其人，只能通过一些侧面信息知道贾雨村的活动轨迹。现在的一百二十回通行版本中，贾雨村后期出现在荣国府被抄家的时候，贾雨村担任了抄家人，还主动提出要彻底查抄荣国府。从此，一个小人嘴脸、忘恩负义的贾雨村就出现在了我们面前。在影视剧中，贾雨村最后也倒台了，被朝廷治了罪，由葫芦庙里面的那个小沙弥押送着。这个时候，人人都觉得大快人心，拍手叫好，觉得恶人终于得到了最终的报应。这个就是现在我们看到的主流版本中贾雨村这个人物大致的人生脉络，非常直白，没有太大的悬念，一来一往，不伤脑筋，简单明了。但这真是作者笔下那个重要的人物贾雨村吗？特别是贾雨村的结局真的是这样的吗？

因为《红楼梦》原著没有结局部分，我们没有办法去复原作者的原著，但好在保留下了大部分真实原稿，也就是前八十回，所以我们现在只能通过前八十回来对书中人物进行推断。

作者创作贾雨村这个人物，把他的主要成长经历写得明明白白、清清楚楚，书中没有任何一个人物的成长经历有贾雨村这么详细。他的整个成长过程，到的每一个地方，见过的任何一个人，做过的任何一件事，都非常清楚，非常明白，为什么？贾雨村这个人物并不是书中的主角儿，为什么把他的事项写得如此清晰明白？作者到底要说明什么？

有人认为，贾雨村不是好人，他是一个十足的坏蛋。证据就是：甄士隐帮助了他，他却不辞而别；他当官后乱判葫芦案；他因为身不正而被朝廷免职；他口是心非，言行不一；他公报私仇，打击帮助过他的小沙弥；等等。这些证据明明白白地写在书里面，很直观地写出贾雨村就是一个十足的“小人”，所以他最后忘恩负义查抄荣国府是顺理成章的。真相果真是这样的吗？

贾雨村是一个什么样的人？他会做出哪些事？

贾雨村穷困潦倒的时候，甄士隐给了他很多关心和帮助。但在贾雨村和甄士隐的相处过程中，贾雨村是很压抑的。贾雨村受甄士隐之邀去喝茶，正喝茶之间，有贵客到，甄士隐撇下贾雨村就去接待贵客，并且还留客吃饭，单单把他撇在那里不管不顾。书中是这样写的：“一时小童进来，雨村打听得前面留饭，不可久待，遂从夹道中自便出门去了。”贾雨村当时是左等不见人，右等不见人，好不容易来了一个“小童”，打听到主人留客吃饭不来招呼自己。甄士隐怠慢贾雨村，不知道是否会引起贾雨村的不满？一句“从夹道中自便出门去”，“夹道”二字道出了多少人的辛酸？当时的贾雨村怕冲撞了人家主客，连大门都不敢走，挑了一条小道出去。同时也寓意了贾雨村当时的生活现状，完全就是在夹缝中求生。我们设身处地地想想，当贾雨村知道甄士隐招呼贵客在家吃饭，却把自己给忘了，他的心情如何？但贾雨村屈居人下，不敢有任何的脾气，只得饿着肚子回去。甄士隐是有意还是无意怠慢贾雨村？书中没有写明。

娇杏无意中看了贾雨村两眼，贾雨村做官后第一时间就去找娇杏，并且不惜自降身份去求娶。你给我一个信任，不管你是有意还是无意，我就给你一生的呵护。有一只小蚂蚁落在一片水中的树叶上，它的处境非常危险。这个时候，一只麻雀无意中把这片树叶拉到岸边，小蚂蚁得救了。有一次，猎人正准备猎杀这只小鸟，小蚂蚁跳下去落在猎人脖子上狠狠地咬了一口。猎人受痛打偏，小鸟飞走得救。这个故事用在贾雨村和娇杏上面还是很贴切的。有人说贾雨村当时不是真心要娶姣杏，只是为了满足自己的欲望。但我们要看到，姣杏当时的一个无意之举，却给了贾雨村莫大的鼓励。他当时正受甄士隐冷落，姣杏这时给他送去的是满满的自信和鼓励。也正因为姣杏无意中多看了贾雨村两眼，才使贾雨村有了奋斗下去的动力。姣杏就是贾雨村的梦中情人、精神支柱，这里我们不要用有色眼镜去看待别人。

贾雨村后来终于得到了甄士隐的资助。为什么甄士隐会选择资助贾雨村？又为什么把资助一拖再拖？其实甄士隐也很为难，贾雨村的能力那是不用怀疑的，但可能是贾雨村的为人让甄士隐犯了愁，所以一直在考验他。我为什么这样说？大家看书中是怎么写的？贾雨村和甄士隐做邻居可不是一天两天了。在这段时间里面，甄士隐为什么早不资助、迟不资助，偏偏在那年的中秋之夜资助？因为甄士隐要观察，他要把贾雨村观察得仔仔细细、明明白白，甚至上次不请贾雨村一起和贵客吃饭也是在考验他。如果当时贾雨村从正门出去，势必会冲撞甄士隐和他的客人，也就表明了贾雨村心中有不满的情绪。当看到贾雨村从“夹道”中出去后，甄士隐觉得资助贾雨村的时间到了。为什么呢？从各个方面，甄士隐已经把贾雨村观察得够仔细，考验期已过，贾雨村及格了。再加上，大考之期就快到了，如果还继续观察下去，时间就来不及了。甄士隐决定资助贾雨村的时间非常蹊跷，是在那年的中秋之夜。甄士隐在自家的家宴结束后才去请贾雨村，说明甄士隐对贾雨村还是没有完全交心，没有把贾雨村看作自己人，资助贾雨村还是处在互相利用的基础上。这个事，贾雨村心里非常清楚。在接受甄士隐资助的时候，他没有表现得太恭敬，也就是因为这个原因。贾雨村得到甄士隐的资助后，就迫不及待地出发赶考去了，甚至都没有当面辞谢，这是贾雨村第一次被所有人诟病的地方。

贾雨村为什么没有按照甄士隐的要求于八月十九日出发，而是提前于八月十六日出发？

第一，说明大考之期已经非常近了，容不得他有片刻耽误。在大考和礼节上，贾雨村更现实一些。大家注意，我这里用了“现实”两个字，其实贾雨村这个人是一个非常现实的人。

第二，甄士隐有意资助贾雨村，这已经是公开的秘密。但甄士隐就是隐而不说，贾雨村也不好主动开口，他们就这样一直僵持着，谁先动谁就输。甄士隐一直不主动说，一方面是不愿意落得个主动资助的被动局面；另一方面也是在吊贾雨村的胃口，让他急不可耐，然后自己再出面做人情，提高资助的效应；再者就是可能还在考验他。贾雨村不主动提出来，也是因为不想落得个向他人乞求的口实，以及要降低甄士隐资助的效果：是你主动要资助我，不是我主动要你资助。所以他们两个一拖就拖到了这年的中秋之夜，贾雨村实在忍不住了，主动提了出来。贾雨村的目的达到了，但也付出了沉重的代价，就是差点把这件事弄黄了。

第三，书中是这样描写他们二人的关系："今既及此，愚虽不才，'义利'二字却还识得。""义利"是有义气，也有利益。贾雨村和甄士隐之间是永远不可能融为一家人的，他们都是在相互利用。他二人之间的"义利"关系，其中"利"无形中将淡化"义"。正因如此，最后贾雨村就没有真心实意地去帮助甄士隐的妻子和女儿；甄士隐也没有给贾雨村介绍信，最后在官场惨败落幕。他们两个之间，都为自己的"义利"付出了代价。

从上面的描述可以看出，贾雨村非常善于隐忍，能够忍辱负重，沉得住气。一个人有了这些能耐，出头之日就指日可待了。但贾雨村太过于自负，自以为自己聪明，随时都想着表现自己，证明自己的能力，太在乎自己的利益，不能权衡"利"和"义"之间的轻重。他得到甄士隐的资助后立马开溜，连当面说声"谢谢"都没有。为了"利"，他宁愿舍弃"义"，在"利"与"义"之间的取舍，为他自己的命运埋下了祸根。甄士隐资助了贾雨村，但没有第一时间给贾雨村介绍信，这也为贾雨村第一次当官失败埋下伏笔。

说实话，贾雨村有时候还是想当一个好官的，但现实却逼得他不得不低头。他第一次被贬职的原因是："虽才干优长，未免有贪酷之弊，且又恃才侮上。"从这里可以看出，贾雨村在能力上那是一把好手，但就是："有贪酷之弊，且又恃才侮上。"贾雨村的这个缺点是什么意思呢？对"恃才侮上"这四个字，理解起来没有太多分歧，就是认为自己才华非常好，对上司不尊重。而在"贪酷之弊"上的分歧就非常大了，很多人看到"贪"就认为是"贪污公款"的意思，其实是不对的。这里的"贪酷"是指贾雨村"喜欢耍酷"，也就是喜欢卖弄自己的才华来显露自己。"贪"在这里是"喜欢"的意思，例如"小孩子贪玩"。贾雨村的这些缺点，如果他背后有靠山，这些都不是事。比起他后面的"乱判葫芦案""诬陷石呆子"等等行为，这可谓是小巫见大巫了。所以贾雨村第一次当官失败，背后没有靠山是一个重要因素。到第二次当官的时候，他学乖了，找林如海和贾家做靠山。不过说实话，贾雨村最后能够做到京师府尹、大司马，绝对超出了林如海和贾家的实力，也超出了王子腾的实力。所以，贾雨村背后其实还有更大的靠山。

贾雨村一开始想做个好官，也在努力地付出，但最后却不得不向现实低头。在乱判葫芦案里面，贾雨村的这个特点表现得更淋漓尽致。

在乱判葫芦案里面，贾雨村本人是有过强烈心理斗争的。案件本不难断，但被牵扯的人有点特殊，就是薛蟠这个家伙。贾雨村本想公平处理，但他在受到第一次的失败后，充分吸取了教训，知道自己是不可能顶住社会这股洪流的，所以只能向现实低头，违背良心，乱判了葫芦案。在葫芦案里，贾雨村依附四大家族，打压底层人民，做了权势的走狗。虽然保住了四大家族的利益，但却让社会公德、法律底线、人民利益受到践踏，这也为将来贾雨村犯下更大的错误埋下伏笔。在面对甄士隐的女儿甄英莲时，贾雨村出工不出力，违背了自己对恩人的承诺，只为了保住自己的身份和地位。这个时候的贾雨村已经变了，为了名利，他已经失去了最基本的底线。

贾雨村姓贾，名化，别号雨村。所以贾雨村的真实名字其实是叫贾化，又作“假话”理解，这个是脂砚斋明确点评的。也就是说，贾雨村的话在关键时候是不真实的。在见到英莲的时候，贾雨村没有把英莲的真实身世如实相告，说了假话。所以，贾雨村“假话”的特点，在隐瞒一个人真实身份方面表现得尤为突出。他把葫芦庙里面的那个小沙弥发配出去，其目的有三：一是不想这个小沙弥左右自己；二是不想让这个小沙弥在自己面前作威作福；三是不想让这个小沙弥把自己以前的身世泄露出去。在这里，贾雨村既要隐瞒自己的身世，还要隐瞒薛蟠的生死，所以只能把小沙弥处理掉。

解读贾雨村的重点要放在林如海这边。林如海对贾雨村那真叫一个好，工作轻松、待遇好、受尊重，最重要的是还帮助他重新做官。林如海在对待贾雨村上，和甄士隐如出一辙。但在贾雨村送林黛玉去荣国府的时候，书中这样写：“雨村另有一只船，带两个小童，依附黛玉而行。”“依附”二字说明贾雨村的船和林黛玉的船相距不远，两船之间的距离很近，类似“隔壁”关系。书中一有“隔壁”，必定出事，并且要出大事。甲戌侧批：“‘隔壁’二字极细极险，记清。”

回到贾雨村第一次丢官事件。第一次丢官的时候，他的罪名是：“生性狡猾，擅纂礼仪，且沽清正之名，而暗结虎狼之属，致使地方多事，民命不堪。”然后就被“革职”。脂砚斋对此是这样说的：“罪重而法轻，何其幸也。”当时贾雨村犯的错，从罪名上看并不轻，但处罚却非常轻，连脂砚斋都觉得不合理。那贾雨村被革职后是什么反应呢？“那雨村心中虽十分惭恨，却面上全无一点怨色，仍是嘻笑自若。”这相当不正常。要知道，贾雨村为了当官，那是费尽心思，是其毕生的心愿和追求。好不容易当了官，上任不到两年，就被革职了。革职后，贾雨村居然是这个表情？再有多大的肚量也不可能容下，但贾雨村就当作没事人一样。从朝廷轻判贾雨村，到贾雨村坦然面对，不得不让人浮想联翩。我推测：贾雨村明面上被免职很可能只是一个幌子，朝廷暗地里交付贾雨村秘密任务，让其完成任务后就可以加官晋爵。也就是《三国演义》中的“周瑜打黄盖”，苦肉计而已。如果事情果真如此，那贾雨村必定会为了完成朝廷交给他的新任务而奔波忙碌。

为了印证这个推测，我们来看看贾雨村在被革职后都去了哪里？都干过些什么事情？从贾雨村和冷子兴的谈话中我们发现，贾雨村被革职后，担任过林黛玉的家教，也担任过甄宝玉的老师，还去金陵观察过宁、荣二府。也就是说，贾雨村这期间一直都在围绕着贾家转。所以，如果朝廷暗地里给了贾雨村什么新任务，那一定与贾家有关。在贾雨村到扬州的时候，别的地方他不去，专门托人去林如海家里面做家教，这不得不让人怀疑他的目的就是要进入林府。那他一门心思地进入林府，其目的是什么呢？我估计这个连他自己都不知道，他只是按照朝廷给的指示行事。到冷子兴告诉他贾敏的身世后，他才恍然大悟，知道了林如海和贾家之间的关系，也知道了朝廷的真正意图。

通过书中描写我们会发现，林如海和甄士隐两家的基本情况高度相似，特别是甄英莲和林黛玉，两个都有出家人要度化她们去出家，所以甄英莲影射的就是林黛玉。贾雨村隐瞒了甄英莲的身世，影射贾雨村也隐瞒了林黛玉的身世。

按照前面的分析，贾雨村接受了朝廷的新任务，那就是打入贾府内部。这个时候，贾府里面没有人见过林黛玉，这也是书中最大的漏洞，本来是说不通的，但情节需要，没有办法，只能安排。可以这么说，贾雨村当时把谁交给贾府，谁就是林黛玉。所以，这个时候贾雨村完全有可能把假林黛玉交给贾府，而真林黛玉却生死未卜。

后期，贾雨村有事没事就往贾府来。我推测他来的目的是通过代玉获取贾府的机密，然后把这些机密汇报给朝廷，朝廷把这些机密当作贾府的罪证，最终抄了贾家。贾雨村是不是来抄贾家的人呢？贾雨村帮助朝廷对付贾家，最终自己因为知道得太多而被鸟尽弓藏。就像他发配葫芦庙的小沙弥一样，知道得太多了，威胁到了皇帝的统治地位。所以，贾雨村背后真正的靠山，其实是皇帝。也就因为有皇帝做靠山，所以他的官职才会一路亨通地做到京师府尹、大司马协理军机参赞朝政（类似于兵部尚书）。贾雨村能够做到这样的官职，可不是林如海、贾政和王子腾这些人所能办到的。

当初贾家因为帮助老皇帝打击对手，夺得皇位，最终因威胁到新皇帝的地位，所以被朝廷“寻了个不是”，落得个被抄家的命运。现在贾雨村也是在重复着贾家的经历，所以最终贾雨村和贾家的命运都是一样的：“寻了个不是，远远的充发了他才罢。”《好了歌》中写道：“乱烘烘你方唱罢我登场，反认他乡是故乡。甚荒唐，到头来都是为他人作嫁衣裳！”

从贾雨村看贾家，从贾家看贾雨村，都姓“贾”，到底哪个是真“贾”？哪个是假“贾”？贾家和贾雨村具体是因为什么事被抄家并灭亡的，我将作为重点，在另一章中阐明。

贾雨村这个人，正应了那句“善恶一念间”的禅机。在他的世界观里面，自认为聪明，殊不知自己却是：“机关算尽太聪明，反算了卿卿性命。”

那贾雨村有没有回头的机会呢？其实是有的，只是他当时被欲望冲昏了头脑，没有领悟罢了。在贾雨村出游到智通寺门口的时候，其实他就应该止步了。智通寺的名字已经在告诉他，他只是自认为聪明，其实他并不是真正的聪明，更没有真正领悟一切。紧接着智通寺的对联是：“身后有馀忘缩手，眼前无路想回头。”这已经非常清晰了，叫他赶快回头，不要再继续往前走了，把他现在的任务停下来。但好奇心害死人，他又继续进入了智通寺。等他进入智通寺，里面“只有一个龙钟老僧在那里煮粥”，这其实就是他自己。如果他这个时候悟了，他也许不能飞黄腾达，但也可以安度余生。这个时候他就必须：“既聋且昏，齿落舌钝，所答非所问。”“既聋且昏”就是不要太聪明，不要用耳朵去获取信息，装聋子，也就是不要再去帮朝廷收集情报。“齿落舌钝”就是如果知道了哪些机密要事，也不要轻易说出去。“所答非所问”就是在别人问的时候，不要如实回答。总之，“既聋且昏，齿落舌钝，所答非所问”的禅机就是“难得糊涂”，知道得越少越好，知道得越多越危险。脂砚斋也说了，当时贾雨村没有领悟：“毕竟雨村还是俗眼，只能识得阿凤、宝玉、黛玉等未觉之先，却不识得既证之后。”后来他继续往前走，就遇到了冷子兴，从冷子兴那里知道了更多关于贾家的情况，冷子兴也成了书中第一个出卖贾家的内鬼。

说到智通寺，我想起书中有一个尼姑叫智能儿。“智能儿”这个名字代表有智慧的意思，就是聪明。但现实中的智能儿却不聪明，她的聪明都用在了和秦钟鬼混私通之上，没有用在修行上。智能儿实际上就是一个“大聪明”。这个小尼姑经常跑来荣国府里面找贾惜春她们玩，但她暗地里又和秦钟私通。或许她来找惜春她们玩是幌子，借此机会和秦钟私通才是她的真实目的。引申到贾雨村，推断贾雨村经常来荣国府找贾政和贾宝玉是假，暗地里联系代玉才是真。

贾家就是贾雨村，贾雨村就是小沙弥，小沙弥就是贾家，你方唱罢我登场。他们的经历和结局都一样，只是写书的时候有繁有简而已。作者的写作手法，如果要写一件事，不直接写，只是引出，然后把这件事放在其他地方，用其他人来演绎，也就是把要写的那件事在其他地方放大了写，让人们看得更清晰、更明白。贾家的结局，我们看这个小沙弥就可以明白了。贾家和小沙弥、焦大一样，知道了皇帝太多的秘密，所以皇帝只能找个理由把贾家解决掉。历史中这样的例子非常多，三国时期的许攸就是典型。

甄士隐在书中影射林如海，英莲影射林黛玉，贾雨村影射霍启。霍启带英莲去看花灯，贾雨村送林黛玉去金陵；英莲被拐子拐走，影射林黛玉被人迫害。所以，后来出现在荣国府的“林黛玉”不是真林黛玉，是个冒牌货。贾雨村知道甄英莲的身世，同样也知道代玉的身份，但他都选择把真相隐藏下去，所以他的名字叫“贾化”，寓意“假话”。

大家对《红楼梦》中出现的主要人物非常关心，更想知道他们的结局是怎么样的。这里我就完整地把贾雨村的结局部分还原出来。

贾雨村被治罪后，打入大牢。本判了他死刑，但其用之前抄荣国府时偷藏的“腊油冻佛手”及大量金银贿赂官员。主审官贪其财，用另一死刑犯顶替贾雨村受刑。贾雨村经此一遭，心中虽十分惭恨，却面上全无一点怨色，仍是嘻笑自若。把家小人属送至原籍，安排妥协。自己担风袖月，整日游览天下胜迹。这日，偶至郭外，意欲赏鉴那村野风光。忽信步至一山环水旋、茂林深竹之处，隐隐的有座庙宇，门巷倾颓，墙垣朽败，门前有额，题着“智通寺”三字，门旁又有一副破旧的对联，曰：身后有余忘缩手，眼前无路想回头。雨村信步入寺。此后民间多有谈论雨村事者，但再没有人见过其人。话说有一位读书人，此人敝巾旧服，虽是贫窘，然生得腰圆背厚，面阔口方，更兼剑眉星眼，直鼻权腮。一日，这位读书人在一村肆之中，正与一商贾对饮。二人谈话间，书生问：“近日都中可有新闻没有？”商贾：“倒没有什么新闻，倒是老先生你贵同宗家，出了一件小小的异事。”书生笑道：“弟族中无人在都，何谈及此？”商贾笑道：“你们同姓，岂非同宗一族？”书生问是谁家。商贾道：“胡州诗书仕宦之族贾家，可也不玷辱了先生的门楣了？”书生道：“原来是他家。但他那等荣耀，我们不便去攀扯，至今故越发生疏难认了。”商贾道：“老先生休如此说。如今的这胡州贾家，也都萧疏了，不比先时的光景。”书生道：“当日贾府的人口也极多，如何就萧疏了？”商贾道：“正是，说来也话长。”商贾便把其当年所遇雨村之事，及雨村后来之经历，从头至尾，事无巨细，都道于书生。说毕，还连声道：可惜了，可惜了……一连说了一二十句“可惜了”。书生道：“这倒是奇事。然我也曾经过一奇事。那日我偶然到了一座寺庙，叫‘智通寺’，在里面看到有一个龙钟老僧在那里煮粥。我见了，便不在意。及至问他两句话，那老僧既聋且昏，齿落舌钝，所答非所问。我不耐烦，便仍出来了。你说邪也不邪？”商贾道：“邪也罢，正也罢，只顾算别人家的帐，你也吃一杯酒才好。”书生道：“正是，只顾说话，竟多吃了几杯。说着别人家的闲话，正好下酒，即多吃几杯何妨。”书生向窗外看道：“天也晚了，仔细关了城。我们慢慢的进城再谈，未为不可。”于是，二人起身，算还酒账，一起往城中走去。

有人觉得，我描述贾雨村在查抄荣国府的时候贪污了“腊油冻佛手”及大量金银，然后用于贿赂官员，是我的主观推理，书中没有这方面的提示。这个问题，请大家参考这句“玉在匮中求善价，钗于奁内待时飞”，以及书中的其他情节来理解。

第十章　贾惜春

贾惜春是金陵十二钗之一，是贾府四春中年纪最小的。父亲贾敬沉溺修道炼丹，最后死于金丹中毒。惜春的母亲在她出生后不久就去世了，她一直在荣国府贾母、王夫人身边长大。虽然贾家四姐妹名字相仿，但元春、迎春、探春是荣国府的人，只有惜春是宁国府的人。她孤僻冷漠，“心冷嘴冷”。抄检大观园时，她下定决心，执意撵走王熙凤同意原谅的丫鬟入画，对其求饶无动于衷。后顿悟产生了弃世的念头，最终带发修行，缁衣乞食。惜春年龄较小，给人印象较深的是她能绘画，曾受贾母之命画《大观园行乐图》。第七回中提及她经常与小尼姑智能儿交往，还戏言要剃了头做姑子去。抄检大观园的这一回，有脂批说：“惜春年幼，偏有老成练达之操。”看看书中对她的谶语、暗示类描写：

她的判画是：画中一所古庙，里面有一美人，在内看经独坐。其判词云：

勘破三春景不长，缁衣顿改昔年妆。
可怜绣户侯门女，独卧青灯古佛旁。

描述她的仙曲，名字叫《虚花悟》（“虚花”即镜中花）。

她的大观园题咏诗《文章造化》：

山水横拖千里外，楼台高起五云中。
园修日月光辉里，景夺文章造化功。

她作的灯谜（佛前海灯）：

前身色相总无成，不听菱歌听佛经。
莫道此身沉墨海，性中自有大光明。

贾惜春虽然是金陵十二钗之一，但出场次数较少，故事情节也非常少，很多人不会把注意力放在她身上。至于后面她出家的事，更多的人认为是她看破红尘，悟懂了现在的繁华不过是过眼云烟，所以选择出家。主流红学大致认为，描写贾惜春的情节，更多的是她本人的个人行为，和书中的情节发展联系不是很紧密。如果说她的故事情节对全书有所影响，那就是她慧眼识破了贾家即将要没落的玄机，所以选择提前抽身出来躲避。通过她的顿悟，进一步预示了贾家最终的结局。

如果要预示贾家的结局，书中已经有太多的情节和内容，大可不必非要贾惜春来添一笔。如果只是描写贾惜春个人顿悟后出家，不和整部书的故事情节紧密地联系起来，那就太低估作者啦。《红楼梦》整部书里面的一人、一事、一物、一花、一草、一木等等，都和书中的故事主线是紧密联系的，不可能单独存在。只是作者在描写的时候，运用伏线千里的手法，所以很多故事情节不会被人轻易识破和理解。贾惜春作为金陵十二钗之一，这个人物的故事情节对整部书绝对影响巨大，不可能这么肤浅。

要分析《红楼梦》里面有判词的人物，那就必须对她的判词进行解读。贾惜春的判词里面，“勘破三春景不长，缁衣顿改昔年妆”，惜春看到元春、迎春和探春的美好生活现状即将被打破，自己心灰意冷，就选择出家去了。“可怜绣户侯门女，独卧青灯古佛旁”，一个可怜的侯门千金独自睡在古老的佛像旁边，陪伴她的只有一盏青灯。从贾惜春的判词中可以看到，虽然以元春、迎春和探春为代表的贾家即将走向衰败，但还没有衰败。不过这个时候贾惜春已经出家了，并且还孤独地生活在寺庙里面。现在都认为是贾惜春自己顿悟了，在贾家没有完全衰败的时候，为了自保而选择出家。那事实是不是如此呢？贾惜春是自愿出家？还是被迫出家？

有人可能会说我乱解，但如果没有证据材料，我是不敢写的。要解读惜春，就必须把她为什么出家的原因解读出来。

能够放弃优渥舒适的生活，去忍受出家人那种清贫的生活，这需要莫大的勇气和毅力，甚至在第二十二回，脂砚斋批道：“庚辰双行夹批：此惜春为尼之谶也。公府千金至缁衣乞食，宁不悲夫！”意思是惜春出家后，穿着黑色出家人的衣服去乞讨。按照原文“勘破三春景不长”，说明贾家虽然即将败落，但还没有败落。包括刘心武先生的观点，也认为惜春出家的时候，贾家还没有没落。自己的家人正过着饫甘餍肥的生活，惜春自己却上街乞讨，这是什么逻辑？既然她非要出家，那就出家吧，为什么要去乞讨？难道出家人都要乞讨吗？贾敬不也出家了吗？怎么贾敬不去乞讨？怎么惜春就要去街上乞讨？这完全说不通呀。但事实是，惜春真的出家了，并且真的去乞讨了，这是不容反驳的。问题出在哪里呢？

有这么一个情节，抄检大观园时，她的丫头入画因私传东西受到处罚，这时惜春不但不为入画辩解说情，反而催促道：“或打，或杀，或卖，快带了她去。”从这里可以看出，惜春是多么的不喜欢入画，巴不得她离自己越远越好。惜春为什么那么排斥入画呢？入画一直是她的丫头，为什么以前不排斥，现在却那么排斥？这中间到底发生了什么？很明显，是发生了“抄检大观园”事件。当初的一句儿戏是她接纳入画的原因；现在一语成谶，却是她排斥入画的原因。

大家还不明白吗？不是真的抄检大观园，是朝廷要抄贾家啦。入画私藏违禁物品，就是贾家暗中转移财产及贵重物品。秦可卿“托梦”王熙凤的时候就说过，要贾家早做打算，用“祭祀”的名义把财产转移到安全的地方。所以，惜春出家事件，是贾家在以此为借口转移财产和隐匿贵重物品。惜春出家后，在寺庙里面守着贾家大批资产。

在第四十回中，刘姥姥说：“老刘，老刘，食量大似牛，吃一个老母猪不抬头。”众人都笑了，惜春离了座位，拉着她奶母，叫揉一揉肠子。表面上看这个情节很搞笑，但实际却不简单，因为这里在暗示贾家转移财产。“老刘，老刘”中的“刘”谐音“留”，保留的意思。“食量大似牛”是能够藏很多东西的意思。“吃一个老母猪不抬头”是藏了很多东西还不会被发现的意思。惜春听后，让奶母帮其“揉肚子”，那是形容惜春保管着贾家的巨额财产，太多了，她一个人不能做到万无一失，需要贾家派人帮助她。

那惜春本人是否愿意出家呢？答案是明确的：不愿意。“抄检大观园”时，王熙凤都选择原谅入画了，但惜春还是不放过入画，要入画离她越远越好。“入画”即“入化”：释义为达到绝妙的境界，这里特指出家人修炼到绝妙的境界，也就是出家的意思。惜春死活不要入画，要入画离她远远的，甚至要把入画“或打，或杀，或卖，快带了她去”。从这里可以看出，惜春对出家是多么的恐惧和无助。“打、杀、卖”是抄家的流程，“先打，后杀，打完、杀完，剩下的拉出去卖”，这里同时也预示着贾家即将被抄家的命运。惜春出家不是自愿的，是被逼的。她那个时候还很小，但却要一个人去面对这纷繁复杂的斗争，成为“虎兕相逢”的牺牲品。

惜春出家的原因其实不难解读，之前没有能够解出来，是因为大家的思维被固化了，形成了定律，没有勇气去打破这些定律。但打破就要承担风险，我们往往就是怕承担风险，所以一直不敢去“打破”。我认为我们应该接纳任何新鲜事物，不能毫无根据地任意反驳，百花齐放才是硬道理。

按照现在的主流观点，惜春出家后，有关她的情节就结束了，但我不认可。下面再让我们来看和惜春相关的仙曲曲目《虚花悟》：

将那三春看破，桃红柳绿待如何？
把这韶华打灭，觅那清淡天和。
说什么，天上夭桃盛，云中杏蕊多？
到头来，谁把秋捱过？
则看那，白杨村里人呜咽，青枫林下鬼吟哦。

更兼着，连天衰草遮坟墓。

这的是，昨贫今富人劳碌，春荣秋谢花折磨。

似这般，生关死劫谁能躲？

闻说道，西方宝树唤婆娑，上结着长生果。

我认为，惜春在寺庙里面被大火“烧死”了，并且这场大火还牵连到一片树林和一个叫“白杨村”的村子。这片树林和这个“白杨村”被烧得干干净净，还烧死了很多人。不过，我说惜春被“烧死”是加了双引号，说明她没有真被烧死，但贾家人以为她被大火烧死了。

惜春的判画里面，“有一美人，在内看经独坐”。注意，这里是“独坐”，到了判词里面就变成了“独卧”。一字之差，意思却截然不同。坐着看经很正常，但睡在“古佛旁”却极为不妥的。佛像旁边可以打坐，但不可以睡觉，这是常理。小说、电影中描写有人睡在佛像旁边，那说明这个人非比寻常，属于确实没有地方睡了，不得不睡在佛像的旁边。惜春出家是有准备的，贾家的女儿去出家，至少睡的地方是有的。所以，这里的“卧”，说明惜春在打坐看经的时候睡着了。惜春睡的地方还有什么？还有“青灯”。我们不去理解是什么灯了，反正就是像蜡烛一样用来照明的灯火。人睡着了，灯火却没有灭，祸事来了。怎么来的？书中第二十回，就是贾宝玉给麝月梳头那里。麝月没有去玩，独自一个人留在房间里。宝玉问她为什么不去玩，她说：“满屋里上头是灯，地下是火。”说明麝月不去玩的原因是怕这些灯火引起火灾。而现在惜春睡着了，旁边就是灯火，那岂不危险？“火”通“祸”，这里和葫芦庙的那场大火形成影射。所以，惜春住的那所寺庙失火了。葫芦庙的那场大火把一条街都烧了，还把甄士隐家及所有财产全部烧毁。所以惜春寺庙的这场大火也牵连到了“白杨村”，并把贾家藏匿的财产烧得个干干净净。“白杨村”，说明这个村子和寺庙周围有大量的白杨树，属于易燃物，又是秋天，天气干燥，大火一烧，全部化为灰烬，远远望去就是“白茫茫大地真干净”。这就是书中所提到的“落了片白茫茫大地真干净”的出处。

我为什么能够确定是秋天？“谁把秋捱过”和“春荣秋谢”里面都提到了是在秋天。“春荣秋谢花折磨”中“春”就是惜春；“秋谢花折磨”就是秋天花谢了，说明花的生命到了终点，这里指惜春的幸福生活到头了。“生关死劫谁能躲”说明与这场大火有关的人都没能躲过去，都受到了牵连。“打灭”两字，是形容救火的过程。和甄士隐那场大火一样，也是尽力去救了，但没有成功。最后两句“西方宝树唤婆娑，上结着长生果”，贾惜春在大火中没有被烧死，死里逃生，但可能因为闯下大祸后不敢回家，只得在外以乞讨为生。这个时候，贾惜春的状态变得萎靡不振。《红楼梦》中之前有两个人在这样的状态下，突然被出家人点醒，大彻大悟后就跟随对方去出家了。这两个人就是甄士隐和柳湘莲。根据“西方宝树唤婆娑，上结着长生果”来看，贾惜春应该也是在萎靡不振的状态下被出家人点醒，然后跟随那个出家人去了。

折回去看惜春当初对入画的场景，其实是家长逼着她去出家，惜春极力抗争，恨不得把“入化”拉出去“或打，或杀，或卖”。一个未成年的小姑娘在那里苦苦挣扎、苦苦哀求，但始终摆脱不了命运的束缚。这个时候，我们还会对惜春不同情入画而愤怒吗？

有一种观点认为，贾惜春出家是她命中注定的，她小时候就说过她要出家。她现在感知到贾家要被抄家，所以她为了自保，赶忙去出家躲避。这简直就是无稽之谈，荒谬至极。贾惜春是个凡人，她没有超能力，她是怎么知道贾家要被抄家的？还有，如果她知道了，她的家长会不知道吗？她的家长知道后，自己在那里大吃大喝，风花雪月，让一个小女孩背个小书包、拿着个破碗去出家？

事实是贾母等人看到危险即将来临，所以抓紧时间转移财产和贵重物品。看守这些财产的任务就交给了惜春。因为她年龄小，又是个女孩子，在外人看来她不具备守护这笔财产的能力，不会引起外界的注意。这也符合了小孩子不耐熬夜、天黑后容易打瞌睡的特点。

贾惜春的身份在贾家非常特殊，她出生在宁国府，却长在荣国府。那最后为什么出家的人不是别人，而是贾惜春呢？在书中第四十九回这样写道：“好容易等摆上来，头一样菜便是牛乳蒸羊羔。贾母便说；‘这是我们有年纪的人的药，没见天日的东西，可惜你们小孩子们吃不得。今儿另外有新鲜鹿肉，你们等着吃。’”这“没见天日的东西”所指的就是还在胎胞里的羊羔。为了自己的身体健康，贾母等人可什么都吃得下呀。由这道菜，我们可以看出，贾家的核心领导层，为了家族的利益，可以不惜牺牲小辈的利益。其中贾元春就是典型的例子，贾家送她入宫，更多的考虑还是为了给家族寻找靠山，让家族能够繁荣下去。但其实贾元春在宫中生活得并不开心。在这里，为了保护家族的财产，牺牲一个小小的贾惜春，也就变得顺理成章了。

一场大火把贾家最后的一点财产烧尽，闯了如此大的祸，贾惜春回去如何交代？再看看贾元春、贾迎春，以及贾探春她们三个的命运，自己又会好到哪里去呢？根据“勘破三春景不长”进行推理，惜春出家的时候，贾探春已经远嫁了。贾惜春之前与智能是好朋友，耳濡目染了一些佛性，这次她又亲身出家，直接接触了佛经。一个人只有真正经历一些世事后，才能看透人世间的真真假假。被一场大火烧醒的人中，比较著名的还有一个人，那就是《水浒传》中的林冲。林冲一开始并不想上梁山，他忍辱负重，希望有一天能够回去和家人团聚。但草场的一场大火，把林冲的所有希望都烧没了。他再没有回去和家人团聚的机会，所以才会痛下决心上梁山。贾惜春也是一样，劫后余生，心灰意冷，然后才决定真心皈依佛门。所以，贾惜春并不是一开始就有了悟性而一心想着去出家，而是如同甄士隐和柳湘莲一样，在经历了大灾大难之后才选择出家的。

说实话，谁会放着好好的生活不过，而去选择出家呢？甄士隐和柳湘莲为什么不在生活的高光时刻去出家？而是在穷途末路的时候选择去出家？所以，贾惜春的出家有两个阶段：第一阶段是被逼出家，但其实没有出家，只是以出家人的身份来做掩护；第二阶段是自愿出家，这次是真出家了，但也是走投无路之举。贾惜春的“两次”出家，其原因和过程是截然不同的。

现在社会上有一种观点，把《红楼梦》当作佛经来看。持这种观点的人，很可能就是受到了贾惜春的启发，认为要学习贾惜春对佛经的信仰，这样就可以避开灾难。持这种观点的人看来，贾惜春已经成为他们心目中的神，小小年纪就开悟了，能够有预知未来的能力。

当初林冲选择忍辱负重的那条路，明显是一条死路，是永远看不到希望的路。在他决定上梁山后，他的前途才慢慢变得光明，最后成为一名梁山好汉。以林冲的事迹来理解贾惜春的那句“莫道此身沉墨海，性中自有大光明”，应该就会变得容易很多。贾惜春之前在贾家，如果顺其自然的生活下去，那她的命运就会和贾元春、贾迎春，以及贾探春三个的命运一样，沦为权利的牺牲品，看不到生活的阳光。最后她选择抛弃幻想，放下包袱，一心修佛，心中变得坦荡，自然就有了光明。但我理解的是，作者并不是劝世人都去修佛念经，而是劝世人放下对权利和名誉的追求和执念，这样心中就会变得坦荡，心情也会充满阳光。

我推理贾惜春出家的经过，思路来源于第七十五回中甄家获罪后有几个甄家的女人带了些东西来到荣国府找王夫人的描述。从尤氏和老嬷嬷的谈话中可以非常清晰地知道甄家在往荣国府转移贵重财产。甄家就是贾家，贾家就是甄家。甄家获罪后往贾家藏匿贵重资产，说明贾家也会按照秦可卿的建议将资产转移到寺庙里面。既然转移重要资产，那就必须有人去看守，这个任务自然就落在贾惜春身上。甄家把重要资产藏在荣国府，但后来荣国府也被抄家，甄家的那些资产自然也一起被抄走了，相当于是一场空。甄家藏在贾家的财产被抄走，那贾家藏在寺庙里面的财产就不能再同甄家的一样被抄走。就像甄宝玉和贾宝玉一样，虽然两个长得非常像，但不能全部相同，必须有那么一点点区别。结合全书的情节，我推理贾家藏在寺庙里面的财产是被一场大火给烧了。甄家和贾家藏匿的财产，虽然过程不一样，但结局最终都是落得个一场空。

放个彩蛋：贾惜春后来在街上流浪的时候，又遇到了智能儿。因为与秦钟一事，她被打断了一条腿，并被赶出来。贾惜春看到她的时候，她正在街上一瘸一拐地乞讨，成为一个“破足道人”。随后惜春就跟随智能儿出了家，从此二人相依为命，在一起“缁衣乞食”。

第十一章　马道婆

《红楼梦》第二十五回，贾宝玉和王熙凤被马道婆和赵姨娘合谋用迷信之法下蛊祸害，宝、凤二人差点双双丢了性命。这个情节书中写得非常生动、通俗易懂，无论任何人都能够看得明白。借助《红楼梦》的影响力，马道婆下蛊祸害人的事，后来被无数人暗地里仔细研究并仿效害人，但结果都不灵验。对于不灵验的结果，他们认为是自己的“法力”不够高深。显然马道婆已经成为这些人心目中的“神”了。这真是可笑至极、荒诞至极，这是无知、愚昧的行为。

首先我得说明，《红楼梦》的作者是个唯物主义者，他是不相信鬼神之说的。他在写《红楼梦》的时候就申明过，整部《红楼梦》里面如果出现鬼神的情节，全部都是“借通灵”之说，不是真的有鬼神。作者在开头第一句话就明明白白地表明了态度，但我们有些读者和研究者却一直沉迷在那些鬼神故事情节中。

书中宝、凤二人被马道婆下蛊一事，被不明真相的人越传越邪乎，好似真的一样。在当今社会，貌似鬼神害人的案件时有发生。一些案件在没有调查清楚前，很多人都会以为是鬼神作怪，非人力所为。但当案件侦破后，无一例外，全部都是人为的，犯罪分子通通得到应有的惩罚，大快人心。从宝、凤二人的案件来看，如果是发生在当今社会，公安机关接到报警后，绝对不会去相信什么马道婆下蛊之事，反而会根据案件线索进行调查。下面就让我们一起来推演侦破“宝、凤命案”。

接到贾家报案，办案人员第一时间赶到现场，并对案件展开调查。通过初步调查发现，宝、凤二人几乎是在同一时间发病，症状相似。再仔细调查会发现，他二人去过相同的地点、见过相同的人、吃喝过相同的东西、接触过相同的物件等等。也就是说，他们二人的生活有过密切的交集点。其中有一个重点，宝、凤二人之前都喝过“暹罗国进贡来的茶”，案件的焦点瞬间就转移到了这里。通过调查发现，宝、凤二人喝此茶的时间非常相近，那就意味着宝、凤二人的病由此产生的可能性大增。当时喝过这个茶的一共有四个人：贾宝玉、王熙凤、代玉、薛宝钗。假设这个茶有毒，但现在只有宝、凤二人中毒，那钗、代二人就有作案嫌疑，现在暂时把钗、代二人列为嫌疑人进行调查。从他们四人喝此茶的对话中我们发现，第一个发表意见的是贾宝玉。他认为：“论理可倒罢了，只是我说不大甚好。也不知别人尝着怎么样。”一个“尝”字，说明贾宝玉是真真实实地喝过此茶，并且认为此茶不怎么样，他不喜欢喝。第二个发表意见的是薛宝钗。她认为：“味倒轻，只是颜色不大好些。”她认为这个茶的味淡，并且颜色不好看。“味”有闻起来的味和喝起来的味，这里薛宝钗没有说明，所以不能证明她是否真的喝过。第三个发表意见的是王熙凤。她认为：“我尝着也没什么趣儿，还不如我每日吃的呢。”还是一个“尝”字，说明她和贾宝玉一样，是真真实实地喝过这个茶叶，只是她也觉得不好喝。王熙凤和贾宝玉的观点出奇的一致，非常奇怪。第四个发表意见的是代玉。她认为：“我吃着好。”看似她是喝过此茶，但她的描述却非常简单。四个人中，有两个明确表示不好喝，一个中立，就代玉说好喝，奇怪，她真喝了吗？更奇怪的是代玉接着又问：“不知你们的脾胃是怎样？”天哪，如果谁知道我刚吃完东西，就问我“脾胃是怎样”，那我是不是要赶快跑去医院洗胃呀？我们还要作者写多明白？代玉知道茶叶里面有毒。

那代玉是否真的喝过这个茶叶呢？我们来看作者给我们的线索：“凤姐道：‘前日我打发了丫头送了两瓶茶叶去，你往那去了？’林黛玉笑道：‘我可是倒忘了，多谢多谢。’”在这里，代玉说她把这个事忘记了，紧接着她又说：“我吃着好。”王熙凤送茶叶给代玉，那不过前天的事，如果她喝过，那就是这两到三天的事，怎么可能现在就忘记了呢？对此只能说明，代玉并没有理会王熙凤送过去的茶叶，更没有喝过，她在说谎，因为她知道茶叶里面有毒。

茶叶是外国进贡来的，并且还是王熙凤拿给代玉的，就算茶叶里面有毒，这又和代玉有什么关系？要投毒那也只能是皇宫里面的人所为，不可能是代玉或者薛宝钗。但为什么事实却是代玉知道茶叶里面有毒，她和薛宝钗都没有喝。四人喝茶，有两人中毒，有两人没有中毒，所以这次投毒事件要谋害的对象是宝、凤二人。但我认为，这次投毒要谋害的主要对象是贾宝玉，王熙凤是顺带被害的。具体原因后面再讲。

代玉和薛宝钗知道皇宫往茶叶里面下毒，说明钗、代二人就是朝廷派到贾家的奸细。结合“耗子精的故事”，这应该是实锤了。对于这次投毒事件，钗、代二人已经提前知道，所以她们并没有喝那个茶叶。当宝、凤二人问的时候，钗、代二人的回答含糊其词，答非所问，不肯在喝茶的感受问题上多发表任何一点信息，就是怕说漏了嘴。但她们二人百密一疏，终究还是露出了马脚。薛宝钗说的：“只是颜色不大好些。”这个茶叶泡出来的颜色本身就不好看，其他人也觉得不好，怎么代玉就觉得好喝呢？代玉素来“喜洁”，对不好看的东西她是不喜欢的。怎么现在对这个每个人都不喜欢的，并且颜色还有点难看的茶叶，她就那么喜欢了？奇怪，非常奇怪。当代玉说喜欢喝这个茶叶的时候，贾宝玉和王熙凤不约而同地表示要把自己的那份茶叶送给代玉，而这个时候的代玉，却表现得非常不同寻常，居然来者不拒，通通照单全收，并且要得非常急切，巴不得马上就要拿到手。书中是这样写的："果真的，我就打发丫头取去了。"她那个时候都等不得人家送过来了，要打发人赶快去拿。她为什么那么急切地想要那份茶叶？等贾宝玉和王熙凤的病好了以后，贾宝玉安排丫头佳慧把那份茶叶送给代玉，代玉收到茶叶就抓了两把钱给佳慧。对送茶叶的佳慧，代玉比对自己的仆人还大方，把佳慧都搞得有点蒙了，赶快去找红玉数钱。估计那个时候，佳慧也会随口问红玉为什么代玉对她那么"厚道"？从这里我们可以看出，代玉当时是非常急切地要把那些茶叶收回来，目的就是销赃。"佳慧"，谐音是"假惠"，虚假的恩惠。代玉给佳慧赏钱，不是真心给她恩惠，是看在她顺利地完成送茶叶的功劳上。

办案人员这个时候发现，这些证据还是不够充分，又继续调查。通过走访发现，贾宝玉第一个对茶叶发表意见，就第一个发病，紧接着才是王熙凤，难道这只是巧合？还是作者故意而为之？在贾宝玉表现出中毒后，代玉的第一反应是说了一句："该，阿弥陀佛。"注意，这里是贾宝玉被证实中毒前代玉的反应，可以算作"前"。后来在贾宝玉中毒快要死了，作为大家心目中的"林黛玉"，前前后后没有哭过，没有表现出伤心，这难道不奇怪吗？有人可能会说是作者忘记写了，可笑。那在贾宝玉病倒后，代玉的表情是怎么样呢？作者没有直接写，但却被薛蟠看见了："忽一眼瞥见了林黛玉，风流婉转，已酥倒在那里。"她的爱人快要死了，她如果真爱这个男人，那她现在应该是心力交瘁，花容失色，哭得梨花带雨，甚至晕倒昏厥也不为过，怎么还可能还会"风流婉转"呢？一个人只有在精神状态非常好的时候才会有好的容貌，面对自己亲人、爱人将死之时，是不可能好看的。但在这里，作者又埋下了一个巨大的伏笔：薛蟠这个无耻下流之人，居然和代玉之间发出了火花。这可能是在暗示代玉以后将会和薛蟠之间发生交集。真林黛玉是下凡用眼泪来偿还贾宝玉的，是出了名的爱哭。这时贾宝玉都快死了，在这个应该哭的时候，其他人哭得死去活来，代玉却没有哭。为什么？她怎么就不关心自己的这个爱人呢？这到底还是不是大家心目中的林黛玉？她的眼泪哪去了？

宝、凤二人的病怎么好的？书中写一僧一道又来了，脂砚斋说："僧因凤姐，道因宝玉。"一僧一道救宝、凤二人的方法很简单，把他二人隔离起来，不允许外人接近，正常医治，等毒消退后自然就好了。为什么要把宝、凤二人和其他人隔开呢？原因很简单，给宝、凤二人下毒之人就在贾府里面，也就是"耗子精故事"里面的那个混进来的"小耗子"。但现在还没有证据证明这个"小耗子"是哪一个，所以只能全部隔离。

这“一僧一道”是怎么来的呢？为什么会在这个时候及时出现？这个问题当时贾政就莫名其妙，非常诧异。并且这“一僧一道”二人对宝、凤的病情知道得非常清楚，医治起来也非常有针对性。这里还是要说，《红楼梦》里面没有鬼神，这“一僧一道”确有其人，是当时真实出来救宝、凤的人。那这二人是谁呢？这二人的名字可能永远不会有人知道，作者也没有给出明确的提示，有的也只是神话而已，不可当真。但我想到一个人，那就是妙玉。妙玉的师傅可是高人，妙玉那几年确实得到了她师傅的真传，并且她又居住在荣国府，所以宝、凤二人中毒，她能够及时得到消息，并立刻知道其中的原因。但她自己不方便出面，而是请人出面以一种神神秘秘的方式救治了宝、凤二人。妙玉自称“槛外人”，贾宝玉自称“槛内人”，当局者迷，旁观者清。“槛外人”就是旁观者；“槛内人”就是当局者。妙玉第一时间知道宝、凤二人病倒，并且了解到他们的症状，就知道他二人是被人下毒了，并且这个人就是代玉。

妙玉虽然知道了贾宝玉和王熙凤中毒，但她自己本人并没有亲自来，这点可以肯定，要不然荣国府那么多人，不可能没有人认出她来。至于来救贾宝玉和王熙凤的这两个人会是谁呢？这个问题，因为涉及《红楼梦》更深层次的秘密，我将在我的第二部作品《真事隐》中进行解密。

在宝、凤二人隔离期间，书中有这么一段叙述：“李宫裁并贾府三艳、薛宝钗、林黛玉、平儿、袭人等，在外间听消息。”这个细节描述，估计不会有多少人关注，在此让我来给大家解读解读。如果宝、凤中毒事件发生在当今社会，那么根据宝、凤二人最近的日常活动，李宫裁并贾府三艳、薛宝钗、代玉、平儿、袭人这几个人就是被调查的重点。注意，不是重点怀疑对象，是重点调查对象。首先，宝、凤二人中毒的时候，李宫裁、薛宝钗、代玉都在场，作为现场目击者，不调查她们几个，那就是失职。“贾府三艳”就是贾探春、贾惜春、贾迎春，她们是贾宝玉和王熙凤的姊妹，属于平辈，经常在一起玩，又属于家属，必须调查，否则也是失职。平儿和袭人分别是王熙凤和贾宝玉的贴身丫鬟，平时的生活起居都由她们二人来照顾，不把她们两个列为调查的重点就是失职。赵姨娘和周姨娘当时进入房间的时间很短，所以没有被列入重点调查对象，但也在“等”字里面。从作者写出的这些人来看，作者对案件的侦破非常熟悉，甚至就是个破案能手。

经过隔离救治，宝、凤二人病情好转，大家都松了一口气，如释重负，悬着的心终于可以放下来了。当听到宝、凤二人的病情好转的第一时间，其他人还没有开口，代玉就随口来了一句“阿弥陀佛”。要特别注意这里，作者可不是没事乱写的。这里，贾宝玉的病情开始好转，代玉就又来了一句“阿弥陀佛”。结合前面，贾宝玉中毒时，代玉也是一句“阿弥陀佛”。前后两次，代玉都在第一时间发出了“阿弥陀佛”，这应该是她内心的本能反应，但却也是出家人的本能反应，说明代玉就是一个出家人。前面描写马道婆的时候，她也是多次念“阿弥陀佛”。马道婆是出家人，现在代玉也是出家人，并且这两个人有一个共同的特点，就是喜欢念“阿弥陀佛、阿弥陀佛”。马道婆是明写的“下毒”人，代玉是暗写的“下毒”人。

现在就可以理解为什么贾宝玉病得很重，其他人都在哀号痛哭的时候，代玉却神情自若，没有任何伤心难过，更没有痛哭流泪的原因了。

有人估计还是不能接受这个事实，那我们再往下看。

代玉急切地要收回王熙凤和贾宝玉手中剩余的茶叶，并重金酬谢送茶的佳慧，这难道不是代玉在销毁证据吗？在书中第二十四回开头处，香菱来找代玉玩，这时恰巧王熙凤派人送茶叶来。当时两人之间并无话可说，也无事可做，气氛中有些许尴尬。作者为什么要写香菱无故来找代玉？这里有一个情理说不通，香菱来到代玉的住处，算是代玉的客人。这个时候恰巧王熙凤让人送茶叶过来。按照待客之道，代玉是不是应该请客人品一品新送来的茶叶？但通过书中的描写，代玉并没有请香菱喝王熙凤送来的茶叶。为什么？答案只有一个：代玉知道这个茶叶里面有毒，不敢拿给香菱喝。作者写香菱无故来找代玉的原因就在此，就是为了证明这个茶叶不可以随便拿给其他人喝，因为里面有毒。

在这里，薛宝钗是不是和代玉一伙的呢？答案非常明确了，她们两个就是一伙的。代玉没有薛宝钗那么沉稳，遇到事情还是有些不知所措、手忙脚乱、漏洞百出。薛宝钗往往在关键时候帮助代玉进行隐瞒、遮掩。在代玉知道贾宝玉和王熙凤都已经喝了茶后，找了个理由就要逃，被薛宝钗一把拉回来。代玉当时或出于胆怯，或出于甩锅薛宝钗，所以她在王熙凤调侃自己的时候想要逃跑，但薛宝钗哪能让代玉跑，所以一把就把她拉回来。

宝、凤二人中毒前，都碰过代玉，然后才毒性发作。后来宝、凤二人被单独隔离，不能接触到外人，毒就自然而然地消退了。说明茶中的毒不能够单独起作用，代玉身上还有一种物质。茶的毒性和代玉身上的那种物质相遇，毒性才会发作。只要代玉在他们二人身边，那种能够引起毒性发作的物质就会发挥作用。如果代玉不接近宝、凤二人，他们身上的毒性就会自行消退。所以，代玉和薛宝钗身上的香味甚是可疑。

书中第二十五回，代玉“便倚着房门出了一回神，信步出来，看阶下新迸出的稚笋，不觉出了院门。一望园中，四顾无人，惟见花光柳影，鸟语溪声”。从中可以看出，她出门的时候在环顾四周。为什么要环顾四周？难道是心虚吗？先是“看阶下新迸出的稚笋”，然后向前走，随后才遇到贾宝玉等人。《葬花吟》中说：“花开易见落难寻，阶前闷杀葬花人。”意思可以理解为：明枪易躲暗箭难防，阶前闷杀葬花人。书中一共描写了五次葬花，贾宝玉和代玉一起葬过一次花，代玉自己单独葬过一次花，贾宝玉单独葬了三次花。第一次葬花，在第二十三回，贾宝玉独自将花葬在水里。第二次葬花，也是在第二十三回，贾宝玉和代玉共同葬花。第三次葬花，在第二十七回，宝玉独自葬花，并且在葬花的时候遇到代玉作《葬花吟》。第四次葬花，在第二十八回，代玉独自一个人葬花，葬花时作了一首《葬花吟》，并且遇到贾宝玉。第五次葬花，在第六十二回，宝玉将香菱的夫妻蕙与自己的并蒂菱一起埋在一个小土坑里面，当时香菱在旁边。贾宝玉葬花的次数最多，并且是第一个，也是最后一个葬花的人。在书中第七十八回，贾宝玉看到大观园里面的晴雯、芳官、司棋、迎春等女子离去，十分伤心。看到以往热闹的大观园变得冷清，更是感到悲凉。宝玉目睹了这些花一样的女孩子一个个枯萎凋零，就如同是他埋葬了大观园里面的这些聪明、美丽、善良、智慧、花朵般娇嫩的姐妹们。所以，贾宝玉才是书中真正的“葬花人”。“阶前闷杀葬花人”的目标是贾宝玉。

宝、凤二人病情刚好转，代玉就脱口一句“阿弥陀佛”，薛宝钗知道代玉说漏了嘴，赶忙帮代玉圆场，说什么“如来佛比人还忙”的鬼话，其实这是在帮代玉掩饰。代玉借坡下驴，赶忙逃离现场。前后两次代玉都要离开现场，第一次是想制造自己不在现场的假象；第二次是因为说漏了嘴，要赶快回避。薛宝钗多次在关键时候提醒代玉不要出错，也佐证了“钗、黛合一”的理论。最后代玉还说了一句：“你们这起人不是好人，不知怎么死！再不跟着好人学，只跟着凤姐贫嘴烂舌的学。”这句“不知怎么死”把代玉的手段说得够清楚明白了吧？

有人说，马道婆做法怎么解释？代玉和薛宝钗两人耳目众多，马道婆和赵姨娘私会之事，怎么可能瞒得过她二人。马道婆和赵姨娘只是被利用了。估计当时马道婆还觉得奇怪，自己怎么会有那么高的“法术”？赵姨娘也更坚信马道婆的“法术”高强。马道婆的“法术”高不高呢？这个事有两个人可以证明。第一个是贾母。在《红楼梦》里面，贾母是见事就知者。马道婆要贾母为贾宝玉点灯，贾母只给了最低的档次，说明贾母并不相信马道婆，认为她完全是骗人的。书中第八十回，王一贴一开始把自己的膏药吹上天，后来对贾宝玉说实话，他对自己膏药的评价是：“实告你们说，连膏药也是假的。我有真药，我还吃了作神仙呢。有真的，跑到这里来混？”王一贴这个人物在《红楼梦》里面最大的作用，就是通过他指出马道婆和他一样，并没有真才实学，只会弄出些假象来骗人。除此之外，王一贴这个人物在书中算得上是一个可有可无的人。毕竟对于惜字如金的《红楼梦》来说，作者不可能无缘无故写出一个没有作用的人来，并且是在书中的最后一回。通过王一贴的话进行推理，如果马道婆真能够拥有那么高的“法力”，她早就飞黄腾达了，还会寒酸得去捡赵姨娘的碎布头吗？

又有人问，你说宝、凤二人喝茶中毒，有证据吗？你别说，还真有一个人去做了调查取证，发现茶里面确实有问题。这个人就是畸笏叟。书中第二十五回，在贾宝玉说他头好痛的时候，代玉道：“该，阿弥陀佛！”这里脂砚斋庚辰批：“黛玉念佛，是吃茶之语在心故也。然摹写神妙，一丝不漏如此。己卯冬夜。”这什么意思呢？

首先我们先要搞清楚“吃茶之语”是什么意思？扶桑有本书叫《近世丛语》，书中记载着这样一个故事：山僧嗜茶。有樵夫问曰：茶有甚么好处，使大师嗜爱如此？和尚说：有三样好处，一可以健胃消食；二可以提神止瞌睡；三可以使人清心寡欲。樵夫苦着脸道：这三样对我来说却无异灾难。我每天拼命砍柴，勉强维持三餐，健胃消食，适促我饥乏。我每日起早贪黑，劳苦之甚，只有晚上几个时辰的酣然眠梦，是我最大的享受与快乐。饮茶止人瞌睡，天天闹起失眠来，生活于我还有何乐趣可言？我有个老婆，她之所以能与我守穷，很大程度上是因为有寝房床第之乐。如果嗜起茶来，清心寡欲，性事冷淡，高雅是高雅了，只怕老婆倒要跟人跑了。此三者，皆非小人之利也。敢辞。——茶道虽然雅致动人，却不是每个人都有清福消享的，至少粗俗穷人除外。

畸笏叟在这里特别说明：代玉心里面知道，这个茶贾宝玉不可以吃。贾宝玉什么茶不可以喝？贾家的日常生活中，处处在喝茶。荣国府里面什么茶没有？怎么就不可以喝这个茶了？答案不言而喻：代玉知道这个茶里面有毒，谁喝谁死。现在大家再回过头来看这句话：“我吃着好，不知你们的脾胃是怎样？”她问得正常吗？其实是“阶前闷杀葬花人”呀。《红楼梦》版的“潘金莲”：“大郎，起来喝茶了。”

宝、凤二人接触到代玉就中毒，薛宝钗也接触了代玉，那代玉自己和薛宝钗为什么都没有中毒？答案非常明确了，她们两个知道茶里面有毒，所以她二人根本就没有喝那个茶。这也就再次验证了作者所描述的“钗、黛合一”。

贾宝玉中毒时候的表现是：“宝玉忽然‘嗳哟’了一声，说：‘好头疼’！只见宝玉大叫一声：‘我要死！’将身一纵，离地跳有三四尺高，口内乱嚷乱叫，说起胡话来了。”《金瓶梅》第五回、《水浒传》第二十五回中，王婆教潘金莲给武大郎吃毒药时说道：“他若毒药发时，必然肠胃迸裂，大叫一声。”在武大郎吃下潘金莲喂的毒药后，先是“哎了一声”，然后说道：“大嫂，吃下这药去，肚里倒疼起来。苦呀，苦呀！倒当不得了。”潘金莲不管武大郎难不难受，又拿被子去捂武大郎。武大郎叫道：“我也气闷！”后来武大郎还要说话，但被潘金莲用被子捂住，难以发出声音，只哎了两声，喘息了一回就死了。《水浒传》中，何九叔来殓化武大郎尸首的时候，一看见武大郎的尸首："何九叔大叫一声，望后便倒，口里喷出血来。"这些情节，大家仔细品读，其中相似的程度到底有多高？

接下来，我们再回头去品读薛蟠在人群中看见代玉的情形："忽一眼瞥见了林黛玉风流婉转，已酥倒在那里。"在《水浒传》第二十四回、《金瓶梅》第二回中，潘金莲的叉竿打在西门庆头上，西门庆抬头看见潘金莲的时候："回过脸看时，是个生的妖娆的妇人，先自酥了半边。"《金瓶梅》第四回中，描写了西门庆与潘金莲第二次在王婆家里面私会的场景，西门庆见到潘金莲时是这样写的："这西门庆仔细端详那妇人，比初见时越发标致。"《红楼梦》第十六回中，代玉第二次进荣国府，贾宝玉看到代玉时是这样描写的："宝玉心中品度黛玉，越发出落的超逸了。"

《金瓶梅》中，武大郎刚刚死去，尸骨未寒，而西门庆就和潘金莲在武大郎的灵堂前作鱼水之欢。甚至在请和尚为武大郎做法事的时候，潘金莲依然和西门庆交欢，还被和尚偷窥到两人的龌龊行为。《红楼梦》中，贾宝玉和王熙凤中毒，命在旦夕之际，代玉和薛蟠的行为与潘金莲和西门庆行为尤其相似。毕竟，"《金瓶梅》是《红楼梦》的老祖宗"，作者是在熟读了《金瓶梅》后才创作的《红楼梦》。

朝廷为什么要投毒杀害贾宝玉？这个问题我在本书其他章节中进行过解读，这里就不展开讲述。

代玉和薛宝钗为什么是这次行动的实施者？代玉和"小耗子"一样，变幻成林黛玉进入荣国府，其目的就是受朝廷委派，到荣国府配合朝廷消灭贾家。贾家是否真的要和朝廷作对，书中没有明确描写。但新皇帝可能是感受到了以贾家为首的"八公"这股势力的威胁，所以宁愿选择信其有，也不愿将来后悔莫及。无论贾家是否真的会架空皇权，但作为皇帝，只能信其有，防患于未然。暗杀贾宝玉的计划，由潜伏在贾家内部的人实施是最合适不过的，所以这个任务就由代玉负责执行。那薛宝钗又是怎么回事呢？

薛宝钗曾经参加过选秀，是否选上，书中并没有明确地写出来。但从薛家大张旗鼓地送宫花来看，薛宝钗应该是明面上没有被选上，暗地里被选上了，要不然薛姨妈也不会拿着选秀的宫花炫耀。薛宝钗在暗地里被选上，她的任务是到贾家配合和协助代玉完成任务，所以作者说"钗、黛合一"。

故事听起来像是谍战片，有人可能会嗤之以鼻。但大家想一下，在"耗子精"的故事里面，那个"小耗子"变成盐课林老爷的小姐混进香芋堆里，并开始实施"老耗子"交代给它的任务，这难道不就是谍战片吗？这样的故事情节和我的分析有什么不同？

还是那句话，贾瑞看到“风月宝鉴”背面真相的时候，是一幅骷髅图像，被吓得大骂：“道士混账，如何吓我！”说明《红楼梦》中的情节所反映的真相是极其残酷和露骨的，并不像表面所描述的风花雪月般美好。

第十二章　硝烟

从表面看，《红楼梦》主要是描写贾家日常生活，但我们也不能忽视了里面的政治斗争。比如元春之死、贾家被抄家等等，这些情节都是政治斗争。接下来我试着捋一捋书中的主要政治人物及他们之间的政治关系。

书中第十六回，通过贾琏之口，我们可以看出朝廷之中不光有皇帝，还有太上皇和皇太后。当读到这里的时候，很多人就去把《红楼梦》和历史上同时出现皇帝和太上皇的时代去进行对照。我认为是极其错误的。作者是想表达他个人的亲身经历及所见所闻，但他绝对不会这么直接地生搬硬套一段历史，他只会把历史上比较重要的事件融合到自己的小说里面，让小说更加精彩。接着上面继续说。通过贾琏，我们知道，当时的皇帝想“每月逢二六日期，准其椒房眷属入宫请候看视”。但他不能直接出台这个政策，还需要请示太上皇和皇太后。太上皇和皇太后看到后，不但批准了皇帝的建议，还多加了一条：“有重宇别院之家，可以驻跸关防之处”的，可以回家省亲。这段关于新皇帝和太上皇、皇太后之间往来的描写，看似平平常常，但细读之下，会发现并不简单。

第一，新皇帝对太上皇和皇太后非常尊重，可见太上皇的权威还在。

第二，新皇帝想要出台一个政策，还必须请示太上皇，可见新皇帝并没有完全掌握实权，一旦自己的某些举动触犯了太上皇，有可能会直接威胁到自己的皇位。

第三，新皇帝在太上皇还健在的情况下，出台让妃子家属进宫和女儿会面的新制度，一定程度上彰显了自己比太上皇近人情。太上皇看到新皇帝的建议后，又加了可以回家省亲这一条，把新皇帝的功劳瞬间占为己有。因为回家省亲对女方家庭来说才是最风光的，影响力远比进宫看视的力度大得多。

第四，新皇帝出台让妃子家属进宫和女儿会面的新制度，除了彰显自己近人情以外，更主要的目的是想和自己老婆的家人进行沟通联络，取得对方的支持和拥护。一个新皇帝，因为根基不稳，除了自己的死党外，老婆的家族势力也不容小觑。能够把女儿嫁给皇帝做老婆的人家，哪家背后没有点实力？皇帝见老婆的家人，肯定谈的是私底下的话，但皇帝也不能随随便便地想见哪个就见哪个，因为他的一举一动都关乎着其他人的命运。但如果椒房眷属入宫看视自己的女儿，一方面来的频率高，频率高了能和皇帝见面的机会就多；另一方面可以证明不是皇帝特意召见，也就不会引起其他人的警觉。

从以上四个方面可以看出，新皇帝和太上皇之间，除了有亲情外，还存在着明争暗斗。因为新皇帝没有完全掌握实权，也就为其他皇子留下竞争皇位的机会。书中表现得最突出的就是北静王。

书中第十四回和第十五回，详细地描写了北静王水溶来参加秦可卿葬礼的情节。通过作者的描写，我们可以看出，北静王当天是“五更入朝，公事一毕，便换了素服，坐大轿鸣锣张伞而来”，到了现场后，并没有下轿，而是一直坐在轿子里面。这期间他接见了贾珍、贾赦、贾政和贾宝玉。很多读者对这一段情节的解读已经非常多，我这里不再赘述。总之，北静王此次前来参加秦可卿的葬礼是不合礼制的，并且还有僭越行为，甚至把新皇帝刚送给他的鹡鸰香念珠转手送给了贾宝玉，完全没有把新皇帝放在眼里。北静王的种种表现，明显看出他并不尊重新皇帝，并且还有意拉拢贾家这股势力。作为臣子，如果已经公开藐视皇帝，并且当众拉拢大臣，这完全就是要和皇帝一争高下的信号。只是可能因为时机不够成熟，所以北静王一直没有下轿，想以此来掩人耳目。

通过上面的分析可以看出，《红楼梦》里面暗中存在着一场强大的政治斗争：新皇帝刚继位，根基不稳，还没有完全掌握国家权力，太上皇手中还有实权；以北静王为代表的其他势力也对皇位虎视眈眈。

太上皇、新皇帝、北静王之间的争斗，无疑就是神仙打架，凡人遭殃。最难的是像贾家这样的家族，因为他们是谁也得罪不起，却又不知道该讨好谁。贾家对太上皇绝对是忠心的，因为贾家的发展离不开太上皇的庇护。但现在如果贾家一味地讨好太上皇，而忽视了新皇帝，那新皇帝自然会认为贾家和自己不是一条心。对于像北静王这样身份地位的人物，贾家也是不敢得罪。从书中可以看出，贾家对三方势力都非常尊重，不敢得罪任何一方。但也就是因为贾家这样的多方下注，才使得新皇帝对贾家不完全信任，为贾家的灭亡和元春之死埋下伏笔。

贾家对太上皇的忠心，可以从贾元春封妃时，贾政立马就去东宫谢恩可以看出来。在秦可卿的葬礼上，贾家人对北静王毕恭毕敬，当众接受北静王的礼物，后来贾宝玉还经常到北静王府走动，并且原文中描述贾家和北静王家族的关系是“同难同荣”。这些都可以看出贾家和北静王的关系非常亲近。新皇帝正是用人之际，本来可以依靠一下贾家的势力，但当他看到贾家与太上皇和北静王走得如此亲近的时候，就不完全信任贾家了。

有了这个政治斗争的大背景，书中一些难以理解的情节就变得明朗了。比如贾元春封妃一事，本来是好事一件，但贾家当时却表现得如临大敌一般。整件事中，有两点不合理。首先，贾元春封妃，贾家没有提前获得一丝消息。贾元春封妃，那绝对是一件大事，特别是对贾家来说，那是重要得不能再重要的事了，为什么贾家却一点消息都没有呢？直到夏太监来通知的时候，贾家都不知道是福是祸。可见贾家当时确实没有得到一丝消息，这非常不合理。其次，宫里的夏（通“吓”）太监来通知贾家的时候，没有一点礼貌，完全是目中无人。一个太监来通知贾家进宫接受皇帝对贾元春的册封，这可是天大的喜事。通知喜事，对于一个太监来说，那可是能够在贾家得到太多好处的。但这个夏太监通知完以后，茶水都不喝一口就回去了，这非常不合理。从以上不合理的两点可以看出，贾元春封妃一事，没有表面看起来这么简单。

我推测新皇帝本人应该不喜欢贾元春。如果新皇帝本人喜欢贾元春，那么对贾元春及贾元春的家人应该会显出一些尊重。但整个过程中，没有看到新皇帝对贾家表现出尊重。新皇帝既然不喜欢贾元春，那他为什么要封贾元春呢？这应该是新皇帝不得已而为之。他继位之初，皇位还不稳，需要有实力的人来支持自己。通过秦可卿的葬礼，新皇帝看到了贾家的实力，所以就只得放下架子，主动拉拢贾家。拉拢贾家最好的方式，就是封贾元春为贤德妃。但新皇帝拉拢贾家，只是一时的权宜之计。一旦他掌握全部实权，那贾家就变得可有可无了。所以，贾元春的生死，标志着新皇帝在这场斗争中胜利与否。就如唐肃宗李亨一样，如果他在马嵬坡兵变中胜利，杨贵妃必死；如果他在马嵬坡兵变中失败，杨贵妃就不用死。杨贵妃的生死，代表了李亨的胜利和失败。

书中第四十回，史湘云行酒令“双悬日月照乾坤”。“双悬日月照乾坤”出自李白的《上皇西巡南京歌》：

剑阁重关蜀北门，上皇归马若云屯。
少帝长安开紫极，双悬日月照乾坤。

这首诗说的是马嵬坡兵变，唐玄宗避难蜀中，其子唐肃宗即位。两位皇帝在世，造成“双悬日月照乾坤”的局面，指责唐肃宗有篡位之意。当时唐玄宗被逼退位，唐肃宗即位。二人表面看上去非常和睦，但暗地里却在互相斗争。

《红楼梦》中引用这个历史典故，其用意已经非常明显，那就是新皇帝和太上皇之间确实是和唐玄宗与唐肃宗一样存在斗争。很明显，贾家是祖上得的功勋，主要的依靠是太上皇。但这也就为贾家将来被抄家埋下了伏笔，毕竟太上皇终究会有老去的一天。贾家一旦失去了太上皇这个靠山，如果再让新皇帝抓住把柄，这对贾家来说将是致命的。贾家和新皇帝之间的关系，我们可以从焦大和贾家之间的关系上来理解。焦大虽然跟随贾家老一辈出生入死，劳苦功高，但到了王熙凤等新一辈这里，就成了占位不拉车的闲人。此刻，焦大和贾家的关系已经降至冰点。可能是因为贾母还健在的缘故，所以王熙凤等贾家新一辈的管理层才会让焦大继续生活在府中。如果有朝一日，贾母去世后，难以想象焦大会有什么下场。但焦大也有一个明显的缺点，仗着当初跟随贾家老一辈打过仗、建立过功勋，就骄傲自大，经常把功劳挂在嘴边，对贾蓉等新一代管理层指手画脚，处处透露出不满，时不时就把贾家太爷请出来压制贾蓉等人。焦大和贾蓉等新一辈管理层之间的矛盾，注定他们之间将难以和平地相处下去，爆发更大的矛盾也是迟早的事。

所以，回头再来看贾元春封妃一事，应该是新皇帝一时的权宜之策，并非真心喜欢贾元春。贾家的靠山是太上皇，有太上皇在的一日，贾家会一直延续下去，贾元春也能够坐稳贤德妃的位置。这和唐玄宗在位时是一样的。当唐玄宗失去对政权的掌控后，杨贵妃的悲剧就随即降临。所以，在《红楼梦》中，贾家的站位不准，和北静王来往过于密切，对新皇帝的政权构成威胁，无形中走到了新皇帝的对立面。等有朝一日，太上皇去世后，新皇帝站稳脚跟，肯定会着手铲除像贾家这样的势力，然后培养自己的势力，以巩固自己的政权。这其实和贾雨村对付那个小沙弥如出一辙。贾雨村一开始并没有急于处理那个小沙弥，等他坐稳官位，利用完这个小沙弥，然后才对其下手。但是，如果新皇帝真要对付贾家这样的大家族，也不是那么轻而易举的，需要提前做很多准备工作，其中收集贾家内部的机密就是一件头等大事。要收集贾家的内部机密，就需要安排人进入贾家做内应，这也就是代玉被安排进入贾府的原因和目的。

有了这个逻辑，我们再来看当时贾雨村第一次被免职时，为什么没有表现出沮丧，还显得非常潇洒？并且在他被免职后，他并没有回家，而是紧紧围绕贾家在转。首先是去贾家周围进行观察，然后是去给甄宝玉做老师，再后来是去给林黛玉做老师，最后通过贾政的举荐重新做了官。这不得不让人联想到：其实贾雨村被免职，是新皇帝暗中策划的一出苦肉计，目的是让贾雨村打入贾家内部。但贾雨村也不能随时留在贾家，毕竟他有职务在身，所以他就安排了自己的女儿冒充林黛玉混入贾家为自己提供信息。也就是因为贾雨村是整件事的实施者，知道得太多，导致自己最后被清算。贾雨村被清算的思路，就来源于为他出谋划策的那个小沙弥的经历。小沙弥是他，他就是小沙弥。

现在我们再来看龄官画蔷和见鸟生悲的情节，就非常好理解了。龄官和代玉长得非常像，所以龄官身上发生的事，可以是代玉的影子。龄官画蔷和见鸟生悲的情节，所表现出来的是龄官觉得自己被一堵无形的墙所困，并被一双无形的手在操控，没有自由。其实这也是代玉自己的写照。在《葬花吟》中，代玉表露“一年三百六十日，风刀霜剑严相逼”“侬今葬花人笑痴，他年葬侬知有谁”，这其实和龄官画蔷和见鸟生悲的心境是一样的。她们二人都没有自由，被人在背后操控着，逼迫自己去做自己不愿意做的事情，对自己的前途感到迷茫。

那贾家是否会架空新皇帝呢？这个在书中没有明确描写，但暗地里隐隐约约透露出来的信息可能会让新皇帝不安，比如众多官员僭越参加秦可卿的葬礼就是一个信号。

前面提到代玉是贾雨村自己的女儿，并且我认为是贾雨村和第一个正妻生的女儿。如果这个推理成立，再来看代玉私祭一事，就变得合情合理了。毕竟贾雨村的第一个正妻在姣杏嫁过去后不久就去世了，她女儿祭奠她，也在情理之中。

第十三章　误窃

《红楼梦》第八回有一段描写："袭人伸手从他项上摘下那通灵玉来，用自己的手帕包好，塞在褥下，次日带时便冰不着脖子。【甲戌双行夹批：试问石兄：此一渥，比青埂峰下松风明月如何？】那宝玉就枕便睡着了。彼时李嬷嬷等已进来了，听见醉了，不敢前来再加触犯，只悄悄的打听睡了，方放心散去。【甲戌侧批：交代清楚'塞玉'一段，又为'误窃'一回伏线。晴雯茜雪二婢又为后文先作一引。甲戌眉批：偷度金针法，最巧。】"从这段描写中我们可以看出，在以后的情节发展中，贾宝玉的通灵宝玉确实被偷窃了。但在前八十回中，并没有这段情节的描写，我就试着推理一下。

在贾宝玉平时睡觉的时候，袭人总是把他的通灵宝玉收放在枕头底下，并且脂砚斋在此点评："交代清楚'塞玉'一段，又为'误窃'一回伏线。"由此可见，贾宝玉的通灵宝玉是在他睡觉的时候被偷的。贾宝玉是荣国府的宝贝，在他睡觉的时候，都是有人在旁边陪护着，所以我认为偷通灵宝玉的人是贾宝玉身边的人，不是外人。就如夏金桂陷害香菱时所说的一样，要放置纸符在夏金桂枕头底下的人，绝对是能够有资格进入她房间的人。并且贾宝玉这边还有一个非常特别之处，通灵宝玉一定是在贾宝玉睡着的时候被偷的。在贾宝玉睡觉的时候，一般都是晴雯在旁边守护他，等晴雯走了以后，就换成袭人。所以通灵宝玉的失窃与自己人有着密切的关联。但如果说是袭人偷了贾宝玉的通灵宝玉，那就是天方夜谭。袭人作为贾宝玉未来可能的小妾，不可能做出这种蠢事来。那是谁偷了通灵宝玉呢？

重新梳理情节中的线索。书中第七十七回，晴雯被撵出大观园后，因为没有人顶替晴雯守护贾宝玉睡觉，所以袭人只能承担晴雯的职责，负责守护贾宝玉睡觉。但袭人也有袭人的难处，书中写道："原来这一二年间袭人因王夫人看重了他了，越发自要尊重。凡背人之处，或夜晚之间，总不与宝玉狎昵，较先幼时反倒疏远了……故迩来夜间总不与宝玉同房。"由此可见，当时袭人守护贾宝玉睡觉，那是没有办法的办法，是因为一时找不到合适的人来顶替晴雯的工作。如果能够找到一个可以承担起晴雯工作的人选，袭人也就可以抽身出来了。那么袭人是否会找一个人来顶替晴雯的工作呢？

书中第十九回，袭人曾经回过一次娘家，其间贾宝玉还去她家里面探望过袭人一家。在贾宝玉探望的过程中，他特别注意过一个红衣女子，那个红衣女子是袭人的姨表妹。贾宝玉对这个红衣女子非常欣赏，以至于说出：“我因为见他实在好的很，怎么也得他在咱们家就好了。”并且这还不是最重要的，最重要的是：在贾宝玉探望袭人的家人时，袭人还向她的家人和其他亲戚展示过贾宝玉的通灵宝玉。书中这样描写：“（袭人）一面又伸手从宝玉项上将通灵玉摘了下来，向他姊妹们笑道：‘你们见识见识。时常说起来都当希罕，恨不能一见，今儿可尽力瞧了。再瞧什么希罕物儿，也不过是这么个东西。’说毕，递与他们传看了一遍，仍与宝玉挂好。”由此可见，袭人的家人和亲戚对通灵宝玉非常稀罕，都想一睹为快。这里脂砚斋还有一段批语：“庚辰双行夹批：行文至此，固好看之极，且勿论按此言固是袭人得意之话，盖言你等所稀罕不得一见之宝我却常守常见视为平物。然余今窥其用意之旨，则是作者借此正为贬玉原非大观者也。”在袭人的这些家人和亲戚中，就有那个贾宝玉非常欣赏的红衣女子在内。

再有，书中第二十三回，当贾宝玉从贾政房里出来时，书中写道：“刚至穿堂门前，【庚辰双行夹批：妙！这便是凤姐扫雪拾玉之处，一丝不乱。】只见袭人倚门立在那里。”这里不写别人，只单单写袭人在那里等候贾宝玉。而那里就是将来王熙凤扫雪拾玉的地方，我认为这就是作者在暗示此事和袭人有关。

所以我的推理是：袭人因为身体等原因，难以承担起守护贾宝玉睡觉的工作。有一次，袭人把她的那个红衣表妹带到大观园中玩耍，并让那个红衣女子临时代替自己守护贾宝玉睡觉。那个红衣女子因为好奇，所以就把通灵宝玉偷拿出去。袭人因为通灵宝玉被偷一事，失去了嫁给贾宝玉的机会，还被赶出了荣国府。袭人被赶出来回到自己家中，红衣女子知道自己闯了祸，把事情的原委告诉了大家。她本意是稀罕这件宝贝，并不是真想把通灵宝玉给偷走，或许她也是想仿照袭人一样偷偷拿回去显摆一下，然后再还回来，但没想到被发现了。所以脂砚斋的批语中所使用的是“误窃”。后得知荣国府因为此事闹得惊天动地，她也被吓坏了，就不敢把通灵宝玉还回去。说完就掏出通灵宝玉交给袭人。袭人此时如天崩地裂，几次昏死过去。众人劝解许久后才平复下来。

袭人想着把通灵宝玉还回去，证明自己的清白。等她到了荣国府贾政夫妇门口将欲进去时，听到王夫人对贾政说：“老祖宗也同意将宝丫头嫁给宝玉，打算三天后就为他们办婚礼。没想到袭人竟是这样人，居然把宝玉的玉给偷了，我之前还以为她是第一忠靠之人。”接着二人又说起凤姐最近的病情，一直没有好转，看着时日已经不多。如果将来王熙凤真有个三长两短，还得考虑为贾琏再续一房。贾政说：“我也看出来了，凤哥儿的病确实太严重，估计就在这一两天的事了。须赶在此前把宝玉的婚事先办了。到时候在府中为琏儿物色一个，也好续他这房香火。”贾政接着又说道：“我平时观察府中这些女子，觉得……确实不错，配他也合适。”王夫人对贾政说道：“你说的是，我也看这个丫头好。听说凤哥儿在外放贷攒了不少钱，但不知道这些钱被她放在什么地方，有机会让琏儿问问。要不然真有那么一天，也好知个下落。”贾政夫妇正在谈论时，忽听到窗外传来有东西掉落的声音。忙命人出去查看，下人回报说是府中那条大狗在外面把东西扒倒了，并没有人，贾政夫妇方才放下。又说了几件最近府中之事，方熄灯歇下。

袭人万念俱灰，来到平儿窗前。此时平儿刚刚睡下，方觉惺眼微蒙，恍惚中听到袭人在和她说话，告诉她通灵宝玉就在贾政夫妇房间穿堂门前，叫平儿想办法找到后交给宝玉。交代完后，袭人又说：“眼见不日又有一件非常喜事，真是烈火烹油、鲜花着锦之盛。要知道，也不过是瞬息的繁华，一时的欢乐，万不可忘了那‘盛筵必散’的俗语。此时若不早为后虑，临期只恐后悔无益了。”平儿忙问：“有何喜事？”袭人道：“天机不可泄漏。只是我与姐姐好了一场，临别赠你两句话，须要记着。”因念道：“三日去后诸芳尽，各自须寻各自门。”平儿还欲问时，只听二门上传事云牌连叩四下，将平儿惊醒。平儿闻听，吓了一身冷汗，出了一回神，只得忙忙穿衣，往凤姐处来。

第二天一早，平儿将此事告诉凤姐，凤姐自然不信，说平儿怕是疯了。平儿叫凤姐和她过去找找看看，果真能找到也是造化。凤姐只得拖着病体和平儿来到贾政夫妇房间穿堂门前。凤姐坐在椅子上，命人到处搜寻，始终不见通灵宝玉的踪影。正在此时，昨夜那条大黑狗看见凤姐，便来到凤姐跟前，对着凤姐使劲摇尾巴。这狗大，尾巴更大，像一把大扫帚一样。大黑狗对着凤姐没摇几下尾巴，便把地上的雪扫开一大片。凤姐看见大黑狗，本想低头呵斥。但却看见狗尾巴把雪扫开处，露出埋在雪里面的通灵宝玉。凤姐等人如获至宝，连说了几声“阿弥陀佛”。

关于王熙凤扫雪拾玉的情节，很多人解读为王熙凤后来被贬为佣人，在扫雪时拾到了玉。这种解读是不对的。至于贾政看上了哪个作为贾琏的妻子，我一时还没有看透。

第十四章　金麒麟

金麒麟的出现，彻底撕开了“真假”之间的遮羞布。从此，“真事”逐渐显现。

《红楼梦》第二十九回中出现的那对金麒麟，到底对整部书的故事情节有什么作用？现在我来详细解读一下。

众所周知，神瑛侍者下凡后，有通灵宝玉作为信物。贾宝玉“衔玉而生”，以此来证明贾宝玉就是神瑛侍者下凡。

书中第一回写道：“后来既受天地精华，复得雨露滋养，遂得脱却草胎木质，得换人形，仅修成个女体，终日游于离恨天外，饥则食蜜青果为膳，渴则饮灌愁海水为汤。甲戌侧批：饮食之名奇甚，出身履历更奇甚，写黛玉来历，自与别个不同。”说明绛珠仙草下凡后，确实化身为林如海之女林黛玉。

书中在证明贾宝玉是神瑛侍者和证明林黛玉是绛珠仙草上，所用的证据截然不同。贾宝玉是通过口衔通灵宝玉出生来证明他就是神瑛侍者下凡，这是硬件证据，属于物证，证据充分，不可否认。但林黛玉却是通过“脂批”来证明她是绛珠仙草，属于人证。但脂砚斋这个人的可信度太高了，书都是人家写的，所以他说是就是了，没什么可辩驳的。但问题是，林黛玉曾经有一段时间脱离了大众视野，出现了前后信息不互通的局面。就是林黛玉离开林如海，投奔荣国府的这段时间。谁可以证明去到荣国府的就一定是林如海的女儿林黛玉？如果这个时候贾雨村要愚弄荣国府，随便找一个和林黛玉相仿的人去冒充，那荣国府也没有办法识别。更要命的是，在此之前，书中没有对林黛玉的外貌进行过描述，我们怎么知道前后是同一个人？

为了证明谁才是贾母的外孙女、林如海的女儿林黛玉，也就是证明谁才是真正的绛珠仙草，我们试图去找一找物证。

有没有什么信物来证明谁才是真正绛珠仙草转世的林黛玉？答：有的，这个信物就是金麒麟。也就是说，谁是林如海夫妇的女儿，谁身上就有金麒麟。

为什么是金麒麟？书中的金麒麟有一对，一个在史湘云身上，一个在书中第二十九回由张道士献出来送给贾宝玉。

首先我们来看史湘云身上的那个金麒麟。她的这个金麒麟，应该是她父母遗留给她的。史湘云的父母去世后，这个金麒麟就传给了她。能够在这样一个大家族里面作为传家宝的金麒麟，那绝对是高大上的宝贝，绝对是经过一定年岁传承下来的，不可能是简简单单的拿一个东西来做传家宝。从书中可以知道，金麒麟不是一个，是一对。史湘云是史家的千金，和林如海没有关系，所以她不是绛珠仙草。史家的传家宝传到了史湘云这里，说明史家的这件传家宝有传女不传男的规矩。

贾母未出嫁前，是史家的千金小姐，地位比现在的史湘云还要高。在贾母当年出嫁的时候，史家的这对传家宝金麒麟一定也传了一件给贾母。贾敏是贾母最心爱的女儿，贾敏在出嫁的时候，贾母也一定会把这件金麒麟传给贾敏。贾敏临死前，也一定会把这件金麒麟传给林黛玉。所以，真正的绛珠仙草身上一定有一件金麒麟，这件金麒麟和史湘云的那件金麒麟是一对，也就是张道士献出的那件金麒麟。也就是因为这件金麒麟是史家的传家宝，所以在几十件金银玉器和珍宝中，贾母视其他所有宝贝如无物，只一眼就识别出了这件金麒麟。贾母能够一眼就识别出那件金麒麟，可见贾母对那件金麒麟的情怀有多深。那会不会是有人从贾母这里把这件金麒麟偷走了呢？答案是否定的，如果谁偷了贾母的金麒麟，那她应该会开始调查是谁偷的？怎么偷的？但贾母并没有开展这个工作，也没有透露过这样的信息，所以不存在从贾母手上遗失一事。如果真失窃了，现在见到赃物，那还不得一查到底？

对于这对金麒麟，史家有两个人亲眼见到了，她们的反应都值得细细推敲。第一个是贾母，她能够在众多的宝物中一眼就识别出那件金麒麟，可见这件金麒麟在她心目中的地位有多高。另外一个就是史湘云。书中第三十一回写到史湘云和翠缕捡到贾宝玉丢失的金麒麟的时候，史湘云的表情是：“湘云举目一验，却是文彩辉煌的一个金麒麟，比自己佩的又大又有文彩。湘云伸手擎在掌上，只是默默不语，正自出神。”如果没有参透金麒麟的来历之谜，我们就不能理解为什么史湘云见到另外一个金麒麟的时候会陷入沉思，并且发呆出神。现在我们再来解读史湘云这副表情就会知道，史湘云对自家传家宝金麒麟突然出现在花园里面产生了怀疑，更重要的是到底这件金麒麟是谁的？史湘云和贾母的想法都是一样的：被这件突然出现的金麒麟震惊到了。按理来说，这件金麒麟应该是代玉的，那为什么金麒麟丢失后，她却不急，和没事人一样？这不得不让人怀疑她的真实身份到底是不是林黛玉。

那问题来了，张道士从哪里得来的这件金麒麟？书中说那些宝物，包括这件金麒麟在内是张道士的“那些远来的道友并徒子徒孙”进献的。这就更奇怪了，史家的传家宝怎么会跑到张道士的“那些远来的道友并徒子徒孙”手上了呢？按常理，这件金麒麟应该在贾敏手上，贾敏去世后，应该传给林黛玉，或者随贾敏一起埋葬了。但出乎意料，这件金麒麟却出现在江湖之中，被一些不知名的出家人获得，还拿来献给贾宝玉，这真太匪夷所思了。

其他我们先不管，我们先来看看当时的代玉为什么没有这件金麒麟？为什么见到自己家的传家宝却不认识，还在那里想着为什么又多了一个“金玉良缘”？话都说到这里，还需要解释吗？金麒麟就是金麒麟，如假包换，那金麒麟就是史家的传家宝。而代玉非林黛玉，所以她不识此金麒麟。在场的人除了代玉，至少有两个人发现了问题，一个是贾母，另外一个就是薛宝钗。贾母看到自家的传家宝出现在张道士手里，而眼前这个代玉没有这件金麒麟，并且还不认识这件传家宝，贾母心里已经明白眼前这个人不是自己的外孙女林黛玉，是一个冒牌货。薛宝钗说了史湘云身上也有一件金麒麟后，明白了真相，所以她“便回头装没听见”。薛宝钗何等聪明，人家史家的东西出现在这里，你代玉的身份就彻底暴露了。

两个金麒麟的出现，将撕开真假之间的遮羞布。

代玉第一次来荣国府，没有出示，也没有佩戴金麒麟，贾母以为贾敏没有把这件金麒麟传给林黛玉，而是带进了坟墓，于是就说：“你这妹妹原有这个来的，因你姑妈去世时，舍不得你妹妹，无法处，遂将他的玉带了去了：一则全殉葬之礼，尽你妹妹之孝心；二则你姑妈之灵，亦可权作见了女儿之意。”金麒麟也是极其稀罕的物件，所以贾宝玉当时看见的时候非常喜欢。当时如果代玉有这么一件金麒麟，当场拿出来，和贾宝玉的通灵宝玉一对比，那贾宝玉也就不会摔玉了。但她没有，贾母当时估计贾敏没有让林黛玉知道有这么一件宝物，所以就谎称林黛玉的随身信物被贾敏悄悄地带进了坟墓。但现在的现实却是贾敏并没有把这件金麒麟带进坟墓，林如海也去世了，作为这件金麒麟唯一合法的继承人，只有林黛玉。而眼前这位“林黛玉”，不但没有这件金麒麟，见到了还不认识。贾母看到此情形，已然知道了一切。

还是那句话：“胳膊折了往袖子里藏。”贾母虽然知道了自己的外孙女被调包，眼前这位代玉并不是自己的外孙女林黛玉，但她又能够怎么办呢？能够在自己眼皮子底下把自己的外孙女调包，那绝对不是一般人，幕后主使只能是皇帝。皇帝摆明了要调包林黛玉，利用冒牌的林黛玉混入贾家，以达到自己不可告人的目的，但贾家又能怎么样？难道和朝廷撕破脸吗？这个时候，贾家不能戳穿假林黛玉的身份，否则就是公开和朝廷作对，所以只能“胳膊折了往袖子里藏”，忍气吞声。这里请大家和“耗子精”的故事联系起来一起解读，答案就一目了然了："小耗子"变成林如海的女儿林黛玉混进了贾家。

接下来，贾母看了半天的戏就回去了，后面两天也没有来看戏。试想一下，贾母这个时候还有心情看戏吗？就算是贾元春安排的活动，贾母也没有心情了。

金麒麟的故事情节非常重要，如果大家仔细阅读会发现，从金麒麟出现后，代玉在荣国府的地位就明显下滑了。以前被安排和贾母睡在一个房间的是贾宝玉和代玉，之后就换成了薛宝琴。到后来中秋节的时候，代玉就不在现场了。就算那场中秋节非常冷清，但也还是不安排代玉出场，由此可见一斑。后来她自己觉得太没有存在感，就拉着史湘云去作诗。

前面说到薛宝钗领悟到了金麒麟背后的故事，我现在就把证据呈现出来给大家看。书中第四十二回，薛宝钗借代玉连诗口误去点拨她，指出代玉用了禁书中的内容。代玉听后幡然醒悟，从此"钗黛合一"。

代玉连诗的时候，使用的是《西厢记》里面的诗，当时《西厢记》是禁书，用里面的诗词是非常不妥的。但《红楼梦》里面处处都是《西厢记》，贾家的十二个戏子在排练的时候也在唱《西厢记》，看戏的时候也点《西厢记》，怎么代玉这里用了一句里面的诗词就犯下大错呢？所以，薛宝钗给代玉指出的问题，不是使用了《西厢记》里面的诗词，而是金麒麟背后的真相。经过薛宝钗一提醒，代玉瞬间就明白了金麒麟的重要性。自己的身份已经暴露了，但自己还得继续装下去。薛宝钗拿住了代玉的把柄，代玉怎么不屈从薛宝钗？

在薛宝钗指出代玉的问题后，书中有这么一句话来描写当时的代玉："一席话，说的黛玉垂头吃茶，心下暗伏，只有答应'是'的一字。"本来应该是"心下暗服"，但原文中却用"心下暗伏"，一字之差，但意思却已经是截然不同了：一个是"佩服"，一个却是"屈从"。仔细品味这整句话，意思完全符合"屈从"之意。

回到前面的话题，既然那个金麒麟是贾敏的传家宝，为什么会到了张道士手里面呢？要解释这个问题，首先就要弄清楚当时张道士到底是把通灵宝玉拿给谁看了？包括金麒麟在内的那些宝物是谁敬献的？

其实到了这里，答案已经非常明确，金麒麟是史家的传家宝，传给贾母，贾母传给贾敏，贾敏传给林黛玉。所以最后把金麒麟敬献给贾母的人就是真正的林黛玉，也就是绛珠仙草妙玉。张道士说："托出去给那些远来的道友并徒子徒孙们见识见识。"妙玉就是"远来的道友"。那为什么又说是"并徒子徒孙们"呢？妙玉没有徒弟，只有师傅，所以答案是：张道士把通灵宝玉拿给妙玉和妙玉的师傅看。妙玉的师傅没有死。说妙玉的师傅“于去冬圆寂了”，其实是林如海去世一事。妙玉本想回去奔丧，但她的师傅不允许她回去，所以说：“妙玉本欲扶灵回乡的，他师父临寂遗言，说他‘衣食起居不宜回乡，在此静居，后来自有你的结果’。所以他竟未回乡。”妙玉一旦回去，会带来无尽的后果，所以她师傅不允许她回去。

一直以来，很多人有这样的疑问：为什么妙玉和林黛玉的特征会那么接近？妙玉和贾家没有任何关系，为什么能够位列“金陵十二钗”第六位？随着真相浮出水面，现在这些问题已经不再是问题。

说到“人参养荣丸”，我这里插一个话题，真正关心荣国府的人是妙玉，不是代玉。书中写过代玉暗地里操心荣国府的收入和支出情况，提出荣国府支出多于收入。但大家要仔细读一下，在代玉提出这个结论之前，王熙凤已经明确地分析过荣国府的收入少于支出了。在王熙凤已经分析得非常透彻的情况下，代玉才借用王熙凤的结论来进行阐述，这难道不是“东施效颦”吗？贾宝玉有一次看见龄官在地上画“蔷”字，一开始他不知道对方是在画“蔷”字，以为是在葬花，所以他就认为对方在“东施效颦”。回到代玉分析荣国府财务状况这里。她虽然提出了荣国府收入少、支出多的问题，但她却没有再进一步提出怎么解决这个问题的办法。而我们要注意一个人，那就是林之孝。在第七十二回，林之孝告诉贾琏贾雨村被降职了，并且提出荣国府面临着收支不平衡的问题，但他还提出了解决这个问题的具体方案和办法。林之孝怎么会有这么高的见解？林之孝当时向贾琏提供这些信息的时候，书中是这样写的：“林之孝答应了，却不动身，坐在下面椅子上，且说些闲话。因又说起家道艰难，便趁势又说。”可见当时林之孝是刻意要把这些信息提供给贾琏，并且有非常充分的准备。林之孝是荣府的管家，他夫妇二人不善言谈、处世低调，“一个天聋、一个地哑”，王熙凤称他们是锥子扎不出声儿来的人。怎么这个时候他“不聋不哑”了呢？林之孝和林如海有千丝万缕的关系，这不得不让人想到他背后有一位高人在指点，那个人应该就是妙玉。林之孝向贾琏提供的信息和建议，是妙玉借林之孝之口说的。妙玉出身官宦世家，背后又有一位了不起的师傅，所以她具备这样的能力也就不足为奇了。其实林之孝向贾琏提供的这两个信息，对当时的贾家来说非常重要，也是当时贾家面临的两个核心问题：一个是朝廷在缩小贾家的外围势力；一个是贾家内部管理非常不合理。林之孝能简简单单地把贾家面临的内因和外因问题讲得非常透彻，作为一个管家，这已经超出他的能力了。而具备这样能力的人，恰恰就是林如海的女儿林黛玉。前面已经说了，代玉只是效仿王熙凤提出荣国府收支不平衡的问题，却没有再深入的分析和研究。所以，代玉不是真林黛玉。真正关心荣国府的人是站在背后的妙玉，她才是真正的“人参养荣丸”。

说妙玉的师傅去世的话是出自林之孝家的口，除此之外再没有证据。林如海当时为什么没有多派人跟随林黛玉一起去荣国府？因为荣国府里面有林如海的“内应”林之孝。这部分要脱离原著来展开讲了。从名字上来说，这个林之孝以前应该是受过林如海的恩惠，后来在林如海的推荐下，进入荣国府担任要职，就如同贾雨村一样。林如海当时想着荣国府里面有林之孝一家，相信他们会照顾好林黛玉，所以就没有再多派人跟随林黛玉一起到荣国府。但事情却出乎意料，林黛玉在半路被人调包了。林黛玉出门前，林如海应该交代过林黛玉，叫她到了荣国府后向贾母提出由林之孝的家人来照顾自己。但真正的林黛玉没有来到荣国府，贾母也就不知道林如海的想法，所以就把自己的丫鬟鹦哥拨给了代玉做丫鬟。由此也就可以解释为什么当初是林之孝家的介绍妙玉来荣国府了。妙玉的师傅让林之孝家的去引荐，顺便让她告诉贾家自己已经死了，然后打扮成妙玉的仆人一起进入荣国府，所以妙玉进入荣国府的时候有两个“老嬷嬷”。联系林黛玉离开林如海的时候，身边就是带着一个奶娘，现在过去这么多年，奶娘已成为“老嬷嬷”了。林之孝一家人为什么知道妙玉就是林黛玉，就是有林黛玉的这个奶娘做证。

书中明确写到贾宝玉有通灵宝玉作为神瑛侍者的信物，那《红楼梦》中有没有写过绛珠仙草转世后有一个金麒麟作为身份证明呢？答案是肯定的。

在书中第一回，甄士隐向一僧一道请教的时候，说过一句话：“适闻仙师所谈因果，实人世罕闻者。但弟子愚浊，不能洞悉明白，若蒙大开痴顽，备细一闻，弟子则洗耳谛听，稍能警省，亦可免沉伦之苦。”里面的“洗耳谛听”用错了，应该是“洗耳恭听”，但这恰恰是作者故意用错的。“谛听”是地藏菩萨经案下伏着的通灵神兽，似麒麟非麒麟，可以通过“听”来辨认世间万物，尤其善于听人的心。在《西游记》中有述说谛听辨别真假美猴王的故事。它集群兽之像于一身，聚众物之优容为一体，有虎头、独角、犬耳、龙身、狮尾、麒麟足。《西游记》之《真假美猴王》中，孙悟空和六耳猕猴去找地藏菩萨辨真假的时候，被他的坐骑“谛听”分辨出来了。六耳猕猴化为孙悟空，诸天人众不能辨别，二人打打闹闹到了阴曹地府，十殿阎王也不能分辨。幽冥教主地藏王菩萨遂让谛听出来辨别，谛听即时俯伏在地，须臾对地藏菩萨道：“怪名虽有，但不可当面说破，又不能助力擒他。”

谛听

上图是今存放在安徽省九华山文物馆，作为展示珍品的国家级文物“谛听”。它是中国四大佛山之一的九华山的镇山之宝。该文物形状为一独角兽猛然回首，底部标识“姑苏梅城吾造”，属国家重点保护文物。

作者用甄士隐之口引出“谛听”，紧接着就开始描写通灵宝玉了。谛听的外形和麒麟非常相似，不特别说明，没有几个人能够区分谛听和麒麟。按照《红楼梦》有影射描写的特点，这里甄士隐提到的“谛听”所影射的就是麒麟。更奇怪的是，现存的这件谛听文物，就出自康熙年间“姑苏梅城吾造”，和甄士隐在一个城市，都是“姑苏”。形似麒麟的谛听和通灵宝玉同时出现，神瑛侍者和绛珠仙草两个又紧密联系，神瑛侍者有通灵宝玉，绛珠仙草就有金麒麟，金麒麟就是绛珠仙草的身份证明。另外，谛听的主要能力是辨别真假，甄士隐不说“洗耳恭听”，而说“洗耳谛听”。“恭听”是恭恭敬敬地聆听；“谛听”是辨别真假的意思。在这里，作者其实就是在提醒读者要注意辨别书中重要人物的真假。就如《西游记》里面的《真假美猴王》，最重要的人物出现了一真一假两个人，需要我们去“谛听”真假。

妙玉和她的师傅在清虚观借张道士之手把金麒麟呈现给贾母，以此证明谁是真林黛玉、谁是假林黛玉。那张道士为什么要为妙玉呈现金麒麟呢？另外，我能推断出妙玉的师傅没有死，但也仅仅是推断，还没有实际证据。但我相信，绝对有证据，希望以后能够找到。

第十五章　张道士

张道士为什么会帮助妙玉向贾母呈献金麒麟？我们得先弄明白张道士的真实身份。我推测：张道士就是荣国公贾代善本人，也是畸笏叟本人的原型。

书中这样写道："贾珍知道这张道士虽然是当日荣国府国公的替身，曾经先皇御口亲呼为'大幻仙人'，如今现掌'道录司'印，又是当今封为'终了真人'，现今王公藩镇都称他为'神仙'，所以不敢轻慢。"按照书中所说，张道士只是一个普普通通的替荣国公出家的替身，怎么可能会得到前后两位皇帝的封号？又怎么可能现今所有的王公藩镇都要称他为"神仙"？所以，张道士绝不是普通的出家人，他就是荣国公贾代善本人。书中说因为荣国公很早就"死"了，所以贾珍没有见过荣国公，贾赦和贾政对荣国公也没有印象了。眼前这位张道士是不是荣国公本人，只有贾母和张道士本人知道。书中还有一个情节，王熙凤打趣张道士，说张道士拿着托盘像个化布施的。以前王熙凤打趣别人的时候，都会逗得贾母高兴。但这次王熙凤打趣张道士，被贾母批评了，贾母回头道："猴儿猴儿，你不怕下割舌头地狱？"注意，这里贾母并没有笑，是"回头道"，在众多人面前没有给王熙凤任何面子。在这里，如果按贾母笑着说王熙凤来理解，就背离了原著原意，原著中贾母并没有笑。王熙凤当时也感觉到了贾母当着众人的面批评她，所以就回了一句话："我们爷儿们不相干。他怎么常常的说我该积阴骘，迟了就短命呢！"王熙凤回的这句话，明显是在为自己辩护。如果她没有感觉到贾母不高兴，何必辩护呢？还有，王熙凤也就随口打趣了一下张道士，怎么就可能被下割舌头的地狱呢？由此可见，眼前这个张道士，身份不简单，不是王熙凤能够随随便便就可以拿来打趣的。

张道士出场后，非常关心荣国府的后代，对贾宝玉的关心尤为突出，这一点书中写得很明确。除此之外，张道士还关心过一个荣国府的小孩，就是王熙凤的女儿巧姐。书中这样写："张道士方欲抱过大姐儿来。"如果张道士只是荣国公的一个替身，他为什么会这么关心荣国府的后代呢？

书中第十三回开篇，畸笏叟批道："'秦可卿淫丧天香楼'，作者用史笔也。老朽因有魂托凤姐贾家后事二件，岂是安富尊荣坐享人能想得到者？"这两句话，说明委托秦可卿转告王熙凤这件事是真有其事。里面的“老朽”就是荣国公，只有荣国公才会关心自己家后代的安危。再有，第五回贾宝玉梦游太虚幻境中，警幻仙姑说是受荣、宁二公之托警示贾家后人。从这两段材料中可知，荣国公没有死，并且荣国公就是畸笏叟。

那问题来了，荣国公为什么会出家？在读了整部《红楼梦》后，会发现一个问题：贾家势力其实非常强大，他们如果要举荐一个人去当官，那是非常容易的，比如贾雨村。但为什么贾家不举荐贾家的人去做官呢？具有较高文化水平的贾敬居然出家了，为什么？贾政一辈子的官职不大不小，非常尴尬，为什么？远的不说，像贾琏、贾蓉、贾瑞这些人，为什么不被举荐去朝廷当官？虽然贾琏和贾蓉世袭着官职，但都是虚职，没有实权。贾雨村和贾家什么关系都没有，但贾家对举荐贾雨村却非常上心，为什么？贾母作为贾家掌舵人，却从来不要求贾家的任何人去当官，包括贾宝玉在内，为什么？难道贾母昏头啦？难道真如世人所说的那样，贾家教育出现了断层？

贾家能够在当时的社会中存在那么久，并且家族势力极其庞大，说明贾家人绝对不笨。那为什么贾家人对后代的教育会出现如此大的“断层”呢？原因其实是：贾家的势力太庞大，已经威胁到了皇帝统治，如果更多的贾家人再在朝廷谋取官职、争权夺利，势必会把贾家和皇帝之间的矛盾激化到不可挽回的地步。所以贾家只能选择韬光养晦、不露锋芒。试想一下，如果荣国公还在世，那朝廷该怎么安置他？荣国公就好比焦大，功劳太大，资格太老，朝廷对他捧也不是，压也不是，非常尴尬。为了避免兔死狗烹之祸，荣国公只得选择出家。当年死的荣国公，是他的替身，真正的荣国公一直在世，就是张道士。也只有荣国公才能够得到两代皇帝的加封，才能够得到所有王公藩镇的尊敬。

既然张道士是贾母的丈夫贾代善，那为什么贾家其他人会不知道他的身份呢？作者也想到了这个问题，所以借张道士之口对贾珍说道：“当日国公爷的模样儿，爷们一辈的不用说，自然没赶上，大约连大老爷，二老爷也记不清楚了。”张道士的这句话，直接把所有的问题都回答了。既然连贾赦、贾政都不记得荣国公贾代善的模样，其他人就更不用说了。那张道士所说的“国公爷”是指谁呢？通过张道士和贾母的对话可知，这个“国公爷”指的就是贾母的丈夫贾代善。当时张道士说：“我看见哥儿的这个形容身段，言谈举动，怎么就同当日国公爷一个稿子！”贾母说：“正是呢，我养这些儿子孙子，也没一个像他爷爷的，就只这玉儿像他爷爷。”贾宝玉的爷爷就是贾代善，就是张道士口中的“国公爷”。

想明白了张道士就是荣国公的这个真相，再回过头去解读张道士的一言一行，以及贾母和张道士之间的互动关系，一切就觉得顺理成章了。有一种观点认为，贾母和张道士之间关系过于暧昧，荣国公死得又早，所以贾母和张道士之间属于情人关系。其实真相是，贾母和张道士本身就是夫妻关系，两位老人映射了书中所写的“因麒麟伏白首双星”。还有，在宁国府贾家祠堂里面发出叹息之声的人，就是张道士，也就是荣国公贾代善。

书中所写的张道士“曾经先皇御口亲呼为‘大幻仙人’，如今现掌‘道录司’印，又是当今封为‘终了真人’，现今王公藩镇都称他为‘神仙’。”其中，从“大幻仙人”“道录司”“终了真人”“神仙”这些称呼可知，张道士就是“太虚幻境”的缔造者，《红楼梦》全书主旨的构筑人，也就是畸笏叟。

现在来回答张道士为什么要为妙玉呈现金麒麟？因为张道士知道了妙玉才是真正的林黛玉，他就通过金麒麟向贾母传达了这一关键信息。贾母在得知真相后，再无心看戏，回荣国府去了，并且后面两天的活动也没有去参加。其实贾母之前就有过怀疑，但没有确切的证据。这次金麒麟的出现，在铁证如山面前，贾母彻底醒悟了。在此之前，代玉在荣国府作威作福、怼天怼地。金麒麟出现后，她的地位一天不如一天。抄检大观园的时候，薛宝钗的房间可以不查，但代玉的房间却被查了。到最后，连生病吃药的钱都没有。

张道士为贾宝玉做媒的姑娘是谁呢？毫无疑问，就是妙玉。但又出现一个问题，张道士做媒的这位姑娘和妙玉的年龄对不上。张道士说的这位姑娘有十五岁，妙玉进荣国府的时候就有十八岁了。其实这还是妙玉的师傅让林之孝家的故意谎报了妙玉的年龄。妙玉其他方面的资料和林黛玉如出一辙，如果年龄再一模一样，那就太容易暴露自己了。为了不暴露妙玉的身份，林之孝家的就告诉王夫人说妙玉有十八岁。林之孝家的连妙玉和她师傅的真实身份都谎报了，再谎报一下妙玉的年龄也很正常。有一种可能，张道士利用为贾宝玉提亲的事，暗示贾母眼前这个代玉是假的林黛玉。可能贾母没有参透张道士的话，所以就果断拒绝了。后来才发生借通灵宝玉引出“金麒麟”一事。

张道士向贾母说媒后，贾母为什么要拒绝？如果贾母同意贾宝玉迎娶妙玉，那妙玉的身份势必就会被公开。妙玉的身份被公开，贾家和朝廷的关系就可能白热化，所以贾母不同意贾宝玉和妙玉的婚事。另外还有一点，从贾母爱吃的那道“牛乳蒸羊羔”来解读，贾母等人为了家族的利益，可以不惜牺牲小辈的利益。贾母当时说贾宝玉不适合过早谈婚论嫁，意思是时机不到。那贾母认为什么时候才是合适的时机呢——贾元春生下皇子的时候。

清虚观打醮是贾元春亲自安排的，并且还是自费项目，主要目的是打平安醮。贾元春在祈求什么平安呢？答案是：母子平安。贾元春怀孕了。

贾家全部人员来清虚观打醮，但独独王夫人没有来。书中描述道：“王夫人因一则身上不好，二则预备着元春有人出来。”身上不好是托词，主要原因是“预备着元春有人出来”。什么是“元春有人出来”？现在普遍的理解是：贾元春派人到荣国府来，王夫人要在家接待。但文中所用的是“预备”，不是“准备”。去清虚观打醮是贾元春安排的，后来所有的王公贵族都赶到清虚观送祝福。如果贾元春真要派人来荣国府，也一定会派去清虚观，而不是荣国府。所以，这里的“元春有人出来”，是说贾元春怀孕了，王夫人要为这件事做预备工作。贾家去清虚观打醮，却惊动了所有的王公大臣，这件事本就不寻常。这些王公大臣去清虚观送祝福，不是单单看贾的面子，而是为了讨好贾元春，因为贾元春怀孕了。贾元春怀孕，要娘家的人去清虚观为自己祈求母子平安，所以那些王公大臣才会如此兴师动众地赶去清虚观送礼。另外，贾家这次去清虚观打醮，动作非常大，整个贾家的人都去了，书中描写当时的场景那是非常壮观的。如果不是天大的喜事，贾家怎么可能会组织这么隆重的打醮活动？

再有一个证据，“程高版”中描写贾元春是因为吃得太好导致身体发福，最后死于富贵病。这完全就是胡说八道。但有一点是事实，贾元春当时确实是身体发福了，但那是怀孕的表现，不是肥胖。程、高二人站在朝廷的立场篡改《红楼梦》，把不利于朝廷的内容全部改写。对贾元春怀孕身体产生变化的问题，程、高二人就写成因为吃得太好而导致身体发福。这一切都是在为朝廷洗白。

“程高版”说贾元春吃得太好死于富贵病，不得不佩服程、高二人的智慧。他二人这样一改，就容易让读者产生一种错觉，认为贾元春身体发福，说明平时吃得好、心情好、生活质量好，并且心情好的背后是皇帝对其宠爱有加，否则心情怎么可能会好？但从贾元春省亲时的情景来看，她在皇宫里面生活得其实并不好，也不开心。所以说，程、高二人颠倒黑白的篡改是有预谋、有计划、有目的的篡改。

贾母说贾宝玉的婚事时间未到，说的就是要等贾元春生下皇子的一刻。前文已述，贾家不能在仕途官场上再去谋权夺利，贾母只能“曲线救家”，通过和皇帝联姻的方式来巩固贾家的地位。一旦贾元春生下一位皇子，贾家皇亲国戚的身份就更稳固了。并且自己家的血脉进入皇室，甚至贾家要拥护贾元春的儿子为皇帝继承人的可能性都非常大。到那个时候，贾家现在面临的所有困难、所有问题、所有一切不利局面都将被打破，从“公”上升为“王”也指日可待了。到那个时候，贾宝玉具体要选择和哪一方势力联姻也就明朗了。所以，当时贾母说有和尚说贾宝玉命里不该早娶，这其实是借口，但时机不到确实是事实。

书中一个普普通通的金麒麟，其实背后隐藏着非常重大的秘密。抽丝剥茧，把这些秘密解读出来，也是读《红楼梦》的一种乐趣。

第十六章　焦大

《红楼梦》第七回结尾处，在王熙凤和贾宝玉即将回荣府时，宁国府的下人焦大喝醉酒后骂了很多难听的话。这个情节非常重要，也是争论最多的话题之一。为了方便理解焦大醉骂这个情节，这里专门提出来解读。

事情的经过很简单，尤氏叫人把秦可卿的弟弟秦钟送回去，但下面的人一个推一个，最后就推到了焦大这里。天黑送人是件苦差事，焦大心里不服气，就趁酒性醉骂。他这一骂，把整个宁国府的老底掀了个底朝天，骂得痛快淋漓，但也遭了大罪。

这本来是一件小事，也就是家里面的下人闹情绪，说了些不好听的话。但这件事从头到尾却不同寻常，特别是对整部书都至关重要，所以我们还得从头细细分析。

一开始，尤氏只是安排人去送秦钟，但没有想到下面的人却安排焦大去送，这是尤氏没有料到的。尤氏知道焦大心里面有怨气，只要他一做事就会借机发飙。所以之前尤氏就吩咐过下面的人不要安排焦大做事，相当于闲养着焦大。这么说来，宁国府的下人是知道焦大和主子有矛盾的。但今天他们又安排焦大去送秦钟，一方面是偷懒，另一方面是想挑起焦大和主子的矛盾，借此看主仆之间的笑话。

从尤氏不安排焦大做事来看，宁国府在焦大的问题上是想息事宁人，把这件事翻篇，不愿意再节外生枝。但从下面的人故意安排焦大去送秦钟来看，有人不愿意宁国府把焦大这件事翻篇，不想让这件事冷却，时不时拱下火。

从故事情节看，焦大确实是贾家的大功臣，甚至是没有焦大就没有贾家，功劳巨大。这里和贾家与朝廷的关系一模一样。在贾家和朝廷的关系中，贾家就是焦大，朝廷就是贾家。功成名就后，焦大居功自大，骄傲蛮横，随时拿自己的功劳来压人。一天两天可以，一年两年可以，但天长日久，搁谁都受不了。再加上老主已死，新主对他更没有感情。焦大越来越不受待见，心中的怒火十分强烈，随时借机发飙。特别是安排他工作的时候，他更是有理由发飙。所以才发生了这次焦大醉骂事件。从这里也可以发现，贾家和焦大一样，认为自己家族以前是皇帝的功臣，所以也是骄傲蛮横，目中无人。老皇帝在世时还可以，但老皇帝去世，新皇帝全面掌权，如果焦大还逮住机会就发飙，那将会动摇新皇帝的根基。

贾家和焦大一样，心中有怨气，随时准备发飙。贾家没有很好地安抚焦大，致使焦大逮住机会狠狠地发了一次飙，把整个宁国府，甚至整个贾家骂了个狗血淋头，名誉扫地。新皇帝的处理办法和贾家不一样，贾元春封妃就是新皇帝对贾家最好的安抚。有了贾元春封妃，贾家安静多了。新皇帝让贾元春封妃，算是暂时在贾家面前低头。但贾家却不愿意在焦大面前低头，所以就遭焦大醉骂。秦可卿的葬礼就是贾家在新皇帝面前的示威活动。

焦大救主的时候喝的是马尿，现在被宁国府制裁的时候用的是马粪。贾家当初为了保老皇帝上位，倾尽全部人力、财力、物力，最后朝廷制裁贾家的时候也是通过抄家清空贾家的人、财、物。

焦大很怀念以前宁、荣二公在世时的光景，所以现在受气后总想着跑去祠堂哭太爷去。焦大现在不受新主人的待见，影射了贾家现在不受新皇帝待见。贾家和新皇帝的矛盾开始尖锐起来，甚至可能已经到了敌对的程度，就如焦大和贾家的关系一样。焦大成为贾家管理层的眼中钉肉中刺，贾家同样也成为新皇帝的眼中钉肉中刺。贾家的管理层对焦大恨之入骨，巴不得除之而后快。新皇帝对除去贾家也同样有着强烈的渴望。江山稳固杀功臣，历来都是普遍存在的君臣矛盾，至于谁对谁错，自古以来没有定论。这个矛盾在《红楼梦》中同样在上演。为了打赢这场生死之战，做到知己知彼，新皇帝和贾家之间互派眼线进入对方核心圈子获取情报。因此，虽然贾元春成为贤德妃，但新皇帝对她是不可能完全信任的。在贾元春省亲的时候，新皇帝尽量拖延她回家的时间，让贾元春在荣国府里面滞留的时间尽量缩短，目的就是不想让她与家人进行过多的交流。贾元春省亲，自然有很多流程要走，而皇帝留给她的时间却非常有限。等走完那些流程，就几乎没有剩下多少时间了。这样一来，贾元春就没多少时间向家人泄露皇宫秘密了。但贾元春还是留了一手，在她开始进入荣国府后，就利用修改牌匾的机会给家人留下提示。其中最明显的就是把“红香绿玉”改为了“怡红快绿”，去除掉代表代玉的“香玉”二字。最后又到栊翠庵留下“苦海慈航”，以此来安抚妙玉。至于新皇帝派眼线去贾家的情节，在“耗子精”的故事里面已经讲得非常明白了。

焦大醉骂的关键话是：“每日家偷狗戏鸡，爬灰的爬灰，养小叔子的养小叔子。”为什么大家会对这句骂人的话那么感兴趣呢？主要是这里直接揭露了贾家非常丑陋的内幕，并且这些内幕又牵扯到伦理道德，所以特别能够勾起大家的兴趣。再有就是“戚序”批焦大醉骂的情节：“焦大之醉，伏可卿之病至死。”秦可卿的死因一直是《红楼梦》的不解之谜，而这里又出现了线索提示。所以无论本着什么样的想法，对焦大醉骂进行热评也是正常的。但很多人的关注和评论都只放在了“爬灰的爬灰，养小叔子的养小叔子”这两句上，对“每日家偷狗戏鸡”和“胳膊折了往袖子里藏”却很少注意，这是非常大的误导。宁国府里面存在乱伦，固然是不可辩驳的事实，内容情节虽然精彩，但其他问题也不容忽视。如“每日家偷狗戏鸡”，顾名思义就是里面的一些人物进行着不正常的往来。“胳膊折了往袖子里藏”，从字面上理解是：一个人的胳膊折了，但不敢公开，只能往袖子里藏，生怕被人看见。通俗说就是：一个人吃了亏，但不敢表露出来。一个人的胳膊都折了，他为什么不敢公开？为什么还要往袖子里藏？为什么怕被人看见？他在怕什么？如果细心体味就会发现，这句“胳膊折了往袖子里藏”贯穿了整部书的故事情节，如王熙凤生病的时候就不愿意对外公开。所以，我分析贾母等人虽然知道了代玉的真实身份，知道真林黛玉已经被调包，但却不敢表露出来，只得打掉了牙往肚子里咽，胳膊折了往袖子里藏。因为如果贾家一旦把这件事戳破，就相当于和皇帝撕破脸，双方的矛盾将变得不可调和，甚至可能要刀兵相见。但这不是贾家目前想要的结果，因为对于贾家来说，时机还不成熟。

焦大醉骂的另外一句话：“红刀子进去，白刀子出来。”这句话焦大明显是说反了，正常的应该是“白刀子进去，红刀子出来”，形容用刀子杀人的过程。一句非常简单的话，但就因为焦大反着说，几百年来，一直把众多读者搞得晕头转向。而我认为焦大故意把这句话反着说，想表达的意思是：如果宁国府把焦大惹急了，那他就要重新拿起武器造反。焦大的思想正是贾家的思想，作者在这里暗示贾家如果在走投无路的情况下，可能也会绝地反击，走上造反的道路。

“白刀子进去，红刀子出来”这句话出自《金瓶梅》第二十五回，来旺儿吃醉了酒后，因西门庆和潘金莲做了对不起来旺儿的事，所以来旺儿就和焦大一样开始醉骂，说以后西门庆和潘金莲如果撞到他手里，他就要“叫他白刀子进去红刀子出来”，指明要杀了潘金莲。最后还说了一句“破着一命剐，便把皇帝打”。来旺儿当时所说的这些话，被躲在暗处偷听的来兴儿告到了潘金莲那里。后面来旺儿被西门庆用计陷害吃了官司。《红楼梦》作者引用来旺儿的故事，其用意已经非常明显。

秦可卿在书中以一个淫荡的角色出现，这个无可厚非。她有多淫荡呢？秦可卿并不是她的本名，书中第五回提到，她姓秦，乳名兼美，字可卿。但“可卿”这个名字并没有在贾家使用，并且没有一个人知道她的“可卿”之名。那秦可卿与焦大那句“每日家偷狗戏鸡，爬灰的爬灰，养小叔子的养小叔子”之间有什么关系呢？

因为秦可卿这个人物太特殊，人物关系太复杂，所以我专门写一章来讲。

第十七章　秦可卿

秦可卿在书中出场次数不多，每次出场的时间也非常短，信息量有限，但秦可卿却是《红楼梦》里面非常神秘的一个女人。现在我试着揭开秦可卿的神秘面纱。

书中第五回提到，秦可卿，小名可儿，乳名兼美，字可卿。不过“可卿”这个名字没有在贾家使用，也没有一个人知道她的“可卿”之名。但在书中第五回，贾宝玉“梦游太虚幻境”的时候，里面的警幻仙姑有一个妹妹，乳名兼美，字可卿者。那么，现实中的秦可卿和太虚幻境中的秦可卿是不是一个人呢？贾宝玉梦游太虚幻境的时候，在梦中叫出“可卿救我”，秦可卿听到后，觉得非常诧异，因为没有人知道她的名字叫“可卿”。贾宝玉在梦中叫的是太虚幻境里面的“可卿”，而做出反应的却是现实中的秦可卿，可见这两个人其实是一个人。

第十三回的脂砚斋批：“‘秦可卿淫丧天香楼’，作者用史笔也。老朽因有魂托凤姐贾家后事二件，嫡是安富尊荣坐享人能想得到处，其事虽未漏，其言其意则令人悲切感服，姑赦之，因命芹溪删去‘遗簪’‘更衣’诸文。是以此回只十页，删去天香楼一节，少去四五页也。”由此可以看出，书中原有描写秦可卿与其他男人之间存在不正当男女关系的描写，只是最后她在临死前告诉了王熙凤许多要害事情，所以脂砚斋给予她一定的同情，命令作者删去了描写她淫荡的内容。纵观全书，能自称“老朽”的批语，基本出自畸笏叟之手。所以，这里的“老朽”，指的就是畸笏叟。畸笏叟能够命令作者修改内容，说明畸笏叟对全书有决定权。一个人对一本书有决定权，只能说明这个人就是这本书的总编。由此可见，《红楼梦》并非一个人单独完成的。

通过书中第八回的描写可知，秦可卿的父亲秦业，任营缮郎，并不富裕，也没有什么背景，致使她弟弟秦钟连上学都成了问题，只得到贾府这边借读。既然秦可卿娘家没有特殊的背景，到秦可卿死的时候，葬礼规格怎么会那么高？很多王公贵族都来祭奠，连北静王都要等秦可卿的送葬队伍过了他才离开。由此可以看出，秦可卿高规格葬礼背后的原因很复杂。一方面是贾家宁国府这边太自大，目无法纪，为秦可卿办了远超自身地位的葬礼，还使用了不符合身份的棺材板，有僭越之嫌。另一方面是那些王公贵族违规参加秦可卿葬礼，有藐视皇权的嫌疑。这些王公贵族僭越参加葬礼，选择和贾家捆绑在一起，势必会对皇帝形成威胁。其实和那些让焦大去送秦钟的仆人一样，这些王公贵族也是在借机挑起贾家和朝廷的矛盾，不想让他们双方和解。比如，从书中的描写来看，贾家根本想不到北静王会亲自来，这完全是意料之外的事。想必当时和北静王一样不请自来的王公贵族不在少数，他们的出现，直接就把贾家架在了火上烤。“一鲸落，万物生。”

秦可卿的真实身份到底是什么？她是怎么死的？

秦可卿有一个弟弟叫秦钟。书中第五回，作者通过“开辟鸿蒙，谁为情种”点明了“秦钟”的谐音是“情种”，寓意因情爱而留下的孽种。秦钟这个人在书中的描述是“和女孩子一样”，所以这里借秦钟指出秦可卿其实是皇帝出宫后在民间为“情”而留下的“种”，即皇帝的私生女。因为秦可卿这种特殊的身份，所以她的地位非常尴尬。作者写秦可卿，其实是在写实。脂砚斋说“秦可卿淫丧天香楼，作者用史笔也”，说明真有一个皇帝的“情种”死在了“天香楼”。但这一段历史，由于没有实质性的资料和证据，没有办法去考证，就不再说了。毕竟皇帝的私生女是一件非常隐秘的事，不可能公开记录，所以只有当事人自己才明白。

我为什么推理秦可卿是皇帝的私生女？下面就来陈述一下我的观点。

秦可卿的父亲秦业，任营缮郎。其实秦业并不是秦可卿的亲生父亲，而是秦可卿的养父。因当年无儿女，便向养生堂抱了一个儿子并一个女儿。谁知儿子又死了，只剩女儿，小名唤可儿，就是秦可卿。“秦业”这个名字，谐音的意思是“勤恳敬业”。由此说明秦业这个人对待自己的本职工作非常勤恳敬业。那秦业从事什么工作呢？是“营缮郎”。“营缮郎”具体是什么官职？有人解读出来是工部营缮司营缮郎，属于现场带头监工的技术工种。其实我认为没有必要去纠结秦业的官职和从事的具体工作，《红楼梦》本身就不是写实小说，更不是“纪录片”，它只是文学创作的作品，如果什么都去和现实生活去比对，那就会错得一塌糊涂。书中非常明显，在很多地方使用了“谐音”的写作手法，所以这里“秦业”和“营缮郎”都是谐音。脂批对“秦业”这个名字专门有一条批语，甲戌双行夹批：“妙名。业者，孽也，盖云情因孽而生也。”“孽”有“孽种”的意思。结合“情种”一起理解，可以很明确地发现“业”这个名字是因孽而生的情。简单来说就是因一时做下了不该做的事，从而生出一个孩子，俗称“私生子女”。对“营缮郎”这个词语，脂批也有批语，甲戌双行夹批：“官职更妙，设云因情孽而缮此一书之意。”这条脂批里面同样是说因“情孽”而产生的这么一份工作。“营”在这里通“淫”，即“淫秽”的意思。“缮”通“善”，即“善后”的意思。说明秦业在为某人不恰当的两性行为做善后工作。另外两条针对秦可卿小名“可儿”的脂批，甲戌双行夹批：“出明秦氏究竟不知系出何氏，所谓寓褒贬、别善恶是也。秉刀斧之笔、具菩萨之心亦甚难矣，如此写出可儿来历亦甚苦矣。”这里作者说因为秦可卿作为一个孩子，她是无辜的，所以他不想去评论她的父母是谁，也不想评论这对她来说是好还是坏，是善还是恶。他本来可以写，但因为心中存在菩萨心，所以就不写了。由此说明秦可卿的父母生下她是因为做下了不该做的情孽之事，作者看在秦可卿无辜的情分上不想写得太明。第二条甲戌眉批：“写可儿出身自养生堂，是褒中贬。后死封龙禁尉，是贬中褒。灵巧一至于此。”指出秦可卿的出生地在“养生堂”，作者如此写，是在暗讽秦可卿的出生地并不光彩。在秦可卿死后，贾蓉封“龙禁尉”，表面上看似讥讽，其实是在给予秦可卿同情和安慰。

根据以上解读，已经可以非常明确地看出秦可卿是一个私生女。那她是谁的私生女呢？从秦业勤勤恳恳、兢兢业业地为那个人在外面和其他女人偷情进行善后，以及后来秦可卿能够被贾家接纳并嫁给贾蓉来分析，这个留下情种的男人是一个皇帝。这个“皇帝”可能性最大的是书中写的太上皇。我这样推理，有证据可以证明。书中第十六回，通过贾琏的乳母赵嬷嬷之口得知，贾家当年曾经接过一次驾。皇帝出巡，在外拈花惹草，也不是什么新闻。前期抚养秦可卿的这个任务，就由秦业来兢兢业业地为太上皇善后。太上皇在贾家留下的“情种”，自然就需要在贾家内部消化。等秦可卿长大后，就嫁给了贾蓉。也就是说，贾家成了太上皇的“接盘侠”。这就可以解释为什么以秦业那样的身份和地位，却可以将女儿秦可卿嫁给宁国府的嫡长孙贾蓉了。也可以解释很多疑问，比如说为什么贾蓉对秦可卿似乎没有多少感情。还可以解释在秦可卿死后，为什么“大明宫掌宫内相戴权”要专门来送一个“龙禁尉”的官职给贾蓉？再进一步解读：荣国府那边，为什么所有人对贾兰不冷不热？为什么才子贾珠英年早逝？为什么在王熙凤生病不能履职的时候，管家的是贾探春，而李纨只是助手？为什么要让已经成年生子的李纨住进大观园，离开荣国府的管理中心？为什么李纨的名字又叫“李宫裁”？为什么贾家被抄家后，李纨和贾兰没有受到牵连？为什么要描写李纨的“稻香村”里面有那么多的红杏？

在贾宝玉给代玉讲的“耗子精”故事里面，“老耗子”曾经“拔令箭一支，遣一能干小耗前去打听”。这个“小耗子”确实能干，“一时小耗回报：‘各处察访打听已毕，惟有山下庙里果米最多。’”“老耗子”通过这个“小耗子”之口，把“庙里”的情况打探得清清楚楚。还有，王熙凤为了打听贾琏在外偷娶尤二姐之事，曾经把兴儿叫过去进行拷问。经过兴儿之口，王熙凤把整个事情的始末了解得非常透彻。

通过以上两点提示，可以这样推测：皇帝为了打探贾家内部的详细情况，派秦可卿在贾府中打探消息，并把收集到的这些信息实时传递给皇帝。皇帝通过秦可卿获取的这些信息，对整个贾府有了非常全面的了解。掌握情况后，下一步就开始部署和实施计划。秦可卿就相当于第一个前去打探消息的那个“能干的小耗”。那秦可卿为什么会无缘无故地死了呢？还是通过“耗子精”的故事来解读。第一个前去打探消息的那个“能干的小耗”，在完成任务后，就没有再安排其他任务给它了，接下来的任务都是另派其他“小耗子”去完成。这个“能干的小耗”在这里，就相当于被“鸟尽弓藏、兔死狗烹”了。它完成任务后，就失去了利用价值，成为弃子。引申到秦可卿这里。她是一个大活人，不可能说放弃就放弃。毕竟她知道得太多，留着是一个祸患。所以，在皇帝看来，只有死人才不会说话。这个“能干的小耗”和秦可卿的行为，正是书中第一回《好了歌》里面的：“甚荒唐，到头来都是为他人作嫁衣裳！”至此，秦可卿的死亡就是一个定局了。

在“耗子精”的故事里，一开始提到“老耗子”说它们“洞中果品短少，须得趁此打劫些来方妙”。这是在比喻皇帝准备找借口查抄那些对他不够忠心的王公贵族，同时作者也在暗讽皇帝当时查抄下面的官员来补充国库一事。所以，贾家大肆建造大观园，高调操办省亲，这些愚蠢的行为其实是一种对外炫富的表现，进一步坚定了皇帝要查抄贾家的决心。这个从后期宫中很多太监来向贾家借钱这件事上可以看出端倪，那些太监的行为，和“耗子精”故事中提到的“打劫”毫无区别。

前面说到，秦可卿完成任务后，被视为弃子，并因此失去了生存下去的机会。那么，为什么皇帝不把她召回去，而是要置她于死地呢？这可以从贾母吃的一道菜上得出结论。书中第四十九回，写贾宝玉等人饿了，连连催饭，然而：“好容易等摆上来，头一样菜便是牛乳蒸羊羔。”这道菜只适合上了年纪的人吃。“牛乳蒸羊羔”的隐含意义，就是以牺牲小辈来维护成年人的利益，并且这对于成年人来说，还是头等大事。从贾母这里引申到秦可卿身上，她就是皇帝眼中的那道“牛乳蒸羊羔”。注定皇帝为了自己的利益和目的，是不会在乎她的死活。再说，皇帝把秦可卿召回去，皇家脸面何存？

秦可卿死的时候，宁国府为其操办了一场极其豪华的葬礼。宁国府操办秦可卿葬礼与荣国府操办贾元春省亲，这看似不相干的两件事，其实可以当作一件事来理解，属于典型的“阴阳”关系，可以互相进行推理印证。

荣国府认为自己家的女儿被皇帝封为“贤德妃”，自己属于皇亲国戚。为了贾元春省亲能够风风光光，所以就超规格修建了大观园。并且还参照接驾皇帝的规格操办贾元春省亲。在荣国府看来，因为贾元春是皇帝的妃子，贾元春风光了，皇帝脸上就有面子，所以自己再怎么高规格地建造和操办，都是合情合理的，是给皇帝争面子，皇帝不但不会怪罪，还会嘉奖自己。荣国府敢如此操办，前提是他们认为自己是给皇帝的妃子办事。

引申到秦可卿这里。荣国府超规格建造大观园，和贾珍违规使用“潢海铁网山上坏了事的义忠亲王老千岁的樯木作棺材”如出一辙；荣国府参照接驾皇帝规格操办贾元春省亲活动，和贾珍违规僭越操办秦可卿葬礼又如出一辙。所以，荣国府操办贾元春省亲活动前后的整个过程，和贾珍操办秦可卿葬礼前后的整个过程，这二者之间形成“阴阳”对照关系，也就是“风月宝鉴”的正反两面。正面是贾元春的省亲活动，反面是秦可卿的葬礼活动。正面是风风光光，兴高采烈；反面是轰轰烈烈，遍野哀号。

前面已经说过，荣国府敢如此操办贾元春省亲一事，前提是他们认为自己是给皇帝的妃子办事。所以推理出贾珍敢如此高规格僭越操办秦可卿葬礼，也是因为他认为自己是在给太上皇的女儿办葬礼。他认为自己办得越好，太上皇和皇帝就越高兴。所以书中就出现了秦可卿极其豪华的葬礼活动。皇帝出巡留下“情种”的现象，是公开的秘密，大家都心照不宣，习以为常。很多人还会把此事认为是自家的荣耀，毕竟皇帝在自己家里面留下了“龙种”。但皇帝那里可不这么认为，毕竟这并不是什么光彩的事。再有，这事一旦被确定下来，皇帝该怎么安置这个“情种”？皇帝的血脉，很大程度上关系到整个国家的命运，所以皇帝绝对不允许这种事被公开。在他看来，出巡期间和别的女人发生关系，属于消遣娱乐，是负责接驾那家人应尽的职责。他自己是不可能为此事买单的，更不可能为将来的“情种”负责。至于这个“龙种”，他希望接驾那家人能够私下低调处理，绝对不能让此事大白于天下。否则，后果很严重。

秦可卿毕竟是太上皇的私生女，是一个不可以在明面上公开的秘密，贾珍如此高调地操办葬礼，是否会引起什么不好的后果？这个问题贾珍是否知道？答案是：不但贾珍知道，贾珍的老婆尤氏也知道。所以尤氏就称病不出面操办此事。那贾珍呢？他是怎么处理的？没错，就是找一个背锅侠，这个人就是王熙凤。贾珍以各种理由推脱，目的就是请王熙凤出面操办，自己只是提供钱财等后勤保障。如果真有那么一天，上面追查下来，贾珍就以不是自己操办为由进行推脱，把一切责任推给王熙凤。而事实是，王熙凤只是按照贾珍的要求操办，具体按什么标准操办，都是贾珍说了算。但贾珍这个老狐狸，对王熙凤说：“妹妹爱怎样就怎样，要什么只管拿这个取去，也不必问我。只求别存心替我省钱，只要好看为上。”这个“代理合同”里面已经说得非常清楚了，如果以后真有什么责任，贾珍完全可以凭这句话来推脱，说一切都是王熙凤操办的。所以，吸取王熙凤的教训，在签合同的时候一定要小心，不要把自己给卖了。《红楼梦》中“阴阳”关系的事不在少数。在吃亏上当这件事上，贾琏夫妇可谓如出一辙。王熙凤因为好强，中了贾珍的计，为自己将来的获罪埋下伏笔。而贾琏呢，同样也是如此。贾琏在贾蓉的怂恿下，在“国丧家孝”期间偷娶了尤二姐，也是重罪一条。有其夫，必有其妻；有其父，必有其子。王熙凤真认为人家贾珍没有能力操办秦可卿的葬礼吗？贾琏真以为贾珍父子会从嘴里面省下来给他吃吗？贾琏偷娶了尤二姐后，贾珍父子经常趁贾琏不在的时候过去“偷吃”尤氏两姐妹。算得上是“贾琏搭台，贾珍父子唱戏”。

通过以上分析，肯定了秦可卿就是太上皇的私生女。得出这个结论后，再来解释其中一些不寻常的问题，就显得相对简单了。

为什么秦可卿的葬礼会有那么多人来参加？并且参加的规格还那么高？（分析原因：再怎么说，秦可卿也是太上皇的女儿，不来捧场，也怕自己将来被怪罪。反正有贾家搭台，自己只是借贾家的台子来唱下戏而已，出什么事有贾家担着，和自己无关。并且可以利用这次机会给贾家和皇帝之间拱拱火，让他们双方的矛盾继续深化下去。毕竟“一鲸落万物生”。再说，把皇帝的注意力引向贾家，至少可以减轻自己身上的压力。）为什么连北静王也来了？（分析原因：北静王也想离间皇帝和贾家的关系，这就是一个非常好的机会。北静王来到葬礼现场后，却一直没有下轿，不愿意公开露面，属于典型的“公开的秘密”。其用意就是隐喻秦可卿的身世之谜，同样也是“公开的秘密”。）为什么我推理皇帝准备在秦可卿的葬礼上将贾家全部剿灭？（分析原因：贾家把皇宫内不可以公开的秘密拿出来大操大办，无疑是在当着全天下人的面打皇家的脸，对皇帝是一种极大的侮辱。所以，皇帝不趁这个时候弄死你，更待何时？）为什么“大明宫掌宫内相戴权”会主动前来送一个“龙禁尉”官职给贾蓉？（分析原因：秦可卿毕竟是太上皇的女儿，皇帝不想自己的皇室成员地位如此卑微，目的是维护皇家的脸面。）瑞珠为什么触柱自尽？宝珠为什么“甘心愿为义女，誓任摔丧驾灵之任”？（分析原因：瑞珠和宝珠都是秦可卿的丫头，秦可卿是内应，绝对离不开她们两个的协助，所以她们两个的身份也和秦可卿一样。现在连主子都不能自保了，可想而知自己也绝对活不下去，所以瑞珠就直接自尽了。人都会贪生怕死。宝珠没有这个勇气自尽，所以就自认死去的秦可卿为义母，愿意为其摔丧驾灵。其实宝珠很明显是在寻求宁国府的保护，属于紧急避难。也就是因为宝珠，给贾家带来了“铁网山之围”。）秦可卿死了，为什么贾珍比贾蓉还伤心？（分析原因：太上皇的女儿死在自己手里，贾珍一方面是担心上面会怪罪下来，另一方面是表忠诚。所以贾珍表现得比较强烈。贾蓉知道自己只是个“接盘侠”，和秦可卿没有多少实质性感情，所以表现得冷淡。）

现在来说一下秦可卿为什么会死？是怎么死的？要说秦可卿为什么死，就首先必须弄明白她是否怀孕了。因为秦可卿是否怀孕，是一个大关键。秦可卿作为皇帝安排在贾家的内应，首先一条就是必须和皇帝一条心，绝对不能被策反。秦可卿同时又是贾蓉的妻子，如果她怀上了贾家的孩子，那她就正式成为贾家的人，其全部利益将和贾家进行捆绑。这样一来，秦可卿就不再忠诚于皇帝，并且很可能出卖皇帝，成为贾家对付皇帝的帮手。这是皇帝不可能接受的结果。所以，如果秦可卿怀上了贾家的骨肉，就意味着秦可卿的背叛。对背叛者，最好的处理办法就是将其置于死地。所以，秦可卿是否怀孕，成为她是否能够活下来的关键因素。皇帝不希望两个人怀孕，一个是秦可卿，一个是贾元春。秦可卿刚才说过了。至于贾元春，如果让贾元春怀孕并生下孩子，就会让贾家与皇室进行更紧密的捆绑，甚至会威胁到皇权。这个可以参照王熙凤为什么不希望尤二姐生下孩子这个情节来理解。

秦可卿得的病非常蹊跷，从尤氏等人的描述及部分大夫的诊断来看，秦可卿分明就是怀孕了。但许多医生经过会诊，再加上张友士的诊断，却说秦可卿没有怀孕，所以搞得大家云里雾里的。那当时秦可卿是否怀孕了呢？我们从头来仔细分析一下。

对于尤氏等人对秦可卿病情的描述，意思就是说秦可卿符合怀孕的特征。但部分医生的诊断却说秦可卿没有怀孕，所以我就分析一下那些医生的诊断是否准确。为秦可卿诊断病情的一共有两拨大夫：一拨是贾家的“家走”大夫，也就是贾家的家庭医生，有多人；第二拨是张友士一个人。这两拨医生最后的诊断都是一致的：秦可卿没有怀孕，只是有妇科病。但我在这里要特别说明：秦可卿当时确实已经怀孕，那些大夫“误诊”了。“误诊”两个字我特别使用引号，说明他们的“误诊”是有原因的。

首先来说贾家的那些“家走”大夫为什么会“误诊”？要分析这个问题，得先来说说秦可卿是否希望自己怀孕？前面已经分析过，秦可卿是太上皇的“情种”，也就是太上皇的私生女，受命在贾家做内应。皇帝和贾家的关系已经到了水火不容的地步，二者之间正进行着一场看不见硝烟的战斗。这种情况下，皇帝不希望秦可卿和贾家发生真感情，更不会容忍秦可卿怀上贾家的孩子。如果秦可卿怀上了贾家的孩子，那会被视为秦可卿和贾家站在同一条战线上，背叛了皇帝。因为她掌握了皇帝大量的机密，如果皇帝认为秦可卿已经背叛，那就只有除掉她以绝后患。所以，对于秦可卿来说，如果自己怀孕了，那绝对是不能公开的。一旦公开，自己的性命将不保。事实证明，皇帝的判断是正确的，秦可卿在将死之时确实泄露了朝廷的重要机密。秦可卿在隐瞒身体状况这一点上，和王熙凤如出一辙。

贾家雇的那些家庭医生，在医术上绝非泛泛之辈，对女人怀孕这种诊断，那是小菜一碟，不在话下。那他们为什么会诊断不出秦可卿怀孕呢？是他们能力有问题？还是另有隐情？我们先来看这些“家走”大夫的诊断过程：“现今咱们家走的这群大夫，那里要得。一个个都是听着人的口气儿，人怎么说，他也添几句文话儿说一遍。可倒殷勤得很，三四个人一日轮流着倒有四五遍来看脉。他们大家商量着立个方子，吃了也不见效，倒弄得一日换四五遍衣裳坐起来见大夫，其实于病人无益。”从尤氏的这个描述看，这些大夫的诊断结果都是一起商量好的，口径统一。如果这些大夫诊断出秦可卿怀孕，那对秦可卿来说绝对是一个灾难。当初尤二姐就是被证实怀孕了，所以就被立马除掉。为了保命，秦可卿只有想办法封住那些家庭医生的口。大夫看病无非就为了钱，秦可卿大可用钱收买他们，让他们保密。但这几个人面兽心的东西，三四个人轮流着，一天去四五遍为秦可卿“看脉”。秦可卿生病期间，一日换四五遍衣裳，这个情节到现在为止也没有一个准确的解读。秦可卿换衣服是在大夫来给她诊病的时候才换，所以换衣服和大夫有关系。秦可卿换衣服这个事，连贾珍也不理解，一头雾水，不得所知。现在的说法是秦可卿守规矩，懂礼节。但如果那个时候确实有这些礼节，那为什么贾珍他们还不理解呢？说明根本就没有这个规矩和制度，秦可卿换衣服是她自己的个人行为。所以，那几个“家走”大夫每天表面是去为秦可卿“看脉”，其实是敲诈勒索秦可卿，和她发生不正当关系。秦可卿每次见他们都要换衣服，原因就在此。这几个“家走”大夫勒索秦可卿，可以参照第十二回贾瑞被贾蓉和贾蔷勒索及第七十二回宫中太监勒索贾琏这两个情节进行思考。

秦可卿想这样拖着，等自己以后偷偷地把孩子生下来，事情就过去了。但这个时候，贾珍却找张友士来给她看病。秦可卿并不知道张友士要来为自己看病，所以就没有办法提前打点。张友士的医术从书中描写来看，是不用怀疑的，绝对是个高手：“学问最渊博的，更兼医理极深，且能断人的生死。”所以张友士的医术不容置疑，绝对能够诊断出秦可卿到底得了什么病。但问题就出在张友士“能断人的生死”上。张友士收到贾珍的帖子后，并没有立刻起身去看病，而是推说自己累了，要休息，第二天中午才来。书中写道：“昨因冯大爷示知。”证明张友士在来为秦可卿看病前，咨询过冯紫英父亲的意见。但张友士专门提到：“我是初造尊府的，本也不晓得什么。”前后说话有一定的矛盾，说明张友士来之前确实已经详细了解过秦可卿这个人及她生病的过程，这里他是想否认自己提前做过“功课”。

接下来张友士就开始为秦可卿看病了，诊脉那个过程描写得非常细致，让我们大开眼界。诊完后，并没有当面说出，而是退出来单独和家属说。这就说明秦可卿的“病”非同小可。但结果无一例外，和前面几个大夫诊断的结果如出一辙，没有太大出入，没有怀孕，只是患有妇科病。这里就有问题了，如果只是妇科病，为什么不当秦可卿的面说，而是要背着和家属说？还有，张友士说过这样一句话：“或以这个脉为喜脉，则小弟不敢从其教也。”说明从诊断来看，秦可卿的病确实有喜脉的表现，只是他不认同而已。相当于我们现在去医院看病，经过检查，发现有可能怀孕了，但医生却说：经过检查，确实有怀孕的表现，但如果就以此认为怀孕了，我是不认同的。宁国府服侍秦可卿的婆子也说有好几位太医给秦可卿看过：“有一位说是喜，有一位说是病。”

从所有大夫的诊断及秦可卿的表现看，她当时确实怀孕了。那张友士为什么没有检查出来呢？或者说他为什么要说谎呢？

前面已经说过，张友士这个大夫特别能“断”。病有身病，也有心病。秦可卿是怀孕了，不是有病。这次张友士是来给她看心病的。秦可卿曾说：“任凭是神仙也罢，治得病，治不得命。”所以秦可卿知道自己没有病，是怀孕了。张友士知道她不想自己怀孕的事情泄露出去，所以才会装病。张友士帮助秦可卿“隐瞒”了病情，但他的隐瞒只局限于在贾家面前，他的后台是冯紫英，冯紫英的父亲是朝廷重臣。张友士可以瞒着贾家人，但却不可以瞒冯家。也就是因为这个原因，秦可卿的病才会在张友士来了以后就加重了。秦可卿知道她没有办法堵住张友士的嘴，她怀孕的事迟早会暴露。

张友士开了一个“益气养荣补脾和肝汤”的药方。有人从这个药方上解读出皇帝向秦可卿下达了自行了断的密令。因为我对于药方是个外行，所以暂时不敢评价。

张友士开完药方后对贾蓉说：“今年一冬是不相干的。总是过了春分。”就是说秦可卿的生死在第二年春分时可以看得明朗。不过秦可卿说过：“我自想着，未必熬的过年去呢。”“任凭是神仙也罢，治得病，治不得命。婶子，我知道我这病不过是挨日子。”“好不好，春天就知道了。如今现过了冬至，又没怎么样，或者好的了，也未可知。”从秦可卿说的话中可以看出，似乎她非常认同张友士的意见，她似乎知道自己的死期，而一个人是不可能知道自己死期的。所以这里秦可卿知道自己死期的原因，估计是有人给她透露过什么消息。

张友士在来给秦可卿看病前，请示过冯紫英的父亲。贾家现在和朝廷势有矛盾，冯家也不敢私自接触贾家，必须向皇帝报告。张友士不接贾珍帖子，就是不想被落得个和贾家有瓜葛的口实。皇帝同意张友士来给秦可卿看病，并告诉张友士，诊断结束后必须如实上报。

《红楼梦》整部书里面，如果出现没有及时付诸行动，而是按照约定的时间来履行的情节，那么就预示着要出大事。这里张友士就是没有及时来给秦可卿看病，而是约定第二天来，并且是第二天的中午才到。因为当天已经晚了，冯家没有时间去向皇帝报告，只得第二天早上早早地去请示皇帝，耽搁了一个早上，所以致使张友士第二天的中午才到。张友士：沾上就有事。

在讲“秦可卿淫丧天香楼”之前，我们不得不先把脂砚斋对此情节的批语提出来先说说：“此回可卿托梦阿凤，盖作者大有深意存焉。可惜生不逢时，奈何奈何！然必写出自可卿之意也，则又有他意寓焉。”这里说明：“本来作者是要把秦可卿的真实事情写出来，但因为自己还生在当时的时代，所以不能如实写出来。如果写出来，就能够解答很多问题。”秦可卿本身有什么不可以在那个年代写出来呢？那当然是她为“情种”的身份，也就是太上皇的私生女。所以脂批中写道：“‘秦可卿淫丧天香楼’，作者用史笔也。”看来当时有可能发生过皇室私生女的丑闻事件，只是和作者在同时代，所以他不敢写出来。

“秦可卿淫丧天香楼，作者用史笔也。老朽因有魂托凤姐贾家后事二件，嫡是安富尊荣坐享人能想得到处，其事虽未漏，其言其意则令人悲切感服，姑赦之，因命芹溪删去‘遗簪’‘更衣’诸文。是以此回只十页，删去天香楼一节，少去四五页也。”这里是《红楼梦》里面最大的谜团之一。《红楼梦》有太多的谜团，比如丢失的结局内容等等。但秦可卿的情节在这里已经写完了，对她的死却没有说明，并且作者还直接写明是被他故意删除的。你不说被你删除还好，现在你把这部分删除了，倒惹得人们纷纷去猜测被你删除的这部分内容，也就导致了现在红学研究界对此情节出现太多的解读版本。但在我看来，作者虽然把这部分内容删除了，但也留下了非常重要的线索，我们根据这些线索，相信能够把这部分被作者删除的内容给补充出来。

脂砚斋重点写道：“命芹溪删去‘遗簪’‘更衣’诸文。”说明被删除的内容里面，就是“遗簪”和“更衣”这两个情节最重要。解出这两个情节，相信被删除的情节也就基本解出来了。

“遗簪”顾名思义就是女人插在头上的簪子丢失了。“更衣”就是换衣服。“遗簪”虽然在前面，但我们先不忙着分析，我们先来看“更衣”。前面作者写过，贾家的那些“家走”大夫三四个一天轮流着去为秦可卿看四五遍病，秦可卿一天就换四五遍衣服。前面我们已经分析过，秦可卿当时换衣服是被那些“家走”大夫胁迫着发生关系。“换衣服”就是“更衣”。“更衣”的情节在这里是发生在“秦可卿淫丧天香楼”里面，说明“更衣”与秦可卿的性行为有关。把前面的“换衣服”和这里的“更衣”联系起来分析，证明前面秦可卿确实被那些“家走”大夫胁迫着发生了性关系，所以她才会频繁地换衣服。

在“秦可卿淫丧天香楼”里面，秦可卿到底和谁发生关系？因为作者写得隐晦，所以至今没有一个统一的答案。通过秦可卿的判词“情既相逢必主淫”里面的“主”来推断，和贾珍的可能性还是很大的。书中有过描述，说贾珍等人有“聚麀之诮”，这个词语的意思是说父亲和儿子共用一个女人。前后联系起来看，这里秦可卿很可能至少和贾珍、贾蓉两父子在乱搞男女关系，甚至还可能有贾珍的其他兄弟、子侄。因为作者把原著删除了，所以就没有办法确定当时具体有哪些人在场。但既然作者都已经选择原谅秦可卿，愿意为她保守这个秘密，所以我们就没有必要再继续追查下去了。

下面来说“遗簪”。八七版电视剧《红楼梦》中演绎的是秦可卿和贾珍偷情后，她的簪子掉落被尤氏捡到，秦可卿和贾珍的奸情泄露，所以秦可卿羞愧而死。这个解读太儿戏了，大家看看就好。秦可卿乱搞男女关系，连焦大都在骂，还有哪个不知道？需要泄露吗？那当时在“天香楼”里面，到底发生了什么事呢？如果只从这里来分析，那是绝对不可能得出结论的，我们要把整部书结合起来一起分析。书中有一个情节，平儿等人在一起吃烤鹿肉。一群人围着吃一个烤鹿腿，有没有形象地在比喻一群人围着秦可卿在进行淫乱？

我推理当时天香楼里面事情的经过是这样：秦可卿在天香楼接连和多个男人发生不正当关系，等完事后，发现自己放在桌子上的簪子不见了。来和秦可卿鬼混的那些人，都是贾家有头有脸的男人，不可能会去偷一个女人的簪子，说明在秦可卿和那些男人淫乱的时候，有人悄悄地进来把她的簪子偷走了。本来丢失一个簪子也没什么大惊小怪的，贾家也不缺这一个簪子。但恰恰就是这个簪子要了秦可卿的命。“簪”字用拆字法来分析：上面“竹”字头，代表木，木在头上，是悬梁自尽的意思；中间两个“旡”字，象形“无”字，是没有的意思；下面一个“日”字，是时间的意思。所以“簪”字的解释就是：你的死期到了，你自己悬梁自尽吧。这是皇宫给秦可卿下的追杀令，那个遗失的簪子就是秦可卿的“索命符”。这个偷簪子的人，能够在贾家众多人的眼皮子底下神不知鬼不觉地把簪子偷走，说明这个人在贾家隐藏得非常深，手段非常高，不得不让人另眼相看。

由此可知，“遗簪”是向秦可卿传达死亡命令的信号；“更衣”是描述秦可卿在“天香楼”里面发生的事情。这就是缺失的“遗簪”和“更衣”的情节内容。但因为原稿被删除，所以不能完全还原原著原文了。

秦可卿看到簪子遗失，就知道皇宫向她下达了追杀令。结合她担心自己在春分前后的危机，可见之前确实有人暗中向她传达过死亡预期的警告。从种种细节上来看，向秦可卿传达预警的人，就是张友士，沾上就有事。所以，在张友士为秦可卿看病的时候，他确实以某种隐蔽的方式向秦可卿传达过命令，这个信息最有可能的，就是藏在那个药方里面。其中那味“怀山药二钱炒”中的“怀山”两个字，是“怀上”的谐音。“二”在《易经》里面是大凶之数，代表死亡。完整的解读就是：如果怀上孩子，那么你就得死。

秦可卿的死期到了。秦可卿这个人物，脂砚斋曾经说过是有真实的历史背景，但我们这里先不讨论那段真实的历史故事，只讲《红楼梦》本身的故事情节。在小说里面，她是太上皇的私生女，行为淫荡，来到贾家图谋不轨。她虽然是太上皇的私生女，也是皇帝派来的卧底，但她这个时候已经怀了贾家的骨肉，贾家上上下下对她又非常好，她和贾家建立了一定的感情。如果没有这场政治斗争，她可能是宁国府的好媳妇。在即将死去之前，她“托梦”王熙凤，为贾家做了自己最后一点贡献。也就是因为她最后的这点良知，所以脂砚斋说“姑赦之”，没有把“天香楼”那段淫荡的情节写出来。秦可卿“托梦”王熙凤，本身不是玄幻，是真实发生的事情，只是作者借用了“通灵”的写作手法而已。估计是秦可卿在得知自己要死的时候，去找王熙凤隔着窗户说的，小说创作将其艺术加工为“托梦”。隔着窗户说话，有贾琏和平儿的情节为证，此事还被王熙凤撞破。当时王熙凤即将睡着，人处于迷迷糊糊的状态。听到秦可卿隔着窗户和她说话，她以为是秦可卿托梦。秦可卿迷途知返，没有完全背叛贾家，有悔过的表现，所以脂砚斋选择原谅她。这个通过她在“金陵十二钗”里面对应“黻”这个章纹可以得到印证。“黻”章纹是黑青相间的“亚”形，取其辨别、明察、改恶向善之意，代表着帝王有明辨是非、知错就改的美德。秦可卿看到簪子被偷，知道今天就是自己的死期。平时以王熙凤为代表的贾家人对她非常好，她不忍心就这样辜负了大家的一片好心。所以，她找到王熙凤，隔着窗户把自己知道的事情告诉了她，然后回到“天香楼”悬梁自尽。

秦可卿“托梦”王熙凤，归纳起来就是三件事：朝廷已经把铲除贾家的事提上了日程表，即“三春去后诸芳尽”；贾家要早做打算，赶快转移财产，降低被抄家的损失；贾元春即将封妃，但不要高兴得太早，这恰恰是朝廷对付贾家的开始。畸笏叟只叫秦可卿交代两件事，但这里她却交代了三件事，为什么？其实是这样，秦可卿确实只交代了两件事，那就是朝廷已经把铲除贾家的事提上了日程表，以及要贾家早做打算，赶快转移财产。至于后面贾元春封妃这件事，秦可卿也没有直接说明，等于是说与不说毫无区别，属于免费赠送。

秦可卿“托梦”王熙凤的内容我这里就不详细说明了，内容非常通俗易懂，大家去书中自行脑补即可。但我却要在这里点出一个大伏笔：王熙凤知道得太多了，凤姐有危险。

秦可卿告诉王熙凤的这三件事，每件事都是贾府的要害。那秦可卿为什么会知道这么多呢？首先，她为什么会知道“三春去后诸芳尽”？贾家是“八公”之首，贾家的兴衰，直接由朝廷来决定。朝廷计划在三年内铲除贾家这个事，属于高度机密，朝廷中能够知道这个计划的人屈指可数，但秦可卿却知道皇帝的全盘计划。其次，秦可卿还知道贾元春即将被封为贤德妃。这又是一个高度机密，这个机密只能是皇帝身边非常亲近的人才知道。再次，贾家即将衰败，秦可卿为贾府指出转移资产的办法。能够知道用这样的方法来转移资产，绝对是朝廷内部的资深行家。种种迹象表明，秦可卿不是一般的平民，她是朝廷内部皇帝身边的核心政治人物，是皇帝身边最亲近的人，她能够和皇帝互通朝廷内的高度机密，还知道皇帝的全盘计划，所以她绝对是这场“游戏”的参与者，也就是“耗子精”故事中那个提前去打探消息的“能干小耗”。但从秦可卿把这三个机密事情告诉王熙凤来看，秦可卿已经不再和皇帝一条心，她开始站在贾家一边。也就是说，秦可卿确实有背叛皇帝的迹象。这就是她被逼悬梁自尽的原因。

说到秦可卿，就不得不提她的弟弟秦钟。秦钟和贾宝玉相见如故，关系非常好，甚至还被人认为他们两个是同性恋。但秦钟这个人物在小说里面又显得那么的飘忽不定，若有若无，让人觉得有点奇怪。其实原因也很简单，秦钟这个人物本身是不存在的，作者只是把她当作秦可卿的一个面来描写。也就是说，秦钟是秦可卿的影子，秦钟就是秦可卿。我们在看秦钟的时候，不要把秦钟当作秦钟来理解，而是要把秦钟当作秦可卿来看待。贾宝玉和秦钟的交往，就是贾宝玉和秦可卿的交往；贾宝玉对秦钟的感情，就是贾宝玉对秦可卿的感情。他们属于精神层面上的交往。在读到贾宝玉和秦钟相处的情节，以及作者对秦钟的外貌、行为、举止、言谈等等的描写，仔细观察就会发现，那其实不是秦钟，就是秦可卿。特别是在秦钟生病和去世的时候，贾宝玉的感情流露就非常明显了。

畸笏叟对秦可卿这个人物非常憎恨，本来要直接写她天香楼淫荡的场面，但顾虑到很多方面，所以命人删去了。删去只确保了不直接写，但没有说不间接写，所以秦钟这个人物就成了秦可卿的替代品。秦可卿有多淫荡呢？我们来看看秦钟就知道了。

在自己姐姐的葬礼上，并且是在寺庙里面，秦钟居然和一个小尼姑偷情，这简直就不是人做的事。僧俗偷情是被视为极淫荡的表现，连出家人都不放过，那还叫人吗？后面两人依然经常私会偷情，最严重的后果是把他老爸给气死了。在秦可卿葬礼的半路上，面对一个清秀、天真、浪漫、贤惠的二丫头，秦钟居然表现出了非常邪恶淫秽的念头，比薛蟠还有过之而无不及。由此看，秦钟的所作所为，简直禽兽不如。书中没有正面描写秦可卿的负面，但却通过秦钟表现了出来。所以畸笏叟始终还是没有放过秦可卿，到底他们之间是有多大的仇恨？

秦可卿在宁国府里面，为什么会表现得那么淫荡？这估计是她使用的“美人计”吧，要不然怎么获取情报？

贾宝玉如果与代玉和薛宝钗发展下去，对贾宝玉是有利，还是有害？书中第五回写道：“吾将吾妹一人，乳名兼美。”脂砚斋批：“妙，盖指薛、林而言也。”可见秦可卿就是代玉和薛宝钗的集合体，写秦可卿就是在写代玉和薛宝钗，属于书中的“一击两鸣”写作手法。接着书中又描写贾宝玉和秦可卿还要继续发展下去的时候，前面出现了：“荆榛遍地，狼虎同群，迎面一道黑溪阻路，并无桥梁可通。”警幻道：“此即迷津也。深有万丈，遥亘千里，中无舟楫可通。只有一个木筏，乃木居士掌柁，灰侍者撑篙，不受金银之谢，但遇有缘者渡之。”“话犹未了，只听迷津内水响如雷，竟有许多夜叉海鬼将宝玉拖将下去。”由此可见，贾宝玉继续和秦可卿交往下去就会跌入无尽的深渊之中，遭遇巨大的危难。从秦可卿引申到代玉和薛宝钗身上，同样也是一个结果。所以贾宝玉应该“须要退步抽身早”！

对于书中写没有人知道“可卿”这个小名的疑问，其实是作者在提醒读者注意解读秦可卿隐瞒自己真实身份的原因和目的，同时也在暗示代玉和薛宝钗两个也隐瞒了她们自己的真实身份。

至于焦大醉骂的内容，总体上是说宁国府的丑事，其实也包括秦可卿的丑事在内。作者写得非常隐晦，所能提供的资料又非常有限，所以一直以来都非常难解。总之，通过焦大之口，知道宁国府那边确实够乱。并且这些乱还都乱到了极点，甚至到了乱伦的地步。焦大属于贾家的一个仆人，当着众人就把贾家的丑事掀了个底朝天。可想而知，当时贾家的人会有多难看？那些下人一方面在帮着贾家处置焦大，一方面也在暗中偷着乐，有隔岸观火之嫌。焦大把贾家的丑事当众宣扬，和宁国府把太上皇私生女的事抬出来给天下人看是一样的。宁国府的所作所为，彻底惹怒了皇帝，也为贾家覆灭埋下伏笔。

焦大醉骂的“养小叔子”，我推理为秦可卿和贾宝玉叔侄之间发生的丑事。贾宝玉属于秦可卿的叔叔辈，在辈分的称呼上进行隐喻也不是不可以，毕竟贾宝玉确实和秦可卿在“太虚幻境”中发生过关系。作者在脂批中曾经写过“写贾即知甄”。也就是说，书中写在虚幻里面的事情，其实是发生在现实生活中。所以秦可卿和贾宝玉确实有不正当男女关系，这也就是他知道秦可卿去世时为什么吐血的原因，和他知道即将被贾政打一样，预感到大事不妙。从他和秦钟那种暧昧关系中也可以略窥一二。皇帝对贾宝玉这样天赋异禀的人非常忌惮。所以，秦可卿作为前期的探子，把贾宝玉作为调查的重点也属情理之中。另外，代玉在一进荣国府的时候，所关心的第一件事就是询问通灵宝玉的来历。所以，秦可卿和代玉接近贾宝玉的目的是一样的，都是为了调查通灵宝玉的来历。正所谓秦可卿“风流袅娜，则又如黛玉”。

秦可卿“托梦”结束，她的生命也走到了尽头，整个“秦可卿淫丧天香楼”事件到此结束。

此篇文章在经过一位亲朋看后，她觉得对秦可卿这个人物还是不能完全理解，希望我能够提示得更明了一些。为此，我又不得不重新提笔，作进一步补充。希望经过这次补充后，大家对秦可卿这个人物能够了解得更透彻：把书中的多姑娘和鲍二家的这两个人物联系起来，就是一个完整的“秦可卿淫丧天香楼”事件。

第十八章　巧姐

众所周知，巧姐的命运与一个“巧”字密切相关。但因为原著缺失结局的原因，现在很难详细知道巧姐最后是怎么因为一个“巧”字而“遇难成祥，逢凶化吉”。现在我们看到的完整版本，都是经过清政府修改后才对外发行的。当时清政府叫很多人去修改《红楼梦》，修改完了以后，只要符合朝廷意志的，都可以对外发行。最后，朝廷选取了篡改得最好的“程高本”作为官方发行版。有一点可以肯定，在这些对原著进行篡改的人面前，绝对摆放着一部真正完整的原著，他们就是看着原著篡改的，其中包括前八十回和后面的结局部分。但因为当时篡改人的水平参差不齐，所以就导致了我们现在看到的很多版本也是优劣不等，但这些版本的内容和结局大体方向都差不多。《红楼梦》绝对是一部悲剧小说，但“程高本”《红楼梦》却是喜剧小说。后面还因为皇帝宽宏仁慈，小说里面的人物又重新过上了幸福生活。这样的结果，明显不符合作者在原著里面所暗示的结局，所以我们不能去相信现在通行本的结局。复原原著已经不可能了，我们现在顶多只能推断出大致结局，那我们到底能不能把原著结局推断出来呢？

其实，清政府太低估了作者，他们的智慧在作者面前简直就不值一提。他们自认为高明，想着把结尾部分毁掉，自己编一个结局出来就可以了。但作者可能已经想到了朝廷会毁掉他的原著，特别是结局部分，所以他在写《红楼梦》的时候，已经潜移默化地把结局写完了。其中就包括巧姐的结局。我们只要根据作者留下的线索，就可以推理出大致结局。

来看巧姐的判曲《留馀庆》：“留余庆，留余庆，忽遇恩人；幸娘亲，幸娘亲，积得阴功。劝人生，济困扶穷，休似俺那爱银钱忘骨肉的狠舅奸兄！正是乘除加减，上有苍穹。”我的理解是：王熙凤早就看出了贾家的深层次问题，所以她暗中另谋出路，为自己和自己的儿女留了一条后路。这条后路就是帮助了一家人，这家人后来成为王熙凤的后花园。至于里面的“休似俺那爱银钱忘骨肉的狠舅奸兄”，指的是王熙凤的哥哥。对于王熙凤的这位哥哥“爱银钱忘骨肉、狠、奸”，可以参考甄士隐的老丈人封肃。封肃对甄士隐的所作所为，难道不是“爱银钱忘骨肉、狠、奸”吗？王熙凤利用自己掌管荣国府的权力而大肆敛财。但在王熙凤病倒后，她无奈只得让巧姐投靠了自己的娘家。王熙凤的哥哥贪恋王熙凤手上的财产，所以就像封肃一样，使用卑劣的手段，抢夺了王熙凤的那笔财产。王熙凤聪明一世，最终却落得个“为他人作嫁衣裳”的下场。她自认为聪明，但最后还是被自己的聪明给害了。

王熙凤身染重病，性命不保。这个时候，她最需要帮助。曾经被王熙凤帮助过的一家人恰巧在这个时候出现，并救下了巧姐。至于说王熙凤的哥哥要卖巧姐，这件事有点荒唐。卖巧姐那点钱，能够和王熙凤的财产相提并论吗？王家也是大户人家，四大家族之一，如果要动歪脑子，那也要对他们有足够的吸引力。在这里，王熙凤的哥哥为了谋夺王熙凤的财产，而巧姐又失去了王熙凤的保护，所以就导致巧姐的日子自然也不会好过。“程高本”第一百一十八回里面写巧姐要被嫁往边塞，刘姥姥及时出手相救。我觉得，巧姐被嫁往边塞这件事有一定的可能性。因为，如果在王熙凤不在场的情况下，巧姐被嫁往边塞，不用给嫁妆，也就意味着王熙凤的财产全归了她哥哥。这个时候，刘姥姥出手相救的可能性大不大呢？

巧姐的判词里面，画的是“一座荒村野店，有一美人在那里纺绩。”判词是“势败休云贵，家亡莫论亲。偶因济刘氏，巧得遇恩人。”判词中“济刘氏”和“遇恩人”是不是一个人？我认为不是一个人。一个是刘姥姥，一个是“恩人”，是不同的两个人。为什么呢？这个问题作者在前面已经做了铺垫。王熙凤在前期因为既要管好荣国府，又要协理宁国府，事情可谓是千头万绪，面对的人又都是千人千面，工作量大到难以想象。等到秦可卿出殡的时候，她已经非常疲惫，确实需要好好休息一下。这个时候，还真有一家人及时出现帮助了王熙凤，这家人姓“胡”。胡家和刘姥姥都得到过王熙凤的帮助，但王熙凤帮助胡家是心甘情愿的主动行为，帮助刘姥姥是偶然行为。刘姥姥只是来荣国府打秋风的众多人中的一个，王熙凤帮助刘姥姥只属于“偶因济刘氏”。但“巧得遇恩人”却另有其人。这里突出的是一个“恩”字，所以这个人必须在王熙凤有困难的时候及时出现，并为王熙凤提供帮助，属于一种主动行为。在书中，只有胡家在王熙凤最累的时候，及时主动出现并帮助王熙凤，让王熙凤能够在胡家短暂休息，抖抖身上的灰尘，暂时抛开烦恼，使身心得到放松。通过以上分析，我认为帮助巧姐的人是胡家，不是刘姥姥，巧姐的恩人是姓胡的这家人。

我推测这个“狠舅奸兄”就是王熙凤王家的一个哥哥。情节大致是这样：王熙凤知道自己时日无多，也知道自己死后，巧姐没有好日子过。所以她就把巧姐托付给了小红，让小红带着巧姐投靠自己母亲，想让其抚养巧姐。当初小红离开荣国府后，一直生活在王熙凤的娘家，为王熙凤打理放贷一事。王熙凤的某个哥哥，经常看到有人出入，知道小红在放贷，就起了异心。小红接巧姐来到王府以后没多久，王熙凤就病死在了荣国府。她死后，巧姐没有了依靠，被她舅舅排挤，被他视为眼中钉肉中刺。事有不巧，后来小红因“偷盗”府中钱物，被送至官府审问，吃了官司。小红走后，巧姐的舅舅就开始对付巧姐。

巧姐的“狠舅奸兄”想霸占王熙凤留下的财产，就想着把巧姐嫁到边塞，或者是卖给人牙子。派出去处理这件事的人，带着巧姐在途中刚巧遇到倪二。倪二看到巧姐哭哭啼啼，知道遇到了坏人。倪二就如当初柳湘莲救薛蟠一样，出手救下了巧姐，并顺便教训了那些人一顿。处理巧姐的这几个人，回去后谎称已完成任务。由于倪二是个粗人，又经常吃酒赌博，没有带小孩子的耐心，因此就物色了一个人家，把巧姐托付给这家人抚养。巧的是，收留巧姐的这家人就是二丫头家，曾经受到过王熙凤的照顾。从此，巧姐就在二丫头家住下，并长大成人，其间向二丫头学习纺线。后来，这家人为巧姐物色了一个婆家，更巧的是，对方居然是刘姥姥家，巧姐的丈夫就是板儿。

现在流行的版本是刘姥姥救了巧姐，特别是八七版电视剧《红楼梦》更是描写刘姥姥千里赎巧姐。但这些剧情都不够“巧”，没有达到“遇难成祥，逢凶化吉”的境界。在诠释“遇难成祥，逢凶化吉”这句话上，相信没有谁能够比得上《西游记》里面的唐三藏了。唐三藏在取经的路上，哪次不是“遇难成祥，逢凶化吉”？如果真是刘姥姥千里赎巧姐，而刘姥姥又亲睹过贾家的兴衰，得到过贾家的恩惠，现在为了感恩去赎巧姐，那刘姥姥不就成了一个知恩图报、见证贾家荣辱兴衰的人了吗？如果真是这样，那整部《红楼梦》就是在为刘姥姥写传，她就是整部书的核心人物，或者把书名改为《刘姥姥传》都不为过。但事实是，刘姥姥根本担当不起《红楼梦》的核心人物，《红楼梦》的主题不可能是体现“知恩图报”，而是论述“假作真时真亦假，无为有处有还无”。

至于脂批说刘姥姥“有忍耻之心，故后有招大姐事”，应该这样理解：贾府中的人，在刘姥姥二进荣国府的时候，让刘姥姥出尽洋相，所作所为的确有点过了。你可以随便给她点钱，顺便告诉她以后不要再来了，但你不能这样无底线地去拿一个老人家取乐。这个在饭席散后王熙凤和鸳鸯主动向刘姥姥道歉可以得到证实。所以作者后来在结局中安排巧姐和板儿有一段姻缘，也算是对刘姥姥的一种补偿，对贾府狂妄自大的一种惩罚。之前板儿和巧姐就有一段小孩子的懵懂接触，所以安排板儿和巧姐的姻缘也属正常。但巧姐怎么会嫁给板儿呢？过程应该非常曲折离奇，主要突出的还是一个“巧”字。结合巧姐的判词，胡家在这中间绝对起到了至关重要的作用。刘姥姥得了成化窑的茶杯以及许多钱，在荣国府又被戏弄了一遭，所以后来再也没有去过荣国府。王狗儿一家利用荣国府得到的资助，生活确实富裕起来。后来巧姐去街上卖纺织品，和板儿有过一次偶遇。两小无猜，又再次相遇，爱情就这样萌芽了。这个情节又反回去照应贾雨村和姣杏的剧情。在胡家为巧姐安排婚事的时候，恰巧就把巧姐嫁给了板儿。当年刘姥姥忍气吞声受尽羞辱，最后换来了板儿娶巧姐为妻。王熙凤是个经营管理的好手，巧姐自然也有传承。板儿和巧姐在这样的条件下，生活绝对没有问题，以后也绝对不会再去“叩富儿门”了。作者写刘姥姥，是一个非常大的矛盾体，既不喜欢她低声下气地去求人，但也敬重她能够忍辱负重。但我估计，作者在写板儿和巧姐大婚的时候，凤姐和刘姥姥可能都已经去世了。王狗儿一家其实也是本本分分的人家，没有作奸犯科的行为，他们家落败的原因主要是不懂经营和管理。巧姐嫁给板儿，恰恰弥补了王狗儿一家的短板，再有之前刘姥姥从贾家得到的那些钱财，从此便预示着王家的兴盛。巧姐和板儿的结合，成就了一段佳话。也可以说，巧姐嫁给板儿是刘姥姥忍辱负重修来的福分。

刘姥姥是可爱的，她没有坏心思，她用自己的卑微，博得众人一笑，实属无奈之举。《红楼梦》中有一种精神叫“刘姥姥精神”，那就是忍辱负重，敢于拼搏、奋斗，做事前不只考虑失败，更看重成功，从不患得患失，有机会就上，先实施再说。刘姥姥在去荣国府前是这样说的：“果然有些好处，大家都有益；便是没银子来，我也到那公府侯门见一见世面，也不枉我一生。”所以在做事情的时候，成功固然最好，失败了也可以让我们汲取经验。刘姥姥唯一没有考虑周全的就是没有顾及王夫人的感受，并且还三番两次地去找王夫人打秋风。她的出现，让王夫人非常尴尬。当然，王夫人受此羞辱，也是自己当家的疏忽：王狗儿一家好歹也是亲戚，平时如果稍微照顾一点点，比如给王狗儿夫妻两个安排点工作什么的，也不至于让刘姥姥觍着老脸找上门来。“穷则独善其身，达则兼善天下”，在这两方面，刘姥姥和王夫人都没有做好。但刘姥姥对生活、生命的乐观态度和执着精神，却恰恰是我们当代很多人所缺少的。现实生活中，我们的生活本就不如意，但却不能放低自己的姿态去脚踏实地地努力，觉得自己本身就是干大事的料，不愿意从基层开始打拼，患得患失。做小职员肯定会受气，但自己又没有含着通灵宝玉出生，如果不愿受气，那就只能像王狗儿家一样，连过冬的物资都没有。

荣国府愚弄刘姥姥的时候，刘姥姥作为一个成年人，没有把事情考虑周全而受到羞辱，也算情有可原。但板儿是无辜的，他只是一个孩子，他随刘姥姥两次进荣国府都是被刘姥姥拉去的。从他去到荣国府的所有表现来看，他当时的心态应该是：金窝银窝，不如自己的狗窝。他在荣国府里面非常拘谨，畏首畏尾、胆战心惊，一切对他来说都是那么的陌生。整个事件中，大人们针锋相对，受害的却是小孩子。第二次进荣国府的时候，板儿稍微能够放得开一点，还和巧姐一起玩耍，并在大人的主导下交换了“信物”（柚子和佛手），不禁让人浮想联翩。板儿很懂得谦让，巧姐以后跟了板儿，板儿会很好地照顾巧姐。巧姐的柚子给了板儿，板儿看到柚子“又香又圆，更觉好玩”。柚子的形状是圆的，代表圆圆满满，预示着他们两个的姻缘美满。柚子里面有很多瓣，代表多子多福，巧姐后来为板儿生了很多孩子。板儿的佛手给了巧姐，代表“福禄寿喜”。说板儿和巧姐是青梅竹马，那是一点错都没有。一段美妙的姻缘就这样注定了，美哉！成年人在那里你来我往，但他们两个却在这里两小无猜，同时间发生的两件事，一瞬间形成了鲜明的对比。所以，作者安排板儿和巧姐结为夫妻，合情合理。巧姐离开纷繁复杂的纷争，开辟属于自己的新世界；板儿获得管理资源上的补充，人生更上一层楼。夫唱妇随，美哉！所以说，板儿和巧姐的结合是《红楼梦》里面最完美的结局。贾府谢幕了，板儿和巧姐却开始了他们的新生活。

有人可能会问，巧姐和板儿结婚后是怎么知道对方身份的？毕竟上次相见他们还是孩子。答案还是一个“巧”字。巧姐和板儿结婚后，巧姐看到了贾惜春画的那幅画，因为那幅画是照着大观园的图纸画的，巧姐自然一眼就看出是自己家的花园。画中有很多人物，其中就有巧姐和板儿。两人一核对，自然就知道对方就是当年自己的玩伴了。

可能有人对胡家救巧姐一事还是不能接受，那大家再仔细来看一下巧姐判词上画的画：“一座荒村野店，有一美人在那里纺绩。”这个纺绩的美人就是巧姐。书中第十五回里面就描写过二丫头纺线的场景。所以，我推理巧姐被胡家收养后，跟着二丫头学习纺线，这才成就了“一座荒村野店，有一美人在那里纺绩”的美妙画面。如果巧姐纺线的画面不和二丫头纺线的场景联系起来思考是不可思议的。就如书中第十八回，薛宝钗提示宝玉作诗时，宝玉感慨地说道：“该死，该死！现成眼前之物偏倒想不起来了，真可谓‘一字师’了。”针对巧姐纺线的情节也是一样，放着二丫头纺线的现成线索不用，反去搜肠刮肚地胡猜，有什么作用呢？

插个话题。陶渊明的《桃花源记》，历来是众多文人墨客追求的“世外桃源”，这么美妙的场景，《红楼梦》的作者自然不想错过。所以大家再去仔细品读一下王熙凤到胡家的这段描写，是不是有一种“世外桃源”的感觉？胡家在王熙凤最累、最需要休息调整的时候，及时出现，并安排王熙凤到家里面休整。王熙凤对此没有一点见外，非常淡定地答应过去。到胡家后，王熙凤洗漱、换衣、喝茶、吃点心等等，如同在自己家中一般，没有一丝拘束感。贾宝玉和秦钟在胡家也是见识了很多他们没有见过的生活用品，一种《桃花源记》中的田园风光瞬间浮现出来。再加上二丫头的那份纯真，一切都显得那么祥和、宁静，给人一种置身世外的意境。所以，这段情节，可算得上是《红楼梦》版的《桃花源记》了。

遇难成祥、逢凶化吉的巧姐，至此结束!

有朋友问我，说王熙凤做了很多伤天害理的事，所以她一定是遭遇官司才死的，不是病死的。这个观点是错误的。王熙凤说过她不信什么阴司报应，所以她是死在报应上，没有牵扯官司。王熙凤死的时候，荣国府还没有被抄家呢。所以就算她有什么错，靠荣国府的实力，那都不是事。王熙凤说她不信报应，但报应还是来了。自己辛辛苦苦为了荣国府，最后连自己和女儿也没有能力保护。有人对这个推理还是觉得不服，说巧姐是荣国府的人，不可能王熙凤死后巧姐就没有人照顾了，不是还有贾琏吗?这问题，大家来看贾母的一句话："一个富贵心，两只体面眼。"这句话是在第七十一回里面，贾母过生日，王熙凤受了气，贾母为她打抱不平，借机骂给王熙凤气受的人说："这才是凤丫头知礼处，难道为我的生日由着奴才们把一族中的主子都得罪了也不管罢。这是太太素日没好气，不敢发作，所以今儿拿着这个作法子，明是当着众人给凤儿没脸罢了。"看见了吗?贾母还在世，就已经有人在为难王熙凤了，如果贾母去世以后呢?

后来，薛宝钗嫁给贾宝玉，成为宝二奶奶。他们婚礼后的第三天，贾母从高处跌落，没多久就去世了。王熙凤在操办贾母丧事的时候，身体越发虚弱，但还一直强撑着。但当她使唤仆人时，这些仆人都说要先问宝二奶奶。致使凤姐要东没东，要西没西，使这个，推那个。急着要唤个人，却发现身边一个都没有，所以只得自己上手。等贾母大事完毕，凤姐就卧床不起，脸色煞白。小红其间来看过一次凤姐。凤姐此时是口渴没水喝，肚饿没饭吃，扯破嗓子也没见一个人来。小红见后，伤心离去，从此再没来过。因凤姐病倒，府中大小事务就都落在了平儿身上，她也是顾得那头，忙不过这头。得闲了偶尔过来看凤姐，见没有人端茶送水，她把那几个小丫鬟狠骂一顿。等平儿前脚刚走，那几个小丫鬟又不见了踪影。一天早上，平儿过来看凤姐，丫鬟媳妇们见他不叫人，乐得且自己去梳洗。平儿看不过，说丫头们："你们就只配没人心的打着骂着使也罢了，一个病人，也不知可怜可怜。他虽好性儿，你们也该拿出个样儿来，别太过逾了，墙倒众人推。"丫鬟听了，急推房门进来看时，凤姐却穿戴得齐齐整整，死在炕上。于是方吓慌了，喊叫起来。平儿进来看了，不禁大哭。众人素习惧怕凤姐，如今死去，无人伤心落泪，却也不敢上前看视。

当下合宅皆知。贾琏进来，搂尸大哭不止。宝钗也哭："狠心的姐姐!你怎么丢下我去了，辜负了我的心！”尤氏、贾蓉等也来哭了一场，劝住贾琏。贾琏便回了王夫人，讨了梨香院停放五日，挪到铁槛寺去，王夫人依允。贾琏忙命人去开了梨香院的门，收拾出正房来停灵。

话说贾琏自在梨香院伴宿七日夜，天天僧道不断做佛事。因凤姐前有多桩越法违纪之事，现见人死了，都到衙门上状纸。邢夫人怕凤姐的官司连累到自己，便唤了贾琏去，吩咐不许送往家庙中。贾琏无法，只得在尤二姐坟头之上点了一个穴，破土埋葬。那日送殡，只不过族中人与林之孝夫妇，贾蓉二妾而已。邢夫人一应不管，只凭他自去办理。

王熙凤的葬礼虽然相对简单，但荣国府还是大家族，没有被抄家，也没有获罪，绝对不可能草草埋葬。王熙凤死的时候，离荣国府被抄家还有一段时间呢。

王熙凤的那句判词“一从二令三人木”，一直被公认为最难解的密之一。其实也并不难解。“一从”是一个“丛”字。代表王熙凤在荣国府的地位处于两个人之下，这两个就是贾母和王夫人。“二令”指的是“冷”字，代表了王熙凤在管理荣国府的时候，所使用的手段和方法非常冷酷无情。“三人木”用拆字法进行破解，指的是“众”字的繁体字“众”，代表多人的意思。“众”的繁体字，上面是个横着的“目”字，读音通“木”，下面是三个“人”字。作者在这里特别强调是“三人”，所以这个“众”字指的就是三个人。“木”和“目”在读音上又通“墓”字，代表坟墓的意思。“三人木”完整的意思是指王熙凤死后与尤二姐、尤三姐合葬在一起。从整句“一从二令三人木”来理解，“一从”的“丛”字在“三人木”的“众”字前面，暗示王熙凤在荣国府的地位是处于两人之下，众人之上。现在社会上对这句判词非常流行的解读，是说王熙凤和贾琏的夫妻关系从热到冷，甚至最后被休，这是极其错误的。正确的解读是：“一从”指王熙凤在荣国府的地位；“二令”指王熙凤的权利和手段；“三人木”指王熙凤的结局。

有人可能会提出质疑，认为在作者创作《红楼梦》的时候，“丛”字是不是这样书写的？这个我也进行了考证。现行的简化字“丛”，是一个后起的俗体形声字，大概出现在清朝，如清抄本《全蜀艺文志》里的“丛乡”。而《全蜀艺文志》是明代杨慎编辑的一部有关四川的诗文选集，里面出现的就是这个“丛”字。由此可以证明，在作者创作《红楼梦》的时候，就已经有简化的“丛”字了。

“一从二令三人木”这句话，指的是王熙凤在荣国府处于贾母和王夫人两个人的管理之下，而又站在其他人之上。她在管理荣国府的时候，使用了很多非常冷酷无情的手段，这个从她对平儿说过的一件事上可见一斑。当时王熙凤为了让一个小丫鬟招认，就让这个小丫鬟在烈日之下跪在碎瓷瓦片上面。后来王熙凤因病去世，邢夫人不让王熙凤入祖坟。

贾琏本想把王熙凤葬在尤二姐旁边。但就在他为王熙凤选安葬的位置时，发现尤二姐和尤三姐的坟被雨水冲坏了。此时贾琏已经无钱重新安葬尤二姐和尤三姐，所以只得把她们两个的尸骨放进王熙凤的棺材里面一起安葬。坟墓无人管理被雨水冲坏的情节，在贾宝玉和柳湘莲讨论秦钟坟墓一事上有暗示。贾琏无钱重新安葬尤二姐和尤三姐一事，体现在当初尤二姐死后，贾琏就已经没有钱安葬尤二姐了。

还有人提出，“哭向金陵事更哀”的人是王熙凤。持这种观点的人认为，在王熙凤没有死的时候就被贾琏休了，所以她才会哭着回到金陵的娘家。这个解读是错误的。真正哭着回到金陵王熙凤娘家的人，是王熙凤的女儿巧姐。王熙凤临终托孤，把巧姐托付给小红。巧姐和小红回到金陵后，又遭到了王熙凤哥哥的毒手，所以是“事更哀”

脂粉堆里的英雄王熙凤，至此谢幕！

第十九章　潇湘馆

目前对潇湘馆的解读文章很多，内容也非常丰富。但我认为不够全面，也不客观。这里我说一说自己的理解。

大观园最精华的一个建筑就是代玉居住的潇湘馆。潇湘馆又名“有凤来仪”，是大观园里第一处行幸之所。代玉喜欢，贾元春称赞，贾政都对这个地方赞不绝口。目前对潇湘馆的解读无一例外都是偏正面的，说潇湘馆除了包含精舍文化、竹林文化、苔藓文化、书房文化之外，还有女性文化、色彩文化等等。现在一些以《红楼梦》为题材的公园里面，“潇湘馆”是最吸引人的地方，往往是游客络绎不绝。所以，解读出潇湘馆背后隐藏的真相，对理解《红楼梦》具有重大意义。

首先来看《红楼梦》第十七回，书中对潇湘馆做了如下描写：

> 忽抬头看见前面一带粉垣，里面数楹修舍，有千百竿翠竹遮映。众人都道：“好个所在！”【庚辰侧批：此方可为颦儿之居。】于是大家进入，只见入门便是曲折游廊，【庚辰双行夹批：不犯超手游廊。】阶下石子漫成甬路。上面小小两三间房舍，一明两暗，里面都是合着地步打就的床几椅案。从里间房内又得一小门，出去则是后院，有大株梨花兼着芭蕉。又有两间小小退步。后院墙下忽开一隙，得泉一派，开沟仅尺许，灌入墙内，绕阶缘屋至前院，盘旋竹下而出。

“粉垣”：偏红色的墙。“修舍”：用作修行的精舍。“精舍”：出家人修炼的场所。从“粉垣”和“修舍”两个对潇湘馆描写的词语来看，潇湘馆虽不是寺庙，但却有寺庙的风格。代玉选择潇湘馆作为她的住所，暗示她有过出家的经历，所以对有寺庙风格的潇湘馆情有独钟。

贾宝玉为潇湘馆作了一副对联：

> 宝鼎茶闲烟尚绿，【庚辰双行夹批：“尚”字妙极！不必说竹，然恰恰是竹中精舍。】
>
> 幽窗棋罢指犹凉。【庚辰双行夹批：“犹”字妙！“尚绿”、“犹凉”四

字，便如置身于森森万竿之中。】

从“有千百竿翠竹遮映”中的“遮”字可以看出，潇湘馆的位置非常隐蔽。隐蔽和正大光明在意思上形成鲜明对比。一个喜欢居住在隐蔽场所里面的人，内心会有光明吗？特别是“便如置身于森森万竿之中”这句脂批，既突出了潇湘馆位置的隐蔽性，也描写出代玉身处错综复杂的世事之中。如果代玉是真的林黛玉，那它的身世固然可怜，但并不复杂。她只是双亲去世，现投靠自己的外婆。贾家里面的人，上上下下都对她非常好。入住大观园，第一个就让她来选住处。她整天在荣国府怼天怼地的，哪个敢欺负她？哪里来的“便如置身于森森万竿之中”？由此可见，住在荣国府里面的这个代玉，身世和来历不简单，她背后那“森森万竿”对她才是最大的折磨。另外，代玉在荣国府里面多次躲在暗处偷听和观察，这个在书中写得非常明确。最有名的就是在第七十八回结尾处，贾宝玉在作《芙蓉女儿诔》的时候，代玉躲在山石后偷听。等贾宝玉读完《芙蓉女儿诔》时，她突然从山石背后出来，把贾宝玉唬得一大跳，丫鬟直接叫出“有鬼”。我每次读到这里的时候，都不禁会想起《巴黎圣母院》中那个永远站在黑暗里面的副主教克洛德。

从“只见入门便是曲折游廊”可以看出，代玉进入荣国府的过程非常曲折。还是那句话，真林黛玉如果是顺利来到荣国府，那她的过程非常简单，并不复杂。

“阶下石子漫成甬路”可理解为代玉在荣国府里面笼络了大量的耳目，事实也确有其事。代玉进入荣国府后，经常用钱物笼络荣国府里面的丫鬟和佣人，这个在书中是写得非常明确的，通读过《红楼梦》原著的读者应该对此不会陌生。对代玉经常“打赏”下人这个情节，人们往往认为是她善良的表现。但事实果真是这样的吗？俗话说：救急不救穷。得到代玉“打赏”的那些人，虽然是佣人，不富裕，但他们都不急，没有必要得不得就“打赏”他们。荣国府里面比代玉有钱的人多的是，也没有见哪个得不得就打赏。而书中真正需要帮助的人是邢岫烟，她非常穷，穷到把穿的衣服都当了。衣服是一个人的体面，也是一个人最后能值点钱的资本，不到万不得已，谁会去当衣服？在第四十九回，邢岫烟参加诗社的时候，原文是“邢岫烟仍是家常旧衣，并无避雪之衣”。大雪天的穿着旧衣服去参加“高档宴会”，连一件“避雪之衣”都没有，每看到此处，无不为其心寒。但大家心目中那位善良的代玉，这个时候却视而不见，没有对邢岫烟表现出任何善意。不管喜不喜欢薛宝钗，在邢岫烟这个问题上，我永远为薛宝钗点赞。不管薛宝钗有没有目的，能够在邢岫烟最需要帮助的时候，她确实是实实在在地帮邢岫烟把御寒的衣服赎回来，让邢岫烟能够有一件可以过冬的衣服。所以，我认为代玉帮助人是有选择性的，不是真的出于善心。再有，她寄居在荣国府，却在下面大张旗鼓地用钱财拉拢人心，这无论再怎么说也是非常不妥的。我认为，代玉与其用钱拉拢人心，倒不如嘴下积点德，不要整天搞得天怒人怨的。如果她手上确实有闲钱，还是去帮助一下那些真正需要帮助的人，如刘姥姥。代玉不但没有帮助刘姥姥，还当众取笑对方是“母蝗虫”，其心可诛。相反，大家最不喜欢的妙玉，倒送了一个成化窑的杯子给刘姥姥。所以，在贾府中，很多人喜欢和薛宝钗亲近，不喜欢和代玉亲近，这不是没有原因的。有人说这是薛宝钗虚假的一面，是小人之心，我看这些人是“贾瑞思想”在作祟的缘故。

“上面小小两三间房舍，一明两暗。”对应代玉来到荣国府的时候，身边带着一个奶娘和一个丫鬟雪雁。代玉在明，奶娘和雪雁在暗。这种房子的布局，大家可能没有注意，其实是出自《金瓶梅》。《金瓶梅》中一共描写了两处有这样特点的房子：一处是在西门庆家中西门庆用来纳凉的居室；另一处是西门庆家祖坟旁边用作祭祖休息的房子。书中描述这两处房子的布局都是“三间房舍，一明两暗”。特别是该书第三十四回，描写伯爵来找西门庆，当时西门庆正在家中一处叫“翡翠轩”的三间小卷棚中纳凉。这“翡翠轩”的布局是：“前后帘栊遮映，四面花竹阴森，里面一明两暗书房。”这段对“翡翠轩”布局的描写，和“潇湘馆”何其相像。《红楼梦》作者为什么原文引用《金瓶梅》对这两处房子布局的描写？其目的就是在暗示代玉风流淫荡的本性。《红楼梦》第八回，描写秦可卿“生的形容袅娜，性格风流”，在第五回描述秦可卿“风流袅娜，则又如黛玉”。可见，作者其实一直在强调代玉风流淫荡的秉性，只是我们读者没有读懂作者的意图，归根结底还是“贾瑞思想”在作祟，不愿意承认背面的真相。

“里面都是合着地步打就的床几椅案”说明里面的“床几椅案”是故意迎合房间布局而定制的，寓意代玉在刻意地迎合贾家人，所以也就有了开头的“因此步步留心，时时在意，不肯轻易多说一句话，多行一步路，惟恐被人耻笑了他去”。说实话，代玉来到她外婆家，有必要这么谨慎吗？不能放浪形骸，但也没有必要如此胆战心惊。我感觉她这种态度，完全不是来她外婆家，而是来到了“龙潭虎穴”。人家贾家人好吃好喝地养着她，她却把贾家形容成“魔窟”，这也太居心叵测了。再说了，代玉到荣国府以后，有没有践行她的“因此步步留心，时时在意，不肯轻易多说一句话，多行一步路，惟恐被人耻笑了他去”？我是没有看出来，只感觉到她整天在荣国府里面怼天怼地的，脾气那叫一个大。所以，代玉迎合贾家的人，是一种刻意行为，是伪装出来的。她的“因此步步留心，时时在意，不肯轻易多说一句话，多行一步路，惟恐被人耻笑了他去”，是她怕一不留神露出破绽，所以才要“因此步步留心，时时在意，不肯轻易多说一句话，多行一步路”。正所谓：菩提本无树，明镜亦非台，本来无一物，何处惹尘埃。而代玉却是：身是菩提树，心如明镜台，时时勤拂拭，勿使惹尘埃。身正不怕影子斜，看来代玉身不正呀。

“从里间房内又得一小门，出去则是后院，有大株梨花兼着芭蕉。又有两间小小退步。”又是“小门”，又是“后院”，又是“退步”。从这些冷词语中，可以看到代玉为自己留有退路和后门，“后院”说明她不是一个人，背后还有人，但不知道后面会不会“后院起火”？代玉背后的人是谁？为什么要为自己留后路？留什么后路？需要留后路吗？对这句“有大株梨花兼着芭蕉”目前还没有头绪，只能想到一句“千树万树梨花开”，形容的是下雪。甄士隐梦醒前看见“芭蕉冉冉”，但其中的寓意还没有悟透。

对潇湘馆的描写，最重要的重点就在下面这一句：“后院墙下忽开一隙，得泉一派，开沟仅尺许，灌入墙内，绕阶缘屋至前院，盘旋竹下而出。”很多人把这一句解读得神乎其神，说得天花乱坠，我认为是非常误导读者的。这句话描述的是：突然以潇湘馆的后墙为起点，开出一条尺许宽的水渠。这条水渠弯弯曲曲地在潇湘馆里面盘绕，最后盘绕旋转来到竹林这里，突然就钻入竹林里面不见了。水渠里面的水怎么可能会“盘旋竹下而出”呢？这完全违背建筑规律，水必须引出去，怎么可能来到竹林这里就往竹子底下钻？植物根部底下有活水冲刷，那这些植物还怎么活？再说，水往竹子根部钻，一下子也吸收不了那么多水，这不就造成水漫潇湘馆吗？谁会这么愚蠢地设计和修建？我们设想一下，这条水渠从潇湘馆后墙开始有水流出来，水在流动的时候波光粼粼，而这条水渠绕着房子前后弯弯曲曲地延伸，最后在竹林这里盘绕旋转着消失了。如果我们把这条水渠想象成一个动物，大家会联想到什么动物？——银鳞大蟒。水的流动就好比蛇在游动，而蛇就喜欢往那些草丛、树林、竹林里面钻。潇湘馆里面潜伏着一条银鳞大蟒，这条银鳞大蟒有尺许粗细，从潇湘馆的外面通过后墙进入潇湘馆，在潇湘馆里面盘旋游动，最后消失在潇湘馆的竹林里面。

潇湘馆里面的这条水渠，起点在潇湘馆的后墙，里面包含了这几个要素：泉水、起点、潇湘馆、后墙。其中“水”可以理解为“红颜祸水”，取“祸”字；“起点”取“起”字；“潇湘馆”取“潇”字；“后墙”取“墙”字。完整地组合起来就是“祸起萧墙”。作者在这里暗示贾家祸害的根源就在潇湘馆里面。英莲就是被霍启弄丢的，“霍启”通“祸起”。那里有“祸起”，这里有“萧墙”。代玉住在潇湘馆，被称为“潇湘妃子”，所以潇湘馆的一景一物代表了代玉。这里把两个“祸起”联系在一起，此“祸起”即彼“祸起”。说明当时真正的林黛玉，在贾雨村的护送下前往荣国府的过程中确实遇害了。而“祸起萧墙”就在代玉居住的潇湘馆里面，所以眼前居住在潇湘馆里面的这个代玉就是当时的罪魁祸首。就如英莲被拐的罪魁祸首是霍启一样。

皇帝指派贾雨村铲除贾家，承诺其高官厚禄。“蜮兽”一般的贾雨村在护送真林黛玉去荣国府的途中，用自己的女儿将真林黛玉调包。皇帝就是贾雨村和他女儿的“后院”。贾雨村从此成为皇帝帮手，成为实施此计划的操盘手。代玉为了完成任务，需要拉拢贾家里面的一些人为其所用，所以她才会用钱收买下人。为了不暴露自己的身份，所以她要“因此步步留心，时时在意，不肯轻易多说一句话，多行一步路”。她小小年纪就被赋予这么重要的任务，被夹在“虎兕”之间，所以“便如置身于森森万竿之中”。

潇湘馆又被称为“有凤来仪”，脂砚斋批：“果然，妙在双关暗合。”这里的“凤”前期指的是贾元春，说的是贾元春将落脚在这里，所以叫“有凤来仪”。后期是代玉居住在潇湘馆，所以后期的“凤”指的是代玉。书中第三十七回，贾探春为代玉取名为“潇湘妃子”的时候，代玉的表情是“低了头方不言语”，这一行为可以理解为她表示默认。代玉在这个时候欣然接受“妃子”这个称谓，说明她内心对身份地位和荣华富贵是非常渴望的。作者在此用“有凤来仪”和“潇湘妃子”来描写代玉，是在暗示代玉和贾雨村一样，对权力和富贵有着强烈的向往。就如贾雨村诗中所说：“天上一轮才捧出，人间万姓仰头看。”而代玉的梦想是“飞上枝头变凤凰”。但结果却是：“择膏粱，谁承望流落在烟花巷！”甲戌侧批：“一段儿女死后无凭，生前空为筹画计算，痴心不了。”

代玉选择居住在潇湘馆，对贾宝玉是吉是凶？书中第二十三回，贾宝玉询问代玉要选择住在哪里：“宝玉便问他：‘你住那一处好？’代玉正心里盘算这事。”庚辰侧批：“颦儿亦有盘算事，拣择清幽处耳，未知择邻否？一笑。”代玉选定潇湘馆后，贾宝玉说：“我就住怡红院，咱们两个又近，又都清幽。”庚辰侧批：“择邻出于玉兄，所谓真知己。”由此可知，潇湘馆和怡红院属于邻居，关系类似于隔壁。书中第一回写道：“这士隐正痴想，忽见隔壁。”甲戌侧批：“‘隔壁’二字极细极险，记清。”脂砚斋此批犹在耳边，这里就出现潇湘馆在怡红院的隔壁，两者的关系怎么可能不凶险呢？那么贾宝玉和代玉成为邻居后，是否发生了什么不祥的事情呢？这个问题在目前所见的原著中没有写出来，但我们可以从其他地方试着解析一下。在书中第五回，贾宝玉“梦游太虚幻境”的时候，和梦中的秦可卿发生云雨之事，后来在游玩的时候遭遇“迷津内水响如雷，竟有许多夜叉海鬼将宝玉拖将下去”。这里的秦可卿“风流袅娜，则又如黛玉”。由此可见，贾宝玉遇到代玉，势必迟早会陷入危难之中。

刘姥姥二进荣国府的时候，在潇湘馆门口被地上的青苔滑倒在地。这个情节写得非常生动，但对此情节的解读却一直含含糊糊。其实作者的用意就是在告诉我们，刘姥姥作为一个地地道道的农村人，来到潇湘馆门口，居然被司空见惯的青苔滑到。寓意：马失前蹄。刘姥姥尚且如此，更何况我们。

有人可能会说我咬文嚼字，过度解读。一开始我自己也是这样认为的。但当我想明白了书中第十四回，脂砚斋对来参加秦可卿葬礼“六国公”名字的解读后，我就非常坚信我的解读不是咬文嚼字，更没有过度解读。

第二十章　十二金钗

《红楼梦》作为中国四大古典名著之一，其文学性、艺术性都具有极高的造诣，是有史以来最出色的一部以歌颂女性美和伤悼女性悲剧为最高主题的小说作品，塑造的“金陵十二钗”更是成为经典艺术的典范，在世界文学史上形成一道亮丽风景，具有永恒的艺术生命。那么，作者是如何创作出“金陵十二钗”的艺术形象？其创作的思路来源于哪里？我经过仔细研究，发现了古代皇帝龙袍上的纹样这一重要素材，这些素材的思想内涵和“金陵十二钗”之间似乎有着千丝万缕的联系，那这是否就是作者创作“金陵十二钗”的思想源泉呢？

龙袍是中国历史上最具代表性的服装之一，其纹样等级森严，图案繁缛华丽，不但是帝王至高无上的地位象征，更是皇权思想在服饰中的浓缩。众所周知，龙袍上有着多种多样的纹饰，但很多人不会去注意龙袍上这些纹饰的具体细节。中国古代帝王及高级官员礼服上所绘绣的纹饰，是中国帝制时代的服饰等级标志。皇帝的龙袍上有着十二种纹饰，称为十二章纹，又称十二章。十二章纹是分别为日、月、星辰、龙、山、华虫、宗彝、藻、火、粉米、黼、黻。一种为一章，用刺绣或手绘施之于服装的一定部位，后期也用缂丝和提花织物，绘绣有章纹的礼服称为“章服”。

十二章纹的起源可追溯到舜帝时期，后世沿用，到了周代，周公制定《周礼》，规定以日、月、星辰三章画于旗帜，衣服上只保留九章纹，以龙为首章而称为“龙衮”。后来秦始皇帝登基，废除章纹制度，祭祀礼服一律为纯黑，称为“袀玄”。直到东汉才再度恢复十二章纹。

十二章为章服之始，后来又衍生出九章、七章、五章、三章之别，按品位递减。例如明代服制规定：天子十二章，皇太子、亲王、世子俱九章。

巧的是，《红楼梦》中描写的“十二金钗”，其数值同样是“十二”。我按照顺序，把“十二金钗”与“十二章文”进行一一对应：

一、日（代玉）。日即太阳，太阳当中常绘有金乌，这是汉代以后太阳纹的一般图案，取材于“日中有乌”“后羿射日”等一系列神话传说。取其照临之意。我国古代神话认为，红日之中有一只黑色的三足乌鸦，由于其蹲踞日中、周围金光闪烁，故称“金乌”，乃上古传说中的神鸟之一。按照顺序，“日”章纹对应“林黛玉”。另外，“乌”即乌鸦，黑色。“林黛玉”的“黛”也是黑色的意思。书中第二十八回，贾宝玉给“林黛玉”配药的药方里面有一味药叫“三百六十两不足龟”。乌龟都有四只脚，这只“不足龟”的脚少了一只，是“三足龟”。巧合的是，“日”章纹图案里面也有一只“三足乌鸦”。所以，“日”章纹对应的就是“林黛玉”，也就是代玉。

说到这里，我们就可以判断出，这个假“林黛玉”的亲生父亲应该就是贾雨村。书中第三回开头写道：“却说雨村忙回头看时，不是别人，乃是当日同僚一案参革的号张如圭【甲戌侧批：盖言如鬼如蜮也，亦非正人正言。】者。”脂砚斋的这句批语表面上是指张如圭，但批语中所说的“亦非正人正言”，说明这句批语指的不是张如圭，而是贾雨村。“蜮”是一种三足龟形魔兽，专门在水里面含沙射影的害人。假“林黛玉”和贾雨村都有一个共同的特点，那就是有“三足”。并且要治好假“林黛玉”的病，所要用到的药里面就有“三足龟”。所以，假“林黛玉”的父亲就是贾雨村，只有贾雨村知道这个假“林黛玉”的真实身份。贾雨村曾经娶过一个老婆，在娇杏嫁给贾雨村后不久就去世了。那么，贾雨村的大老婆有没有生下一个孩子呢？书中没有写，所以只能推测。《金瓶梅》是《红楼梦》的祖宗。熟读两部作品的读者都知道，《红楼梦》的作者是在熟读了《金瓶梅》后才创作的《红楼梦》。《红楼梦》里面的很多情节都取材于《金瓶梅》，其中西门庆的大老婆就是在生下一个女儿后去世的。娇杏是后嫁过去的，她都生了一个儿子。那么在娇杏前面嫁给贾雨村的那个大老婆，应该也为贾雨村生了一个孩子，这个孩子就是后来的代玉。一开始，贾雨村很穷。在林黛玉需要替身去出家的时候，贾雨村就安排了他女儿作为林黛玉的替身去出家。到这里就可以解释为什么在“栊翠庵喝茶”一节中，代玉会不由自主地坐在妙玉的蒲团上，因为她本身就是一个出家人。

另外，书中描写代玉的文化知识非常丰富。但真正的林黛玉，因为身体差及母亲去世的原因，在离开扬州前，她读的书并不多，更不可能读完“四书”。到了荣国府后，也没有描写代玉读书。那代玉怎么会有那么高的文化水平呢？并且书中专门写过，当贾母问代玉读的什么书，她说读了“四书”，这显然和真实林黛玉的成长经历对不上。所以，当时去到荣国府的“林黛玉”，不是真正的林黛玉，是假的。假“林黛玉”是贾雨村的女儿，贾雨村本身就是一个老师。所以假“林黛玉”的知识，是贾雨村教的。真正的林黛玉，也就是妙玉的知识，是后来她师傅教的。妙玉的师傅，算得上是《红楼梦》书中的“扫地僧”。

“日”章纹

二、月（薛宝钗）。月即月亮，月亮当中常绘有蟾蜍或白兔。这是汉代以后月亮纹的一般图案，取材于“嫦娥奔月”等优美的神话传说。修炼成仙，是很多迷信此道的人一生追求的梦想，其中“嫦娥奔月”就是一个典型的通过吃丹药成仙的神话故事。在现实生活中，对于普通人来说，能够过上皇宫里面的生活，也就相当于过上了神仙的生活。薛宝钗参加选秀，就是类似于“嫦娥奔月”。另外，月亮属阴，意寒。“月”章纹中的玉兔捣药，和薛宝钗的“冷香丸”相对应。所以，“月”章纹对应的就是薛宝钗。

“月”章纹

三、星辰（贾元春）。“星”即天上的星宿。常以几个小圆圈表示星星，各星星间以线相连，形成浩瀚的星空，象征帝王皇恩浩荡，普照四方。“星辰”章纹对应贾元春，从字面上看就非常贴切。书中描写贾元春封妃及省亲，多次提到“皇恩浩荡”。所以，“星辰”章纹对应的就是贾元春。

“星辰”章纹

四、山（贾探春）。山即群山，其图案即为群山形。取其稳重、镇定之意。书中在描写贾探春的时候，他那种自信、稳重、担当的性格非常突出。特别是在贾探春管家和“抄检大观园”的情节描写中，贾探春都是给人一种稳重、镇定的形象。所以，“山”章纹对应贾探春。

“山”章纹

五、龙（史湘云）。“龙”为龙形，取其变也。龙变化多端，象征帝王们善于审时度势，妥善处理国家大事。史湘云说话做事心直口快、率性而发，与“审时度势”形成不同的两种风格，可谓是一对“阴阳”。但这恰恰说明“龙”章纹对应的就是史湘云。很多人记住了史湘云的率性，但却没有注意她发表的“阴阳论”。史湘云的“阴阳论”，是解开《红楼梦》全书的钥匙，非常重要。其中，史湘云说到“‘阴’‘阳’两个字还只是一字，阳尽了就成阴，阴尽了就成阳”。而“龙”章纹“审时度势”的寓意和史湘云的心直口快、率性而发形成一对“阴阳”关系，二者之间其实就是一个整体。所以，“龙”章纹对应史湘云。

“龙”章纹

六、华虫（妙玉）。“华虫”指五彩雉鸡。雉是古人心中圣物，服装上的文采象征穿着人的仁德，华虫正是象征着皇帝要“文采昭著”。美丽花朵配上五色羽毛，甚美，取其有文采之意。《红楼梦》整部书中，容貌最漂亮的是薛宝琴，最有文采的是妙玉。书中第七十六回写道：“黛玉湘云二人皆赞赏不已，说：‘可见我们天天是舍近而求远。现有这样诗仙在此，却天天去纸上谈兵’。”妙玉的判词：“才华馥比仙。”由此可见，妙玉对应“华虫”，乃当之无愧。

“华虫”章纹

七、宗彝（贾迎春）。“宗彝”是古代祭祀的器物，通常为一对，分别画虎和蜼（指长尾猴），象征帝王忠、孝的美德。南宋以后作尊形画在杯子上。

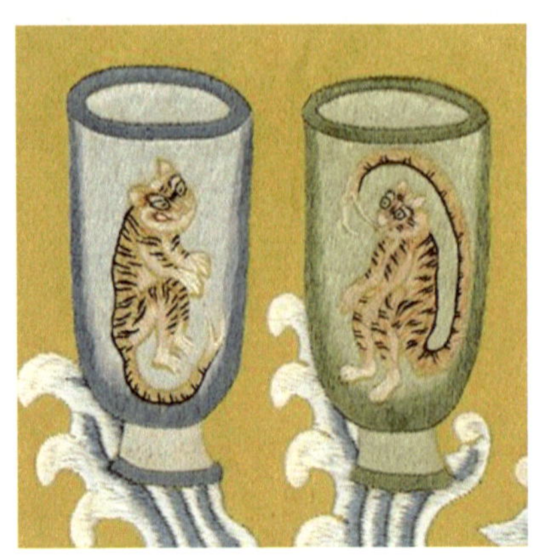

"宗彝"章纹

一个人如果要做到"忠孝"两全，那就必须有极大的忍耐力，到了极致就必须逆来顺受。在这方面，贾迎春可谓做出了"表率"。她的攒珠累丝金凤首饰被乳母拿去赌钱，但她却说："她是妈妈，只有她说我的，没有我说她的。"后来嫁给"中山狼"孙绍祖，面对孙绍祖的家暴行为，贾迎春逆来顺受，不敢忤逆自己的丈夫。从中可以看出，贾迎春虽然有"忠"有"孝"，但她的这种"忠孝"，属于"愚忠愚孝"。"宗彝"章纹对应的就是贾迎春。

八、藻（贾惜春）。藻即水藻，为水草形，取其洁净之意，象征帝王的品行高尚。结合贾惜春的判词，她最后选择出家，避开了这场纷争。出家人讲究"清净"，惜春出家也是一样。"清净"有心境洁净、清洁纯净之意。所以，贾惜春对应"藻"章纹。

"藻"章纹

九、火（王熙凤）。火即火焰，为火焰形，取其明亮之意，象征帝王处理政务光明磊落。“火”这个章纹对应王熙凤是非常贴切的。在书中第三回，贾母就在众人面前称王熙凤为“凤辣子”。

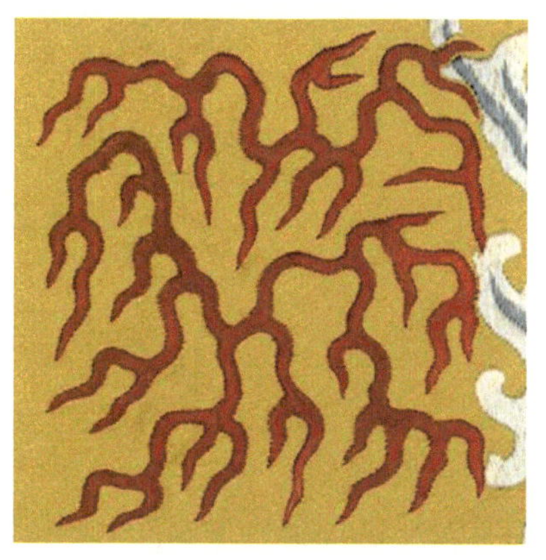

“火”章纹

十、粉米（贾巧姐）。粉米即白米和粉，粉为碎米，米为米粒形。取粉和米，有给养之意，象征着皇帝给养着人民、安邦治国、重视农桑。巧姐在书中一直以一个小孩子的形象出现，被父母长辈等抚养。后来巧姐成为一个正在纺线的美人，有“农桑”之意。所以，“粉米”章纹对应贾巧姐。

“粉米”章纹

十一、黼（李纨）。黼是黑白相间的斧形，刃白身黑，取割断、果断之意，象征皇帝遇事能决断、能明断是非。遇到事情能够快速做出决定的这个特点，李纨表现得还是非常明显的。在书中第三十七回，贾探春找大家来商量要不要成立诗社。李纨得知这一消息后，在未与其他人碰面商量的情况下，就果断做出决定要成立诗社，并自任社长。所以，“黼”章纹对应李纨再合适不过。

“黼”章纹

十二、黻（秦可卿）。黻是黑青相间的“亚”形，取其辨别、明察、改恶向善之意，代表着帝王有明辨是非、知错就改的美德。“黻”章纹的寓意和秦可卿还是很贴切的。在书中第十三回一开头，脂砚斋有批语说作者本来要写“秦可卿淫丧天香楼”的细节，但因为秦可卿托梦王熙凤，交代了王熙凤两件极其重要的事，所以作者才“姑赦之”。从要写，到不写，原因不是作者不写，是因为秦可卿转变了。她的转变得到了作者的原谅，所以才没有写。秦可卿的转变属于“辨别、明察、背恶向善”的特性。所以，“黻”章纹对应秦可卿。

“黻”章纹

从以上分析可以看出，“十二章纹”无论从顺序还是寓意，都恰好对应《红楼梦》中的“十二金钗”，“十二金钗”的顺序之谜就此解开。由此我们还可以得出结论：《红楼梦》中“十二金钗”的创作原型，就是来源于帝王龙袍上的“十二章纹”，并且还把“十二金钗”与“十二章纹”形成一一对应。理解了“十二金钗”与“十二章纹”的关系，就能够为我们解读《红楼梦》书中的人物和情节提供重要的参考价值。同时也证明，作者在写《红楼梦》的时候，核心就是围绕着帝王来写的，更多的因素是指向雍正。书中第二十五回，贾宝玉和王熙凤生病的时候，来了一僧一道，当看到通灵宝玉时，书中写道："那和尚接了过来，擎在掌上，长叹一声道：'青埂峰一别，展眼已过十三载矣！'【庚辰侧批：正点题，大荒山手捧时语。】"这里为什么不多不少写的是"十三载"？这个数字，不得不让人联想到雍正做皇帝的时间，刚好也是十三年。

有读者认为，书中没有任何线索可以证明"十二金钗"与"十二章纹"之间有联系。提出这样的疑问，是因为读《红楼梦》的时候，不够仔细和认真。其实在书中，作者已经就"十二金钗"与"十二章纹"之间的联系做出过暗示，只是很多读者没有注意罢了。在书中第三回，代玉在去到贾政夫妇居住的"荣禧堂"时，看到了一副对联，上面写道："座上珠玑昭日月，堂前黼黻焕烟霞。"里面的"日月"和"黼黻"四个字，指的就是"十二章纹"里面开头的"日月章纹"和结尾的"黼黻章纹"。这里把"十二章纹"的开头和结尾都表述了出来，类似于我们常说的数字从一到九，指的是一、二、三、四、五、六、七、八、九这九个数字，而不是只指一和九两个数字。在这里，也是同理，指的是全部章纹。

另外，有人通过"座上珠玑昭日月，堂前黼黻焕烟霞"这副对联的"日月"两个字，认为《红楼梦》写的是明朝的事。他们认为"日月"两个字，合起来就是"明"字，所以《红楼梦》就是在暗中悼念已经灭亡的明朝。这种解读思路是不对的。正确的解读是，作者通过代玉看到这副对联，暗示将来这副对联会成为皇帝给贾家定谋反大罪的证据。这句"座上珠玑昭日月"，可以被理解为贾家的上层管理人员有反清复明的意图。这句"堂前黼黻焕烟霞"，可以被理解为贾家已经开始着手准备龙袍了。作者在这里的创作思路，来源于"水浒传"中吴用等人给卢俊义题的反诗："芦花丛中一扁舟，俊杰俄从此地游。义士若能知此理，反躬逃难可无忧。"这首反诗，最终被卢俊义的管家李固所利用，借此到衙门里面告发了卢俊义，成为衙门给卢俊义定罪的关键证据。《红楼梦》里面的代玉，是《水浒传》里面的李固，也是《一捧雪》里面的汤勤，也就是内鬼。

第二十一章 烟花巷

《红楼梦》第一回的《好了歌》中有这么一句："择膏粱，谁承望流落在烟花巷！"后面脂砚斋批："一段儿女死后无凭，生前空为筹画计算，痴心不了。"由此可见，书中有一个人最终的结局是流落并死在了"烟花巷"。烟花巷，顾名思义，就是烟花柳巷，是妓院的意思。那么这个人是谁呢？对于这个问题，历来有很多学者进行了解读，结论也是不尽相同。其中最著名的是在"程高本"中，妙玉被拐卖到了妓院；还有描写的是史湘云和巧姐两个人被卖到妓院。那原著中作者是不是这样写的呢？

我相信，既然作者在这里道出了这个人的结局，就绝对会留下蛛丝马迹。只要我们对书中的人物进行仔细探究，从中发现作者为我们留下的线索，那么答案就会浮出水面。

妓院历来是供男人风流快活的地方。所以，我们要解开是谁最终流落并死在烟花巷，就找一下谁符合"风流"的标准。经过梳理和总结，我认为书中最符合，也是唯一符合这个标准的人，恰恰就是代玉。

关于对代玉"风流"特点的描写，书中第三回写代玉"有一段自然的风流态度"。第五回的时候描写秦可卿"风流袅娜，则又如黛玉"，第八回描写秦可卿"生的形容袅娜，性格风流"。书中第二十三回，代玉和贾宝玉共读禁书《会真记》。随后在贾宝玉离开后，描写代玉听戏子练习《西厢记》动了情。书中第二十八回，贾宝玉看到薛宝钗的"雪白一段酥臂"，不觉动了羡慕之心，暗暗想道："这个膀子要长在林妹妹身上，或者还得摸一摸，偏生长在他身上。"由此可见，代玉平时没有洁身自好，和贾宝玉之间没有保持必要的男女距离，贾宝玉是想摸就能摸的。

整部书中，和代玉相像的几个人物是：秦可卿、龄官、尤三姐、晴雯。其中以龄官的身份最为低下，因为她是一个戏子。在书中第二十二回，所有人都认为龄官和代玉"活象一个人"。因为此事，代玉和史湘云还闹翻了。为什么代玉不希望别人说她和龄官长得像？因为龄官是戏子，身份地位是最低等的，没有人愿意和戏子相提并论。很多人都说妙玉看不起社会地位低下的刘姥姥。而代玉呢？龄官作为社会地位最底下的戏子，连长相酷似代玉都是一种罪过。

在长相和代玉非常相像的人中，尤三姐在不遵守个人贞洁方面非常突出。尤三姐为什么被柳湘莲退亲？其根本原因就是她自己行为不检点，和其他男人有不正当的来往。甚至和贾珍父子等人有“聚麀之诮”。尤三姐死的地方叫“小花巷”（有的版本叫“小花枝巷”）。“小花巷”，拓展开是“花枝柳巷”，就是妓院的意思。“晴为黛影”，晴雯在死的时候，其所处的环境非常脏，特别是那个喝茶的碗，“未到手内，先就闻得油膻之气”。书中第二十三回，代玉看到贾宝玉把花洒在水里说道：“撂在水里不好。你看这里的水干净，只一流出去，有人家的地方脏的臭的混倒，仍旧把花遭塌了。”通过小说草蛇灰线、伏脉千里的写作手法进行推测：将来代玉一语成谶，因水而亡，并且周围的环境还非常肮脏。

那么问题又来了，代玉怎么会去妓院？她为什么会选择留在妓院？她在妓院以什么样的态度生活？

要解开这些谜团，我们首先来解读一下龄官。龄官曾经在地上画“蔷”字，后来还对贾蔷送她的笼中鸟发出感慨，认为自己被一堵无形的墙围困，没有人身自由，并且处处受人摆布。由此可以推理出：代玉的人生从来没有自由可言，无论是顶替真林黛玉，还是被卖妓院，她都没有自主权，完全任人摆布，而她自己却无力挣脱。等代玉被卖到妓院后，她是以一种什么心态生活呢？书中第四十回，代玉曾经发出过“留得残荷听雨声”的观点。由此可见，代玉的心态是“宁为瓦全，不为玉碎”，就算命运非常残酷了，但还是要坚持活下去。再有，书中第五十七回，紫鹃劝代玉：“姑娘是个明白人，岂不闻俗语说：万两黄金容易得，知心一个也难求。”其中的“万两黄金容易得，知心一个也难求”这句话出自唐代四大女诗人之一的鱼玄机的《赠邻女》：

羞日遮罗袖，愁春懒起妆。
易求无价宝，难得有心郎。
枕上潜垂泪，花间暗断肠。
自能窥宋玉，何必恨王昌？

鱼玄机是晚唐诗人，长安人。咸通（唐懿宗年号）中为补阙李亿妾，以李妻不能容，进长安咸宜观出家为女道士。与文学家温庭筠为忘年交，唱和甚多。后被京兆尹温璋以打死婢女之罪名处死。

紫鹃说完以后，“黛玉听了这话，口内虽如此说，心内未尝不伤感，待他睡了，便直泣了一夜，至天明方打了一个盹儿。”其中的“便直泣了一夜”诠释的就是“枕上潜垂泪”。

鱼玄机知道自己已无生还的可能，在上法场之前写下千古绝唱《句》，为自己短暂的一生划了一个匆匆的句号，毅然赴死，作别人间：

焚香登玉坛，端简礼金阙。
明月照幽隙，清风开短襟。
绮陌春望远，瑶徽春兴多。
殷勤不得语，红泪一双流。

其中的“红泪一双流”和《红楼梦》里面的绛珠仙草以血泪还神瑛侍者如出一辙。

如此看来，鱼玄机和《红楼梦》之间必然存在着千丝万缕的关系，特别是鱼玄机和代玉之间的关系，她们两个有太多的共同点：

第一，美貌。代玉和鱼玄机都拥有绝世容颜，非常漂亮。

第二，才学。代玉和鱼玄机二人都是才高八斗。在多次考试中，代玉都是拔得头筹，技压群芳。鱼玄机更是唐代四大才女之一。可见代玉和鱼玄机都是才女。

第三，都发出过同样的感慨。《红楼梦》里面虽然是由紫鹃直接说出“万两黄金容易得，知心一个也难求”，但是得到了代玉的肯定，代玉并没有否定紫鹃的观点。所以紫鹃的这句“万两黄金容易得，知心一个也难求”代表的就是代玉的心声。

第四，代玉晚上睡不着，经常躺在床上哭泣，和鱼玄机的“枕上潜垂泪”形成对应。

第五，都有过出家的经历。代玉曾经是妙玉的替身，代替妙玉去出过家，所以她才会不由自主地坐在妙玉的蒲团上。本是妙玉的蒲团，妙玉不坐，却是代玉在坐，作者在这里暗示代玉代替妙玉去出家。妙玉和代玉主仆关系的逆转，可以从甄英莲和姣杏的剧情中得到印证。甄英莲和姣杏两人，因为造化弄人，致使二人主仆关系逆转。从甄英莲影射林黛玉来推理，林黛玉和自己的替身也将发生主仆关系逆转。

由此可见，代玉这个人物的写作原型就是鱼玄机。鱼玄机后来出家做女道士，但性情大变的鱼玄机纵情声色，变成只求过悠游闲荡生活的娼妓。她开始张贴“鱼文候教”的艳帜，就像妓院的艳旗一般，等待追求一夜风流的达官贵人们与她寻欢作乐，以此维持自己麻木的生活。

《红楼梦》第七十六回，妙玉连的诗中有一句“木怪虎狼蹲”，说的是代玉后来被强盗掳走了。结合“程高本”中对妙玉的恶意贬低，描写妙玉被强盗掳走做了妓女的结局，推理出被掳走的其实是代玉，不是妙玉，并且后来做了妓女的也是代玉。这个结论，作者用代玉和宝钗共用判词中的“可叹停机德”一句作了暗示，遭遇盗贼并被淫辱的，不是妙玉，而是代玉。有盗欲有犯乐羊子妻者，乃先劫其姑。妻闻，操刀而出。盗人曰：“释汝刀从我者可全，不从我者，则杀汝姑。”妻仰天而叹，举刀刎颈而死。

结合代玉和鱼玄机之间的联系，估计后来代玉做妓女的情节和鱼玄机有异曲同工之妙。代玉的人生格言“留得残荷听雨声”，注定她和鱼玄机一样，以妓女的方式苟且偷生，最终两鬓成霜。

第二十二章　薛蟠

《红楼梦》第四十八回，薛蟠要出门去做生意，随行的人有自幼在薛家当铺内负责的张德辉等人。书中这样写道："张德辉满口应承，吃过饭告辞，又回说：'十四日是上好出行日期，大世兄即刻打点行李，雇下骡子，十四一早就长行了。'"从这里看，薛蟠这次出行是经过慎重选择了吉日的。

薛蟠这次出门去做生意，本来是一件好上加好的好事。但在《红楼梦》中有个规则：要做一件事的时候，如果出现选择日期后才去实施，那在实施这件事上就将出现大凶之兆。典型事例就是冯渊，他就是选择日期去迎娶香菱，最终断送了自己的性命，香菱也被薛蟠抢走，再后来香菱还被薛蟠的妻子夏金桂折磨致死。反过来，如果不遵照选择的日期去实施，最终将获得成功。典型的事例就是贾雨村不按甄士隐为其选择的日期出行，最终他功成名就。这或许就是夜长梦多的由来。

那薛蟠这次选择出门经商的日期，是否有什么大凶之事发生呢？答案是肯定的。典型的大凶之事就是促成了柳湘莲和尤三姐的婚事，最后造成尤三姐自刎身亡。但实事求是地说，尤三姐的死，薛蟠是完全没有任何责任的，薛蟠只是中间的引荐人。但如果薛蟠不去经商，就不会遇到柳湘莲，贾琏或许就遇不到柳湘莲，就不会促成柳湘莲和尤三姐的婚事，那尤三姐就会一直生活在希望之中，最终也就不会惨死。

尤三姐惨死这起祸事的根源在薛蟠外出经商，但责任不在薛蟠，属于间接原因，对于全书来说并不算特别重大的大凶之兆。那薛蟠外出经商是否还有其他祸事发生呢？我们现在看到的版本里面没有对此有一字一句的描写。但书中对薛蟠外出经商情节的描写非常郑重其事，明明确确地写出薛家是非常慎重地选择了"十四日是上好出行日期"。由此说明：薛蟠此次外出经商绝对还发生了一件非常重大的大凶之事。那这件非常重大的大凶之事是什么事呢？

薛蟠外出经商的过程作者没有写，等到再次描写的时候，薛蟠已经回来了。这中间发生的所有事件，并不是像八十回后的内容一样被丢失了，而是作者省略了。所以，我们要分析薛蟠此次外出经商到底引发了什么大凶之事，需要从薛蟠回来后的情节描写中来查找。

书中第六十七回，薛蟠外出经商回来，除了采办的货物外，还带来了很多礼物。书中对此是这样写的：“薛蟠便命叫两个小厮进来，解了绳子，去了夹板，开了锁看时，这一箱都是绸缎绫锦洋货等家常应用之物。薛蟠笑着道：‘那一箱是给妹妹带的。’亲自来开。母女二人看时，却是些笔、墨、纸、砚、各色笺纸、香袋、香珠、扇子、扇坠、花粉、胭脂等物；外有虎丘带来的自行人、酒令儿，水银灌的打筋斗小小子，沙子灯，一出一出的泥人儿的戏，用青纱罩的匣子装着；又有在虎丘山上泥捏的薛蟠的小像，与薛蟠毫无差错。宝钗见了，别的都不理论，倒是薛蟠的小像，拿着细细看了一看，又看看他哥哥，不禁笑起来了。”

如果说薛蟠这次外出经商引发了什么大凶之事，那一定就在他带回来的这些物品里面。所有的物品里面，最引我注意的就是那个“虎丘山上泥捏的薛蟠的小像”。按照书中的描写，这个小像的做工那简直就是一绝：“与薛蟠毫无差错”。当时薛宝钗看了以后的反应是：“宝钗见了，别的都不理论，倒是薛蟠的小像，拿着细细看了一看，又看看他哥哥，不禁笑起来了。”由此可见，这个小像做得和薛蟠那是非常的像，已经到了毫无差别的地步。我推断薛蟠外出所引发的大凶之事，根源就在这个“小像”上。

先来看看这个小像的出处。按照书中描写，当时薛蟠去到了林黛玉的老家苏州，这个小像就是在苏州请人捏的。那问题来了，薛蟠有那么自恋吗？书中对薛蟠的自恋没有任何描写，说明他的自恋并不突出。那他为什么会请人为自己捏一个泥人呢？因为作者并没有对这段情节进行描写，所以我只能猜测：薛蟠在苏州集市上采办货物，发现街边有一位捏泥人的匠人，出于好奇就请这位匠人为自己捏了一个。其实所有人读到这里的时候都能够想象出这个过程来，我只是用文字的方式叙述一下。但可能有人会说我是多此一举，但我不得不说，其实这才是书中的关键处。薛蟠不自恋，但他好色。那位匠人在帮薛蟠捏完泥像后，薛蟠绝对是赞不绝口，绝对连连称奇，因为太像了。那事情是不是就到此结束了呢？我估计不会。难得遇到这么一位手艺高超的匠人，难道他不会请这位匠人帮他再捏一个泥像吗？如果薛蟠还让这位匠人帮他再捏一个泥像，那他会让这位匠人帮他捏哪个的泥像呢？

从薛蟠带回来的礼物看，薛蟠没有请那位匠人帮他母亲薛姨妈和他妹妹薛宝钗捏泥人。如果有，那他会一起交给薛姨妈和薛宝钗。他没有拿出来过，说明没有。香菱是他老婆，如果薛蟠请那位匠人帮香菱捏了一个泥人，那一定也会和他那个泥人放在一起，所以他也没有为香菱捏一个泥人。那他到底请那位匠人为谁捏了一个泥人呢？

回到书中第二十五回，当贾宝玉和王熙凤两个人病重的时候，薛蟠突然看见了代玉。

书中是这样描写的："忽一眼瞥见了林黛玉风流婉转，已酥倒在那里。"由此可见，代玉（注意：这里不是林黛玉，是代玉，因为薛蟠就没有见过真正的林黛玉，她见到的是代玉。）是薛蟠的梦中情人。所以薛蟠到达苏州，去到林黛玉的老家，触景生情。如果这个时候他要请那位匠人再捏一个泥人，那一定是林黛玉。薛蟠得不到林黛玉，他内心是痛苦的。这个时候，来到林黛玉的家乡，遇到这么一位手艺高超的匠人，他请这位匠人为自己的梦中情人捏一个泥像，非常正常。得不到林黛玉，得到林黛玉的一个泥像，多少也可以缓解一下相思之苦。

那问题来了：那位匠人怎么才能捏出和代玉一模一样的泥人呢？匠人肯定要薛蟠描述代玉的容貌，而薛蟠又有描述障碍症，这在书中曾有描写。当时薛蟠请贾宝玉吃饭，他描述那些食材非常生动："只因明儿五月初三是我的生日。谁知古董行的程日兴，他不知从哪里寻了来，这么粗，这么长，这么粉脆的鲜藕；这么大的西瓜，这么长的一尾新鲜的鲟鱼，这么大的一个暹罗国进宫的灵柏香薰的暹猪。你说着四样礼，可难得不难得？"所以我们可以想象，当时薛蟠向匠人描述代玉容貌时的场景，估计也是"这么高、这么漂亮、这么好看、这么白、这么粉"等描述语。那位匠人听了薛蟠的描述，肯定捏不出来。再三追问之下，才知道他要捏的是巡盐御史林老爷的女儿林黛玉。那这位匠人见过林黛玉吗？见过。书中第一回，甄士隐在姑苏："家中虽不甚富贵，然本地便也推他为望族了。士隐见女儿越发生得粉妆玉琢，乖觉可喜，便伸手接来，抱在怀内，斗他顽耍一回，又带至街前，看那过会的热闹。"甄士隐的故事情节是全书的浓缩，里面的甄英莲隐喻的就是林黛玉。甄士隐和林如海都是本地望族，说明当地的人对他们非常熟悉。甄士隐经常带英莲去街前玩，另一方面说明林如海也经常带林黛玉去街前玩。这一来二去，像专攻捏泥人的这位匠人自然而然就对林黛玉的长相熟记于心。所以在薛蟠说出要请这位匠人捏一个林黛玉泥人的时候，这位匠人才会答应薛蟠的要求。

真正的问题就出在这里，薛蟠见到的林黛玉其实是代玉，而这位匠人见到的林黛玉才是真正的林黛玉。所以在这位匠人为林黛玉捏好泥像后，薛蟠一看并不是自己见到的"林黛玉"，而是妙玉。但薛蟠并没有见过妙玉，所以她就没有把那个妙玉的泥像拿出来。

问题的关键就出在这个妙玉的泥像上。到这里，可能有人会说我过度解读了。但大家想想，薛蟠去到林黛玉的家乡，为自己捏了一个泥人，难道他不会为自己的梦中情人也捏一个泥人吗？作者对薛蟠泥人的描写非常细腻，说那个泥人"与蟠毫无差错"。如果这个泥人和整体的故事情节没有联系，那作者为什么要写？难道是为了凑字数吗？显然不是。所以，泥人情节绝对与整部书的故事情节有莫大的关系。从薛蟠外出经商就预示着有大凶之事要发生，那这件大凶之事就是这个林黛玉的泥人。

妙玉的师傅不让妙玉回家乡，原因就是不能让妙玉家乡的人认出妙玉是林黛玉。那林黛玉老家的人是否真能够认出林黛玉呢？在书中第四回，小沙弥向贾雨村讲述甄英莲身份的时候，曾经说过：“当日这英莲，我们天天哄他顽要，虽隔了七八年，如今十二三岁的光景，其模样虽然出脱得齐整好些，然大概相貌，自是不改，熟人易认。”可见，虽然过了几年，但甄英莲和林黛玉老家的人，一旦见到她们本人，是能够认出来的。林黛玉是一个被朝廷诛杀了的人，她身份的背后隐藏着朝廷巨大的阴谋。如果她没有死，那朝廷和贾家、林家的关系就只能公开化，双方势必兵戎相见。但现在的问题是，“林黛玉”的泥像被薛蟠带到京城来了。薛蟠没有见过妙玉，但薛宝钗见过，不过薛宝钗却不知道妙玉就是真正的林黛玉。一旦薛宝钗见到妙玉的泥像，和薛蟠一对质，那妙玉的身份就泄露了。

妙玉的真实身份是如何通过这个泥像泄露出去的呢？这个情节我们现在已经没有办法看到最初版本的原著了，但我们可以试着通过前八十回的情节来进行推理。

书中第三十三回，忠顺王府的长史官来到荣国府找贾政讨要琪官，致使贾宝玉被打。琪官作为忠顺王府的戏子，私自逃走不归，致使主人到处派人寻找，最后在荣国府得到准确消息，并且做实了琪官赠送红汗巾子给贾宝玉一事。可能有人还不知道这件事有多么严重？琪官作为忠顺王府的戏子，本身就属于忠顺王府的一份特殊资产。在忠顺王府不知情的情况下，琪官被荣国府私藏起来，这直接将会导致双方关系破裂，并且理亏的还是荣国府。这从贾政的话中可以看出：“该死的奴才！你在家不读书也罢了，怎么又做出这些无法无天的事来！那琪官现是忠顺王爷驾前承奉的人，你是何等草芥，无故引逗他出来，如今祸及于我。”其中“祸及”二字道出了事情的严重性。一开始贾宝玉想以耍赖不承认的方式来搪塞，但当忠顺王府的长史官把琪官赠送红汗巾子给贾宝玉一事说出来后，贾宝玉就没有办法抵赖，只得将琪官的去向说出来。

忠顺王府派长史官亲自来到荣国府要人，并且说：“若是别的戏子呢，一百个也罢了；只是这琪官随机应答，谨慎老诚，甚合我老人家的心，竟断断少不得此人。”可见琪官对忠顺王府是很重要的，势必要找到方可罢休。而忠顺王府此次在荣国府找到琪官，并做实了贾宝玉和琪官之间的关系，这势必会在将来为贾家带来灾难。从贾政说的“如今祸及于我”来看，后果确实会很严重，甚至与后来被抄家也有一定的联系。

忠顺王府能够很准确地到荣国府寻找琪官，并且那个长史官几乎是开门见山地讨要，可见忠顺王府是已经得到可靠信息了。所以，忠顺王府能够精准地到荣国府讨要琪官，获得准确信息是重中之重。那忠顺王府是怎么知道贾宝玉和琪官有联系的呢？从种种情节来看，会不会是薛蟠告的密呢？反正薛蟠无法摆脱嫌疑。

说完忠顺王府讨要琪官一事，接着就该轮到贾宝玉被打了。贾政送走忠顺王府的长史官后，本来就非常生气，没想到在回来的路上，贾环又火上浇油坑了贾宝玉一把，说贾宝玉想要强奸金钏，致使金钏跳井自杀。这样一来，贾政的怒气值可谓是到达了顶点，接着就发生了暴打贾宝玉一事。这一打，差点没把贾宝玉打死。等冷静下来，贾政也是后悔打重了。

当时贾宝玉看到父亲生气后，已经猜到会有不好的后果，所以赶紧找人试图把消息传递出去。但事有凑巧，当时并没有人在身边，好不容易遇到一个，还是一个聋了的老妇人。贾宝玉火急火燎地想让这位老妇人出去通知人，但这位老妇人却是什么也听不清楚，更不可能去为贾宝玉传递消息。这样一来，贾宝玉被打就成了定局。这位老妇人的表现，正应验了王熙凤所说的那个“聋子放炮仗”的寓言。当时贾政要打贾宝玉的时候，旁边其实还有几个门客。这几个门客虽然上去劝了，但没有劝下来，最后“只得觅人进去给信”。

说实话，琪官私逃不归这件事，贾宝玉确实有错。他在没有摸清楚琪官来历的情况下，就和别人家的戏子暗中来往。但琪官没有注意自己的身份，居然敢私逃不归，所以主要的错是琪官本人。贾宝玉是和金钏调情了，但没有试图强奸金钏，属于贾环诬陷。但贾宝玉被贾政打时，这二者全部的过错都归结到了贾宝玉一个人的身上，这确实有点不公平。就算贾宝玉有错，也不至于被打到几乎送了命。从当时所有在场的人来看，支持贾政的几乎没有，所以此事贾政基本属于个人极端行为，对贾宝玉的惩罚偏重。

忠顺王府派人来荣国府要人，言语间在暗指荣国府藏匿了忠顺王府的人，后来贾宝玉还因此被贾政暴打，险些丧命。作者对这一情节的描写非常精彩，让每位读者都有身临其境的感觉。但回过头看，作者为什么要写这一段情节呢？还有，根据《红楼梦》“阴阳影射”的写作特点，这么精彩的一段情节，是否有另外一段情节与之形成对应呢？通过前八十回的描写，里面并没有能够与之相对应的情节，所以我推测与之形成映射的情节应该在八十回后。

我推测：薛家作为皇商，负责为皇宫置办货物。有一次，皇宫要求薛家在短时间内为皇宫收集一批江南有代表性的工艺品。在薛蟠急得焦头烂额之际，薛宝钗建议薛蟠可将之前他外出做生意的货物找出来，挑选一些精品物件进贡给皇宫。在薛宝钗的提醒下，薛蟠就把他之前去江南采办的货物整理出来进贡给皇宫，其中就包括妙玉的那个泥像。这些货物到了皇宫以后，就像贾母从众多宝物中认出金麒麟一样，妙玉的泥像也被人认了出来。

皇帝由此知道真的林黛玉还活着，并且就在荣国府。为了彻底除掉妙玉，皇帝派人到荣国府抓人。推理这个情节的由来，出自忠顺王府派人来荣国府找琪官。当时虽然皇宫里面的人拿出了妙玉的泥像，但因为贾政没有见过妙玉，所以不知道泥像是谁。但贾宝玉知道，所以他趁此机会安排贾芸去栊翠庵给妙玉通风报信，这就是“贾芸仗义探俺”的出处。妙玉收到贾芸的通知，只得继续逃亡。皇帝本就想铲除贾家，苦于没有借口。这次贾家放走妙玉，加之北静王谋反一事，所以皇帝就以此为借口治罪贾家，抄了贾家。当妙玉逃到瓜州渡口时，听说贾家获罪。她不顾其他人的劝谏毅然回去，以牺牲自己为代价，换取贾宝玉的自由。（有权势的人）见到妙玉后，被她的美貌所吸引，想让妙玉屈服于自己。在关键时刻，妙玉像《一捧雪》中的雪艳一样，为了自己不被玷污，选择了自行了断。

这个推理解释了妙玉身上的很多谜团，如“权势不容”“王孙公子叹无缘”“无瑕白玉遭泥陷”“可怜金玉质，终陷淖泥中”，以及“瓜州渡口”事件。妙玉本就是真的林黛玉，是一个被朝廷要灭口的人，所以她为“权势不容”。（有权势的人）想要得到她，但没有得逞，所以是“王孙公子叹无缘”。贾元春曾经说过，皇宫是个“不得见人的去处”，这句话类似“见不得人的去处”，形容这个地方有见不得人的事情，不敢公开示人。一个见不得人的地方，肯定不是好地方。妙玉是“一块美玉”，最终却死在见不得人的（皇宫）里面，所以是“无瑕白玉遭泥陷”“可怜金玉质，终陷淖泥中”。

我推理妙玉像《一捧雪》中的雪艳一样，选择自行了断，其思路来源于贾赦欲强娶鸳鸯的剧情。《红楼梦》中史湘云提出“阴阳论”，指明书中每一件重大事情都不是孤立的，绝对还有另外一件事与之形成对应。贾赦年迈，形如枯骨，却还想娶鸳鸯为妾。鸳鸯当时以死相逼，誓死不从，并以剪发为誓。脂砚斋在妙玉的批语中说道：“妙玉偏辟处，此所谓过洁世同嫌也。他日瓜州渡口客示劝惩，红颜固能不屈从枯骨，不哀哉！”虽然批语不完整，但从中可以感觉出鸳鸯当时被贾赦逼婚的相似场景。妙玉本可以乘船离开，但她却毅然返回去救贾宝玉，所以贾元春为她写道：“苦海慈航”。

贾家因放走妙玉而被朝廷抄家，推理的思路来源于甄士隐家被葫芦庙的大火牵连这个情节。“火”通“祸”。甄士隐家因葫芦庙引来了“祸”，荣国府也因妙玉之事被牵连，从而使妙玉的“祸事”引到了荣国府。甄士隐家的“祸”来源于葫芦庙。与“葫芦庙”这个词相关的情节是贾雨村乱判“葫芦案”。“葫芦案”本就是一个冤案，由此影射妙玉获罪的案情也是一宗冤案。

薛宝钗建议薛蟠找货物这段情节的推理思路，是来源于书中第二十六回，薛蟠假借贾政的名誉哄骗贾宝玉陪他喝酒。当时书中有一段情节写道：“正说，只见宝钗走进来笑道：‘偏了我们新鲜东西了。’宝玉笑道：‘姐姐家的东西，自然先偏了我们了。’宝钗摇头笑道：‘昨儿哥哥倒特特的请我吃，我不吃他，叫他留着请人送人罢。我知道我命小福薄，不配吃那个。’”这段情节说明，当时是薛宝钗安排薛蟠哄骗贾宝玉去喝酒的。贾宝玉人如其名，是似美玉一般的人。但当时喝酒在场的人，包括薛蟠在内，都是非常粗俗之人，贾宝玉就如同一块美玉落在污泥之中。贾宝玉之所以会“落在泥污之中”，根本性的原因是薛宝钗安排薛蟠请贾宝玉去赴宴。另外，对薛宝钗建议薛蟠找货物这个情节，书中曾经有过暗示。当时在薛蟠为寻找柳湘莲焦头烂额的时候，薛宝钗提醒薛蟠处理外出购货的后续问题。所以我推理妙玉的泥像之所以会被送进皇宫，是因为薛宝钗让薛蟠挑选他之前去江南购进的货物，这才导致妙玉的泥像被送进了皇宫。

薛蟠外出经商所引发的大凶之事，正是妙玉的悲惨结局，以及贾家获罪被抄。妙玉的真实身份是不可以被公开的，她的师傅就曾经告诉她不可以回她的家乡。但最终她的泥像还是从她的家乡苏州流出，由此造成她丧命。

第二十三章　掰谎记

《红楼梦》第五十四回，贾母借《凤求鸾》的故事进行了一次别开生面的掰谎。历来很多读者对这段情节的解读非常多，算得上是众说纷纭。在这些解读中都有一个共通点，那就是都提出过贾母是不是在针对代玉？但大家又都根据自己的主观思想，尽其所能地维护代玉，想方设法地找各种理由来为代玉开脱。那事实到底是什么样的呢？我在此也说一下我自己的观点。

《凤求鸾》的故事说的是：金陵两任宰辅王忠的儿子王熙凤进京赶考借宿世交李家，邂逅李家小姐雏鸾。两人一见钟情，引出一段才子佳人的姻缘故事。贾母当时一听《凤求鸾》故事，就打断了说书人，并且把故事情节大致描述了出来。贾母的这一行为当时就惊呆了在场的所有人，特别是那两位说书人，她们想着是不是贾母曾经听过这个故事。但旁边的众人解释道："老太太什么没听过！便没听过，也猜着了。"由此可以证明，贾母在此之前确实没有听过这个故事，只是其他类似这样的故事听得多了，自然就知道故事的大致情节。对于贾母打断说书人的这段情节，很多人没有注意，其实作者的用意非常深远。说书人没有说完《凤求鸾》的故事就被贾母打断，说明《凤求鸾》是一个不完整的故事。这个不完整的故事，和不完整的《红楼梦》形成鲜明对比。我们仔细揣摩一下，作者在此的用意，其实是在暗示《红楼梦》本身就是一部残本，不会完整，其结局需要读者根据前面的提示自己去揣摩。

贾母打断说书人后，接着就开始"掰谎"。贾母《掰谎记》的主要内容如下："这些书都是一个套子，左不过是些佳人才子，最没趣儿。把人家女儿说的那样坏，还说是佳人，编的连影儿也没有了。开口都是书香门第，父亲不是尚书就是宰相，生一个小姐必是爱如珍宝。这小姐必是通文知礼，无所不晓，竟是个绝代佳人。只一见了一个清俊的男人，不管是亲是友，便想起终身大事来，父母也忘了，书礼也忘了，鬼不成鬼，贼不成贼，那一点儿是佳人？便是满腹文章，做出这些事来，也算不得是佳人了。比如男人满腹文章去作贼，难道那王法就说他是才子，就不入贼情一案不成？可知那编书的是自己塞了自己的嘴。再者，既说是世宦书香大家小姐都知礼读书，连夫人都知书识礼，便是告老还家，自然这样大家人口不少，奶母丫鬟伏侍小姐的人也不少，怎么这些书上，凡有这样的事，就只小姐和紧跟的一个丫鬟？你们白想想，那些人都是管什么的，可是前言不答后语？”

我们都知道，贾母“掰谎”这个情节绝对是有所指的，那到底贾母在《掰谎记》中具体是掰谁的谎？

我们先来看看，在两位女先生讲《凤求鸾》故事之前，书中出现过这样一段情节：“贾母又命宝玉道：‘连你姐姐妹妹一齐斟上，不许乱斟，都要叫他干了。’宝玉听说，答应着，一一按次斟了。至黛玉前，偏他不饮，拿起杯来，放在宝玉唇上边，宝玉一气饮干。黛玉笑说：‘多谢。’宝玉替他斟上一杯。凤姐儿便笑道：‘宝玉，别喝冷酒，仔细手颤，明儿写不得字，拉不得弓。’宝玉忙道：‘没有吃冷酒。’凤姐儿笑道：‘我知道没有，不过白嘱咐你’。”从这个情节来看，代玉当众用自己的酒杯给贾宝玉喂酒是非常“失礼”的。王熙凤明明知道贾宝玉没有冷酒，但她还是要嘱咐贾宝玉不要喝代玉的酒。王熙凤属于贾母的心腹，她的想法一定程度上就代表了贾母的观点。所以贾母也同样认为代玉当众用自己的酒杯给贾宝玉喂酒是不对的。书中先写一段代玉明显的错误，接下来就开始了贾母“掰谎”。

从贾母《掰谎记》的内容上来解读，里面被揭露谎言的人如果不是代玉，那真是有点说不过去了。“开口都是书香门第，父亲不是尚书就是宰相，生一个小姐必是爱如珍宝。这小姐必是通文知礼，无所不晓，竟是个绝代佳人。”这不是代玉吗？“只一见了一个清俊的男人，不管是亲是友，便想起终身大事来，父母也忘了，书礼也忘了。”这里说的难道还不是代玉吗？贾宝玉是不是“清俊的男人”？代玉见了贾宝玉之后，经常想到的就是自己的“终身大事”，她什么时候想到了自己的父母？“书礼”应该是指“知书达理”，代玉做到了吗？前面刚刚还在众人面前喂宝玉喝酒。为什么有一大群人不喜欢代玉？其实她就是没有遵守“书礼”。有人认为贾母在这里说的是薛宝钗。但大家要知道，薛宝钗的父亲是商人，不是朝廷命官。而代玉在明面上的父亲是林如海，暗地里的父亲是贾雨村，两人都是朝廷命官。所以，薛宝钗并不符合贾母所说的这个条件。

接下来，贾母更是直接点出“鬼不成鬼，贼不成贼，那一点儿是佳人？”。如果代玉真是贾母她自己的亲外孙女，就算代玉做了什么不得体的事，也不应该如此形容和羞辱。贾母认为眼前这个代玉不一定是自己的外孙女，或者肯定了代玉就不是自己的外孙女，所以才会如此毫不留情地“掰”。还有，说代玉是“鬼”，并不止这一处。在第七十八回，贾宝玉刚作完《芙蓉女儿诔》时，代玉从阴暗处走出来，吓得贾宝玉的小丫鬟大叫“有鬼”。书中还有一人被称作“鬼”，那就是贾雨村“如鬼如蜮”（书中第三回开头脂砚斋批）。由此也可以推理出代玉和贾雨村的关系："如鬼如蜮"的一对父女。另外，代玉还被贾母说成是"贼"，说明代玉来贾家有实施"盗窃"的目的。

下面一句："再者，既说是世宦书香大家小姐都知礼读书，连夫人都知书识礼，便是告老还家，自然这样大家人口不少，奶母丫鬟伏侍小姐的人也不少，怎么这些书上，凡有这样的事，就只小姐和紧跟的一个丫鬟？"这句就简单明了。我们只要把这句话与代玉初进荣国府时的情节联系起来理解就可以了。当时代玉初进荣国府的时候，不是就只带着一个小丫鬟雪雁吗？贾母在这里指出代玉进荣国府存在不合理的现象，其实就是在质疑代玉的真实身份。如果代玉真是林如海的女儿，那她就不可能只带着一个小丫鬟来到荣国府。所以代玉不是林如海的女儿，也就不是绛珠仙草，她是一个冒牌货。

现在社会上的主流观点认为，贾母真正的目的是直接戳破薛家"金玉良缘"的谎言。我认为这样理解有点太随心所欲了。你不喜欢薛宝钗，就什么坏事都往薛宝钗身上推，甚至已经到了无中生有的地步。仔细读一下《掰谎记》，里面的人物虽然和薛宝钗有一定的联系，但其实更偏向于代玉。"开口都是书香门第，父亲不是尚书就是宰相，生一个小姐必是爱如珍宝。"在这里，林如海家就属于"书香门第"，他之前担任过"兰台寺大夫"，职位相当于尚书。生了个女儿林黛玉，夫妻俩确实是爱如珍宝。这里的身份和林黛玉是最接近的。代玉冒充林黛玉来到荣国府，在介绍自己的时候，肯定就是如贾母所描述的那样进行介绍的。薛家属于皇商，也是"书香继世之家"，但薛家没有人担任过尚书或者宰相这类的官。薛宝钗在家里面也享受过"酷爱此女"的待遇，但在其父亲死后，薛宝钗就辍学回家帮忙打理家中生意了。比较接近的一点，是薛家编造出来的"金玉良缘"，直接点出薛宝钗见到贾宝玉后就开始考虑自己的"终身大事"了。

书中第四十二回开篇，脂砚斋写道："钗、玉名虽两个，人却一身，此幻笔也。今书至三十八回时已过三分之一有余，故写是回使二人合而为一。请看黛玉逝后宝钗之文字便知余言不谬矣。"这个批语非常关键，说明整部书里面，其实代玉和薛宝钗是一个人，只是作者在写作的时候分开来写而已，也就是作者所说的"一击两鸣"之法。

所以，我认为贾母的《掰谎记》是直接针对代玉和薛宝钗的，并没有区分孰轻孰重。针对代玉，是戳破她冒充真林黛玉来贾家的谎言；针对薛宝钗是戳破薛家"金玉良缘"的谎言。

另外，在这里还有一个情节不被人们注意，那就是代玉并不介意拿自己的杯子给贾宝玉喝酒。这是一个生活细节，但书中却写得非常明确。接下来，王熙凤也用贾母的酒杯喝了半杯酒。但王熙凤紧接着就叫人拿了一个新杯子过来给贾母："说着，便将贾母的杯拿起来，将半杯剩酒吃了，将杯递与丫鬟，另将温水浸的杯换了一个上来。"说明贾母是不喜欢把自己的杯子给别人用的。在这个问题上，代玉和贾母没有共同点，与妙玉又形成鲜明对比：刘姥姥用过的茶杯，妙玉说不要就不要了。可能有人会说代玉把贾宝玉看作自己的恋人，不介意贾宝玉使用她的杯子。但其实书中还有其他情节中写到代玉和别人共用餐具，比如代玉和薛宝钗共用一个杯子喝茶。当时旁边的人都说另外拿一杯给代玉，但代玉却说她不介意和薛宝钗共用一个杯子。妙玉虽然也拿自己的杯子给贾宝玉喝茶，但她却非常排斥其他人用她的餐具。而代玉除了贾宝玉，也不介意外人。贾母的生活习惯传承给贾敏，贾敏传承给林黛玉。但眼前这个代玉明显没有得到贾敏的传承，所以这里也可以说明代玉不是贾母的外孙女。

书中作者多次暗示代玉身份的真实性，但因为我们如同贾瑞一样，沉迷在那些表面的美丽画面里面，不愿意相信背后残酷的真相，所以导致很多读者拐着弯地想绕开那些负面描写代玉的情节。甚至有些读者已经到了天马行空的地步，其目的就是不愿意相信代玉的负面形象。我写此书的目的，一方面是解出书中的秘密；另一方面也是希望大家能够早日清醒过来，用客观公正的态度去解读《红楼梦》。

在贾母讲完《掰谎记》后，李、薛二人都笑说：“这正是大家的规矩，连我们家也没这些杂话给孩子们听见。”“李”是李纨的婶子，“薛”是薛姨妈。这里薛姨妈感到尴尬情有可原，但为什么李纨的婶子也会感到尴尬？说明贾母的《掰谎记》里面也包括了李纨在内。李纨的身份多少也符合《掰谎记》里面的人物身份，那李纨的“谎”又是什么呢？我推测问题应该出在李纨的儿子贾兰身上：贾兰估计不是贾家的亲生骨肉。其实贾兰在贾家属于真正的嫡长孙，比贾宝玉还小一辈，在贾家的地位其实非常高，按常理应该比贾宝玉还要得宠。但贾兰在贾家就好像是一个可有可无的人，来不来吃饭也没有人关心，包括贾母在内也不怎么关心贾兰。所以我推测，当时的皇帝还是太子，还没有成为皇帝。然而他却和李纨发生过男女之事，并且致使李纨怀上了他的孩子。太子不想负这个责，就把李纨赐婚给了贾珠。这件事被贾珠知道后，就直接或间接地导致了贾珠英年早逝。这里从李纨的名字又叫李宫裁可以得到印证。“宫裁”二字，说明李纨本身在重要事情上曾经由皇宫来裁定过。那李纨的什么事情会被皇宫来裁定呢？我的推测就是她的婚姻大事。再有，书中第十七回描写李纨的住处“稻香村”时，里面重点描写了：“转过山怀中，隐隐露出一带黄泥筑就矮墙，墙头皆用稻茎掩护。有几百株杏花，如喷火蒸霞一般。”其中有“墙”，有“杏花”，这不得不让人联想到“红杏出墙”的典故。里面的“黄泥”可以理解为“皇土”，意义为：普天之下莫非王土。“墙头皆用稻茎掩护”，说明黄泥墙用稻草掩护起来，暗示了李纨之前的不洁行为。由此可以看出，李纨在嫁给贾珠的时候，可能已经不是完璧之身了。通过这个推理，也就可以解释为什么在贾家被抄家后李纨母子会没有被牵涉，并且贾兰还可以做高官的原因。也就因为李纨背后的这个秘密，所以在贾母“掰谎”的时候，李纨的婶子才会不自在。

有人觉得证据还是不够充分。那我们再来看书中第七回，在周瑞家的送宫花的时候，书中这样写道：“那周瑞家的又和智能儿劳叨了一会，便往凤姐儿处来。穿夹道从李纨后窗下过，隔着玻璃窗户，见李纨在炕上歪着睡觉呢，遂越过西花墙，出西角门进入凤姐院中。”脂砚斋批：“细极！李纨虽无花，岂可失而不写者？故用此顺笔便墨，间三带四，使观者不忽。”作者在这里已经提示得够明显了，“无花”的意思就是“无花果”，寓意无花而结果。说明贾兰不是贾珠的亲生儿子。书中描写周瑞家的当时从李纨的窗前经过时有玻璃窗户，说明可以从外面窥视到里面。李纨大白天地在睡觉。而等周瑞家的去到王熙凤夫妇屋前的时候，书中描写王熙凤和贾琏正在行夫妻之事，周瑞家的被丰儿挡着不让进去。作者之所以要这么写，就是在暗示曾经有一个人鬼鬼祟祟地从一条夹道来到李纨窗前，翻窗进入李纨房间，和李纨发生了男女关系，完事后又从旁门左道溜走。因为王熙凤夫妇二人正在行夫妻之事，所以周瑞家的不可以进入王熙凤的屋子里面。作者在这里用周瑞家的来暗示，当时贾珠看到自己的妻子在屋子里面和别的男人发生男女之事，而自己却被挡在门外不得进入。周瑞家的隔着玻璃看到李纨在睡觉，是在暗示贾珠也是隔着玻璃看到屋子里面的情形。结合李纨的名字又叫李宫裁来理解，这件事最后是经过了皇帝的裁决，所以贾家只得吃下这个苦果。这个推理可以从书中那句“胳膊折了往袖里藏”，以及“稻香村”里面预示红杏出墙这两个方面来理解。所以贾珠的英年早逝，从这里可以看出端倪。

曾经有一个情节讲道：贾兰拿着一张弓箭追着小鹿射。“射、鹿”两个字合起来就是“麝”字。书中有一个丫头叫麝月，所以贾兰和麝月之间就是一对“阴阳”，可以对应着来理解。其中有一个情节，怡红院里面所有人都出去玩了，只有麝月在家陪护袭人。当时麝月怕灯火出意外，所以一直守在房间里面。“火”通“祸”。麝月是那个最后的守夜人，贾兰也是贾家最后的守业人。

贾兰小小年纪就酷爱骑射，说明将来应该是在军队打仗的时候建立了军功，并做了大官。贾兰做了大官后，为贾家平反。但不幸的是，最后只找到了一个贾家人，还是因为他在偷东西时被抓到的。经过审问，才知道他是荣国府贾政之子贾环。所以，贾环就承袭了荣国府的爵位，使贾家最后那点根基得以保留

这里对“稻香村”的解读相对简单，更深层次的解读，将在第二部《真事隐》中进行解读。

第二十四章　刘姥姥

代玉和刘姥姥之间存在什么联系？近三百年来，没有任何人提出过这个问题。一开始，我也没有把这两个人物联系起来思考。一次偶然的机会，我读到代玉曾经两次进入荣国府，而刘姥姥也有着同样的经历，也是两次进入荣国府。想到这里后，我就把这两个人物的经历捋了捋。这不捋不知道，一捋才发现，原来这两个人物之间居然有着太多的重合点，而这些重合点的背后却隐藏着一个重大的秘密。这可真印证了作者那句“真事隐”了。

下面我就把代玉和刘姥姥这两个人物之间的共同点总结如下：

第一，两个人都有两次进入荣国府的经历。这个情节是显而易见的，不需要太多的解释，稍微懂《红楼梦》的读者都知道。代玉第一次来到荣国府，生活了一段时间后，突然接到林如海的书信，称自己得了重病，希望见自己女儿最后一面。代玉在贾琏的陪同下“回家”看望林如海，并料理了林如海的丧事，随后又回到荣国府。刘姥姥第一次来荣国府，王熙凤给了她二十两银子。第二年，刘姥姥又再次来到荣国府，大家习惯称作“刘姥姥二进荣国府”。

第二，代玉和刘姥姥都是到荣国府投亲的。这方面其实也显而易见，也没必要过多的解释。代玉到荣国府是为了投靠自己的外婆；刘姥姥到荣国府是为了投靠王夫人。

第三，在代玉和刘姥姥一进荣国府的时候，书中没有描写刘姥姥带任何东西，可以说是空着手来的。在描写代玉的时候，只是通过王熙凤提到有没有将代玉的行李拿进来，而没有描写具体有什么物品。但到了二进荣国府的时候，代玉带了一些书和纸笔；刘姥姥带了一些瓜果蔬菜。代玉把纸笔分给众姊妹；刘姥姥说“孝敬姑奶奶姑娘们尝尝”，也等同于把瓜果蔬菜分给大家尝尝。代玉的书和纸笔，不属于贵重物品，属于读书人家里面的日常用品；刘姥姥带来的瓜果蔬菜也不算贵重物品，属于乡下农户的土特产。

第四，代玉和刘姥姥一进荣国府的时候，二人的表情都非常羞涩，行为都非常拘谨。但到二进荣国府的时候，代玉的表情是“越发出落的超逸了”，说明她比之前开朗了很多；同样，刘姥姥二进荣国府的时候，也明显放开了很多，不像之前那么拘谨。

第五，代玉和刘姥姥一进荣国府的时候，大观园还没有修，那个时候还没有大观园。等到代玉和刘姥姥二进荣国府后，二人才先后进入大观园。

第六，代玉一进荣国府的时候，身边带着一老一小两个仆人；刘姥姥一进荣国府的时候，也是刘姥姥和板儿一老一小来到荣国府。

第七，一进荣国府的时候，代玉还没有看到荣国府的主人，只看到荣国府的仆人，她就发出“近日所见的这几个三等仆妇，吃穿用度，已是不凡了”的感慨；刘姥姥一进荣国府的时候，还没有看到真佛王熙凤，只看到王熙凤的丫鬟平儿，她就以为是见到了主人，要称平儿为姑奶奶。荣国府里面的丫鬟，在代玉和刘姥姥二人眼里，都是不一般的人物。

第八，代玉一进荣国府的时候，告诫自己要“因此步步留心，时时在意，不肯轻易多说一句话，多行一步路，惟恐被人耻笑了他去。”刘姥姥一进荣国府的时候，虽然没有明确写明，但字里行间，刘姥姥的一言一行，无处不在透露出她也是这样要求自己的。

第九，代玉一进荣国府的时候，在大家都见过面后，代玉被贾母支开：“贾母命两个老嬷嬷带了黛玉去见两个母舅。”同样，刘姥姥在一进荣国府的时候，王熙凤见了刘姥姥之后，以吃饭为借口把刘姥姥支开。很多《红楼梦》的读者对贾赦和贾政当时为什么没有见代玉而争论不休，其实答案就在这里。王熙凤不了解刘姥姥的来历，所以把刘姥姥支开，自己好向其他人打听刘姥姥的底细。贾母当时把代玉支开，目的也是一样，也是为了方便他们一家人在一起讨论眼前这个人的来历，以及是不是自己的外孙女。当时贾赦和贾政就在现场和贾母一起讨论，不可能去见代玉，所以两人只得各编了一个借口。代玉去到荣国府见到贾母的时候，贾赦和贾政其实也在现场，只是二人躲在后面，没有现身而已。同时，这也就可以解释为什么当时王夫人要让代玉换地方见面的原因。因为王夫人参与开会讨论，耽误了一些时间，代玉到的时候，她还没有到。为了不让事情穿帮，王夫人只得让代玉去另外一个房间见面，显示自己没有迟到。

有人可能会有不同的意见，认为贾赦和贾政并不在贾母见代玉的现场，没有见代玉也是另有原因。那我们来看书中第三回是怎么写的？因为代玉是在贾雨村的护送下来到都中的，所以他们两个是同时到的都中。书中先写贾雨村见贾政，随后写代玉进贾府。描写贾雨村见贾政是这样的：“有日到了都中，进入神京，雨村先整了衣冠，带了小童，拿着宗侄的名帖，至荣府的门前投了。”从这里可以看出，贾雨村到了都中后，并没有耽搁，直接就去见了贾政。然后是代玉进荣国府一段：“且说黛玉自那日弃舟登岸时，便有荣国府打发了轿子并拉行李的车辆久候了。”说明代玉和贾雨村到了都中后，都没有耽搁，都是直接就进了荣国府。两个人同时到了都中，又都没有耽搁时间，所以他们两个是同一天进的荣国府，只是作者分开来写罢了。好了，前面贾雨村见到了贾政，而后面却说去斋戒了。由此可见，贾政在说谎，贾政就没有去斋戒。由贾政说谎也可以推理出贾赦也是同样在谎称自己生病。他们哥俩说谎没有见代玉，结合王夫人不见刘姥姥，后又被王熙凤支开，说明当时贾赦和贾政是故意不见代玉，方便一家人商量事情。王夫人不见刘姥姥一事，是王夫人故意不想见，影射出贾赦和贾政故意不见代玉。

第十，代玉和刘姥姥二人都不会品茶。她们二人的这个共同点就出现在书中第四十一回。当时，贾母带大家一起到栊翠庵喝茶，贾母把喝剩下的半杯茶递给刘姥姥喝。刘姥姥喝了以后说："好是好，就是淡些，再熬浓些更好了。"由此可以看出，刘姥姥不会品茶。随后，妙玉请代玉、薛宝钗和宝玉去喝梯己茶。在他们喝梯己茶的时候，代玉品不出妙玉煮茶所用的水是什么水，被妙玉讽刺"你这么个人，竟是大俗人，连水也尝不出来"。由此也可以看出，代玉和刘姥姥一样，不会品茶。在这里，代玉和刘姥姥还有一个共同点，那就是都被妙玉嫌弃。当时去栊翠庵的人很多，而妙玉却单单嫌弃她二人，这难道不奇怪吗?

第十一，代玉和刘姥姥二人都为他人取名。刘姥姥在二进荣国府的时候，为王熙凤的女儿取名"巧姐"；而代玉也是在刘姥姥二进荣国府的时候，为刘姥姥取名"母蝗虫"。妙玉因嫌弃刘姥姥喝茶用过的茶杯就被世人唾弃，说妙玉歧视穷苦的底层人。而代玉在公开场合大肆宣扬刘姥姥是"母蝗虫"，为贾母一行人的活动取名"携蝗大嚼图"，却被人们认为是调皮、可爱、有情调。妙玉再怎么嫌弃刘姥姥，最后还是送了刘姥姥一个成化窑的杯子。代玉呢?她除了嫌弃刘姥姥，挖苦刘姥姥，公开讽刺刘姥姥，她还给了刘姥姥什么帮助?

第十二，代玉和刘姥姥二人都和"风流"有关。代玉一进荣国府的时候，对她的描写中有这么一句："却有一段自然的风流态度"。而在刘姥姥二进荣国府的时候，贾母带刘姥姥到大观园参观，王熙凤在刘姥姥头上插满鲜花。刘姥姥说道："我虽老了，年轻时也风流，爱个花儿粉儿的，今儿老风流才好。"有人认为形容代玉"风流"是赞美之词，我却不这么认为。书中描述秦可卿"性格风流"，这里的"风流"二字并不是褒义词，而是贬义词，因为秦可卿"风流袅娜，则又如黛玉"。可见，代玉的"风流"也是贬义。至于刘姥姥的"风流"是褒义还是贬义，其实已经不重要了，作者只想引出她二人的共同点而已。

第十三，代玉和刘姥姥都对荣国府的饮食习惯不熟悉。前前后后来到荣国府的人不算少，但书中对荣国府饮食习惯不熟悉的描写，却只局限于代玉和刘姥姥两个人。代玉一进荣国府的时候，特别描写了她陪同贾母等人一起吃饭的场景。那段描写非常细致，其中就写到一个细节，代玉对荣国府餐后漱口一事完全不了解。如果不是她细心，可能她当时就把漱口水当作茶水给喝了。刘姥姥就更不用说了，在她二进荣国府的时候，贾母带她到大观园参观，其中就有大家一起吃饭的情景描写。那段刘姥姥在大观园吃饭的情景，描写得非常精彩，特别是刘姥姥对荣国府的所有饮食文化和习惯都非常好奇，以至于她还闹出了很多笑话。作者为什么要描写她二人对荣国府的饮食习惯不熟悉呢？其实答案非常简单：刘姥姥不熟悉荣国府的饮食习惯，是因为她是一个乡下农妇，是一个外人，没有接触过像荣国府这样等级人家的饮食，所以她不熟悉是一点都不奇怪。而代玉呢？她可是贾母宝贝女儿贾敏的女儿呀。贾敏当初在荣国府是贾母最心爱的女儿，那可是掌上明珠一样的人物，她怎么可能不熟悉荣国府的饮食习惯？贾敏嫁给林如海，林家那也是钟鸣鼎食之家，贾敏的生活习惯不可能有太多改变。就饭后漱口这种小事，贾敏怎么可能会抛弃？贾敏不抛弃，林黛玉怎么可能会不熟悉？但事实却是：代玉确实不知道荣国府的人会在餐后漱口。不懂得饭后漱口的习惯，她还是贾敏的女儿吗？

第十四，代玉和刘姥姥一进荣国府的时候，走的都不是正大门。刘姥姥一进荣国府的时候，不能走正大门，只能去找周瑞家的，然后由周瑞家的带她走后门进入荣国府。代玉在一进荣国府的时候，书中是这样描写的：“却不进正门，只进了西边角门。”并且，代玉走的这个“西边角门”，按照方向推定，走的是大门旁边靠左的那道角门，也就是“旁门左道”。《红楼梦》一字千金，作者不可能不知道他写代玉一进荣国府的时候走的是“旁门左道”。答案只有一个：作者是故意这样写的。如果代玉是真正的林黛玉，作者怎么可能会这样写？所以，其实作者是时时刻刻都在提醒我们：此人是假。作者用刘姥姥不光明正大地进入荣国府，而是通过走后门偷偷摸摸地进入荣国府，以此来凸显代玉也是通过“旁门左道”进入荣国府的事实。还有，代玉和刘姥姥一进荣国府的时候，都是分为两个阶段进入的。刘姥姥首先是由几个小孩子领到周瑞家，然后再由周瑞家的领着她进入荣国府，并见到王熙凤。代玉这边也是一样。首先是由第一波轿夫抬进去，走了一射之地，将转弯时，便歇下退出去，然后再换三四个衣帽周全十七八岁的小厮抬轿送代玉来到荣国府的垂花门前，最后才见到贾母。

第十五，代玉和刘姥姥一进荣国府的时候，都得到了王家人的礼物或赏赐。代玉得到的是薛姨妈托周瑞家的赠送的宫花；刘姥姥得到的是王熙凤赠送的二十两银子。

第十六，荣国府里的人都没见过代玉和刘姥姥。在代玉和刘姥姥一进荣国府的时候，荣国府里面的人都没有见过代玉。王熙凤对刘姥姥这个人也是：“我说呢，既是一家子，我如何连影儿也不知道。”作者这样写，其实就是要说明一点，在代玉去到荣国府之前，大家都没有见过她。所以，现在来到荣国府的这个人，到底是不是真正的林黛玉？王熙凤不认识刘姥姥，所以她向周瑞家的人咨询。那么荣国府里面的所有人都没有见过代玉，大家自然就要求证一下，所以就有了在代玉去见两位母舅的时候，荣国府里面的主要人物开会讨论的情节推理。

第十七，代玉和刘姥姥二人同讲“雪下抽柴”的故事。这个故事本来是刘姥姥一个人讲的，讲到一半的时候，因为荣国府的“南院马棚里走了水”，所以没有讲完。但随后在探春、宝玉等人商量起诗社的时候，代玉接过刘姥姥的话，说道：“咱们雪下吟诗？依我说，还不如弄一捆柴火，雪下抽柴，还更有趣儿呢。”当时在场的所有人，其他人都没有提及此事，却唯独代玉重提此事，所以这也算她和刘姥姥之间的一个共同点。但作者在此写二人同讲“雪下抽柴”的故事，其目的到底是什么呢？其实答案就在后来贾宝玉追问刘姥姥的情节里面。贾宝玉追问刘姥姥“雪下抽柴”的故事结局，刘姥姥大概说了一下。后来贾宝玉派小厮茗烟去找寻，茗烟却找到了一个废弃的破庙，里面供奉着一个“青脸红发的瘟神爷”。根据种种证据推定，此“青脸红发的瘟神爷”指的就是代玉。很多《红楼梦》的读者一直都在讨论刘姥姥所讲的这个“青脸红发的瘟神爷”是谁，其实答案就藏在“雪下抽柴”的故事里。刘姥姥讲了“雪下抽柴”的故事，接着代玉又对此“雪下抽柴”的故事进行拓展。由此可见，她与此事有着联系。至于为什么这个“青脸红发的瘟神爷”会是代玉，这里就不详细展开说了，以后再专门对此进行论证。

第十八，都得了“第一名”。书中第四十一回对“牙牌令”的时候，代玉和刘姥姥分别都得了“第一名”。但不同的是，刘姥姥得的是正数第一，代玉得的是倒数第一。刘姥姥以一个乡下农妇的角色，以通俗易懂的顺口溜，对得相得益彰，并且引得大家拍手称赞。而反观代玉，在对“牙牌令”的时候，显得慌里慌张，还引用了禁书里面的淫秽诗词。所以，她二人在此分别得了正数第一和倒数第一。这里补充一点，“三宣牙牌令”这个情节，作者的创作思路来源于《三国演义》中“诸葛亮舌战群儒”。

第十九，代玉和刘姥姥同游荣国府“花园”。荣国府一共有两处“花园”：一处是大观园；另外一处就是荣国府的“后花园”——贾赦和贾政的住所，特别是贾政的住所。代玉一进荣国府的时候，在邢夫人的带领下游览了贾赦的住所，后来又在丫鬟的带领下来到贾政的住所。贾赦和贾政是荣国府两个位高权重的顶层人物，他们的住所自然也是贾家众多机密中的一部分。从书中的描写来看，代玉当时把这两处住所观察得非常仔细。特别是贾政的住所，作者通过代玉的观察，描写得非常细。再说刘姥姥，在她二进荣国府的时候，贾母等人领着她游览了大观园。同时，刘姥姥在大观园里面，还去了代玉的潇湘馆、薛宝钗的蘅芜苑、探春的秋爽斋、妙玉的栊翠庵，后来还误闯了宝玉的怡红院。游览大观园的时候，刘姥姥说自己就像在画中游玩一般，希望能够把大观园画下来带回去让乡亲们看看。随后贾母就安排贾惜春画大观园。但是，贾惜春画画的能力不足，不能把大观园画下来。这个时候，薛宝钗给贾惜春出了一个主意，让贾惜春把大观园的建造图纸拿出来，照着图纸把大观园的整体布局画下来，然后再进行修饰。所以，贾惜春画的大观园是包含了大观园建造图纸在里面的。大观园是贾家的一处非常重要的场所，是为了给贾元春回家省亲而建造的，相当于皇家园林。这么重要的一个场所，应该是属于贾家的高度机密，但这里却被贾惜春无意中给泄露了出去。作者为什么写代玉和刘姥姥在这两处有着共同点？从刘姥姥游览大观园时提议画大观园，到后来又无意中把大观园的建造机密泄露出去来看，其实作者是在告诉我们：贾赦和贾政这两处荣国府后花园里面的秘密，是在代玉游览后，被她泄露出去了。那代玉泄露了贾家什么机密呢？答案就在“荣禧堂”里面的那副对联上：“座上珠玑昭日月，堂前黼黻焕烟霞。”这副对联是一首反诗。贾家最后被定有谋反之罪，和这副对联脱不了关系。这个情节可以参考《水浒传》中卢俊义的遭遇来理解。

第二十，代玉和刘姥姥的身份地位相同。从作者多处写代玉和刘姥姥的共同点来看，作者仿佛不是在写刘姥姥，而是在借写刘姥姥来写代玉。那作者为什么这样写呢？其实这里又解开了《红楼梦》里面的另外一个谜题：“晴为黛影”。晴雯的判词有一句“心比天高，身为下贱”。这个《红楼梦》谜题一直困扰着很多读者，既然晴为黛影，那为什么在晴雯的判词里面又有这么一句“心比天高，身为下贱”呢？很多读者认为这完全说不通，因为林黛玉的身份地位可不低呀。那么经过对代玉和刘姥姥的共同点来推理，其实代玉真实的身份地位并不高，相反和刘姥姥一样，属于社会的底层人物。通过代玉冒充林黛玉的观点，再加上代玉和刘姥姥的对比，这个“晴为黛影”中，晴雯的判词“心比天高，身为下贱”就顺理成章了。

第二十一，贾母认亲。在书中，来荣国府的人很多，但初次和贾母见面认亲的，就只有代玉和刘姥姥。书中第三回，贾母第一次见到代玉，就把代玉“一把搂入怀中，心肝儿肉叫着大哭起来”。这是贾母认为代玉是自己的外孙女。在第三十九回，刘姥姥第一次见到贾母，当时贾母说道：“老亲家，你今年多大年纪了？”这是贾母通过王夫人认刘姥姥为自己的亲戚。但实话实说，刘姥姥与王夫人家的亲戚关系非常远。很久以前，王狗儿的父亲和王家连过宗，而刘姥姥只是王狗儿的岳母。作者为什么要写贾母认刘姥姥为亲家呢？其实目的很明确，贾母认了一个不是亲戚的亲戚，反过来是想告诉读者，代玉不是贾母的亲人。刘姥姥是通过王狗儿家与王家连宗后才与贾家攀上了亲戚，属于连宗亲戚。刘姥姥是王狗儿的岳母，并且还居住在王狗儿家，所以刘姥姥和王狗儿是一家人。书中还有一个人与其他家连过宗，这个人就是贾雨村。所以由此推理出代玉和贾雨村是一家人，并且是贾雨村的女儿。

第二十二，说贾母喜欢听的话。代玉第一次进荣国府，贾母问她念何书，代玉道：“只刚念了《四书》。”代玉又问姊妹们读何书。贾母道：“读的是什么书，不过是认得两个字，不是睁眼的瞎子罢了！”从她们两个的对话中可以很明显地看出贾母对代玉的回答非常不高兴。至于贾母为什么对代玉的回答不高兴，我分析原因有两个：首先，代玉毫不隐晦地表露了自己小小年纪就已经读完《四书》，有显摆的嫌疑。代玉喜欢显摆的性格，在贾元春省亲时代玉帮贾宝玉作诗的过程中有过表露。其次，真林黛玉作为贾母的外孙女，林如海夫妇二人平时在和贾家来往的信中应该提到过她平时都读什么书。而真林黛玉因为身体不好，读书的时间非常少，所以是不可能读完《四书》的。而这里代玉却说自己已经读完《四书》，这与贾母等人平时所了解的林黛玉不相符，所以贾母表现得不高兴。我推测贾母之所以问代玉读书的这个问题，应该是代玉去见贾赦和贾政的空隙，贾家人在一起商量的结果。贾家人没有见过林黛玉，对她的了解都是来源于林如海夫妇的书信。在信中，林如海夫妇对林黛玉读书一事肯定会重点提到。所以，贾母等人就用读书一事来考察代玉身份的真伪。很可惜，她的回答错误，所以贾母不高兴。

代玉从贾母的回答和神色中知道自己的回答让贾母不高兴了，所以在之后贾宝玉向代玉问同样问题的时候，代玉就说自己“不曾读，只上了一年学，些须认得几个字”。这里注意代玉所回答的这句话，虽然字数不多，但信息量不小。首先来看她说的“只上了一年学”，这其实和真林黛玉上学读书的时间是完全吻合的，真林黛玉确实只读了一年的书。小小年纪，只读了一年的书，怎么可能读完《四书》？其次是“些须认得几个字”，这里既迎合了贾母，也道出了实情。真林黛玉只读了一年的书，能够认得几个字就已经很了不起了。再说，在这一年的学习时间里面，林黛玉还因为身体不好而经常旷课，怎么可能读完《四书》？那真林黛玉的文化，在那个时候应该是个什么水平呢？书中第二回这样写道：“夫妻无子，故爱如珍宝，且又见他聪明清秀，便也欲使他读书识得几个字，不过假充养子之意，聊解膝下荒凉之叹。”由此可见，当时真林黛玉的文化水平，就只能到达“识得几个字”的程度，不可能读完“四书”。

这里插一句，贾宝玉为代玉取名“颦颦”，探春说他杜撰，他却说：“除《四书》外，杜撰的太多，偏只我是杜撰不成？”这难道不是作者在暗示代玉除了说她读过《四书》这件事是真，其他都是假的吗？

代玉本性喜欢显露，这和贾雨村相似（贾雨村有“恃才侮上”的性格）。所以当贾母问代玉读书这个问题的时候，刚好遇到了代玉的强项，她就没有考虑后果，直接回答自己已经读了《四书》。当她看到贾母不高兴后，知道自己的回答莽撞了，并且还暴露了自己的身份，相信她那个时候是非常后悔的。所以，在回答贾宝玉相同问题的时候，代玉抓住机会，一方面迎合贾母，用贾母的话来回答贾宝玉；另一方面站在真林黛玉的角度去回答贾宝玉的提问，想以此来继续隐瞒自己的身份。

在迎合贾母的喜好上，刘姥姥也是个人精。她第二次进荣国府给贾母等人讲故事。当她讲到“雪下抽柴”的时候，刚好遇到荣国府的马棚失火。当时贾母对此非常不高兴，刘姥姥也看出来了。所以接下来，刘姥姥就讲了另外一个故事，什么吃斋念佛得福报。这个故事，明眼人都看得出，完全就是为了迎合贾母和王夫人，投其所好，你喜欢听什么，我就说什么。

由此可见，代玉和刘姥姥在迎合贾母等人这方面是吻合的。

第二十三，代玉和刘姥姥没有见到想见的人。代玉在一进荣国府的时候，想去拜见自己的两位母舅，但却没有见到。而刘姥姥在一进荣国府的时候，同样也是没有见到想见的王夫人。贾赦和贾政没有见代玉的时候，二人随随便便给了个理由就推辞了。王夫人没有见刘姥姥的时候，同样也是很随便地说自己不得闲，没空见。贾政当时和王夫人一样，都是说自己有事，不得闲。不愧是夫妻，给出的理由都一样。

以上就是我罗列出的代玉和刘姥姥之间的共同点。可能有一些读者认为，我把作者描写刘姥姥看作是描写代玉存在不同意见，这是完全可以理解的。但我要说明一点，大家要想解读《红楼梦》，很重要的一个点就是要理解“史湘云论阴阳”的奥秘。“史湘云论阴阳”的理论，是解开《红楼梦》“真事隐”的一把钥匙。她和翠缕谈论阴阳的时候说过：“‘阴’‘阳’两个字还只是一字，阳尽了就成阴，阴尽了就成阳，不是阴尽了又有个阳生出来，阳尽了又有个阴生出来。”从史湘云这段“论阴阳”的理论中，我们可以看出，任何一个事物都有阴阳两面。也就是说，《红楼梦》的作者在描写重要的人或事的时候，如果正面不方便描写这个人或这件事，那么他就会用另外一个人或另外一件事来进行描写。所以，《红楼梦》里面的重要人或事，都不是孤立，大家仔细找找，都可以找到与之对应的人或事。这个观点，也是推理《红楼梦》结局的重要途径。

以上说了很多代玉和刘姥姥的共同点，那么书中有没有描写代玉和刘姥姥有什么不相同的地方呢？答案是：有。刘姥姥游览大观园的时候，因为喝了酒，上完茅厕后迷了路，最后居然误闯了怡红院，把整个怡红院搞得臭气熏天。刘姥姥污染了怡红院，就相当于污染了贾宝玉。有关刘姥姥的这个情节，书中所有的描写都没有表现在代玉身上，所以从表面上看，代玉并没有像刘姥姥一样污染了怡红院。但这恰恰是问题的关键。作者为什么要写刘姥姥这个角色？如果整部书里面不写刘姥姥，可以吗？如果我们把对刘姥姥这个角色的描写从书中全部剔除，虽然确实影响了阅读的趣味性，但却并不影响整部书的逻辑性和情节发展。如果说作者仅仅是为了丰富小说的情节，增加小说的趣味，那他大可再加一个李姥姥、张姥姥，甚至再加一个王大爷。但作者就只写了一个刘姥姥，并且还是在一字千金的情况下花了非常大的篇幅来写刘姥姥。我通过以上对代玉和刘姥姥的共同点来推论，作者其实是在借写刘姥姥来实写代玉。也就是说，发生在刘姥姥身上的很多事，同样也发生在代玉身上。就好比王熙凤支开刘姥姥背地里打听刘姥姥的底细，贾母同样也支开过代玉，目的同样也是方便她们讨论代玉的来历。所以，刘姥姥误闯怡红院，把整个怡红院弄得臭气熏天，同样也发生在代玉身上，只是表现的形式不一样而已。刘姥姥是有形伤害，代玉用的是隐形杀手锏。她们二人的所作所为，最终的受害者都是贾宝玉。这也就是为什么作者要花那么大的篇幅来写刘姥姥的原因，其实就是为了论证最后这个结果。如果非要列举证据，大家可以想一下书中第二十五回，贾宝玉和王熙凤为什么会突然生病发疯。

再有，刘姥姥初次到荣国府，并不是人生地不熟，而是有熟人的，这个人就是周瑞家的。书中这样写道："昔年他丈夫周瑞争买田地一事，其中多得狗儿之力。"由此可见，周瑞与王狗儿非常熟悉，并且周瑞曾经欠了王狗儿人情，至今还没有还。这次刘姥姥来荣国府，周瑞家的想借此还了王狗儿这个人情。这个周瑞家的也算得上是知恩图报了。那么代玉一进荣国府的时候，林家有没有类似周瑞这样的熟人呢？书中并没有直接写到底有没有，但我可以非常肯定地说：有。这个人是谁呢？答案是：林之孝。《红楼梦》对于人名多数都有其字面上的含义。我们来看"林之孝"这个名字，从字面意思可以非常清晰的看出这个人曾经受到过林家的恩惠，想找机会报答林家。但如果只从字面意思来解读，可能会有很多人不能接受。那么我们再来看另一个人名：乌进孝。这个人是宁国府管理田庄的负责人，他每年都会上交很多货物给宁国府，对宁国府是毕恭毕敬。由此可以很轻易地看出，乌进孝一家得到过宁国府的恩惠，他以每年上交货物来报答宁国府，就好像下面的人孝敬上面的人一样。所以作者给他取名"乌进孝"。作者为什么要写乌进孝这个人？我想一方面是写出贾家部分的生活来源；另一方面是写出贾家所养的这些人的特点；再一方面应该就是在提示读者把林之孝和乌进孝两个人的名字联系起来理解，以此来说明林之孝曾经受到过林如海的恩惠，并一直想着报答。如果这样大家还是不能接受，那我们再来看两件事：第一件事，妙玉的出场为什么是林之孝家的引荐的？第二件事，林红玉为什么一直没有得到较好的安置？林之孝作为荣国府的高级管家，他女儿怎么可能会做最下等的丫鬟呢？代玉第一次来到荣国府之前，林之孝应该得到过林如海的通知。按照林如海的安排，林黛玉来到荣国府，一定会和林之孝取得联系，并且安排林红玉作为林黛玉的大丫鬟。这就是为什么林红玉一直没有得到妥善安排的原因，其目的就是等待林黛玉的到来。但代玉到了以后，并没有和林之孝一家取得联系，这就让林之孝起了疑心。这个时候，妙玉暗中联系了林之孝，证实了自己的身份。在经过核实后，林之孝家把妙玉引荐给了王夫人。至于林红玉，由于在代玉那里落空后，就另辟蹊径，选择跟随王熙凤，最后被王熙凤安排在外面帮她打理放贷一事。通过这样分析，刘姥姥和代玉之间这个共同点就得到证实，也解释了一些书中含糊不清的地方。

从已知推理出未知。既然作者把代玉和刘姥姥描写得如此相似，那么我们就可以从这些相似之中推理出未知的真相。

到荣国府打秋风这个事，本来是轮不到刘姥姥去的，而应该是王狗儿自己去，因为和王夫人家有亲戚关系的是王狗儿，而刘姥姥只是王狗儿的岳母。而当时王狗儿不愿意去，所以只得刘姥姥代替王狗儿去。所以，刘姥姥到荣国府找王夫人打秋风，是代替王狗儿去的，也就是顶替了王狗儿的身份，她本人和王夫人家是没有直接亲戚关系的。以此类推，作者以此来告诉读者：代玉到荣国府，同样也是顶替了别人的身份，她自己和荣国府并没有直接的亲戚关系。

另外，刘姥姥是王狗儿的家人，那代玉又是谁家的人呢？我们来看王狗儿家的身份和背景：当年因为王狗儿家“祖上曾作过小小的一个京官，昔年与凤姐之祖王夫人之父认识。因贪王家的势利，便连了宗认作侄儿。”那么，书中有没有哪个人家和王狗儿家祖上的情况相似呢？没错，就是贾雨村。书中第二回，冷子兴说贾雨村和荣国府贾家是同宗一族。贾雨村本人也确实和荣国府连了宗，这个是书中明确交代过的。所以，代玉这个人就是出自贾雨村家，她是贾雨村和大老婆生的女儿。

大家再注意一个细节，刘姥姥在荣国府大观园里面，就如同戏中的小丑一样，动作滑稽，语言风趣，完全就是所有人的开心果。作者为什么这么写？

第二十五章　小人物

《红楼梦》中有许多可有可无的小人物，这些人物的出现，确实丰富了小说的情节，让读者拍手称绝。但同时我们也会发现，这些人物的出现显得非常孤立，好像是为了描写而描写，写完也就完了，对整体故事情节似乎没有太大的推动作用。假如删除这些人物所涉及的情节，也并不影响小说整体的情节发展。但作者为什么要安排这些人物出场？还在这些人物身上使用了大量的笔墨？难道作者仅仅只是为了丰富情节？还是为了凑字数？答案肯定是否定的。作者写这些人物的用意，其实和整体情节是密不可分的，缺少这些人物的描写，很多情节就显得含糊不清了。下面我就列举几个典型的代表人物。

先来看邢岫烟。邢岫烟是邢忠夫妇的女儿，邢夫人的侄女。她家道贫寒，一家人前来投奔邢夫人，后在大观园迎春的住处紫菱洲住下。其实这个人物，只是众多重要人物的一个衬托而已，可谓可有可无。有这个人物，显得整体内容更加丰富多彩；而如果没有这个人物，也不影响整体小说的结构和情节发展。但作者为什么还要安排这么一个人物呢？她的存在有什么作用呢？

我们先来看看发生在邢岫烟身上的一些重要情节：

第一，邢夫人对邢岫烟并不真心疼爱，甚至要求邢岫烟把每月二两银子的月钱省下一两来给邢岫烟的父母。

第二，为了解决生活困难，邢岫烟只得典当衣服来维持她在大观园的开支。

第三，邢岫烟典当衣服的地方是薛家开的“恒舒典”，薛宝钗得知后就和她开玩笑说：“人没过来，衣裳先过来了。”

第四，邢岫烟与妙玉在多年前就认识，并且就居住在妙玉的隔壁，与妙玉亦师亦友。后来为贾宝玉讲解妙玉的部分身世。

第五，邢岫烟将探春送给她的玉佩戴在身上。此事被薛宝钗诟病了一回，说将来嫁到薛家后，要多少有多少。

第六，邢岫烟因为自己贫穷，被王熙凤、平儿等人怀疑偷了平儿的虾须镯。

第七，在冰天雪地中，黛、宝钗、湘云、李纨各有独特的衣物鞋帽御寒，其他姐妹也都有大红猩猩毡和羽毛缎斗篷，或鲜艳，或淡雅，或别致，独邢岫烟“仍是家常旧衣，并无避雪之衣”，与众姐妹显得格格不入。

通过作者的“阴阳影射”写作手法，我认为作者之所以写邢岫烟，是为了在一些不方便明写的地方，通过邢岫烟进行暗写。

第一，邢夫人操控邢岫烟接济邢岫烟的父母，暗指代玉同样被别人操控，同样身不由己。这个特点可以从龄官身上得到启发。

第二，在自己经济本来就拮据的情况下，邢岫烟为了讨好身边的人，不惜典当自己的衣服来请她们喝酒。书中的代玉何尝不是如此？她本来自身就没有什么钱，却大手大脚地打赏身边的小丫鬟，而她自己却没有钱买燕窝吃。

第三，薛宝钗说邢岫烟“人没过来，衣裳先过来了”，这里应该是暗写袭人和蒋雨涵之间的关系。

第四，用邢岫烟讲述部分妙玉的身世，但却挖了一个很大的坑。因为作者之前就阐述过，隔壁关系的人非常危险。邢岫烟作为妙玉的隔壁邻居，却不真正了解妙玉，虽无害人之心，却错误地解读了妙玉。

第五，邢岫烟可能因为自己家里面穷，所以对玉佩这类饰品非常喜欢，经常戴在身上，属于追求荣华富贵的一个体现。来看代玉，曾经也有过类似的表露。在一次猜谜语的活动中，代玉出：“騄駬何劳缚紫绳？驰城逐堑势狰狞。主人指示风雷动，鳌背三山独立名。”其中代玉的“主人指示风雷动，鳌背三山独立名”与贾雨村的“天上一轮才捧出，人间万姓仰头看”都含有“攀高”“立名”的意味，同时也影射了代玉被背后的“主人”指挥和控制着。

第六，邢岫烟因为自己穷而被别人误认为偷了平儿的虾须镯。书中写到穷的，并不止邢岫烟一个。代玉在生病时，同样没有钱买燕窝吃，后来是薛宝钗送给她，再后来是贾宝玉向家里面为她申请。平儿的虾须镯表面上是坠儿偷的，但实际并不是坠儿偷的。邢岫烟因为穷而被怀疑是偷东西的人，那么后面是不是也有人把这件事推到代玉身上呢？

第七，别人都有漂亮的衣服穿，但邢岫烟却穿着旧衣服，这里还是说明邢岫烟家里面穷。代玉来到荣国府之前，是贾雨村的女儿。贾雨村家里面穷是出了名的，所以他只能蜗居在葫芦庙里面，连上京赶考的盘缠都没有。邢岫烟在来到荣国府之前，生活应该更困难。来到荣国府后，至少可以拿工资，还可以补贴家里面一些，后来更是得到其他人的帮助，日子也比以前好点。代玉同样在来到荣国府之前也是生活困难，初次来到荣国府时，她连荣国府最基本的生活常识都不知道。后来还能够有钱打赏身边的人，说明荣国府和周围的人给予了她帮助，甚至还给她燕窝吃。

第八，邢岫烟的当票被史湘云发现并偷看。书中第五十七回，史湘云看见篆儿悄悄地把邢岫烟的当票递与莺儿，莺儿便随手夹在书里，被史湘云偷看，但其他人却不知道。这一情节影射了将来薛蟠偷看代玉写给贾宝玉的书信一事。

邢岫烟这个人物，在一些方面和代玉有着极其相似之处，作者不方便明写代玉，就用邢岫烟来代写。这应该就是安排邢岫烟这个人物的作用。

我们再来看贾瑞。与贾瑞有关的情节，作者描写得非常细致，也非常精彩。贾瑞的出现是非常突然的，但等他死后，全书中又似乎就没有存在过这个人。有关贾瑞的剧情，看上去显得非常孤立，如同一个孤岛一样存在。如果我们删除与贾瑞这个人物有关联的剧情，其实也不影响全书的剧情发展，那作者为什么要费那么多笔墨去描写贾瑞呢？前面已经对贾瑞这个人物做过详细的分析，这里就简单地说明一下。书中贾瑞这个人物的情节，作者最大的目的是教我们怎么去读懂《红楼梦》，好似《红楼梦》的教学大纲一样。作者明确地指出，要想读懂《红楼梦》，就不能光看表面，也就是正面，而是要看背面。虽然背面就像“风月宝鉴”里面出现的白骨一样残酷，但那就是真相，不容得我们不信。如果只看表面（也就是正面），那么结局就只会像贾瑞一样，迷失在虚幻的“美景”之中。《红楼梦》的表象就是那些情情爱爱、生活日常琐事，虽然很生动，但却不是作者想要表达的真相。作者想要表达的真相，其实非常残酷。自《红楼梦》面世以来，大家讨论最多的就是宝黛钗的爱情故事，以及贾府的生活状况，把《红楼梦》理解成了一部三角恋爱小说。作者为了警醒世人不误入“太虚幻境”，所以就安排贾瑞这个人物出来做教学，希望读者能够醒悟。另外，贾瑞急于去见王熙凤，但无奈家中有客人，贾瑞被拖住了不能走开，作者用此事来影射为什么贾元春省亲会来得那么晚。还有就是贾瑞在现实生活中看着“风月宝鉴”意淫王熙凤，与贾宝玉在梦中意淫秦可卿形成对应，使用的写作手法是“阴阳影射”写作手法。

再来看第三个小人物薛宝琴。薛宝琴是四大家族薛家之女，父亲是受皇室委派，为皇家搜罗海外奇珍异宝的皇商，在天下各省皆有生意买卖，家世根基不错，且现今大富。她是薛姨妈的侄女，薛蝌的胞妹，薛蟠、薛宝钗的堂妹。后其父辞世，其母得了痰症，便由哥哥送进京聘嫁，暂时投奔薛姨妈。她长得十分美貌，犹在金陵十二钗之上，且知书达理，得到了贾府上下的一致喜爱。贾母甚是喜爱她，夸她比画上的还好看，第一次见她，就想把她说给贾宝玉为妻。王熙凤猜中了贾母的心思，也想说她为弟媳妇，后来得知宝琴已有婚约，才只得作罢。王夫人也认她为干女儿。她自幼读书识字，本性聪敏，在大观园里曾作《怀古绝句十首》。她是一位近乎完美的人。她的美艳与纯真和邢岫烟的内敛与清高，李纹、李绮的超脱与淡然截然不同，十分耀眼。

书中突然出现薛宝琴这个人物，让很多《红楼梦》读者非常不解，认为作者既然已经写出了一个十分完美的代玉，但现在却又冒出个薛宝琴，实在是“叠床架屋”了。并且，薛宝琴在各方面是处处压制着代玉，例如美貌、温柔、才情等。自薛宝琴来了以后，简直被贾府中以贾母为代表的人宠上了天，甚至要把薛宝琴嫁给贾宝玉。相反，代玉的地位却在慢慢下降。到了书中第七十六回“开夜宴异兆发悲音　赏中秋新词得佳谶”中，代玉成了一个可有可无的人，她在的时候没有人去关注她，她离开后也没有人去找寻她。再有，《红楼梦》全书中，出现过几个非常美丽的场景：史湘云醉卧芍药蒲、宝琴立雪、宝钗扑蝶、代玉葬花等。但能够触动贾母，并且让贾母要把此画面画进大观园图里面的，却只有宝琴立雪。很多读者很迷惑，觉得为什么会出现“既生瑜何生亮”的现象：既然已经有了代玉，为什么还要安排一个薛宝琴出来？这个本来不是问题的问题，有人提出来过，但却没有一个准确的答案。我在这里再说一个观点，《红楼梦》书中所说的“十独吟”很可能就是薛宝琴的《怀古绝句十首》。《五美吟》出自《红楼梦》第六十四回，薛宝琴的《怀古绝句十首》出现在第五十一回。按先后顺序是不合理的，但《红楼梦》是章回体小说，作者写了各个章节后，排序可能会有失误的地方。“十独吟”无疑就是一个人作了十首诗。薛宝琴就是一个人作了十首怀古诗，为什么不能是“十独吟”呢？这里，作者还是让薛宝琴在才情上压制代玉。但是在现实生活中，因为书中的薛宝琴太完美了，被认为压制了代玉，所以在理解的时候会刻意贬低薛宝琴。

由此可以看出，表面上作者是在对代玉进行正面描写，而事实却是在对其无情的打压。还有一个问题，很多人看到了薛宝琴的优秀，对作者不把薛宝琴写进“金陵十二钗”正册很不理解。如果单从个人综合素质上来比较，全书之中没有人能够和薛宝琴相比。薛宝琴不但可以列入“金陵十二钗”正册，就算位列“金陵十二钗”正册之首也不为过。但作者却没有把薛宝琴列进去，其中的原因很简单，因为作者写薛宝琴这个人物，其用意就是为了压制代玉，而不是为了选优秀女性代表。

再来看傅家兄妹，傅秋芳和傅试。还是老问题，如果书中不写这傅家兄妹可以吗？答案是肯定的，就算书中不写这傅家兄妹，对全书的故事情节是没有任何影响的。那么为什么作者还要写傅家兄妹呢？答案其实很简单，作者就是在用傅家兄妹来进一步点明薛家的谋划：为薛宝钗安排一门好亲事。作者用傅家兄妹代替薛宝钗和薛蟠，写作手法还是“阴阳影射”写作法。类似傅家兄妹的人物还有石呆子。贾元春省亲时曾点了《一捧雪》的戏，脂砚斋批：“伏贾家之败”。石呆子的故事难道不是《一捧雪》的翻版吗？

下一个来看茜雪。茜雪是贾宝玉未入大观园时的大丫鬟之一，和鸳鸯、袭人、紫鹃等一拨儿进的贾府。她因为把宝玉的枫露茶给李嬷嬷吃了，被宝玉一怒之下撵了出去。按脂评所云：“茜雪至狱神庙。”暗示贾府落败后，茜雪曾去狱神庙看过宝玉。只可惜没有茜雪的后续描写，成了一个有头无尾的角色。茜雪本来只是一个非常小的小人物，如果不是脂砚斋提示后面还有她的重要剧情，估计所有人对这个人物就不会有那么高的关注度。有时候，我们会被自己的求知欲所支配，越是没有结局的人或事，我们越是想去弄个明明白白，就像断臂的维纳斯一样。茜雪这个人物，作者其实可以不用写，写了也没有多大作用，但为什么作者还是写了茜雪呢？我的观点是，作者想要表达一种亲情传承的关系。贾宝玉赶走茜雪，和王夫人赶走晴雯，这两者之间难道没有相似之处吗？他们母子两个，都有任性的特点，自己不喜欢的人，想赶就赶，理由自己说了算。由此，作者是想提醒我们，如果代玉真是贾母的外孙女、贾敏的女儿，那她就应该有贾母和贾敏的一些特点和个性。例如，不喜欢用别人喝过水或酒的杯子。我想作者写茜雪另外的目的，应该是利用她通过脂砚斋引出“狱神庙”这个地方。“狱神庙”这个地方，全书的正文中就没有出现过。如果不是脂砚斋通过茜雪这个角色引出来，所有人都不知道有“狱神庙”这个地方。作者不在正文中描写“狱神庙”，而是通过脂批引出来，那就需要一个切入点，茜雪就是那个切入点。

下一个小人物是柳五儿。柳五儿是柳嫂子之女，十六岁，她虽是厨役之女，书中形容她生得人物与平、袭、鸳、紫相类。因她排行第五，便叫她五儿。五儿和宝玉的丫鬟芳官是好朋友。芳官把宝玉喝剩的玫瑰露给了她，因母亲不慎得罪了司棋等人，被冠以偷窃的贼名。幸亏平儿相助，她们母女的冤情才得以洗清。前八十回中，根据王夫人的话可知五儿因此事已经病死。作者写五儿的剧情非常生动，让人对这个角色心生怜悯。但我认为作者不可能只是为了写这个角色而写这个角色，绝对有其写此角色的深层次原因。首先从人物外表形态上看，这个角色和代玉有非常高的契合度：柔弱、病态。五儿对进入怡红院有着非常强烈的欲望，而代玉是迷恋怡红院里面的贾宝玉。但五儿想进入怡红院的方式是通过芳官介绍，是一个非正常途径。我想作者就是想以此来指出代玉进入荣国府的时候，同样也是通过非正常途径。这里在代玉一进荣国府的时候走的是“旁门左道”（西角门）就可以得到印证。

另一方面，五儿因玫瑰露和茯苓霜被人当作偷东西的贼。当时王夫人的玫瑰露丢失，而五儿手上恰恰又有玫瑰露，所以才被人当作是贼。作者为什么要写五儿这个剧情？我的观点是：以五儿来说坠儿。坠儿当时手上也像五儿一样有丢失的赃物，作者在此是想以五儿被冤枉一事，指出坠儿偷手镯事件，在后面可能还要起波澜。至于是谁偷了平儿的手镯，可能已经不重要了，反正最后手镯是从坠儿手上找到的，此事与坠儿脱不了关系。我推理八十回后，在关键时刻，坠儿突然站出来指证代玉偷了平儿的手镯，这也是代玉没有嫁给贾宝玉的重要原因。总之，当时晴雯没有把事情查个水落石出，糊里糊涂的就把坠儿赶出去了，这件事就没完。相当于坠儿手上拿着一把利剑，将来有朝一日，她用这把利剑刺向谁，谁就倒霉。“晴为黛影”，晴雯已经“死”了，将来坠儿最有可能刺的对象就是代玉。

再来看“香、玉”二人。“香、玉”二人即“香怜”和“玉爱”，出现在第九回“训劣子李贵承申饬　嗔顽童茗烟闹书房”中。这两个人，从作者的描写来看，是供别人玩弄的尤物，在现实生活中犹如烟花柳巷中的女子一般。本来真正的林黛玉是“香玉”，但她却被代玉顶替了。代玉在荣国府以林黛玉的身份出现，所以代玉就代替林黛玉成为“香玉”，真林黛玉成了妙玉。作者在名字上把代玉用“香、玉”二人来代替，而“香、玉”二人又是那风流一般的人物，可见作者是多么贬低代玉。再进一步做深入解读，为什么我推断后来是代玉去了那烟花柳巷之地，这里也是重要的线索。而高鹗和程伟元受上层指使，把去烟花柳巷的人强行安排成妙玉。原因就是：作者在书中把代玉暗写成了鸠占鹊巢的雍正，当时清朝的当权者乾隆是不会容忍代表雍正的代玉被卖到烟花柳巷的，所以就把暗写成作者的妙玉送进了妓院。

书中第八十回，此时已经是结尾部分了，但作者却突然安排道士王一贴出场。此人能说会道，一套说辞把人忽悠得团团转。但他并没有真才实学，膏药也是假的。用他自己的话来说：“连膏药也是假的。我有真药，我还吃了做神仙呢！有真的跑到这里来混？”此人的出场，对整部书的剧情发展并没有什么实质性的作用，有他无他都无所谓，但作者却在书的结尾处，用重笔墨描写了王一贴这个人物。如果不能猜透作者的用意，对王一贴这个人物的出场确实难以理解。但如果参透了作者的用意，那事情就变得简单了。王一贴说出自己的膏药是假的，如果是真的，那他早就飞黄腾达了，何必还在这里混？这里作者是借王一贴指出马道婆也是一样，并没有马道婆她自己所说的那么神。要不然马道婆怎么可能还混成那个模样？甚至低声下气地哄贾母供香油，厚着脸皮向赵姨娘讨要碎布头。给贾宝玉所配的“疗妒汤”，其作用就是揭穿薛宝钗“冷香丸”的谎言。另外，通过“疗妒汤”的“药理功能”，对前面“好了歌”和核心思想做了诠释：好就是了，了就是好。这些就是作者安排王一贴出场的目的所在。

第二十六章　钗代合一

《红楼梦》第四十二回，脂砚斋有批语：“庚辰：钗玉名虽两个，人却一身，此幻笔也。今书至三十八回时已过三分之一有余，故写是回使二人合而为一。请看黛玉逝后宝钗之文字便知余言不谬矣。”我们应该如何解读这段批语呢？

先回顾一下情节：在书中第四十回，鸳鸯行牙牌令时，代玉说了《牡丹亭》里的“良辰美景奈何天”和《西厢记》里的“纱窗也没有红娘报”。《牡丹亭》和《西厢记》在当时属于禁书，因为里面有很多描写男女之间比较露骨的性爱情节。代玉当时因为太紧张，没有思索就引用了《牡丹亭》和《西厢记》里的诗词。这从侧面说明代玉当时是熟读过《牡丹亭》和《西厢记》的。《牡丹亭》和《西厢记》以当时的年代来看，就相当于现在的黄色视频。对于此类作品，不要说当时的年代了，就是放在现在也是被禁止的。至少《牡丹亭》和《西厢记》在当时是成年人才可以观看，不适合青少年儿童。

当时宝钗听到代玉引用了《牡丹亭》和《西厢记》里面的诗词后，表情非常惊讶：“宝钗听了，回头看着他”。她即刻就知道代玉露出了破绽。事情过后，宝钗把代玉叫进屋内，说道：“你跪下，我要审你。”之后代玉：“方想起来昨儿失于检点，那《牡丹亭》《西厢记》说了两句，不觉红了脸。”代玉知道自己在行令时露出了破绽，所以央求宝钗为自己保密。但这里有个非常大的“真事隐”，既然宝钗能够知道代玉引用了《牡丹亭》和《西厢记》里面的淫词，其他人难道就不知道吗？当时在场的人可不止薛宝钗一个人，还有老老少少很多人在场，他们中间不可能谁都不知道。如果非要说《牡丹亭》和《西厢记》是禁书，其他人都没有读过，这个理由看似能够成立，但其实作者也考虑到了。书中第二十三回，荣国府梨香院里面的戏子演唱《牡丹亭》，薛宝钗说她家里面也有“诸如这些《西厢》《琵琶》以及‘元人百种’，无所不有”。这就说明，贾家和薛家的人是看过这些书的，自然也就知道书中的内容和情节。由此可知，当时代玉脱口而出《牡丹亭》里的“良辰美景奈何天”和《西厢记》里的“纱窗也没有红娘报”，在场的人里面绝对是有人知道的，单单就代玉一个人还蒙在鼓里，如跳梁小丑一般。记得《红楼梦》书中第一回这样写道：“故假拟出男女二人名姓，又必旁出一小人其间拨乱，亦如剧中之小丑然。”这里面的“小丑”，书中在这里点出。关于代玉就是“小丑”的证据，书中写得非常明确。贾元春省亲的时候，要龄官随意唱两出戏。贾蔷要龄官唱《游园惊梦》，但龄官说那不是她的本角戏，她最后唱的是《相约》《相骂》，里面的主角是一个丫鬟，属于丑角。龄官长得像代玉，这是非常明确的。所以，作者就是从侧面写代玉属于“小丑”，也就是书中“故假拟出男女二人名姓，又必旁出一小人其间拨乱，亦如剧中之小丑然”这句话中所指的“小丑”。

薛宝钗抓住代玉的把柄，对代玉进行审问。代玉自知事情败露，不得不承认自己看过《牡丹亭》和《西厢记》等黄色小说。但剧情在这里却发生了戏剧性的转变，薛宝钗也承认自己看过“诸如这些《西厢》《琵琶》以及‘元人百种’”的书籍。从此，钗黛二人合而为一。钗黛二人为什么合而为一呢？我认为：因为代玉是受朝廷指派冒充真林黛玉来到荣国府，目的是打探贾家的秘密，为下一步铲除贾家做准备。而薛宝钗在选秀时，虽然表面上没有被选中，但背地里却被选中，也被朝廷利用到贾家协助代玉完成任务。她们两个彼此之间是知道对方身份的，但代玉对薛宝钗有所忌惮，不想和薛宝钗合作。在这里，薛宝钗主动向代玉示好，表明就算自己知道了代玉的身份，并且看出了代玉的破绽，自己也不会揭露她，愿意和她配合完成任务。代玉看到薛宝钗的“真诚”，开始认同薛宝钗，从此和薛宝钗合而为一，共同配合完成任务，就形成了“钗代合一”。也就是说，钗、代在这里达成了攻守同盟，组合成一对同流合污的搭档，所以叫“钗代合一”。薛宝钗在代玉几次险些露出破绽的时候出面为她解围。最有代表性的就是在贾宝玉和王熙凤同时得病的时候，在得知贾宝玉和王熙凤有好转后，代玉突然说出一句“阿弥陀佛”。薛宝钗听到后，马上出面转移话题，为代玉解围。而代玉当时却丢下一句：“你们这起人不是好人，不知怎么死！再不跟着好人学，只跟着凤姐贫嘴烂舌的学。”然后就离开了。

另外，批语中为什么说“请看黛玉逝后宝钗之文字便知余言不谬矣”？代玉和薛宝钗都活着的时候，两个人互相配合，共同完成任务。代玉死后，薛宝钗一个人继续完成接下来的工作。在很多评论区，有人看到“钗代合一”的字眼就反感，甚至破口大骂，他们不能接受这个事实。代玉和薛宝钗这种“名虽两个，人却一身”的关系，着实让人很难理解。那应该如何更好地理解“钗代合一”这个观点呢？我想大家可以参考一下《金瓶梅》里面潘金莲和庞春梅的关系。庞春梅是“其狠也，在金莲之上；其淫也，不在金莲之下。可见西门生前，仗势装腔，都是假做作；西门死后，赤身露体，乃是真情形。”《金瓶梅》第八十二回，潘金莲让庞春梅和她一起与陈敬济淫乱，完事后，书中写道：“自此以后，潘金莲便与春梅打成一家，与这小伙儿暗约偷期，非止一日，只背着秋菊。”然后是第八十三回，潘金莲求庞春梅帮她去约陈敬济，庞春梅说道：“娘说的是哪里话！你和我是一个人，爹又没了，你明日往前后进，我情愿跟娘去，咱两个还在一处。”在潘金莲死后，庞春梅成了第二个潘金莲，将潘金莲的所作所为延续下去。所以，潘金莲和庞春梅同流合污，就如同“名虽两个，人却一身”的关系。

至于代玉和薛宝钗的“名虽两个，人却一身”的关系，也可以从《红楼梦》书中寻找到蛛丝马迹。书中第五十七回，紫鹃劝代玉：“万两黄金容易得，知心一个也难。”这是出自晚唐女诗人鱼玄机的《赠邻女》：“日遮罗袖，愁春懒起妆。易求无价宝，难得有心郎。”可见作者有意将代玉写作鱼玄机。鱼玄机与李冶、薛涛、刘采春并称唐代“四大女诗人”。在《红楼梦》书中第二回，贾雨村曾经提到过薛涛。全书中对“四大女诗人”一共提到两个：鱼玄机和薛涛。鱼玄机影射代玉，那薛涛影射谁呢？从众多女子中，能够和薛涛有联系的，就是薛宝钗。薛涛曾经作过一首《柳絮》：“二月杨花轻复微，春风摇荡惹人衣。他家本是无情物，一任南飞又北飞。”而薛宝钗在以“柳絮”为题的诗社活动中，以一首《临江仙》拔得头筹：“白玉堂前春解舞，东风卷得均匀。蜂团蝶阵乱纷纷。几曾随逝水，岂必委芳尘。万缕千丝终不改，任他随聚随分。韶华休笑本无根，好风频借力，送我上青云！”薛涛和薛宝钗之间，除了姓氏相同外，在人生经历上也有着一些共同点。薛涛在其父生前，生活非常富足。但在她父亲去世后，薛涛迫于生计，无奈只得做了艺妓。薛宝钗也是在她父亲去世后承担起了家庭的重任。薛涛曾经被贬到寒苦之地，并写下《十离诗》。薛涛被贬的寒苦之地，自然与雪分不开。可见，薛涛影射的是薛宝钗。再加上两个人的姓氏相同，影射关系就更明显了。薛宝钗的人生结局可以参考薛涛来进行推理。薛涛爱上元稹，却等不到元稹的消息，最后心灰意冷，穿上道袍清净了此一生。这样的经历与薛宝钗和贾宝玉非常相近。

鱼玄机和薛涛都是唐代的女诗人，并且两人的生平事迹还出奇的相近：二人都具有非常高的学识，诗作也是在伯仲之间；两人的前半生都衣食无忧，但随后又都遭遇生活变故；感情上备受打击，付出真爱，但都没有遇到能够陪伴自己一生的爱人；两人都有混迹在众多男人之间的经历；两人最后都做了出家人。两人最大的不同之处是：鱼玄机年纪轻轻就因打死奴婢被处死，薛涛得以善终。鱼玄机和薛涛之间，看似是两个人，但两人的人生仿佛就像一个人一样，也可算得上是“名虽两个，人却一身”了。我们仔细对照一下会发现，《红楼梦》作者笔下的代玉和薛宝钗，与鱼玄机和薛涛相对比，二者之间的契合度非常高。所以，作者说代玉和宝钗“钗玉名虽两个，人却一身”，看来此言不虚。

有人可能会认为我解读得非常狗血，把一部好好的《红楼梦》解读成了一部“谍战片”。其实，这就是《红楼梦》的现实，我们不得不接受。要不然，代玉为什么要顶替真林黛玉进入贾府？为什么贾家的人知道其真实身份后，却不敢揭露，而是选择“胳膊折了往袖子里藏”？

要说狗血，《癸酉本石头记》说第一，没有人敢说第二。但为什么却还有那么多人相信？里面把《红楼梦》描写成了一部武侠小说，书中的人物进行着你死我活的厮杀，还有尔虞我诈的卧底离间戏。描写鸳鸯被薛宝钗派来的坏人收买做了内奸，然后误导代玉反把小红认作卧底进行处死。《癸酉本石头记》中，本来小红协助代玉守住了贾家，但就是因为出了鸳鸯这个卧底，所以才导致代玉守家失败。《癸酉本石头记》是乾隆请人在外表形式上参考着原著高度模仿的篡改本。既然《癸酉本石头记》里面有描写贾家出现卧底间谍的情节，说明《红楼梦》原著里面肯定也有贾家出现卧底间谍的剧情，只是被《癸酉本石头记》张冠李戴了而已。另外，贾元春省亲点的第一出戏《豪宴》，庚辰双行夹批：“《一捧雪》中伏贾家之败。”《一捧雪》里面，导致莫怀古家败的原因有两个：一个外因，一个内因。所以，贾家之败，也有内因和外因。莫怀古家里面出了汤勤这个大内奸，就是内因。结合《一捧雪》的剧情，贾家之败和莫怀古家之败一样，都出了内奸。这个内奸向外界透露信息，让外界势力能够对莫家和贾家进行精准打击，从而导致莫家和贾家之败。贾家的内奸本来是代玉和薛宝钗两个人，但等到代玉死后，薛宝钗就成为唯一一个内奸，继续完成上级交给她们的任务。所以是：“请看黛玉逝后宝钗之文字便知余言不谬矣？”还有，书中所描写的冷子兴和贾琏的小厮兴儿，他两个就充当了内奸的角色，把贾家的一些重要信息向外人透露。所以贾家内部出现内奸，作者是有暗示的。只是像冷子兴和兴儿是摆在明面上的小内奸，藏在暗处的大内奸需要我们去破解。

那么，代玉在行牙牌令的时候所说的《牡丹亭》里的“良辰美景奈何天”和《西厢记》里的“纱窗也没有红娘报”，到底有什么不妥之处呢？

说到这个话题，我们大家就必须好好地去了解和熟读一下《牡丹亭》和《西厢记》。《牡丹亭》和《西厢记》在有些地方描写男女性爱关系上非常露骨。也许现在看来没有觉得不妥，但在那个年代，这已经是属于被禁的黄色书籍了。其中，“良辰美景奈何天”是出自《牡丹亭》的《惊梦》。在《惊梦》这一节里面，有一段描写男女主角杜丽娘和柳梦梅性爱非常露骨的情节："【山桃红】则为你如花美眷，似水流年，是答儿闲寻遍。在幽闺自怜。小姐，和你那答儿讲话去。〔旦作含笑不行〕〔生作牵衣介〕〔旦低问〕哪边去？〔生〕转过这芍药栏前，紧靠着湖山石边。〔旦低问〕秀才，去怎的？〔生低答〕和你把领扣松，衣带宽，袖梢儿揾着牙儿苫也，则待你忍耐温存一晌眠。〔旦作羞〕〔生前抱〕〔旦推介〕〔合〕是那处曾相见，相看俨然，早难道这好处相逢无一言？〔生强抱旦下〕。"《西厢记》里面也有这么一段情节描写："我将你纽扣儿松，我将你罗带儿解。兰麝散幽斋，不良会把人禁害。咍，怎不回过脸儿来？（张生抱莺莺，莺莺不语科）〔胜葫芦〕软玉温香抱满怀。呀，刘阮到天台。春至人间花弄色。柳腰款摆，花心轻拆，露滴牡丹开。"由此可见，《牡丹亭》和《西厢记》在那个年代被列为禁书是有原因的。

而代玉当时却引用了《牡丹亭》和《西厢记》里面的诗词，从侧面可知代玉是熟读过《牡丹亭》和《西厢记》的。这就好比现在的人暴露自己浏览过黄色视频一样，特别还是一个未出嫁的女孩子，这问题就有点严重了。

说到这里，我们再来解读一段《红楼梦》的描写。书中第二十三回，代玉正欲回房，刚走到梨香院墙角上，无意中听到梨香院里面的十二个戏子正在演习戏文。当时代玉听得如痴如醉："只听唱道：'则为你如花美眷，似水流年……'林黛玉听了这两句，不觉心动神摇。""又听道：'你在幽闺自怜'等句，亦发如醉如痴，站立不住，便一蹲身坐在一块山子石上。"其中"又听道：'你在幽闺自怜'等句，亦发如醉如痴，站立不住，便一蹲身坐在一块山子石上。"里面大有文章。在《牡丹亭》的《惊梦》里面，当唱到"你在幽闺自怜"时，接下来就要描写男女主角要到"湖山石边"开始宽衣解带共赴云雨了。而恰恰这个时候，代玉的表现是"亦发如醉如痴，站立不住，便一蹲身坐在一块山子石上。"那代玉为什么会"亦发如醉如痴，站立不住"呢？从戏文中我们可以看到，戏里面男女主角接下来要到"湖山石边"做爱，而代玉"便一蹲身坐在一块山子石上"，戏里戏外都提到"山石"，形成呼应。所以，代玉表现出"亦发如醉如痴，站立不住"，是因为她知道戏中的男女主角接下来要共赴云雨，自己受到戏文的诱导，动了性情。再接下来，书中描写代玉开始感慨"如花美眷，似水流年""水流花谢两无情""流水落花春去也，天上人间"这几句诗词，都是在感慨美好的年华和生活在悄悄地流逝，希望人们珍惜当下，以免后悔莫及。代玉听见描写男女之间性爱的戏文，然后感慨青春正在流逝。作者这些细腻的描写，无非就是在证明：代玉并不是淑女，而是一个荡妇，以此来解释书中多次提到代玉"风流"的真正含义。由此可知，作者描写代玉“风流”，是指代玉有男女间放荡性行为的那种风流，类似于潘金莲，而不是指她仪态柔婉，风韵美好。有的读者特别喜欢代玉，不希望代玉有任何负面描写。但我希望聪明的读者不要像“贾瑞”一样，不去认清事实的真相。即使真相是残酷的（贾瑞的“风月宝鉴”反面是一具骷髅），我们也只能接受。

在书中第四十回“金鸳鸯三宣牙牌令”中，鸳鸯道：“剩了‘二六’八点齐。”代玉道：“双瞻玉座引朝仪。”鸳鸯道：“凑成‘篮子’好采花。”代玉道：“仙杖香挑芍药花。”说完，饮了一口。

“剩了‘二六’八点齐”，上二下六，八点整齐地排成两行，很像是两个昭容引文武百官分两列朝见皇帝的场面。代玉对“双瞻玉座引朝仪”。

“仙杖香挑芍药花”的意思是：加入到皇帝的仪仗队伍里面，过上神仙一般的生活，享受高官厚禄。

通过解读代玉所对的“双瞻玉座引朝仪”和“仙杖香挑芍药花”，可以看出她和贾雨村一样，对仕途有着强烈的欲望。并且可以很轻松地解读出第七十九回代玉和贾宝玉讨论《芙蓉女儿诔》时代玉所说的：“何妨。我的窗即可为你之窗，何必分晰得如此生疏。古人异姓陌路，尚然同肥马，衣轻裘，敝之而无憾，何况咱们。”到这里，说明代玉已经找到了靠山和出路，希望贾宝玉能够和她一起分享，也就是站到她一边。

说到对仕途的渴望，薛宝钗也不甘落后。书中就明确地写到薛宝钗曾经参加过选秀。女子通过选秀，也可以走上仕途，甚至可以成为皇帝的老婆，拥有权力和地位。在这方面，贾元春就是典型的代表。并且在薛宝钗的《临江仙・柳絮》中有：“好风凭借力，送我上青云。”

薛宝钗指出代玉所对的牙牌令不妥当，书中只明着写了代玉引用黄色书籍的诗词，薛宝钗同时说出自己曾经也看过这些书籍。但代玉的牙牌令，总共有四句，《牡丹亭》里的“良辰美景奈何天”和《西厢记》里的“纱窗也没有红娘报”，都是引用禁书里面的内容，表露出代玉和薛宝钗淫荡的一面。另外两句：“双瞻玉座引朝仪”和“仙杖香挑芍药花”，所指的是对仕途的渴望，表露代玉和贾雨村一样，对荣华富贵有着强烈的渴望。

在薛宝钗指出代玉所对牙牌令有不妥之后，书中描写两人“钗代合一”，可见是有理有据，并非空穴来风。

重点解密：有人认为我在本章中引用《金瓶梅》来解读《红楼梦》，是过度解读的一种。其实第一回脂批中的那句：“雪芹旧有《风月宝鉴》之书，乃其弟棠村序也。

今棠村已逝，余睹新怀旧，故仍因之。”里面的《风月宝鉴》这本书指的就是《金瓶梅》。没有《金瓶梅》就没有《红楼梦》，切记！要读《红楼梦》，先读《金瓶梅》。《金瓶梅》就是“风月宝鉴”，是《红楼梦》的“照妖镜”。“风月”指“风花雪月”，即《金瓶梅》；“宝”通“抱”；“鉴”指“鉴定”。“风月宝鉴”：抱着《金瓶梅》去鉴定《红楼梦》。《金瓶梅》是《红楼梦》的放大镜，把《红楼梦》里面的人或事，拿到《金瓶梅》里面去放大，所有的问题就出来了。现在科技更先进，有了显微镜。最典型的人物就是代玉。把代玉放到《金瓶梅》里面，看她和谁有共同点，那个人就是真实的代玉。大家可以试着去找一找，有谁在嗑瓜子？

第二十七章　代玉

《红楼梦》原著中的林黛玉有两个，一个是真林黛玉，即后来的妙玉；一个是假林黛玉，就是从扬州来到荣国府的代玉。她们两个身份的分界线是从扬州来荣国府的过程中。在扬州与林如海和贾敏一起生活的女儿是真林黛玉，真林黛玉在从扬州到荣国府的路上被贾雨村调包，所以来到荣国府的“林黛玉”是假林黛玉，我称她为代玉。

书中对林黛玉和代玉的外貌描写都非常少，特别是几乎就没有对真林黛玉的外貌进行过描写。对代玉的外貌描写是“两弯似蹙非蹙罥烟眉，一双似喜非喜含情目。态生两靥之愁，娇袭一身之病。泪光点点，娇喘微微。闲静时如姣花照水，行动处似弱柳扶风。心较比干多一窍，病如西子胜三分。”这个描写，尤其以“弯似蹙非蹙罥烟眉，一双似喜非喜含情目”最为生动。但这个描写是否符合原著呢？我看未必。

庚辰本对代玉眉眼的描写其实是这样的：“两湾半蹙鹅眉，一对多情杏眼。”但这个描写，在美感上不如后世广为流传的其他版本。于是，1982 年“红研会”在《红楼梦》出版时，将这句话根据甲辰、己卯本改为：“两湾似蹙非蹙罥烟眉，一双似喜非喜含情目。”后来因为“脂本”中的“俄藏本”在国内有了影印版，专家们又将其改为“两湾似蹙非蹙罥烟眉，一双似泣非泣含露目。”

由此可见，对代玉的外貌描写是有不同版本的。那么，哪个版本的描写才最符合原著呢？

通过对比：“两湾半蹙鹅眉，一对多情杏眼”的描写，凸显的是人物的“风流”姿态，其中最明显就是“多情杏眼”。而“两湾似蹙非蹙罥烟眉，一双似喜非喜含情目”和“两湾似蹙非蹙罥烟眉，一双似泣非泣含露目”凸显人物的多愁善感和楚楚可怜，从而让人心生怜悯。从目前大众的认知来看，后者更能让人接受。但让人接受的却不一定是事实。要摆脱心理上这方面的阴影，我们可以参考一下杜鹃雏鸟霸占其他鸟巢的视频。视频里面，杜鹃雏鸟看到原生成年鸟的时候，把嘴巴张得特别大，所表现出来的就是一种让人觉得可怜的样子。当看到这种场景的时候，难道我们就可以放过它的罪行了吗？

结合书中对代玉的描写，处处透露出来的都是“生性风流”。书中第三回写道：“众人见黛玉年貌虽小，其举止言谈不俗，身体面庞虽怯弱不胜，却有一段自然的风流态度，

【甲戌侧批：为黛玉写照。众人目中，只此一句足矣。】便知他有不足之症。”这里直接就写出了代玉有“风流”的本质。但也许有人会认为这是褒义的“风流”。那接下来，书中第二十八回：“宝钗生的肌肤丰泽，容易褪不下来。宝玉在旁看着雪白一段酥臂，不觉动了羡慕之心，暗暗想道：‘这个膀子要长在林妹妹身上，或者还得摸一摸，偏生长在他身上’。”由此可见，贾宝玉是可以随意抚摸代玉“酥臂”的。男女间这样的行为，放在当今社会还会被诟病，更何况是在当时的年代。再有，书中第二十五回，贾宝玉和王熙凤得了重病，命在旦夕之际，书中有这样一段描写：薛蟠“忽一眼瞥见了林黛玉风流婉转，已酥倒在那里。”自己的心上人得病，命不久矣，她却在那里“风流婉转”，惹得薛蟠“酥倒”。贾宝玉和王熙凤同时得病，是代玉下的毒，代玉扮演的就是潘金莲的角色，详见本书第十一回“马道婆谋害宝凤事件”。

说到代玉与潘金莲的关系，我不得不提到《金瓶梅》这本书，毕竟“《金瓶梅》是《红楼梦》的老祖宗”。作者先熟读了《金瓶梅》，然后才创作的《红楼梦》。《金瓶梅》应该就是书中所提到的《风月宝鉴》。所以，《红楼梦》与《金瓶梅》之间有着千丝万缕的联系。熟读了《红楼梦》和《金瓶梅》的读者应该会发现，作者在描写代玉的时候，无时无刻不在透露着潘金莲的影子。她二人，有着非常多的相似处。比如，《金瓶梅》中多处描写潘金莲与门帘的场景，而《红楼梦》里面，代玉和门帘的关系是最紧密的；潘金莲嗑瓜子，代玉也嗑瓜子；代玉毒害贾宝玉和王熙凤，潘金莲毒害武大郎和西门庆；潘金莲淫荡，代玉可以让贾宝玉随意抚摸；代玉和潘金莲两个都喜欢怼天怼地，“林怼怼”一句可不是空穴来风；两人都喜欢站在黑暗的地方，并被人误认为是鬼（《金瓶梅》中出现在第二十一和七十三回）；《金瓶梅》第二十八回，秋菊送鞋给潘金莲，潘金莲不承认是自己的鞋，说难道自己是“三只脚的蟾”；潘金莲让春梅专门从事“铺床叠被”的工作，贾宝玉也是挑逗代玉为自己“铺床叠被”；代玉第二次进荣国府的时候，贾宝玉品度代玉“越发超逸”了。西门庆第二次勾搭潘金莲的时候，觉得潘金莲“越发标致”了；西门庆第一次见到潘金莲时，书中描写“那人见了，先自酥了半边”。薛蟠见到代玉时，是“忽一眼瞥见了林黛玉风流婉转，已酥倒在那里”；《金瓶梅》第七十三回，潘金莲用手划脸羞西门庆。代玉在贾宝玉为她配药的时候做过相同的动作。潘金莲和代玉确实存在很多相似之处，这里就不再赘述。

代玉和门帘的关系，其中在她的诗中，就有许多描写帘子的诗句。如她的《咏白海棠》诗中有句“半卷湘帘半掩门”，描写的正是她独坐潇湘馆的情景。代玉在另一首长篇古风《桃花行》：

桃花帘外东风软，桃花帘内晨妆懒。
帘外桃花帘内人，人与桃花隔不远。
东风有意揭帘栊，花欲窥人帘不卷。
桃花帘外开仍旧，帘中人比桃花瘦。
花解怜人花也愁，隔帘消息风吹透。
风透湘帘花满庭，庭前春色倍伤情。
闲苔院落门空掩，斜日栏杆人自凭。
凭栏人向东风泣，茜裙偷傍桃花立。
桃花桃叶乱纷纷，花绽新红叶凝碧。
雾裹烟封一万株，烘楼照壁红模糊。
天机烧破鸳鸯锦，春酣欲醒移珊枕。
侍女金盆进水来，香泉影蘸胭脂冷！
胭脂鲜艳何相类，花之颜色人之泪。
若将人泪比桃花，泪自长流花自媚。
泪眼观花泪易干，泪干春尽花憔悴。
憔悴花遮憔悴人，花飞人倦易黄昏。
一声杜宇春归尽，寂寞帘栊空月痕！

诗中有“帘外”“帘内”“帘内人”“隔帘”“湘帘”“帘栊”“帘中人”等与“帘”有关的词语，多达十一处。《金瓶梅》里面，潘金莲的淫荡就是从“帘子”开始，并且潘金莲和“帘子”的关系非常紧密。在即将和西门庆勾搭上的时候，书中多次描写“帘子”，批书人还专门做了记录，多达九次。代玉《桃花行》中的“帘”字比《金瓶梅》还多了两次，可见代玉比潘金莲有过之而无不及。

潘金莲嗑瓜子卖弄风情，而《红楼梦》作者也描写代玉嗑瓜子。另外，《红楼梦》中代玉居住的“潇湘馆”布局是“上面小小两三间房舍，一明两暗”。而在《金瓶梅》里面，有两次明确地写到有“一明两暗”这样的房子布局。其中一次是写西门庆家里面一处用来纳凉的“翡翠轩”布局；一次是写西门庆家祖坟旁边用来祭祖休息的房子布局。

再有，《金瓶梅》第九十七回：“原来春梅收拾西厢房三间，与他（陈敬济）做房，里面铺着床帐，糊的雪洞般齐整，垂着帘帏。外边西书院，是他书房。”这个“雪洞般”一词的描述和《红楼梦》里面薛宝钗居住的蘅芜苑“雪洞一般”如出一辙。潘金莲和春梅虽为主仆，但却情同姐妹。代玉和薛宝钗最后也成为姐妹。

还是那句话“《金瓶梅》是《红楼梦》的老祖宗”。《红楼梦》作者熟读过《金瓶梅》，并在《金瓶梅》的基础上创作了《红楼梦》。而作为《红楼梦》的女主角代玉，却被作者描写得非常贴近《金瓶梅》里面的潘金莲，这绝对不是巧合，应该是作者有意而为之。其目的就是在暗示《红楼梦》里面对代玉“风流”特征的描写，是偏向类似潘金莲的淫荡。

回过头去分析，原著中对代玉外貌的描写，我认为就是庚辰本中的“两湾半蹙鹅眉，一对多情杏眼”。而“两湾似蹙非蹙罥烟眉，一双似喜非喜含情目”的描写是1982年“红研会”在《红楼梦》出版时，根据甲辰、己卯本而修改的。庚辰本出现的年代在甲辰和己卯前，更符合作者的原著。另外，在《金瓶梅》第三十八回，西门庆与王六儿行苟且之事，王六儿当时的表情是“妇人蹙眉隐忍”。《红楼梦》的作者描写代玉眉毛的灵感，是否来源于此?

秦可卿这个人物非常特别，很神秘，但有一点作者写得非常明确，那就是秦可卿“生的形容袅娜，性格风流”“其鲜艳妩媚，有似乎宝钗，风流袅娜，则又如黛玉”。秦可卿同时包含了代玉和薛宝钗两个人物的特征，所以秦可卿又叫“兼美”。秦可卿是全书中唯一被作者明确打上“淫”字标签的人物。而秦可卿却同时兼有薛宝钗和代玉的特点。这就说明，秦可卿其实是薛宝钗和代玉的缩影，薛宝钗和代玉是秦可卿的延续。就好比甄士隐的故事是全书情节的缩写一样。所以，书中的“风流袅娜，则又如黛玉”，说明代玉是秦可卿淫荡的延续。这种写作手法属于作者所说的“一击两鸣”。用秦可卿的“风流”去印证代玉的“两湾半蹙鹅眉，一对多情杏眼”，两者还是非常贴切的。

由于《红楼梦》没有结尾部分，留存的前八十回又写得非常隐晦，把真事都隐藏了起来，致使后人不能完全领悟作者的用意。一直以来，没有看出假林黛玉的真正面目，反而对她怜香惜玉，刻意地去回避很多对她不利的描述，把她的缺点都认作成了个性，从而人为地美化她。其中把“两湾半蹙鹅眉，一对多情杏眼”改为“两湾似蹙非蹙罥烟眉，一双似喜非喜含情目”就是一个从外表上美化代玉的典型事例。

原著中，代玉其实并不是人们想象中的那么美好。是我们不理解作者真正的用意，被她温柔的外表所迷惑，对她产生了同情心，再加上她的主角光环，从而忽略了她的缺点，把很多并不属于她的优点强加于她。

例如，众所周知代玉就是“香玉”，那么书中有没有直接写“香玉”呢?有。在书中第九回，有两个小生，一个叫“香怜”，一个叫“玉爱”，合起来就是“香玉”。原文是：“香、玉二人心中，也一般的留情与宝、秦。”可见这里作者运用了他所说的“一击两鸣”的写作手法，把“香玉”分成“香怜”和“玉爱”。那这两个人有什么特点呢？书中是这样写的：“更有两个多情的小学生，亦不知是那一房的亲眷，亦未考真名姓，只因生得妩媚风流。”后面更是描写秦钟与香怜有不轨的嫌疑。

再如，贾宝玉给代玉讲“耗子精偷香芋”的故事，故事中明明白白地告诉读者：有人假冒林黛玉，真林黛玉已经被人调包了。但人们依然被自己的眼睛所迷惑，不愿意相信事实，就好比书中的贾瑞一样，只愿意看正面那好看的花花世界，不愿意承认背面残酷的事实。

很多读者其实也发现了书中代玉的种种反常，但没有参透其中的奥秘，被眼前的假象所迷惑，故而把她暴露出来的一些缺点当作了她的个性。但也就因为如此，所以社会上就出现有特别喜欢代玉的，也有特别厌恶代玉的。特别是喜欢代玉的群体，会刻意地去美化她，把她的亮点放大，把她的缺点缩小。

原著中，代玉在贾家的地位越来越低，越来越没有存在感，越来越没有人在乎她，但喜欢她的读者却找各种理由袒护她。甚至在贾宝玉和王熙凤同时得病快要死的时候，代玉自始至终都没有哭的情节，却被无数“代粉”找各种理由来粉饰，说什么她连哭的权利都没有，这显然是违背作者原著原意的。她想哭就哭，想笑就笑，想发火就发火，想生气就生气，想骂人就骂人，想怼人就怼人，谁阻止得了她？谁管得了她？所以，是谁不准她哭？是谁阻止她哭？当时她计谋得逞，高兴还来不及呢，怎么可能会哭？人逢喜事精神爽。当时她以为贾宝玉和王熙凤死定了，所以就在那里“风流婉转”的勾引薛蟠，使得薛蟠“酥倒在那里”。也由此可见，假林黛玉被人为地美化是有多么严重。

人们不能正确识别出代玉的真面目，其实也并不奇怪。曾经农家出身，并且走惯了乡间泥路的刘姥姥也在潇湘馆门前失足跌倒，更何况我们普通人。把美丽的景象颠覆，呈现出残酷的真相，人们心里面确实不好受，但事实就是事实，不容得我们不承认。记住贾瑞的教训，想想真林黛玉的处境。

第二十八章　一捧雪、甄宝玉

《红楼梦》第十八回，贾元春省亲点了四出戏，各有暗示，其中第一出《豪宴》为明代名剧《一捧雪》的一出。庚辰双行夹批："《一捧雪》中伏贾家之败。"《一捧雪》和贾家之败有什么联系呢？

《一捧雪》是明朝末年李玉所作昆曲传统剧目，剧情是这样：明代嘉靖年间，藏有传家宝玉杯"一捧雪"的莫怀古，应权相严嵩之子严世蕃之召，离钱塘赴京补官，同行有家仆莫诚和婢妾雪艳，以及门客汤勤。进京后，汤勤为了投靠新主子严世蕃，竟密报莫氏有宝。严世蕃知道后便强索，莫怀古不肯割爱，以假杯与之，又被汤勤揭穿。于是严世蕃大怒，便诬陷莫怀古谋反，下令搜捕，莫怀古逃到旧友戚继光处，中途被追兵拿获处斩。临刑前，义仆莫诚挺身而出，代主受戮，使怀古脱身逃匿。然而，当首级传到严府时，汤勤指出是假，为此株连，戚继光和雪艳同时被逮捕。在法堂审讯时，汤勤见雪艳美貌，要挟雪艳与己成亲，则可翻供，雪艳为救戚继光而答应。逼婚之夕，雪艳怀利刃刺杀汤勤，然后自刎。等到莫怀古之子莫昊考中进士，弹劾严氏父子，世蕃问斩。莫昊终于找到失散多年的父母，得以一家团圆。

从戏文中可知，莫怀古家的玉杯"一捧雪"被有权有势的人看上后，想占为己有，莫怀古不给，从而导致莫家败落。从这个故事中引申到贾家身上，那就是有地位比贾家还高的人想把贾家的通灵宝玉占为己有，从而导致贾家被治罪败落。有学者把贾家的珍宝解读为"蜡油冻佛手"，这个纯粹无稽之谈。难道"蜡油冻佛手"还会比通灵宝玉珍贵吗？

作者怕我们不能理解，为了更直白地写出贾家败落的这段情节，所以又写了"石呆子与古扇"的一段情节。这段情节里面，明明白白地写贾赦喜欢上人家的扇子。为了霸占石呆子的古扇，贾赦使用了非常手段，并致石呆子落得个被"坑家败业"不知死活。石呆子的故事和《一捧雪》的故事高度吻合，这符合作者写《红楼梦》的"阴阳影射"写作手法，即每一件大事件或每一个重要人物都不是孤立的，会有另一件事或另一个人与之对应。看不清这件事或这个人，会在另一件事或一个人身上看清楚。

有一个疑惑，作者已经提示了《一捧雪》，里面的信息量已经非常大了，为什么还要整出个“石呆子”来？其实这两个故事之间有太多的共同点，作者只需要给出一个提示就可以了，为什么要给出两个？我认为，如果不解答出这个问题，那《红楼梦》中“《一捧雪》中伏贾家之败”的秘密就无法解开。

我猜想，作者应该是希望读者通过分析《一捧雪》和“石呆子”的故事情节，找出他们之间存在的共同点。通过二者之间的共同点，来破解“《一捧雪》中伏贾家之败”的秘密。我认为这才是破解的唯一途径。

通过分析和比较，我发现《一捧雪》和“石呆子”的故事情节存在以下几个共同点：

第一，莫怀古和石呆子手上都有宝贝。莫怀古有“一捧雪”的玉杯，石呆子有古扇。

第二，莫怀古和石呆子手上的宝贝被人知道并看上了。莫怀古的“一捧雪”玉杯被严世蕃看上，石呆子的古扇被贾赦看上。

第三，中间有人透露消息。汤勤把莫怀古“一捧雪”玉杯的事告诉了严世蕃，贾琏把石呆子的古扇告诉了贾赦。

第四，有人想要强夺莫怀古和石呆子手上的宝贝。严世蕃索要不得，就强抢莫怀古的“一捧雪”玉杯。贾赦出钱不能买到石呆子的古扇，就使贾雨村去“抢”。

第五，无论真假，抢夺人始终是得到莫怀古和石呆子手上的宝贝。严世蕃得到了假的“一捧雪”玉杯，贾赦真得到了石呆子的扇子。

第六，莫怀古和石呆子手上的宝贝不但被人抢走，自己还因此被冠以莫须有的罪名，以至于连累了自己的家人一起落难。莫怀古被严世蕃诬陷谋反，并致家败。贾雨村讹石呆子拖欠了官银，致使石呆子获罪。

第七，有为莫怀古和石呆子做出牺牲的人。莫诚和雪雁为莫怀古做出牺牲。贾琏为石呆子打抱不平，说道：“为这点子小事，弄得人坑家败业，也不算什么能为！”为此，贾琏得罪了贾赦。

以上是《一捧雪》和“石呆子”故事情节的七个共同点。至于很多人非常关心的“中山狼”这个话题，虽然在《一捧雪》的故事情节中确实存在汤勤这个“中山狼”，但在“石呆子”的故事情节中却没有。至于贾雨村，他对于贾家来说是“中山狼”。但对于“石呆子”来说，他不是，他只是和严世蕃一样看上石呆子扇子并致石呆子家破人亡的人，是和贾赦“名虽两个，人却一身”的人。还有送假玉杯给严世蕃这个情节，在“石呆子”的故事情节里面也没有，石呆子的扇子直接就被贾雨村一次性没收了，没有出现假扇子一说。

从以上《一捧雪》和“石呆子”故事情节的七个共同点进行推理，我认为：

皇帝本来就对贾宝玉、甄宝玉和林黛玉三人神奇的身世有所忌惮，而贾家又多次发生违反法纪、律条的行为，这使得皇帝对贾家更是有了芥蒂之心。有一次，皇帝的某个妃子病了，有人向皇帝建议使用贾宝玉的通灵宝玉为这个妃子治病。在皇帝向贾家索要通灵宝玉的时候，贾家和莫怀古、石呆子一样，没有给皇帝面子，致使皇帝派去的人空手而回。不久后，这个妃子还是因病去世了。经此一事，皇帝认为贾家没有完全忠诚于自己，就下定决心要铲除贾家。但因为一时找不到借口，所以这件事就暂时被搁置起来。没过多久，就传出北静王谋反被治罪了。恰在此时，皇宫派人来抓妙玉，而贾宝玉让贾芸提前通知妙玉，妙玉因此逃过一劫。皇帝派人到贾家没有抓到妙玉，就以贾家窝藏朝廷钦犯为借口将贾家治罪，后又以贾家和北静王结党营私意图谋反等罪名将贾家抄家。至此，贾家败落。

皇帝对贾宝玉、甄宝玉和林黛玉三人神奇的身世有所忌惮的观点，我在本书其他章节中有过论述。贾家多次发生违反法纪、律条的行为，例如：贾琏国丧家孝期间停妻再娶、王熙凤谋财害命、石呆子冤案、秦可卿丧事僭越、贾元春省亲僭越、贾赦私通外臣等，不胜枚举。比贾家职位高的人，如果想要通灵宝玉，绝对不是看重通灵宝玉值多少钱，而是更看重它的功效和影响力，特别是通灵宝玉上面记录的文字，如果真能实现，那对谁都相当有帮助。上次贾宝玉和王熙凤就“借”通灵宝玉治过一次病，所以这次皇帝以此为借口向贾家索要，也在情理之中。至于是谁向皇帝提的建议，可能有两个人选，一个是北静王，一个是贾雨村。我估计是北静王的可能性大。北静王曾经把皇帝送给他的“鹡鸰香念珠”送给贾宝玉，一方面是藐视皇帝，另一方面是离间贾家和皇帝之间的关系。所以我这里推测是北静王向皇帝提的建议，目的还是想挑起贾家和皇帝之间的矛盾。这个和宁国府里面那些佣人挑起焦大和宁国府的矛盾是一样的。“鹬蚌相争，渔翁得利。”再加上北静王曾经仔细端详过通灵宝玉，还对上面记录的文字询问过贾政等人。而贾雨村与通灵宝玉之间的互动关系，全书里面没有一点线索，所以不能凭空瞎猜。通过莫怀古和石呆子的故事可知，贾家还是和他们两个一样，没有将通灵宝玉送给皇帝。皇帝一方面想将这个神奇的通灵宝玉占为己有，一方面也是为了试探贾家的忠心。结果令皇帝非常失望，促使他下定决心铲除贾家。作为皇帝，不能去明抢别人的东西，所以皇帝和贾雨村一样，需要等待时机，找到借口，这样才能够名正言顺地治对方的罪。贾家窝藏并放走妙玉一事，被皇帝抓住把柄，就以此为借口将贾家治罪。但此罪不足以将贾家彻底覆灭，所以就借北静王谋反一事，说贾家与北静王来往密切，认为贾家想与北静王结党营私意图谋反。这个谋反的大罪，足以彻底将贾家置于死地，所以贾家就被抄家，从此败落。

事情到此本来就应该结束了，但恰恰情节却来了个反转。庚辰双行夹批：“《一捧雪》中伏贾家之败。”这里面的“贾家”指的是哪个“贾家”？《红楼梦》书中一共有两个“贾家”，一个是宁国府和荣国府组成的“贾家”，另外还有一个“贾家”，那就是贾雨村的“贾家”。这句脂批里面，并没有说明是指哪个“贾家”，所以这里的“贾家”，应该是两个“贾家”都包含在里面。这就是典型的“一击两鸣”。而通过原著可知，最终宁国府、荣国府组成的“贾家”和贾雨村的“贾家”都败落了，所以我说这里的“贾家”是指两个“贾家”

上面分析了宁国府和荣国府共同组成的“贾家”，这里再分析一下贾雨村的“贾家”。

在《一捧雪》的故事里面，莫怀古把真的“一捧雪”玉杯藏起来，送了一个假的玉杯给严世蕃，最终导致莫怀古家败落。如果莫怀古把真的“一捧雪”玉杯送给严世蕃，那自己就不会被严世蕃打击，更不会使家族获罪，还有可能为此得到提拔。所以这里莫怀古家族败落的原因，出在莫怀古藏真玉杯，送假玉杯的问题上。

在“送”这个字上，贾雨村和莫怀古直接产生了共鸣。莫怀古送玉杯，贾雨村送林黛玉。

贾雨村在护送林黛玉到荣国府的途中，用假林黛玉调包了真林黛玉，把假的林黛玉送进了荣国府，致使真林黛玉被隐藏起来。但贾雨村没有按照上级的要求将真林黛玉彻底解决掉，致使真林黛玉活了下来，造成朝廷的机密计划遭到泄露。妙玉的身份暴露后，贾雨村因此被治罪，贾雨村的“贾家”也从此彻底败落。这正是：“因嫌纱帽小，致使锁枷杠。甲戌侧批：贾赦、雨村一干人。”贾雨村为了自己的仕途，一心想做大官，最终却害了自己及自己的家人。

贾雨村没有按照上级的要求除掉真林黛玉的情节，其推理思路来源于王熙凤指使来旺去追杀张华。但来旺不敢杀张华，在外面溜达了几天，然后回去告诉王熙凤说张华父子在半路被匪徒杀死了。当时王熙凤将信将疑，说道：“你要扯谎，我再使人打听出来敲你的牙！”此事如果真被王熙凤查实来旺说谎，那来旺的命运可就难说了。贾雨村也是一样，他没有按照上级要求完成任务，将来真相暴露，他难逃一死，整个家族也会因他而彻底败落。

《一捧雪》，至此结束！

讨论到“《一捧雪》中伏贾家之败”这个问题的时候，很多人会和“《邯郸梦》中伏甄宝玉送玉”这个情节联系起来一起分析。这里我也把“《邯郸梦》中伏甄宝玉送玉”这个情节解读一下。

《邯郸记·仙缘》里面主要讲的是吕洞宾在卢生迷茫的时候，送了一磁枕给他睡觉。卢生在梦里经历了人生的起起落落，醒来后发现黄粱米饭尚未煮熟。卢生此时方知刚才一切全是黄粱一梦。吕洞宾告诉他，那些儿子都是店里鸡犬所变，崔氏是驴子所变。卢生至此幡然醒悟，就随吕洞宾到蓬莱仙山做桃花仙苑的扫花使者去了。

这个故事“伏甄宝玉送玉”。在很多人看来，全书里面最难解的就是这个“伏甄宝玉送玉”了。甄宝玉这个人物，在书中出现的次数太少了，并且每次出现都是云里雾里的，所以对发生在他身上的送玉事件，就非常难解。要解读甄宝玉如何送玉这个情节，我们还是要把书中的情节紧密地联系起来思考。哪怕是一丁点线索，我们都不要放过。在书中，提到甄宝玉的地方有第一回的“好了歌”里面：“金满箱，银满箱，展眼乞丐人皆谤。【甲戌】甄玉、贾玉一干人。”这里同时提到了甄宝玉和贾宝玉，说他们两个以前过着非常富足的生活，现在由于家族败落，自己沦为了乞丐。第二回，通过贾雨村知道有一个甄宝玉，相貌和贾宝玉差不多，他还做过甄宝玉的老师。第五十六回，通过甄贾两家长辈的谈话，知道了甄家也有一个和贾宝玉一模一样的宝玉，脾气性格稍有偏差。后来贾宝玉和甄宝玉同时做同一个梦，两人互相在梦里见到了对方。

通过以上梳理，发现甄宝玉和贾宝玉在原著中有一个最大的共同点，那就是都做了乞丐。他们两个做乞丐，在现实中有了相同的身份。从他们两个曾经在梦中见过对方来推理，在他们做了乞丐以后，应该会走到一起，也就是甄、贾宝玉见面。再联系甄士隐在最落魄的时候遇到一个道人，所以这段情节大致是这样：“那疯跛道人听了，拍掌笑道：‘解得切，解得切！’士隐便说一声‘走罢！’将道人肩上褡裢抢了过来背着，竟不回家，同了疯道人飘飘而去。”

甄宝玉和贾宝玉做了“乞丐”后相遇，贾宝玉说：“我见过你。”甄宝玉说：“我也见过你。”这个时候来了一个道人。甄、贾宝玉定睛一看，发现这位道人竟是柳湘莲。三人见面后，互诉离别之苦，互道所经之事。说毕，柳湘莲说道：“我访道求仙时，曾从大荒山无稽崖青埂峰下经过，见一石上字迹分明，编述历历。我乃从头一看，原来就是无材补天，幻形入世，茫茫大士、渺渺真人携入红尘，历尽离合悲欢炎凉世态的一段故事。刚听二位所说经历之事，竟与石上所见相同，你们说奇也不奇？”二宝听柳湘莲所说，都感到十分惊奇，说世上竟有这等事？柳湘莲见二宝似有不信之意，道：“不如我们一起再去观看观看，如何？”二宝都说好。就这样，三人来到大荒山无稽崖青埂峰下，果然见一块石头巨大无比。上面是此石坠落之乡，投胎之处，亲自经历的一段陈迹故事。其中家庭闺阁琐事，以及闲情诗词倒还全备，或可适趣解闷，然朝代年纪，地舆邦国，却反失落无考。二宝看了正面所记之文字后，确觉与自己所经历之事十分吻合。但当他二人转至背面看时，只见所刻之字，字字皆是血。头一句是“假是真时真亦假，无为有处有还无”。所记之事，自己更是闻所未闻、见所未见。待看完后，二宝叫道：“我这个痴人、我这个痴人……”一连说了一二十句“我这个痴人”。

至最末，只见石上刻有“莫失莫忘，仙寿恒昌”八个字，与自己玉上之字无异。欲取下与其比对比对，但手到之处，却是空空如也。不知何时，玉已不见其踪。贾宝玉想问甄宝玉，发现甄宝玉不见了；甄宝玉想问贾宝玉，发现贾宝玉不见了。宝玉呆在原地，口中念道：“陋室空堂，当年笏满床；衰草枯杨，曾为歌舞场。蛛丝儿结满雕梁，绿纱今又糊在蓬窗上。说什么脂正浓，粉正香，如何两鬓又成霜？昨日黄土陇头送白骨，今宵红灯帐底卧鸳鸯。金满箱，银满箱，展眼乞丐人皆谤。正叹他人命不长，那知自己归来丧！训有方，保不定日后作强梁。择膏粱，谁承望流落在烟花巷！因嫌纱帽小，致使锁枷杠；昨怜破袄寒，今嫌紫蟒长：乱烘烘你方唱罢我登场，反认他乡是故乡。甚荒唐，到头来都是为他人作嫁衣裳！”湘莲听了，拍掌笑道：“解得切，解得切！”宝玉便说一声：“走罢！”将湘莲肩上褡裢抢了过来背着，竟不回家，同了湘莲飘飘而去。当下轰动街坊，众人当作一件新闻传说。

“甄宝玉送玉”，至此结束！

又及：贾家获罪的时候，贾宝玉的通灵宝玉被朝廷没收了，所以贾宝玉和甄宝玉去到大荒山无稽崖青埂峰下的时候，贾宝玉身上没有玉，只有甄宝玉身上有玉。但贾宝玉通“假宝玉”，寓意他身上的那块玉是假的。这里和“一捧雪”中严世蕃得到假玉杯形成对应。

第二十九章　贾元春

元妃要省亲了。贾元春为什么能够被封妃？这是研究《红楼梦》的一个难题，读者对此争论非常激烈。这里我也谈一谈自己的理解。

贾元春封妃是贾母等一辈人几十年苦心经营的结果。贾府祖上是老皇帝的功臣，就好比焦大是贾府的功臣。所以贾府势力在朝廷里面根深蒂固，在很多问题上能够对皇帝构成影响，特别是到了现在这个新皇帝，这种情况就更明显了。新皇帝登基后，本想除去贾家等势力。但他根基不稳，迫不得已，只得假装讨好贾家等一众势力，所以就决定将贾元春封为“贤德妃”。

新皇帝封贾迎春为“贤德妃”，是一时的权宜之计，受形势所逼，不得已而为之。就好比他送“鹡鸰香念珠”给北静王一样，也是自降身份向北静王示好，以达到拉拢身边势力巩固自己政权的目的。封贾迎春为“贤德妃”和送北静王“鹡鸰香念珠”，看似是不相干的两件事，但其实是一个性质，目的都是讨好和拉拢权臣。如果新皇帝能够掌握全部实权，实实在在地坐稳了皇位，那他是不会向贾家和北静王等一众势力低头的。毕竟在刚送了北静王“鹡鸰香念珠”后不久，北静王就转手送给了贾宝玉，这对新皇帝来说是非常没有面子的，也极大地挑衅了新皇帝的权威。贾家也是一样，新皇帝刚封贾元春为“贤德妃”，贾家就大肆建造大观园，把元春省亲仪式搞得跟皇帝出行一般隆重，完全没有一点低调的姿态。北静王和贾家的这种高调行为，也将成为他们覆灭的导火索。

由于新皇帝不是心甘情愿地要封贾元春为“贤德妃”，也为了给贾家点下马威，所以新皇帝在贾迎春封妃一事上的处理非常耐人寻味。这也就造成了贾元春封妃那种非常尴尬的局面，一方面是贾元春封妃，另一方面却是遮遮掩掩，整个封妃的过程简直就是不伦不类。贾政在皇宫对新皇帝谢恩后，紧接着就去东宫那边谢恩，说明贾家对太上皇依然非常忠诚。但也就是贾家对太上皇的这份忠诚，让新皇帝感到不满。新皇帝现在不能完全掌握实权，很大程度上就是因为太上皇的原因。如果没有太上皇，相信新皇帝的皇位会更稳固，也就不至于委身拉拢贾家和北静王等一众势力。

书中第十六回，贾府正在为贾政过生日，一家人其乐融融。突然皇宫里面的太监夏守忠来传口谕，一家人此刻完全不知所措。太监夏守忠来传的口谕是让贾政进宫面圣，没有说是为了什么事。甚至太监夏守忠宣读完口谕后，连水都不喝一口就走了。夏守忠为什么不留下来喝口茶？毕竟是贾府的喜事，趁此机会得些赏钱也是合情合理。这里看似一句话十二个字“说毕，也不及吃茶，便乘马去了”，但里面却埋藏了极多的信息。

皇帝给贾家的是一道口谕，不是圣旨。夏守忠宣口谕的时候非常轻蔑，没有必要的客套和礼节。皇帝所下的这道口谕也是云里雾里的。贾元春封妃的这个过程，没有见到过圣旨，所有信息都是口口相传。种种迹象表明，皇帝对贾家是有芥蒂之心的。这其实也为将来贾家被抄家埋下伏笔。

我们先来假设太监夏守忠宣读完口谕后，留下来喝口茶。喝茶也不是一时半会儿能够结束的，贾政等人就必须坐下来一起陪着喝茶。大家坐在一起喝茶，总得找点话题聊聊，现在最好的话题就莫过于皇帝的这道口谕了。贾家这边现在最需要的是什么？是情报，是关于这份口谕的相关情报。目前来看，最直接、最有效的，就是从太监夏守忠这里获得。他是传旨人，对皇帝的意图多多少少是知道一点的。现在哪怕是一丁点的情报，对于贾家来说都是极其重要的。但太监夏守忠宣读完口谕后，没有多说一句话，骑上马就走了，留下贾家人在风中凌乱。太监夏守忠这么辛苦地跑来传口谕，完了也不留下来喝茶领赏，说明他来之前就被告知：宣读完口谕，立马回宫，不得有任何耽搁，不得多说一句话，违者杀无赦。太监夏守忠宣读完口谕后，没有多说一句话，即刻就离开荣国府而去。这里对应了代玉对自己的警告：“因此步步留心，时时在意，不肯轻易多说一句话，多行一步路，惟恐被人耻笑了他去。”太监夏守忠不愿意多说一句话，原因是他怕泄露了机密。可见代玉也是一样，怕自己的言行不一而暴露了自己的真实身份。

很明显，皇帝当时要太监夏守忠来传口谕，明面上是给贾家一道口谕，但其实暗地里还有一道口谕是给太监夏守忠的。夏守忠传了口谕，急匆匆地就走了。虽然过程很简短，但内容很丰富。夏守忠走后，贾母等人开始不安起来。为什么皇帝的这道口谕没有说明是什么事？贾政此去是福是祸？贾家今天是福是祸？这一连串的疑问，苦苦地折磨着这位老人：“贾母正心神不定，在大堂廊下伫立。”这里用了“伫立”两字，字字带血，刀刀割肉。贾母此刻心中想过无数个结果，对每一个结果都需要做出处置预案。她此刻需要冷静、需要思考、需要权衡、需要做最坏的打算，她陷入了沉思，“伫立”在那里。这个时候她是那么的孤独，那么的无助，又是那么的无奈。老太君，您辛苦啦！

最后的结局没有大悲，只有大喜，贾元春封妃了！贾母等人悬着的心终于可以放下来，一切按照大喜的预案进行，这里就没有太多需要赘述的了。

回过头来看，皇帝此刻宣贾政进宫面圣，贾家上上下下为什么那么紧张？难道以前贾政没有面过圣？这完全不可能。贾政虽说不是天天见皇帝，但也绝对不是第一次见皇帝。但贾家上下为什么那么地紧张？贾家紧张的原因是什么？

我们首先来看，皇帝传口谕给贾家的时候，贾家正在给贾政过生日，一家人正在一起唱生日歌，气氛融洽，满屋子的欢声笑语，书中说的是“热闹非常”。就在这个时候，皇帝派了一个太监过来传旨。贾家为了迎接口谕，在最短的时间内做准备：“忙止了戏文，撤去酒席，摆了香案，启中门跪接。”准备工作刚刚做好，“早见六宫都监夏守忠乘马而至”。说明夏守忠当时已经离贾家非常近了才派人来通知贾家，目的就是不给贾家有任何的准备。

六宫都监夏守忠宣读的口谕，只是让贾政进宫面圣，属于一个中性口谕，内容含糊不清，无头无脑，让贾家完全猜不出皇帝的心思。结合夏守忠的异常表现，这个中性口谕就偏向对贾家不利的方向。

夏守忠来到贾家后，不遵守礼数，宣读完口谕后，不喝一口茶，不多说一句话，总之一点就是：让你贾家自己猜去。一般情况下，宣旨人传达对被宣旨人有利的口谕，宣读后都会留下来寒暄几句，喝喝茶，说点恭喜之类的话，顺便还可以得点赏钱。对被宣旨人不利的口谕，宣读后就不留下来喝茶、聊天之类的，因为人家这个时候估计也没有心情招呼你。而这次夏守忠就是采用了对贾家不利的那种宣读口谕的方法，宣读完后直接走人。

按照口谕的要求，贾政必须马上进宫，时间紧迫，不给贾家任何喘息和思考的机会，并且里面也没有说要贾政带什么东西过去，更没有说明事由。如果多给贾家点时间，或许可以从其他渠道打听到点什么消息。但皇帝直接就没有给贾家任何时间，用了“立刻”两个字，说明事情非常紧急。贾家对于皇帝来说，是没有什么事会紧急到如此地步。说明这次皇帝找贾政过去，事情非同小可，绝对是大事。

从以上各方面来看，皇帝这次下诏给贾家绝非好意。表面光鲜亮丽、皇恩浩大，但里面却包藏祸心，甚至可见杀机。这就是贾母等人听完口谕后不安的原因所在。那夏守忠来宣读口谕的时候是否知道皇帝宣贾政的目的呢？书中是这样写的：“那夏守忠也并不曾负诏捧敕，至檐下马，满面笑容，走至厅上，南面而立。”其中有四个字是“满面笑容”。从此可以看出，夏守忠其实是知道皇帝传贾政过去的真实目的，但他就是不说，也不敢说。

皇帝传贾政过去的目的很明确，就是给贾元春封妃，但他为什么要搞出这么多的幺蛾子？为了简化程序，夏守忠拿着圣旨过去，直接宣布贾元春封妃一事，然后让贾家进宫谢恩，简单明了，皆大欢喜，多好。他这样做的目的是什么呢？为什么要贾家的人如此惶恐？

贾元春封妃是在秦可卿死后的事。在秦可卿的葬礼上，新皇帝看到了贾家影响力的强大。当时多少王公贵族过来路祭秦可卿，完全不把宫廷礼仪放在眼里，甚至可能有多少想来拜祭的还没有排上号呢。这些人，完全就是在欺负新皇帝根基不稳。新皇帝为了拉拢北静王，送他一个手串，他转手就送给贾宝玉，完全没有把新皇帝放在眼里。

看到贾家势力如此强大，新皇帝决定铲除贾家等一众势力，甚至把铲除贾家行动排上了日程表。秦可卿死前告诉王熙凤："三春去后诸芳尽，各自须寻各自门。"说明新皇帝准备在三年之内除掉贾家及与贾家相关的势力。新皇帝用这种方法把贾政召进皇宫，让贾家有一种危机感，让贾家认为大祸临头，让贾家认为朝廷要对自己动手了，以此来测试贾家的反应。

贾元春封妃事件，是新皇帝在处理贾家问题策略上的重大改变。他放弃之前那种针锋相对的硬方式，转而使用一种温水煮青蛙的软方法，用三年时间把贾家问题彻底处理完。这个策略上的改变，书中就出现在贾宝玉给代玉讲"耗子精"的故事中。小耗子本来的计划是变成一个"香芋"，但中途改变了计划，变成了"林黛玉"。说明新皇帝在贾家内部安置了眼线，随时随刻把贾家的一举一动上报给自己。所以，这次宣布贾元春封妃事件，是新皇帝为对付贾家的一次战斗演习，试探对方的底细，为下一步计划做好准备。

该来的还是要来，贾元春封妃后，接着就要安排省亲了。

贾元春省亲前，荣国府建造大观园，花费巨大。和宁国府办理秦可卿丧事如出一辙，超规格了。当初贾政劝贾珍不要给秦可卿使用那块棺材板，现在他自己却超标了。这两件事都超越了宁、荣二府的品级，在皇帝看来，有挑衅皇权之嫌。中间的过程我们不一一叙述。进入重点，贾元春开始省亲。

省亲当天，贾家又再次被皇帝耍了。贾母并一家老小，从早站到晚，但就是不见元妃省亲队伍。这次元妃省亲，应该是得到准确的通知了。按照常理，元妃应该早早的来到荣国府省亲，要不然贾母等人也不会大老早地就在门外等候。从贾母等人一早就在门外等候贾元春来看，大家都认为贾元春会在当天早上回娘家。但出乎所有人的意料，贾元春不但没有早上来，并且还来得非常晚。来得早，大家相处的时间就多，毕竟老长时间没有见面了，想说的话太多太多。但事实是，元妃的省亲时间被安排得不伦不类，说什么元妃在皇宫里面的行程安排很多，天黑了才到家。明人不说暗话，任何人都可以看出，这分明就是皇帝故意刁难，就是不给她白天来省亲。那皇帝为什么不安排元妃白天来省亲呢？一方面是缩减贾元春与家人的接触时间，避免贾元春向贾家泄露皇宫里面的机密。另一方面是让贾家花重金修建的大观园化为泡影。贾家超规格修建大观园，还想让皇帝买单，简直是异想天开。所以皇帝安排贾元春天黑后来省亲。天黑后，什么也看不见，相当于贾家的全部努力白费了。再一方面，皇帝想让贾元春什么时候省亲就什么时候省亲，使贾家知道自己掌握着贾家的生杀大权。

好不容易，终于等到元妃了。场面确实很壮观，让人读了都感觉耳目一新，仿佛皇家省亲的场面就在我们面前一样。从元妃省亲的行程看，戌初（19：00）从宫中起身，丑正三刻（凌晨2：45）回宫，除去路上的时间，在荣国府停留的时间最多也不过七个小时。在这七个小时的时间里，要走的流程又非常多，所以留给她和家人团聚的机会是非常少的。

贾元春首先是游览大观园。这中间她多次提醒贾家超标了，并且还修改了几处题词。值得注意的是，元妃把“蓼汀花溆”改为“花溆”时，“蓼汀”是指供大雁等水鸟休息繁衍的“沙洲”，跟随代玉来到荣国府的小丫头就叫“雪雁”。贾元春去掉“蓼汀”，就是在暗示要让代玉离开贾家，不给她在贾家有立足之地。把“红香绿玉”改为“怡红快绿”。“香玉”二字，隐喻代玉，把“香玉”二字去掉，就是要贾家把现在这个假“林黛玉”除掉。贾元春在皇宫里面，已经知道了代玉的真实身份，但她的一言一行都被皇宫里面的人死死地盯着，根本没有机会当面向贾家的人说明，所以只能暗示。

在作诗环节。书中写代玉：“原来林黛玉安心今夜大展奇才，将众人压倒。”代玉想在贾元春面前展露自己的才华，无非是想引起贾元春的注意。贾元春现在是皇妃，这难道不是在暗指代玉有意攀附富贵吗？“择膏粱，谁承望流落在烟花巷！【甲戌】一段儿女死后无凭，生前空为筹画计算，痴心不了。”还有，在书中第一回，贾雨村就是因为在甄士隐面前展露了自己的才华，所以才得到甄士隐的资助，从而金榜题名。可见，代玉和贾雨村一样，都有意在富贵人面前展露自己的才华。

贾元春将“红香绿玉”改为“怡红快绿”，中间去除了“香玉”二字。作者担心我们读者不明白他的用意，所以在作诗环节中又让薛宝钗出来对此进行强调：“他因不喜‘红香绿玉’四字，改了‘怡红快绿’；你这会子偏用‘绿玉’二字，岂不是有意和他争驰了？况且蕉叶之说也颇多，再想一个改了罢。”可见贾元春誓要除去“香玉”是事实。

接下来元妃点的四出戏是本节的重中之重，道尽了元妃的一片苦心。四出戏中，每一出戏，都是一个暗示。用戏来暗示剧情的发展，书中还有一处，就是“清虚观打醮”。当时贾母在清虚观的时候，贾珍代表贾家在神前拈了戏，分别是《白蛇记》《满床笏》《南柯梦》。这三部戏，其实是总结了贾家从创业到衰败的过程。而这里贾元春点的四部戏，也分别伏下四件大事。由此可见，贾元春和神佛一样，有预知将要发生大事的能力。她属于书中“未卜先知”的人（诸葛亮）。贾母在听到最后一出戏是《南柯梦》的时候就不再言语，很明显她是“见事就知”（周瑜）。而贾宝玉自然就属于“事后方知”（曹操）。

脂砚斋对贾元春点的四出戏是这样批的：

第一出《豪宴》；【庚辰双行夹批：《一捧雪》中伏贾家之败。】

第二出《乞巧》；【庚辰双行夹批：《长生殿》中伏元妃之死。】

第三出《仙缘》；【庚辰双行夹批：《邯郸梦》中伏甄宝玉送玉。】

第四出《离魂》。【庚辰双行夹批：《牡丹亭》中伏黛玉死。所点之戏剧伏四事，乃通部书之大过节、大关键。】

《一捧雪》讲的是莫怀古因为一个玉杯被小人出卖，遭到权臣迫害，致使妻离子散的故事。莫怀古被害的原因有两个，一个是自己的玉杯被人盯上了，另一个是被小人出卖。《一捧雪》伏贾家之败。说明贾家也是因为“玉杯”被人盯上了，再加上有小人出卖，所以贾家才败的。知道了问题，那解决起来就容易多了。第一步，不要泄露自己有“玉杯”；第二步，把那个告密的小人找出来除掉。贾元春前面已经点明，就是把代玉除掉。贾家的“玉杯”指的是什么呢？应该是指两方面：一、贾家手中的权力；二、贾宝玉的通灵宝玉。贾家手中有权力，威胁到了皇帝的地位，所以皇帝想要收回贾家的权力。贾家营造贾宝玉的通灵宝玉，把通灵宝玉炒作得尽人皆知。一个人如果能够“衔玉而生”，其本身就有“天选之人”的味道。这无疑会引起皇帝的芥蒂。

《长生殿》讲的是杨贵妃之死。当时两股势力发生冲突，最后死的却是杨贵妃。贾元春现在和杨贵妃的身份地位一样。将来贾元春会因为新老政权的矛盾冲突受到波及，致使贾元春落得和杨贵妃一样的下场。新皇帝代表的是新政权，太上皇代表的是老旧政权。一旦太上皇去世，新皇帝掌握实权，他就不再需要依附贾家等一众势力，那贾家的存在就显得可有可无了。

《邯郸梦》讲的是卢生得了吕洞宾赠枕，邯郸客栈内黄粱一梦。梦中卢生，先娶得富家千金崔氏以重金助己贿试夺得状元功名，授翰林编修兼知制诰。后不想得罪权臣宇文融，查知卢生任上谋私不法，将其贬至陕州为知府，却因祸得福被皇帝赏识。但醒来后却是一个梦。伏甄宝玉送玉。

《牡丹亭》伏黛玉死。描写了官家千金杜丽娘对梦中书生柳梦梅倾心相爱，竟伤情而死，化为魂魄寻找现实中的爱人，人鬼相恋，最后起死回生，终于与柳梦梅永结同心的故事。

对这四部戏伏四件事的解读，因为篇幅太长，这里就不专门解读了。

听完戏，贾元春又开始游览大观园的其他地方。这里只重点提到贾元春去了一座寺庙里面烧香拜佛，并赏了几个“幽尼女道”。一个细小的情节，却隐藏着一个大秘密。贾元春在这里烧香拜佛后，题了“苦海慈航”四个字。对这个情节，很多人无法解答。如果说不重要，为什么作者要写？如果说重要，那写的意义何在？贾元春题“苦海慈航”的这座寺庙，应该就是妙玉的“栊翠庵”。贾元春在书中有先知的作用。这里其实是暗示了妙玉经历的一段“苦海慈航”，揭露了真林黛玉来荣国府的时候遭到迫害的经历，也预示了后面妙玉会在“瓜州渡口”折返回来救贾宝玉。

其实作者为了让读者能够更好地理解《红楼梦》，中间不断地给出提示，也就是判词、伏线、脂批。这些提示层层深入，把整个事件描述得越来越清晰。

贾元春既然知道了贾家即将面临的危险，那他们接下来会怎么做呢？很明显，贾元春一方面极力劝贾家要节俭，另一方面展开了大的人事安排，把贾宝玉、代玉、薛宝钗等人全部“关”进大观园。其实我们仔细揣摩一下原著里面的情节，贾宝玉等人住进大观园后，看似生活得无忧无虑，但感觉并不自由，随时都有人在监管着，好似一个大囚笼一样。

第三十章　点犀盉

《红楼梦》第三回，贾母问代玉吃什么药时，代玉说过：“那一年三岁时，听得说来了个癞头和尚，说要化我去出家，我父固是不从。他又说：‘既舍不得他，只怕他的病一生也不能好的。若要好时，除非从此以后，总不许见哭声；除父母之外，凡有外姓亲友之人，一概不见，方可平安了此一世。’”如果非要把这段话做个解释，那意思就是以后代玉必须与外界隔离，也就是要其脱离这个社会。我感觉怎么像个“诅咒”一样，完全是逼一个人去做“世外高人”呀。

无独有偶，通过《红楼梦》第六十三回邢蚰烟和贾宝玉的对话得知，妙玉自称“畸零之人”。这里必须得解释一下，“畸零之人”是指：各个方面都脱离主流社会群体方式的人，多难容于世，少有人理解。

这样来看，那癞头和尚对代玉下的“咒语”，完全是对妙玉字号的解释。刚才还让我在那里解释半天，原来那个癞头和尚已经解释过了。

这里足够说明，癞头和尚当时要化去出家的那个林如海夫妇的女儿，原来是妙玉。所以，妙玉才是林如海夫妇的女儿林黛玉，现在荣国府里面的那个代玉是假的。这证据还不够充分吗？

那妙玉有没有告诉贾宝玉自己才是真正的林黛玉呢？告诉了，但毕竟贾宝玉是一个“事后方知”的人，所以他没有看出来。

同样是从《红楼梦》第六十三回邢蚰烟和贾宝玉的对话中得知，邢蚰烟一家当年就租住在妙玉修行的蟠香寺。邢岫烟说：“我和他做过十年的邻居，只一墙之隔。”邢岫烟和妙玉是邻居，并且还是十年的邻居。《红楼梦》书中第一回甲戌侧批：“‘隔壁’二字极细极险，记清。”如果出现邻居关系，说明她们之间有大事要发生，并且是特别大的坏事。那邢蚰烟和妙玉之间会发生什么特别不好的事呢？

这件事还得从妙玉写给贾宝玉的生日贺卡来说起。贾宝玉的生日到了，妙玉写了一张生日贺卡给贾宝玉，上面写：“槛外人妙玉恭肃遥叩芳辰。”妙玉自称“槛外人”。贾宝玉收到妙玉的贺卡是又惊又喜，不知道该怎么回帖。他想去找代玉帮他出主意，却在半路遇到了邢蚰烟。邢蚰烟这个半瓶醋就自告奋勇帮贾宝玉在那里“一本正经”地分析着，说“槛外人”是指看破红尘、超然脱俗之人的意思，还叫贾宝玉以“槛内人”的名义去回妙玉。“隔壁”邻居邢蚰烟误我妙玉大事亦。

妙玉因为深居栊翠庵，平时深居简出，和贾宝玉接触的机会非常少。这次借贾宝玉的生日，想把自己的真实身份告诉他，但却被邢蚰烟这个“热心人”给乱解了。贾宝玉这个傻瓜，平时很聪明的，怎么这个时候却那么笨，妙玉这么明白的话，他居然看不出来。妙玉写给贾宝玉生日贺卡上的“槛外人”，意思非常简单，不用那么复杂的去理解，真实意思：我是一个被拒之门外之人。“槛”就是门槛，“槛外人”就是在门槛外面的人，那不就是“一个被拒之门外的人”吗？说明“这个人”其实本应该是“门内人”，但却被“拒之门外”，不让进去了。“槛外人妙玉恭肃遥叩芳辰”：宝玉，我才是真正的林黛玉，里面那个是假的，她顶替我，并把我拒之门外，你要醒醒呀。我在这遥远的地方，恭敬严肃地对着你居住的方向叩拜你，祝你生日快乐！

有个问题，“槛外人”是不是妙玉的别号？这个问题从古至今没有人提过，这里我第一次将这个问题提出来请大家思考。答案是：“槛外人”不是妙玉的别号。当时邢岫烟就说过：“从来没见拜帖上下别号的。”妙玉被代玉称为“诗仙”，判词“气质美如兰，才华馥比仙”，她的知识文化自然不在其他人之下。邢岫烟还是她的学生。在拜帖上不能使用别号这个规矩，既然连邢岫烟都知道，难道作为老师的妙玉会不知道吗？所以，“槛外人”不是妙玉的别号，而是她向贾宝玉传递的一个信号。

现在社会上流行的一些解释，太复杂啦，和当年的贾宝玉一样糊涂。作者为了让所有人都能够看懂《红楼梦》，其实很多地方是不需要大家去深度理解的。同时作者也在告诉我们所有读《红楼梦》的人，大家在理解《红楼梦》的时候，不要像邢蚰烟一样，把简单问题复杂化，尽量想得简单点，想多就错了。邢蚰烟这个“热心人”，好心办了坏事，完全把妙玉的意思弄错了，再加上贾宝玉这个糊涂蛋，居然回了一个：“槛内人宝玉薰沐谨拜。”真是驴唇不对马嘴。邢岫烟自己都知道拜帖上不能使用别号，但她还教贾宝玉在拜帖上使用别号进行回复，可见邢岫烟在理解和运用上是比较肤浅的。

本来这件事还是有转机的，就是贾宝玉回帖的时候如果能够亲手交给妙玉，那妙玉就能够当面和贾宝玉说清楚。但贾宝玉居然把回帖从妙玉的门缝里面塞进去就回去了，也就错过了这个机会。

当时贾宝玉把妙玉的帖子拿给邢蚰烟看的时候，邢蚰烟这样评价：“他这脾气竟不能改，竟是生成这等放诞诡僻了。从来没见拜帖上下别号的。这可是俗语说的‘僧不僧，俗不俗，女不女，男不男’，成个什么道理。”从这里我们也可以看出，妙玉的性格和之前还在林家的林黛玉一样，只要自己想做的事，不会去拘泥于世俗观念，两个人的性格完全吻合。

“僧不僧，俗不俗，女不女，男不男”这句话是出自《惠明下书》。作者用《惠明下书》一戏直接点出了妙玉。惠明这个人物，表面看似粗鲁、不合时宜，实际个性鲜明、光明磊落、敢于担当。其中惠明最有名的思想就是讽刺了僧侣的“僧不僧、俗不俗、女不女、男不男”。而邢岫烟评价妙玉就是“僧不僧，俗不俗，女不女，男不男”。如果邢岫烟的评价是正确的，那么妙玉和惠明就是两个对立的人物。

那么，邢岫烟对妙玉的评价到底是否正确呢？一个人对一个人的评价，我们很难去评判。所以我们只能去找作者的观点，毕竟书是他写的。作者对此是否有什么提示呢？答案是：有的。在书中第一回，甄士隐第一次见到贾雨村的时候，有这么一条脂批：“‘隔壁’二字极细极险，记清。”这条脂批是作者在着重提醒我们一定要注意书中提到的“隔壁”关系，并且这种关系极其危险，一定要记清。邢岫烟之所以了解妙玉，恰恰就是因为她和妙玉曾经有过十年的“隔壁”关系。当年邢岫烟家很穷，只能租住在妙玉修行的蟠香寺里面，并且就住在妙玉隔壁。邢岫烟和妙玉有着十年的“隔壁”关系，符合作者的提示：“‘隔壁’二字极细极险，记清。”由此我们可以断定：邢岫烟对妙玉的评价和理解都是错误了，并且这些错误的评价和理解会对妙玉造成极其严重的伤害。所以，邢岫烟评价妙玉“僧不僧，俗不俗，女不女，男不男”是错误的，妙玉不符合她的这个评价。那妙玉和惠明就相吻合了，也是属于那种表面看似粗鲁、不合时宜，实际个性鲜明、光明磊落、敢于担当的人。惠明和妙玉两个人，表面上看起来让人觉得不合时宜，难以相处，其实这样的人才是最真实、最可靠的。

妙玉送给贾宝玉的贺卡当时是被压在砚台底下。关于“砚台”，书中第二十二回，贾政当时给贾母出了个灯谜：“身自端方，体自坚硬。虽不能言，有言必应。”谜底就是“砚台”。从砚台的灯谜中暗示妙玉：行得正，性格坚强，不喜欢多说话，但她所说的话或者是想要表达的意思都是真实的。贾政当时给贾母出了灯谜以后，悄悄地让贾宝玉把谜底告诉了贾母。所以这里是影射妙玉已经在暗地里把自己的真实身份告诉了贾母。贾母在得知这一情况后，并没有声张，而是按兵不动，因为她一时之间没有办法区分两个林黛玉的真假。贾母答应妙玉领代玉去见她，让她们两个当面对质。所以后来才有了在第四十二回贾母领代玉、薛宝钗、贾宝玉和刘姥姥等人去栊翠庵喝茶一事。试探真假“林黛玉”的目的，才是贾母栊翠庵喝茶的真正目的。

代玉当初第一次到荣国府的时候，贾母把自己的丫头鹦哥给了她。代玉后来把鹦哥的名字改为紫鹃。“紫”是紫红色，是“血”的意思。“鹃”是杜鹃的意思。杜鹃有杜鹃花和杜鹃鸟两种解释。结合紫鹃之前的名字鹦哥是以动物来命名的，所以这里紫鹃的“鹃”是杜鹃鸟的意思。“紫鹃”的完整解释是：嗜血的杜鹃鸟和杜鹃啼血两种意思。杜鹃鸟是一种名声非常差的鸟类，它会抓住机会叼走苇莺、画眉、伯劳等其他鸟巢中的蛋，并在巢内产下一枚自己的蛋，让其他鸟类代为孵化。孵出之后，不知情的成鸟出于育雏的本能，会不辞辛劳地给杜鹃雏鸟喂食，直到雏鸟长得比自己身体还大。杜鹃鸟一般在一个鸟巢中只寄生一枚自己的蛋，由于杜鹃的蛋孵化期很短，往往最先孵出。出于本能，杜鹃雏鸟会将同巢成鸟生下的鸟卵和幼雏推出巢外，留下成鸟独自抚养自己。代玉把“鹦哥”的名字改为“紫鹃”，就是寓意她是一只“寄生”在别人巢里的“杜鹃雏鸟”。她要把真正的林黛玉挤出“巢穴”，霸占林黛玉的一切，还要贾家上上下下对她毕恭毕敬，她时不时地还要点小性子。

对于“紫鹃”另外一个寓意“杜鹃啼血”，影射的是在代玉失踪后，紫鹃为此伤心流泪。毕竟从情节上来看，紫鹃对代玉还是很好的。代玉失踪后，紫鹃伤心流泪也在情理之中。代玉受到伤害，并流落到烟花柳巷，伤心难过在所难免，对此也可以当作“杜鹃啼血”来理解。

《红楼梦》书中无论哪一个情节都不会孤立，绝对还有其他地方与之对应。那“槛外人”这个情节又在书中的哪里有伏笔呢？书中第二十二回写道：“宝玉没趣，只得又来寻黛玉。刚到门槛前，黛玉便推出来，将门关上。宝玉又不解其意，在窗外只是吞声叫‘好妹妹’。”贾宝玉“刚到门槛前”，说明贾宝玉还在门槛外，“槛外人”的出处就在这里。“槛外人”这个时候遭到什么样的对待？“黛玉便推出来，将门关上”：把“槛外人”“推出来，将门关上”。好不残忍，心如毒蝎。这个时候的“槛外人”怎么办？只能“吞声”：忍气吞声。“槛外人”这个时候只能忍气吞声。发生这件事的地方在荣国府，贾宝玉才是这个家的主人，代玉是客。客把主推出房外，典型的“鸠占鹊巢”。但书中真正的“槛外人”是妙玉，现在我们再把贾宝玉换成妙玉，意思就非常明确了：代玉霸占了妙玉的位置，属于典型的鸠占鹊巢，这就是《红楼梦》书中所说的“真事隐”。

至于代玉，在书中第十八回，林之孝家的人向王夫人介绍妙玉的时候说：“因生了这位姑娘自小多病，买了许多替身儿皆不中用，到底这位姑娘亲自入了空门，方才好了，所以带发修行。”所以，代玉其实是妙玉家当初买来代替妙玉出家的替身中的一个。她也是贾雨村和大老婆生的女儿，后来被贾雨村用来调包林黛玉。

有一点还需要大家留心，邢岫烟作为妙玉的学生，在很多方面传承了妙玉。贾宝玉曾经评价邢岫烟：“怪道姐姐举止言谈，超然如野鹤闲云，原来有本而来。”从这个评价可以看出，妙玉的本质非常高洁。贾雨村也曾经评价林黛玉传承于她母亲贾敏。

第三十一章　夏金桂

代玉居然会和夏金桂扯上关系，这听起来可能会让人匪夷所思。一开始我也没有把这两个人联系起来思考，但一次偶然的机会，我居然发现这两个人之间确实存在关联。当时我在刷视频，一位《红楼梦》博主播放了影视剧里面的片段。其实这段视频也没有什么特别的，播放的是贾母请人将一碗“鸡髓笋”送给代玉吃。这个情节我曾经无数次读到过，也试图用各种方法去解读过，但都没有什么收获。但不知道为什么，那天当我听到视频里面的“鸡髓”两个字时，我突然警醒，一下子就联想到夏金桂爱吃鸡鸭骨头一事。这或许就是“众里寻她千百度，蓦然回首，那人却在灯火阑珊处”。

循着这个思路，我把代玉和夏金桂两个人物进行了比较，这才发现二者之间居然高度相似。

首先就是夏金桂爱吃油炸鸡鸭骨头，而贾母给代玉送去一碗“鸡髓笋”，二者之间相似度极高，并且都是吃食中的另类。本来鸡鸭都是肉好吃，但夏金桂却唯独喜欢吃骨头，还用油炸焦了吃。书中是这么描写的：“生平最喜啃骨头，每日务要杀鸡鸭，将肉赏人吃，只单以油炸焦骨头下酒。”而代玉吃的“鸡髓笋”中，“髓”是骨头里面的骨髓。鸡鸭属于禽类，为了减轻重量，鸡鸭的骨头很轻，里面的骨髓更是少到可以忽略不计。如果要取鸡鸭的骨髓来做菜，那是非常困难的。现实中有人做成了相类似的“鸡髓笋”。据他描述，当时用了很多只鸡才收集够能做一份“鸡髓笋”所需要的鸡骨髓。那么，我们大家想一想，一只鸡如果只取了骨髓，那肉怎么办？你吃得完那么多鸡肉吗？如果吃不完，是不是要么浪费掉，要么送给别人吃。所以，代玉所吃的这碗“鸡髓笋”，其实和夏金桂爱吃的油炸骨头一样，自己吃骨头或骨髓，肉就送给别人吃。夏金桂和代玉两个人，一个喜欢吃骨头，一个喜欢吃骨髓。如果说这两个人没有相似度，那就是睁眼说瞎话了。在这里补充一下，《红楼梦》里面很多所谓的“美食”，其实在现实生活中是不存在的，是作者为了方便创作而描写出来的。有些美食家，想方设法去做什么“红楼美食”，想以此开辟出饮食界的一条路径，但往往都以失败而告终，其道理就在此。

夏金桂喜欢赌博，书中这样描写：“金桂不发作性气，有时欢喜，便纠聚人来斗纸牌、掷骰子作乐。”虽然书中没有描写代玉喜欢赌博，但却描写她公开支持赌博。书中第四十五回，薛宝钗安排婆子给代玉送燕窝的时候，代玉赏钱给那个婆子。当时书中这样描写：“代玉笑道：‘我也知道你们忙。如今天又凉，夜又长，越发该会个夜局，痛赌两场了。’婆子笑道：‘不瞒姑娘说，今年我大沾光儿了。横竖每夜各处有几个上夜的人，误了更也不好，不如会个夜局，又坐了更，又解闷儿。今儿又是我的头家，如今园门关了，就该上场了。’代玉听说笑道：‘难为你。误了你发财，冒雨送来。’命人给他几百钱，打些酒吃，避避雨气。”由此可见，代玉是知道这个婆子要去赌钱的，她不但不反对，还赏钱给这个婆子，变相的公开支持荣国府下人赌博。代玉作为主子，明知这个婆子是个头家，不但不制止，也不上报，还支持她“痛赌两场”，为其提供赌资，所以她才是荣国府里面最大的“头家”。后来从贾母的态度可知，荣国府的领导层坚决反对赌博。而大家心目中的“女神”代玉，却在大肆公开支持赌博。所以，贾母等人那次要揪出赌博的头目，代玉也算得上是头目中的头目了。

代玉和夏金桂的容貌都非常漂亮。代玉的容貌自然不用多说，夏金桂也是一个美人。书中描述夏金桂“生得亦颇有姿色”。

代玉和夏金桂都有文化。代玉的文化水平自然也是不用多说，夏金桂也是有文化的人。香菱曾经说夏金桂：“在家里也读书写字。”还希望夏金桂早日过门，这样就可以“又添一个作诗的人了”。另外，书中描写夏金桂“亦颇识得几个字”。在书中第三回，贾宝玉问代玉读什么书，代玉回答：“不曾读，只上了一年学，些须认得几个字。”只从字面上比较，两人都是非常接近。

夏金桂在薛蟠眼里，用香菱的话说，是“情人眼里出西施”。贾宝玉第一次见到代玉的时候，为代玉取了一个表字叫“颦颦”。在“东施效颦”里面，“颦”是指西施的意思。贾琏的小厮兴儿说代玉是“多病西施”。

香菱说薛蟠和夏金桂是“从小儿都一处厮混过”的，并且还是“姑舅兄妹”。贾宝玉和代玉自然不用多说，他们两个更是从小一起玩到大，关系也是“姑舅兄妹”。不过，薛蟠和夏金桂是真的“姑舅兄妹”，而贾宝玉和代玉是假的“姑舅兄妹”，因为代玉根本就不是贾敏的女儿。

香菱说夏金桂家：“如今太爷也没了，只有老奶奶带着一个亲生的姑娘过活，也并没有哥儿兄弟，可惜他竟一门尽绝了。”在书中第五十七回，紫鹃骗贾宝玉说代玉要回去，贾宝玉因此病倒，差点就丢了性命。贾母为了安慰宝玉，曾经说道：“林家的人都死绝了。”

薛蟠外出做生意途中，曾经到夏金桂家做客。香菱说：“夏奶奶又是没儿子的，一见了你哥哥出落的这样，又是哭，又是笑，竟比见了儿子的还胜。又令他兄妹相见，谁知这姑娘出落得花朵似的了，在家里也读书写字，所以你哥哥当时就一心看准了。”这段剧情的描写，和代玉第一次到荣国府时的场景非常接近。只是代玉进荣国府那段描写得比较详细，而薛蟠这段描写得相对简略一些。当时代玉进荣国府的时候，贾母见到代玉，情绪也是“又是哭，又是笑”。当贾宝玉和代玉相见时，两人也是互生好感。

香菱非常希望薛蟠早点把夏金桂娶过门，她说：“我也巴不得早些过来。”这里和荣国府里面贾母等人期盼“林黛玉”早点到来是一致的。虽然书中没有直接描写贾母等人期盼“林黛玉”早点到来，但在代玉第一次进到荣国府的时候，荣国府从贾母等人的表现来看，都是非常期盼“林黛玉”早点到荣国府。不过贾母她们并没有等来自己的亲外孙女，而是等来了一个冒牌货。香菱期盼夏金桂早日过门，是香菱以为夏金桂应该是一个知书达理，而又平易近人的人。但出乎香菱的预想，夏金桂与她想象中的形象是截然相反的。夏金桂不但不知书达理，也不平易近人，还是公认的《红楼梦》“第一恶妇”。有人说赵姨娘是《红楼梦》“第一恶妇”，但和夏金桂比起来，赵姨娘还是稍有逊色。从作者第一次描写夏金桂开始，笔下就没有留过情，直截了当地就描写夏金桂如何的“恶”。可见作者对此人也是深恶痛绝。从作者描写夏金桂来到薛家前后判若两人的思路进行推理，“林黛玉”来到荣国府前后也是不同的两个人。来前是真林黛玉，来到的是假林黛玉。

在身世上，书中描写夏金桂：“从小时父亲去世的早，又无同胞弟兄，寡母独守此女，娇养溺爱，不啻珍宝。”而林黛玉同样也是从小失去母亲，没有兄弟姊妹，只有父亲抚养她，对她“爱如珍宝”。不过，这是真林黛玉的身世，不是假林黛玉的身世。但现在这个代玉冒充真林黛玉，借用了真林黛玉的身世。

在心机上，夏金桂是：“若论心中的邱壑经纬，颇步熙凤之后尘。”王熙凤在心机上，几乎没有人能够与其相比，十分精明，思维极其敏捷。而代玉呢？是“心比比干多一窍”的人，也就是比一般人多了一个心眼，也同样算得上是有心机的人。“心机”是有计谋之意。

在对待比自己身份地位低的人时，夏金桂是“窥他人秽如粪土”。而代玉有一次在公开场合大肆嘲讽刘姥姥，惹得大家哄堂大笑。她把刘姥姥比作“母蝗虫”，还称当时带领刘姥姥游览大观园是“携蝗大嚼图”。龄官在长相上酷似代玉，但就因为龄官的身份地位低下，所以代玉就不高兴了。难道一个社会地位低下的人，不配长得像她？长得像她也成了罪过了吗？

在面对自己的对手时，夏金桂是持：“‘宋太祖灭南唐’之意，‘卧榻之侧岂容他人酣睡’之心。”也就是处处提防和打压对方。而代玉何尝不是如此？她认为薛宝钗是她的敌人，所以也是处处提防和排挤薛宝钗。后来薛宝钗利用代玉使用禁书上的诗句对牙牌令的机会，给代玉来了一个下马威，从此代玉臣服在薛宝钗的脚下。代玉提防和排斥薛宝钗的证据在书中第四十九回，当时贾宝玉对代玉说：“是几时孟光接了梁鸿案？”代玉接着就“因把说错了酒令起，连送燕窝病中所谈之事，细细告诉了宝玉。”并且说道：“谁知他竟真是个好人，我素日只当他藏奸。”可见在此之前，代玉对薛宝钗一直是持有敌意的，并且对薛宝钗处处提防和排斥。薛宝钗用言语压制过两个人，一个是代玉，就是薛宝钗利用她对错牙牌令的机会进行精准打击，另外一个是夏金桂，书中写道：“宝钗久察其不轨之心，每随机应变，暗以言语弹压其志。”

夏金桂为了在家中占据主导地位，想方设法压制薛蟠，让薛蟠乖乖地臣服在自己脚下。书中描写夏金桂无事生非，赌气使性。薛蟠对夏金桂是处处小心，生怕哪里做得稍微不对，就会惹得夏金桂生气。夏金桂每次生气，都要薛蟠哄很长时间。他们两个这种处境，难道不是贾宝玉与代玉吗？代玉不是也一样，得不得就生气，然后贾宝玉只有去哄。在书中第二十三回，贾宝玉又一次惹代玉生气了。当时贾宝玉为了讨代玉高兴，说：“好妹妹，千万饶我这一遭，原是我说错了。若有心欺负你，明儿我掉在池子里，教个癞头鼋吞了去，变个大忘八，等你明儿做了‘一品夫人’病老归西的时候，我往你坟上替你驮一辈子的碑去。说的林黛玉嗤的一声笑了。”贾宝玉为了哄代玉高兴，真是无所不用其极，向代玉求饶，把自己比作个“大忘八”，这和薛蟠有什么区别？

根据书中描写，贾宝玉第一次见到夏金桂时，觉得夏金桂：“举止形容也不怪厉，一般是鲜花嫩柳，与众姊妹不差上下的人，焉得这等样情性，可为奇之至极。”代玉给贾宝玉的第一印象也是非常好的。但在相处中，贾宝玉也是和薛蟠一样，稍不留神就惹得对方生气使性。夏金桂和代玉生气后，薛蟠和贾宝玉只能赔礼道歉，想方设法地哄对方开心。代玉表面上看起来温柔漂亮，但现实生活中却经常使性子，对人尖酸刻薄，人送外号“林怼怼”。

薛蟠曾经为了得到宝蟾，跪在地上求夏金桂，说道：“你要人脑子也弄来给你。”这本是薛蟠为了求夏金桂把宝蟾收在房中作出的承诺，并没有什么稀奇的。但问题是，在书中第二十八回，贾宝玉为代玉配的药里面，有一剂药是“头胎紫河车”，就是第一胎生产孩子的胎盘。还有一剂药是古墓里面死人身上戴着的珍珠宝石。后来通过贾宝玉之口说出，薛蟠确实花了很多时间和金钱配成了此药。要治代玉的病，需要人的胎盘，还要古墓里面死人身上戴着的珍珠宝石。而薛蟠为了讨好夏金桂，居然宁愿去为夏金桂弄活人脑子。这二者之间的关系，至此不言而喻了。

改名字。夏金桂曾经把世人取好的名字给轻易更改了。她为了突出自己的身份地位，将桂花改为嫦娥花。后来又把香菱的名字改为秋菱。代玉也是一样。当时贾母看代玉没有带丫鬟来，就好心把鹦哥给她使唤，但转头代玉就把鹦哥的名字改为了紫鹃。鹦哥本是贾母的丫鬟，名字自然也是贾母取的，但却被代玉轻易地就改掉了。

夏金桂为了排挤香菱，安排自己的丫鬟金蟾“伺候”薛蟠。这里的“伺候”使用双引号，说明不是一般的伺候，而是和薛蟠发生男女关系的那种“伺候”。紫鹃有一次哄骗贾宝玉说代玉要回扬州老家去了，贾宝玉因此一病不起。为了安抚贾宝玉，代玉叫紫鹃过去给贾宝玉解释。后来贾母等人将紫鹃留下服侍贾宝玉。当然，紫鹃过去服侍贾宝玉，是真的服侍贾宝玉，并没有男女关系之间的那种“服侍”。如果以金蟾和紫鹃两种“服侍”的风格不同，就认为不是夏金桂和代玉之间的共同点，那就是把书读死了。要弄明白这个问题，还得请教史湘云，她的一套“阴阳论”可谓深奥至极。

夏金桂为了制造薛蟠和香菱之间的矛盾，故意让人告诉香菱去她屋子里面帮她拿手帕。香菱不知是陷阱，去拿手帕的时候撞破了薛蟠和金蟾的好事。书中第八回，贾宝玉和薛宝钗正在屋子里面讨论“金玉良缘”，两人正在按照薛宝钗的计划发展时，代玉突然闯入。可想而知，当时对于代玉的到访，薛宝钗心里面是有多少个不爽。如果代玉不来，可能薛宝钗和贾宝玉的感情还会有进一步的深入。本来一切都在薛宝钗的计划之中，但随着代玉的到访，一切都只能戛然而止。这和香菱撞破薛蟠和金蟾有什么区别？虽然撞破薛蟠和金蟾的人是香菱，但其实背后黑手却是夏金桂。还有夏金桂让香菱帮她拿手帕，而贾宝玉也曾经送过手帕给代玉。至于手帕算不算她二人之间的共同之处，还有待商榷。

夏金桂说：“这会子人也来了，金的银的也赔了，略有个眼睛鼻子的也霸占去了，该挤发我了！”意思就说薛家把她带来的嫁妆霸占后，就开始嫌弃她了。其实明眼人都知道，凭夏金桂这等嚣张跋扈，谁敢霸占她的嫁妆？她不霸占别人的就算积德了。由此我们就可以推理出，荣国府确实挪用了林如海的遗产，但那些财产不属于代玉的，因为她不是林如海的女儿，所以就不存在荣国府霸占代玉的财产一说。

在容貌上，书中描写夏金桂“外具花柳之姿”，而对代玉的描写是“行动如弱柳扶风”。在两人的外貌描写上都使用了“柳”字。另外，对代玉外貌的描写中还有一句“两弯似蹙非蹙罥烟眉”。对于“罥烟眉”到底是什么样的眉毛，这个问题让众多读者伤透脑筋。其实就没有什么“罥烟眉”一说，这只是作者的幻笔而已。如果我们不走出作者的幻境，就没有办法看懂《红楼梦》。就如刘姥姥吃那道茄子，以及贾母给代玉送去的那碗“鸡髓笋”，现实生活中就没有这两道菜。作者写这两道菜，是另有所指。再说这里的“罥烟眉”，作者到底想说明什么问题呢？首先我们先来看“烟”字。在书中第四十八回，香菱找代玉学诗。当时香菱说到“烟”字的时候，特别说道：“那个烟竟是碧青。”这里香菱主要说烟的颜色是碧青色。其实烟雾不止一个颜色，有白色、黑色、灰色、黄色等。那么《红楼梦》中这句“两弯似蹙非蹙罥烟眉”中的“烟”是指哪种颜色呢？

这里先不讨论代玉“罥烟眉”的颜色问题，先来看看夏金桂的特点。书中描述夏金桂有“盗跖的性气”。“盗跖”是人的名字，春秋末鲁国人。《庄子·杂篇·盗跖第二十九》载，跖为鲁国大夫展禽（柳下惠）之弟，说他：“从卒九千人，横行天下，侵暴诸侯，穴室枢户，驱人牛马，取人妇女，贪得忘亲，不顾父母兄弟，不祭先祖。”由于盗跖诸匪喜爱“取人妇女”，华北地区信奉盗跖为娼妓的守护神，尊之为“白眉神”。《斩鬼传》：“含冤又问道：‘这尊神是何出身，在生时姓甚名谁？’柳金娘道：‘小妇人也不知其详，只听得当日老亡八说是柳盗跖。’”又有“白眉神道：‘俺自春秋以来，娼妇人家，家家钦敬，大小奉祀，竟如祖宗一般。’”由此可见，盗跖外表上非常有特点的地方就是眉毛，并且是白色的，所以被人奉为“白眉神”。

夏金桂有“盗跖的性气”，一定程度上就是说夏金桂酷似盗跖。盗跖在外貌上最有代表性的是“白眉”，而代玉的眉毛，也是她在外貌上最有代表性的地方之一。当然代玉的眉毛不是白色的，而是黑色的，黑到如“黛”。不过，从“罥烟眉”三个字来理解，代玉的眉毛形状如“烟”一样。在烟雾的颜色中，就有一种颜色是白色。所以，在眉毛这个问题上，还是在暗指代玉和夏金桂之间存在共同点。

通过代玉和夏金桂在外貌相似度上的对比，可见她二人是非常相似的。

夏金桂有一次装病，书中这样叙述：“半月光景，忽又装起病来，只说心疼难忍，四肢不能转动。请医疗治不效，众人都说是香菱气的。闹了两日，忽又从金桂的枕头内抖出纸人来，上面写着金桂的年庚八字，有五根针钉在心窝并四肢骨节等处。”夏金桂本来没有病，却在那里装病。她装病就装病，却将矛头指向香菱，暗指香菱用巫术谋害她。但事实是香菱并没有用巫术谋害她。至于夏金桂所谓的生病，是她自己装病而已。作者在这里，通过夏金桂把马道婆那套用巫术害人的把戏给戳穿了。说明马道婆那套巫术，其实是没有作用的。至于“被害人”会出现被害的症状，是另有原因。夏金桂这里的原因是她自己装病，而贾宝玉和王熙凤是因为被人下毒谋害的结果。贾宝玉和王熙凤被毒害一事，本书第十一回有专门的解读，这里不再赘述。

通过代玉和夏金桂以上方方面面的对比可知，作者在全书结尾部分重点描写的夏金桂这个人物，其实就是在暗指夏金桂是代玉阴暗面的放大人物原型。代玉属于作者的幻笔，也就是书中“风月宝鉴”的正面。夏金桂属于实写，是“风月宝鉴”的背面。贾瑞看到“风月宝鉴”正面的王熙凤是一个活生生的风流人物，正如我们看到的代玉一样。“风月宝鉴”的背面是一具骷髅，阴森恐怖，就如夏金桂一般。

通过已知推理未知。既然我们知道夏金桂就是代玉的阴暗面，那么接下来就可以推理那些未知的情节了。

夏金桂通过装病，谎称被香菱谋害，致使香菱从此搬离了薛蟠的住处，和薛宝钗生活在一起。香菱虽然只是薛蟠的小妾，但在夏金桂嫁到薛家之前，薛蟠只有香菱这么一个老婆。书中描写香菱为了薛蟠的婚事操心，并且写道：“日日忙乱着，薛蟠娶过亲，自为得了护身符，自己身上分去责任，到底比这样安宁些。”由此可见，在夏金桂嫁给薛蟠之前，香菱其实一直承担着薛蟠正妻和小妾的职责。但等夏金桂嫁过来之后，香菱正妻的身份自然就不存在了。甚至到了后来，连小妾的身份也不保，并且还被赶出了家门。这难道不就是“鸠占鹊巢”吗？夏金桂“鸠占鹊巢”，霸占香菱的地位，把香菱赶出家门，将香菱拒之门外，让香菱有家不得回。同理，代玉同样霸占了妙玉的身份地位，致使妙玉被荣国府拒之门外，成为一个“槛外人”。

我推理代玉后来是流落到了烟花巷，做了一个真正的风流女子。这个推理在夏金桂这里也有线索。书中描写夏金桂有“花柳之姿”。这个词语在《红楼梦》成书前是没有的，现在对这个词语的释义就是来源于《红楼梦》，意思是：形容女子柔顺具姿色。我认为这个解释不对。“花柳”一词，本来就有花街柳巷之意，是贬义词。再有，书中还描写夏金桂：“有别的忘八粉头乐的，我为什么不乐！”这句话的意思是说：夏金桂认为薛蟠在外面和一些粉头寻欢作乐，觉得自己为什么不可以也一样寻欢作乐？夏金桂要学薛蟠如此寻欢作乐，那她岂不是要找其他男子做龌龊之事了？可见，夏金桂这个人也是一个生性风流之人。所以前面我说目前对“花柳之姿”的解释是不对。从这个词语出自夏金桂来推理，这个词语的意思就是形容一个女子虽然生得美丽，但生性风流淫荡。夏金桂和代玉两个人，一个在明，一个在暗。书中通过“花柳之姿”这个词语在明处指出夏金桂生性风流淫荡，那就是在暗指代玉也是生性风流淫荡。所以我推理代玉最后沦落烟花柳巷，做了一个风流女子是成立的。

代玉和夏金桂的关系，就如同贾瑞看到“风月宝鉴”的正反两面。正面是代玉，反面是夏金桂，她二人同样是“名虽两个，人却一身”。正面的代玉看上去就像镜子里面的

“王熙凤”一样，“风流婉转、风流袅娜”。但反面的真相，显现的是夏金桂，形如一副骷髅。要认清楚真实的代玉，只要看夏金桂就可以了。恶毒、泼辣、淫荡、刁钻、嫉妒等词语，都是夏金桂的特点，但同时也都可以用来形容代玉的品行。

说到这里，我再为大家解一个《红楼梦》谜题。在书中第八十回，贾宝玉向王一贴讨一副“贴女人的妒病方子”，王一贴为贾宝玉开具了一副“疗妒汤”。一直以来读者们都认为贾宝玉是为治疗夏金桂讨的药方，但其实这个认知是错误的。从书中情节可以看出，贾宝玉对夏金桂并不感兴趣，他不可能为了夏金桂去求取药方。贾宝玉所关心的人，是代玉，毕竟代玉的嫉妒心那也是出了名的。贾宝玉曾经就为治疗代玉的病开过一个药方，当时所影射的就是这里。所以，贾宝玉向王一贴讨的“疗妒汤”，不是为夏金桂，而是为代玉，但又或者同时为她二人。她二人都有嫉妒心，都需要服用“疗妒汤”。

如果要更好地理解代玉和夏金桂之间的关系，用书中脂砚斋的话来做总结是最好的：“名虽两个，人却一身。”她们两个属于“风月宝鉴”的正反两面，是真实代玉的两个面。代玉的本质就是如贾瑞在“风月宝鉴”里看到的一样，正面看是美丽风情的代玉，背面看却是魔鬼夏金桂。如果要更好地理解，那就是形容一个人：“人前真君子，人后真小人。”有的人在外人眼里，一直都是规规矩矩，老老实实，本本分分的，他们甚至用很高的标准来要求自己。在众人面前，都是让人很敬佩的人。在大家眼里，他们好像从来都不会越规做事，而是循规蹈矩，就像是一个正人君子。他们的自控能力很强，也可以很好地自我约束。然而，这些都是他们故意营造出来的假象，其实背后却是一个真小人，做着违背道德和做人原则的事情，目的是一己私利。这就是代玉为什么要用这个“因此步步留心，时时在意，不肯轻易多说一句话，多行一步路，惟恐被人耻笑了他去”的标准来时时刻刻提醒自己的原因所在。如果你没有做错事，问心无愧，你怕什么？不过，如果真让代玉放开自我，那她将是夏金桂一样的人物，你真能接受吗？

人人都说自己喜欢代玉的真诚，就算她说话做事有什么出格的地方，都认为她流露出来的是真诚的一面，不是虚伪的一面。那好吧，夏金桂更真诚，一点都不带掩饰的。不是喜欢真诚吗？是否需要把“夏金桂”带回家？真诚，是建立在正确的价值观基础上的，不是所有的真诚都可以被接受。

第三十二章　尤二姐和尤三姐

作者插入描写尤氏姐妹二人，情节非常生动。但我认为作者的目的不可能仅仅只是让情节丰富这么简单。尤二姐和尤三姐是姐妹关系，尤二姐为姐姐，尤三姐为妹妹。代玉和薛宝钗同样也是姐妹关系，薛宝钗为姐姐，代玉为妹妹。通过书中第六十五回，贾琏小厮兴儿论荣国府，其中说道："一个是咱们姑太太的女儿，姓林，小名儿叫什么黛玉，面庞身段和三姨不差什么，一肚子文章，只是一身多病，这样的天，还穿夹的，出来风儿一吹就倒了。我们这起没王法的嘴都悄悄的叫他'多病西施'。"由此可见，尤氏两姐妹所影射的人物关系与代玉和薛宝钗是分不开的。既然尤三姐影射代玉，自然尤二姐就影射薛宝钗了。

尤二姐本想风风光光地嫁给贾琏，但条件不允许，所以只得将就一下。由此可以推理出，薛宝钗嫁给贾宝玉的时候也是"将就一下"。我的推理是：贾家正准备给贾宝玉和袭人办理婚事的时候，突然发现袭人的重大问题，所以就不准袭人嫁给贾宝玉。但当时袭人和贾宝玉的婚事已经定下，正所谓开弓没有回头箭，贾家已经没有办法收场了。这个时候，薛宝钗主动站出来答应代替袭人以小妾的身份嫁给贾宝玉。所以，续书里面看着自己的爱人与薛宝钗结婚的，不是代玉，而是袭人。目前的"程高本"中薛宝钗调包代玉，是续书的作者张冠李戴，移花接木罢了。

薛宝钗顶替袭人嫁给贾宝玉，作者有暗示吗？答案是：有。书中第三十六回，薛宝钗去怡红院找贾宝玉，当时贾宝玉在睡觉，袭人帮贾宝玉赶小虫子，并为贾宝玉绣肚兜。当袭人累了出去活动的时候，薛宝钗的举动是："宝钗只顾看着活计，便不留心，一蹲身，刚刚的也坐在袭人方才坐的所在，因又见那活计实在可爱，不由的拿起针来，替他代刺。"这里薛宝钗代替袭人帮贾宝玉秀肚兜，影射的就是将来薛宝钗代替袭人嫁给贾宝玉。

薛宝钗有一个特点，喜欢在别人遇到困难的时候以"牺牲"自己来帮助对方。最有代表性的就是薛宝钗为王夫人在金钏之死的事情上做出的举动：为王夫人开脱；拿出自己的衣服给死去的金钏穿着下葬。不过，薛宝钗的这个"善举"是有私心在里面的。在为王夫人开脱一事上，薛宝钗为自己赢得了王夫人的喜欢。而在将来代替袭人嫁给贾宝玉的时候，薛宝钗实现了自己和贾宝玉的婚事。

尤二姐嫁给贾琏后，虽然是小妾身份，但她却梦想着有朝一日能够成为贾琏的正妻。所以在贾琏告诉她等王熙凤一死，就立刻接她进去的时候，尤二姐的表现是："二姐听了，自是愿意。"尤二姐想要成为贾琏的正妻，摆在她眼前的有两个障碍：一个王熙凤，另一个就是她妹妹尤三姐。王熙凤自然不需要多说，肯定是尤二姐最大的障碍。那尤三姐呢？尤二姐和贾琏结婚后，尤老娘就带着尤三姐搬过来和贾琏夫妻二人生活。而尤三姐生性风流，天长日久，难免会和贾琏勾搭上。到时候，尤二姐就多了一个绊脚石。所以，为了防患于未然，尤二姐就怂恿贾琏尽快把尤三姐的终身大事给安排了。贾琏为了讨尤二姐欢心，就有意把尤三姐介绍给贾珍。所以在贾琏去找贾珍和尤三姐的时候，自认为是尤三姐的姐夫，可以为尤三姐做主，就拉尤三姐陪他和贾珍喝酒，并挑明了说道："你过来，陪小叔子一杯。"贾琏如果要成为尤三姐的小叔子，那必须让尤三姐成为贾珍的小妾。所以这里贾琏摆明了就是要把尤三姐嫁给贾珍。贾珍当时非常高兴，说道："老二，到底是你，哥哥必要吃干这钟。"那尤三姐是否同意呢？答案是否定的。尤三姐一听贾琏如此说，立马就开始发飙，场面一度极其尴尬，书中写道："竟真是他嫖了男人，并非男人淫了他。"

尤二姐有了自己的归宿后，为了踢开尤三姐这个绊脚石，所以不顾自己和尤三姐的姐妹情义，定要把尤三姐胡乱安排嫁出去。这里作者用尤氏二姐妹来影射代玉和薛宝钗。也就是说，薛宝钗为了争取嫁给贾宝玉的机会，就想办法搬开代玉这个绊脚石。也就是因为如此，才造成了代玉后来不幸的结局。

薛宝钗嫁给贾宝玉的经历和过程，我在本书的其他章节中进行过解读，这里不再赘述。其中代玉被薛蟠冒充贾宝玉与之相会的情节，可以参考龄官唱的《相约》《相骂》。在《相约》《相骂》中，史碧桃约皇甫吟去花园中约会，打算商量两人的婚姻大事。史碧桃约会皇甫吟一事，被皇甫吟的好友韩时忠得知。韩时忠力劝皇甫吟不去赴约，皇甫吟于是失约。韩时忠却冒名前去赴约，骗得金钗、金钏以及银两若干。皇甫吟未如期赴约，史碧桃顿感希望破灭，于是投江自尽。书中描述过龄官在长相上非常像代玉，这事还惹了一场风波。所以，龄官唱的《相约》《相骂》，和代玉绝对是有关联的。

书中从柳湘莲的视角，将尤三姐的人生分成了两个阶段。第一阶段，柳湘莲没有进行深入的了解，只通过贾琏的简单介绍，就仓促与尤三姐订了婚。但他这个时候并不了解尤三姐，认为尤三姐一定是一位优秀的女性。第二阶段，柳湘莲经过认真了解，发现尤三姐风流成性，已经沦为男人们玩弄的尤物，所以柳湘莲无论如何都要退婚。至此，尤三姐因被柳湘莲嫌弃而自尽。尤三姐生前的生活作风确实不好，但她的死又确实是异常刚烈。通过贾琏的小厮兴儿交代，代玉和尤三姐在长相上非常相像，这就说明尤三姐影射的是代玉。尤三姐死在了小花枝巷（有的版本是“小花巷”），寓意“花街柳巷”，属于风月场所。所以我推理代玉被薛蟠迫害后，沦落到了风月场所。但从代玉那句“留得残荷听雨声”来推测，代玉虽然沦落风尘，但她并没有对生活失去信心，希望有朝一日能够走出困境。由于各种因素的交织，她最后连头发都白了。在彻底对生活绝望后，她最后可能还是选择了投河自尽。

袭人离开贾宝玉后，又嫁给蒋玉菡。书中曾经写过“袭为钗副”的谶语，再联系尤二姐失身后再嫁贾琏，到了荣国府低头做人，但还是被逼自尽。所以我推测：贾家没落后，薛宝钗被朝廷赐婚嫁到了北方边塞（用寒苦之地映射蒋玉菡）。薛宝钗嫁过去后，像尤二姐一样很受气，最后还是逃不过被迫害的命运。结合尤二姐是吞金而死，以及“金簪雪里埋”的判词，薛宝钗死后被埋在一片白茫茫的雪地里。因为书中线索有限，我对此只能推测到这些。

同时从另外一个角度来看尤二姐，其身上也有贾元春的影子。尤老娘带着尤氏姐妹生活，其实她们的日子并不好过。如果能够将尤氏两姐妹嫁入像贾琏这样的人家，对她们来说是非常幸福的。所以在尤二姐嫁给贾琏时，虽然婚礼不伦不类，新房也布置得普普通通，但尤老娘和尤二姐还是只得选择无条件接受。当初贾元春被封妃的时候，皇帝对贾家完全没有一点尊重，过程也是异常的出奇，同样是不伦不类。但贾家还是只能表现出高兴，还得对皇帝表示感恩戴德。在尤二姐和贾元春的婚事上，尤老娘和贾家虽然是不同的两个家庭，但其处境和遭遇如出一辙。

尤二姐死于自信。尤二姐和尤老娘自认为尤二姐已经和贾琏结为夫妻，就算到了荣国府，贾家里面的人也不能对她怎么样。但事与愿违，尤二姐自从进入荣国府，就如同掉进了痛苦的深渊，生活从此进入了黑暗时刻。贾家也是一样。自认为贾元春已经成为皇帝的老婆，封为贤德妃，生活无论怎么样也不会差。但通过贾元春省亲可知，贾元春在皇宫里面的生活，不比尤二姐好多少。所以她们二人的死，都是太过于自信了。一定程度上，要想知道贾元春在皇宫里面的生活状况，从尤二姐身上可知一二。

尤二姐嫁给贾琏后，虽然有一段短暂的蜜月期，但随着尤二姐入住荣国府，尤二姐悲惨的命运就随即展开。在荣国府里面，尤二姐表面上生活得风风光光，但背地里却如同生活在暗无天日的牢笼里面一般，可谓是有苦无处诉。同样的，贾元春封妃时虽然风光无限，但随着时间的推移，贾元春就开始感觉到深宫大院生活的黑暗。贾元春在皇宫里面生活得不幸福，这个在她省亲的时候表现得淋漓尽致。

尤二姐后来生病时，虽然大夫说她没有怀孕，但其实一个女人有没有怀孕，她自己是最有感觉的。尤二姐非常希望自己能够为贾琏生下一个孩子，因为她只有为贾琏生下一个孩子，才可以保住她在荣国府里面的地位，并为她提供一把保护伞。如果是男孩就更好，这样尤二姐的身份和地位就更牢固了，甚至有和王熙凤争权夺利的筹码。但事与愿违，荣国府中，除了贾琏，没有人希望尤二姐生下这个孩子。首先是王熙凤，她是在正面表现出不希望尤二姐生下孩子的人，因为她不想自己的地位受到挑衅。其次是以贾母为代表的贾家管理层，她们在背后是不支持尤二姐这个时候生下孩子的。因为当初贾琏在国丧家孝期间偷娶了尤二姐，这是大罪，一旦被朝廷得知，是会连累整个家族的。这个道理从贾母当初见到尤二姐时，贾母嘱咐尤二姐和贾琏必须在一年后方可同房这个情节可以得知。而尤二姐在这个时候生产，明显说明已经和贾琏同过房了，这是贾母等人不容许的。所以尤二姐无论在哪方面，都不会被允许生下这个孩子。

同理，贾元春怀孕后，也是担心自己和肚中孩子的安危，所以委托娘家人到清虚观为其打醮。贾元春委托贾家人打的“平安礁”，其实就是“母子平安醮”。从“榴花开处照宫闱”这句判词可知，贾元春与“石榴花”密不可分。相传三国孙权宠爱皇后潘淑，为她在石头城（金陵）建“榴环台”。孙权病重时，潘淑为了助儿子夺权，莫名其妙被宫女勒死。她死后，民间就将她誉为十二月花神之五月榴花神。潘淑的这个典故，一定程度上影射了贾元春的命运。皇帝当初愿意封贾元春为“贤德妃”，是想以此拉拢贾家。当在贾元春封妃后，贾家的种种表现让皇帝觉得非常不放心。一旦时机成熟，他将计划把贾家铲除。所以他是不希望贾元春生下孩子的。

皇帝为什么不希望贾元春生下孩子，为什么非要铲除贾家，可从尤二姐身上进行推理。尤二姐的死因，主要是她太自信了。她认为自己已经和贾琏结婚，并被王熙凤等人接进荣国府里面居住，想着自己的身份已经稳固，不可能有人能够撼动自己的地位。如果她当初能够低调一点，不要忙着进荣国府居住，不要挑衅王熙凤的权威，或许她的命运不至于此。（注：虽然是王熙凤主动接尤二姐进荣国府，但书中写明其实尤二姐本人也非常想进荣国府居住。）尤二姐和贾琏结婚后，一些下人就开始改口在王熙凤面前称呼她为“新二奶奶”，让王熙凤难以接受，这直接挑衅了王熙凤的权威，甚至威胁到了王熙凤的地位。在荣国府，平时大家都称呼王熙凤为“二奶奶”，而这个时候，那些下人却称呼尤二姐为“新二奶奶”，称呼王熙凤为“旧二奶奶”，这让王熙凤如何能够容忍？下人会如此放肆，一定程度上也是尤二姐放任的结果。尤二姐没有掌握在荣国府中的生存之道，注定将是一个悲惨的结局。对于尤二姐，用一句话来形容，那就是：哀其不幸，怒其不争。

引申到贾家。在贾元春封妃后，贾家也是和尤二姐一样，没有放低身姿，过于高调。特别是在修建大观园和元春省亲上，表现得尤为突出。贾家听信贾琏奶娘赵嬷嬷的建议，建造了极其奢侈的大观园，又僭越操办贾元春省亲一事。贾家修建的大观园，从贾元春的态度中可以得知，确实过于奢侈了，有超规格建造的嫌疑。在操办贾元春省亲一事上，贾家更是参照当年甄家接驾皇帝的标准来操办。不但如此，贾家还听信“文忠公之嬷”赵嬷嬷的话，认为一切花销，朝廷都会为贾家买单。贾家不是平常人家，是荣国公之后，位高权重，不可能不知道规矩和制度。但贾家如此高调行事，目无纲纪，如何能够让皇帝放心？皇帝不放心贾家，怎么可能会同意贾元春生下孩子？贾家的这些举动，就如尤二姐一样，不知道官场的生存之道，最终为抄家埋下伏笔。

这里顺带说一下贾琏的另外一个小妾秋桐，她也是不懂生存之道的人。当初她配合王熙凤打压尤二姐，等尤二姐一倒，她的结局也好不到哪里去。如果当时她选择和尤二姐进行捆绑，两人抱团取暖，或许她和尤二姐的结局都不是这样的结果。

书中虽然暗示贾元春在皇宫里面的日子不好过，但没有描写具体是如何不好过。但我们可以透过尤二姐来看贾元春，通过尤二姐在荣国府里面的生活现状，就可以想象贾元春在皇宫里面的生活状况。剖析尤二姐死亡悲剧的深层次原因，是死于王熙凤和贾琏的争斗，也就是“虎兕相逢大梦归”。王熙凤不同意贾琏娶小妾，而贾琏对娶小妾又有着强烈的愿望，由此两人就产生了激烈的冲突，如同虎兕在争斗一样。他们两个争斗，受伤的却是尤二姐。尤二姐的生死，只是琏凤二人斗争结果的一个标志。尤二姐死，代表王熙凤胜，贾琏败；尤二姐生，代表贾琏胜，王熙凤败。由此，我们就可以更好地理解贾元春是如何因“虎兕相逢大梦归”。

第三十三章　革职

贾雨村第一次被革职，其原因是："生情狡猾，擅纂礼仪，且沽清正之名，而暗结虎狼之属，致使地方多事，民命不堪。"属于违法乱纪的范畴。不过，在被革职后，贾雨村的表现是："那雨村心中虽十分惭恨，却面上全无一点怨色，仍是嘻笑自若。"由此可以看出，被革职一事，除了他自身有问题外，其背后还隐藏着巨大的秘密。

当时贾雨村被革职后，到全国各地去旅游，其间他还做过甄宝玉和林黛玉的老师。不过，后来甄宝玉家被抄家，林如海夫妇先后去世，这其中的原因是什么呢？

书中第二回，在贾雨村和冷子兴的谈话中，冷子兴说到贾宝玉在周岁"抓周"的时候，不抓其他的，只抓脂粉钗环。当时贾政说他是："将来酒色之徒耳。"冷子兴也说贾宝玉："将来色鬼无移了。"贾雨村听了冷子兴的评价后，立刻罕然厉色制止道："非也！可惜你们不知道这人来历。大约政老前辈也错以淫魔色鬼看待了。若非多读书识事，加以致知格物之功，悟道参玄之力，不能知也。"由此可见，在常人认为贾宝玉将来会是一个无用之人的时候，贾雨村却持否定意见，认为是平常人没有看到贾宝玉将来的潜力。从"罕然厉色"四个字可以看出，以贾雨村为代表的皇权，是不认可像贾宝玉这样有异样的人将来会是没有作为的人的。贾雨村认为，像贾宝玉这样的人："若生于公侯富贵之家，则为情痴情种，若生于诗书清贫之族，则为逸士高人，纵再偶生于薄祚寒门，断不能为走卒健仆，甘遭庸人驱制驾驭，必为奇优名倡。如前代之许由、陶潜、阮籍、嵇康、刘伶、王谢二族、顾虎头、陈后主、唐明皇、宋徽宗、刘庭芝、温飞卿、米南宫、石曼卿、柳耆卿、秦少游，近日之倪云林、唐伯虎、祝枝山，再如李龟年、黄幡绰、敬新磨、卓文君、红拂、薛涛、崔莺、朝云之流。此皆易地则同之人也。"从贾雨村的这段论述中可知，像贾宝玉这样的人，如果生在"公侯富贵之家"就有可能成为像"唐明皇、宋徽宗"这样的君王；如果生在"诗书清贫之族"，就有可能成为像"唐伯虎、祝枝山"这样的文人；如果生在"薄祚寒门"，就有可能成为"薛涛"一样有文化的艺伎。而贾宝玉就恰好生在荣国府这样的"公侯富贵之家"，那也就是说，贾宝玉将来有可能称王。贾宝玉将来有可能称王的猜测，通过冷子兴的补充也可以得到证实。冷子兴说："依你说，'成则王侯败则贼'了。"贾雨村说："正是这意。"

或许有人认为，此时的贾雨村已经是一个没有官职的闲人了，谁长大后会对朝廷构成威胁，与贾雨村没有任何关系，所以这里不应该这样解读。但其实问题就出在这里。是的，贾雨村现在已经是一个没有官职的闲人了，那他为什么还要关心谁将来长大后会对朝廷构成威胁？并且在冷子兴表示如此异样的人将来不会有什么作为的时候，贾雨村的表现是"罕然厉色"。这里他显然是持否定意见的，并且对此还非常生气。他为什么要关心这件事？与他有什么关系？答案只有一个：他接受了皇帝的指令，在社会上暗中关注这类有异样的人和家庭。就算现在贾雨村是闲人，可以不关心这些人。但贾雨村后来可是做到了大司马，即兵部尚书，从一品的官职。如果一个人不和皇帝一条心，怎么可能做到这样的官职？所以，就算前期贾雨村不关心，当他做到大司马的职位后，就不可能不关心了。

贾宝玉"衔玉而生"这件事，上到北静王这样的王公贵族，下到冷子兴这样走南闯北的生意人，大家都对此异事是如雷贯耳。由此可见，这件事已经被贾家炒作得沸沸扬扬，可谓是举国上下尽人皆知。平常人可能像冷子兴一样，把此事当作日常的谈笑而已就过了。但对朝廷来说，像贾雨村这样经过仔细分析，得出的结论是将来贾宝玉可能要称王。这个结果对皇帝来说，那可是极大的威胁和挑衅。如果皇帝对此无动于衷，那会出现什么结果呢？

《西游记》中，孙悟空从一个石头化作石猴的时候，也惊动了天上的玉皇大帝。玉皇大帝派千里眼和顺风耳去打探，回来禀报说是一个石头化作一个石猴了。当时的玉皇大帝并没有对此引起高度重视，说道："下方之物，乃天地精华所生，不足为奇。"就因为玉皇大帝在这里没有引起高度重视，才最终酿成了后来的"孙悟空大闹天宫"。有人可能会认为这里说《红楼梦》呢，怎么扯到了《西游记》？其实《红楼梦》的很多创作思路就来源于《西游记》，这在两部书开头的描写上就体现得淋漓尽致。两部书一开始都描写了一块大石头吸收天地日月精华，然后就都有了灵性。这个也就是很多人在看到《红楼梦》开头部分的时候，总觉得有抄袭《西游记》的感觉。其实作者就是在这里引导读者要注意这两部书的共性问题。

贾雨村能够参透贾宝玉将来有可能成为唐明皇和宋徽宗这样帝王身份的人，那皇帝更不可能连贾雨村的这点觉悟都没有。所以，贾家炒作贾宝玉"衔玉而生"这个话题，对皇帝来说是极大的挑衅和威胁。皇帝受到挑衅和威胁，不可能不做出应对。所以我推测皇帝明面上革了贾雨村的职，但暗地里却委派贾雨村打入贾家内部，以便将来能够里应外合彻底摧毁贾家。

我推理的证据，就在贾雨村自己的话里面。贾雨村对冷子兴说："正是这意。你还不知，我自革职以来，这两年遍游各省，也曾遇见两个异样孩子。所以，方才你一说这宝玉，我就猜着了八九亦是这一派人物。不用远说，只金陵城内，钦差金陵省体仁院总裁甄家，你可知么？"从这里可知，像贾宝玉这样奇异的人物，贾雨村还遇见过两个，一个是甄宝玉，另外一个就没有交代了。从后来贾雨村和冷子兴的谈话中得知，贾雨村当过甄宝玉的老师。不过，非常蹊跷，在书中第七十四回，通过贾探春之口得知，甄家被抄家了。众所周知，贾家最后也是被抄家了。在贾雨村接触的这三个有奇异孩子的家庭里面，有两家都被抄家了，那第三家是哪家？那个奇异的孩子是谁？其实这个答案非常简单，贾雨村当时说曾经遇见的两个异样孩子，就是甄宝玉和林黛玉。甄宝玉前面交代过了，不再多说。当时贾雨村正在林如海家教林黛玉读书，用贾雨村的话来说，林黛玉也是一个非常异于常人的孩子。贾雨村在得知林黛玉母亲的身份后，曾经说过："怪道我这女学生言语举止另是一样，不与近日女子相同。"所以，贾雨村所说的那"两个异样孩子"是甄宝玉和林黛玉。由前面可知，贾雨村遇见的三个有异样孩子的家庭，其中的两家都被抄家了，第三个家庭会幸免吗？从贾雨村进入林如海家，首先是林如海的妻子贾敏去世，后来是林如海也不明不白地死了。所以，对于林如海和贾敏的女儿，贾雨村会放过吗？而如果贾雨村要对林黛玉下手，送林黛玉去荣国府的途中就是最好的机会。这就是我推理林黛玉在去荣国府的途中被贾雨村谋害的原因之一。

甄家、贾家和林家，为什么都被朝廷明里暗里地毁灭了？从唯心的角度来说，是因为他们三家都出了一个异于常人的孩子。但从客观角度来说，是因为他们的势力让皇帝寝食难安，担心有朝一日会被他们三家联起手来架空自己，甚至和自己争夺皇位。

皇帝要打击甄家、贾家和林家，首先要做足准备，所以就暗中派贾雨村打入这三家，以此来获取这三家内部的机密。这个从贾雨村被革职后的各种经历可知。贾雨村之前对名利极其向往，得了甄士隐的资助就立即赶去赴考。但当他被革职的时候，却显得异常轻松，不合乎常理。这只能说明他知道自己是被假革职，并且还被委派了重要的任务，朝廷后期会更加重用他。在贾雨村被革职后，他以到各地旅游为幌子，暗地里却跑去甄家做老师，跑去贾家附近去视察，最后又去做了林黛玉的老师。贾雨村的这些行为，都是有目的的，主要任务就是去打探这三家的底细。贾雨村打探得差不多了，朝廷"起复旧员"就是信号。所以林如海和贾政帮贾雨村复职，只是朝廷掩人耳目的幌子而已，其实都是内部安排好的。

不过，贾雨村无论出于什么原因，最终并没有置林黛玉于死地，而是留了一线生机给她。其中缘由，就要说到贾雨村具有的“义利”本性。也就是说，贾雨村既具有“利”的本性，也同时具有“义”。这个在书中第一回中有过描述，甄士隐说他和贾雨村之间有“义利”的情谊关系。可能是林黛玉命大福大，在被贾雨村独留孤岛的时候，她没有死，经过百般磨难，最终活了下来。但是因为贾雨村没有顺利完成任务，致使林黛玉活了下来，这直接导致了他再次被革职，并且这次还“枷锁扛”。这就是庚辰双行夹批：“《一捧雪》中伏贾家之败。”“阴阳”两面的“阴面”，这里的“贾家”，同时也指贾雨村的“贾家”。贾雨村把假林黛玉送到荣国府，同时向皇帝隐瞒了真林黛玉是否死亡的真实情况，这就为他将来的败落埋下伏笔。

对于我的推理，相信有人会认为是天方夜谭，无中生有，甚至觉得荒诞。但其实这是大家对作者的用意没有理解透的原因。不信大家来看作者给我们的提示。

当时冷子兴对贾雨村说道：“依你说，‘成则王侯败则贼’了。”在这句话的旁边，甲戌侧批：“《女仙外史》中论魔道已奇，此又非《外史》之立意，故觉愈奇。”作者在这里提到的《女仙外史》，是清代吕熊著白话长篇历史小说，又名《石头魂》《大明女仙传》，成书于清康熙年间。该书起草于康熙四十年（1701 年），完成于康熙四十三年（1704 年）。此后作者广泛征求序跋及批评，据叶男跋及作者自跋所署时间，大约刊刻于康熙五十年（1711 年）或此后不久。从这里可知，《红楼梦》的写作时间至少是在康熙五十年（1711 年）以后。

《女仙外史》里面主要讲的是：玉帝遣天狼星下界为燕王棣，令嫦娥下界为唐赛儿。赛儿自幼便表现出非凡的才智，能文能武，有整军治国之能。由鲍仙姑养大。及长，嫁林三公子。公子系后羿转世，日思淫欲，收名妓柳烟为妾，纵欲而亡。赛儿了宿缘后，得鲍母及罗刹女妹曼尼头陀助，南海大士赐天书宝剑，九天玄女为其讲授，道成，玉帝赐玉玺，号月君。又得老君赐炼骨、炼肌、炼神三神丸。月君在家赈饥灭蝗，访请嵩山奇士吕律，在青州卸石寨立基时燕王朱棣起兵南下靖难，大败程济、耿炳文、李景隆。济南参政铁铉募义军抗燕，又合盛庸、平安兵，收复德州。建文帝拜铁铉为尚书北伐，兵败，燕王南下，入金川门，建文帝披缁削发，带杨应能、叶应贤、程济外逃。燕王屠宫，杀方孝孺、铁铉、景清等。

唐赛儿闻信起兵，以吕律为军师，遣鲍仙姑等救各忠臣子，派满释奴、高咸宁等收复青、莱、登州。又建建文行宫，在剑仙公孙大娘帮助下，取济南定为行都。派曾公望等分四路寻访建文。朱棣时亦派胡靖等追捕建文帝。唐赛儿兵多次打败燕王军队，又以神法灭虫害，救灾。至建文十五年（1417 年），吕律进讨河南，高咸宁进攻淮北，均获大胜。

唐赛儿开科取士，诸忠臣之后皆登第，遂定礼法及刑、税制。最后率兵伐燕，破太孛夫人妖术。正攻城，鬼母天尊奉玉帝旨追取天狼星，召嫦娥返太阴宫。于是燕王死，唐赛儿飞升，吕军师入蜀中修炼。建文活至八十九岁才卒。

在《女仙外史》书中，唐赛儿天生就是一个有异样的女子，是嫦娥投胎转世而来，中间还得到了玉皇大帝赐的“玉玺”。后来她为了帮助建文帝恢复统治，与明成祖朱棣抗战二十余年，最后利用神力消灭了朱棣。在《红楼梦》中，甄宝玉、贾宝玉和林黛玉都是神仙投胎转世来的，甄宝玉和贾宝玉出生的时候，嘴里面还含着一块玉。这样看来，甄宝玉、贾宝玉和林黛玉，与唐赛儿的身份几乎一模一样。作者在这里通过脂砚斋提到《女仙外史》，其用意就是暗示《红楼梦》背后的情节：以贾雨村为代表的皇权看来，甄宝玉、贾宝玉和林黛玉这三个有异样的孩子一旦长大后，将有可能和皇帝抗战，甚至争夺皇位。皇帝为了防患于未然，所以就暗中委派贾雨村帮其铲除这三家势力。

这就是为什么当贾雨村听到冷子兴说像贾宝玉这样的人是“将来色鬼无移了”时表现出“罕然厉色”的原因所在，因为他和皇帝都怕这样的人将来威胁到皇帝的统治权。接下来贾雨村阐述了一大段关于“魔道”的言论，最后冷子兴总结道：“依你说，‘成则王侯败则贼’了。”在《女仙外史》中，唐赛儿拥有玉皇大帝赐的“玉玺”，如果让唐赛儿抗战成功，那么唐赛儿就有可能“成王”，反之则成“贼”。而甄宝玉和贾宝玉都是“衔玉而生”，甄宝玉、贾宝玉和林黛玉又都是神仙投胎转世。这就难怪贾雨村和皇帝对他们这么恐惧了。

《女仙外史》中有两个皇帝，一个是建文帝朱允炆，一个是明成祖朱棣。《红楼梦》中也有两个皇帝，一个是太上皇，一个是当今新皇帝。怪不得史湘云说“双悬日月照乾坤”。甄宝玉、贾宝玉和林黛玉三个人物像唐赛儿，那《红楼梦》中的新皇帝岂不是朱棣了？由此可见，《红楼梦》的作者在暗示现在的新皇帝像李世民和朱棣一样，是通过政变得来的皇位。通过对《女仙外史》的研究，我们可以非常清晰地知道，为什么《红楼梦》中新皇帝要派贾雨村帮自己打击有异样孩子的甄家、贾家和林家了。因为新皇帝的皇位来得不正大光明，他随时都在担心别人威胁到他的皇位。

通过对《红楼梦》和《女仙外史》的比较，可以看出，《红楼梦》的作者在写作的时候，有部分思路是来源于《女仙外史》的。首先是书名，《红楼梦》其实是叫《石头记》，《女仙外史》也有一个名字叫《石头魂》。甄宝玉和贾宝玉有通灵宝玉，唐赛儿有“玉玺”。其次，书中的主人公都是神仙投胎转世而来。再次，《女仙外史》出版的时候，是连带很多文人写的批语一起出版。这些批语虽然不是作者自己写的，但却和原著融为一体。《红楼梦》的作者就是借鉴了《女仙外史》的这一特点，在原著中附加了“脂批”。不过和《女仙外史》不同的是，《红楼梦》的“脂批”是作者自己写的，目的是混淆视听，让人误以为原著和“脂批”不是一个人写的。其实作者是把书中所说的“真事隐”写在了“脂批”里面。所以，原文是“假语存”，“脂批”是“真事隐”。

贾雨村被革职，不是真革职，而是假革职。他明面上被革职了，但暗地里却被委以重任。一旦完成皇帝交给他的任务，他的仕途可谓是平步青云。但让贾雨村始料不及的是，他当时的一时心软，让林黛玉活了下来，导致他再次被革职，并被治了罪。

第三十四章　虎兕相逢

贾家和朝廷之间是否有矛盾，这个问题对解读《红楼梦》非常重要。书中很多地方隐隐约约透露出贾家和朝廷之间是有矛盾的，但就是描写得非常隐晦，总是云里雾里的。下面我试着把其中描写贾家和朝廷之间的矛盾捋一捋，大家看看是否有道理。

贾元春的判词里面有这么一句："虎兕相逢大梦归。"意思是虎和兕这两种猛兽相遇的时候，使贾元春和贾家的梦想落空。这句判词可以认为是指贾元春死亡的原因，暗示元春死于两派政治势力的恶斗之中。

"虎"顾名思义就是猛虎；"兕"是中国古代传说中类似犀牛的猛兽。"虎兕相逢"，顾名思义就是虎、兕这两种猛兽相逢时发生争斗。为了解开这个谜团，就必须把"虎"和"兕"分别所代表的这两股势力解读出来。要解释"虎"和"兕"这两股势力到底是哪两股势力，我们必须去解读一下贾元春省亲时点的《乞巧》这出戏。脂砚斋指出："《乞巧》这出戏伏元春之死。"前面"虎兕相逢大梦归"也是预示贾元春之死。那么，《乞巧》和"虎兕相逢大梦归"之间有什么联系呢?

贾元春点的第二出戏《乞巧》，出自清初剧作家洪昇的戏剧《长生殿》。《长生殿》取材自唐代诗人白居易的《长恨歌》和元代作家白朴的《梧桐雨》。故事讲述唐玄宗宠幸杨贵妃，任命她堂兄杨国忠为相。而杨国忠政治腐败，结党营私，致使国家民不聊生。安禄山在范阳起兵作乱，进攻长安。唐玄宗仓皇出走西川，到马嵬坡时发生兵变，将士愤慨杀死杨国忠，逼迫唐玄宗将杨贵妃缢死。杨贵妃死后，唐玄宗怀念她，二人在天上相会。当时马嵬坡兵变时，唐玄宗面临着诸多的逼迫，首先是众将士杀死杨国忠一族，其次又逼迫唐玄宗杀死杨贵妃，最重要的是众将士不再拥护唐玄宗，转而拥护太子李亨继承皇位。当时的这场兵变，看似是众将士自发的，其实背后是太子李亨精心策划的一场皇位争夺大战。杨贵妃的死，只是这场兵变成功与否的标志而已。如果唐玄宗能够捍卫自己的皇权，那他就可以保住杨贵妃不死。否则，杨贵妃必死。所以，杨贵妃的死，是这场兵变的风向标，也是这场兵变的牺牲品。

通过以上分析可知，当时杨贵妃的死是因为唐玄宗和太子争斗造成的。所以，"虎兕相逢”致使杨贵妃“大梦归”而死，唐玄宗和太子分别代表了“虎”和“兕”这两股势力。

那在《红楼梦》里面，“虎”和“兕”又分别指哪两股势力呢？现在有一种观点，认为贾元春是因为宫廷争斗受到殃及而亡的。这种说法太匪夷所思了，《红楼梦》居然成了宫斗剧？荒唐至极。

言归正传。在书中第二回，贾雨村和冷子兴谈论中，脂砚斋曾经说道：“《女仙外史》中论魔道已奇，此又非《外史》之立意，故觉愈奇。”《女仙外史》描写了明朝时期，朱棣发起兵变，把皇帝朱允炆打败，自己做了皇帝；唐赛儿为了拥护朱允炆，领导农民起义军同燕王朱棣统辖的军队进行军事斗争和政治斗争。在这部小说里面，出现了两位皇帝，一位是被打败的明惠宗朱允炆，一位是现任皇帝朱棣。

《红楼梦》的作者在引用《乞巧》的时候，里面也有两位皇帝，一位是唐玄宗李隆基，另一位是唐肃宗李亨。同样，唐肃宗李亨的皇位，也是通过兵变逼迫唐玄宗李隆基禅位得来的，和《女仙外史》中的朱棣和朱允炆如出一辙。

巧的是，在《红楼梦》书中同样也有两位皇帝。在第十六回描写贾元春即将省亲时，书中这样写道：“如今当今贴体万人之心，世上至大莫如‘孝’字，想来父母儿女之性，皆是一理，不是贵贱上分别的。当今自为日夜侍奉太上皇、皇太后，尚不能略尽孝意，因见宫里嫔妃才人等皆是入宫多年，抛离父母音容，岂有不思想之理？在儿女思想父母，是分所应当。想父母在家，若只管思念儿女，竟不能见，倘因此成疾致病，甚至死亡，皆由朕躬禁锢，不能使其遂天伦之愿，亦大伤天和之事。故启奏太上皇、皇太后，每月逢二六日期，准其椒房眷属入宫请候看视。于是太上皇、皇太后大喜，深赞当今至孝纯仁，体天格物。因此二位老圣人又下旨意，说椒房眷属入宫，未免有国体仪制，母女尚不能惬怀。竟大开方便之恩，特降谕诸椒房贵戚，除二六日入宫之恩外，凡有重宇别院之家，可以驻跸关防之处，不妨启请内廷鸾舆入其私第，庶可略尽骨肉私情、天伦中之至性。此旨一下，谁不踊跃感戴？现今周贵人父亲已在家里动了工了，修盖省亲别院呢。又有吴贵妃的父亲吴天佑家，也往城外踏看地方去了。这岂非有八九分了？”

有一次相似可能是巧合，但这里在《乞巧》《女仙外史》和《红楼梦》三个重要的作品中均出现相似的情节，这不得不认为就是作者有意而为之了。

在《乞巧》和《女仙外史》里面，主要的矛盾是新老两代皇帝之间的斗争，他们代表的就是“虎”和“兕”这两股势力。以此类推，《红楼梦》中最主要的矛盾也是新老两代皇帝之间的斗争，他们两方代表的同样是“虎”和“兕”这两股势力。所以，作者虽然表面上没有描写新老皇帝之间的斗争，但暗地里通过《乞巧》和《女仙外史》，把这两者之间的斗争写得刻骨三分，同时暗示新皇帝是通过不正当的手段夺得皇位，太上皇是被逼无奈才选择禅位。

贾家作为太上皇的忠臣，角色和《女仙外史》中的唐赛儿和历史上的陈玄礼一样，是可敬的。他们是上一代皇帝的忠臣，所作所为可称得上是可歌可泣。但对于刚继位的新皇帝来说，这样的人又是非常可怕的。如果能够拉拢为自己所用，那就如同唐太宗李世民得了魏征，如虎添翼。但如果不能为自己所用，那将是自己的一个强大对手，如唐赛儿。所以，贾家是否能够脱离对太上皇的忠诚，转而效忠于新皇帝，这决定了双方以后是否能够和平相处。如果贾家不能和新皇帝和平相处，那么等到太上皇归西之日，就是贾家灭亡之时，如和珅。

新皇帝为了拉拢贾家，做出最明显的让步就是封贾元春为“贤德妃”。贾元春封妃，可谓是皇家给贾家最高的荣誉，也是新皇帝拉拢贾家的信号。想当初，太上皇得势的时候，也没有给过贾家如此大的殊荣。而新皇帝刚上位不久，就向贾家伸出招揽之手，其用心可谓是良苦至极。那贾家是否感受到了新皇帝的诚意呢？了解《红楼梦》原著的读者都知道，贾家在这方面可谓是伤透了新皇帝的心。首先，贾元春封妃时，贾政立即就跑去太上皇那里谢恩，把新皇帝的恩德丢得干干净净——难怪新皇帝要为难贾元春，让她半夜省亲。其次，贾家和其他王公贵族来往密切，特别是和北静王来往过于亲密，贾赦还和外官私通。再有就是，贾元春省亲时，贾家为了面子，超规格造大观园和操办省亲，还想着由朝廷来为其买单，把新皇帝当作“傻子”对待。除此之外，贾家还对外大肆炒作贾宝玉“衔玉而生”这件事，这让新皇帝如何坐得住？

新皇帝对贾家的态度，一开始是想借秦可卿葬礼的机会对贾家实施“铁网山”之围，将贾家这股势力一网打尽。但当他看到贾家背后的势力如此强大之后，出于两方面的考虑，他最终放弃了这次行动。一方面是贾家太强大，打击消灭有难度，弄不好会适得其反。另一方面，对于贾家如此强大的势力，何不尝试拉拢以为己用呢？出于这两方面的考虑，所以新皇帝放弃了这次行动，转而拉拢贾家，封贾元春为“贤德妃”，向贾家伸出招揽之手。

对于像贾家这样有背景的实力家族，新皇帝非常头疼。因为虽然新皇帝极力在拉拢这样的家族，但却对这样的家族是永远不放心的。特别是当这样的家族出现和自己背离的苗头时，新皇帝很可能只有选择痛下杀手。

当年，林如海在事业正值巅峰之时，娶了贾敏为妻。这场婚姻，也算得上是一场政治婚姻。因为林如海和贾敏结婚后，贾家和林家就紧紧地捆绑在了一起。当时林如海的职位是“兰台寺大夫”，职责是负责监督全国官员的违纪违法行为。而贾家是最不能让新皇帝放心的一个大家族。林如海作为“兰台寺大夫”，势必要配合新皇帝监督和打击贾家。而当时林如海的利益已经和贾家紧紧地捆绑在了一起，可谓是一荣俱荣，一损俱损。在这个问题上，林如海持抵触心理，没有选择和新皇帝站在同一条战线上。因此，林如海才被从一个“兰台寺大夫”降为“扬州巡盐御史”。“兰台寺大夫”是京官，而“巡盐御史”是地方税务官，孰大孰小非常清楚。

林如海因为不愿意配合新皇帝打击贾家，从而遭到贬官。贾敏作为林如海的妻子，不可能不知道其中的利害关系。她的死，很可能就是因此才忧虑成疾而终。林如海本人不可能不知道皇帝要对付自己。当看到自己即将面临灭亡的风险之时，林如海只得将自己的女儿暂时托付给贾母，毕竟贾家的根基更牢固，一时还不至于彻底灭亡。但让林如海万万没有想到的是，自己的女儿竟然被人在中途调包了。皇帝为了达到自己的目的，切断了林家和贾家的通信往来。当林黛玉去往荣国府后，林如海就失去了和林黛玉的联系。内忧外患之下，林如海最终还是没能扛下来。这就是林黛玉“读至凡书中有‘敏’字，皆念作‘密’字，每每如是；写字遇着‘敏’字，又减一二笔”的原因所在，因为她父母背后隐藏着一个巨大的秘密。（注：“敏”字少写第一笔和第二笔，就是“父、母”两个字。）

在贾雨村与冷子兴的谈话中，冷子兴认为像贾宝玉这样的人日后是不会有大作为的。但贾雨村对此却并不认可。他认为像贾宝玉这种有“异样”的人，将来长大后会“成则王侯败则贼”。在贾雨村和冷子兴谈到“成则王侯败则贼”时，脂砚斋在此通过《女仙外史》提示贾宝玉、甄宝玉和林黛玉这样的人，将来可能会像唐赛儿一样成为新皇帝的强大对手，并直接威胁到新皇帝的皇位。通过贾雨村描述他被贬官后的两年时间里面，主要就是围绕像贾宝玉这种有“异样”的人进行摸底走访可知，贾雨村在暗中接受了新皇帝的秘密任务。这个秘密任务就是打探贾宝玉、甄宝玉和林黛玉这三个家庭的背景和底细，并试图接近这三个家庭，取得这三个家庭的信任，为日后实施的行动打下基础。

在新皇帝和贾家的矛盾中，还真不好说谁对谁错。作为皇帝，他维护自己的政治地位，这是无可厚非的。但凡有人想要挑战他的皇权，那他肯定是要坚决将其消灭的。而作为贾家，从书中各方面来看，要说没有错，也确实是说不过去。像和北静王来往、帮助薛蟠摆平人命官司、和平安州的官员来往、对太上皇表忠心、为抢夺石呆子的扇子将其陷害等。但有一点是不可否认的，从书中各种情节来看，贾家对新皇帝还是非常尊重的，处处表现出来的都是忠诚，并没有明显的试图推翻新皇帝的举动。但不出意外，贾家最终还是被抄家了。那新皇帝为什么要置贾家于死地呢？贾家哪些方面让新皇帝不满意呢？

新皇帝对于旧臣，可谓是爱恨交加。旧臣们的实力不容小觑，利用得好，则如虎添翼；利用得不好，则两败俱伤。当年唐太宗李世民重用自己的敌人魏征，就是一个正面例子，开创了“贞观之治”；而康熙当年急于削藩，引起吴三桂反扑，差点就被吴三桂等人给灭了。所以，对于旧臣，新皇帝选择拉拢还是消灭，是一个非常难以决策的难题。不过说实话，如果能够让旧臣为自己所用，对于任何一个新皇帝，那绝对是上上之策。削藩都是无奈之举，是迫不得已的下下之策。

《红楼梦》中的新皇帝也是如此。一开始的时候，他极力地想拉拢旧臣为自己所用。所以他曾经赠送了一串“鹡鸰香串”给北静王，想以此凸显他们之间的兄弟之情。赠送“鹡鸰香串”给北静王，是新皇帝拉拢旧臣的一个明显信号。但事与愿违，北静王转头就把这串“鹡鸰香串”送给了贾宝玉。北静王把“鹡鸰香串”送给贾宝玉，一方面表达了对新皇帝的藐视，另一方面又想以此来拉拢贾家，再一方面也是在离间贾家和新皇帝之间的关系，可谓是一箭三雕。北静王赠送“鹡鸰香串”的目的，难道贾家的人不知道吗？贾家作为“八公之首”，能够一路走到现在，不可能没有一点政治敏锐性。所以，贾家人绝对知道这个“鹡鸰香串”是个烫手的山芋，是个惹祸的根源。但北静王赠送，自己又不得不接纳，否则当场就要和北静王闹翻。拿到“鹡鸰香串”这个烫手的山芋后，贾家人肯定是非常头疼，丢又不能丢，送又不能送，留又不能留。在贾家为此伤透脑筋的危急关头，贾宝玉居然把这个烫手的山芋转送给代玉。如果贾宝玉真爱代玉，如果代玉真是贾母的外孙女，贾宝玉还会把这个烫手的山芋送给她吗？贾家人为什么要把“鹡鸰香串”这个烫手的山芋送给代玉？既然贾家人准备把“鹡鸰香串”送给代玉，那么他们就一定是认为只有这样做才可以化解这场危机。那为什么把“鹡鸰香串”送给代玉就可以化解这场危机呢？只有一种可能，那就是贾家人知道代玉是新皇帝的人，而不是贾母的外孙女。贾家把这串“鹡鸰香串”送给代玉，代表贾家向新皇帝表忠心，不承认和北静王有联盟。代玉也不傻，知道其中的厉害，所以她不敢收，并且说道：“什么臭男人拿过的！我不要他。”在这里，脂砚斋提示道：“略一点黛玉情性，赶忙收住，正留为后文地步。”贾宝玉送代玉一个礼物而已，代玉不收就不收，后文为此还有什么地步？由此可见，八十回后，对此情节还有描写。再有，代玉为什么知道这个“鹡鸰香串”不是贾宝玉专门为她准备的，而是其他男人拿过的？答案非常明显，在代玉和贾琏回荣国府的时候，贾雨村也一起同他们回来。所以，这件事是贾雨村向代玉讲的。贾雨村把此事告诉代玉，可见北静王赠送“鹡鸰香串”给贾宝玉一事，已经引起了新皇帝的重视，并且影响巨大。

北静王公开拉拢贾家，并且挑衅新皇帝的皇权，这应该是贾家被新皇帝抄家最主要的原因。作为贾家来说，无论是被动靠拢北静王，还是后面贾宝玉频繁和北静王来往，无疑都引起了新皇帝的芥蒂，为后来抄家埋下伏笔。

为了巩固自己的地位，新皇帝暂时没有对贾家痛下杀手，而是选择尽量拉拢贾家。所以在秦可卿葬礼过后，贾元春就被封妃了。可以这么说，新皇帝封贾元春为“贤德妃”，不是他内心多喜欢贾元春，而是希望以此拉拢贾家和贾家背后的势力，属于违背自己意愿的决定，所以就出现了贾元春突然被封妃时，过程极其突兀和草率。并且，前去宣召的太监夏守忠也显得那么傲慢无礼。新皇帝之所以如此安排贾元春封妃一事，一方面是在拉拢贾家，另一方面也是在给贾家敲警钟，让贾家知道自己可以随时决定贾家的未来和命运。

贾元春封妃后，贾家以为危险已经解除，所以开始放松了警惕。接下来的一些操作确实是有些过头了。首先是修建大观园一事，贾家为此耗费巨大，规模、规格均有僭越。这在后来贾元春省亲时，通过贾元春之口可知。贾家当时听取了类似贾琏奶娘这些人的意见，认为将来修建大观园的所有费用，朝廷都会为贾家买单。这种想法，简直就是把皇帝当作冤大头。贾家修建大观园，耗费如此之大，规模和规格均有僭越，不追究责任已经是好的了，皇帝怎么可能会为贾家这等愚蠢的行为买单？还有，在清虚观打醮的时候，贾家上上下下全部出动，搞得满城皆知，引得很多王公贵族前来送礼。贾家的这些行为都太过招摇，天子脚下，如此大张旗鼓，把新皇帝放在哪里？

在贾琏的奶娘给贾琏提建议的时候，脂砚斋有两条非常特别的批语。对这两条批语的解读非常多，但一直以来都没有一个统一的答案。在这里我把我的解读观点也说一下。第一条是：“文忠公之嬷。”第二条是：“一段闲谈中补明多少文章。真是费长房壶中天地也。”这两条批语的位置非常接近，基本上是紧随而出。我先说第二条批语中的“费长房壶中天地”。这是一个典故，在网上可以很轻松地查到，讲的是：东汉时有个叫费长房的人，一日，他在酒楼喝酒解闷，偶见街上有一卖药的老翁，悬挂着一个药葫芦兜售丸散膏丹。卖了一阵，街上行人渐渐散去，老翁就悄悄钻入了葫芦之中。费长房看得真切，断定这位老翁绝非等闲之辈。他买了酒肉，恭恭敬敬地拜见老翁。老翁知他来意，领他一同钻入葫芦中。他睁眼一看，只见雕梁画栋，富丽堂皇，奇花异草，宛若仙山琼阁，别有洞天。后来，费长房随老翁十余日学得方术，临行前老翁送他一根竹杖，骑上如飞。返回故里时家人都以为他死了，原来已过了十余年。从此，费长房能医百病，驱瘟疫，令人起死回生。这个典故的剧情很玄幻，和《桃花源记》有异曲同工之妙。但作者为什么要引用这个典故呢？我认为，第一，是在指出贾家修建大观园的豪华之处。贾家就如同那个不起眼的葫芦一样，表面看起来没有什么特别的，而大观园就如同葫芦里面的世界。当人们进入大观园时，就如同费长房进入那个葫芦里面一样，简直就是别有洞天。第二，作者也在提醒读者，如果真正把《红楼梦》解开了，里面绝对就是另外一个世界。第三，在普通人看来，那个江湖术士非常玄幻，高深莫测。但因为费长房站在高处，视角不同，所以他看穿了那个江湖术士的玄机。这里作者又有两层意思。第一层意思，告诉读者，要解开《红楼梦》，一定要用特别的视角和独特的眼光，加上与众不同的思维方式。如果和普通人一样，用常规眼光和思维方式，是不可能解开《红楼梦》的。第二层意思，在书中，贾家在府中建大观园，行为上已经僭越了。不过普通人因为地位不高，不能进入大观园里面，所以不知道有大观园的存在。而皇帝不一样，因为他站得“高”，所以他看得明白。贾家建的大观园，绝对会成为将来朝廷为其罗列的罪责中的一条。贾家为大观园取的名字是“天仙宝镜”。贾元春看到这个名字，赶快将其改为“省亲别墅”。“天仙宝镜”意思是天上神仙居住的地方，而“省亲别墅”是指人间妃子回家省亲居住的地方。一个天上，一个人间。贾元春为什么要改？贾家作为一个臣子，居然把自己比作天上的神仙，这让皇帝如何自处？皇帝自称“天子”，意思是上天的儿子。而贾家把自己比作天上的神仙，比皇帝还大一级。难怪贾元春看到后立马就叫改成“省亲别墅”。皇帝因为站得“高”，知道贾家修建了豪华的大观园，应该是非常生气的。为了使贾家的这次努力打水漂，皇帝故意拖延时间，把贾元春省亲的时间安排在天黑以后。大观园修建得再豪华，等天一黑，什么都看不见，等于一切的努力都白费了。从贾元春进入大观园后的描写可知，贾元春当时确实什么也看不到，看到最多的就是一些匾额，但那还是因为打了灯的原因。相比贾政等人白天游览大观园，贾元春可谓是看了个寂寞。

贾家花费巨资修建的大观园，不但没有起到想要的效果，还成为自己将来被抄家的助推，可谓是一个极其愚蠢的行为。书中第十六回，从贾琏和其奶娘的谈话中可知，当初贾家并没有打算修建如此豪华的大观园。但听了赵嬷嬷的建议后，贾家居然信以为真，认为自己是为皇帝的妃子修建大观园，修建得越豪华，皇帝脸上越有面子。并且还听取了赵嬷嬷的建议，参照当年贾家和甄家接驾皇帝的规格操办贾元春省亲一事。想着将来皇帝一高兴，还会把修建大观园的费用全部给报销了。皇帝是皇帝，妃子是妃子，怎么能够相提并论呢？贾家这次以接驾皇帝的规格操办贾元春省亲，实属僭越。贾家的这个如意算盘可谓是打得啪啪响。但万万没有想到，皇帝对贾家的这次行为非常生气。如果给贾家报销，那可是一大笔费用，朝廷如何开支得起？如果不报销，天下人会认为皇帝不近人情。总之，在修建大观园和省亲这两件事上，贾家直接把皇帝架在火上烤，让皇帝骑虎难下，处理起来非常棘手。贾元春当时也看出了端倪，一进入大观园，她的表情是："且说贾妃在轿内看此园内外如此豪华，因默默叹息奢华过费。"在省亲即将结束的时候，贾元春向贾母和二夫人说道："倘明岁天恩仍许归省，万不可如此奢华靡费了。"由此可知，贾家修建大观园和操办省亲，一方面太过奢侈，一方面也会因此遭到弹劾，为家族带来灭顶之灾。

贾家以贾琏为代表的管理层，听取赵嬷嬷的建议后花费巨资修建大观园和操办省亲，没有给自己带来想要的荣耀，带来的反而是灾难。所以，赵嬷嬷给贾家的建议，是极其愚蠢的。而更愚蠢的是贾家自己人。贾家的这些人，都是荣国公之后，个个都是接受过高等教育的人。论学历和社会经验，那绝对是当时社会上的顶流人物。在历史上，能够有如此综合素质的人，很多都被称为"文忠公"。按理说，能够有这样能力和素质的人，是不需要去听取一个社会底层人员类似赵嬷嬷这类人的建议的，应该会有自己独立的思维方式和行为标准。但贾家这群管理层却恰恰相反，丢掉了自己的看家本领，去听取一个奶娘的建议，花费巨资修建大观园和操办省亲。最终的结局，贾家的脸被打得啪啪响，所有的花销如同石沉大海，并没有得到预期的效果，朝廷也没有为贾家报销一分钱。所以，书中所说的"文忠公之嬷"，是一个歇后语，意思是：多余的人。这里的"文忠公"，不是特指历史上的某一位被称为"文忠公"的人，而是所有"文忠公"的统称。在《红楼梦》成书以前，中国有过近百人被称为"文忠公"。这些能够称得上是"文忠公"的人，每当遇到问题需要解决的时候，自然能够有自己独立的思维方式和处事标准，是不需要征求他奶娘意见的。作者把赵嬷嬷比作"文忠公之嬷"，是说她本就是一个没有能力处理大事的人，贾家人不应该听取她的意见，而是应该有自己独立的思维方式和处事原则。但事与愿违，贾家人最终还是听取了赵嬷嬷这个"文忠公之嬷"的意见，把好好的一件喜事，办成了"丧事"。

联系前面所说的，作者在提示了"文忠公之嬷"后，紧接着就提到"费长房壶中天地"，其用意就是在暗示读者，如果要解出"文忠公之嬷"，就要像费长房一样，脱离大众视角，以一种自己独特的视角去观察和思考。在"费长房壶中天地"中，普通大众处于位置较低的视角，所以不能看出那个江湖术士的玄机。而费长房却站在高处，以上帝视角的眼光去观察和思考，所以他能够洞察那个江湖术士的天机。作者可能已经想到了将来很多《红楼梦》读者会把历史上那些被称为"文忠公"的人拿出来进行比对，但却不能够得出结论。要解出这个谜题，只有脱离大众思维，甚至要与大众思维背道而驰。当多数人把历史上众多的"文忠公"拿出来比对是哪一个的时候，我们就把所有的"文忠公"综合起来思考。所以，书中的"文忠公"不是特指某一个"文忠公"，而是指所有的"文忠公"。

新皇帝封贾元春为“贤德妃”，一方面是想拉拢贾家，就算不能拉拢，暂时稳住贾家也可以；另一方面是想以此向天下表达一种愿与众旧臣和平相处的愿望。但当太上皇去世后，新皇帝还是对贾家这样的重臣不放心，所以就开始了逐步清理。首先被清理的是甄家。在老太妃去世后不久，甄家就被抄家了。虽然书中对这二者之间的关系没有任何描写，但事实就是，甄家确实是在老太妃去世后不久就被抄家了。这不得不让人对其两家之间的关系产生联想。书中第十六回，通过贾琏的奶娘赵嬷嬷之口可以知道，甄家曾经接驾过四次。如果甄家在朝廷里面没有极高的人脉，怎么可能会有四次接驾的机会？联系前后的情节，甄家和这位老太妃之间，关系肯定非同一般。而这位老太妃，通过其去世后朝廷对全国上下的禁令可知，她在皇宫中的地位应该非常高。所以，甄家能够有四次接驾的机会，很可能就是因为这位老太妃的影响。有“红学家”认为这位老太妃是甄家人，这种可能性是非常大的。在老太妃活着的时候，甄家跟随她有着无上的荣光；而老太妃一去世，甄家就随即被抄家。

从甄家影射贾家。贾家作为太上皇的忠臣，当太上皇活着的时候，贾家也走向了巅峰；当太上皇去世后，新皇帝掌握实权，这时贾家的命运就全部掌握在新皇帝手里了。如同甄家一样，新皇帝对贾家还是不能完全信任，所以贾家被抄家就成为定局。

至于贾元春，当初新皇帝是因为有太上皇在，自己不能完全掌握实权，所以只能以封贾元春为“贤德妃”来拉拢贾家。在太上皇去世后，新皇帝认为贾家并没有完全忠心于自己。新皇帝担心贾元春生下皇子后，贾家的势力得到进一步壮大，并威胁到自己的皇权。所以就像尤二姐一样，贾元春的生命也随着太上皇的去世而走到了终点。当初尤二姐的孩子不能生下来，其背后以王熙凤为代表的势力就是始作俑者。尤二姐要依靠腹中的孩子才能在荣国府中生存下去，而王熙凤是不可能让她得逞的。否则，一旦让尤二姐生下孩子，王熙凤她自己的地位将不保，甚至到时候死的人可能就是王熙凤本人。毕竟，当时尤二姐是已经做好准备，等王熙凤死了以后，自己就将接替王熙凤的位置。如果当时让尤二姐生下那名男婴，那她就有了向王熙凤逼宫的资本。王熙凤当时已经身患疾病，又不能再生育，所以被尤二姐逼死的可能性是存在的。想当初，王熙凤已经身患重病，但她却故意隐瞒病情，坚持处理荣国府大小事务。她这样做的目的，就是怕别人知道她的身体状况后，致使她丧失对荣国府的管家权。王熙凤一旦失去对荣国府的管家权，对她来说是致命的。毕竟当初她主家的时候，得罪的人不在少数，还有她利用管家权放贷一事。如果她失去了管理荣国府的权力，放出去的钱能不能收回来就成了未知数，并且还可能遭到其他人的打击报复。特别是当尤二姐生下男孩后，她的地位基本就不保了。所以，王熙凤绝对不能让尤二姐一个人住在外面，更不能让尤二姐生下孩子。从内心上来说，王熙凤是绝对不同意尤二姐住进荣国府的。王熙凤将尤二姐接进荣国府居住，其实只是她一时的权宜之计，目的一方面是拉拢并稳住尤二姐；另一方面是不能让尤二姐脱离自己的掌控；再一方面是向外界宣传自己是同意贾琏娶小妾的，为自己建立人设。王熙凤的这一做法，可谓是一箭多雕。等到时机成熟的时候，尤二姐自然就成了王熙凤砧板上的肉了。因此，尤二姐的命运就注定要死在孩子出生之前。同样，皇帝封贾元春为“贤德妃”，和王熙凤接尤二姐进荣国府是一个道理。

回到贾元春这里。同样，一旦贾元春生下皇子，贾家皇亲国戚的身份就稳如泰山，难以撼动。到时候，贾家及依附贾家的势力将会更加强大，皇帝如果再想对付贾家，就会变得难上加难，甚至还可能适得其反，落得个和王熙凤一样的下场。贾元春生下皇子的影响力，从贾家清虚观打醮一事就可以看出端倪。当时贾元春委托贾家为她到清虚观打平安醮，目的就是祈求她母子平安，说明她当时已经怀孕了。这个消息在贾家轰轰烈烈的打醮活动中，已经闹得尽人皆知。为了讨好贾家，其他王公贵族纷纷献上贺礼，其目的就是日后攀上贾家这棵大树。贾家的一举一动均被新皇帝获悉，为了不让贾家的目的得逞，新皇帝是不会让贾元春生下孩子的。这同时也注定了贾元春和贾家的结局和命运。

至于有人说贾元春清虚观打醮不一定打的是“母子平安醮”，这个问题很好理解。像贾家这样的大家族举家轰轰烈烈地去道观里面打醮，我们不知道打的什么醮，但按照那个年代的风俗，那些王公大臣会不知道吗？如果他们不知道，那他们为什么要赶着去送礼巴结？如果贾家打的是一般的平安醮，一方面不会举家都去，一方面也不会引得那么多王公贵族前去送礼。贾家通过这么轰轰烈烈的宣传，贾元春怀孕一事被传得沸沸扬扬。如果这个时候不去巴结贾家，那这些王公贵族就太没有眼力见了。

“二十年来辨是非”，其实就是贾元春在二十年岁死的时候，始终没有分辨清楚新皇帝、太上皇及贾家之间到底孰是孰非。这三方势力，看似都穷尽一切手段在暗中进行着激烈而残酷的斗争。但从客观来说，他们都是在维护自己的权益，都是在为保存自己而战斗。就如尤二姐和王熙凤一样，谁能够说清楚她们两个到底谁对谁错？说白了，大家都是在为活着而战斗，就如动物世界里面的动物一样，狮子捕猎羚羊，这其中能分辨谁对谁错吗？这中间，到底谁能够说得清楚是谁的错？这个“是非”，别说贾元春在二十岁死的时候没有想明白，就算放到现在也说不清楚。总之，各人站在各自的角度和立场上思考，没有绝对的“是”，也没有绝对的“非”。就如贾雨村的一句话：“成则王侯败则贼。”历史都是由胜利者书写的。

贾元春判词中的画上：“画着一张弓，弓上挂着香橼。”“弓”有谐音“宫”的意思。“橼”有谐音“元”的意思。“香橼”挂在“弓上”。这幅画完整的解读是：贾元春的命运和皇宫中的权力斗争紧密地联系在一起，同时也有“鸟尽弓藏”的意思。因为画中这张弓上面挂着一个香橼，说明这张弓已经长时间没有使用，现在主要的作用就是用来悬挂一些日常用品。当初新皇帝利用贾元春拉拢和稳住贾家及依附贾家的势力，现在自己掌握实权后，贾元春就失去了利用价值。正应了那句“兔死狗烹，鸟尽弓藏”的谚语。

至于贾元春最后是怎么死，我觉得并不重要了。可以是悬梁自尽，也可以是被绞死、毒死等。无论是哪种结果，贾元春像尤二姐一样，都难逃一死，但绝对不会是带兵打仗而死的。

新皇帝无论是要拉拢或打击贾家，都必须把贾家牢牢掌控在自己手里，并且对贾家要了如指掌。所以，新皇帝派出贾雨村打入甄家、贾家和林家内部，就一点都不觉得奇怪了。但贾雨村也不能长期生活在人家的家里面，这样无论怎么说也说不过去。所以贾雨村需要一个能够代替自己潜伏在贾家内部的人。当时刚好林如海让贾雨村护送林黛玉去荣国府，而双方刚好还互相都没有见过面。这就为贾雨村调包林黛玉、安插内应提供了一个绝好的机会。

说到内应，不得不让人联想到平儿。王熙凤将尤二姐接进荣国府里面居住，其中一个很重要的目的就是掌握尤二姐的一举一动。毕竟这是两人之间的生死存亡之战，容不得有一点马虎。所以，就算尤二姐已经来到荣国府里面居住，但为了获取尤二姐的信息，掌握尤二姐的一举一动，王熙凤绝对会派一个心腹作为内应。这个心腹就是平儿。有了这个推理，就可以解释作为王熙凤心腹的平儿，为什么会和王熙凤的死敌尤二姐走得那么近？假设平儿是真的对尤二姐好，把尤二姐伺候到生下儿子，把王熙凤逼死，平儿的结局会比现在好吗？尤二姐会待她有王熙凤好吗？王熙凤能够在荣国府站稳脚跟，是因为有贾母作为后台。平儿能够在荣国府里面有那么高的地位，就是因为背后有王熙凤在站台。一旦平儿失去王熙凤，那她也不会有什么好下场。作为人精的平儿，不可能不知道这个道理。所以，平儿对尤二姐好，是表面行为，暗地里她是王熙凤派过去的一个卧底。不打没有把握之仗，王熙凤要和尤二姐战斗，就必须获取尤二姐的所有情报，平儿就是那个收集情报的内应。由此可见，我推理书中存在卧底、内应一说是成立的，并非胡编乱造。

平儿帮助王熙凤对付尤二姐还有另外一个原因。她作为贾琏夫妇的通房丫头，地位还不及小妾。本来在贾琏和王熙凤中间就非常难受了，现在又来了一个尤二姐，接着又来一个秋桐，平儿的身份地位一下子比之前更是低太多。为了生存，配合王熙凤打击尤二姐和秋桐，同时也是为她自己而战。但无论平儿如何配合王熙凤打击对手，最终在被王熙凤利用完后，她终将成为弃子，王熙凤是不会在乎她的生死的。这个从王熙凤时时防备平儿和贾琏行房就可以看出。

王熙凤为了扳倒尤二姐，其实不只派出去平儿一个帮手，同时还利用上了秋桐。王熙凤能够扳倒尤二姐，秋桐可谓是功不可没，身先士卒，活活把尤二姐逼到了绝路。等大功告成，王熙凤就开始卸磨杀驴，找了个理由要把秋桐打发出去了。之前，秋桐一直以为王熙凤和自己是一个阵营的，所以尽心尽力地配合王熙凤打击尤二姐。等王熙凤真正露出爪牙，将屠刀挥向秋桐的时候，秋桐才醒悟过来，但为时已晚。书中没有写秋桐最后是什么结局，但从王熙凤让她到“别处去躲几个月再来”的态度来看，秋桐的结局和葫芦庙里的小沙弥差不多，最后应该也是被王熙凤赶到偏远地方去了。

从王熙凤和尤二姐的这场较量中可以看出，参与其中的每个人都影射了书中相应的主要人物。王熙凤对应新皇帝，贾琏对应太上皇，尤二姐对应贾家和贾元春，平儿对应代玉，秋桐对应薛宝钗，兴儿对应秦可卿，称尤二姐为“新二奶奶”的下人对应冯紫英等家族，胡庸医对应贾雨村。也是通过这场较量，证实我推理薛宝钗是在配合代玉开展工作，在被利用完之后就被赐婚到了边塞，并死在边塞苦寒之地，埋在白茫茫的雪地里面。

新皇帝在掌握实权后，他认为贾家对自己还是不够忠心，所以还是打算除去贾家这个后患。经过前期的信息收集，接下来就是为贾家罗织罪名的时候了。

皇帝要给贾家罗列罪名，那贾家到底有没有罪？贾家是否真有谋反的想法？有句话叫：欲加之罪何患无辞。说实话，从书中前前后后的描述中，要说贾家做事过于高调，这个确有其事，但说到谋反，其实并没有什么实质性的证据。

和北静王来往，贾家也许也只是想和北静王进行正常的交往，但谁知北静王却在其中夹带私货，公开赠送“鹡鸰香串”给贾宝玉，这其实并不在贾家的意料之中，甚至贾家都不知道北静王会亲自前来参加秦可卿的葬礼。秦可卿的葬礼，贾家确实是办得有点高规格了。但那些来参加葬礼的王公贵族，或许也是和北静王一样，并不在贾家的意料之中。就像清虚观打醮一样，贾家并没有想到会有那么多家族来送贺礼。但人家既然来了，也不好拒绝，只得收下并回礼。另外，例如给秦可卿使用坏了事的义忠亲王老千岁的棺木、帮薛蟠逃脱罪责、王熙凤放贷、违规建造大观园、抢夺石呆子的古扇等。如果太上皇依然掌握实权，贾家的靠山不倒，这些罪名，其实并不能达到把贾家抄家的程度。但如果贾家一旦失去了靠山，皇帝对贾家不再信任，就算再小的事情，也可能作为置贾家于死地的罪名。就如尤二姐之死，是在贾母将其放弃的前提下，王熙凤才敢实施她的计划。否则，王熙凤是不敢对尤二姐下手的。

例如，贾宝玉“衔玉而生”这件事，是真是假难以说清楚。如果贾家得势，可以被认为是“祥瑞之兆”；但如果贾家失势，就可能被认为是要谋反的证据。皇帝为了查明真假，所以让代玉一进荣国府的时候就抓紧时间调查此事。可见皇帝对此事的重视程度。

总之，有一点可以肯定，太上皇去世后，贾家彻底失去了靠山。这个时候，新皇帝掌控实权，他对贾家并不完全信任。而此时，贾家不知道收敛，依然我行我素，违规僭越之事时有发生。如焦大一样，不知道自己现在的处境，也不知道收敛自己的言行，一直沉浸在自己当年的荣耀和辉煌之下，屡屡挑衅皇帝的权威。接着又是北静王谋反，贾家放走妙玉。在多重因素的叠加之下，皇帝终于还是抄了贾家。正所谓：一鲸落，万物生。皇帝消灭了贾家，既树立了自己的权威，又消除了隐患，还让新生代的权臣得到实惠，可谓是一举多得。书中第一回的《好了歌》中写道：“乱烘烘，你方唱罢我登场，反认他乡是故乡。甚荒唐，到头来都是为他人作嫁衣裳！”

皇帝对贾家下手，贾家是否发起反抗？这个问题也是讨论非常多的一个话题。结合尤二姐之死，我推理贾家并没有反抗。尤三姐曾经托梦给尤二姐，让尤二姐拿起武器进行反抗，但尤二姐认为自己本身品行就不好，没有反抗的资本，所以选择顺其自然。贾家在日常生活中，不注重自身的修养，行事过于高调，以王熙凤为首的人又做了太多伤天害理的事情。这个时候的贾家，就如尤二姐一样，已经失去了反抗的群众基础，就算反抗也是徒劳无功。作者的思维极其敏捷，已经把所有问题都考虑进去了，非常佩服。

前面我说新皇帝本想将贾家消灭，但当他看到贾家的实力后，取消了这个计划，改为拉拢贾家，封贾元春为“贤德妃”。那新皇帝当时要消灭贾家的证据在哪里呢？

书中第二十六回中写冯紫英说：“大不幸之中又大幸。”冯紫英在说这句话之前，还说了“铁网山打围”的事情。所以，这“大不幸之中又大幸”和“铁网山打围”之间必然有联系。

冯紫英在这里所说的“铁网山”这个名字，在书中是第二次出现。第一次出现是在秦可卿的丧事上，贾珍向薛蟠手上购买的棺材板就是来自“铁网山”。“铁网山”这个地名出现在两个非常关键的地方，但其真正的“庐山真面目”却从来没有出现过，无从考证到底有没有“铁网山”这座山。但有一点可以非常明确，“铁网山”上可以做棺材板的上等木头出现在了贾家，以物代名，书中的“铁网山”指的就是贾家，冯紫英打围的地点就在贾家。

“铁网山”三个字，从字面上非常容易理解，就是把一座山用铁网围起来。那这座山指的是什么呢？

书中第十三回，秦可卿死后，贾珍“单请一百单八众禅僧在大厅上拜大悲忏”。注意这“一百单八”这个数字，《水浒传》中称呼梁山好汉用的就是“一百单八将”，贾珍在这里也请了“一百单八”个禅僧。作者这样写，分明就是要把贾家描述成《红楼梦》版的“梁山”。所以，书中这座“铁网山”，指的就是贾家。

秦可卿极大可能是皇帝的私生女。皇帝暗中安排秦可卿进入宁国府，打探贾家的一举一动。随着秦可卿一死，贾家和朝廷的关系就进入了白热化。秦可卿死后，皇帝派冯紫英父子带兵把贾家包围，准备绞杀贾家，这就是“铁网山打围”的由来。冯紫英所说的“大不幸”就是这件事。

冯紫英父子受皇帝委派，带领军队去剿灭贾家。当他们暗中把贾家围得水泄不通的时候，发现朝廷能来的王公贵族都来了，他们都站在贾家一边。皇帝经过评估后，认为没有胜算，就临时改变策略，改剿灭贾家为拉拢贾家。就因为皇帝改变了策略，所以才有了后来的贾元春封妃。这个策略对应“耗子精”故事中“小耗子”临时改变主意变成“林黛玉”这一情节，也就是冯紫英所说的“大幸”。皇帝把贾元春封为“贤德妃”的目的，前面已经说过，和王熙凤接尤二姐进荣国府的目的差不多，大同小异。皇帝想着如果将来贾家不能为自己所用，再找机会把贾家除掉，现在先稳住再说。

薛蟠问冯紫英的脸怎么“有些青伤”？冯紫英当时说他的脸是“在铁网山教兔鹘捎一翅膀”，兔鹘的意思一是指契丹、女真人的束带，二是指一种局部羽毛带褐色的白鹰。兔鹘既指人，也指白鹰。这里作者是指冯紫英父子没有完成任务，丢了脸面的意思。也不排除是被皇帝打了耳光，毕竟能把人脸打出“青伤”，力量不可能小。白鹰的力量能不能造成人的脸部带“青伤”？值得斟酌。

冯紫英为什么会向贾宝玉和薛蟠说他和他父亲去“铁网山打围”的事呢？有两种可能：一种是冯紫英年轻气盛，说漏了嘴；另一种是冯紫英在暗中提醒贾宝玉注意贾家面临的危险。无论是哪种结果，冯紫英都不可能说出真相，所以后来在约定的时间还没有到，冯紫英就约贾宝玉和薛蟠吃饭，并把这件事掩盖过去。从这次冯紫英故意把他所说的“大不幸之中又大幸”之事隐晦不说来看，这件事本身就和贾家有莫大的关系，所以才故意说“并无其事”。宝玉道：“你到底把这个‘不幸之幸’说完了再走。”冯紫英笑道：“今儿说的也不尽兴。我为这个，还要特治一东，请你们去细谈一谈，二则还有所恳之处。”前面是如此绘声绘色、郑重其事地说有“大不幸之中又大幸”，等过几天，却说并无其事。理由是当时为了防止以后请贾宝玉等人吃饭喝酒的时候，贾宝玉等人推脱不来，故而说有“大不幸之中又大幸”。冯紫英请贾宝玉吃饭喝酒，贾宝玉为什么不来？难道冯紫英做人做事太差，贾宝玉看不上冯紫英？这完全说不过去。贾宝玉遇到冯紫英，从他们之间的谈话中可以看出，他们关系非常好，冯紫英不请贾宝玉，贾宝玉还要主动去找冯紫英。所以，在冯紫英请贾宝玉的时候，贾宝玉怎么可能会不到场？薛蟠就更不用说了，有吃、有喝、有玩，他怎么可能会不到场？也就是说，在冯紫英要请贾宝玉等人的时候，是不需要提前吊胃口的，贾宝玉和薛蟠必到。所以，冯紫英后来不说出那“大不幸之中又大幸”的事，是故意对贾宝玉和薛蟠隐瞒不说。冯紫英对贾宝玉和薛蟠隐瞒不说，就说明这“大不幸之中又大幸”中的事与贾宝玉或者薛蟠有关，事情不小，并且不是好事，更可能是灾祸之事。在请示其父亲之后，冯紫英决定把这“大不幸之中又大幸”之事隐瞒下来。因为如果冯紫英对贾宝玉和薛蟠说了以后，可能会对冯家不利。

由此我推断，冯紫英当时要对贾宝玉和薛蟠所说的“大不幸之中又大幸”之事是：朝廷派冯紫英父子带领军队去剿灭贾家，但中途改变了主意，没有实施。朝廷不但不剿灭贾家，还要封贾元春为“贤德妃”。这算得上是贾家的“大不幸之中又大幸”了。这个推理的证据就出在王熙凤和尤二姐的博弈之中。当时王熙凤得知尤二姐一事，经过慎重思考之后，对平儿说道：“我想这件事竟该这么着才好。也不必等你二爷回来再商量了。”接下来王熙凤就制订了一个对付尤二姐的方案。从王熙凤对平儿说的这句话中可以看出，一开始王熙凤是想等贾琏回来后，当面和贾琏对质，并通过贾琏这边解决此事。但王熙凤经过慎重考虑，最后决定放弃之前的方案，改通过贾琏解决为暗地里把尤二姐接进荣国府，并派平儿做内应随时打探尤二姐一边的消息，然后再伺机谋害尤二姐。对于尤二姐来说，王熙凤放弃之前冲动的武力解决方案，改为接尤二姐进荣国府，算得上是一件“大不幸之中又大幸”了。但其实这只是王熙凤的缓兵之计，更大的灾难还在后面。

冯紫英年轻气盛，社会经验不足，认为事情已经过去了，坏事变好事，他可以在朋友面前显摆一下，也借机给朋友道喜。但他还是太年轻了，差一点就说漏了嘴，也差一点就惹下滔天大祸。好在其还有一点意识，当时没有告诉贾宝玉等人，而是回去请示了他父亲。他父亲肯定告诉他不能说出去，所以他就提前请贾宝玉和薛蟠吃饭喝酒，并含含糊糊地把这件事遮掩过去。冯紫英用“大不幸之中又大幸”一句含含糊糊地约贾宝玉和薛蟠喝酒，其情节和夏守忠含含糊糊地宣贾政进宫面圣如出一辙。贾政当时进宫面圣是因为贾元春封妃一事，可见冯紫英约贾宝玉和薛蟠喝酒，也是与元春封妃一事有关。

再回过头去看，当时冯紫英说去“铁网山打围”的时间是“三月二十八日去的，前儿也就回来了”，那段时间刚好是在秦可卿的丧事期间。《红楼梦》里面的时间是笔糊涂账，如果作者明确地写明具体时间，那这个时间就一定非常重要。《红楼梦》的另外一个重要“密码”：如果要做一件事，必须是说了马上就做，不能选择日期，否则将有大祸临头。大家在读的时候，注意这个细节。所以当时贾宝玉和薛蟠要冯紫英说那“大不幸之中又大幸”之事到底是什么事，冯紫英明明确确地说“多则十日，少则八天”后告辞贾宝玉和薛蟠，这是非常明显的选择日期。冯紫英选择日期要做的事就是给贾宝玉和薛蟠详细地讲那“大不幸之中又大幸”之事，所以这件事必定是非常大的祸事。

冯紫英笑道：“今儿说的也不尽兴。我为这个，还要特治一东，请你们去细谈一谈，二则还有所恳之处。”由冯紫英的这句话可见，这“大不幸之中又大幸”之事非同小可，要当面细细地说，并且有事要“恳求”。那冯紫英所要“恳请”的是什么事呢？如果联系后面贾元春即将封妃，贾家即将成为皇亲国戚，家族势力即将今非昔比，面对如此强大的家族势力，冯紫英难道不想依靠吗？这个推理的证据，从后面清虚观打醮时冯紫英家及时送上礼物就可窥一斑而知全豹了。

通过贾琏和王熙凤的谈话可知，朝廷里面的那些太监经常来向贾家“借钱”，借不到就发脾气。但那也只是一个很小的群体，依靠贾家的群体是非常庞大的，书中就写过“飞鸟各归林”。贾家不能笼络身边的势力，这也就意味着危险正在向贾家靠拢，皇帝孤立贾家的目的正在一步一步地实现。一头失去战斗力的狮子，只能任由饿狼撕咬。

书中第八十回，贾家的女儿贾迎春遭到丈夫虐待，但贾家却毫无能力保护，由此也可以反映出贾家已经出现衰败的迹象。这个时候，外有饿狼撕咬（中山狼），内有烈火烘烤（夏金桂），贾家这艘大船已经千疮百孔，摇摇欲坠。

贾家这个巨人即将倒下，明眼人都可以看得出来。作为“心比比干多一窍”的代玉，自然更能够看出其中的苗头。

书中第七十八回结尾，当时贾宝玉刚作完《芙蓉女儿诔》，忽听山石之后有一人笑道：“且请留步。”把贾宝玉吓了一跳。那小鬟回头一看，却是个人影从芙蓉花中走出来，他便大叫：“不好，有鬼。晴雯真来显魂了！”宝玉也忙看时，不是别人，却是“林黛玉”。这个女人，多次躲在暗处偷听，书中对此是有正面描写的。一个人鬼鬼祟祟地躲在暗处，难怪小丫鬟会大叫“有鬼”，正所谓人不人，鬼不鬼。

接着代玉和贾宝玉谈论《芙蓉女儿诔》中的“红绡帐里，公子多情，黄土垄中，女儿薄命”。代玉建议贾宝玉把此句改为“茜纱窗下，公子多情，黄土垄中，女儿薄命”。听代玉改了以后，贾宝玉“接连说了一二十句‘不敢’”。代玉说道：“何妨。我的窗即可为你之窗，何必分晰得如此生疏。古人异姓陌路，尚然同肥马，衣轻裘，敝之而无憾，何况咱们？”这句话通俗地说就是：“不妨，我的就是你的，你何必和我如此生疏？古人之中那些互相不认识的，他们都可以共享荣华富贵，更何况我们之间呢？”肥马轻裘，形容生活富裕阔绰。代玉在极力劝说贾宝玉和自己共享荣华富贵。最后贾宝玉说道：“茜纱窗下，我本无缘；黄土垄中，卿何薄命。”庚辰双行夹批：“如此我亦为妥极。但试问当面用‘尔’‘我’字样究竟不知是为谁之谶，一笑一叹。一篇诔文总因此二句而有，又当知虽晴雯而又实诔黛玉也。奇幻至此！若云必因晴雯诔，则呆之至矣。”这里脂砚斋已经明明白白地写明原文中不是写晴雯，而是写代玉，所以大家没有必要把这句话往晴雯身上靠。“若云必因晴雯诔，则呆之至矣”的意思就是：“我提示到这里，如果你还把这段文字理解为是在写晴雯，那你就太呆蠢了。”把这句脂批结合原文一起理解，那就是：“你的荣华富贵，我没有缘分；你被埋入坟墓的时候，到底是因为什么而那么薄命？”贾宝玉面对代玉的劝说，直接回答“我本无缘”，表示不会依靠代玉一方，并且预示代玉会早死。代玉听了之后“忡然变色，心中虽有无限的狐疑乱拟，外面却不肯露出，反连忙含笑点头称妙”。

贾宝玉和代玉的这段对话，各种解读版本非常多，很多解读非常高深，云里雾里的，总之就是要把代玉强往“可怜”二字上面靠。但我认为，作者写的是小说，不是《易经》，小说的基本特征就是通俗易懂，不可能要我们读者去上天入地地凭空想象。我们在看小说的时候，先得把字面意思弄明白，按照字面意思再去深入理解。贾宝玉和代玉的这段对话，代玉本身就是在劝告贾宝玉：你们贾家即将灭亡了，请你和我一起分享我的荣华富贵。

皇帝一切准备就绪，就等一个时机了。这个时机就是太上皇去世。和甄家一样，在太上皇去世后，贾家也进入了灭亡的倒计时。

第三十五章　紫鹃

紫鹃，原名鹦哥，是贾母房里的二等丫鬟。贾母见代玉来时只带了两个人，恐不中使，便把鹦哥给了代玉。代玉将其改名为紫鹃。后来紫鹃就成了代玉身边女仆当中，地位最高的一个，成为与鸳鸯、平儿等人地位相当的“首席大丫鬟”。在大家的印象中，紫鹃是代玉的丫鬟，同时也是代玉的知心闺蜜。自从她跟了代玉后，就一心一意为代玉着想。那背后的真相是否真的如此呢？紫鹃和代玉的关系真的就那么好吗？她们之间有没有矛盾呢？

从《红楼梦》里的描述看，代玉和紫鹃的表面关系确实非常好，紫鹃也时时刻刻都在为代玉着想。但如果透过表象看实质，代玉和紫鹃之间其实是有矛盾的。

在书中第八回，紫鹃使雪雁去给代玉送手炉，当时代玉说：“谁叫你送来的？难为他费心，那里就冷死了我！”这句话的深层次含义是：代玉知道送手炉不是雪雁自己的独立想法，是受人指使的。而能够指使雪雁给代玉送手炉的人，只可能是紫鹃。所以，当时代玉是知道紫鹃指使雪雁送手炉，但话中却含有冷嘲热讽的味道，显然她是不高兴的。代玉不高兴，接着就表现了出来。雪雁告诉代玉：“紫鹃姐姐怕姑娘冷，使我送来的。”代玉说道：“也亏你倒听他的话。我平日和你说的，全当耳旁风，怎么他说了你就依，比圣旨还快些！”这里代玉对自己从老家带来的丫鬟雪雁非常不满，认为她对紫鹃的话那是言听计从，甚至紫鹃说的话比自己还管用。由此看来，紫鹃虽然是代玉的丫鬟，但却比代玉的威信还高，经常在没有经过代玉的授意下就私自为代玉做出安排。紫鹃的这个特点，在后来书中多次表现出来。

书中第三十五回，代玉正在深情地远望贾宝玉住处的时候，紫鹃突然来叫她喝药：“姑娘吃药去罢，开水又冷了。”代玉道：“你到底要怎么样？只是催，我吃不吃，管你什么相干！”第五十七回，紫鹃更是在没有经过代玉允许的情况下，自己哄骗贾宝玉说代玉要回老家去了，害得贾宝玉差点一命呜呼。代玉知道后说道：“你不用捶，你竟拿绳子来勒死我是正经！”第五十七回中，薛姨妈来到潇湘馆，谈到婚姻问题，她毫无诚意地引逗代玉说：“我想着，你宝兄弟老太太那样疼他，他又生的那样，若要外头说去，断不中意。不如竟把你林妹妹定与他，岂不四角俱全？”这个时候，紫鹃作为一个丫鬟，在没有得到代玉授意的情况下跑来笑道：“姨太太既有主意，为什么不和老太太说？”然而薛姨妈可能猜透了紫鹃的心意，说道：“这孩子急什么？想必催姑娘出了阁，你也要早些寻一个小女婿去了？”由薛姨妈的这句话中可知，紫鹃表面上是在操心代玉的婚事，但暗地里是在为自己打算。紫鹃的目的可能如薛姨妈所说，等代玉出家后，她自己就可以寻一个男的嫁了。但是否真的如此呢？在贾宝玉稍微有好转时，书中有这么一段独白：“幸喜众人都知宝玉原有些呆气，自幼是他二人亲密。如今紫鹃之戏语亦是常情，宝玉之病亦非罕事，因不疑到别事去。”那么，众人“因不疑到别事去”是什么事呢？后面在贾宝玉完全康复后，和紫鹃有一段对话。贾宝玉问紫鹃为什么要哄骗他，紫鹃说：“你知道，我并不是林家的人，我也和袭人鸳鸯是一伙的，偏把我给了林姑娘使。偏生他又和我极好，比他苏州带来的还好十倍，一时一刻我们两个离不开。我如今心里却愁，他倘或要去了，我必要跟了他去的。我是合家在这里，我若不去，辜负了我们素日的情常；若去，又弃了本家。所以我疑惑，故设出这谎话来问你，谁知你就傻闹起来。”由紫鹃的这段话中可知，紫鹃在内心深处是不愿意随代玉一起外嫁的。大家都在说紫鹃和代玉的关系有多好，但从紫鹃的这段话中可以非常明显地看出，紫鹃在触及自己利益的时候，是不会顾及代玉利益的。如果紫鹃像大家认为的那样，是全心全意为了代玉，和代玉生死与共，那他为什么要顾忌要不要和代玉一起外嫁？所以紫鹃不愿意和代玉一起外嫁其实是她的真情流露。由此可知，紫鹃表面上是在处处为代玉着想，但其实背后也有她自己的私心在里面。她试探贾宝玉，其根本目的是撮合贾宝玉和代玉的婚事，从而满足自己的私欲。

紫鹃说代玉对她非常好，原话是：“偏生他又和我极好，比他苏州带来的还好十倍，一时一刻我们两个离不开。”那么，代玉对紫鹃是否真的那么好？俗话说：有卧龙，必有凤雏。在书中第七十八回中，贾宝玉向两个小丫鬟询问晴雯的情况，其中一个小丫鬟说了实话，但贾宝玉不相信她的话。另外一个小丫鬟为了讨好贾宝玉，就胡诌乱编了一套说辞，说晴雯对她如何好，她宁愿冒被打的风险偷偷地去看望晴雯。晴雯见到她后，将她视为知己，把不愿意和其他人说的话告诉了她。晴雯什么时候对下面的小丫鬟好过？从各方面来说，这个小丫鬟的话都是胡诌乱编的。但贾宝玉却非常相信她的话。“晴为黛影”，紫鹃同样也在贾宝玉面前说代玉对自己如何如何好，甚至比对从苏州带来的雪雁还好十倍。雪雁不管怎么说也是代玉从小带在身边的，如果她们之间的关系不好，怎么可能大老远地从苏州把雪雁带过来？代玉对紫鹃再好，又怎么可能会比对雪雁好？紫鹃和那个胡诌的小丫鬟都对贾宝玉说自己有多得宠，无非就是为了彰显自己的地位，从而讨好贾宝玉。

紫鹃为了满足自己的私欲，却不惜牺牲别人的利益，这样的人其实是非常危险的。有句话说的好：你被别人卖了，还在替人家数钱呢。紫鹃一方面表现出处处都是为了代玉好，为代玉着想，但其实她却是在利用代玉作为自己的跳板。还是在第五十七回，薛姨妈和薛宝钗几乎同时来到潇湘馆，她们母女二人在和代玉拉家常的时候，薛宝钗说要把代玉许配给薛蟠，薛姨妈说："我想宝琴虽有了人家，我虽没人可给，难道一句话也不说。我想着，你宝兄弟老太太那样疼他，他又生的那样，若要外头说去，断不中意。不如竟把你林妹妹定与他，岂不四角俱全？"她母女二人此时的险恶用心可谓是显露得淋漓尽致。代玉不管怎么说也还是一个未出嫁的女孩子，而她母女二人却在这里拿人家的婚姻大事开玩笑，一会儿说许配给薛蟠，一会儿说许配给贾宝玉。婚姻大事，岂能这样如同儿戏？这样一旦被传开，这叫代玉以后如何嫁人？在书中第七十九回，当香菱和贾宝玉说起薛蟠和夏金桂的婚事时，贾宝玉曾经这样说："正是。说的到底是那一家的？只听见吵嚷了这半年，今儿又说张家的好，明儿又要李家的，后儿又议论王家的。这些人家的女儿他也不知道造了什么罪了，叫人家好端端议论。"从这里可知，在一个女孩子没有确定要嫁给谁的时候，是不能胡乱议论她的婚事的。而代玉在一天之中，同时遭到薛家母女二人的轮番议论，这到底是怎么回事？

说到代玉被薛家母女二人无端议论，这还得从紫鹃说起。在书中第五十七回，紫鹃哄骗贾宝玉的剧情中，在贾宝玉稍微好转后，紫鹃曾经对贾宝玉这样说："年里我听见老太太说，要定下琴姑娘呢。不然那么疼他？"无脑的紫鹃，这件事怎么又把人家好端端的薛宝琴扯进来了？人家薛宝琴好歹已经有了婆家，你还在背后这样议论人家，要是被薛宝琴的婆家知道此事，这叫薛宝琴将来如何面对梅翰林家？说不定薛宝琴的婚事就是因此被紫鹃破坏的。对于代玉的丫鬟紫鹃无端抹黑薛家小女薛宝琴，难道薛家人会忍下这口气吗？下人行为不检，主子难辞其咎。所以就有了薛家母女几乎同时到潇湘馆轮番羞辱代玉一节。当时代玉并没有意识到薛家母女是专门来羞辱自己的，等薛姨妈说要把自己嫁给贾宝玉时，代玉才醒悟过来，所以打薛宝钗出气，并说道："我只打你！你为什么招出姨妈这些老没正经的话来？"可见代玉此时已经意识到了事情的不对劲。看到自己的主人被薛家母女二人羞辱得体无完肤，紫鹃不但不醒悟，还兴冲冲地跑出来叫薛姨妈去向贾母说媒："姨太太既有这主意，为什么不和太太说去？"这个傻白甜，直接当场就把薛姨妈逗得哈哈大笑，说道："你这孩子，急什么，想必催着你姑娘出了阁，你也要早些寻一个小女婿去了。"这句话出自有知识文化的薛姨妈之口，看似平平无奇。但如果把这句话用普通人的话说出来，应该是这样的：你这个小丫头怕是想男人想疯了。代玉被紫鹃几次三番无脑的操作已经整得无语了，终于开始发飙：“黛玉先骂：‘又与你这蹄子什么相干？’”代玉和紫鹃主仆二人，被薛家母女羞辱得淋漓尽致，引得旁人哄堂大笑：“薛姨妈母女及屋内婆子丫鬟都笑起来。”代玉被薛家母女羞辱一事，起因就是紫鹃无端议论薛家小女薛宝琴的婚事。而对于躺枪的代玉，被紫鹃这番操作可谓是害得不轻。

代玉有紫鹃这样一个丫鬟和闺蜜，到底是好事还是坏事？

从书中紫鹃多处出场的剧情来分析，代玉有紫鹃这么一个丫鬟和闺蜜，并不是什么好事。紫鹃的控制欲很强，她经常给代玉提出意见和建议，甚至在代玉出现问题的时候，紫鹃会及时出面进行批评和指证，其目的就是想让身边人的一言一行都要按照自己的思维定式来做。紫鹃还经常擅作主张，不经过上级的同意就付诸实施，但其能力和处事经验又明显不足，常常使事情向着相反的方向发展，甚至给主人一方带来无尽的灾难。

在和贾宝玉的婚事上，紫鹃可谓是话不离口，时时在代玉耳边唠叨。见代玉没有听从自己的建议，就私自采取行动，哄骗贾宝玉说代玉要回老家。代玉作为一个女性，在爱情方面是被动的。俗话说：男追女，如隔山；女追男，纸一张。如果一个女性在爱情方面太主动，难免会遭到流言蜚语，这个在贾母的《掰谎记》中就有描述：“这小姐必是通文知礼，无所不晓，竟是个绝代佳人。只一见了一个清俊的男人，不管是亲是友，便想起终身大事来，父母也忘了，书礼也忘了，鬼不成鬼，贼不成贼，那一点儿是佳人？”代玉与贾宝玉的婚事，不是她不想，而是受到了客观条件的限制，让她在此事上寸步难行。但紫鹃倒好，把此事闹得沸沸扬扬，甚至因为此事差点把贾宝玉害死。紫鹃这样做，让作为主子的代玉如何立足？本来代玉在和贾宝玉的婚事上就非常被动，事情很难有实质性的进展，代玉为此非常焦虑。而紫鹃还成天在代玉耳边把此事拿出来唠叨，说什么：“万两黄金容易，知心一个也难求。”紫鹃说完这些话后，书中是这样描写的：“（紫鹃）说着，竟自睡了。代玉听了这话，口内虽如此说，心内未尝不伤感，待他睡了，便直泣了一夜，至天明方打了一个盹儿。”在临睡前，专挑别人的伤心事说，说完自己倒头就睡。但作为当事人的代玉呢？睡得着吗？一夜睡不着，又哭了一夜的滋味，有相似经历的人一定深有体会。长此以往，一个人的身体能好吗？在紫鹃看来，代玉和贾宝玉的婚事没有进展，是因为代玉不够主动，不知道贾宝玉是块宝贝。但作为丫鬟的紫鹃，根本就不知道作为主子的代玉心里面的苦，但她还成天在那里拿此事说个不停。代玉的身体本就不好，再被紫鹃如此逼迫，可想而知会对她造成多大的伤害。

由以上的分析来看，紫鹃这个人物有着极强的主观性和控制欲，无论她处于什么身份和地位，她都希望周围的人能够按照她的思维定式来做事。虽然她的出发点不坏，看上去像是在为对方考虑，但她却不会顾忌自己的行为是否会给对方造成伤害。我们每个人虽然都应该听取别人的意见和建议，但每个人都有自己的主见，都不希望自己被别人操控和“绑架”，甚至活在别人的思维定式里面。所以，紫鹃虽然每次看似都为代玉考虑得非常周全，但代玉对此是有诟病的。也就是因此，她二人之间虽然看起来非常和睦，但暗地里却都在较劲。这也就有了紫鹃使雪雁给代玉送手炉的时候，代玉指桑骂槐地对紫鹃过于强势的行为表示不满。紫鹃使雪雁当着众人的面给代玉送手炉，一方面在众人面前表现出非常关心自己的主人；另一方面让代玉在众人面前不好驳斥紫鹃的安排，对代玉进行“道德绑架”，以彰显自己的地位。

再有，紫鹃在帮助代玉的同时，也在暗中夹带“私货”，为自己寻找出路。这个在她和贾宝玉痊愈后的对话中可以得知。紫鹃作为代玉的丫鬟，一旦代玉外嫁，那势必她也要跟着一起离开贾府。作为从小就在贾家长大的丫鬟，紫鹃内心深处是不愿意跟随代玉一起外嫁的。所以她多次想促成代玉和贾宝玉的婚事，很大程度上也是在为她自己考虑。从这里可以看出，紫鹃对代玉并不像大众所认为的那么忠心，她更多的是想借代玉这个平台来实现自己的愿望。毕竟，如果代玉嫁给贾宝玉，作为代玉首席大丫鬟的紫鹃，就有非常大的可能性成为贾宝玉的小妾。从一个丫鬟，一朝成为主子，这是多少丫鬟一生的梦想。虽然小妾不是正妻，没有正妻的地位和待遇，但也毕竟是主子。主子自然有主子应该有的身份和地位，这个看看赵姨娘就可见一斑。

那么，《红楼梦》中有没有对紫鹃想要成为贾宝玉小妾的描写呢？有的。在书中第五十七回，紫鹃哄骗贾宝玉，致使贾宝玉生病后，紫鹃搬到贾宝玉房中照顾贾宝玉，直到贾宝玉痊愈后才离开。其间，书中有三次描写贾宝玉紧紧拉住紫鹃的手。如果说前两次是因为贾宝玉头脑不清醒，那么第三次就说不过去了。当时贾宝玉已经清醒，书中描写：“无人时紫鹃在侧，宝玉又拉他的手。”这里作者用了一个“又”字，说明已经是多次了。对于贾宝玉拉自己的手，紫鹃完全没有表现出不高兴和避讳，而是在贾宝玉赌咒发誓的时候“紫鹃忙上来握他的嘴，替他擦眼泪”。在听了贾宝玉赌咒发誓后，书中写道：“紫鹃听了，心下暗暗筹画。”这里就不知道她在筹划什么了，书中没有写明，也不能乱猜。紫鹃即将离开时，在贾宝玉的请求下，紫鹃留下了一面小菱花镜给贾宝玉。从紫鹃和贾宝玉这段情节的描写来看，说紫鹃对贾宝玉没有感情，应该是说不过去。

代玉和紫鹃二人之间曾经有过一次非常尖锐的矛盾，就是在代玉知道是紫鹃私自哄骗贾宝玉说自己要回老家，惹得贾宝玉生病时。紫鹃拿着代玉的婚姻大事胡闹，经过她一番无脑的操作，差点把贾宝玉给逼疯了，还闹得整个贾府尽人皆知。在当时，女追男本就是一件非常不光彩的事，还差点把男方逼死，这叫代玉以后如何在整个贾家立足？紫鹃的这番无脑操作，可谓是让代玉死的心都有了，甚至已经将代玉逼到了死亡的边缘。所以当时代玉说："你不用捶，你竟拿绳子来勒死我是正经！"导致代玉和紫鹃二人之间这次激烈的冲突，根本原因都是因贾宝玉而起。紫鹃想让代玉嫁给贾宝玉，但其实她自己也有这个想法，也想嫁给贾宝玉，成为贾宝玉的小妾。前面我已经分析过，代玉和夏金桂二人之间是一对"阴阳共生体"，代玉在明，夏金桂在暗。在夏金桂那边，她同样与自己的丫鬟金蟾有冲突，原因也是因为薛蟠而起。夏金桂和金蟾争夺薛蟠，其实是为了争夺在家中的地位，其二人的争斗已经到了白热化的程度。所以她二人后来像续书中那样，夏金桂死在金蟾手里，可能性是非常大的。然后通过紫鹃劝慰代玉的这句"万两黄金容易，知心一个也难求"的话中可知，作者有意把代玉按照唐朝女才人鱼玄机来描写。鱼玄机同样也因为一个男人和自己的丫鬟发生冲突，最后失手打死丫鬟，自己也因此而丧命。我之前就推理过，后来在代玉写信想要约会贾宝玉的时候，这封书信却被薛蟠获知，最终导致了代玉悲惨命运的开始。通过以上种种证据可知，当时代玉叫紫鹃把书信直接送给贾宝玉本人，但紫鹃没有做到，只是把书信送到贾宝玉房间，这就直接导致了贾宝玉没有看到书信，而是被薛蟠获取了书信。最终的结局，代玉一次次被无脑又自作聪明的紫鹃伤害，导致自己被薛蟠侮辱，被迫流落在烟花柳巷苟延残喘。

有一个问题，紫鹃作为贾母身边的丫鬟，贾母何等聪明，不可能不知道紫鹃是怎么样一个人，那她为什么还要派这么一个垃圾的紫鹃给代玉？贾母身边有一个很有名的丫鬟，名字叫"傻大姐"，她曾经捡到过"绣春囊"。贾母喜欢她爽利便捷，又喜她出言可以发笑。说"傻大姐"这个丫头"傻"，是因为她生性幼稚，没有心机，她的一言一行都是出于她的本性，不会去想着算计别人，也不会刻意隐藏自己。也就是因为"傻大姐"这个丫头太过于单纯，所以她不善于钻营，不知道自己吃亏，也不会去想着偷懒，更不会想着去占别人便宜，相反自己还经常被别人占了便宜。所以在外人看来，她就如同一个"傻子"一样。那么，"傻大姐"真"傻"吗？在书中第七十三回，"傻大姐"捡到"绣春囊"遇到邢夫人时，邢夫人说："这痴丫头，又得了个什么狗不识儿这么欢喜？拿来我瞧瞧。"她对邢夫人说："太太真个说的巧，真个是狗不识呢。太太请瞧一瞧。"在这里脂砚斋有批语道："妙！寓言也。大凡知此交媾之情者，真狗畜之说耳，非肆言恶詈。凡识此事，即狗矣。然则云先与贾母看，则先骂贾母矣。此处邢夫人亦看，然则又骂邢夫人乎？故作者又难。"邢夫人说"傻大姐"得个什么狗不识的东西，想说"傻大姐"是"狗畜"。然而，事实很快打了邢夫人的脸，真正是"狗畜"的人，却是她自己。邢夫人和"傻大姐"

二人，在这里完美地诠释了什么是“真傻”，什么是“假傻”。再如刘姥姥二进荣国府，贾家一行人为了取悦贾母，把刘姥姥当作“傻子”一样戏耍。事后证明，到底是贾家人戏耍了刘姥姥，还是刘姥姥戏耍了贾家人？在对牙牌令的时候，刘姥姥以一个农村普通妇女的身份，面对一群受过高等教育的贾家人。最终以代玉为代表的贾家人被对得词穷，不得不把淫词艳曲拿出来应对。贾家人看不起刘姥姥，最后却被刘姥姥打败。作者创作这段剧情的原型就来源于《三国演义》中的“诸葛亮舌战群雄”一节。贾家人当时对刘姥姥的种种表现笑得前合后仰，但事后思量，最终贻笑大方的却是贾家人自己。正所谓书中作者所阐述的“假作真时真亦假，无为有处有还无”。

很多人认为自己很聪明，和“傻”完全不沾边，但事实证明他才是那个最“傻”的人。“傻大姐”在别人看来非常“傻”，但她其实一点也不“傻”。紫鹃自以为自己受到贾母多年的栽培，这次被贾母重用，去给贾母的外孙女做首席大丫鬟。她就是那个自以为自己很聪明的人，想着这次终于可以发挥自己的才能，并实现自己的理想和抱负。所以她处处为代玉做主和安排，把代玉当作一个永远长不大的小孩子看待。代玉对此是非常反感的，所以借雪雁送手炉一事表达了对紫鹃的不满。但碍于贾母的情面和实际情况，代玉没有办法摆脱紫鹃的控制，甚至对紫鹃的无脑操作也只得默默流泪和忍受。曾经同为贾母的两个丫鬟，紫鹃和“傻大姐”这一对“阴阳组合”，一个自认为聪明能干，一个被认为是“傻子”。然而，等潮水退去之时，才真正知道是谁在裸泳。

回答前面的问题，贾母明知紫鹃此人不堪大用，并且还有极强的控制欲，但她却还是把紫鹃派给代玉做首席大丫鬟，其用意已经不言而喻，就是要让紫鹃代替自己对代玉进行控制。

所以，《红楼梦》不能只看表面，其原因就在这里，否则就和贾瑞一个下场。整部《红楼梦》，作者其实讲的是“鸠占鹊巢”的故事，其用意是在警醒人们辨别人世间的“真与假”。到底谁是真，谁是假，我们一定要用心去领悟。

第三十六章　戏曲（上）

《红楼梦》中出现了很多戏曲，这些戏曲是否值得研究呢？书中第十八回，贾元春省亲的时候，着重点了四出戏，分别是《长生殿·乞巧》《一捧雪·豪宴》《邯郸记·仙缘》《牡丹亭·离魂》。对此，脂砚斋有批语说："《一捧雪》中伏贾家之败、《长生殿》中伏元妃之死、《邯郸梦》中伏甄宝玉送玉、《牡丹亭》中伏黛玉死。所点之戏剧伏四事，乃通部书之大过节、大关键。"由此可见，要破解《红楼梦》里面重要的情节，解读这四出戏是重中之重。作者对这四部戏如此看重，由此可以看出书中其他戏曲的出现也绝非偶然，一定有着它极其重要的作用。所以，研究书中出现的戏曲，是解开《红楼梦》诸多秘密的重要途径。

为了便于更好地研究探讨，我把书中出现的所有戏曲归纳如下：

序号	剧目	回目	演员	事由	地点	主导
一	《长生殿·弹词》	第十一回	家班上演	贾敬寿辰	天香楼	凤姐点戏
二	《双官诰》	第十二回	家班上演	贾敬寿辰	天香楼	凤姐点戏
三	《牡丹亭·还魂》	第十三回	家班上演	贾敬寿辰	天香楼	凤姐点戏
四	《一捧雪·豪宴》	第十八回	家班上演	元妃省亲	大观园	元妃点戏
五	《长生殿·乞巧》	第十八回	家班上演	元妃省亲	大观园	元妃点戏
六	《邯郸记·仙缘》	第十八回	家班上演	元妃省亲	大观园	元妃点戏
七	《牡丹亭·离魂》	第十八回	家班上演	元妃省亲	大观园	元妃点戏
八	《游园惊梦》	第十八回	未上演	元妃省亲	大观园	元妃点戏
九	《钗钏记·相约》	第十八回	龄官上演	元妃省亲	大观园	龄官自选
十	《钗钏记·相骂》	第十八回	龄官上演	元妃省亲	大观园	龄官自选
十一	《丁郎认父》	第十九回	外聘班上演	元宵节里	宁国府	贾珍倡导
十二	《黄伯央大摆阴魂阵》	第十九回	外聘班上演	元宵节里	宁国府	贾珍倡导
十三	《孙行者大闹天宫》	第十九回	外聘班上演	元宵节里	宁国府	贾珍倡导
十四	《姜太公斩将封神》	第十九回	外聘班上演	元宵节里	宁国府	贾珍倡导
十五	《西游记》	第二十二回	外聘班上演	宝钗生日	贾母内院	宝钗点戏
十六	《刘二当衣》	第二十二回	外聘班上演	宝钗生日	贾母内院	凤姐点戏

续表

序号	剧目	回目	演员	事由	地点	主角
十七	《虎囊弹・山门》	第二十二回	外聘班上演	宝钗生日	贾母内院	宝钗点戏
十八	《白蛇记》	第二十九回	道观上演	清虚观打醮	清虚观	神前拈戏
十九	《满床笏》	第二十九回	道观上演	清虚观打醮	清虚观	神前拈戏
二十	《南柯梦》	第二十九回	道观上演	清虚观打醮	清虚观	神前拈戏
二十一	《荆钗记・男祭》	第四十三回	家班上演	凤姐生日	贾府内	黛玉点戏
二十二	《西楼记・楼会》	第五十三回	外聘班上演	正月十五	贾母内院	贾母点戏
二十三	《牡丹亭・寻梦》	第五十四回	芳官演唱	元宵节	贾母内	贾母点戏
二十四	《八义・观灯》	第五十四回	外聘班上演	正月十五	贾母内院	贾母点戏
二十五	《惠明下书》	第五十四回	葵官上演	正月十五	贾母内院	贾母点戏
二十六	《西厢记・听琴》	第五十四回	外聘班上演	正月十五	贾母内院	贾母评戏
二十七	《玉簪记・琴挑》	第五十四回	外聘班上演	正月十五	贾母内院	贾母评戏
二十八	《续琵琶・胡笳十八拍》	第五十四回	外聘班上演	正月十五	贾母内院	贾母评戏
二十九	《灯月圆》	第五十四回	家班上演	正月十五	贾母内院	贾母点戏
三十	《邯郸记・扫花》	第六十三回	芳官清唱	宝玉生日	怡红院	芳官自选
三十一	《上寿》	第六十三回	芳官上演	宝玉生日	怡红院	芳官清唱
三十二	《蕊珠记・冥升》	第八十五回	外聘班上演	黛玉生日	贾府内院	贾母点戏
三十三	《琵琶记・吃糠》	第八十五回	外聘班上演	黛玉生日	贾府内院	贾母点戏
三十四	《祝发记・渡江》	第八十五回	外聘班上演	黛玉生日	贾府内院	贾母点戏
三十五	《占花魁・受吐》	第九十三回	蒋玉菡上演	临安伯请客	临安伯府	临安伯点戏

通过以上总结我们发现，书中一共出现了三十五部戏曲。其中前八十回出现了三十一部，续书中出现了四部，其中续书有三部戏出现在代玉的生日宴会上。

一、《长生殿・弹词》

《弹词》是清代洪异的名剧《长生殿》中的第三十八出戏。以李隆基和杨玉环爱情故事为主线，自“戏梅”始至“埋玉”止。述天宝年间，宁王戏弄唐明皇李隆基宠妃梅妃未遂，为挑拨李隆基与梅妃关系，向唐明皇提到其子寿王之妃杨玉环，天姿国色，貌能倾城。唐明皇心动，因召杨玉环至宫中，并借故留宿。继而恩宠有加，册封贵妃。其间，唐皇曲江游春，与杨氏之妹虢国夫人有染。一日，唐明皇以在翠华西阁私召梅妃进御，引得杨贵妃妒性大发，争宠絮阁。之后，又因杨贵妃恃宠，言语冲撞唐皇，被撵逐至杨国忠府中。然唐明皇思念杨妃，复召回宫。此后情爱弥笃，终于在长生殿七夕定情。不久，安史之乱起，潼关失守，唐室迁都入川。行至马嵬坡，六军不发，杀死杨国忠。陈元礼等兵谏，唐皇无奈，被迫将杨贵妃赐死。

评：在《长生殿·弹词》这部戏中，人物关系非常复杂，人与人之间的伦理道德被无情地践踏。也就是因为戏中人物的乱伦行为，才为以后的安史之乱埋下伏笔。书中第五回的“《红楼梦十二曲—好事终》：画梁春尽落香尘。擅风情，秉月貌，便是败家的根本。箕裘颓堕皆从敬，家事消亡首罪宁。宿孽总因情。”从这里看，作者应该是在暗示“箕裘颓堕皆从敬，家事消亡首罪宁”这句话。而这部戏恰恰又出现在贾敬的寿辰宴会上，由此可以推断宁国府中确实存在违反人伦道德的事情。

二、《双官诰》

《双官诰》为清朝陈二白所作昆曲传统剧目，于康熙二十九年（1690 年）“改校删录”而成。讲述的是婢女碧莲守节教子，一举成名的故事。大同人冯瑞，字麟如，与山西提学副使林翘，字乔楚，有世仇，林欲害之。冯瑞避祸远走，以医道闻名。其友范子渊与之相貌酷似，便假冒其名在本地行医，林遂谋杀之，世人都以死者名为冯瑞，以讹传讹，其家亦信以为真。其妻罗氏、妾莫氏大恸之后不能自守，先后改嫁他人。唯有婢女碧莲日夜纺织，抚养冯妾莫氏所生幼子冯雄，督其课读。冯瑞因治愈于谦之疾，留置于谦幕中，又得于谦举荐，随驾（明英宗）北征，立功而返，授兵部尚书。后冯瑞衣锦荣归，老仆冯仁倾诉别后情事，冯乃立碧莲为夫人。这时，冯雄亦因碧莲勤督课读，高中探花。最后冯瑞、冯雄父子官诰皆归碧莲，碧莲得到了双诰封。

评：《红楼梦》的作者在开篇的时候，曾经明确地说到“无朝代年纪可考”。但真的就“无朝代年纪可考”了吗？《红楼梦》全书写作的高明之处就是暗写。作者不明着写全书所涉及的年代，但却暗地里写出了年代。比如书中提到的这部《双官诰》，是于康熙二十九年（1690 年）“改校删录”而成的。那么，《红楼梦》的写作时间就不可能早于康熙二十九年（1690 年）。由此就可以推断出《红楼梦》的创作时间是在康熙二十九年（1690 年）以后。另外，戏中的冯瑞出去避祸，并没有死。而范子渊冒充冯瑞，以冯瑞的身份进行行医，最终落得个惨死的结局。作者在这里暗示了《红楼梦》书中的重要主线剧情，就是代玉冒充林黛玉，但最终却害得自己落得个悲惨的结局。代玉冒充林黛玉，以林黛玉的身份在荣国府生活。最终，她被薛蟠误认为她就是真的林黛玉，并将她谋害。害人者，反被其害。等到真林黛玉像冯瑞一样出现大家面前时，所有人才知道当年那个被害死的人，并不是林黛玉本人，而是冒充她的代玉。

三、《牡丹亭·还魂》

《牡丹亭还魂记》简称《牡丹亭》，也称《还魂梦》或《牡丹亭梦》，是明朝剧作家汤显祖创作的传奇剧本，刊行于明万历四十五年（1617 年）。该剧描写了官家千金杜丽娘对梦中书生柳梦梅倾心相爱，竟伤情而死，化为魂魄寻找现实中的爱人，人鬼相恋，最后起死回生，终于与柳梦梅永结同心的故事。该剧文辞典雅，语言秀丽。该剧是中国戏曲史上杰出的作品之一，与《西厢记》《窦娥冤》《长生殿》（一说《西厢记》《长生殿》《桃花扇》）合称中国四大古典戏剧。《离魂》是杜丽娘死亡的情节。《还魂》是杜丽娘起死回生的情节。

评：《还魂》讲的是杜丽娘起死回生的情节，但人是不可能死而复生的。作者在这里是暗示书中描写的那些死去的人物，其实背后的真相是并没有死。最突出的就是林黛玉。贾雨村和代玉以为她已经死了，但让他们没有想到的是，林黛玉并没有死。

四、《一捧雪·豪宴》

庚辰双行夹批：《一捧雪》中伏贾家之败。

评：在本书第二十八章“一捧雪、甄宝玉”中有详细解读，这里就不再重复。

五、《长生殿·乞巧》

庚辰双行夹批：《长生殿》中伏元妃之死。

评：在本书第二十九章和第三十四章中有详细解读，这里就不再重复。

六、《邯郸记·仙缘》

庚辰双行夹批：《邯郸梦》中伏甄宝玉送玉。

评：在本书第二十八章中有详细解读，这里就不再重复。

七、《牡丹亭·离魂》

《离魂》出自《牡丹亭》，讲述十六岁的杜丽娘因爱生愁，因愁生病，于中秋佳节之夜临终前对月长吟：“一曲长歌绝世缘，香消玉陨好婵娟。悲情女子离魂去，入意男儿在哪边。明月夜，问冰蟾，牡丹亭梦几时圆。幽光残照秋风里，呜咽声中已泫然。”

杜丽娘在梦境中获得的幸福在现实世界中却无法得到，最终在对爱情的热切渴望和执着追求中含恨而逝。

庚辰双行夹批：“《牡丹亭》中伏黛玉死。”

评：代玉和史湘云也是在中秋佳节的时候作有：“寒塘渡鹤影，冷月葬花魂。”代玉和杜丽娘均是在中秋佳节的时候作出预示自己即将离世的悲情诗句，两者之间形成照应，符合“阴阳影射”的写作手法。杜丽娘是因为见不到自己的情人才郁郁而终。这里伏代玉之死。我推理：代玉被拐出贾府后，也是因为思念贾宝玉而亡的。按照现在流行的理解，代玉是因为贾宝玉被薛宝钗占有，她自己得不到贾宝玉才郁郁而终。这样的情节和《牡丹亭·离魂》里面的情节脱离太大。续书作者为了迎合皇帝的意愿，对原著进行本末倒置，把代玉被拐篡改成妙玉被拐。书中第三十四回明明确确地写是代玉收到贾宝玉的手帕后动了情，并提笔写下三首思念的诗，然后就“林黛玉还要往下写时，觉得浑身火热，面上作烧，走至镜台揭起锦袱一照，只见腮上通红，自羡压倒桃花，却不知病由此萌”。然而续书的作者却硬生生地把这事安插在了妙玉身上，说妙玉见了贾宝玉后有了淫荡的想法。所以，续书中让妙玉代替代玉被拐，让代玉留在荣国府，并看着贾宝玉的薛宝钗结婚，然后她才郁郁而终。这和《牡丹亭·离魂》的剧情是不相符的。如果代玉在荣国府，她是可以见到贾宝玉的，和杜丽娘的情节完全对不上。所以，在代玉去世的时候，她和贾宝玉是因为客观原因见不到对方。这也就符合我的推理：代玉被人从荣国府中拐走后，流落在烟花巷，最终因为思念成疾，郁郁而终。这部戏伏代玉之死，那戏中的杜丽娘之死就是代玉之死的线索。杜丽娘怎么死的？在《惊梦》里面，杜丽娘梦见柳梦梅，两人还在山石后云雨了一番。等杜丽娘梦醒后，因长期思念柳梦梅成疾而亡。用杜丽娘的死来推理代玉之死，再结合代玉对牙牌令的时候对出的：“良辰美景奈何天”和“纱窗也没有红娘报”，所以代玉死之前是有过一段与男人的云雨之事。结合下面龄官私自决定要作的《相约、相骂》，说明代玉本想与宝玉私会，但中途被人截获信件，并冒充贾宝玉与之相会，这个人就是薛蟠。

八、《游园惊梦》

《游园惊梦》是昆曲《牡丹亭》的一个曲目。作者为中国明代戏曲家汤显祖，其中最为引人入胜的当数杜丽娘与柳梦梅那亦真亦幻的爱情故事。杜丽娘深受封建礼教的束缚，一日，背着父母和塾师，和丫鬟春香到后花园游春，花香鸟语，触景伤情，游倦之后，回房休息。在梦中与书生柳梦梅在花园中相会，并有许多花神一起来为他们做媒。杜丽娘的母亲来到床前将女儿唤醒，母亲看见女儿神情恍惚，嘱咐她以后少去后花园。杜丽娘虽然应允，但心里仍在追恋梦境，不久竟忧郁成疾。

评：贾蔷让龄官作《游园惊梦》，而龄官却拒绝了。龄官形似代玉，这是毋庸置疑的，作者本意就是想以龄官来暗写代玉。在这里，作者提示我们，代玉本可以在贾家的庇护下平平淡淡地活下去，但她却非要抱有幻想，一心想要追求自己的欲望。也就是因为如此，代玉最终引出了《相约》《相骂》的结局，被人冒充贾宝玉与之约会。

九至十、《钗钏记·相约》《钗钏记·相骂》

书生皇甫吟与富家女史碧桃先有婚约，但皇甫吟家道中落，史家有了悔婚之意，但史碧桃忠于婚约，她安排丫鬟云香去约皇甫吟来史家花园，打算赠金让他用作聘礼，恰巧皇甫吟不在家，云香就将来意告诉了皇甫吟的母亲李氏。这其实就是《相约》的情节。

李氏如实转告儿子，但皇甫吟仍然犹豫。恰好皇甫吟的好友韩时忠来访，听得相约之事，于是顿起歹念，力劝皇甫吟不去赴约，皇甫吟于是失约。韩时忠却冒名前去赴约，骗得金钗、金钏以及银两若干。

史碧桃久等不见皇甫吟前来迎娶，甚为焦急，又遣云香前去皇甫家追问，李氏自然不知就里，因此双方发生争执，大吵一场。这一节，是《相骂》的情节。

史碧桃听到回报，顿感希望破灭，投江自尽，幸得御史张所救起，并收为义女。碧桃之父史直到官府告皇甫吟因奸致死之罪，真州刺史将皇甫吟收入狱中。恰好观文殿学士李若水奉旨恤刑来到真州，觉皇甫吟案蹊跷，再审皇甫吟，得到韩时忠这一线索。后用计设法从韩家得到钗钏，判定韩时忠有罪，皇甫吟无罪释放。

后皇甫吟上京应试，进士及第，去李若水府谢师，恰巧御使张所来访。张所此时已从义女碧桃口中得知皇甫吟乃是其未婚夫，为试探皇甫吟态度，劝他再娶，皇甫吟矢志决不再娶。后张所设计将钗钏带回家中，让义女辨认，碧桃认出这钗钏正是家中旧物，两人终成眷属。

《相约》《相骂》这两出戏的主角是丫鬟芸香，属于身份较低的小姑娘，史碧桃的丫环。这个芸香是个伶俐丫头、口角锋利、聪明伶俐、机智勇敢。

评：用戏里面的剧情来伏写《红楼梦》书中的剧情，这是作者的一种隐匿写作手法。龄官形似代玉，作者用写龄官来写代玉，主要就是要说明代玉选择《相约》《相骂》，是她自己的决定。戏中史碧桃私下约会皇甫吟，但却被韩时忠冒名前去赴约，骗得金钗、金钏以及银两若干。后来皇甫吟被冤枉入狱的罪名是因奸致死之罪。以此类推，代玉也是在私下约会贾宝玉的时候，被薛蟠获取了代玉的信，并冒名顶替贾宝玉去赴约。也就是在这次约会中，代玉被薛蟠得手，薛蟠为了事情不被泄露，所以把代玉拐出贾府。至此，代玉就流落烟花巷，最终因为经受不住各种打击，如戏中的史碧桃一样投江自尽。她不喜欢落花随流水漂去，最终她还是逃脱不了葬身河里的命运。书中贾瑞约会王熙凤，最终等来的却是贾蓉和贾蔷，并且还被贾蓉和贾蔷敲诈了一笔钱财。贾瑞因此害了重病，最终一命呜呼。贾瑞约会王熙凤一节，很明显就是《红楼梦》版的《相约》《相骂》。可见，《红楼梦》中是真实演绎过《相约》《相骂》剧情的，并不是我杜撰。贾瑞这情节，影射的就是代玉。

十一、《丁郎认父》

明代严嵩专权，害死忠臣杜鸾，并抄杀杜家满门。杜鸾之子杜文学发配湖广，改名胡文学。一日，胡文学浪迹大街，与年老辞官之胡丞相相遇。胡丞相见胡文学神态非凡，又询其为同姓，遂供其攻读诗文。胡丞相无子，只有一女凤英，留胡文学招赘之。胡文学身在胡府，心念举家不幸，每日郁郁不乐。胡特命家僮人等随其街头散心。当初胡文学出逃时，妻已身怀有孕。数年后其子起名丁郎，年方十二岁，特奉母命到湖广寻父。走前其母将相认之证半片菱花镜交与丁郎。丁郎来至湖广，有乡约苗青，与文学同乡，闻丁郎寻父之事，特将其留于家中，待文学外出，以便引见。巧逢文学大街行走，苗青急命丁郎拦马认父。文学问明丁郎家世，又见半片菱花镜，确系己子无疑；但因家人相偕，恐露破绽，反忍痛责打丁郎冒认官亲。苗青甚为不平，让丁郎前往胡府喊冤，复被家人拉至花园殴打，致昏迷不醒。适胡凤英为母花园降香，见情用姜汤灌醒丁郎。丁郎出示菱花镜，说明原委，凤英以子相认，后禀明其父，责文学无情，文学向其认错，父子团聚。

评：从戏文中我们可以看出丁郎前来和胡文学相认的时候，虽然胡文学知道面前的人就是自己的亲生儿子，但胡文学却不敢认他。胡文学不认丁郎的原因是他此时已经有了家庭，他怕丁郎的出现破坏了他现在家庭，属于“形势所逼”。但也就是因为胡文学没有认丁郎，导致丁郎受尽苦头。分析戏中的剧情，第一，胡文学此前和自己的儿子丁郎互相之间都没有见过面；第二，丁郎来认父的时候，随身带来了胡文学和他妻子的信物“半片菱花镜”，胡文学通过这“半片菱花镜”确认了丁郎就是自己的儿子；第三，丁郎第一次来和胡文学相认的时候，其实胡文学已经认出了丁郎就是自己的儿子；第四，胡文学由于怕丁郎的出现破坏了他现在的美满家庭，所以他不敢与丁郎相认；第五，由于胡文学不认丁郎，致使丁郎受尽苦头，甚至被无情地殴打了两次，命不硬点，估计已经被打死了，更不要说一个十二岁的孩子一路上的辛苦和磨难；第六，丁郎身边有一个明白事情原委的苗青，苗青收留了丁郎，并一路为丁郎出谋划策；第七，胡文学的妻子胡凤英通过丁郎的“半片菱花镜”，确认了丁郎就是胡文学的儿子；第八，最终胡文学与丁郎相认；第九，由戏里面的剧情推理出当胡文学不认丁郎的时候，丁郎在背后不知流了多少眼泪；第十，胡文学的正妻本来是丁郎的母亲，但被胡凤英占有了，不过戏中的胡凤英对此并不知情；第十一，丁郎离家认父时的年龄是十二岁，等丁郎找到胡文学的时候，胡文学一共离家十三年。

十二、《黄伯央大摆阴魂阵》

《黄伯央大摆阴魂阵》讲黄伯杨是燕将乐毅的师傅，布迷魂阵以困齐将孙膑，后鬼谷子下山，助其徒弟孙膑破了阵。

评：《黄伯央大摆阴魂阵》。这部戏的情节非常简单，最大的特色就是热闹。但除了热闹以外，这部戏还有一个比较明显的特点就是黄伯杨用迷魂阵困住了孙膑，后来是鬼谷子下山才破了这个迷魂阵。

十三、《孙行者大闹天宫》

孙悟空到龙宫借用兵器，龙王对他十分藐视，骗他去搬动定海神针铁。不料孙悟空神通广大，把定海神针变为称手的兵器——金箍棒。龙王悔恨，到天宫恳求玉帝捉拿孙悟空。李长庚献策招抚，把孙悟空骗到御马监养马。孙悟空识破秘密，大闹御马监，返回花果山，树立起“齐天大圣”的旗号。李长庚再上花果山假意请他赴会蟠桃宴，悟空来到天宫，从仙女口中得知蟠桃宴并未邀请于他，悟空一怒之下，大闹瑶池，饱吃金丹。玉帝派二郎神来捉拿孙悟空，因他食用金丹，已变成钢筋铁骨，刀枪不能伤身。玉帝又把他送到太上老君的八卦炉里，用火烧炼。孙悟空仍然活跃地跳出炉来。天宫集中兵力，在李天王率领之下，和孙悟空大战。最后被机智而又勇敢的孙悟空打得大败。孙悟空在众小猴欢呼簇拥之中，高唱凯歌，胜利回山。

评：这部戏的剧情也是非常热闹，情节主要就是孙悟空和天庭的矛盾白热化了以后，双方发生战斗，打了个热火朝天。古往今来，很多矛盾在不能化解的时候，最直接的方式就是打一仗。发生战争以后，双方再有天大的矛盾都会被战争所掩盖。

十四、《姜太公斩将封神》

《姜太公斩将封神》为《封神榜》的结局，姜子牙亲自将妲己斩杀，对两军中战死的将领封神。

评：这部戏的剧情也是比较简单，主要就是姜子牙拿出封神榜进行封神的情节，属于《封神榜》的结局。

上面是这四部戏的介绍和简单的点评。如果单单从这四部戏来看，除了《丁郎认父》的剧情比较丰富和曲折外，其他三部戏都相对比较简单，从中我们很难发现作者写出这四部戏的真正目的和意图。

为了解出这四部戏的玄机，我又反复对全书进行了梳理和回顾，突然让我警醒的一幕就赫然出现在我面前：清虚观打醮。

在《红楼梦》第二十九回，贾家到清虚观打醮，其中通过神前占卜，拈了三出戏，分别是：《白蛇记》《满床笏》和《南柯梦》。当时贾母听到拈的第四出戏是《南柯梦》后，神情变得严肃起来，大有预感不妙之势。解读这三部戏不难，《白蛇记》映射的是创业之初，《满床笏》映射的是创业成功后取得的卓越成就，而作为结局的《南柯梦》预示着一切的努力和成就都将付诸东流、化为乌有。贾母听到前两部戏的时候，表现得非常开心，但听到第四出戏是《南柯梦》后，神情变得严肃起来，其原因就是她预感到了贾家即将灭亡。由此可以看出，这三部戏是有先后顺序的，也预示着局势的发展是按照这三部戏的剧情来发展。

顺着这个思路，我试着把第十九回中的《丁郎认父》《黄伯央大摆阴魂阵》《孙行者大闹天宫》和《姜太公斩将封神》的情节发展与《红楼梦》的情节发展进行对照。经过这一对照，突然就让我豁然开朗。

《丁郎认父》的情节对应林黛玉上京认亲，紧接着《黄伯央大摆阴魂阵》中的“迷魂阵”对应《红楼梦》中的“太虚幻境”，《孙行者大闹天宫》对应《红楼梦》中贾家和朝廷矛盾白热化的表现，《姜太公斩将封神》对应着《红楼梦》的结局。由此可见，《红楼梦》的情节将围绕着这四部戏来发展，这就是作者在同一个章节里面同时写到这四部戏的真正目的和意图。有了这个推理，接下来我们再来理解《红楼梦》的情节发展就相对轻松了。

《红楼梦》进入正文的时候，最重要的情节就是林黛玉上京认亲。和丁郎一样，两个都是认亲，可见二者之间的关系非同一般。丁郎和自己的亲生父亲从未谋面。同样，林黛玉和贾家的人也是素未谋面，互相都没有见过。丁郎途中遇到苗青，苗青收留了丁郎，并一路为丁郎出谋划策。林黛玉遇难后，遇到了她的师傅，她师傅收留她，也是为她出谋划策，其中最典型的就是告诉她：“衣食起居不宜回乡，在此静居，后来自有你的结果。”丁郎有认亲信物“半片菱花镜”，林黛玉也有认亲信物“金麒麟”。胡文学经过“半片菱花镜”确认了丁郎就是自己的儿子，贾母通过金麒麟确认了妙玉就是自己的亲外孙女。胡文学怕丁郎的出现影响了他现在的生活，也算是一种形势所逼吧。贾母没有认妙玉，也是因为忌惮背后始作俑者的这股势力，和胡文学如出一辙。由于胡文学没有认丁郎，致使丁郎受尽委屈和磨难，差点还被打死，可以预想当时丁郎有多么伤心，背后不知流了多少眼泪。妙玉难道不是一样吗？眼见自己的亲人就在眼前，但却不能上前相认。自己的身份、地位被仇人占有，还眼睁睁地看着她和自己心爱的人成天谈情说爱，这是何等的伤心，她背后流了多少眼泪，有谁能说得清？贾宝玉过生日时，妙玉看到的是灯火辉煌，听到的是欢声笑语，而她自己却只能一个人孤独地在栊翠庵忍受着寂寞。这一夜，妙玉的伤心已经无法用语言来表达。丁郎到胡府上门认亲，却被无情地拒之门外，还被家丁暴打一顿。妙玉一封透露自己身份的生日贺卡被无情地歪解，自称“槛外人”这么简单的含义，却无人能参透出来。丁郎母亲正妻的位置，被胡凤英占有。戏的原著里面，胡凤英一开始虽然肯定了丁郎就是胡文学的儿子，但她顾忌一旦胡文学与丁郎相认后，自己正妻的位置将不保，所以她并没有第一时间认丁郎。后来她的良心还是打败了欲望，认下了丁郎。《红楼梦》中，妙玉的位置同样被代玉霸占，但妙玉却没有丁郎那么好命。丁郎最终被胡文学和胡凤英认了。妙玉的身份最终也得到了证实，但估计等到贾宝玉知道妙玉真正身份的时候，妙玉已经香消玉殒了。

可能有人会觉得我把《丁郎认父》与妙玉联系起来解读有异议，认为这是我个人的猜测，不是作者的意图。我说过，没有证据的推理都是胡说。作者在写此书的时候，其实也发现了这个问题。为了能够让大家认可《丁郎认父》和《红楼梦》情节发展是密切相关的，作者为我们留下了线索。在书中第二十五回，贾宝玉和王熙凤同时中毒，来了一僧一道。那一僧一道说可以用通灵宝玉为贾宝玉和王熙凤治病，贾政就把通灵宝玉拿给他二人。当时那个和尚拿到通灵宝玉后说了一句："青埂峰一别，展眼已过十三载矣。"这里作者为什么写"十三载"？为什么不多一年，也不少一年呢？其实原因就藏在《丁郎认父》里面。胡文学离家的时间一共是十三年，十三年后才和自己的儿子相见。这和《红楼梦》中的这段情节完全吻合，这就是为什么作者不多不少，只说"十三载"的原因。作者的目的就是暗示我们，《丁郎认父》的情节对《红楼梦》起着至关重要的作用，二者密不可分，要读懂《红楼梦》，必须参照《丁郎认父》。

作者在第一回写道："终日游于离恨天外，饥则食蜜青果为膳，渴则饮灌愁海水为汤。"绛珠仙草为什么会有那么大的仇恨？为什么会有那么多的忧愁？从《丁郎认父》中，我们可以清晰地看到，和丁郎一样，当时林黛玉在上京认亲途中遭遇的种种磨难，也可谓是九死一生。好不容易等到可以和自己亲人相认的时候，发现自己的身份和地位已经被仇人霸占。这等仇恨，难道还比不上"离恨天"吗？林黛玉被抛弃在无情的大海之中，她喝下了多少仇恨的海水？

情节继续发展。人们读《红楼梦》，会发现越读越迷茫，好像进入了无尽的幻境一般。看似明白，却又不明白。其根本原因就是：因为你已经进入了"太虚幻境"。如果此时没有一位像鬼谷子一样的人物出现，那么就连孙膑也走不出这"迷魂阵"。但作者始终相信，一定会出现一位"鬼谷子"。所以在书中第一回，作者发出过这样的感慨："今而后惟愿造化主再出一芹一脂，是书何幸，余二人亦大快遂心于九泉矣。"在此，我也有一个感慨：《红楼梦》一书已经面世近三百年了，之前不能解出来，主要是因为科技不够发达，每个人都是各自为战，信息不能够共享。你有这方面的知识，可能就缺少那方面的知识。而《红楼梦》的内容博大精深，涉及面非常广，一个人，或者几个人是很难解出来的。但现在不同了，现在是信息共享时代，很多知识我们可以在网络上进行查阅。我自己解读《红楼梦》的很多信息都是通过网络查阅到的，包括这四部戏的内容也是如此，要不然我对戏曲还真是一窍不通。如今有了高科技的手段，如果我辈还不能解出《红楼梦》，那真是我辈之悲哀亦。

不管迷不迷茫，小说的情节还得继续发展。虽然不能解出书中的迷，但故事的情节发展是可以看出来的。贾家被抄是板上钉钉的事，贾元春的死是逃脱不了的宿命，四大家族的灭亡不可阻挡等这些情节，必须是通过斗争才会有的结果。发生斗争的前提，必须是矛盾发展到不可调和的地步，也就是到了白热化的程度才会发生。所以小说的情节推进就来到了《孙行者大闹天宫》。前八十回的后几回中，其实已经可以嗅到战斗的味道了，其中最直接的就是第七十八回中贾政讲的“姽婳将军林四娘”的故事。对于贾政为什么要讲“姽婳将军林四娘”的故事，一直没有一个合理的解释，大家都觉得非常奇怪，不可理解。其实通过《孙行者大闹天宫》来分析，就一点都不觉得奇怪了。到了贾政讲“姽婳将军林四娘”的时候，其实情节已经发展到了即将开始发生斗争的阶段了。如果看到原著，相信这段情节也会和《孙行者大闹天宫》一样精彩热闹。但作者已经说了，这些戏只是热闹而已，并没有太多实质性的趣味，所以贾宝玉选择离开。当时书中写贾宝玉看到正在上演这四部戏的时候，表现得很无趣，所以就走开了。作者如此写，其实就是在告诉我们：虽然不能看到这部分原著的内容，但其实就是热闹而已，没有什么特别的地方，不看也无妨。这也算是作者通过贾宝玉的视角来给我们一个安慰吧。

故事继续发展。经历了斗争，终究是尘归尘，土归土，但生活还得继续，历史的齿轮不会停下。人们冷静下来，经过思考，作出总结报告，也就是发布一个“情榜”。至此，《红楼梦》的情节来到了《姜太公斩将封神》。《红楼梦》结局有一个“情榜”，这是不争的事实。但有两个节点非常重要：第一，由谁来发布“情榜”？第二，“情榜”的内容是什么？

《红楼梦》的“情榜”一直是一个不解之谜，很多读者一直为此做着不懈的努力，但至今依然没有一个准确的定论。在此，我也试着进行解读一下。

首先，我们先来讨论一下《红楼梦》的“情榜”是由谁来发布的？《封神榜》中是由姜子牙来发布“封神榜”，但姜子牙发布完“封神榜”后，出现了一个问题，那就是所有涉及的人物都封了神，唯独姜子牙自己没有被封神。相传在姜子牙发布完“封神榜”后，有人就问姜子牙为什么他自己没有被封神？当时姜子牙经过思考后，望了望房梁说道：“已经没有神位了，诸位也别太替我着急，我就将就将就，以后就住这儿吧。”所以姜子牙也被称为“梁神”。民间起房盖屋要上梁的时候，会大声喊道：“太公在此，神魔退让！”

结合《好了歌》里面的：“训有方，保不定日后【甲戌：言父母死后之日】作强梁。【甲戌：柳湘莲一干人】”“强梁”中的“强”字，通“墙”，完整的意思就是：墙上的横梁。柳湘莲和姜子牙一样，成为“梁神”。所以我推理：在柳湘莲的亲人去世后，柳湘莲彻底放下包袱，一心出家修炼，功德圆满之后，由他主持发布了《红楼梦》“情榜”。

另外一个问题，《红楼梦》“情榜”的内容是什么？在前八十回中，我们很难找到“情榜”的具体内容，但也不是完全没有线索。“情榜”中的内容，应该和“封神榜”中的内容有异曲同工之妙，也就是封谁是什么“情”。作者其实在前八十回中，也给出了一些提示。比如香菱被称为“呆香菱”，那么她在“情榜”中就应该被封为“情呆”；薛宝钗的“任是无情也动人”，所以薛宝钗是“无情”；贾元春是贵妃，所以封为“情尊”；憨湘云被封为“情憨”；李纨被封为“情槁”；等等。我为什么能够轻松列举出这些人物的“情榜”封号？答案就在《癸酉本石头记》里面。《癸酉本石头记》是一部当时朝廷为了篡改《红楼梦》原著而请人续写的伪作。但《癸酉本石头记》的作者为了让《癸酉本石头记》看起来更像原著，所以就在表面形式上去贴合原著。原著中有提示，但没有写明的剧情，《癸酉本石头记》就贴上去附和，目的就是让后人以为《癸酉本石头记》就是原著。比较典型的就是原著中提到的“情榜”。《癸酉本石头记》的作者急于求成，想尽量去贴合原著，所以他就把原著里面的“情榜”抄录了下来。但其实《癸酉本石头记》只是狗尾续貂罢了。除了“情榜”是原著里面的，其他地方基本被他改得面目全非、是非黑白颠倒。但也就是因为《癸酉本石头记》作者这种急于求成的心态，为我们留下了原著的部分真实内容。另外，在很多重要的地方，只要把里面的剧情颠倒过来看就是原著里面的内容了。

为什么我推断《癸酉本石头记》里面的“情榜”不是《癸酉本石头记》作者所写？大家可以去看看整本《癸酉本石头记》，里面的文字内容粗俗、凌乱，脑洞大开，和原著中的种种形成鲜明对比，完全是优和劣的两个极端。而《癸酉本石头记》里面的“情榜”却不同。“情榜”里面的内容丰富，和原著人物的性格特点贴合度极高，完全不是《癸酉本石头记》作者的写作水平所能达到的。所以我推断《癸酉本石头记》里面的“情榜”是《癸酉本石头记》作者照抄《红楼梦》原著里面的“情榜”。并且，在此人篡改的时候，他面前就摆放着一本《红楼梦》原著的完整版。

第三十七章　戏曲（中）

十五、《西游记》

《西游记》又名《慈悲愿》，为元末明初杨讷（景贤）所作（一说为元无名氏作）昆曲传统剧目，属北曲杂剧。该剧目讲述的是唐三藏西天取经的故事，共六本二十四折。

西天竺有《大藏金经》欲传东土，诸佛遣毗卢伽尊者托生于中国海州弘农县士人陈光蕊为子，待长大成僧，往西天取经阐教。观世音佛将是他的保护人。陈光蕊一举成名，除洪州知府，携妻殷氏赴任，被船家刘洪推入水中。刘贼冒名到任，并强迫殷氏为其妻。殷氏有八月身孕，为育儿报仇，只得委屈随顺。不久殷氏产子，唤作江流，刘洪逼她弃儿。江流被金山寺丹霞禅师收留，取法名玄奘，年至十八，师父说明他的身世，遣他往洪州访母，因而得报父仇。玄奘经观音指点，赴长安祈雨救民。随后奉旨赴西天取经。行至边境，得南海火龙所变白马代步。玄奘过花果山时，将因偷王母仙衣仙桃而被压花果山下的通天大圣孙行者收为徒弟。观音教玄奘紧箍咒以制服胡孙，行者只得收心西行。在流沙河，行者降伏了原卷帘大将沙和尚。师徒行至一处深山，劝鬼子母皈依祖师座下，使其母子团圆。后师徒为救海棠小姐降伏猪精，并收为弟子，是为猪八戒。玄奘一行到女人国，被女王纠缠。韦驮奉观音法旨赶到，在韦驮威逼下，女王只得放开意中人。玄奘一行来到火焰山下，铁扇公主嫌孙悟空出言轻薄，不肯借扇相助。行者只得求助于观音，观音差遣风雨雷电诸神灭了火。玄奘师徒终于到达天竺，如来以经文相授，由成基等佛座四弟子御风送到东土，开坛阐教。最后玄奘复归西天，得成正果，三徒功成，皆告圆寂。

评：“江流儿”和陈光蕊的遭遇，映射了林黛玉的遭遇。在林黛玉上京认亲的途中，遭到贾雨村的迫害，如同“江流儿”一样在大海中漂泊，最终被她的师傅救起，取法名妙玉。等她去到荣国府，发现自己的身份和地位同陈光蕊一样，已经被仇人霸占。不过，经过重重磨难，最终妙玉还是证明了自己的身份，像玄奘一样实现了自己的愿望。

十六、《刘二当衣》

刘二是一个开当铺的，他的姐夫因赶考没有盘缠，就把家里的一些粗旧衣物打包让管家去刘二当铺打算换些银两，刘二考虑姐夫曾当过一股金钗，自己连本带利一分未捞，就坑蒙拐骗打发了管家扣下了那包衣物，其间各种装疯卖傻的一出闹剧。

评：对《刘二当衣》的解读很多，其中占据主导地位的是：“戏中涉及当铺，当铺的老板是刘二，但刘二为了利益却不顾亲情。《红楼梦》书中唯一一家开当铺就是薛家，和《刘二当衣》的剧情形成对应，因此作者想通过《刘二当衣》这部戏告诉读者薛宝钗内心的狠毒。”但其实这个解读不够全面。不错，戏中的刘二影射的就是薛家，并且可以更直接一点就是指薛宝钗。曾经邢岫烟在薛家的当铺里面当过衣服，和戏中的剧情吻合，所以就有人推测将来邢岫烟有难的时候，薛宝钗没有帮邢岫烟。但我的解读却不是这样。戏中刘二曾经帮过他的姐夫，只是第二次的时候，刘二就没有再帮他姐夫，并且还落井下石，把他姐夫的衣服扣了下来。《红楼梦》书中，薛宝钗曾经帮过两个人，一个人是邢岫烟，另外一个就是代玉。所以我要分析后期是谁有难的时候，薛宝钗没有帮她，并且还落井下石？书中对邢岫烟后期的结局描述不多，但有一个证据却非常重要。在第五十八回，贾宝玉看到：“一株大杏树，花已全落，叶稠阴翠，上面已结了豆子大小的许多小杏。”他突然想起邢岫烟即将“绿叶成荫子满枝”。从贾宝玉的这句话，我们可以推测将来邢岫烟的生活是平稳的，生了很多孩子，不会有大的灾难，所以也就不会需要薛宝钗的帮助。排除了邢岫烟，那么就只剩下代玉了。代玉落难是不争的事实。后期她因为想私下约会贾宝玉，但信却被薛蟠获得。薛蟠冒充贾宝玉去和代玉约会，最终造成代玉落难。代玉被拐失踪后，薛宝钗为大家给出了一个看似冠冕堂皇的解释。她认为代玉因为被传偷了平儿的手镯，所以乘船私自回家去了。但船在中途遇难，代玉也随之沉入海底。我推理薛宝钗会如此说的证据，就表现在她曾经帮王夫人对金钏的死进行开脱。我的推测是：代玉写了一封信让紫鹃送给贾宝玉，薛蟠通过薛宝钗知道这是代玉写给贾宝玉的信。最后这封信被薛蟠拿走。薛蟠冒充贾宝玉去和代玉约会。最终代玉失身薛蟠，并被拐到烟花巷。我作出这个推测的理由是：曾经薛宝钗促成了薛蟠和贾宝玉的饭局。在那个饭局上，陪同的有詹光、程日兴、胡斯来、单聘仁等人。光从这几个陪同人员的名字上理解，这几个人就不是什么善类。薛蟠在饭局上的表现也是极为无知和庸俗，把唐寅说成了“庚黄”。贾宝玉这么一个文雅的人，却掉入了一个庸俗的饭局，本身就影射了后期同样有人也是被如此安排。从龄官自己选择唱的《相约·相骂》来推测，后期这个被“安排”的人就是代玉。

所以，《刘二当衣》这部戏所影射的就是代玉在落难的时候，薛宝钗没有选择去帮她，并且还落井下石，致使代玉被拐到烟花柳巷。

代玉死的地方非常肮脏，书中是否有提示呢？有，从“晴为黛影”来解读，晴雯死的时候，周围的环境非常肮脏，特别是那个喝水的碗，贾宝玉都不想去碰一下，可见是有多脏？用晴雯来影射代玉，所以代玉在死的时候，绝对不是像“通行本”那样死在潇湘馆里面，而是死在一个非常肮脏的地方。这个肮脏的地方在哪里呢？被篡改后妙玉的结局，就是代玉的结局。

十七、《虎囊弹·山门》

鲁智深为了郑屠要霸占金老的女儿，路见不平，把郑屠打死，逃到五台山，出家做了和尚。由于他守不住清规，后来在二龙山上落草。金老的女儿嫁给了赵员外，赵员外被人诬告通匪，她到经略衙门喊冤，中军牛健要把她绑在旗杆上受三枚虎囊弹，如果不怕，才算是冤枉，她理直气壮地甘心受弹，赵员外才获得释放。

《山门》是《虎囊弹》中的一个折子，表现鲁智深在五台山做了和尚以后，吃不到酒肉，非常烦闷，于是溜出山门，恰巧有人卖酒，但是不卖给庙里的和尚。他气愤极了，强把二桶酒都吃了，醉醺醺地回庙，走到半山趁着酒兴使拳，无意中把半山亭打垮了，吓得和尚们把庙门紧闭，他把山门也打开了，师父智真长老出来，才终止了纷扰。长老修书一封教他下山，荐到东京大相国寺去。

评：鲁智深打死郑屠，为了不被朝廷抓住受罚，只得出家当和尚，以此来躲避惩罚。这就相当于鲁智深被当时的朝廷所不容。朝廷是有权势的，所以其实就是为权势所不容。这正合了妙玉出家的原因。鲁智深虽然身在出家，但心没有出家。他并不是真心要出家，他只是想以此来掩盖自己的真实身份。所以他不想被出家人的清规戒律所约束，经常触犯寺院的戒律。最典型的就是喝醉酒打破山门一段情节。鲁智深打破山门，显然是不对的，但这却是他真性情的表现。鲁智深这个人，心直口快，不会遮遮掩掩，有什么想法他都会表现出来。这样的人，看似难应对，但其实他并没有什么坏心思。鲁智深的出家，映射的是妙玉的出家；鲁智深的真性情，映射的也是妙玉的真性情。虽然他们两个的行为会让人们觉得难以接受，但这就是他们两个真实的一面。

十八至二十、《白蛇记》《满床笏》《南柯梦》

《白蛇记》讲述汉高祖刘邦斩白蛇起义的传说。《史记·高祖本纪》将之当成一个创业英雄的故事来讲述，在神化汉高祖的同时，也讲述了大汉王朝由此崛起。

《满床笏》讲的是郭子仪挽狂澜于既倒，挫败“安史之乱”，功勋卓著，子孙亲友都是当朝官员。郭子仪六十寿辰时，亲友下朝到郭家为他祝寿，上朝的笏板竟然堆满了一张床，代表了郭家的权势熏天，以及背后的势力盘根错节，权倾朝野上下。

《南柯梦》是汤显祖著名的“临川四梦”之一，取自《南柯太守传》。讲述一个叫淳于棼的人醉酒后被两个紫衣使者引到一个叫“大槐安国”的国家。娶了公主又做了南柯郡太守。数十年弹指间，荣华富贵，娇妻美妾，儿孙满堂……可一觉醒来发现不过是一场梦。

评：这三部戏，很明显表露了贾家的整个发展历程：开始创业，创业成功后取得的成就，最终还是衰落了。

二十一、《荆钗记·男祭》

书生王十朋幼年丧父，家道清贫，与母亲相依为命。贡元钱流行见王十朋聪明好学，为人正派，便将自己与前妻所生的女儿玉莲许配给王十朋。王十朋母亲因家贫，便以木材荆钗为聘礼。而玉莲继母嫌贫爱富，欲将玉莲嫁给当地富豪孙汝权。玉莲不从，只愿听从父亲安排，嫁给王十朋。婚后半载，试期来临，王十朋便告别母亲与妻子，上京应试，得中状元，授江西饶州佥判。

丞相万俟见十朋才貌双全，欲招他为婿。十朋不从。万俟恼羞成怒，将十朋改调广东潮阳任佥判，并不准他回家省亲。十朋离京赴任前托承局带回一封家书。不料信被随十朋至京的孙汝权骗走，加以篡改，诈称十朋已入赘相府，让玉莲另嫁他人。孙汝权回到温州后，即找玉莲继母，再逼玉莲嫁给汝权。玉莲誓死不从，投江殉节。幸被新任福建安抚钱载和救起，收为义女，带至任所。钱载和来到福建任上后，即差人去饶州寻找王十朋。差人打听到新任饶州太守也姓王，到任不久便病故，回来告知玉莲。玉莲误以丈夫已死，悲痛欲绝。而十朋在赴任前接取母亲与妻子来京城，听说玉莲已投江而亡，十分悲恸。

五年后，王十朋调任吉安太守，而钱载和也由福建安抚升任两广巡抚，赴任途中路过吉安府，王十朋前去码头拜谒。当钱载和知道了王十朋就是玉莲的丈夫后，就在船上设宴，使十朋与玉莲得以团圆。

评：有人说我推测代玉写给贾宝玉的书信被薛蟠截获，并引发代玉的悲惨命运是无稽之谈，没有证据。但其实作者在这里就为我们留下了重要的线索。王十朋和玉莲悲剧的根源，就是因为王十朋写给玉莲的信在中途被孙汝权截获导致的。在书中第四十四回写道，代玉当时就是用戏中王十朋祭奠玉莲一事挖苦贾宝玉。这出戏大家谁都没有特别的表现，就唯独代玉作出评论，可见这部戏的剧情和她密不可分。这就是我推理代玉写给贾宝玉的信被薛蟠截获的一个证据。

书中妙玉和代玉虽然是两个人，更是一对冤家，但她二人却共用着“林黛玉”这个身份，所以她二人在某些重要节点上是有映射关系的。当初贾家准备用代玉顶替袭人嫁给贾宝玉，但最后被薛家兄妹用卑劣的手段给毁了，把本该属于她的身份地位也给霸占。当初她霸占别人，现在别人霸占她。

妙玉送给贾宝玉的生日贺卡，本来是想向贾宝玉透露自己身世的秘密，但却被邢岫烟错误解读，致使妙玉失去了一次表露自己身份的机会。根据作者使用的“阴阳影射”写作手法的特点，妙玉的生日贺卡中途被邢岫烟错误解读，对应的就是代玉送给贾宝玉约会的信也同样被人截获。妙玉字帖被邢岫烟错误解读，致使妙玉失去一次较好的机会；代玉的信中途被人利用，致使她坠入万劫不复的深渊。

二十二、《西楼记·楼会》

风姿娟秀、高洁自爱的南畿歌女穆素徽倾慕解元于叔夜的才情，在西楼与之一见钟情，私订终身。而辞官归里的于父为了督子专心科举，受小人赵祥之谮，胁迫穆家歌院搬离。由于信函之误，于、穆二人未能见面道别。穆素徽久候于郎不至，凄然离去，不意鸨母受银钱诱惑，将她嫁于浪荡公子池同为妾，困在杭州，于、穆二人音讯断绝。

评：该戏的情节很长，我只摘录了在《红楼梦》中演的《楼会》一节。在这一节中，男、女主人公二人在西楼一见钟情，私定终身。但后来因为信函之误，致使二人未能见面道别，从此天各一方。这段剧情符合我的推理：代玉和妙玉都因“信”被误。

二十三、《牡丹亭·寻梦》

《牡丹亭》是一部古代爱情剧，是明代剧作家汤显祖的代表作。剧中女主人杜丽娘是南安太守杜宝的独生女，美丽聪慧，天真烂漫。一天，她私自跟丫鬟春香到后花园游玩，看到满园春色，触景生情，感慨年华虚度。回到闺房困乏，进入春梦，与书生柳梦梅在牡丹亭畔梦中幽会；此后一病不起，怀春而死。父亲在女儿的墓地旁建了梅花观，柳生进京赴试，借宿观中，杜丽娘死而还魂，两人共同演绎了一段惊天地、泣鬼神的爱恋。

戏中杜丽娘的母亲惊醒了她的春梦，责之以不做针线、不读书史；虽然母亲严命，但从此害起了相思病，决意再去花园追寻梦中痕迹。惊梦，惊破了她的青春萌动；寻梦，寻找她自主婚姻的美好梦想。其中的唱词“良辰美景奈何天，赏心乐事谁家院”为经典名句。

寻梦刚开始，她看什么都好，来到牡丹亭畔，很兴奋地见到湖山石边的一景一物，开始回想梦里和柳梦梅的缠绵厮连。但很快就认识到这只是一场梦，一场虚幻，心情慢慢转为悲凉，最后由悲凉转为无望地呐喊，心中多么希望能像花草一样自由地恋爱。

评：戏中女主角杜丽娘来到梦中与柳梦梅相会的地方，对梦中约会的地方进行故地重游，并且重点提到了湖山石边。杜丽娘在梦中与柳梦梅相会的时候，二人曾经在湖山石上发生过云雨之事。《红楼梦》中，代玉与贾宝玉也曾经在湖山石上一起读过禁书《会真记》。等贾宝玉离开后，代玉往回走的途中，听到梨香院的十二个戏子正在唱《牡丹亭》，其中有“良辰美景奈何天，赏心乐事谁家院”。当时代玉“亦发如醉如痴，站立不住，便一蹲身坐在一块山子石上”。这里代玉再次“坐在一块山子石上”，和杜丽娘的寻梦形成了对应。对于代玉和贾宝玉共读禁书《会真记》一段情节，喜欢代玉的人理解成二人勇于冲破枷锁，追求爱情。但作者真是这么写的吗？说一个男人“苗而不秀，是个银样鑞枪头”，是一个大家闺秀应该说出口的吗？难怪后来紧接着就被贾宝玉调戏“我就是个‘多愁多病身’，你就是那‘倾国倾城貌’”和“若共你多情小姐同鸳帐，怎舍得叠被铺床”。贾宝玉两次调戏代玉，难道代玉不知道吗？答案是否定的，代玉知道，并且非常明白。所以她说道：“你这该死的胡说！好好的把这淫词艳曲弄了来，还学了这些混话来欺负我”“如今新兴的，外头听了村话来，也说给我听；看了混帐书，也来拿我取笑儿。我成了爷们解闷的”。杜丽娘和柳梦梅是在梦中相会，属于幻境。而代玉和贾宝玉私看禁书是事实。一个大家闺秀，私下和男孩子看禁书，不要说在当时的朝代，就是放在当今社会，那也是难以让人接受的，毕竟哪个家长会允许自己的女儿和男孩子一起看黄色录像？

二十四、《八义·观灯》

《八义》是四大悲剧之一，影响极为深远，昆曲、京剧及各较大的梆子剧种都有此剧目。春秋时，晋灵公被弑，景公嗣位，向朝臣问起灵公被刺之事，史官董狐称当时赵盾为上卿，走而未出国境，归来未能诛贼，应由赵盾负责。屠岸贾乘机妄奏称吐蕃所进灵獒能识忠奸，景公命当殿试识。贾早欲加害赵盾，事先雕赵盾形象饰以赵盾服装，胸挂羊肉，使獒犬饿而食之。此时獒犬上殿一见赵盾形象，即扑咬之。秦继明打獒犬，当场被杀。赵盾下狱，满门抄斩。盾子驸马朔逃匿盂山，周坚替死。朔妻公主庄姬怀孕，被囚寒宫，生孤儿赵武。程婴曾受赵朔托孤，遂扮草医藏孤儿于药匣，混出宫门。韩厥盘问，程婴讲出实情，韩放之出宫。屠岸贾搜宫未获，拷问宫女卜凤，卜凤触柱而死。屠岸贾又出榜文，不献出孤儿，将杀尽国中与孤儿同龄之男婴。程婴乃与公孙杵臼计议，程舍其亲子，杵臼舍命，以救孤儿。程去出首献之，屠岸贾腰斩假孤儿，杵臼撞墙而死，程乃救孤儿至盂山。

十五年后，景公病笃，赵盾显魂索命，韩厥陈述赵氏之冤，景公乃悟。遂封韩厥为上大夫，命复审赵氏冤案，程知韩厥为相，来见韩厥。韩不知与杵臼救孤儿之计，屈打程婴。程以实情告之，韩遂命接回孤儿，奏明景公，景公封孤儿为上大夫，仍作司寇，子承父职，并命去寒宫认母。程以杵臼等八义救赵之事绘制图形，月夜挂画，述与孤儿。孤儿母子痛哭欲绝。程婴又告驸马赵朔仍在人世，母子喜出望外，即命程婴到盂山迎接驸马。赵回朝后，景公降旨命孤儿赵武手斩屠岸贾。程婴完成重任之后，赐官不坐，赠金不受，自刎以践与杵臼之约。赵朔遂修烈士祠，每年春秋二祭，以彰八人之义。

赵氏孤儿，是大家耳熟能详的一个春秋故事。大奸臣屠岸贾设计，陷害了赵氏一家，导致满门被灭，只有一个小婴儿赵武侥幸活命，被程婴收养。赵武长大后，找屠岸贾报仇，带着赵氏家族再次走向辉煌。

评：有的人对《八义》这个名字不是很熟悉，但说到《赵氏孤儿》大家就都知道了。其实《八义》和《赵氏孤儿》就是一个剧情。戏里面那个赵家的孩子，从一出生就开启了他悲惨的命运。如果说他的长辈和别人有什么仇恨，那么这个孩子是无辜的。但仇家却非要置他于死地，开启了追杀模式。为了活命，这个孩子一直隐姓埋名，不敢以真实身份示人。整个过程中，涌现出了八个义士一直在保护着这个孩子，最终让赵家的冤情得以昭雪。

《八义》中的赵氏孤儿映射的就是林黛玉。仇家为了对付贾家和林家，不惜赶尽杀绝。为了活命，林黛玉改叫法名妙玉，并一直以出家人的身份来隐藏自己的真实身份。赵氏孤儿之所以东躲西藏，主要就是因为背后那些有权有势的权贵容不下他。为权势所不容，这难道不就是妙玉吗？作者在这里提到《八义》，目的就是提醒读者一定要找出隐藏在《红楼梦》中的“赵氏孤儿”。贾家和林家的仇人想用假林黛玉冒充真林黛玉，从而在贾家安插下一个内应，起到从内打击贾家的目的。但前提必须是不能让真林黛玉活着，也不能让林如海父女相见。所以才会出现当林如海死后，假林黛玉“越发出落得超逸了”。《八义》中那个知道真相的宫女卜凤触柱而死，对应《红楼梦》书中那个秦可卿的小丫鬟瑞珠。瑞珠同样是触柱而死，说明瑞珠和卜凤一样，知道事情的真相。卜凤知道的真相是“赵氏孤儿”的去向，瑞珠知道的真相是秦可卿的身世之谜。为了保守秘密，所以二人选择触柱而死。

二十五、《惠明下书》

《南西厢记·惠明下书》主要剧情：草寇孙飞虎带领五千人马，围住相国寺寺院，要强虏崔莺莺做压寨夫人。此时张珙亦在寺中，急修书给故友白马将军杜确，以求解围。为遣送此信，寺中和尚惠明，自愿前往，单身闯出重围，直奔蒲关白马将军处下书求救。

惠明还未出场，长老就说“若使央他去，定不肯去；须将言语激着他，他便去。”单看这一句，读者就不免想知道，这是一个何等奇怪的人物？接下来惠明一出场便是风风火火，一腔热血。他作为一个出家人，却不会谈经文，懒得去参禅，而好武斗，粗鲁莽撞。这样一个不守佛门清规戒律的和尚本应是一个反面人物，但在《西厢记》中，惠明却是一个英勇无畏、冒险送信请救兵的正面人物。作者为什么不用一个清心寡欲吃斋念佛的普通和尚去完成这项使命，而偏偏用一个“驳驳劣劣”的不像和尚的和尚来承担这项关乎众人性命的差使呢？我想作者是想借惠明这个形象来表达自己对离经叛道的支持，对于情义的宣扬，这与本剧对于崔张冲破封建礼教的束缚追求爱情的张扬是一致的。

惠明这个形象除了表明作者的态度外，还与张生的形象形成了鲜明的对比。张生淡然，惠明粗鲁；张生胆识智谋过人，惠明一身英勇；张生怀锦囊妙计，惠明送信请来救兵。这一对比衬托出张生的智谋和儒雅，又为张生这一角色增加了一圈光环。

长老问众人谁敢去送信，还连着用了两个“谁敢去？谁敢去？”。长老如此问，明显潜台词是认为送信的任务艰巨，不但要求送信人胆大，还要心细，一般人是无法做到的。

听罢长老的话，僧人惠明立马会意，走上前向长老说，他敢去！

对惠明来说，除了不会念经、不会参禅之外，吃素斋也是他感到苦恼的事。“浮沙羹、宽片粉添些杂糁，酸黄齑、烂豆腐休调啖，万余斤黑面从教暗”“这些时吃菜馒头委实口淡”，非常形象地描绘出素斋的单一和寡淡，这样的食品，对那些“僧不僧、俗不俗、女不女、男不男，则会斋得饱也只向那僧房中胡渰”的人性发生了变异的和尚来说，自然是适宜的，但对于有勇气、敢担当，腔子里热血沸腾的男子汉惠明来说，当然是难以忍受的。

惠明送书，表现了一个火头僧人的豪侠性格，讽刺了僧侣的“僧不僧、俗不俗、女不女、男不男”，在基本主题之外反映了更广泛的社会生活，同时塑造了一个佛门叛逆者的形象。

评：作者用《惠明下书》一戏直接点出了妙玉。惠明这个人物，表面看似粗鲁、不合时宜，但个性鲜明、光明磊落、敢于担当。其中惠明最有名的思想就是讽刺了僧侣的“僧不僧、俗不俗、女不女、男不男”。而在《红楼梦》书中第六十三回，邢岫烟评价妙玉是“僧不僧，俗不俗，女不女，男不男”。有的人认为，惠明不喜欢僧人的“僧不僧、俗不俗、女不女、男不男”。而邢岫烟对妙玉的评价恰恰是“僧不僧，俗不俗，女不女，男不男”。如果邢岫烟的评价是正确的，那妙玉和惠明就是两个对立的人物。

那么，邢岫烟对妙玉的评价到底是否正确呢？一个人对一个人的评价，我们很难去评判。所以我们只能去找作者的观点，毕竟书是他写的。作者对此是否有提示呢？答案是：有的。在书中第一回，甄士隐第一次见到贾雨村的时候，有这么一条脂批：“‘隔壁’二字极细极险，记清。”这条脂批是作者在着重提醒我们一定要注意书中提到的“隔壁”关系，并且这种关系极其危险，一定要记清。邢岫烟之所以了解妙玉，恰恰就是因为她和妙玉曾经有过十年的“隔壁”关系。当年邢岫烟家很穷，只能租住在妙玉修行的蟠香寺里面，并且就住在妙玉隔壁。邢岫烟和妙玉有着十年的“隔壁”关系，符合作者的“‘隔壁’二字极细极险，记清”。由此我们可以断定：邢岫烟对妙玉的评价和理解都是错误的，并且这些错误的评价和理解会对妙玉造成极其严重的伤害。所以，邢岫烟评价妙玉“僧不僧，俗不俗，女不女，男不男”是错误的。妙玉不符合她的这个评价，也就符合了惠明的思想。

惠明和妙玉两个人，表面上看起来让人觉得不合时宜，难以相处，其实这样的人才是最真实、最可靠的。

二十六、《西厢记·听琴》

话说书生张琪在普救寺偶遇故相国之女崔莺莺，一见钟情，从此在寺内借了一间房住下，并利用各种机会接近莺莺。正当二人渐生情愫之时，驻守在附近的一个叫孙飞虎的将领，听说了崔莺莺的美貌，发兵五千，将普救寺团团围住，要掳莺莺为妻。崔氏母女无奈之下，放出话来，说是寺内僧俗人众，不论是谁，只要有退兵之策，就将莺莺嫁给他。张生听了大喜，因为他有一位老友杜确，号称白马将军，率领十万大军，驻地正好离此处不远。于是他挺身而出，写了一封求援的书信，请一位武艺高强的和尚冲出重围，给杜将军送去。大军到来，孙飞虎仓皇退兵。不料老夫人事后反悔，在答谢宴上要莺莺和张生结为兄妹。二人痛苦万分，而又无计可施。莺莺的丫鬟红娘给张生出了个主意，让他趁莺莺晚间到花园中烧香之时，用琴声传达情意，然后再看小姐作何反应。

评：《听琴》是为了下面的《琴挑》做铺垫。《红楼梦》前八十回没有写过弹琴的情节，但后期应该有此一段剧情。但至于是谁在弹琴？又是谁在听琴？这就是解读的难点了。现在普遍的观点都认为是代玉在弹琴，贾宝玉和妙玉在听琴。但事实果真如此吗？答案是否定的。真正弹琴的人是妙玉，听琴的是贾宝玉。妙玉弹琴想传递什么信息呢？之前，在贾宝玉过生日的时候，妙玉想通过生日贺卡告诉贾宝玉自己的真实身份。但妙玉的良苦用心却被邢岫烟这个“憨憨”给曲解了，致使妙玉的计划没有成功。妙玉为了让贾宝玉明白自己的身份，所以我推测她后期将用琴声来传达信息，但却不知道贾宝玉是否听出来了。

书中在第二十三回的时候，代玉和贾宝玉看完禁书，贾宝玉离开后，代玉听十二个戏子演奏戏曲。这段情节，相当于是《听琴》“阴阳”剧情的一面。按照作者写作的特点，同一件事，不可能只发生在一个人的身上。所以，《听琴》“阴阳”剧情的另一面，绝对另有其人。至于我认为后期弹琴的人是妙玉的证据，在下面的《玉簪记·琴挑》中可以得到答案。

二十七、《玉簪记·琴挑》

第一种版本：《玉簪记》主要讲的是道姑陈妙常与书生潘必正的爱情故事：南宋初年，开封府丞陈家闺秀陈娇莲为避靖康之乱，随母逃难流落入金陵城外女贞观皈依法门为道姑，法名妙常。青年书生潘必正因其姑母法成是女贞观主，应试落第，不愿回乡，也寄寓观内。潘必正见陈妙常，惊其艳丽而生情，经茶叙、琴挑、偷诗等一番进攻，终于私合。而陈妙常也不顾礼教和佛法的束缚与潘必正相爱并结为连理。

其中，《琴挑》一折主要表现潘必正月夜难眠，信步走到妙常住所附近，听到琴声从屋中传来，便掩身而入。见妙常弹琴，指如葱白，不禁双手覆上，由此惊动妙常。此时，妙常并未因其无理举动产生任何愤怒，而是害羞躲开，这让潘必正心中对妙常的态度有了一些确定。

此后，潘必正准备应邀弹琴，在二人相遇时袖子故意撞一下妙常，见妙常无恼色，心中暗喜。弹琴时，潘必正故意弹一曲《雉朝飞》，开始试探妙常。轮到妙常弹琴时，二人换位置，潘必正故意用肩撞妙常，妙常还是没有恼。这时，潘必正更能确定，妙常对他有情。在妙常弹《广寒游》时，潘必正再次试探，又碰妙常的手，妙常还是没有恼。于是，潘必正能够确定，他可以进一步让妙常正视对他的情。

基于此，潘必正开始通过声音一声一声撞击妙常心房，并两次用扇子敲桌子提醒妙常注意他对她唱的内容以及让妙常认识到自己此时的状态，推动妙常正视自己的内心。

第二种版本：书生潘必正与官宦之女陈娇莲是指腹为婚的夫妻，因金兀术南侵，陈娇莲在兵乱中与其母失散，几经波折，不得已投身在潘必正之姑母潘法诚所主持的女贞观中，庵主为陈娇莲归依并赐其法名妙常。潘必正赴考不第羞于回家，亦寻思投靠女贞观庵主即其姑母潘法诚，因而与妙常在女贞观中相识。其中，《琴挑》一折主要表现的是：一日，陈妙常月下弹琴，潘必正月夜难眠，信步走到妙常住所附近，听到琴声从屋中传来，便掩身而入。潘必正爱慕道姑陈妙常的文采风姿，故意以琴曲倾吐心声，试探妙常心意，妙常碍于道姑的身份与礼教，遂回报琴曲婉拒。必正落寞告辞后，妙常卸下心防，禁不住吐露心意，却被躲在门外偷听的必正出声点破，两人心意渐通。潘必正相思成病，妙常与住持来探望，书童进安谎称妙常有治病之方，潘必正信以为真，精神大好。陈妙常因见潘必正而心思飘荡，填词《西江月》：“松舍清灯闪闪，云堂钟鼓沉沉。黄昏独自展孤衾。未睡先愁不稳。一念静中思动，遍身欲火难禁。强将津液咽凡心。争奈凡心转甚。以寄情思，寐于桌案。”适时，潘必正闲步漫游，见妙常房门半掩，挨身而入，见词中情意尽露，喜不自胜，欲偷取诗文，不慎惊醒妙常。妙常假意恼怒，必正念出词句，妙常见无法再隐瞒相思情意，遂与必正定下盟约。女贞观住持潘法诚怀疑侄儿潘必正与妙常情意相投，恐破坏佛门清规，于是严厉催促潘必正立即离庵赴试。潘必正虽难舍妙常，但见姑姑如此坚持，无奈之下只好不告而别、黯然而去。陈妙常闻讯赶至江边，见船已行远，只好雇小船追上，两人在江中，诉说相思情意，并互换定情之物，最后依依难舍，含泪离别。尔后，必正得中进士，迎娶妙常，两人一同返乡，与家人团聚，方知妙常即自幼婚配之陈娇莲。

评：结合前面的《西厢记·听琴》，《玉簪记·琴挑》直接就把妙玉写出来了。妙玉和妙常两人的相似度极高，如果说这不是作者刻意安排的，实在是说不过去了。作者引用《玉簪记·琴挑》这部戏，里面所包含的信息非常多。第一，戏中的潘必正映射的是贾宝玉，妙常映射的是妙玉。作者通过《玉簪记·琴挑》，直接把贾宝玉和妙玉背后的关系写的是明明白白。第二，点出了八十回后弹琴的人不是别人，就是妙玉，听琴的人是贾宝玉；第三，贾宝玉听到琴声后，顺着琴声找到妙玉，二人从此在心中产生了爱慕之情；第四，直观地写出了林黛玉在上京途中落难后出家的经历，以及“妙玉”这个名字的由来。

作者点出《玉簪记·琴挑》，其目的是为读者解密隐藏在背后的“真事隐”。并且，贾宝玉顺琴声寻找妙玉的这一段，相信是非常美妙的一段情节。那这段情节，作为高知识分子的高鹗和程伟元会不知道吗？答案肯定是否定的。高鹗和程伟元不但知道这段情节，并且还看过原著里面的这段情节。但他们二人受乾隆的指使，利用第二种版本里面《西江月》的词句，将这一段情节篡改成了妙玉被盗贼潜入后实施了侮辱。通过《玉簪记·琴挑》我们可以明确地肯定，八十回后的续作，就是当时朝廷对《红楼梦》原著的有意篡改，而并非好心续写。

二十八、《续琵琶·胡笳十八拍》

《胡笳十八拍》是一首中国古琴名曲，据传为蔡文姬所作，为中国古代十大名曲之一。一章为一拍，共十八章，故有此名，反映的主题是“文姬归汉”。

汉末大乱，连年烽火，蔡文姬在逃难中被匈奴所掳，流落塞外，后来与左贤王结成夫妻，生了两个儿女。在塞外她度过了十二个春秋，但她无时无刻不在思念故乡。曹操平定了中原，与匈奴修好，派使节用重金赎回文姬，于是她写下了著名长诗《胡笳十八拍》，叙述了自己一生不幸的遭遇。琴曲中有《大胡笳》《小胡笳》《胡笳十八拍》琴歌等版本。曲调虽然各有不同，但都反映了蔡文姬思念故乡而又不忍骨肉分离的极端矛盾的痛苦心情。音乐委婉悲伤，撕裂肝肠。

《胡笳十八拍》是古乐府琴曲歌辞，一章为一拍，共十八章，故有此名，反映的主题是“文姬归汉”。汉末战乱中，蔡文姬流落到南匈奴达十二年之久，她身为左贤王妻，却十分思念故乡，当曹操派人接她回内地时，她又不得不离开两个孩子，还乡的喜悦被骨肉离别之痛所淹没，心情非常矛盾。

评：我认为，《红楼梦》书中能够与蔡文姬有相同境遇的，只有贾探春一个。贾探春的结局在前八十回中没有明确写出来，但从中我们却能够轻易地知道，贾探春后来远嫁到了他国。贾探春远嫁他国，这是没有太大争议的。但从剧情的描写中可以看出来，贾探春远嫁他国并非自愿，而是有被强迫的嫌疑，这和蔡文姬高度相似。贾探春远嫁后，自然也会有自己的孩子，但至于有几个孩子，那就不得而知了。参考蔡文姬，贾探春可能也生了两个孩子。随着时间的推移，贾探春的思乡之情肯定不会少。结合《红楼梦》书中出现贾政所讲的“姽婳将军林四娘”的故事情节来推理，后期两国之间关系破裂，双方即将发生战争。这个时候，贾探春可以选择回到自己的家乡。但贾探春却面临着一边是自己的家庭和孩子，一边是自己的家乡，二者如何取舍的一道难题。这种纠结的境遇，和蔡文姬当时的处境高度一致。但我认为贾探春最终选择留了下来，她没有选择回到自己的家乡。有人可能会说，蔡文姬当时是两国修好，为什么到了贾探春这里却变成了两国交战？其实这不难理解。《红楼梦》的作者经常引用典故、诗词、戏曲等，但在引用的时候又会作稍加修改。作者大胆引用，但却不会生搬硬套地照搬照抄。做一些恰当的修改，使其更能为自己所用，方是会用。包括贾探春最后选择留下来，也是和蔡文姬的选择不同。

二十九、《灯月圆》

《灯月缘》又名《灯月缘奇遇小说》，是清代徐震撰古代白话章回小说，徐震由明入清。共十二回。现存有啸花轩刊本，无序、跋、图像，藏于上海图书馆。明崇祯年间黄州府秀才真金，字双南，生一子名楚玉，字连城，容貌俊秀，博览群书，出口成章。有相士相其不能显达，一生际遇都在上元节夜。楚玉十五岁，父亡，闭户读书，与同窗凌雅生、崔子服交契；自恃才貌，欲觅绝色，至十七岁尚未聘妻。《灯月缘》是清代禁书之一，书中包含大量色情内容，也从侧面反映了明清社会风气骄奢淫逸，生活方式放荡。

这年上元，广放花灯，楚玉与凌、崔二友观灯，见一美女，心中爱慕，遂尾其后，与友失散。此女名崔蕙娘，为监生姚子昂之妾，居小桃源。时子昂去武昌，蕙娘见楚玉貌美，心美之，及见楚玉跟至门首，就遣丫鬟灵芸引入，成就好事。过了几天，姚子昂回家，蕙娘告诉楚玉子昂好男风，二人商议，让楚玉接近子昂，以图往来。子昂爱楚玉貌，遂以楚玉为龙阳，楚玉则公然与蕙娘、灵芸同宿。不久，蕙娘的寡姐兰娘来探望蕙娘，楚玉改女妆与之相见，二人亦同宿。姚子昂有友高梧，羡楚玉美，想染指，被子昂赶出。高梧与兄高梓与李自成部将王恩用交好，因请王恩用派人抢走楚玉，同至李自成军中，后蕙娘与灵芸亦被掳。李自成有女翠微，挑美男子为入幕之宾，闻楚玉名，索之，高梧不答应。翠微于元宵夜设灯会，把楚玉抢入宫中。自成兵攻入北京，楚玉趁乱夺了些珠宝逃走。路遇林桂抢劫，慌忙中反逃入林家，林妻将其藏匿。林桂又劫得高梧之女云丽，楚玉乘隙与云丽逃离林家。路遇崔子服，子服受兵部尚书丰儒秀托访福王，楚玉遂与同行，访得后，同至金陵。丰儒秀赏识楚玉之才，遂出入丰府。

俄而又是上元节，楚玉邀崔子服等观灯，行至丰府，被人引入。原来丰儒秀的侍妾娇凤早慕楚玉美貌，趁丈夫入朝赴宴，引人私通。楚玉又与娇凤婢红缨及另一侍妾水萍香勾搭，轮流取乐。一月后，与娇凤定计，携云丽及红缨夜间出逃，避居东昌府族兄真子才家。在子才家，又与子才妻元氏及婢秀莲媾和。后得知兰娘被掳于真定，赎回同住。

又是元宵，楚玉出外观灯，巧遇蕙娘。不久，天下太平，楚玉回黄州，路遇灵芸，已嫁熊信甫为妻。再说闯王败后，翠微逃出，到黄州访楚玉，正宿楚玉家，其母邬氏收留了他。楚玉回家，重整家业，与众女同居。姚子昂已家败人亡，止存孤儿寡母，楚玉周济其家。黄州镇将恰为林桂，楚玉又与林桂妻相见。不久，林桂升参将，妻卒。楚玉因叹人生虚浮，萌修道之念。忽有龙虎山道士来，为他说法指迷。姚子昂死后为洞山仙主，引梦玉至仙境，劝他广行善事。楚玉感动，但被诸女所劝，仍不回头，后黄金散尽，荒淫无度，贫病交困。那些妻妾见楚玉憔悴贫穷，各自为娼，楚玉气死。

评：对于《红楼梦》作者为什么要引用《灯月圆》这一出戏，解读的观点众说纷纭，这里不再赘述。其实有些事情，不要想得太复杂。我们仔细揣摩一下《灯月圆》这出戏，里面的剧情是否似曾相识呢？没错，《灯月圆》的剧情和小说《金瓶梅》如出一辙，二者均描写了很多荒淫无度的生活。明白了这层意思，我们就可以知道作者为什么要引用《灯月圆》这部戏了。作者是在暗示读者注意他在创作《红楼梦》的时候是受到了《金瓶梅》的影响，想要读懂《红楼梦》，就必须先读懂《金瓶梅》，并且进一步呼应了第一回中提到的“风月宝鉴”。“风月宝鉴”就是《金瓶梅》，不是《红楼梦》的另外一个名字。

三十、《邯郸记·扫花》

为《邯郸记》剧本第三折“度世”中何仙姑所唱，词云：翠凤毛翎扎帚叉，闲踏天门扫落花。您看那风起玉尘沙。猛可的那一层云下，抵多少门外即天涯。您再休要剑斩黄龙一线儿差，再休向东老贫穷卖酒家。您与俺眼向云霞。洞宾呵，您得了人可便早些儿回话；若迟呵，错教人留恨碧桃花。唱的是何仙姑对于吕洞宾的一番谆谆劝告：吕洞宾啊，你下凡之后，不要留恋红尘中的酒、色、财、气，不要贪杯误事，也不要斗气任性，要把天界的美好记在心间，将天界的任务放在首位，完成了使命就早去早回。

评：《邯郸记·扫花》这出戏出现在贾宝玉的生日宴会上，作者的目的很明确，就是想呼应前面贾元春点的《仙缘》。《红楼梦》书中第十八回，贾元春点了一出《仙缘》，这出戏伏的是“甄宝玉送玉”，但“甄宝玉送玉”的过程中，会与谁有关呢？这里作者用《邯郸记·扫花》做了明确的交代，就是与贾宝玉有关。

三十一、《上寿》

《牧羊记》是元代出现的南戏剧本，作者不详，清张大复在《寒山堂曲谱》中认为是马致远作，姑为一说。《古本戏曲丛刊》收录的是清初抄本，一般认为此本是经明代人改写过的，非元代原本。此剧演西汉苏武故事：苏武出使匈奴，被匈奴扣押，拒不投降。乃被放逐到北海牧羊。匈奴单于命降将李陵向苏武劝降，苏武正气凛然，李陵羞愧而退。苏武牧羊十九年，啮雪吞毡，坚贞不屈，历尽艰辛，终归汉朝。全剧二十五出，“庆寿”是其第二出，演苏武出使匈奴前夕，为母亲庆祝寿诞。这出戏从明代起就很流行，明清选本如《群音类选》《南词定律》《南曲九宫正始》《缀白裘》等均收有此出。清代梨园又把《牧羊记·庆寿》删换了几首曲子，将其内容改为八仙祝贺王母寿诞，改名《八仙上寿》，简称《上寿》，专为寿筵祝觞及作为开场例戏演唱，清代同治至民国年间的曲谱如《遏云阁曲谱》《六也曲谱》《与众曲谱》均有收录。〔山花子〕寿筵开处风光好，争看寿星荣耀，羡麻姑玉女并朝，寿同王母年高。寿香腾，寿烛影摇，玉杯寿酒增寿考，金盘寿果长寿桃，愿福如海深，愿寿比山高。

评：苏武出使匈奴前夕，为母亲庆祝寿诞，随后苏武就开始了他长达十九年的壮烈征程。可见戏中的“庆寿”一出是全戏鲜花着锦、烈火烹油的高光时刻，随后就转入苏武长达十九年的至暗时刻。《上寿》这部戏出现在《红楼梦》前八十回的末尾，之后就没有再出现其他戏曲，可见作者是有意安排。也就是说，贾宝玉的生日宴会，是《红楼梦》最后的高光时刻，随后故事情节就将慢慢转入悲情。

第三十八章　戏曲（下）

接下来的四部戏，都是出现在续书里面。代玉的生日宴会上，贾母亲自点了三部戏。前八十回，很多人都过了生日，唯独女主角代玉没有过生日。篡改者为了心理平衡和有意抬高代玉的身价，故意在续书中安排她过了一次非常热闹的生日。并且在生日宴会上，贾母还一次性点了五部戏。其中有名有姓的是三部：《蕊珠记·冥升》《琵琶记·吃糠》和《祝发记·渡江》。

三十二、《蕊珠记·冥升》

《蕊珠记》里面的《冥升》，也是昆曲，讲嫦娥奔月的故事。李商隐很有名的一句诗“嫦娥应悔偷灵药，碧海青天夜夜心”，便是说嫦娥偷了灵药，奔到月宫里面去。

续书第八十五回原文：众皆不识，听见外面人说：“这是新打的《蕊珠记》里的《冥升》。小旦扮的是嫦娥，前因堕落人寰，几乎给人为配，幸亏观音点化，他就未嫁而逝，此时升引月宫。不听见曲里头唱的‘人间只道风情好，哪知道秋月春花容易抛，几乎不把广寒宫忘却了！’”

评：从第一部戏《蕊珠记·冥升》来看，篡改者的目的就是想神化代玉，为她的高冷找一个他们自认为合理的理由，所以就把代玉往嫦娥身上靠，沾点嫦娥的光。

三十三、《琵琶记·吃糠》

《琵琶记》是元代末年戏曲作家高明避战乱隐居期间，根据《赵贞女蔡二郎》古戏文改编而成的。《赵贞女蔡二郎》讲的是蔡伯喈上京应举，贪恋功名利禄，背亲弃妇，马踏赵五娘，被暴雷震死的故事，突出的是因果报应。《琵琶记》却把蔡伯喈弃亲背妻改为被迫招亲，把不忠不孝改成忠孝两全。

《赵贞女蔡二郎》的大致剧情：书生蔡伯喈，名邕，河南陈留郡人，娶妻赵贞女，仪容俊雅，德性幽娴。因伯喈平时沉酣六籍，贯串百家，自礼乐名物，以至诗赋辞章，皆能穷其妙。正值朝廷黄榜招贤之时，尽管新婚才两月，郡中还是把他保荐上司去了。邻居张广才大公等也都来祝贺并催促他早办行装上京赴试。其父蔡公更是喜不胜言，只盼孩儿早日做官，改换门闾。其母蔡婆却极力反对说：“一旦分离掌上珠，我这老景凭谁？忍将父母饥饿死，博换得孩儿名利归。你纵然衣锦归故里，补不得你名行亏。”伯喈不听母亲劝阻，不顾父母年迈体弱，更不管新婚刚过，决定赴考。其妻赵贞女也劝阻他说：“妾的衷肠万万千，说来又怕添萦绊。六十日夫妻恩情断，八十岁父母如何展？教我如何不怨？”伯喈却说：有邻居张大公帮助照顾，你不必过多担心。贞女更伤心地说：“有孩儿也枉然，你爹娘倒教别人看管。此际情何限，偷把泪珠弹。”临别时，贞女愁伯喈中举后负心，劝谏道：“儒衣才换青，快着归鞭，早办回程。十里红楼，休要娶娉婷。叮咛，不念我芙蓉帐冷，也思亲桑榆暮景。亲嘱会，知他记否空自语惺惺。”伯喈却说：“宽心须待等，我肯恋花柳，甘为萍梗？只怕万里关山，那更音信难凭。”他急于赴考，赵贞女的话一句也听不进去。

“朝为田舍郎，暮登天子堂。”事情的发展正如赵贞女所担心那样，蔡伯喈一举首登龙虎榜，中了头名状元，宫花斜插，跨马游街，被牛太师招为女婿，从此过着荣华富贵的生活，早把赵贞女与父母抛在脑后了。

可怜的贞女独自在家照顾公婆，苦不堪言。遭遇饥荒无粮喂养公婆，吃糠还被公婆误会。后来婆婆发现真相，当场痛心而亡，公公也一病不起。公婆死后，无钱安葬，只得独自搬泥运土，居然造出新坟。原来是她的孝心感动了玉帝。

葬毕双亲，贞女按照神人指示，改换衣装，进京寻夫。谁料伯喈不但不认，反将其赶出门外，竟然还放马踹踢赵贞女。因蔡伯喈此举天理不容，于是天庭差五雷将蔡伯喈轰死，为赵贞女报了仇。

《琵琶记》的大致剧情：书生蔡伯喈与赵五娘新婚不久，恰逢朝廷开科取士，伯喈以父母年事已高，欲辞试留在家中，服侍父母。但蔡公不从，邻居张大公也在旁劝说。伯喈只好告别父母、妻子赴京试。应试及第，中了状元。牛丞相有一女未婚配，奉旨招新科状元为婿。伯喈以父母年迈，在家无人照顾，需回家尽孝为由，欲辞婚、辞官，但牛丞相与皇帝不允，强迫其滞留京城。自伯喈离家后，陈留连年遭受旱灾，五娘任劳任怨，尽服侍公婆，让公婆吃米，自己则背着公婆私下自咽糟糠。婆婆一时痛悔过甚而亡，蔡公也死于饥荒。而伯喈被强赘入牛府后，终日思念父母。写信去陈留家中，信被拐儿骗走，致音信不通。一日，在书房弹琴抒发幽思，为牛氏听见，得知实情，告知父亲。牛丞相为女儿说服，遂派人去迎取伯喈父母、妻子来京。蔡公、蔡婆去世后，五娘祝发（削断头发）埋葬公婆，罗裙包土，自筑坟墓。又亲手绘成公婆遗容，身背琵琶，沿路弹唱乞食，往京城寻夫。来京城，正遇弥陀寺大法会，便往寺中募化求食，将公婆真容供于佛前。正逢伯喈也来寺中烧香，祈祷父母路上平安。见到父母真容，便拿回府中挂在书房内。五娘寻至牛府，被牛氏请至府内弹唱。五娘见牛氏贤淑，便将自己的身世告知牛氏。牛氏为让五娘与伯喈团聚，又怕伯喈不认，便让五娘来到书房，在公婆的真容上题诗暗喻。伯喈回府，见画上所题之诗，正欲问牛氏，牛氏便带五娘入内，夫妻遂得以团聚。五娘告知家中事情，伯喈悲痛至极，即刻上表辞官，回乡守孝。得到牛丞相的同意，伯喈遂携赵氏、牛氏同归故里，庐墓守孝。后皇帝卜诏，旌表蔡氏一门。

评：高鹗和程伟元毕竟是读书人，还有点知识分子的骨气。他二人虽然受朝廷的指使篡改了《红楼梦》的结局，但他们两人还是为后人留下了线索。

《琵琶记》由《赵贞女蔡二郎》改编而来，这是公开的事实，所有人都知道。并且，《琵琶记》在剧情上把《赵贞女蔡二郎》进行了黑白颠倒，也是众所周知。高鹗和程伟元在篡改《红楼梦》的时候，为了不泯灭自己的良心，在暗中安插了这么一出戏。其用意非常明显，就是在提醒后人注意续书同样也是把《红楼梦》原著的剧情进行了黑白颠倒。

有人可能会问，高鹗和程伟元他们二人的工作在严密的监视下进行，如果真是他们二人做的手脚，难道他们就不怕被发现吗？成大事者，都是要冒点风险的。但他们二人的续书长达四十回，内容非常丰富，字数也非常多，再严密的审计也会出现纰漏。再说，他们二人只是轻描淡写地提到了“吃糠”两个字，本身就很容易被忽略。还有，《琵琶记》本身的剧情是很积极的，就算在审计的时候被查出来，他们二人也可以有正当的理由搪塞过去，谁又会想到其实他二人背后的真正用意呢？我估计，高鹗和程伟元也是受到了《红楼梦》作者“真事隐”的启发。

三十四、《祝发记·渡江》

昆剧《祝发记》为明张凤翼作。剧情讲述的是南朝梁代兵乱时期徐孝克与妻臧氏的离合故事，共二十八折，有《古本戏曲丛刊》初集影印明万历年间富春堂刊本。梁时徐孝克，性至孝，对母亲竭尽奉养之道。然而侯景叛乱，民不聊生。孝克是孝子，于此混乱时期竟不能善养老母，很是苦恼。孝克有妻臧氏，颇有姿色。一日，孝克和妻子商议，要把她嫁给富贵之家，以免大家都饿死，还可以彼此相济，但臧氏不允。当时侯景有一位大将孔景行，听说臧氏貌美，逼而迎娶之。臧氏泣涕而去。孝克得到一些钱帛，用以养母，自己则在达摩祖师点化下祝发为僧，皈依佛门，更名法整，到处化缘。臧氏不忘旧恩，私下里经常接济他。后来，景行战败身亡，臧氏经过多方努力，终于见到徐孝克；孝克还俗，夫妻破镜重圆。

评：这里我有点实在想不明白，高鹗和程伟元为什么要写《祝发记》这部戏？因为这部戏的整个故事剧情，与作者本人的亲身经历十分相似。有可能一方面是高鹗和程伟元想为后世留下破解的线索，另一方面很可能是原著的作者私底下与高鹗和程伟元有来往，让他们两个保留下了这部戏。

三十五、《占花魁·受吐》

《占花魁》为清朝李玉所作。昆曲《占花魁·受吐》的剧情大致是：北宋末年，金人南侵，莘瑶琴流落杭州，无奈投身青楼，改名王美娘，因其美貌文采出众，被选为“西湖花魁”。卖油郎秦钟在西湖畔偶然一见，神魂颠倒，便每日辛苦积钱三分，时过一年，终于存得十两银子，得以与花魁相处一夜。不料美娘大醉而归，和衣便睡，夜间又渴又吐，秦钟以衣袖承接秽物，又为花魁送上茶水，尽心照顾，直至天亮。花魁醒来，为其诚实真挚所感动，也为日后的姻缘撒下种子。

评：《红楼梦》原著中蒋玉菡绝对不是一般的角色，作者绝对赋予了他极其重要的作用。但续书里面，通过再次描写蒋玉菡唱戏，并且唱的还是有关戏子的《占花魁》。其目的就是要做实蒋玉菡就是一个实实在在的戏子，除了戏子的身份，蒋玉菡再没有其他内涵。《占花魁》这部戏，属于专门用来恶意贬低蒋玉菡的。

第三十九章　一问一答（上）

问：造成“抄检大观园”的罪魁祸首是谁?

答：是代玉。书中第四十五回，薛宝钗安排婆子给代玉送燕窝的时候，这样描写：“代玉笑道：‘我也知道你们忙。如今天又凉，夜又长，越发该会个夜局，痛赌两场了。’婆子笑道：‘不瞒姑娘说，今年我大沾光儿了。横竖每夜各处有几个上夜的人，误了更也不好，不如会个夜局，又坐了更，又解闷儿。今儿又是我的头家，如今园门关了，就该上场了。’代玉听说笑道：‘难为你。误了你发财，冒雨送来。’命人给他几百钱，打些酒吃，避避雨气。”由此可见，代玉是知道这个婆子要去赌钱的，她不但不反对，还鼓励对方开设赌局，赏钱给这个婆子作为赌资，公开支持荣国府下人赌博。代玉作为主子，明知这个婆子是个头家，不但不制止，也不上报，还支持她“痛赌两场”，为其提供赌资，所以她才是荣国府里面赌博最大的“头家”。

后来书中第七十三回，当贾母知道府中有人赌博时，非常生气，说道：“你姑娘家，如何知道这里头的利害。你自为要钱常事，不过怕起争端。殊不知夜间既要钱，就保不住不吃酒，既吃酒，就免不得门户任意开锁。或买东西，寻张觅李，其中夜静人稀，趋便藏贼引奸引盗，何等事作不出来。况且园内的姊妹们起居所伴者皆系丫头媳妇们，贤愚混杂，贼盗事小，再有别事，倘略沾带些，关系不小。这事岂可轻恕。”从贾母的话中可知赌博的危害是极其严重的。其实在我们现实生活中也是一样，所谓“黄赌毒都是败家的根本”，我们每个人都要洁身自爱。

再来看贾探春对此事是如何向贾母报告的：“近因凤姐姐身子不好，几日园内的人比先放肆了许多。先前不过是大家偷着一时半刻，或夜里坐更时，三四个人聚在一处，或掷骰或斗牌，小小的顽意，不过为熬困。近来渐次放诞，竟开了赌局，甚至有头家局主，或三十吊五十吊三百吊的大输赢。半月前竟有争斗相打之事。”从贾探春的话中可知，荣国府里面的赌博现象，一开始并不大，是后来才发展壮大并开设了赌局，有了头家。

结合前面代玉和那个送燕窝老婆子的对话可知，荣国府里面的赌局就是在代玉的支持下发展壮大起来的，那个老婆子还是赌局的头家。所以，荣国府里面开设赌局的罪魁祸首就是代玉。很多人以代玉向贾宝玉说了几句理财的话，就认为代玉有管理方面的天赋，简直是贻笑大方。代玉支持赌博的行为，为荣国府甚至整个贾家带来什么危害呢？

书中第七十四回，王夫人向王熙凤质问“绣春囊”一事时，王熙凤提议，在贾母还不知情的情况下，“以查赌为由”开展“抄检大观园”行动以找出“绣春囊”的线索。由此可见，“抄检大观园”是因府中出现聚赌现象而发起的。如果府中没有聚赌现象，王熙凤和王夫人是不敢去“抄检大观园”的，他们可能只会像寻找平儿手镯那样暗暗寻访。所以，造成“抄检大观园”的罪魁祸首是赌博，赌博的罪魁祸首是代玉，代玉就是“抄检大观园”的罪魁祸首。

再有，前面已经分析过，代玉和夏金桂的关系是“名虽两个，人却一身”，属于“风月宝鉴”的正反两面，是真实代玉的两个面。代玉的本质就是如贾瑞在“风月宝鉴”里看到的一样，正面看是美丽风情，背面却是一个魔鬼。夏金桂则“不发作性气，有时欢喜，便纠聚人来斗纸牌、掷骰子作乐”。可见夏金桂就是一个纠集人员赌博的大头家，代玉也不例外。如果要更好地理解，那就是形容一个人：“人前真君子，人后真小人。”

有人可能会说赌博的头家不只送燕窝给代玉的那个老婆子一个，还有其他主子的仆人也参与了赌博，还是头家，为什么只单单说代玉？没错，送燕窝给代玉的那个老婆子是薛宝钗的仆人。还有其他主子的仆人也参与了赌博，还是头家。下人有错，主子也难辞其咎，所以此事与薛宝钗等人脱不了关系。并且，薛宝钗和贾探春、李纨三人是荣国府的管理人员，她的仆人聚赌，她有不可推卸的责任。所以薛宝钗离开大观园，与此事有一定的关系。但在区分责任大小上，代玉的责任要比薛宝钗等人大得多。薛宝钗她们顶多算管理失职，但她们没有支持赌博，也没有鼓励她们开设赌局，更没有为赌博提供赌资。

问：人们都喜欢代玉的“真诚”，那真实的代玉是否真诚？

答：很多人喜欢代玉，最主要的原因是认为她外面看着冷，但内心非常真诚。所以我这里就解读一下代玉是否真的是真诚？

书中第三十七回，贾探春发帖请大家到秋爽斋商量成立诗社一事。在大家才开始商量的时候，代玉说道：“你们只管起社，可别算上我，我是不敢的。”对于贾探春这么好的一个提议，她当头就来了一盆冷水。大家都知道，代玉在文化水平上，那是数一数二的。如果这样的人才不参加，那对于诗社来说就如同一个空架子一般。那代玉当时是真不想参加，还是虚伪呢？接下来，迎春的话正中她的要害，迎春笑道：“你不敢谁还敢呢。”迎春认为代玉在这里是有意拖大家的后腿，所以说话没有给她客气。迎春本是一个没主见的人，多大的事她都不会关心。但现在却居然对代玉的表现发表了自己的看法，说明代玉刚才的表现已经触及迎春的底线。连迎春都被触及底线，对其他人就更不用说了。贾宝玉接着迎春的话说："这是一件正经大事，大家鼓舞起来，不要你谦我让的。各有主意自管说出来大家平章。"贾宝玉的这句"不要你谦我让的"话，直接就点明了迎春刚才的话是认为代玉在故意谦让。那她在故意谦让什么呢？接着这个时候，李纨刚进门，不和任何人商量就拍板宣布成立诗社，并且自任社长一职。等李纨刚说完，代玉就立马来了个一百八十度大转弯，提议每人都要取个别号。这就等同于不但同意成立诗社，还为诗社出谋划策。代玉是在李纨拍板同意并自任社长后立马改变主意的。结合上面贾宝玉和迎春说她在谦让，所以可以得出结论，代玉确实如贾宝玉和迎春所说，她是在谦让，并且是在谦让社长一职。

代玉当时可能是想学君子的"三让之礼"，认为自己才华出众，社长一职非自己莫属。但没有想到，被李纨一下子打乱了节奏，丢失了社长一职。自己前面说不想加入诗社，眼看诗社已经成立，自己即将被抛弃，她赶紧献言献策，觍着脸主动申请加入诗社。由此可见，代玉并不真诚，而且还非常虚伪。想加入就加入，不必绕弯弯。想当社长，就像李纨一样大胆地提出来，何必在那里虚伪地谦让。好啦，现在社长一职被李纨抢走，自己还得觍着脸地申请加入诗社，何必呢？在这里，她的虚伪和李纨的直率，形成鲜明的对比。

那么，代玉是否有对"仕途"的渴望呢？在书中第五十回，代玉作灯谜："騄駬何劳缚紫绳？驰城逐堑势狰狞。主人指示风雷动，鳌背三山独立名。"与贾雨村的《咏月》："时逢三五便团圆，满把晴光护玉栏。天上一轮才捧出，人间万姓仰头看。"都含有"攀高""立名"的意味。所以，代玉和贾雨村一样，都对"仕途"有着强烈的欲望。再有书中第十八回，贾元春组织考试的时候，代玉想着借这个机会在贾元春面前好好表现一番，但没想到贾元春只让她作一匾一诗。当时代玉："未得展其抱负，自是不快。"代玉想在贾元春面前表现，无非是想得到贾元春的重视，讨好贾元春。向身份地位高的人讨好，这难道不是对"攀高""立名"的追求吗？

通过以上分析可知，我前面对代玉有想当社长一职的推理，是属实存在的，她学圣人"三让之礼"是虚伪的表现。所以，代玉并不真诚，还非常虚伪，大家不要再被她迷惑了。

另外，说到真诚，难道一个人只要把自己最真实的一面表露出来，这个人就是最真诚的吗？就应该得到所有人的喜欢吗？书中的夏金桂确实是够真诚的，她从来都不遮遮掩掩，都是把自己最真实的一面表露出来。难道大家也会喜欢夏金桂这样的人吗？所以，所谓的真诚，是需要建立在真善美的基础之上，而不是只要真实地表露自己就可以。

问：书中有没有直接描写“鸠占鹊巢”的故事情节？

答：有。李纨把应该属于贾探春的诗社社长职位占为己有。诗社是由贾探春发起的，而李纨未经其他人同意，就自任社长一职，硬生生地把贾探春的社长职位霸占了。贾探春对此还表达过不满：“这话也罢了，只是自想好笑，好好的我起了个主意，反叫你们三个来管起我来了。”

问：书中明显吐过血的人是谁？

答：是袭人。第三十回结尾和第三十一回开头，非常明显地写到袭人遭贾宝玉一脚踢中后，咳痰出来的全是鲜血。而电视剧中却把这一情节强加在了代玉身上，过度地美化代玉，想以此来引起观众对代玉的同情。

问：书中的两个“金麒麟”，一个小一点的是史湘云的，另外一个大一点的是谁的？

答：另外那个大一点的“金麒麟”是贾敏的，贾敏去世后留给了林黛玉。所以，谁身上有“金麒麟”，谁就是林如海的女儿，也就是绛珠仙草。真林黛玉绝对有“金麒麟”，假林黛玉没有。代玉就没有“金麒麟”，她都不知道“金麒麟”的存在，所以她不是真林黛玉。

问：在清虚观的时候，张道士把通灵宝玉拿给谁看了？

答：当时张道士把贾宝玉的通灵宝玉拿给了妙玉和妙玉的师傅看去了。那个“金麒麟”也是妙玉请张道士拿给贾母看的。

问：如何解读《葬花令》里面的“一年三百六十日，风刀霜剑严相逼”？

答：这是代玉故意污蔑贾家的证据。贾家人对代玉是有目共睹，哪里对不起她了？贾迎春嫁中山狼，贾探春远嫁海外，贾惜春出家，这三个厄运，安排代玉去了吗？入住大观园，第一个就给她先选住处。一入荣国府，贾母就把她安排在身边居住。每个月给她的月例多得够她拿去随意赏赐下人。她一不开心，就怼天怼地的，荣国府谁不怕她？有什么证据证明贾家的人逼她？但确实有证据表明贾宝玉被她逼得死去活来的，差点把命都逼没了。贾家人用心去对待她，但她却到处说贾家对她是“一年三百六十日，风刀霜剑严相逼”。在我看来，她才是真正的中山狼。就算哪里对不住你了，你也不能轻易发表这么恶毒的言论。这句话在当今社会叫家庭暴力，也就是在家里面遭到了虐待。那么谁虐待代玉了？

问：如何解读王熙凤在清虚观打小道士一情节？

答：原文：可巧有个十二三岁的小道士儿，拿着剪筒，照管剪各处蜡花，正欲得便且藏出去，不想一头撞在凤姐儿怀里。凤姐便一扬手，照脸一下，把那小孩子打了一个筋斗，骂道："野牛肏的，胡朝那里跑！"那小道士也不顾拾烛剪，爬起来往外还要跑。正值宝钗等下车，众婆娘媳妇正围随的风雨不透，但见一个小道士滚了出来，都喝声叫"拿，拿，拿！打，打，打！"当时这个小道士"一头撞在凤姐儿怀里"，这是祥瑞之兆，是"送子"之意。这个小道士的出现预示着贾家要添丁加口了。但这个"小孩子"却被王熙凤打翻在地，更被贾家众人围着喊："拿，拿，拿！打，打，打！"好好的一个祥兆，被以王熙凤为首的贾家人打掉了。特别是现在贾元春已经怀孕，安排这次清虚观打醮的目的就是祈求贾元春母子平安，但却被贾家自己人破坏了，后果不言而喻。后来王熙凤、尤二姐先后小产，可惜王熙凤怀的还是个男胎，贾元春更是一尸两命。

问：如何解读书中第二十二回中说戏子像代玉这一情节?

答：当时贾母叫人带进来的有一个小旦和一个小丑，但王熙凤却没有指明谁像代玉。通过龄官只唱本角戏《相约》《相骂》来判定，龄官的角色就是小丑。而龄官又像代玉，所以这里所指像代玉的那个戏子是小丑龄官。这里暗合书中第一回："故假拟出男女二人名姓，又必旁出一小人其间拨乱，亦如剧中之小丑然。"代玉就是作者所指的那个小丑。她的身份其实已经被识破，但她却浑然不知，以为别人还不知道她的真实身份，为"跳梁小丑"也。

问：如何解读王熙凤讲的"聋子放炮仗"？

答："聋子放炮仗"和贾元春的灯谜"炮仗"形成照应，说明后来贾元春在皇宫里面出了大事，但贾家的人就像聋子一样，什么都不知道，没有一点消息。这个和"程高本"中，贾元春去世时贾家人守在她身边是完全冲突的。说明"程高本"是为了抹黑原著而写的，立场完全站在皇帝一方。其实书中在描写贾元春封妃这件事上，贾家就上演过一出"聋子放炮仗"了。当时朝廷已经决定为贾元春封妃，这么大的事，贾家却一点消息都没有。

问：雪雁的作用?

答：第五十七回，紫鹃骗贾宝玉说代玉要回老家，贾宝玉因此病倒。书中有这么一段描写："黛玉不时遣雪雁来探消息，这边事务尽知。"由此可见，雪雁有打探消息和通风报信的作用，也符合她名字"雪雁"的特征。代玉既然潜伏在贾家打探消息，自然要有人帮他和外面的人传递消息。而雪雁就是起这个作用。

问：任何解读龄官定要作《相约・相骂》二出?

答：书中的龄官影射的是代玉。作者在这里如此安排，说明代玉与《相约・相骂》有着相类似的剧情。《相约·相骂》中，韩时忠冒充皇甫吟的名义前去与史碧桃赴约，骗得金钗、金钏以及银两若干，影射代玉也是被人冒名与之约会。书中对此有提示，贾瑞第二次约王熙凤的时候，贾蓉冒充王熙凤来与之约会。贾瑞的故事情节是作者安排用来教读者怎么解读原著的，是一节教学大纲，其中也影射了一些重要情节。比如贾瑞第二次约会王熙凤，因为家中来了客人，贾瑞不能抽身去赴约，急得团团转。这段情节，影射的就是贾元春省亲。当时贾元春要来省亲，却被皇帝拖住不放，最后到了天黑才得出宫。贾蔷和贾蓉戏弄贾瑞后，又把贾瑞安排在被泼大粪的地方站着，并泼了贾瑞一身大粪。这里影射薛蟠得手后，又把代玉推向了更肮脏的地方。

问：人们都认为妙玉嫌弃刘姥姥，是因为刘姥姥身份低微，家里穷，没有社会地位。那事实果真如此吗？

答：答案是否定的。说起一个人身份低微，家里穷，没有社会地位，那邢岫烟算不算呢？刘姥姥家好歹有点基业，吃穿住多少有点保障，只是因为穷，致使生活质量不高。而邢岫烟家里甚至穷到连最基本的房子都没有，是租着蟠香寺的房子居住。要不是极其穷困，邢岫烟家也不会去租寺庙的房子住。邢岫烟本人在荣国府里面，平时穿的衣服已经够破旧了，却还被最底层的丫鬟欺负，逼着她去把冬天的棉袄当了。刘姥姥和邢岫烟相比，刘姥姥在各方面比邢岫烟高太多了。妙玉不嫌弃邢岫烟，和邢岫烟的关系是亦师亦友。那妙玉为什么要嫌弃刘姥姥？妙玉是厌恶刘姥姥卑躬屈膝食“嗟来之食”的“脏”，嫌弃她没有做人的骨气。在刘姥姥二进荣国府将要离开之时，从王夫人对刘姥姥的叮嘱可以看出，王夫人对刘姥姥多次来荣国府打秋风是非常生气的。无论那个人有多穷、多低微，只要她像邢岫烟一样高雅纯洁，妙玉是不会嫌弃的。

问：如何理解妙玉和代玉的关系？

答：妙玉和代玉的关系，就如同甄英莲和娇杏的关系。甄英莲和娇杏原是主人和仆人的关系，但后来英莲被拐，从主人沦为了仆人。而娇杏却侥幸从仆人转变成为主人。妙玉和代玉之间又何尝不是如此？代玉本是妙玉的替身，而后面代玉霸占了妙玉的身份和地位，成为主人。而妙玉只得成为贾家中仆人一样的道姑。

问：书中第四十二回，刘姥姥二进荣国府即将回家时，为王熙凤的女儿取名“巧姐”，这里脂砚斋有一条批语：“‘应了这话就好’，批书人焉能不心伤？狱庙相逢之日始知“遇难成祥，逢凶化吉”实伏线于千里，哀哉伤哉！此后文字不忍卒读。辛卯冬日”。我们应该如何解读这条批语？

答：按照现在流行的解读，这条批语是说将来王熙凤被关在狱神庙的时候，刘姥姥去见王熙凤，并且承诺帮她找回巧姐。我认为这是对这条批语最大的误解。刘姥姥不可能去到狱神庙里面见王熙凤，也不可能去解救巧姐的。巧姐的命运突出的是一个“巧”字，但刘姥姥主动去狱神庙见王熙凤，又主动去解救巧姐，然后巧姐顺理成章地嫁给板儿，都没有一点“巧”的味道。从巧姐的“巧”字上推敲，在狱神庙里面，有个得知巧姐下落的人刚巧去狱神庙，贾家人通过这个人得知了巧姐被解救，以及被解救的过程。这个人救巧姐的过程应该也是非常凑巧。我推测可能一开始并不知道是巧姐，救下之后才知道是自己恩人的女儿巧姐。通过这样一个过程，才能够充分体现一个“巧”字。

刘姥姥只是为巧姐取了这个名字，不可能和这件事无休止地关联下去。如果真如电视剧里面那样，刘姥姥去狱神庙里面探望王熙凤，并承诺去解救巧姐，事后还历尽磨难解救了巧姐。那可以这么说，整部《红楼梦》就是为刘姥姥立传，刘姥姥就是整部《红楼梦》的灵魂人物。但很显然，刘姥姥这个角色，不可能是书中的灵魂人物。至于解救巧姐的这个人，是二丫头家，不是刘姥姥。在整部书里面，急王熙凤之所急，真心报答王熙凤的人家，是二丫头家，不是刘姥姥。

问：如何解读在“栊翠庵喝茶”情节中，妙玉拿出的那几件器皿？

答：书中第四十一回的“栊翠庵喝茶”剧情中，妙玉一共拿出了七种器皿，分别是：海棠花式雕漆填金云龙献寿的小茶盘、成窑五彩小盖钟、官窑脱胎填白盖碗、〈分瓜〉瓟斝（后有一行小真字是“晋王恺珍玩”，又有“宋元丰五年四月眉山苏轼见于秘府”一行小字）、点犀盉（形似钵而小）、绿玉斗（自用）、九曲十环一百二十节蟠虬整雕竹根的一个大海。这些器皿在现实生活中，有的有，但有的估计是因文学创作需要而构想出来的。那作者为什么会如此写妙玉拿出的这些器皿呢？作者的用意是什么呢？

其实道理很简单，这段情节与贾宝玉去秦可卿房中见到的那几样物品形成“阴阳”对应。秦可卿房中的那几样物品，突出的是“淫”，而妙玉这里出现的这几样器皿，突出的是“雅”。并且妙玉拿出的这几样器皿，还突出了妙玉的尊贵，符合“钟鼎之家”的气势。秦可卿，字兼美，同时具有薛宝钗和代玉的特点。也就是说，秦可卿是薛宝钗和代玉的集合体，就是“阴阳一体”，只是作者在描写的时候分开成两个人进行描写。通过这样对比，可以得出：秦可卿＝薛宝钗＋代玉＝淫，妙玉＝雅＋尊贵。

对妙玉拿给代玉的那个茶杯到底是“杏犀盉”，还是“点犀盉”，部分红迷一直争论不休。其实非常好理解，就是“点犀盉”。真假林黛玉见面，两人心有灵犀，但代玉却一直没有被“点通”。代玉是妙玉出家的替身，之前是一个出家人，所以她一进妙玉的房间就顺其自然地坐在妙玉的蒲团上。妙玉拿给她喝水的杯子是“形似钵而小”，“钵”是出家人吃饭、喝水的器皿。可见妙玉在点化代玉，但她却浑然不知，最后妙玉给她的总结是：“你这么个人，竟是大俗人。”这里妙玉的表情是“冷笑”。

对于那个“九曲十环一百二十节蟠虬整雕竹根大海”，因涉及广泛，寓意深远，其背后透露了原著作者的真实背景，需要较大的篇幅进行论述。所以在这里就不展开讲述了，我将在我的第二部作品《真事隐》中进行解密。

问：如何解读香菱学诗?

答：香菱为什么要拜师学诗?根本原因是她被人贩子拐卖之前还小，基本没有上过学。接着被人贩子拐卖后，也没有机会好好地学习过。这一点和真林黛玉是相同的。真正的林黛玉在扬州的时候，因为身体原因及母亲去世等因素，并没有学到多少知识。不可能像代玉那样，一到了荣国府就才华横溢。贾母问其学习情况，她说她已经学完了“四书”。而真林黛玉是不可能学完“四书”的。作者安排香菱学诗，就是在告诉我们，真林黛玉也就是妙玉的知识，是后天学成的。而代玉来到荣国府后，书中并没有描写过代玉读书。所以，代玉的知识是来荣国府之前就学得很扎实了。这样一来，代玉和真林黛玉之间就形成了一对矛盾体。至于妙玉的知识，自然来源于她那位如同“扫地僧”的师傅。

问：如何解读香菱一厢情愿地欢迎夏金桂?

答：古时一夫多妻制中，小妾和正室之间是以“姐妹”相称的。香菱一厢情愿地欢迎夏金桂，这个情节和代玉一厢情愿地与薛宝钗和薛蟠结为姊妹形成阴阳对应。香菱后来遭到夏金桂迫害，对应代玉也遭到了薛宝钗和薛蟠的迫害。其中指证代玉偷平儿的金手镯就是一个重要节点，被薛蟠残害更是致命一击。《癸酉本石头记》第九十五回开头写道：“茜雪自从被逐出贾府，往恒舒典当铺当钗环。”其实离开贾府去到薛家恒舒典当铺当钗环的不是茜雪，而是坠儿。《红楼梦》原著第八十回以后，应该写到坠儿离开贾府后去到恒舒典当铺当钗环，但《癸酉本石头记》的作者把这件事进行张冠李戴，把坠儿改写成茜雪。薛宝钗偷听到小红和坠儿的秘密后，小红投靠了王熙凤，薛宝钗无能力动她，而坠儿个性天真，又没有靠山，薛宝钗稍加威胁，坠儿就只得服从。事成之后，薛宝钗兑现承诺，把坠儿安排在自己家的恒舒典当铺当钗环。茜雪和薛宝钗之间从来没有任何交集，不可能跑去恒舒典当铺当钗环。

坠儿偷手镯，后又很轻易地被一个老嬷嬷发现，这本身就有很大的漏洞。我推测手镯是薛宝琴“偷”的，但薛宝琴当时应该是误拿了平儿的手镯，却不好当面拿出来。薛宝钗为了帮助薛宝琴隐瞒这件事，只得事后让坠儿保管这个手镯，并故意在老嬷嬷面前显露出来，坠儿因此被抓。这个剧情与薛宝钗误听红玉和坠儿说话一事形成呼应，属于一对“阴阳”事件。薛宝钗事后为了弥补坠儿，就安排坠儿到自己家的恒舒典当铺当钗环。后来这件事被薛宝钗再次利用，指使坠儿出来陷害代玉，从而如愿以偿地嫁给贾宝玉。为了突出这个情节，作者做了很多铺垫。首先借用傅氏兄妹揭露薛家要把薛宝钗嫁给贾宝玉的企图，然后写代玉无钱买燕窝吃，又写薛宝钗帮助邢岫烟赎当，再有平儿说手镯是掉在雪里被雪盖住了，代玉指出宝钗专门注意别人身上戴着的东西。

薛宝钗非常善于抓住别人的错误作为把柄要挟对方。书中第四十二回，薛宝钗就抓住代玉引用《牡丹亭》和《西厢记》里面的两句诗作为把柄，要挟代玉屈服在自己脚下。自此以后，代玉只得乖乖听从于薛宝钗。众所周知，薛宝钗偷听到小红和坠儿的谈话，抓住了小红和坠儿的把柄。小红投靠了王熙凤，但坠儿就没有那么幸运了。坠儿受到薛宝钗的威胁后，不得不向薛宝钗妥协，主动站出来承认是自己偷了金手镯。薛宝钗为了稳住坠儿，所以把坠儿安排到自己家的当铺里面工作。这也就是为什么坠儿一直没有为自己辩白的原因所在。坠儿这个角色，本身就有容易被人利用的特点。在此之前，坠儿就被贾云和小红利用帮二人传递手帕。

“袭为钗副”。薛宝钗的堂妹薛宝琴误窃手镯这个情节，影射袭人的红衣表妹误窃通灵宝玉。

问：如何解读第四十一回中刘姥姥所说的“那笼子里黑老鸹子怎么又长出凤头来，也会说话呢”？

答：对这句话的解读很多，但都没有抓住重点。首先，这个“鸟”是全身黑色的“黑老鸹子”，也就是黑乌鸦。乌鸦是一种不吉利的鸟类，但这个不吉利的黑乌鸦却来到了贾府。其次，这个“鸟”头却是个凤头。说明这个黑乌鸦是改头换面后来到贾府的。这个情节，和贾宝玉给代玉讲的“耗子精偷香芋”的故事形成映射。“耗子精”的故事里，那个小耗子精也是变换成林黛玉的模样才混进“香芋”堆里面去的。贾宝玉说：“西方有石名黛，可代画眉之墨。”这已经说得很明白了，黑色代表的是代玉。所以，黑老鸹子扮凤凰，改头换面进入贾府的是代玉。

问：如何解读书中第四十九回里的“孟光接了梁鸿案”？

答：“孟光接了梁鸿案”原文出自《西厢记》。但这句话是出自“齐眉举案”典故里面的情节，本应该是“梁鸿接孟光的案”，但《西厢记》却反过来说是“孟光接了梁鸿案”。《西厢记》的作者用这句话，其本意是讽刺崔莺莺这个古代的女子，主动引诱张君瑞的行为。本应该是男子引诱女子，但这里却变成了女子引诱男子，反过来了。《红楼梦》里面，贾宝玉借用这句话，意思也是一样。贾宝玉认为应该是薛宝钗主动接近代玉，但没有想到，事实却是代玉主动接近薛宝钗，所以贾宝玉想不通。另外一层意思，在钗、代情感这个问题上，代玉放下身段做“举案人”，薛宝钗成了“接案人”。但根据“终身误”中的“纵然是齐眉举案，到底意难平”来推测，纵使代玉在薛宝钗面前“齐眉举案”，但薛宝钗最后还是害了代玉。

问：林黛玉在贾雨村的“护送”下从扬州前往荣国府的途中，是在哪里遭遇变故的？

答：书中第四十八回，香菱说过一件事：“我们那年上京来，那日下晚便湾住船，岸上又没有人，只有几棵树，远远的几家人家做晚饭，那个烟竟是碧青，连云直上。”由此可以得知，林黛玉当时前往荣国府的途中，所乘坐的船也同样靠过岸。当船只靠岸后，就是贾雨村行动的最好时机。

我推测，当时船只靠岸在一个岛屿上进行休整和补给。贾雨村这个时候用代玉把真林黛玉调包，并提前悄悄地离开岛屿。等到林黛玉她们醒来的时候，发现船只已经不见了。后来林黛玉经历九死一生回到陆地上，并被一个出家人救起。后来这个出家人做了林黛玉的师父，并为她取法名妙玉。妙玉从此跟随师父在玄墓蟠香寺带发修行。

问：第五十回史湘云作《点绛唇》：“溪壑分离，红尘游戏，真何趣？名利犹虚，后事终难继。”这应该怎么解读？

答：这个谜语的谜底是：耍的猴儿。猴子离开自己生存的大山、森林和小溪，来到繁华的集市。它被人操控着表演，虽然得到了人们的喝彩和打赏，但这些名和利都是虚的，它仅仅只是主人赚钱的一个工具而已。再有，它的尾巴被人剁了，就算主人放了它，没有尾巴的猴子也不可能再回到原来的生活。没有尾巴的猴子，在大自然的条件下，是不可能存活的，相当于被断了后路。

那么在《红楼梦》书中，哪个人物与之相对应的呢？答案很快就来了。在史湘云出完《点绛唇》后，代玉紧接着就来了一个：“騄駬何劳缚紫绳？驰城逐堑势狰狞。主人指示风雷动，鳌背三山独立名。”这个谜语和史湘云的《点绛唇》有异曲同工之妙，说的是表演“走马灯”。前有史湘云在“呼”，后有代玉来“应”，前后呼应就这样顺理成章了。所以，与史湘云《点绛唇》对应的人物是代玉。自从她接受冒充林黛玉的身份开始起，她就再没有退路了。她之所以接受冒充林黛玉这个任务，完全就是为了名和利。从她所作的“主人指示风雷动，鳌背三山独立名”可以看出，她受其背后的主使操纵指挥，目的就是有朝一日能够“鳌背三山独立名”。

再有，贾雨村的“天上一轮才捧出，人间万姓仰头看”与代玉的“主人指示风雷动，鳌背三山独立名”，都含有“攀高”“立名”的意味。那这里是暗示贾雨村和代玉之间的师生关系，还是父女亲情呢？通过书中对亲情传承的写作特点，我认为他们之间的关系是父女亲情。

再有，书中明显描写过一个人，她被别人操控，没有一点人身自由，这个人就是龄官。而龄官从相貌上非常像代玉。所以，代玉就是那个被别人在暗中操控的人。

问：随贾雨村护送林黛玉上京时的那两个小童，命运如何？

答：其中一个就是后来的雪雁，另外一个跟随在贾雨村身边，并认贾雨村为义父。这个情况参照秦可卿的那两个丫头来进行推理。随贾雨村护送林黛玉上京时的那两个小童，一直在贾雨村身边，对贾雨村的事情了如指掌。有眼力劲的那个，意识到跟随代玉是去送死，所以就主动认贾雨村为义父，贾雨村从此将其带在身边。雪雁没有这点头脑，认识不到此次前去的危险性，所以义无反顾地跟随代玉进入荣国府。瑞珠的下场就是雪雁的下场。由此再反推回去，证明秦可卿就是太上皇的女儿，是皇帝派她在贾家做内应。瑞珠和宝珠都是她的助手。当秦可卿大势已去，不能自保后，瑞珠觉得生活无望，选择自尽。宝珠投机取巧，投靠贾珍，依靠宁国府做后盾来保护自己。宝珠一天不死，皇帝一天不得安宁。这就是为什么皇帝准备在秦可卿葬礼上剿灭贾家的原因之一。

贾雨村的这两个小童，都是林如海家的仆人，林黛玉出家的替身。当时是林如海专门为林黛玉挑选的仆人，准备随林黛玉去到荣国府后，作为林黛玉的小丫鬟。但贾雨村去林家的家庙里面领人的时候，谎称林如海叫他领三个，所以就多领了一个。多领的这个就是后来的代玉。雪雁和代玉生死与共，完全就是一条船的人，而紫鹃却还在那里说代玉对自己比对雪雁还好，非常无知、无脑，典型的“大聪明”。

第四十章　一问一答（中）

问：大观园里面那个绣春囊是谁的？

答：我认为是代玉送给贾宝玉的可能性大。代玉有为贾宝玉绣香囊的经历，贾宝玉还将她绣的香囊贴身带着。在贾政让贾宝玉为大观园题匾额的时候，贾宝玉显露风头，在大观园门口被小厮们嚷着要礼物，当时代玉以为贾宝玉将她绣的香囊送给了别人。虽然贾宝玉没有把代玉绣的香囊送给别人，但他曾经将金麒麟丢失在了大观园里面。我认为代玉误会贾宝玉和贾宝玉自己本人丢失金麒麟这两段情节，是后来大观园里面出现绣春囊的伏笔。还有一个情节，一次在晴雯生病的时候，贾宝玉曾经拿过一个有西方裸体女子（天使）画面的鼻烟给她治疗。书中明确写过“晴为黛影”。再有，秦可卿性格风流，而秦可卿的风流袅娜，则又如“黛玉”。代玉又是“抄检大观园”的罪魁祸首。所以我推测代玉为贾宝玉做这个绣春囊的可能性非常大。

问：书中第四十回，贾母笑道：“我的这三丫头却好，只有两个玉儿可恶。回来吃醉了，咱们偏往他们屋里闹去。”这里所指的“两个玉儿”是谁？

答：贾母等人吃醉了以后，去了哪里？其中大家一起去的是栊翠庵；刘姥姥一个人单独去的是怡红院。去潇湘馆的时候，所有人还没有吃酒。所以这里所说的“两个玉儿”，指的是宝玉和妙玉。

问：林红玉身上有什么秘密？

答：书中第二十四回，作者介绍林红玉名字的时候写道：“原来这小红本姓林，小名红玉，只因‘玉’字犯了林黛玉、宝玉，便都把这个字隐起来，都叫他‘小红’。”那我们就要思考一下，避讳这个“玉”字，是贾家的规矩吗？我认为这不是贾家的规矩，而是林如海家的规矩。我为什么这样说？答案非常简单，我们只要看几个人的名字就知道了：玉钏、春燕、瑞珠、宝珠。如果贾家真有仆人要避讳主子名字的规矩，那为什么这些人不避讳？例如玉钏，她与姐姐金钏同为贾府权力核心人物王夫人房中的丫头，如果在名字上真要避讳贾宝玉的“玉”字，那首当其冲第一个要避讳的就是玉钏。玉钏姓白，叫白玉钏，所以“玉”字不是她的姓，而是她的字，可以避讳。从玉钏的名字没有避讳贾宝玉的名字来推理：贾家没有要求仆人在名字上避讳主子的规矩。

既然贾家没有这个规矩，而林红玉的名字又确实避讳了林黛玉和贾宝玉的名字，所以答案只有一个：林红玉的名字是遵守林如海家的规矩，真正避讳的是林黛玉的“玉”字，至于避讳贾宝玉的“玉”字，属于巧合。

那么新的问题又来了，林之孝一家生活在荣国府，是荣国府的仆人，为什么要遵守林如海家的规矩呢？答案只有一个，就是当年林之孝一家遇到困难的时候，得到过林如海的帮助，为了报答林如海，所以把名字改为林之孝，意思就是孝顺林家。后来林如海把林之孝介绍给荣国府，从此林之孝一家就在荣国府安顿下来，并被委以荣国府二管家的职务。林之孝为了尊重林如海，把自己女儿名字中的“玉”去掉。这就是林红玉名字避讳背后的真正原因。

当林之孝得知林如海的女儿林黛玉即将来荣国府生活后，就随便安排自己的女儿一个差事，其目的是等林黛玉来到荣国府后，将林红玉派给林黛玉，成为林黛玉的首席大丫鬟。但没有想到，来的人不是真林黛玉，而是一个假林黛玉。而假林黛玉却不知道林如海和林之孝之间的安排，所以就没有让林红玉担任她的大丫鬟。林黛玉来荣国府的时候，林如海绝对有一封书信，信中对林黛玉的基本生活都做了安排。但假林黛玉不知道有这封书信，更因为不知道这封书信，自然就不知道林红玉是自己的首席大丫鬟。当假林黛玉到了荣国府后，大家都对这个假林黛玉没有准备合适的丫鬟感到惊讶。这个时候，贾母只得仓促安排鹦哥做她的丫鬟，后来贾母为此事还进行过掰谎。

有人可能会说我瞎掰，那我就说一下我的证据。第一，林如海家有小辈避讳长辈名字的规矩，这是书中写得明明白白的。证据就在书中第二回，贾雨村说过：“怪道这女学生读至凡书中有‘敏’字，皆念作‘密’字，每每如是；写字遇着‘敏’字，又减一二笔。”这里补充一下，“敏”字减去第一笔和第二笔，就是“父母”两个字。贾家里面有很多仆人的名字没有避讳主人的名字。所以，贾家没有名字避讳的规矩。第二，从林如海推荐贾雨村这件事来分析，既然林如海能够向贾政推荐贾雨村，那林如海把林之孝推荐给荣国府也就不足为奇了。第三，林如海在推荐贾雨村的时候，还特意写了一封书信给贾政，难道他就不会为自己的宝贝女儿也写一封书信吗？第四，作者写《红楼梦》人物的时候，名字多有谐音，那林之孝名字的谐音不是已经很明显了吗？大家还记得宁国府的乌进孝吗？乌进孝向宁国府进贡，他名字的意思是孝敬宁国府。由此可见，林之孝的意思就是孝敬林家。第五，妙玉为什么是林之孝家的人发现的？为什么不是其他人发现的？林之孝家的人是如何发现妙玉的？为什么对妙玉会如此了解？第六，林之孝为什么不安排林红玉一个好一点的工作？是林红玉没有能力吗？第七，作为“天聋地哑”之一的林之孝，为什么在书中第七十二回的时候突然和贾琏谈论起荣国府的管理问题？他的管理思路从哪里来的？由此可知，林之孝一家绝对是受到过林如海的恩惠，林之孝为了报答林如海，随便安排自己的女儿林红玉一个工作，目的是将来方便把林红玉派给林黛玉做首席大丫鬟。

接下来再说一下林红玉的下落。林红玉被王熙凤招募之后就没有了下文。针对林红玉的去向，一直存在多种观点，但我的观点是：林红玉被王熙凤派去外面帮助王熙凤专门处理放高利贷一事去了。书中多次写王熙凤和平儿在暗地里悄悄地从事放高利贷一事，但她们两个却身不由己，不能专门抽身出来处理此事，所以造成多次险些露馅。“常在河边走哪有不湿鞋”的道理，王熙凤自然知道，所以她急需一个得力的助手帮自己专门处理此事。而林红玉恰恰就具备这样的能力，所以她就被王熙凤派去专门处理放高利贷一事去了。这样也就可以理解王熙凤为什么要把林红玉收为义女，毕竟放高利贷不是一件光彩的事，不能随便由外人打理，而由自己人出面处理会更稳妥一些。

问：妙玉为什么不公开自己的身份?

答：“妙玉”这个名字是法名，不是本名。妙玉的本名叫什么？书中并没有直接写出。在我提出妙玉是真正的林黛玉后，有人会问：那妙玉为什么不公布自己的身份来戳穿代玉的身份？其实，作者在写《红楼梦》的时候，也预测到了大家会提出这个问题，所以就专门写了一个情节来进行解释。书中第六十一回“投鼠忌器宝玉瞒脏　判冤决狱平儿行权”中，平儿已经查明了事情的来龙去脉，知道了五儿是被冤枉的，大可以原原本本地公布出来。但如果就这样把事情的真相公布出来，大家又有了其他方面的顾虑：第一，把五儿的舅舅连累了；第二，伤了贾探春的体面。作者用“投鼠忌器”来比喻不能照本宣科地把事情的原委如实公布，以防伤害了其他无辜的人。《红楼梦》的重要写作手法之一就是“阴阳影射”写作手法，就是用一件事去影射另外一件事。作者不能明着写妙玉为什么不公布自己的身份，所以就在这里用小丫鬟的事情来写。

那如果妙玉公布自己的身份，会伤害谁呢？我们来看事情的经过，能够把林黛玉调包，同时对贾家和林家下手的势力，绝对不一般。贾家作为“八公”之首，能够在贾家头上做手脚的，就只有皇帝一人。既然皇帝要对贾家和林家下手，那事情就非同一般。如果妙玉公布了自己的真实身份，无疑就会把皇帝和贾家的矛盾公开化，到时候双方可谓是箭在弦上不得不发。如果此时矛盾激化，无疑将造成两败俱伤。

如果新皇帝和贾家之间爆发斗争，局面就将与赵姨娘和芳官一样的下场。书中第六十回，赵姨娘找芳官理论蔷薇硝一事，后被几个戏子围殴，而以晴雯为代表的围观人员却选择冷眼旁观。很明显，在这场战斗中，赵姨娘和芳官都是输家。赵姨娘作为一个主子，被芳官等人打得灰头土脸，丢尽颜面。正如贾探春所说："何苦自己不尊重，大吆小喝失了体统。"而芳官等人，以下犯上，事后自然少不了一顿责罚。这个探春也有交代："心里有二十分的气，也忍耐这几天，等太太回来自然料理。"赵姨娘代表皇帝，芳官等人代表以贾家为中心的势力，晴雯代表中间势力。从中可以看出，作者是在告诉我们，一旦皇帝和贾家撕破脸，并且大打出手，将会造成两败俱伤的局面，从而让那些中间势力得利。如果真发生这样的结果，那就是"鹬蚌相争，渔翁得利"。

这就是妙玉不愿意公布自己真实身份的原因：投鼠忌器。最终她只能选择"胳膊折了往袖子里面藏"。

问：如何理解焦大说的"红刀子进去，白刀子出来"这句话？

答：有人说焦大年老昏花，又吃醉了酒，说话语无伦次。也有人认为是作者在提示看《红楼梦》要反着看，反着理解。就如同书中照"风月宝鉴"一样，只可照背面（反面），不可照正面。这些虽然有一定的道理，但仅仅停留在这个层面，我认为还是不够。

焦大醉骂的"红刀子进去，白刀子出来"这句话，明显是说反了，正常应该是"白刀子进去红刀子出来"。一句非常简单的话，就因为焦大反着说，几百年来，一直把众多读者搞得晕头转向。而我认为焦大故意把这句话反着说，想表达的意思是，如果宁国府把焦大惹急了，那他就要重新拿起武器造反。焦大的思想正是贾家的思想，作者在这里暗示贾家如果在走投无路的情况下，可能就会绝地反击，走向造反的道路。"白刀子进去红刀子出来"这句话出自《金瓶梅》第二十五回。当时来旺儿吃醉酒后，因西门庆和潘金莲做了对不起来旺儿的事，所以来旺儿就和焦大一样开始醉骂。来旺儿说以后西门庆和潘金莲如果撞到他手里，他就要"叫他白刀子进去红刀子出来"，指明要杀了潘金莲。最后还说了一句"破着一命剐，便把皇帝打"。来旺儿当时所说的这些话，被躲在暗处偷听的来兴儿告到了潘金莲那里。后面来旺儿就被西门庆用计陷害吃了官司。《红楼梦》作者引用来旺儿的故事，其用意已经非常明显。贾家将来会像《金瓶梅》中的来旺儿一样，被诬告造反，并被治罪抄家。

问：妙玉说，如果那是她喝过水的杯子，她宁愿打碎也不给刘姥姥。这应该如何理解？

答：突出妙玉的性格是"宁为玉碎，不为瓦全"。这也为她将来的结局埋下伏笔。而高鹗和程伟元的续作里面，妙玉被凌辱了还表现得很享受，是非常错误的。也由此可以看出，续书是和原著反着来的。

问：如何解读香菱斗草时与贾宝玉相遇的情节？

答：书中第六十二回，香菱和荳官等人斗草，因为香菱说她的花是“夫妻蕙”，因此遭到荳官等人嘲讽，说她想男人。随后香菱的石榴裙还掉在水里弄脏了。这个时候，贾宝玉也想过来和她们玩斗草，但荳官等人已经走了。香菱就和贾宝玉说起了刚才的事情经过。香菱说完，贾宝玉也拿出一枝花来，说他的是“并蒂菱”。“并蒂菱”的意思是两朵花长在同一个花萼上，比喻男女合欢或夫妇恩爱。这里如果只从浪漫主义方面去思考，那画面还是很美妙的。但如果从实际方面去思考就会发现，这里非同寻常。香菱是有夫之妇，现在她的丈夫薛蟠在外经商，香菱独自在家。而这个时候，贾宝玉去和人家说什么“夫妻蕙”“并蒂菱”，这完全就是在调戏对方。试想一下，如果谁的老婆在这样的情况下被另外一个男人调戏，这将是什么画面？还有，贾宝玉看到香菱的石榴裙脏了，也是出于好心去找袭人拿衣服来给香菱换。但后面的事情就显得非常不合时宜了。香菱换衣服的时候“命宝玉背过脸去”，说明当时贾宝玉离她不远，就在她旁边。一个女子换衣服，你一个大男人在人家旁边，这情形是非常不妥的。还有，等香菱换好衣服，发现宝玉挖了一个土坑，把他的“并蒂菱”和香菱的“夫妻蕙”埋进去，上下还用花铺了。前面调戏对方和自己做夫妻，后面又做出“死则同穴”的花样。贾宝玉这样的举动，完全诠释了“穀则异室，死则同穴”这句话。如果此事被薛蟠知道，后果会怎么样呢？香菱和宝玉是否怕被薛蟠知道此事呢？我们来看原文是这么写的：“香菱方向宝玉道：‘裙子的事可别向你哥哥说才好。’说毕，即转身走了。宝玉笑道：‘可不我疯了，往虎口里探头儿去呢。’”“往虎口里探头儿”是无故寻死的意思。由此可以看出，香菱和贾宝玉对此事后果的严重性是心知肚明的。也就是说，这里贾宝玉玷污了香菱的名声。

前面分析了整个事情的过程，那么接下来我们就要思考一下，作者为什么要写这么一段情节？其目的是什么？

应用作者“阴阳影射”的写作手法来分析，前八十回中，没有出现与这段情节有对应的情节，所以我推测与之对应的情节应该出现在八十回以后。香菱是林黛玉的影子，她身上发生的事，一定程度上要应验在林黛玉身上。而代玉和妙玉都具有“林黛玉”的身份，所以香菱被其他男人玷污这件事，代玉和妙玉都会发生。所以我推测，在八十回后，代玉和妙玉都被人玷污了。代玉是因贾宝玉而被薛蟠玷污，妙玉也是因为贾宝玉，但她却是被有权势的人玷污。不过，根据代玉“留得残荷听雨声”的人生格言来推测，代玉没有选择“宁为玉碎不为瓦全”，而是选择了“宁为瓦碎不为玉全”。根据妙玉嫌弃刘姥姥喝过茶的杯子来推测，她选择的是“宁为玉碎不为瓦全”。

问：作者为什么要写邢岫烟戴玉佩，并被薛宝钗批评的这段情节？其用意是什么？

答：史湘云戴金麒麟和邢岫烟戴玉佩两件事形成“阴阳对子”。邢岫烟的家庭很贫穷，一个玉佩对她来说是非常稀奇和贵重的，她非常珍惜和看重，所以就经常戴在身上。史湘云作为史家的千金，家里面的奇珍异宝数不胜数，而她却唯独只把金麒麟戴在身上，说明这个金麒麟对于史湘云来说是非常重要的。什么贵重的饰品能够让史湘云看得如此重要呢？那估计就只有史家的传家宝了。这就是作者在暗示我们，要通过邢岫烟来推理史湘云。我推测，当作者写完史湘云身上戴着一个金麒麟后，自己都觉得太俗了。一个史家的千金，脖子上戴着一个金麒麟。就算这个金麒麟再贵重，想想都让人觉得俗气，一瞬间更是让读者觉得史湘云全身上下透露出来一股俗气。但没有办法，因为故事需要，作者不得不保留这段情节。为了不被后人诟病，所以作者只得自占地步，承认写俗了。但如果直接承认，那就更俗了。为达到不留痕迹的效果，作者就利用薛宝钗之口在邢岫烟身上道出来，所以就有了薛宝钗说邢岫烟成天戴个玉佩显得俗气。虽然薛宝钗是出于要节俭才批评邢岫烟戴玉佩，但仔细品读其中的剧情，邢岫烟作为一个穷人家的女孩子，成天戴着个玉佩，透露出来的也是一股俗气。

问：薛宝琴为什么没有被写进金陵十二钗的正册中？作者写薛宝琴的用意是什么？

答：这是几百年来一直争论不休的话题。按理说，通过作者的描写，薛宝琴在各方面可以说是力压群芳，并且她和贾宝玉还有亲戚关系，进入金陵十二钗的正册是绰绰有余的。但作者为什么没有把她写进金陵十二钗的正册？还有，作者写薛宝琴的用意是什么？其实答案非常简单，作者在写作的时候，发现把代玉写得太突出了，以至于已经没有人能够压制住她，这和作者写作的初衷是不相符的。为了扭转这一局面，所以作者才又安排了一个在各方面远超代玉的角色，这个角色就是薛宝琴。作者的用意就是用薛宝琴来压制代玉，所以不会安排她进入金陵十二钗的正册。我的分析，请大家仔细揣摩一下，看看是不是薛宝琴在各个方面都压制着代玉，例如美貌、才气、性格、阅历，以及受到的待遇、营造的美妙画面，等等。现在很多人对薛宝琴感到陌生，对这个角色没有好感，是因为受了其他方面的影响。如果要想真正了解薛宝琴，还是去看原著吧。对于代玉来说，薛宝琴的出现，可谓是“既生瑜何生亮”。

问：如何解读妙玉的座右铭“纵有千年铁门槛，终须一个土馒头”？

答：书中第六十三回，通过邢岫烟的解读，道出了妙玉的座右铭：“纵有千年铁门槛，终须一个土馒头。”其实，通过妙玉的这个座右铭，我们可以很轻松地发现妙玉和贾家之间存在着紧密的血缘关系。作者怕我们看不懂，还特意让贾宝玉进行点拨。原文中，宝玉听了邢岫烟的讲解，如醍醐灌顶，嗳哟了一声，方笑道："怪道我们家庙说是'铁槛寺'呢，原来有这一说。"由贾宝玉的这句话可知，贾家的祖上之所以建了一所铁槛寺和一所水月庵，其目的和用意就在于此。所以，这句"纵有千年铁门槛，终须一个土馒头"，其实是贾家的一句家训。作为贾家的成年人，自然都知道自己家的家训。贾宝玉之所以不知道，是因为他还不成年。妙玉之所以知道，是她母亲告诉她的。反之，我们思考一下，如果生活在荣国府里面的代玉真是贾敏的女儿、贾母的外孙女，她为什么不知道贾家的家训？

问：如何解读《曹娥碑》？

答：书中第七十九回，代玉评价贾宝玉作的《芙蓉女儿诔》可与《曹娥碑》并传。作者为什么要借代玉之口引出《曹娥碑》？

《曹娥碑》是东汉年间人们为颂扬曹娥的美德，纪念她的孝行而立的石碑，是中国著名碑刻，且有一段字谜的传说。开始由蔡文姬的父亲蔡邕书写此碑，千百年来风雨沧桑之后，又由宋朝王安石的女婿蔡卞重新临摹，一直保存。

碑文主要讲的是曹娥之父溺于江中，数日不见尸体，孝女曹娥当时年仅十四岁，昼夜沿江哭寻父亲。过了十七天，在五月五日这一天她也投了江，三日后抱出父亲的尸体。使用碑文记录一段某人的事迹，在历史上并不少见。其中，很多人的人生事迹不比曹娥的故事平淡，但却没有《曹娥碑》的名气大。

《曹娥碑》之所以会有那么大的名气，其上面的一段字谜功不可没。有一次，蔡邕访之，值暮夜，手摸其文而读，题八字于碑阴："黄绢幼妇，外孙齑臼。"然而，蔡邕题辞的含义是什么，观者不得而知，而蔡邕辞世，这自成了谜。后来是曹操和杨修来观看碑文后，由杨修解出了这个字谜："黄绢"就是有色的丝，是"绝"字；"幼妇"，即少女也，女旁少字，是"妙"字；"外孙"，乃女之子也，女旁子字，是"好"字；"齑臼"乃受五辛之器也，受旁辛字，是"辤"（"辞"的繁体）字。合起来，是"绝妙好辞"四个字。

《红楼梦》的作者把贾宝玉的《芙蓉女儿诔》比作《曹娥碑》，我认为其目的有二：

第一，提示读者看《红楼梦》的时候，必须结合里面的脂批一起来看。《曹娥碑》之所以有这么大的名气，主要还是因为蔡邕题写的那句"黄绢幼妇，外孙齑臼"。这句话其实是蔡邕对《曹娥碑》的一个批注，评价《曹娥碑》是"绝妙好辞"。也正因为蔡邕的那句批注，所以《曹娥碑》才隐含着中国第一个离合字谜，被看作是中国文字隐语的图腾，字谜的鼻祖。所以我推理《红楼梦》的作者把贾宝玉的《芙蓉女儿诔》比作《曹娥碑》，其目的就是在提醒读者一定要结合里面的“脂批”一起解读。

第二，暗示《芙蓉女儿诔》中也隐藏着像《曹娥碑》一样的隐语。但《芙蓉女儿诔》的内容非常长，如果逐字逐句地像杨修解《曹娥碑》那样去解《芙蓉女儿诔》，那将是一项浩大的工程，可以说是几乎不可能完成的，作者绝对不会这么写。所以，我推断作者只会把很短的一句话隐藏在《芙蓉女儿诔》中，只要解出这段话就可以了。在贾宝玉朗诵完《芙蓉女儿诔》后，代玉突然冒出来和他一起讨论里面的这句：“红绡帐里，公子多情，黄土垄中，女儿薄命。”所以，我推断作者藏在《芙蓉女儿诔》里面的隐语，就是这句诔词。整部书里面，看似贾宝玉和代玉情投意合，但其实他们两个是否都爱着对方呢？作者通过《芙蓉女儿诔》里面的这句诔词给出了答案。代玉把“红绡帐里，公子多情”改成“茜纱窗下，公子多情”，贾宝玉听了，说道：“虽然这一改新妙之极，但你居此则可，在我实不敢当。”并且还接连说了一二十句“不敢”。曾经在贾政游览潇湘馆的时候，他说过：“若能月夜坐此窗下读书，不枉虚生一世。”以及后来贾母去到潇湘馆后，要求把潇湘馆窗户的纱换成非常高档的软烟罗。软烟罗是一种高档纱，茜纱也是一种高档纱。用软烟罗糊的窗子，称之为茜纱窗，代指潇湘馆，然后代玉又在这里用自己的住所来拟代自己本人。所以，把代玉对贾宝玉说的这句“茜纱窗下，公子多情”通俗地叙述出来就是：你对我有深厚的爱意。而贾宝玉却接连说了一二十句“不敢”。接着代玉又说：“何妨。我的窗即可为你之窗，何必分晰得如此生疏。古人异姓陌路，尚然同肥马，衣轻裘，敝之而无憾，何况咱们。”前面明显可以看出贾宝玉在拒绝代玉的追求，但代玉却选择继续追求，这和尤三姐倒追柳湘莲如出一辙。柳湘莲向贾宝玉打听尤三姐情况的时候，曾经说过这样一句话：“难道女家反赶着男家不成？”也就是因为尤三姐这种反常的举动，才使得柳湘莲对尤三姐起了疑心。接下来，贾宝玉把“红绡帐里，公子多情，黄土垄中，女儿薄命”改成“茜纱窗下，小姐多情，黄土垄中，丫鬟薄命”。意思就是：这是你自己的一厢情愿，自作多情，而我是没有这个意思的。最终，贾宝玉改为：“茜纱窗下，我本无缘；黄土垄中，卿何薄命。”到了这里，贾宝玉的意思已经非常明确了，直接说出自己和代玉并没有缘分，和柳湘莲拒绝尤三姐如出一辙。只是柳湘莲属于直截了当型，贾宝玉属于文艺型。代玉听了，忡然变色，心中虽有无限的狐疑乱拟，外面却不肯露出，反连忙含笑点头称妙。

通过以上的分析，我们可以看出，其实贾宝玉对代玉的情感不是爱情。他对代玉的感情，和他对其他女孩子的感情是一样的，属于他怜香惜玉的一种表现。所以我推断《芙蓉女儿诔》里面的隐语，就是这句：“红绡帐里，公子多情，黄土垄中，女儿薄命。”

我们解出作者写这句话背后的用意，就可以很好地帮助我们解出《红楼梦》。《曹娥碑》里面蔡邕的隐语是字谜，也就是文字游戏。《红楼梦》的作者没有按部就班，没有使用字谜，而是要读者通过解读剧情和联系“脂批”来解开背后的秘密。

问：如何理解第六十五回出现的“二马同槽”？

答：贾琏和贾珍同为兄弟，却一同调戏尤氏两姐妹，并且还争风吃醋，互相排挤和防范对方。其中，贾琏暗示要把尤三姐许配给贾珍。作者为什么要写这段情节？

联系前后事情的经过，我发现：代玉和薛宝钗也是“二马同槽”。代玉和薛宝钗同样是姐妹关系。曾经有一次，薛宝钗暗示要把代玉许配给薛蟠。她们二人同时对贾宝玉有情意，二人为此争风吃醋，互相排挤和防范对方。比较突出的是在书中第八回，代玉听说薛宝钗身体微恙，她去梨香院探望宝钗。当时刚好贾宝玉也在，正和宝钗有说有笑。代玉笑着说：“我来的不巧，早知他来，我就不来了。”

所以，我认为作者之所以写贾琏和贾珍“二马同槽”，其实就是在暗喻代玉和宝钗的关系。

问：平安州真的平安吗？

答：书中第六十六回，贾琏在去平安州的路上遇到薛蟠和柳湘莲，并得知薛蟠在平安州的地界上遭遇了强盗，幸而被柳湘莲出手相救才得以平安。也就是在这里，贾琏做媒帮柳湘莲和尤三姐定了亲。

如果细心的读者会发现，贾琏、薛蟠和柳湘莲三个曾经去过平安州的人，事后有两个人造成了两个女子的死亡。这两个人分别是柳湘莲和贾琏。柳湘莲在平安州出手救了薛蟠，在和薛蟠一起结伴而行的途中遇到贾琏，然后通过贾琏和尤三姐定了亲，事后却因为悔亲一事造成尤三姐自杀；贾琏第二次去平安州的时候，因为不能及时回家，所以让王熙凤能够有机会把尤二姐接到荣国府居住，最后造成尤二姐自杀。同时去过平安州的三个人中，柳湘莲和贾琏两个人分别引发了尤三姐和尤二姐的死亡。那么，同样去过平安州的薛蟠，是否也会有一个女子因他死亡呢？

作者如此安排剧情，符合其由浅入深的写作特点。所以，我认为：同样去过平安州的薛蟠，绝对会有一个女子因他死亡，这个女子就是“林黛玉”。这里的“林黛玉”使用了双引号，说明是在指代玉和妙玉。代玉和妙玉都有“林黛玉”的身份，所以她们两个都是“林黛玉”。

我的推理是这样的：代玉写信想约贾宝玉在花园里约会，但这封信被薛蟠获得，于是薛蟠就冒充贾宝玉去和代玉约会，并趁此机会侮辱了代玉。薛蟠怕东窗事发，于是叫来平安州的强盗把代玉拐卖到风月场所，后代玉自杀。皇宫要薛家进购一批江南工艺品，薛蟠就从之前他外出去江南购买的货物里面挑了一些送进皇宫。薛蟠挑的这些货物里面，就包括了妙玉的那个泥像。妙玉的泥像在皇宫里面被人认出来她是林如海的女儿。妙玉因此走向生命的终点。一个是因为故意，一个是因为无意，符合“阴阳”关系。

另外，薛蟠那次外出做生意的时候，途中认识了夏金桂，后来还把夏金桂娶回家。薛蟠把夏金桂娶回家后，直接造成了香菱之死。香菱这个人物，属于林黛玉的影子，她身上发生的重大事情，一定会发生在林黛玉身上。现在代玉和妙玉共同使用“林黛玉”的身份，所以很多事情就会发生在她们两个身上。

问：我推理在清虚观打醮一节中所出现的金麒麟为史家的传家宝，作者在书中是否有提示呢？

答：答案是有，并且还非常明确。在书中第六十七回，薛蟠外出做生意，回来的时候带了很多礼物。虽然薛蟠带来的礼物非常多，但在薛宝钗看到这些礼物的时候，她唯独只对薛蟠带来的在虎丘山上泥捏的薛蟠小像特别关注。书中当时还写道：“宝钗见了，别的都不理论，倒是薛蟠的小像，拿着细细看了一看，又看看他哥哥，不禁笑起来了。”针对薛蟠带来的那么多礼物，薛宝钗为什么只对这一个薛蟠的小像感兴趣呢？答案非常简单，因为那是她自家人的泥像，所以会特别关注。这段剧情，其实和贾母等人在清虚观打醮时，张道士带来了很多宝物，但贾母只对金麒麟感兴趣是如出一辙，二者之间为“阴阳”的关系。贾母为什么只对那个金麒麟感兴趣，其实答案和薛宝钗为什么只对薛蟠的泥像感兴趣一样，因为一个是她自己家人的泥像，一个是她自己家的传家宝，所以她二人才这么关注。

薛蟠带来的礼物，因为被其他货物压住，一时不能搬出来，所以耽搁了一二十天才拿来打开分发。这个情节预示着薛蟠带来的这些礼物中最重要的秘密，要到小说剧情靠后的部分中才会显现出来。

问：贾探春所说：“可知这样大族人家，若从外头杀来，一时是杀不死的，这是古人曾说的‘百足之虫，死而不僵’，必须先从家里自杀自灭起来，才能一败涂地。”这句话应该如何解读？

答：这句话是贾探春在书中第七十四回“抄检大观园”时说的。也就是因为贾探春说过这句话，所以《癸酉本石头记》就根据这句话展开续写，剧情中出现了太多贾家内部分裂成几股势力后进行战斗的场景。但这样的续写无疑是狗尾续貂，乱写一通。那应该如何正确地解读贾探春的这句话，作者对贾家败落的这句话是否有提示呢？

答案非常清晰：有。作者写作有一个非常明显的特点，那就是“阴阳影射”写作手法，在一件事上不方便明写，就会在另外一件事上影射出来。书中第六十八回，王熙凤得知贾琏偷娶了尤二姐后，暗中安排旺儿做内应，指使张华配合，形成里应外合，然后到衙门里去状告贾家。王熙凤为了达到自己的个人目的，完全是不择手段、不计后果，甚至说：“便告我们家谋反也没事的。”当时张华知道贾家的厉害，并不敢告贾家。最后张华还是去到都察院状告了贾家，其原因是背后有王熙凤撑腰。如果不是王熙凤在背后给张华撑腰，张华是绝对不敢去告的。所以，张华告贾家，其根本原因是贾家自己内部不团结，自家人对自家人起了杀心，最终才能够让张华到都察院状告贾家。这件事虽然当时不会对贾家造成什么影响，但无论如何，都察院确实收到了张华状告贾家的状纸，此事在都察院将会留下案底。等有朝一日，贾家衰败的时候，此事完全有可能被重新进行审理。到时候，证据确凿，绝对是扳倒贾家的一个重要因素。

所以，贾探春所说的那句：“可知这样大族人家，若从外头杀来，一时是杀不死的，这是古人曾说的‘百足之虫，死而不僵’，必须先从家里自杀自灭起来，才能一败涂地。”并不是像《癸酉本石头记》里面那样，贾家内部分裂几个帮派后进行打打杀杀。而是由于贾家内部不团结，某些人为了达到自己个人的私欲而动摇了贾家的根基。

就拿王夫人派人“抄检大观园”这件事来说，其实是愚蠢至极。抄检大观园，其原因是在大观园里发现了绣春囊。本来这件事就是一件非常不雅的事，不应该对外大肆宣扬。王夫人倒好，不但不藏着点，还大张旗鼓地去抄检大观园。经过抄检，一些本不是什么大事的小问题也被扒了出来，闹得沸沸扬扬，好像生怕外人不知道一样。贾家是名门望族，大观园又是专门为贾元春省亲修建的，相当于皇家园林，贾元春赐名“省亲别墅”。本来贾家的人无权住在里面，后来是贾元春考虑到那么大的花园，闲置着也是浪费，所以才赐贾宝玉等人住进去。贾家这样大张旗鼓地在大观园里面抄检，其性质属于一种执法活动，并且还把整个大观园翻了个底朝天。如果此事让朝廷知道会有什么后果？让皇帝知道又会有什么后果？难道不会被认为是贾家的人玷污了皇家园林吗？其抄检行为是否僭越？薛宝钗为什么及时搬离大观园？现在大家知道了吗？

同理，书中第四十回，贾母等人去到薛宝钗的住所“蘅芜苑”时。当贾母看到薛宝钗的房间里面陈设非常朴素和简单的时候，贾母明显就有点不高兴了，给薛宝钗提了很多意见。在这里，薛宝钗是住在荣国府里面，不是住在自己的家里面，而薛宝钗故意把自己的房间装扮得非常朴素和简单，一定程度上有损荣国府的声誉，让外人以为荣国府不兴旺了。同理，大观园是专门为贾元春省亲而修建，后贾元春取名叫“省亲别墅”，一定程度上属于皇家园林的一部分。如果贾家的人在大观园里面做出什么出格的事来，也是有损皇帝颜面的。

好啦，通过上面的分析，大家现在知道贾探春那句话的意思了吗？

顺便说一下，王夫人想要追查绣春囊的来历，正确的做法应该是怎样的呢？答案非常简单，参考王熙凤在平儿手镯丢失时的做法就可以了。平儿的手镯也是在大观园里面丢失的，但王熙凤不许声张，只叫人在暗地里细细查找。现在大家知道王熙凤的厉害了吗？说白了，大观园，既是贾家的荣幸，也是贾家的累赘。

有人可能会说，贾家自家人抄检自己的大观园，并且又是在晚上，不会有人小题大做的把这件事传到朝廷里面吧。大家不要忘了“冷子兴演说荣国府”，以及贾琏的小厮兴儿向尤氏两姐妹解说荣国府一事。可见，人多嘴杂不是个例，而是一个常态。

问：书中的彩明是男，还是女？

答：彩明是王熙凤的贴身“秘书”，在《红楼梦》一书中是一个非常不起眼的小人物。因为王熙凤不识字，而彩明却能识字、记账，所以当王熙凤需要读读写写的时候，彩明就出场了。但就是这么一个非常小的小人物，在红学界却吵得沸沸扬扬，大家争论的焦点是：彩明到底是男，还是女？

这个话题其实不是普通读者引出来的，而是由两位重要的批书人引发的。在书中第十四回：“凤姐即命彩明钉造簿册。【甲戌眉批：宁府如此大家，阿凤如此身份，岂有使贴身丫头与家里男人答话交事之理呢？此作者忽略之处。】【庚辰眉批：彩明系未冠小童，阿凤便于出入使令者。老兄并未前后看明是男是女，乱加批驳。可笑。】【庚辰眉批：且明写阿凤不识字之故。壬午春。】”

“庚辰批”和“甲戌批”是《红楼梦》非常重要的批注，这两位批书人或明或暗地在引导着我们去阅读和理解《红楼梦》。而恰恰就是这么两位重要的批书人，在彩明的性别问题上产生了较大的分歧。这不得不让我们也对此展开研究。

“甲戌批”的作者认为彩明是女子，所以他说王熙凤让彩明直接去接触男丁是不合理的，属于写书人的疏忽。而“庚辰批”的作者却认为彩明是男子，是“甲戌批”的作者没有看出来，并且还点出了彩明的大致年龄是“未冠小童”。

到如今，针对彩明是男是女的讨论也是非常激烈，有说是女的，有说是男的。那到底彩明是男，还是女呢？我的答案是：彩明是男子。

彩明这个人物的出场次数不多：第七回，平儿叫彩明去给秦可卿送宫花；第十四回，王熙凤安排彩明记账；第四十二回，王熙凤安排彩明念《玉匣记》；第四十五回，王熙凤安排彩明去教训周瑞家的儿子，以及赖嬷嬷称彩明为“彩哥儿”。从以上所有彩明出现的剧情来分析，根本就没有办法确定彩明的性别，要不然针对彩明的性别争论也不会一直持续不断。并且，就连“甲戌批”的作者都没有看出彩明的性别，更何况是我们普通读者。所以，通过书中的剧情去分析彩明的性别和年龄，是完全没有必要的，纯属无用功。

那如何确定彩明的性别呢？其实非常简单，我们只要看“庚辰批”就可以了。“庚辰批”已经说得非常明确，彩明就是一个男子，并且还是一个“未冠小童”。有人可能会说“庚辰批”也未必准确。发出这样的疑问，是我们对“庚辰批”的作者太忽视了。大家注意，在第二段“庚辰批”的末尾，有“壬午春”三个字，这三个字不简单。在批注后面加上时间，这是畸笏叟的标志性符号。畸笏叟这位批书人，在书中第十三回的时候写得非常明确：“命芹溪删去‘遗簪’‘更衣’诸文。”从这里可以看出，畸笏叟完全可以左右书的剧情和走向，他认为不需要写出来的剧情，直接就告诉写书人删除。说畸笏叟和《红楼梦》的创作没有关系，这完全说不通。所以，一位参与了创作的人，他绝对有话语权。在大家都不知道彩明是男是女的问题上，他直接就说出彩明是男子，并且是一个“未冠小童”，说明他就是《红楼梦》的作者。畸笏叟在这里对彩明性别和年龄的解释，和前面“命芹溪删去‘遗簪’‘更衣’诸文”有异曲同工之妙，都是在重大问题上做出决定性的定论。

可能有人会认为“庚辰批”和“甲戌批”在这里发生碰撞是多此一举，那你就被误导了。《红楼梦》无闲笔。其实作者在这里巧妙地让两位批书人对一个无足轻重的小人物进行辩论，其目的是告诉我们此书的作者就是“庚辰批”的畸笏叟。我甚至怀疑这是作者自导自演的一出戏，因为《红楼梦》本身就有《脂砚斋重评石头记》，说明作者已经批过一次，第二次是再评。而这里恰恰是“庚辰批”对“甲戌批”的再次批注，所以我认为“庚辰批”和“甲戌批”本身就是一个作者。

这种两个批书人互相理论的场面，最有代表性的是《金瓶梅》。《金瓶梅》中，经常出现后批书人评论前批书人观点的情况。作者借鉴这种方式，目的是掩人耳目，让人误以为这两个批书人是完全不同的两个人，并且还误认为这两个批书人和作者之间没有关联。所以作者才会选择在一个无足轻重的小角色身上进行讨论，并且讨论的结果是没有任何实质性意义的。其实这是“欲盖弥彰”，属于一个障眼法。作者用这种拙劣的方法来“欺骗”读者，如果读者不用心，就很容易被作者给骗了。采用这种拙劣的手法，不是作者不用心，而是有意而为之，目的就是让读者能够发现其中的奥秘。

问：作者写贾琏把尤二姐一家安排住在“小花枝巷”有什么用意？

答：书中第六十四回，贾琏为了偷娶尤二姐，在宁荣街后二里远近小花枝巷内买定一所房子，共二十余间供尤氏一家居住。这个剧情被作者一笔带过，似乎没有什么特别之处。但仔细推理一下会发现，“小花枝巷”这个地名似乎有什么蹊跷。

书中第一回，姑苏的阊门城外有一条十里街，十里街中有个仁清巷，仁清巷内有个葫芦庙，甄士隐就居住在葫芦庙旁。对于“阊门”“十里街”“仁清巷”“葫芦庙”，作者用原文和批语指出分别影射“红尘中一二等富贵风流之地”“势利”“人情”“糊涂”。所以，书中有的地名从字面意思或读音上是有所影射的。

那么，“小花枝巷”又影射什么呢？我看到有其他版本是“小花巷”，而不是“小花枝巷”。但不管是“小花巷”，还是“小花枝巷”，从字面意思来看，就是在影射“花街柳巷”。“花街柳巷”的意思多指妓院。本来这个地点也没有什么特别的，住就住了。但问题是，尤三姐自杀身亡的地点恰恰就是在这“小花枝巷”里。以此类推，作者其实是在暗地里指出尤三姐自杀身亡的地点属于当地的“红灯区”，也就是妓院一条街。

书中第六十五回，兴儿谈论荣国府的时候说道：“一个是咱们姑太太的女儿，姓林，小名儿叫什么黛玉，面庞身段和三姨不差什么。”这里通过兴儿的描述，说明代玉和尤三姐非常相像。《红楼梦》一贯的写作手法就是借代法，也就是借一个人或一件事来影射另外一个人或一件事。所以这里作者就是通过尤三姐来影射代玉。尤三姐自杀身亡的地点在红灯区的“花街柳巷”，影射将来代玉死亡的地点也是这类地方。所以，被拐到风月场所的，不是妙玉，而是代玉。

问：作者有没有对书中多次提到的“风流”二字进行解释？

答：有。书中第一回，在描述甄士隐居住地点的时候，原文中是这样写的：“当日地陷东南，这东南一隅有处曰姑苏，有城曰阊门者，最是红尘中一二等富贵风流之地。”这里作者对“阊门”这个地点作了特别的说明“最是红尘中一二等富贵风流之地”。说明“阊门”这个地点是当地的红灯区，很多富家子弟都到这里嫖娼取乐、风流快活。“风流”这个词语的解释很多，有褒义，也有贬义。作者为了不混淆视听，在第一回就对这个词语进行了说明。所以，书中的“风流”具有色情的特点，形容男女间的放荡行为。

书中第三回，在描写代玉外貌特征的时候写道：“众人见黛玉年貌虽小，其举止言谈不俗，身体面庞虽怯弱不胜，却有一段自然的风流态度。”上面解释了“风流”这个词语在书中的意思，这里的“风流”二字就不难理解了。

问：如何解读贾雨村隐瞒甄英莲的身份？

答：贾雨村知道甄英莲的真实身份后，没有把实情告诉她和她的家人，而是把此事隐瞒了下来，并且还把知道真相的小沙弥也处理掉了。如果贾雨村不把甄英莲的身份说出来，那甄英莲的真实身份就会被一直隐瞒下去。我们分析一下作者为什么要这样写呢？甄士隐一家的故事，是整个《红楼梦》故事的缩写，里面的甄英莲和林黛玉是形成互相影射的。以此类推，甄英莲被拐，人生从此分为前后两个阶段，影射的是林黛玉也遭到了迫害，从此人生分为两个阶段。贾雨村隐瞒甄英莲身份一事，影射贾雨村同样隐瞒了代玉的真实身份。

问：如何理解“玉带林中挂”？

答：“玉带林”三个字，反过来就是“林黛玉”的谐音，这个大家都能够轻易地发现。但事实却没有这么简单，我们应该往更深的层面去思考。既然“玉带林”三个字反过来是“林黛玉”，那么作者是不是在告诉我们，对书中正面以“林黛玉”身份出场的这个人也要反过来看呢？贾瑞所看的“风月宝鉴”是读懂《红楼梦》一个非常关键的节点。脂砚斋评：“庚辰双行夹批：观者记之，不要看这书正面，方是会看。”在“风月宝鉴”里面，正面看是风流漂亮的王熙凤，反面却是一个骷髅立在里面。所以，结合“玉带林”三个字，反过是“林黛玉”这个提示，我们把生活在荣国府里面的那个“林黛玉”反过来看，她就不再是招人喜欢的美人，而是心如毒蝎的魔鬼。为什么要反过来看？不反过来看，就成“贾瑞”了，是寻死的节奏。

问：如何理解“钗黛合一”？

答：书中第四十二回中，脂砚斋有批语：“庚辰：钗玉名虽两个，人却一身，此幻笔也。今书至三十八回时已过三分之一有余，故写是回使二人合而为一。请看黛玉逝后宝钗之文字便知余言不谬矣。”对这个批语，一直争论不休，没有一个准确的答案能够让人信服。其实要理解“钗黛合一”这个概念也不难，大家把《金瓶梅》熟读一遍就知道了。《金瓶梅》第八十二回中，潘金莲与陈敬济正在偷情的时候，被春梅撞见。后春梅被潘金莲说动，配合潘金莲和陈敬济一起乱伦，自此“潘金莲便与春梅打成一家”。第八十三回，潘金莲思念陈敬济，春梅看出潘金莲的心思，答应帮潘金莲约会陈敬济，潘金莲非常高兴，说要谢谢春梅，这个时候，春梅说：“你和我是一个人。”在第八十五回，文禹门批注：“（春梅）已同金莲一体同心，是亦以金莲而已。”这里，薛宝钗发现代玉引用了淫词，同春梅发现潘金莲和陈敬济的苟且之事相吻合。春梅撞见潘金莲和陈敬济的苟且之事后，还配合潘金莲一起和陈敬济淫乱，然后就和潘金莲一体同心。对应的是，在薛宝钗戳破代玉引用淫词的同时，承认自己也看过那些不正经的书，后就“钗黛合一”。潘金莲死后，春梅就像是潘金莲的延续，所行之事和潘金莲无二，这个大家可以去仔细品读一下。《红楼梦》脂批中所说的“请看黛玉逝后宝钗之文字便知余言不谬矣”，这个大家可以从春梅和潘金莲的关系上来理解。

问：书中第三十九回，刘姥姥二进荣国府，在她给贾母等人讲故事的时候，正好遇到南院马棚里走了水。我们如何理解“走水”一词？

答：通常这个词语是失火的意思，但这个词语也有“走漏消息”的意思。《金瓶梅》书中第八十五回，春梅说：“在这屋就是走水的槽，单管屋里事儿往外学舌。”从春梅的话里面可以知道，这里的“走水”是指走漏消息的意思。所以刘姥姥二进荣国府就遇到荣国府南院马棚走水，所影射的是刘姥姥的到来将会泄露贾家的机密。后来，刘姥姥说喜欢大观园的风景，贾母就安排贾惜春把大观园给画下来。贾惜春没有这个能力画，薛宝钗就建议拿大观园的建造图纸出来照着画。所以，等贾惜春画好大观园的图后，荣国府大观园里面的建造机密就被泄露出去了。刘姥姥和代玉之间形成影射关系，刘姥姥的到来泄露了大观园的建造布局图，影射代玉的到来也同样造成贾家的机密被泄露。所以，她就是那个变成“林黛玉”的“小耗子”。有人提出疑问，说我推理巧姐嫁给板儿的时候，还在板儿家里面看到这幅大观园的画，怎么又说被泄露出去了？因为画好看，被很多人临摹了，满大街都在卖。刘姥姥说她要把画拿给老家的那些乡亲们看。

第四十一章　一问一答（下）

问：《红楼梦》第七十八回末尾和七十九回开头描写代玉躲在暗中偷听贾宝玉，作者为什么要这么写？

答：在这里，代玉的突然出现，把贾宝玉和身边的那个小丫鬟吓得不轻，小丫鬟甚至大叫："不好，有鬼。晴雯真来显魂了！"一个人躲在暗地里偷听，怎么说都不是一件光彩的事。作者为什么要这样写代玉？这个情节有没有出处？其实答案就在《金瓶梅》中。《金瓶梅》第七十三回，潘金莲躲在暗地里偷听西门庆与月娘及玉楼讲话，随后她却突然开口说话，把在场的玉楼吓得不轻，回头看见是潘金莲，便说道："这个六丫头，你在哪里来？单爱行鬼路儿。你从多咱走在我背后？"《红楼梦》里面代玉暗中偷听贾宝玉吓到小丫鬟，和《金瓶梅》中潘金莲偷听西门庆吓到玉楼，两个情节的描写非常相近，如出一辙。可见，《红楼梦》的作者其实是把代玉往潘金莲的方向去描写。

有人说《红楼梦》第七十六回中，妙玉也是偷听代玉和史湘云联诗。因为代玉和妙玉共用"林黛玉"的身份，所以她们两个在重要事情上会有重复。但她们两个之间的这种重复却有本质性的区别。就她们两个偷听这件事，都吓到了对方，但代玉把小丫鬟吓得大叫"有鬼"，而妙玉却没有这种效果。

问："凸碧山庄"和"凹晶溪馆"名字背后深意是什么？

答："凸碧山庄"和"凹晶溪馆"这两个地名本身并没有太多特别之处，但其本身最特别的地方就是为此命名的人是代玉。书中第七十六回，代玉对史湘云说过："实和你说罢，这两个字还是我拟的呢。因那年试宝玉，因他拟了几处，也有存的，也有删改的，也有尚未拟的。这是后来我们大家把这没有名色的也都拟出来了，注了出处，写了这房屋的坐落，一并带进去与大姐姐瞧了。他又带出来，命给舅舅瞧过。谁知舅舅倒喜欢起来，又说：'早知这样，那日该就叫他姊妹一并拟了，岂不有趣。'所以凡我拟的，一字不改都用了。"

本来代玉为这两个地方命名也没有什么特别的，文中无非就是在表现她有文化而已。但这里却有一个非常重要的信息被忽略了，就是代玉在这里暴露了自己作为卧底间谍的身份。代玉在没有告知，也没有得到贾政允许的情况下，将自己为大观园一些地点拟的名字直接送给贾元春审核。贾元春看了以后，又转给贾政定夺。由此可以看出，代玉有瞒着贾家人与皇宫里面的重要人物互通信息的行为。同时也表现出了她有想要攀高枝的意愿。晴雯为什么怒斥小红去攀王熙凤的高枝？原因就是在没有经过她允许的情况下，小红就私自去为王熙凤跑腿干活，属于越权行为。事实也正如晴雯想的一样，小红随后就被王熙凤相中，并委以重任，从此就乌鸡变凤凰，走向了事业的巅峰。代玉的行为就是属于典型的越级上报。还有，在贾政都不知情的情况下，代玉是让谁把她拟的名字带进去给贾元春看的？这只能说明，代玉与皇宫之间，存在着一条极其隐蔽的信息沟通渠道，她可以通过这条渠道把自己获取的一些情报汇报给皇宫里面的管理层。本来这条渠道是非常隐蔽的，不可能被别人轻易发现。但因为代玉和贾雨村一样，对功名利禄有着极其强烈的渴望，所以这次就利用这条渠道传送了她为大观园取的名字，从而想以此来讨好贾元春。也就是因为她这次的无脑行为，暴露了她作为间谍的身份和这条信息传送渠道。

再有，书中第十七回，贾政曾经对门客说过："我们今日且看看去，只管题了，若妥当便用；不妥时，然后将雨村请来，令他再拟。"说明为大观园拟名字的事，是贾雨村的工作。而代玉在这里却为贾雨村把这件事给做了，说明代玉和贾雨村之间存在着极其密切的关系。那他们两个的关系，是师生关系？还是父女关系？从二人都对功名利禄有着强烈的追求来看，他二人的关系属于父女。真正的林黛玉是不会看重这些名利的，人家她家里也不缺这些。

问：书中第七十八回，两个小丫鬟说晴雯之死的经过，谁说的是真？谁说的是假？真假之间揭示了什么道理？

答：在书中第七十八回，贾宝玉向两个小丫头打听晴雯之死的时候，其中一个说晴雯直着脖子叫了一夜的娘，第二天早起就闭了眼，住了口，世事不知，也出不得一声儿，只有倒气的分儿了。贾宝玉听了以后并不满意她的回答。另外一个小丫头在旁边看到贾宝玉不高兴后，说她亲自去看晴雯了，晴雯还拉着她的手说自己不是死，而是去做花神了。贾宝玉对第二个小丫头的回答非常满意，后来还以此作了一篇《芙蓉女儿诔》。那么，这两个小丫头谁说的是真话呢？原文中，作者直接点出第二个小丫头"一时诌不出来"，脂砚斋在这里有批语"今忽借此小女儿一篇无稽之谈"。可见，第一个说的是真话，第二个说的是假话。但贾宝玉不喜欢听第一个小丫头的话，却非常喜欢听第二个小丫头的话。作者在这里点明《红楼梦》小说的主旨：辨真假。人世间，人人都说自己喜欢听真话，但当听到真话的时候，又有多少人喜欢听呢？所以，现实生活中还是喜欢听假话的人比较多，就如贾宝玉。正应了作者所阐述的："假作真时真亦假，无为有处有还无。"假的被当作真的的时候，真的就被认为是假的了；不存在的事物被认为是存在的的时候，那么存在的事物就被认为不存在了。简单来说就是世人分不清是非，辨不明真假。

问：如何解读刘姥姥吃茄子？

答：书中第四十一回，王熙凤喂刘姥姥吃茄子，而刘姥姥一开始并没有吃出来是茄子。在王熙凤明说后，刘姥姥细细品了才发现确实有点茄子味。后来王熙凤把这道菜的做法详细地讲了一遍："你把才下来的茄子把皮籤了，只要净肉，切成碎钉子，用鸡油炸了，再用鸡脯子肉并香菌、新笋、蘑菇、五香腐干、各色干果子，都切成钉子，拿鸡汤煨干，将香油一收，外加糟油一拌，盛在瓷罐子里封严，要吃时拿出来，用炒的鸡瓜一拌就是。"从王熙凤的讲述中不难发现，这道菜虽然使用了茄子，但所加的配菜也是一大堆，茄子和其他配菜混在一起，让人很难分辨出其中是否有茄子。但如果有人讲明以后，再细细品味，就可以品出里面确实有茄子。《红楼梦》问世几百年来，有很多厨师试图把这道菜做出来。但等到做出来以后，发现这道菜其实并不好吃。由此可以看出，这道菜在现实生活中并不存在，而是作者诌出来的。那么作者为什么要诌出来这么一道菜呢？其用意是什么呢？

仔细来看这道菜，茄子虽然是这道菜的主菜，但里面的配菜并不少。这么多菜混在一起，再加上复杂的制作工序，使得茄子的味道在里面已经显得微不足道，甚至连吃了一辈子茄子的乡下人刘姥姥一开始也没有吃出里面有茄子的味道。由此可见，茄子在这道菜里面"隐藏"得非常之深。从这里我们看出，其实作者是想用这道菜来呼应前面《耗子精》的故事。那个小耗子变成"香玉"，混在"香芋"堆里，让人无法察觉出她的存在，以此来达到偷盗的目的。

另外，杜鹃鸟在把自己的蛋下在其他鸟窝里面的时候，也会把自己的蛋做伪装，乍一看是很难分辨出来的。但如果被点明以后，再经过仔细观察，是可以把杜鹃鸟蛋分辨出来的。这个道理和刘姥姥吃的这道茄子如出一辙。小耗子变成"香玉"也是一样，假的始终是假的，表面上看是差不多，但如果仔细认真地去分辨，自然还是可以分辨出真假来。

所以，作者在这里写一道不存在的菜，其实是在暗示读者要仔细分辨书中的真真假假，不要被表面的假象所蒙蔽，要像刘姥姥一样仔细品味，把藏在假象里面的真相找出来。

杜鹃鸟把自己的“子女”投放到其他鸟的窝里面，出生后的小杜鹃鸟对原生小鸟进行排挤和迫害。这个“鸠占鹊巢”的典故，影射了贾雨村用自己的女儿冒充真林黛玉混进荣国府，霸占了真林黛玉的身份和地位，还害得真林黛玉差点丢了性命。小杜鹃鸟出生后，对原生成年鸟进行无节制的索求，随时都是一副吃不饱的状态。这种现象和代玉的表现如出一辙。贾家人对代玉可谓是做到了无微不至，人人都对她忍让和包容，但她还到处散布“一年三百六十天，风刀霜剑严相逼”的言论，还得不得就生气、使性子。对于小杜鹃鸟的恶性，大家可以去浏览一些相关的视频，从中就可以更好地理解书中代玉的所作所为。

这里为什么会直接扯到代玉？大家仔细比较一下，刘姥姥吃的这道茄子，其加工、储存及食用的三个步骤，与妙玉给代玉吃的体己茶如出一辙。妙玉给代玉吃的茶，也是先采集梅花上的雪，然后再用一个罐子储存起来，想喝的时候拿出来煮开泡茶。还有，刘姥姥吃不出这道菜里面有茄子，而代玉同样喝不出妙玉泡茶用的是什么水。刘姥姥和代玉两人，需要别人指点后，才知道里面的奥秘。作者如此安排刘姥姥和代玉之间存在这些共同点，就是在暗示刘姥姥这个人物是代玉的一个面。写刘姥姥，就是在写代玉。刘姥姥代表了代玉的身世和来荣国府的目的：是荣国府的一个连宗亲戚、家里面很穷、身份地位低微、顶替别人来到荣国府、奔着荣国府的荣华富贵而来等等。

问：五儿故事背后的秘密？

答：五儿这个角色在书中虽然写得很精彩，但如果不思考其背后的意义，这个角色可以说是可有可无。那么，作者为什么写五儿呢？

柳五儿是柳嫂子之女，十六岁，她虽是厨役之女，书中形容她生得人物与平、袭、鸳、紫相类，说她相貌与平儿、鸳鸯、袭人、紫鹃等人一样漂亮。因她排行第五，便叫她五儿。五儿和宝玉的丫鬟芳官是好朋友，芳官把宝玉喝剩的玫瑰露给了她，因母亲不慎得罪了司棋等人，被冠以偷窃的贼名。幸亏平儿相助，她们母女的冤情得以洗清。书中描写：“原来柳家的有个女孩儿，今年十六岁，柳嫂子之女，虽是厨役之女，却生得人物与平、袭、鸳、紫相类。因他排行第五，便叫他五儿。只是素有弱疾，故没得差使。近因柳家的见宝玉房中丫鬟，差轻人多，且又闻宝玉将来都要放他们，故如今要送到那里去应名。”

五儿和她母亲看到贾宝玉房中差轻人多，所以想把五儿送进怡红院里面当差。但五儿和她母亲没有通过正规途径办理入职手续，而是暗地里通过芳官走后门。也就是说，五儿想进入怡红院，走的旁门左道。也就是因为她们没有走正规程序，最终害得五儿丢了性命，曾经的幻想也随之破灭。五儿的死，根本原因是她和她母亲不甘忍受贫穷，想追求荣华富贵，又不愿意努力拼搏，只想通过投机取巧，采用旁门左道的方法来达到目的。结果可想而知。

不走正道，而走旁门左道的，还有一个人物，就是代玉。她当时第一次进荣国府的时候，走的就是旁门左道。她进入荣国府也是为了荣华富贵。在人物描写上，五儿和代玉有部分相似之处。例如两人的身体都“怯弱有病”，同样是“心内又气又委屈，竟无处可诉”，常常会“呜呜咽咽直哭一夜”。再有，柳五儿是她母亲要送她去怡红院里面当差，她自己本身也愿意去。晴雯本是赖嬷嬷家的丫鬟，后来因为贾母喜欢，赖嬷嬷就把晴雯孝敬给了贾母使唤，后来又到了宝玉房里。代玉同样也是由贾雨村亲自护送进入荣国府的。因为相似，所以代玉和五儿的命运也会有类似之处。五儿因为一场乌龙，被冤枉是偷玫瑰露的贼，最终经受不住打击郁郁而终。柳五儿被冤枉又与晴雯被冤枉相似，以“晴为黛影”为线索，预示代玉日后在贾府将会深陷被“造谣诟谇”的境地。我推测后期在宝代钗情感的关键时期，坠儿出面指认代玉偷了平儿的手镯。代玉为了向贾宝玉说明情况以证清白，就写信约贾宝玉到花园中相会。这封信恰巧被薛蟠看见，他就冒充贾宝玉去和代玉约会，最后害得代玉被拐卖到了风月场所。因为之前紫鹃说过代玉要回老家一事，所以众人就以为代玉私自回老家去了。说代玉回老家的事，估计是薛宝钗编的，之前她就胡编过金钏落井一事。

另外，从五儿身上，还可以解开另外一个人身上的秘密，那个人就是小红。很多人疑惑小红为什么从事那么低微的工作？当时王熙凤向贾宝玉要小红的时候，贾宝玉很爽快就答应了，说明小红在怡红院里面并没有什么专职工作，属于一个打杂的临时工。这从秋纹等人安排给她的工作中也可以看出来。小红没有像样的工作，其原因和五儿一样，有更重要的工作等着她去做。五儿是准备进怡红院，小红是准备做林黛玉的首席大丫鬟。所以小红就和五儿一样，暂时没有安排正式工作。

问：如何理解贾元春在皇宫里面的生活状况？

答：贾元春在皇宫里面的生活状况在书中并没有明写，但我们可以根据贾迎春的遭遇来理解。贾迎春在男方家里面的生活状况，就是贾元春在皇宫里面的生活状况。表面上看是一桩非常好的婚姻，门当户对，郎才女貌。但实际状况却非常糟糕，贾迎春生活得并不开心，更谈不上幸福，甚至后来还为此丢了性命。

贾赦为了自己个人的利益，不惜牺牲贾迎春的幸福，把贾迎春嫁给中山狼孙绍祖。当初贾家把贾元春送进皇宫，同样也是以牺牲贾元春的幸福来换取贾家的利益。从这里我们就可以更好地理解贾母所吃的那道“没见天日的牛乳蒸羊羔”的滋补大餐了。

问：解读香菱在夏金桂娶到家以后的命运？

答：香菱被薛蟠买了以后，做了薛蟠的小妾。在这段时间里，算得上是香菱最幸福的时光了。香菱是薛蟠用相当于娶正妻的规格娶回家的，书中第十六回是这样描写：“（薛姨妈）故此摆酒请客的费事，明堂正道的与他（薛蟠）作了妾。”可见，香菱是薛蟠以非常隆重，并且是“明堂正道”娶为妻子的。当时薛蟠还没有正妻，香菱虽然只是一个小妾，却履行着薛蟠正妻的责任。所以当薛蟠娶了夏金桂后，香菱曾发出“自己身上分去责任”的感慨。当薛蟠娶了夏金桂后，我们可以理解为香菱的“正妻”地位被夏金桂顶替了。香菱不但失去了之前“正妻”的位置，地位甚至还不如丫鬟宝蟾，名字也被改为秋菱。也就是说，当夏金桂被娶进家后，香菱失去了之前所有的利益，自己的生命安全还受到威胁。香菱影射的是“林黛玉”，也就是代玉和妙玉。妙玉的身份、地位和香菱一样被代玉顶替后，从此失去了自己的地位，生命安全还受到极大的威胁。代玉也一样，后期她嫁给贾宝玉的机会被薛宝钗霸占后，她还被拐卖到了烟花柳巷，可谓是失去了所有，生命更是岌岌可危。

夏金桂为了陷害香菱，自导自演了一出戏。书中第八十回写道：“忽又从金桂的枕头内抖出纸人来，上面写着金桂的年庚八字，有五根针钉在心窝并四肢骨节等处。”作者在描写此情节的时候，很明显在暗示这是夏金桂自导自演的，其目的就是陷害香菱。薛蟠果然中计，抓起一根门闩就要打香菱。作者在这里如此描写，其用意非常明显，就是在点明马道婆的伎俩是子虚乌有，并非真有其事，这种手法是不能害人的。相信这种手法能害人的人，就如同薛蟠一般愚蠢、呆笨。作者担心读者不能理解，后面又安排王一贴出场。当时明面上说王一贴没有真材实料的膏药，暗地里是在指出马道婆也没有用纸符害人的本事。就如王一贴所说：“我有真药，我还吃了作神仙呢。有真的，跑到这里来混？”作者为什么要写王一贴这个小人物，其实作用就在这里。香菱被夏金桂诬陷为要害她的人，影射将来代玉和妙玉也同样被人诬陷。

说到夏金桂给香菱改名为秋菱一事，夏金桂的目的主要有两个：一是向薛家人发起挑战；二是树立自己在薛家的权威。香菱这个名字是薛宝钗取的。为家里面的下人取名是主子的权利，夏金桂为了向薛家宣示主权，所以把薛宝钗为香菱取的名字改为秋菱。另外，夏金桂认为自己是桂花，桂花的香味媲美兰花的香味，所以不允许其他人再用“香”字，这是宣示主权的表现。代玉同样把鹦哥的名字改为紫鹃。

问：如何理解书中第十九回“耗子精”故事末尾的那两条脂批？

答：在书中第十九回，当贾宝玉讲完“耗子精”的故事后，脂砚斋有两条批语，一条是：“庚辰双行夹批：前有‘试才题对额’，故紧接此一篇无稽乱话，前无则可，此无则不可，盖前系宝玉之懒为者，此系宝玉不得不为者。世人诽谤无碍，奖誉不必。”紧接着在代玉和贾宝玉打闹时，又有一条脂批“庚辰眉批：‘玉生香’是要与‘小恙梨香院’对看，愈觉生动活泼，且前以黛玉后以宝钗，特犯不犯，好看煞！丁亥春。笏叟。”

在第一条批语中，作者说得很明确，前面贾元春“试才题对额”那段虽然重要，但和“耗子精”的故事比起来，那段就显得可有可无了。说明“耗子精”的故事情节对于整部书来说是非常重要的，甚至比贾元春“试才题对额”那段还重要。前面贾元春“试才题对额”的时候，贾宝玉因为偷懒不想作，但在“耗子精”的故事里，贾宝玉已经到了不得不做的程度。就算后人要诋毁这段情节也不会动摇它对整部书的影响，但也没有必要赞誉这段情节，只需好好领悟其中的意义即可。

那么，这段“耗子精”的故事情节对整部书有什么作用呢？在第二段脂批中，作者说“‘玉生香’是要与‘小恙梨香院’对看。”“小恙梨香院”是在书中第八回，当时薛宝钗在梨香院里面养病，贾宝玉去找薛宝钗玩，因此引出“金玉良缘”的话题。这里重点是薛宝钗脖子上戴着的“金锁”，说是一个癞头和尚送的。贾宝玉和薛宝钗见面，薛宝钗看了贾宝玉的通灵宝玉，然后提醒自己的丫鬟莺儿引出自己的“金锁”，并提示贾宝玉通灵宝玉和“金锁”是一对。这段文字只要细细地读，其实可以非常明显地感觉出，是薛宝钗故意要在贾宝玉面前显露自己有一个和贾宝玉的通灵宝玉配成对的“金锁”。如果通灵宝玉和“金锁”配成了一对，那自然就是在暗示贾宝玉和薛宝钗是天生的一对夫妻。但这里我们要明白一个事实，通灵宝玉是贾宝玉落草时衔下来的，属于纯天然的“A 货”。而薛宝钗的“金锁”到底是怎么来的，那只有薛家才知道了。不过在书中第三十四回，薛蟠对薛宝钗说：“好妹妹，你不用和我闹，我早知道你的心了。从先妈和我说，你这金要拣有玉的才可正配，你留了心，见宝玉有那劳什骨子，你自然如今行动护着他。”从薛蟠的话中可以感觉出薛宝钗是有意要嫁贾宝玉，所以弄出个“金锁”来和贾宝玉的通灵宝玉配对。由此可见，薛宝钗的“金锁”是人为制造的，不是天然的，属于“D 货”。普及一个知识：在翡翠行业，纯天然的叫“A 货”，把“A 货”进行酸洗除杂质的叫“B 货”，人工注色进去的叫“C 货”，又洗又注色的叫“B+C”，用其他材质来冒充的叫“D 货”，如用玻璃或者树脂等材料来冒充天然翡翠的就属于“D 货”。薛宝钗的“金锁”明显不属于天然生成的，是人工打造出来的。薛宝钗想凭借人工打造的“金锁”来和贾宝玉天然的通灵宝玉配对，所以她的那个“金锁”属于“D货”，也就是假货。不但“金锁”是假的，估计那个癞头和尚也是薛家编造出来的。所以薛宝钗的“金锁”，是一个彻头彻尾的虚假故事，用一个人造的“假金锁”来冒充天然的“真金锁”，其目的就是想以此来接近贾宝玉，从而达到“金玉良缘”的愿望。（注：“A货”翡翠只代表是天然的，不代表是高档的。就好比一辆车是汽车，但不一定是高档汽车。“A、B、C、D”不代表品质的高低，只代表真假。只有“A货”是真的，其他的都是假的。）

根据这两条脂批，作者一方面告诉我们“耗子精”的故事非常重要，另一方面要我们结合“小恙梨香院”的情节来一起理解。作者这样暗示我们，其目的已经非常明确，这两段情节都是在说以假乱真这个问题。“小恙梨香院”中，薛宝钗伪造“金锁”来配贾宝玉的通灵宝玉，其本质就是想以假乱真。而在“耗子精”的故事中，代玉同样变化成真林黛玉去进行偷窃，还是以假乱真。

在这里，其实作者已经在暗地里铺写“钗黛合一”了。

问：贾琏和代玉是什么时候到达的扬州？

答：是秦可卿去世的当天。书中第十三回，王熙凤“屈指算行程该到何处”。脂砚斋在此有一句批语：“甲戌侧批：所谓‘计程今日到梁州’是也。”

唐宪宗元和四年（公元809年），元稹出任监察御史，奉命巡查东川。白居易在长安城外的长亭为元稹送行，两人把酒话别，互道珍重，相约来年再见。送走元稹后，白居易心情低落，心里空落落的，仿佛丢失了什么珍贵的宝物。白居易每日都在计算元稹的路程，希望好友能早日到达东川，给自己寄信报平安。

为了缓解好友离别的愁绪，白居易决定到曲江慈恩寺游历、散心，途中恰巧遇见一起出来春游的弟弟白行简和同僚李杓直，于是三人结伴同行，一直玩到兴尽而归。李杓直邀请白氏兄弟到家中饮酒，两人欣然前往。三人在花下同饮，折花枝作酒筹，吟咏唱和，沉醉其中，不能自拔。

轮到白居易作诗时，他忽然想起远行的好友元稹，心中不免有些失落。通过推算路程，预计此刻好友已经走到梁州了，但不知道他现在在做什么？于是即景抒情写下一首《同李十一醉忆元九》，忆念好友元稹：

花时同醉破春愁，醉折花枝作酒筹。
忽忆故人天际去，计程今日到梁州。

唐朝时期有以家族排行称呼好友的习俗，所以诗题中的“李十一”即李杓直，而

“元九”就是元稹。

诗歌大意：花开时我们都通过醉酒来排遣春日的愁绪，醉酒后将花枝当作行酒令的筹码。突然间想到老友登程远去他乡，屈指算来，估计你今天的行程该到梁州了。

这首诗以其独特的情感深度和朴素的语言风格，展示了白居易与元稹之间深厚的友情。诗人与好友不仅仅是在饮酒，更是在用这种方式，加深彼此的情谊，让友情在醉意中得以升华。这种朴素直白的表达方式，更显得诗人情感的真挚和深沉。

巧合的是，当白居易写下这首《同李十一醉忆元九》诗时，元稹的确刚到梁州，而且写了一首《梁州梦》：

梦君同绕曲江头，也向慈恩院院游。

亭吏呼人排去马，忽惊身在古梁州。

元稹在这首诗的注释中说：“是夜宿汉川驿，梦与杓直、乐天同游曲江，兼入慈恩寺诸院，倏然而寤，则递乘及阶，邮吏已传呼报晓矣。”

白居易诗中所写之事竟与元稹写的梦境两相吻合，这的确有些匪夷所思，颇具传奇色彩。

我们再把两人的诗合起来看：一个写于长安，一个写于梁州；一个写居者之忆，一个写行人之思；一个写真事，一个写梦境，两诗写于同一天，又用的是同一韵，天下竟有如此巧合之事，真的是令人意想不到。这从一定程度上也间接印证了元稹、白居易之间的心有灵犀。

《红楼梦》的作者在王熙凤推算贾琏行程的这个地方，引用了白居易和元稹的这个典故。其用意就是在暗示书中的王熙凤和贾琏，与白居易和元稹一样，这方在推算对方的行程，而对方却恰恰就在当天到达了目的地。而王熙凤推算贾琏行程的当晚，秦可卿就去世了。所以，贾琏和代玉就是在秦可卿去世的当天到达扬州。

在秦可卿去世后，王熙凤开始协理宁国府。在王熙凤协理宁国府期间，贾琏的小厮昭儿回来了，并告诉王熙凤林如海去世的时间。由此可以说明，昭儿绝对是和贾琏一起去到扬州后又返回来的。昭儿就算第二天从扬州返回，到了荣国府，秦可卿四十九天的停灵时间还没有结束。说明昭儿从扬州回到荣国府，行程绝对不会超过四十九天，估计也就是三十天左右。昭儿三十天能够从扬州回到荣国府，林如海的书信为什么最少要四个月才到达？

其实，作者辛辛苦苦把时间线掐得这么紧，无非就是要说明林如海和贾家之间的信息沟通确实是受到了限制，所以林如海的书信在其死后才到达荣国府。能限制林家和贾家之间信息来往沟通的，绝对不是一般人，只能是朝廷的最高层。

问：妙玉说代玉是个“大俗人”，其中有什么秘密？

答：《荀子·儒效》中说“俗人”是：“不学问，无正义，以富利为隆，是俗人者也。”可见，“俗人”有三个特征：一个是没有知识文化，另一个是没有正义感，再一个是以追求荣华富贵为最终目标。妙玉说代玉是“大俗人”，那么代玉符合这三个特征里面的哪几个呢？首先，代玉的文化水平很高，所以她不符合第一条“不学问”。第二条“无正义”，代玉是否有正义感呢？我认为她没有。代玉是否有正义感，我后面说。前两条她都不符合，那就只剩下最后一条。利用排除法，代玉要符合一个“俗人”的标准，那她就只能是一个以追求荣华富贵为最终目标的人。对此我已经证明过很多次，代玉对追求荣华富贵和贾雨村一样，有着强烈的欲望。

可见，对于“俗人”的三个特征，代玉都占全了。虽然她有较高的文化水平，但却使用禁书中的淫词艳曲来对牙牌令，还不如一个乡下老农刘姥姥。代玉霸占妙玉的身份地位，在荣国府过着锦衣玉食的生活，享受着荣华富贵。但她还心安理得，毫无羞耻之心，觉得是自己应得的。所以，代玉何来正义感？

能占一条即为“俗人”，代玉三条都占全了，所以怪不得妙玉称她为“大俗人”。她不但是“俗人”，而且还是“大俗人”。

问：如何解读贾宝玉为代玉配的药方？

答：书中第二十八回，贾宝玉向王夫人要三百六十两银子给代玉配药。贾宝玉所配的药方是：头胎紫河车，人形带叶参，三百六十两不足龟，大何首乌，千年松根茯苓胆。还有一味主药是古墓里面死人身上戴着的珍珠宝石。

这里的“三百六十两不足龟大何首乌”读起来十分费解，其断句不同，意思也截然不同。由红楼梦研究所勘校，人民文学出版社出版的《红楼梦》版本断句为“人形带叶参，三百六十两不足龟，大何首乌”。而有的《红楼梦》版本则断句为“三百六十两不足，龟大何首乌”以及“人形带叶参三百六十两还不够，龟大的何首乌”，还有“人形带叶参，三百六十两也不足，龟大何首乌”。查阅各抄本刻本情况，在这里也都是存在这个问题。

通过文本比较可以发现，“三百六十两不足龟大何首乌”是最接近母本的状态，后面各抄本抄到这里，都试图通过断句来寻找一个更合理的内容，所以才造成这样的现象。那到底怎么断句才符合作者原著的本意呢？

要分析这个问题，就必须看一下贾宝玉给代玉配的这个药方里面没有争议的是些什么药，这些药又有什么特点。

第一味药是“头胎紫河车”，指的是妇女第一胎生产时婴儿的胎盘。第二味药是“人形带叶参”，指的是形状像人一样，连带着叶子的人参。下一个是“何首乌”，这个好理解。“千年松根茯苓胆”，有版本解读为“千年松根”和“茯苓胆”两种，但我认为其实只是一种，就是千年松根上结出的茯苓胆。最后一味药是古墓里面死人身上戴着的珍珠宝石。仔细分析以上几味药的特点，其中都有一个共性，那就是都与人体组织有关。“头胎紫河车”不用说，胎盘本身就属于人体组织的一部分。“人形带叶参”虽然不是指人，但其名称中带有“人形”的字样。“何首乌”中的“首”字，有指人或动物头颅的意思。“千年松根茯苓胆”中的“胆”字，有指人或动物内脏肝胆的意思。这就是我不支持把“千年松根茯苓胆”分开断句的理由。如果分成“千年松根”和“茯苓胆”两种，其中“千年松根”指的就是植物，与人或动物的器官无关。至于古墓里面死人身上戴着的珍珠宝石这味药，与人体器官或组织更是密不可分。珍珠宝石在随死人下葬以后，经过长时间与死人接触，珍珠和宝石就会被血水浸染而留下沁色。所以还是与人体组织分不开。“龟”属于动物，大小不定，有的很大，有的很小。如果断句为“龟大何首乌”，那么到底是有多大？所以，我认为应该断句为“三百六十两不足龟”。

乌龟本有四只脚。而“不足龟”的意思就是乌龟的脚不正常，不够四只，最有可能是三只。书中对只有三只脚的乌龟是否有描写呢？答案是：有的。在书中第三回开头写道：“却说雨村忙回头看时，不是别人，乃是当日同僚一案参革的号张如圭。”甲戌侧批：“盖言如鬼如蜮也，亦非正人正言。”其中的“蜮”就是有三只脚形似乌龟的魔兽。“蜮”的口中生有一条横肉形状呈弓弩形，生活在南方水中。听到有人在岸上或水上经过，就口含沙粒射人或射人的影子，被射中的就要生疮，被射中影子的也要生病，所以又叫它“射工”或“射影”。并有一种说法是它“以气射人影，随所着处发疮，不治则杀人”。脂砚斋批的“盖言如鬼如蜮也，亦非正人正言”这句批语，表面上似乎说的是张如圭，但作者又补充道“亦非正人正言”，所以这里“如鬼如蜮”的人不是张如圭，而是贾雨村。

由此可见，书中确实描述了“三足龟”这种魔兽。所以贾宝玉给代玉配的药里面，这句“人形带叶参三百六十两不足龟大何首乌”正确的断句是“人形带叶参，三百六十两不足龟，大何首乌”。《红楼梦》书中描写一个人有“不足”表现的，众所周知就是代玉。在第三回，代玉第一次进贾府时，书中描写：“众人见黛玉年貌虽小，其举止言谈不俗，身体面庞虽怯弱不胜，却有一段自然的风流态度，便知他有不足之症。”所以，作者在贾宝玉为代玉配药这里暗示代玉是一只“三足龟”，说明她和前面的贾雨村是同类，并且是父女关系。

贾宝玉配的这副药，与薛宝钗的“冷香丸”遥相呼应。从“冷香丸”的配料表中可以看出，里面的每一味药虽然比较难以收集，但都是绿色食品。而贾宝玉配的这副药，可谓是血腥至极，令人作呕。这副药是贾宝玉指名道姓给代玉专门配的，那么代玉是否服用过这副药呢？我认为服用过。书中描述，在贾宝玉说完后，代玉“坐在宝钗身后抿着嘴笑，用手指头在脸上画着羞他”。如果代玉事先不知道此药，这里她为什么会有这么大的反应？为什么要害羞？只有她事先知道并且吃过这副药，所以她才会害羞。而书中真正配成这副药的人是薛蟠。所以代玉吃的这副药，是薛蟠配给她的。我说薛蟠与代玉暗中有来往，证据就出在这里。

贾宝玉配的这副药里面，其他几味药都与人体组织分不开，那这个“三百六十两不足龟”和人有什么关系？通过上面的分析可以知道，贾雨村是“蜮”，有三只脚。这里说的“三百六十两不足龟”指的就是贾雨村本人。作者通过这味药，指明只有贾雨村知道代玉的真实身份。如果贾雨村出现，愿意指出代玉的真实身份，那么代玉的“病”就装不下去，自然就好了。所以，这味药还是与人有关。

这里再补充一下“人形带叶参”这味药。如果用画画的方式把这味药画的形状画下来，首先是一个人的形状，然后有一个植物叶子形状的部分。这二者之间，肯定有枝干把它们连接起来。枝干一般都是圆的，类似于一根圆管。这幅图画，如果让一个妇产科的医生看到，不知道她会联想到什么？所有婴儿出生的时候，婴儿就是人形，胎盘就是叶子，脐带就是用来连接的“枝干”。（读到这里，希望你身边能够有一个垃圾桶）代玉连千年古尸身上的珍珠宝石都吃，那么吃一个刚出生的婴儿，也就不足为奇了。夏金桂吃骨头，代玉吃骨髓和婴儿的胎盘，薛蟠要给夏金桂弄活人脑子吃，这些都是证据。

问：晴雯死了吗？

答：书中第七十八回，贾宝玉通过两个小丫鬟的描述，知道晴雯在他离开的当天夜里死了。但我还是要问：晴雯是否真的死了？

回顾书中第七十八回，当时有两个小丫鬟给贾宝玉讲述了晴雯的事。从这两个小丫鬟的讲述中，我们可以非常明显地看出第一个小丫鬟讲的是真话，第二个小丫鬟讲的是假话。就因为第一个小丫鬟讲了真话，所以贾宝玉不喜欢听。第二个小丫鬟看见贾宝玉不喜欢听真话，就胡诌了一篇假话给贾宝玉听。贾宝玉听了第二个小丫鬟的话，非常受用，甚至还有些许高兴，书中是这样描写的：“宝玉听了这话，不但不为怪，亦且去悲而生喜。”作者在这里点出《石头记》书中的主要价值观，那就是：世人都喜欢听假话，而不喜欢听真话。

为什么第二个小丫鬟说的是假话？这个书中是明确提示的。因为原文比较长，我不方便全部摘抄下来，大家可以去看看原著。这里我提几个重点，首先书中描写第二个小丫鬟看到贾宝玉不喜欢第一个小丫鬟讲的经过时，书中描写她：“旁边那一个小丫头最伶俐，听宝玉如此说，便上来说：‘真个他糊涂。’又向宝玉道：‘不但我听得真切，我还亲自偷着看去的。’”第一个小丫鬟已经说了，当时袭人只打发了宋妈一个人去看晴雯，并没有安排她去。她也为此做过解释，说晴雯平时对她们有多么多么的好，所以她几乎是“冒死”去看晴雯。晴雯平时对小丫鬟们真的有那么好吗？大家是否还记得晴雯是如何不问青红皂白打骂坠儿的？晴雯当时没有弄清楚事情的真相就“向枕边取了一丈青，向他手上乱戳”。还有，当王夫人要赶走晴雯的时候，曾经说过：“上次我们跟了老太太进园逛去，有一个水蛇腰，削肩膀，眉眼又有些像你林妹妹的，正在那里骂小丫头。”由此可见，晴雯平时对待下面的小丫鬟并不好。而这个小丫鬟此时为了讨好贾宝玉，所以违心地说晴雯平时对她们有多好多好，她宁可死也要去看望晴雯。甚至说晴雯当时不愿意和任何人说话，看到她时，只把心里话对她一个人说。这些胡诌的话，明显地可以感觉出她是在说谎。再有，贾宝玉问她晴雯是做什么花神，书中写道：“这丫头听了，一时诌不出来。”“诌”就是说谎的意思。

我说了这么多，就是要证明在这两个小丫鬟中，第一个说的是真话，第二个说的是假话。

有了这个证据，再来看这两个小丫鬟对晴雯的死说过什么话？第一个小丫鬟说：“回来说晴雯姐姐直着脖子叫了一夜，今日早起就闭了眼，住了口，世事不知，也出不得一声儿，只有倒气的分儿了。”由此可知，当时晴雯只是濒临死亡，但还没有死。而第二个小丫鬟说晴雯：“果然是未正二刻他咽了气。”说明晴雯确实死了。从前面得出的结论可知，第一个小丫鬟说的是真话，而第二个小丫鬟说的是假话，说明当时晴雯并没有死。

写晴雯已死的情节，书中在描写晴雯的哥嫂到荣国府找王夫人要发送例银时写道：“谁知他哥嫂见他一咽气便回了进去，希图早些得几两发送例银。王夫人闻知，便命赏了十两烧埋银子。又命：‘即刻送到外头焚化了罢。女儿痨死的，断不可留！’他哥嫂听了这话，一面得银，一面就雇了人来入殓，抬往城外化人场上去了。剩的衣履簪环，约有三四百金之数，他兄嫂自收了为后日之计。二人将门锁上，一同送殡去未回。”这里作者描写了晴雯哥嫂当时为了得到银两那种急切的心理，写道“谁知他哥嫂见他一咽气便回了进去，希图早些得几两发送例银”。这里晴雯的哥嫂因为太想要钱，为了得到发送例银，有可能没有核实晴雯是否真的死了。虽然晴雯被入殓，并被抬往城外化人场上去了，但不排除中途晴雯死而复生的可能性。书中后来没有写晴雯被火化后是否安葬，所以这就为晴雯是否真的死了埋下伏笔。

如果晴雯的哥嫂在中途发现晴雯没有死，而他们两个又先去向王夫人讨要了发送例银，那他们是绝对不敢将此事公开的。为了隐瞒此事，晴雯的哥嫂可能只得将晴雯安顿到其他地方养病，并占有了晴雯的三四百金及王夫人给的发送例银。至于晴雯，经次一难，也断绝了与贾府的联系，从此开启自己的新生活。书中当时为什么描写晴雯死后有三四百金？其实就是为晴雯哥嫂图利埋下伏笔。

那么，书中对此是否有伏笔呢？有的。在第六十九回，王熙凤命旺儿去追杀张华父子。旺儿不敢杀人，但又怕得罪王熙凤。所以旺儿只是出去躲了几天，回来的时候告诉王熙凤说张华父子在半路上被强盗杀死了。旺儿隐瞒了张华父子生死的实情，说张华父子已死，但其实张华父子并没有死。当时王熙凤没有亲眼见到张华父子是否真的死了，只得由旺儿一个人说了算。而在晴雯这里也是一样，除了晴雯哥嫂以外，再没有人知道晴雯是否真的死了。晴雯的生与死，完全是晴雯的哥嫂说了算。也不排除一种可能，晴雯知道王夫人不会放过自己，所以安排自己的哥嫂去谎报说自己死了，然后自己再到其他地方养病。毕竟书中当时写晴雯得的也不是什么大病，身边还有那么多钱，不可能就这样病死了。她和贾宝玉互换衣服的时候，就已经想好要把贾宝玉的衣服留作纪念了。

通过这个推理，再来看书中第一回的《好了歌》，里面有这么一句：“如何两鬓又成霜？”脂砚斋批：“黛玉、晴雯一干人。”在这里，很多读者不理解，既然晴雯已经死了，为什么又说她“两鬓又成霜”？晴雯死的时候头发并没有白，这里为什么要说她头发白了呢？一些读者认为是作者写错了。书是作者写的，不是我们自己写的，我们只能通过作者写的书去进行推理。不能在推理不通的时候，就说是作者写错了。所以，种种迹象表明，晴雯当时并没有死，后来随着年龄增长和思念之情，所以头发才白了。

推理了这么多，那么作者到底要说明什么问题呢？根据“晴为黛影”的提示，其实作者是在为代玉的结局埋下伏笔。

代玉后来被薛蟠所害，并被卖到了烟花柳巷之地。贾府的所有人，包括贾宝玉在内，都以为代玉坐船回老家去的途中发生事故，人已经死了，但她其实并没有死。代玉坐船回老家的推理，来源于紫鹃哄骗贾宝玉说代玉要回老家的那段剧情。当时贾宝玉头脑不清醒，看到有艘船模，以为是来接代玉回家的船。根据代玉“留得残荷听雨声”的诗进行推理，代玉虽然被薛蟠伙同外面的强盗卖到了烟花柳巷，但她并没有死，也没有对生活失去希望，而是以这样的身份一直活下去，甚至后来连头发都白了。

根据前面的分析可知，第二个小丫鬟对贾宝玉说晴雯对待自己非常好，是她自己的一厢情愿，不属实，是假话。由“晴为黛影”进行推理，紫鹃说代玉对自己比对雪雁好，也是她自己的一厢情愿，并不属实。

问：书中第七十五回，描写中秋之夜的时候写道：“那天将有三更时分，贾珍酒已八分。大家正添衣饮茶，换盏更酌之际，忽听那边墙下有人长叹之声。大家明明听见，都悚然疑畏起来。”对此该如何解读？

答：参考书中第七十三回，当时：“赵姨娘和贾政说话，忽听外面一声响，不知何物。忙问时，原来是外间窗屉不曾扣好，塌了屈戍了吊下来。赵姨娘骂了丫头几句，自己带领丫鬟上好，方进来打发贾政安歇。”接下来书中描写赵姨娘房内的丫鬟小鹊跑去通知贾宝玉，她说：“我来告诉你一个信儿。方才我们奶奶这般如此在老爷前说了。你仔细明儿老爷问你话。”由此可知，当时贾政和赵姨娘说话时，外面发出的声音是小鹊在偷听时无意中弄出来的。从这里推断，当时贾珍他们听到的叹息之声，不是什么闹鬼事件，而是真的有人在那里。这个人既然出现在贾家的祠堂里面，并且发出叹息之声，说明此人非常关心贾家的前途和命运，同时也对贾珍等人没有危机意识而感到忧虑和痛惜。那么，此人是谁呢？

发出叹息的这个人，在三更半夜时分出现在贾家祠堂，并且不出来和贾家的人相见，说明此人是贾家的人，但他不愿意暴露自己的身份。贾家有宁国府和荣国府两府，如果此人是这两府中生活的人，那他没有必要躲躲藏藏，大可光明正大的到自家祠堂进行祭奠。所以，这个人并没有生活在宁国府和荣国府。

说到此人，我们不要忘记有这么一个人，他就是清虚观里面的张道士。张道士是第二代荣国公贾代善的替身，这个是书中明确写到的。张道士既然是荣国公的替身，说明他和荣国公的年龄、长相是相近的。张道士既然还活着，那荣国公也有可能还活着。既然荣国公还活着，贾珍、贾赦和贾政他们为什么不知道？张道士曾经说过：“当日国公爷的模样儿，爷们一辈的不用说，自然没赶上，大约连大老爷、二老爷也记不清楚了。”由此可见，作者已经想到了这个漏洞，所以从张道士口中说出原因。

如果张道士真是荣国公在世，那么再回过去看张道士的地位就很好理解了。书中写道：“贾珍知道这张道士虽然是当日荣国府国公的替身，曾经先皇御口亲呼为‘大幻仙人’，如今现掌‘道录司’印，又是当今封为‘终了真人’，现今王公藩镇都称他为‘神仙’，所以不敢轻慢。”张道士无论怎么说，都只是荣国公的一个替身。一个替身都有这么高的身份地位，如果荣国公本人还在世，那他应该有多高的身份地位？“功高盖主，鸟尽弓藏”，贾家既然能够成为“八公之首”，自然明白这些道理。为了消除与皇帝之间的这个矛盾，荣国公只得选择将自己雪藏。所以，答案只有一个，当年死的是荣国公的替身，荣国公本人还活着，现在的张道士就是荣国公本人。

张道士为什么是荣国公本人？荣国公为什么要出家做道士？这里隐藏了《石头记》里面的一大秘密。贾家功高盖主，势力太大，如果不自己削弱自己的实力，势必和皇帝对立。所以荣国公选择隐退，做了一位道士。历史上功成身退比较有名的人物是张良，荣国公应该就是效仿张良。焦大没有及时隐退，贾家的后辈们没有办法安置他，最后只落得个悲惨的结局。荣国公一个人扛下了所有，但他却始终放不下贾家，所以就出现了贾家祠堂里面最诡异的一幕。

张道士是活着的荣国公，所以“金麒麟伏白首双星”，说的是张道士和贾母，不是贾宝玉和史湘云。当贾珍等人在欢度中秋的时候，发出叹息的人是张道士。

问：代玉的影子都有谁？

答：代玉的影子有五个人，分别是：晴雯、龄官、尤三姐、刘姥姥、夏金桂。晴雯、龄官、尤三姐三人在明，刘姥姥和夏金桂在暗。晴雯代表了代玉的尖酸刻薄及喜欢在暗地里偷窥别人，同时也揭露了代玉的身份背景是“心比天高，身为下贱”。龄官代表了代玉卑微的社会地位及被别人在暗中操控，同时也揭露了代玉的小丑角色。尤三姐代表了代玉淫荡的本性，同时也揭露了代玉最后是死在烟花柳巷之地。刘姥姥代表了代玉一心追求荣华富贵的本性，同时也揭露了代玉背后神秘的身世。她和刘姥姥一样，虽然与荣国府有点亲戚关系，但却是通过连宗得来的，并且都是顶替别人来到荣国府。夏金桂代表了代玉的冷酷无情，表现最突出的是二人的狠毒，同时揭露了代玉背后不为人知的阴暗面。

晴雯、龄官和尤三姐三人是在明面上与代玉相像，因为她们三人与代玉共同具有的特点，书中是明确写明了的，并且代玉在日常生活中也将这些特点体现得淋漓尽致，属于明写。例如龄官和尤三姐在外貌上与代玉非常像，而晴雯与代玉的关系更是用一句“晴为黛影”来体现。而刘姥姥和夏金桂身上的特点，属于代玉的阴暗面，也就是相当于“风月宝鉴”的背面，属于暗写。也就是因为这种特殊的关系，所以书中把晴雯、龄官和尤三姐三人与代玉的共同点写在明处，把刘姥姥和夏金桂与代玉的共同点写在暗处。例如王熙凤不知道刘姥姥的身世来历，以及夏金桂的狠毒，这些都是代玉隐藏起来的，需要读者去探究和推理，所以作者没有明写。

问：贾瑞看到的“风月宝鉴”，为什么正面是风情万种的王熙凤，而背面却是一具骷髅?

答：正面以正常人的形象示人，背面却是一具骷髅，这个创作思路来源于《西游记》里面的“三打白骨精”。白骨精幻化成人形去害人，而她背面的真实面目却是一具骷髅。这个剧情，与书中“耗子精偷香芋”的故事如出一辙。二者都是在描写有一个居心不良的魔鬼变化成正常人，以此来迷惑不知情的人，从而达到自己不可告人的目的。所以，当贾宝玉作完《芙蓉女儿诔》时，代玉的出现，把小丫鬟吓得大叫“有鬼”。

第四十二章　薛宝钗

薛宝钗是在什么情况下嫁给贾宝玉的，这个话题是《红楼梦》的热门话题，对此话题的解读更是多如牛毛。现在社会上主流观点认为本来代玉即将要和贾宝玉结婚了，但在关键时刻，贾家突然莫名其妙地用薛宝钗把代玉调包，让薛宝钗顺利地嫁给贾宝玉，然后代玉在极其复杂的状态下死去。为了营造悲伤的气氛，描写一边是潇湘馆魂断离恨天，一边是贾宝玉良辰美景，显得甚是凄凉，甚至演出“焚娟烧稿”的煽情画面。我认为大家还是醒醒吧，不要再做“贾瑞”了。

真实的情况是贾宝玉和袭人偷情，致使袭人怀孕。贾家为了顾全大局，准备为贾宝玉和袭人举行婚礼。但恰恰就是在这个关键时刻，袭人一方面因为身体不舒服，一方面要准备和贾宝玉结婚，所以不方便在夜间照顾贾宝玉睡觉。这个时候，袭人就把她那个红衣表妹带进怡红院，目的是顶替自己照顾贾宝玉夜间睡觉。由于那个红衣女子非常好奇贾宝玉的通灵宝玉，也可能是为了学习袭人显摆自己，所以就把贾宝玉的通灵宝玉“偷”出去了。通灵宝玉丢失那是非常严重的一件事，那个红衣女子知道后，不敢直接送回去。事情被查出来后，袭人自然就被赶了出去。但由于袭人和贾宝玉的婚事已经定下，现在取消是不可能的了，毕竟贾家要维护脸面。贾家人考虑再三，初步商定由代玉来顶替袭人嫁给贾宝玉做妾。

但事情再次出现反转。不知什么原因，荣国府中突然传出当初是代玉偷了平儿的手镯。此事在荣国府闹得沸沸扬扬。代玉为了自己的清白，就写信给贾宝玉，让贾宝玉夜间到花园里面约会。但代玉的这封信却被薛蟠看到，于是薛蟠偷走这封信，并冒充贾宝玉去花园里面与代玉约会。在约会的时候，薛蟠使用贾菖和贾菱配制的迷药把代玉迷昏，然后又侮辱了代玉。为了掩盖事实，薛蟠先将代玉藏起来，然后让人拿着他的泥人小像去平安州找来一伙强盗，让这伙强盗把代玉卖到了烟花柳巷。

代玉失踪后，贾家人到处寻找，却怎么也找不到。关键时刻，薛宝钗给出了“合理的解释”：她认为代玉一方面因为思念家乡，另一方面因为平儿手镯失窃一案，所以代玉觉得没有脸面继续生活在荣国府，就自己回老家去了。在乘船回去的途中，出了事故，所以人就落水失踪了。

代玉失踪，袭人又被赶了出去，贾宝玉的婚事还是没有着落。这个时候，薛宝钗自告奋勇，愿意以一个小妾的身份嫁给贾宝玉。就这样，薛宝钗顶替袭人嫁给了贾宝玉。

我作出以上推理的理由：

一、贾宝玉和袭人经常偷情，致使袭人怀孕，可能性很大。

二、隆重迎娶小妾的情节，书中有过描写，那就是薛姨妈为薛蟠迎娶香菱举办的。描写的字数不多，但写了婚礼很隆重，请的宾客很多。既然薛蟠能够隆重地迎娶香菱为小妾，那贾宝玉为何不可？

三、袭人身体不舒服，不能照顾贾宝玉夜间睡觉，这个在晴雯被赶走后，有过详细的描写。书中还写袭人只得暂时顶替晴雯照顾贾宝玉夜间睡觉，所以袭人有可能在物色其他人来顶替自己照顾贾宝玉。

四、书中出现的那个红衣女子，绝对是为了顶替袭人照顾贾宝玉睡觉而设的伏笔。那个红衣女子非常羡慕袭人显摆通灵宝玉。这也为她后期“误窃通灵宝玉”埋下伏笔。

五、顺理成章地解释了王熙凤“扫雪拾玉”的情节，也合情合理。

六、解释了袭人好好的为什么被赶出了荣国府。

七、对金钏的死，薛宝钗给出的解释是因为王夫人好心放金钏几天假，但金钏一时高兴，到井边玩的时候，自己不小心失足掉进井里。随后王夫人想用代玉的衣服给金钏妆裹，但又怕代玉忌讳。这个时候，薛宝钗主动拿出自己的衣服来给金钏妆裹下葬。通过薛宝钗的一系列操作，把王夫人感动的一塌糊涂。薛宝钗的狠毒，其实就是表现在这些地方。这个情节，作者就是用来暗示将来代玉失踪以后，薛宝钗一方面出来给大家解释说代玉自作主张乘船回家去的途中，不幸遇到事故而死了。另一方面又主动站出来愿意以小妾的身份嫁给贾宝玉。

八、上次坠儿偷手镯一事，明显没有完结。晴雯在没有查明缘由的情况下就把坠儿赶出去，后来袭人还为此事埋怨了晴雯，说晴雯太心急了，应该把事情问清楚。坠儿的事情没有查清楚，就相当于坠儿手上拿着一把利剑，她将来把这把利剑刺向谁，谁就身败名裂。代玉在全书中，经常被无缘无故地冤枉，最典型的就是薛宝钗冤枉代玉和她一起捉迷藏。这次再被冤枉一次，也合情合理。

九、代玉写信约贾宝玉一节，思路来源于龄官唱的《相约》《相骂》。

十、代玉“落水失踪”一节，思路来源于书中第四十四回，王熙凤的生日宴上，贾宝玉祭奠金钏回来，代玉暗讽道：“这王十朋也不通的很，不管在那里祭一祭罢了，必定跑到江边子上来作什么！俗语说‘睹物思人’，天下的水总归一源，不拘那里的水舀一碗看着哭去，也就尽情了。”按照薛宝钗的解释，代玉乘船回去途中遇难落水失踪，所以不能确定落水地点。将来贾宝玉要祭奠代玉的时候，也是按照代玉的办法祭奠就可以了。

十一、薛宝钗顶替袭人嫁给贾宝玉，思路就来源于书中第三十六回，薛宝钗顶替袭人为贾宝玉赶小虫子和绣肚兜。赶小虫子就是赶走代玉。

十二、代玉乘船回家的线索，就在书中第六十三回，当时史湘云打趣代玉时写道："湘云笑指那自行船与黛玉看，又说：‘快坐上那船家去罢，别多话了。’"这句话里面的“自行”二字，暗示将来薛宝钗说代玉坐船回家去的这件事，贾母等人并不知情，是代玉自作主张决定的。之前薛宝钗能够伪造金钏的死因，这里也可以伪造代玉的失踪原因。

由于薛宝钗嫁给贾宝玉的经过极其突然和曲折，而代玉的失踪又非常突兀，致使贾宝玉心生怀疑。再经过询问紫鹃得知，当时代玉写信约会贾宝玉，而贾宝玉表示此事自己一点都不知道。而知道此事的却是薛家兄妹二人。这更加重了贾宝玉的怀疑，但又因为苦于没有证据，所以也无可奈何。在贾宝玉和薛宝钗结婚后，一方面由于缺乏感情基础，他们二人的感情并不好；另一方面由于贾宝玉怀疑代玉的失踪与薛家兄妹有关，所以尽管薛宝钗尽量去讨好贾宝玉，但贾宝玉始终难以接受薛宝钗。之前，贾宝玉就怀疑袭人告密致使晴雯被赶走，毕竟“袭为钗副”。这里代玉不告而别，离奇失踪，贾宝玉怀疑是薛家兄妹从中搞的鬼也情有可原。所以，出现“终身误”曲目中的结果，也就一点都不奇怪了："都道是金玉良姻，俺只念木石前盟。空对着，山中高士晶莹雪；终不忘，世外仙姝寂寞林。叹人间，美中不足今方信。纵然是齐眉举案，到底意难平。"

至于现在流行的薛宝钗调包一说，其漏洞可谓是千出、万出。这个观点，直接把贾宝玉当作憨包看待。自己的老婆在结婚当天被别的女人换了，居然还和对方拜堂入洞房，他不知道吗？拜堂不知道对方是谁，入洞房的时候也不知道吗？既然知道，就在一个府里面，为什么不跑去潇湘馆看看自己的老婆在哪里？还有，自己的老婆被薛宝钗调包，致使自己的老婆气愤而死，杀妻之仇，贾宝玉不知道谁是凶手吗？知道薛宝钗是自己的杀妻仇人，为什么还要和她双进双出？晚上还睡一个被窝？如果这些都成为事实，那就只有一种可能，贾宝玉真的是个憨包，智商为零。但贾宝玉不可能智商为零，更不可能是个憨包。所以只有一种可能，贾宝玉结婚的时候，知道新娘是薛宝钗，他是心甘情愿和薛宝钗结婚的。只是他心里面怀疑是薛家兄妹害了代玉，但又苦无证据，所以对薛宝钗不冷不热，没有感情，致使薛宝钗如守空房。

作者为了营造薛宝钗的“热毒”，所以在薛宝钗和贾宝玉结婚后的第三天，贾母就因从高处跌落而亡。薛宝钗和贾宝玉的婚礼现场热闹非常，如同元宵节。正应了作者所说的：“‘炎’也。炎既来，火将至矣。”“好防佳节元宵后，便是烟消火灭时。”薛宝钗，好大的一场雪，就连贾家这么庞大的家族都抵御不了、扛不住，那林冲的茅草房就更危矣！